KB273830

오세영교수화갑기념논문집

오세영의 시 깊이와 넓이

화갑논총간행위원회

국학자료원

聽江 오세영 교수 近影

중광

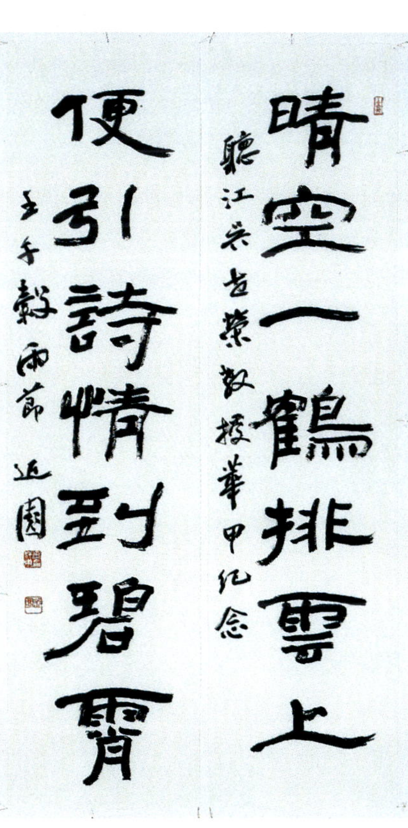

近園 김양동

|賀 書|

20대에 처음 뵌 선생에게도 어김없이 갑년이 찾아 든 것을 보면서 세월의 무심함을 탓하게 된다. 한편으로는, 건강한 육신과 넓으면서도 깊은 정신으로 갑년을 맞는 것에 축하드린다.

선생은 욕심이 많은 분이다. 훌륭한 학자로서의 명성도 누리고 싶고 뛰어난 시인이라는 평가도 받고 싶어 한 점에서 욕심이 많다. 시인과 학자로 求道라는 점에서 전혀 별개의 길은 아니지만 이 두 가지 평생의 업을 성공적으로 조화시키는 것은 결코 쉬운 일이 아니다. 일급의 평론가와 일급의 연구자를 겸비하는 것도 결코 쉽지 않은 일이거늘 시인과 학자를 최고 수준에서 겸비한다는 것은 더더욱 어려운 일이다. 우리 나라에도 적지 않은 교수시인이 있기는 하지만, 바로 선생처럼 문단의 주목과 학계의 고평을 한 몸에 받고 있는 교수시인은 희소한 편이다.

선생은 부지런한 분이다. 달걀 껍질 안에서는 이제 막 생명을 얻은 병아리가 울고 동시에 밖에서는 어미 닭이 쪼아 껍질을 깨뜨려 새끼를 낳는 다는 啐啄의 순간, 바로 이 줄탁의 순간을 선생은 자주 느꼈을 것이다. 선생에게 詩作은 어미닭에게 엄마로서의 본능을 일깨워주는 병아리가 될 수도 있고 반대로 병아리에게 생명을 열어주는 어미닭이 될 수도 있다. 근자에는 훌륭한 학자보다는 훌륭한 시인으로 남고 싶다고 역설하기는 했지만 한국 현대시를 향한 선생의 탐구욕도 창작욕을 능가했으면 능가했지 뒤떨어지지 않는다.

그 얇은 달걀 껍질을 사이에 두고 새끼와 어미가 생명의 교감을 주고 받듯이 선생의 내면 속에서는 시인 聽江과 학자 吳世榮이 끊임없이 대화를 나누었을 것이다. 때로는 깊은 밤 山寺 속에서, 때로는 외국 여행길에서 섬광처럼 번득였던 이런 대화들은 시인 聽江으로 하여금 『반란하는 빛』, 『무명연시』, 『적멸의 빛』 등 십여 권의 시집을 빚어 내게 하였고, 동시에 학자 吳世榮으로 하여금 『한국낭만주의 시연구』, 『한국근대문학론과 근대시』, 『김소월, 그 삶과 문학』 등 근 이십 권의 학술서를 꾸며 내게 하였다.

이제 선생은 기다리고 있다. 최근시 「겨울의 끝」에서 "맵지만도 않고 짜지만도 않고/쓰고 매운 맛을, 달고 신맛을/한 가지로 어우르는 그 진맛/이제 한 60년이 되었으니/제 맛이 들었을까"하고 노래하고 있는 것처럼 그 동안 학자로서도 제맛을 낼 줄 알았고 시인으로서도 제맛을 낼 줄 알았던 선생은 이제 어떤 독자가 맛보아도 제맛인 그런 경지를 志向하고 있다. 선생에게 그런 경지가 어디 먼산처럼 있겠는가. 갑년을 원년으로 돌리는 바로 그 때, 志向하는 순간이 바로 到達하는 순간이 되지 않겠는가.

선생님, 건강하시고 文運이 더욱 왕성하시기를 빕니다.

2002년 4월
조 남 현

| 祝時 |

시인
— 聽江 선생님의 화갑에 부쳐 —

박현수

격류를
정면으로 헤쳐나가지 않은 자
천 근으로 떨어지는
별빛의 무게를 알 수 없으리
시인이란 고독한 부표(浮標)
소용돌이를 꿰뚫고 나아가는 투명한 의지
젊은 날
빛나는 작살로
격랑을 지나
퍼덕이는 언어들을 낚았고
그제
날카로운 눈빛으로
사금파리 속에 반짝이는 삶을 포획했다

어제는
아메리카의 지친 바다
그 절망을
파도의 날선 칼날로 베더니
오늘
별빛으로 길을 비추어
심해의 고요를 겨냥하였다
상처가 쉽게 아무는 물길이라고
어제의 항로를 묻지 마라
그가 지나온
아득한 해역은 아무도 헤아리지 못한다.

새벽이거나 한밤이거나
늘 새로운
시의 심연 앞에 그는 서 있다

| 차례 |

제1부 총 론

제2부 사상사적 위상

제3부 존재론과 인식체계

제4부 상상력의 구조

제1부

총 론

▓ 서정시의 미메시스적 읽기

최승호

1. 서정시와 미메시스

서정시는 흔히 대상에 대한 자아의 주관 정서를 표현한 문학이라고 정의되어 왔다. 이러한 소박한 정의는 서구 낭만주의이래 지금에 이르기까지 무반성적으로 내려오고 있다.[1] 일찍이 쉘링(Schelling)과 헤겔(Hegel)적인 발상에 뿌리를 내리고 있는, '대상에 대한 주체 중심적인 발화'(eine subjektbetonte Aussage auf ein Objekt) 또는 '서정적 자아에 의해 포획된 세계'(die vom lyrischen Ich ergriffen Welt)를 강조하고 있는 쉬들러(Seidler)[2] 역시 서정시에 대한 표현론적인 접근을 넘어서지 못하고 있다. 한국에서는 조동일이 '세계의 자아화'란 용어로 서정양식을 일반화시킨 적이 있고, 그 뒤를 이어 김준오가 '동일성'이라는 용어로 더욱 깊이 표현론적인 입장에서 그 의미를 굳힌 적이 있다. 김준오가 말하는 동일성의 이론은 결국 조동일의 이론인 '세계의 자아화'라는 용어를 더욱 심화시킨 것으로 볼 수 있는데, 그것은 어디까지나 서정시의 주관적 측면을 일방적으로 강조한 데서 벗어나지 못하고 있다.[3]

---

1) 김경복, 「동일성에서 物化의 시학으로」, ≪신생≫, 2001년 봄호, pp. 167~169.
2) H. Seidler, *Die Dichtung*, Alfred Kroner Verlag, 1965, pp. 378~385.
3) 김경복, op. cit. pp., 177~180.

그런데 우리는 여기서 서정시에 대한 소박한 정의로 되돌아가 볼 필요가 있다. 서정시에 대한 소박한 이론에는 분명히 '대상'을 고려하는 측면도 함께 포함되어 있음을 알 수 있다. 그냥 막연하게 주관 정서만을 표현하는 것이 아니라, 분명 '대상'에 대한 주관 정서를 표현하는 것을 볼 수 있다. 지금까지 우리는 서구 낭만주의의 압도적인 영향으로 '주관 정서'에만 초점을 모았지 그 객관적인 측면에는 소홀히 해온 것이 사실이다. 하지만 알고 보면 동양에서는 오래 전부터 서정시의 객관적인 측면, 곧 대상적 측면을 매우 중요시 해 왔다. 소위 '정경교융(情景交融)'이라는 시학용어만 보더라도 동양의 서정시론에는 주관적 측면 못지 않게 객관적 측면을 꼭 같이 강조하고 있는 것을 읽을 수 있다.4) 근대 이후 조지훈만 하더라도 서정시를 '대상의 자아화, 자아의 대상화'가 동시적으로 일어나는 것으로 정의한다.5) 그리고 최근에 서정시의 객관적 측면에 대한 논의가 관심 있는 영역으로 떠오르고 있는데, 그것은 주로 전통적인 동양시학 때문이기도 하다.6)

사실 앞의 소박한 정의에서 살펴본 대로, 서정시의 객관적인 측면은 낭만주의 시학에도 이미 들어 있다. 서정시에 들어있는 주관 정서는 항상 '그 무엇'을 향한 의식의 발로이기 때문이다. 이제 우리는 '그 무엇', 곧 서정적 대상에 대해서도 본격적인 관심을 가질 필요가 있다. 서정시에 들어 있는 주관 정서는 항상 '그 무엇'을 향한 정서, '그 무엇'과 일체가 되고 싶어하는 정서에 다름 아니다. 우리는 낭만주의이래 그것을 '동일성'에의 욕망이라 불러왔다. 서정시를 동일성으로 해석할 때 우리는 늘 동일화의 주체에만 관심을 모아왔지, 주체로 하여금 그러한 욕망을 갖게 만드는 대상에 대해서는 소홀히 해온 것이 사실이다. 그것은 곧바로 우리의 근대적 사고를 지배해 온 주체중심주의 철학 때문이다.

---

4) 최승호, 「1930년대 후반기 시의 전통지향적 미의식 연구」, 서울대학교 박사논문, 1994, pp. 44~51.
5) 조지훈, 「시의 원리」, 『조지훈전집 3』, 일지사, 1973, p. 15.
6) 김경복, op. cit., pp. 175~176.

이제 우리는 주체로 하여금 동일성에의 욕망을 불러일으키게 하는 '그 무엇', 소위 대상에 대해 본격적으로 논의해 보자. '그 무엇'은 서정적 주체가 도달하고 싶어하고, 베끼고 싶어하고, 닮고 싶어하는 대상이다. 바로 모방하고 싶어하는 대상이다. 서정시에 있어서 모방(mimesis)이란 '동화'의 다른 이름이다. 이때의 대상은 시적 주체가 합일하고 싶어하는 모델이다. 이 미메시스의 대상인 모델은 객관적이고 보편적인 미를 지향한다. 우리는 지금까지 서정시에서 매우 주관적인 미만 강조하여 왔다. 그것은 바로 근대이후 유입된 서구 낭만주의 영향 때문이다. 그런데 분명히 서정시에는 서정적 주체가 하나되고 싶어하는 보편적 모델로서의 대상이 들어 있다. 지극히 주관적인 장르라고 불리는 서구적 낭만주의 시에도 그러한 것이 보인다. 우리는 이제부터 서정시 안에 들어 있는 객관적이고 보편적인 미의 근거인 '대상'에 대한 연구를 소홀히 해서는 안 되겠다. 이것은 서정시론을 한 단계 끌어올리는 동시에 답보 상태에 있는 우리의 삶을 한층 고양시키는 일이 될 것이다.

2. 초기 해체시의 환유와 반(反)미메시스 시학

앞에서 살펴본 바에 의하면, 서정시는 도덕적 진보를 꿈꾸는 예술 양식이다. 왜냐하면 거기에는 서정적 자아가 도달하고 합일하고 본받고 싶은 모델이 객관적이면서도 보편적인 얼굴로 자리하고 있기 때문이다. 무엇을 모방한다는 것은 적어도 베끼고 싶어하는 대상이 있다는 것이다. 이 베끼고 싶어하는 대상은 매우 이상적이고 완벽하고 유토피아적인 것이다. 따라서 서정시에는 미학적 진보가 도덕적으로 자리하고 있는 것이다.

오세영의 초기 시는 해체시로 연구되어 온 바 있다. 이 초기의 해체시는 시인 본인에 의해 강력하게 부정되고 있기는 하지만, 그 이후의 서정시를 이해하는 데 큰 도움이 된다. 그의 초기 시를 이해하면, 왜 그가 그토록 자신의 초기 시를 완강히 부정하게 되는지 알게 될 뿐만 아니라, 그 이후의 서정시에다 담고자 했던 미학적 요체를 쉽게 파악하게 된다.

해체시란 여러 각도에서 이해되겠지만 후기산업사회의 해체적 국면을 기계적으로 반영하고 있는 측면이 농후하다.[7] 여기서의 '기계적인 반영'이란 것은 본 논문에서 말하는 '미메시스'와는 엄연히 다르다. 미메시스란 원래가 가치 있는 대상을 모방하고 닮고 베끼는 것이다. 플라톤적 의미에서뿐만 아니라 아리스토텔레스적인 의미에서도 미메시스는 미학적 진보를 꿈꾸는 개념이다. 먼저 플라톤적 의미에서 모방이란 그 최종 목적이 이데아(Idea)세계를 이해하고 그것을 동경하고 그것과 합일되는 것을 꿈꾸는 행위이다. 그것은 일종의 관념론적 진보이다. 그에 비해 아리스토텔레스적인 의미에서의 모방은 리얼리즘적인 진보이다. 아리스토텔레스에게 있어서도 모방은 단순히 현실의 감각적인 국면만 취급하는 것이 아니다. 오히려 그의 모방 개념은 감각적인 현실 속에 내재해 있는 본질적 측면에 초점이 맞추어져 있다. 그는 어디까지나 현실 속에 내재해 있으면서 그 현실을 합리적으로 발전시켜나가는 '본질'에다 이론의 초점을 맞추어 놓고 있다.

이처럼 모방론은 삶의 예술적 진보를 꿈꾸고 있다.[8] 그에 비해 해체시는 파괴되고 해체된 삶의 국면을 소망 없이 적나라하게 폭로하는 일종의 허무주의에 바탕을 둔 시이다.[9] 1960년대 〈현대시〉 동인들과 함께 해체시로 출발한 오세영이 나중에 그토록 완강하게 거부한 초기 시는 이런 의미에서, 그리고 서정시와의 비교의 의미에서 재론될 필요가 있다.

오세영의 해체시 역시 기존의 서정적 질서와 규범, 그리고 그 가치를 일거에 부정하고 전복시키고자 한다.

앙상한 생각들이 바람에 떤다./ 묵은 시간의 잎사귀가 발 밑에 쌓이고,

---

7) 오세영, 「포스트모더니즘의 한국적 수용」, 《서정시학》, 2000년 봄호, p. 64.
8) W.J. Wate(정철인 역), 『서양문예비평사서설』, 형설출판사, 1964, pp.16~17.
9) 오세영, op.cit., pp.63~68.

> 죽어간 폭양(曝陽)의 빈 거리에서/ 나마저 들것에 실려나가고,
> 대낮을 사납게 헐뜯는 열 개의 손,/ 저 집념의 끝. 부서져내리는
> 눈발 속에 눈 드는 이마./ 나는 들것에 실려/ 회상의 먼 부둣가에 잠
> 든다.
> 잠든 파도의 주름살 너머/ 여윈 시간들이 헐떡인다./ 긴 항해의 짧
> 은 일몰을,
> 바라보는 눈동자엔 눈물을,/ 축축히 젖어드는 체험의 지평선에서
> 이윽고 불붙는 파도여 달려 오라.

— 「음악회」 전문

위의 시에는 전통적인 서정시의 규범이 모두 파괴되고 해체되어 있다. 서정적 질서란 주체를 중심으로 이루어질 수밖에 없는데 여기서는 그 주체가 이미 죽어 있다. 주체의 죽음은 중심의 상실을 가져오고, 그 중심의 상실은 질서의 붕괴를 초래한다. 그리고 이 질서의 붕괴는 시간의 파괴를 가져온다. 시간이란 질서의 다른 이름이고, 논리의 다른 이름이다. 위의 시에서 모든 사물들은 논리를 벗어난 상태에서 병치되고 있다. 병치란 결국 선조적 시간의 죽음 때문에 빚어지는 것이다. '묵은 시간의 잎사귀가 발 밑에 쌓이고' 라는 구절에서 우리는 시간의 죽음을 읽을 수 있다. 발 밑에 쌓이는 잎사귀란 낙엽을 의미하고, 낙엽은 죽음을 의미한다. 그리고 '묵은' 시간이란 것 자체가 부정되어야 할, 극복되어야 할 근대적 시간임을 나타낸다.

근대적 시간이란 선조적으로 나아가는 직선적 시간이다. 이 직선적 시간이란 합리적 주체, 곧 이성적 주체의 산물이다. 그런데 여기서 주체는 이미 들것에 실려나가 부둣가에 묻혀졌다. 따라서 이제 더 이상 세계에다 총체적 질서를 부여해 줄 수 있는 중심이 사라진 것이다. 이처럼 중심이 사라진 해체시에는 자아도 세계도 모두 다 병들거나 죽은 상태로 나타난다. '죽어간 폭양'이 그러하다. 태양은 자연, 우주의 중심으로서 생명의 근원을 상징한다. 그런 상징적 존재인 태양이 죽었다는 것은 모든 만물이 죽었다는 것을 의미한다.

이렇게 反생명적인 해체시는 환유적인 사유구조로 형성되어 있다. 환유란 기표와 기의의 분리를 지향한다.10) 일상화된 삶에 총체적 질서와 의미를 부여해주는 것이 원래 언어의 고유 기능이다. 기의는 사물들 사이의 총체적 질서를 반영하는 것이다. 언어적 질서란 사물들 사이의 총체적 질서를 모방한 것이다. 이러한 질서 상태를 지향하는 사유구조를 우리는 은유라 부른다. 은유란 하나의 이데올로기이다. 꿈이다. 특히 근대체험 이후 은유는 사물들 사이의 총체적 질서를 파괴하는 힘에 대한 저항 이데올로기이다. 그에 비해 환유는 그렇게 파괴된 사물들의 정황을 폭로하는 양식이다. 환유도 하나의 저항이데올로기이다. 그러나 환유에는 생명이 없다. 모든 사물들은 죽어 있는 것으로 나타난다. 죽음으로써 그 죽음을 초래하는 것들에게 저항하는 방식이다. 사물의 생명, 곧 사물의 생명적 본질이 다름 아닌 기의이다. 그러나 후기산업사회로 들어오면 사물의 선험적 기의는 부정된다.11) 환유에서 기표는 죽은 사물의 표면에서 자꾸 미끄러진다.

> 앙상한 눈들이 내린다./ 헌 외투의 승려가 지나가고
> 식어버린 어휘들이 굴러다닌다./ 현상의 미끄런 빙판 위로/ 여윈 발들이 달린다.
> 내벽엔 겨울 신앙이/ 못 박힌다./ 로마인이 서너 명 해머를 들고
> 얼어붙은 시간을 깨고 있다./ 사납게 외치면서 미래가
> 들창을 들여다보고 있을 때/ 갈릴리 내해에 잠드는 바람
> 갈릴리 내해에 눈은 내리고,/ 침울한 내장에 세계는 갈앉고,
> 차고 매운 발자국들이 수런대면서/ 황폐한 의식 위로 몰려간다.
> 모든 것은 닫히고 나는 서 있고/ 아득한 곳에서 기계가 울고 있다.
> 나는 꿈꾼다./ 떨리는 귀에 들려오는 복음을,/ 깨어진 공간 위에 식어내린 햇빛을,
> 엷은 꿈들 위에 눈은 내리고/ 나는 소리치면서/ 어리석은 신앙으로 얼고 있다.

— 「반란」 전문

---

10) 금동철, 『한국현대시의 수사학』, 국학자료원, 2001, pp. 29~32.
11) J. Derrida(김성도 역), 『그라마톨로지』, 민음사, 1996, p. 125.

기의와 분리된 기표, 더 나아가 기의를 부정해버린 기표는 죽음에 이른다. 언어의 죽음을 오세영은 '식어버린 어휘'가 굴러다닌다고, '현상의 미끄런 빙판' 위를 '여원 발들'이 달린다고 표현하고 있다. 기표와 기의가 행복하게 만나지 못하는 곳에 대화는 단절된다. 그럴 때 우리의 의식은 황폐해진다. 모든 사물은 내 앞에서 문을 굳게 닫고 있고, 나는 그 밖에 서서 얼고 있다. 서정적 언어란 본질적 언어이고, 본질적 언어란 대화적 언어이다.12) 기의를 부정해버리고 나면 대화는 죽고 없어진다. 환유란 곧 대화의 죽음을 의미한다. 대화가 죽고 없어진 곳에 바로 이미지의 불연속성이 나타난다. 위의 시에 나타나는 해체적인 국면, 이미지의 파편성은 바로 환유의 실체이다. 사납게 외치면서 미래가 들창을 들여다보고 있을 때 갈릴리 내해에 바람이 잠든다는 것과 침울한 내장에 세계가 가라앉는다는 것은 내적인 연속성이 없다. 눈이 내리는 것과 침울한 내장에 세계는 가라앉는다는 것도 의미의 연속성이 없다. 이것들은 유사성이 아니라 인접성으로 연결될 뿐이다. 인접성이란 우연성의 산물이다. 필연이 없는 우연의 연발이란 무의미의 나열이고, 무의미란 바로 '어리석은 신앙'이라서 병든 주체는 모든 사물의 문 밖에서 얼고 있을 뿐이다.

그런데 무의미란, 곧 선험적 기의의 죽음이란 결국 신의 죽음을 의미한다. 오세영에게 있어서 신은 영원, 본질과 연결되는 개념인데, 그것은 모든 사물에다 총체성과 선험적 의미를 부여해주는 근원적 존재이다. 그런데 그의 초기 시에 나타나는 신은 죽어 있거나 병들어 있다.

> 결코 그 누구도/ 영원한 주인이 될 수 없는,/
> 결코 그 어디도/ 영원한 목적이 될 수 없는

—「차표」부분

---

12) 최승호, 「조지훈 서정시학 연구」, 『한국적 서정의 본질 탐구』, 다운샘, 1998, pp. 19~21.

　　빈손으로 만져지는 생각을 제어하면서/ 직조공장의 여공들이/ 아침
을 굴린다.
　　나사못이 빠진 직조기, 신의 언질은/ 관절마다 삐걱거렸다.

—「감기」 부분

　　잠든 신의 머리칼을 바람이 달려들어/ 하얗게 씻어내릴 때

—「포구의 닻줄」 부분

　　문을 밀치면 거기 놓인 십자가에/ 문득 와서 꽂히는 화살, 온 밤을
피가 흐르고
　　경험의 뜨락에 져버린 잎새들이/ 앙상한 그림자로 창가를 드리울 때,
　　한 마리 새가/ 문법의 가지를 차고 오른다.
　　난다. 파열하는 꽃잎 속을, 시간의/ 폭동 속을,

—「날개」 부분

　　등단 이후 오세영은 초지일관 영원, 신, 하늘 등의 용어에 집착하고 있
는 것을 볼 수 있다. 그에게 있어서 영원은 곧 하늘이고, 하늘은 신이다.
그런데 태양이 있는 하늘은 병들었고, 신 또한 죽어 있거나 병들었거나 잠
들어 있다. 인생에게 영원한 주인이 되어 주지 못하는 것은 이미 신이 아
니다. 영원한 목적이 될 수 없는 것도 이미 신이 아니다.

　　그리고 신은 모든 사물들 사이 총체성의 근원, 동일성의 근거이다. 그런
데 신의 말씀이 관절마다 삐걱거리고 있다. 관절이란 사물들 사이 동일성
의 매체인데, 관절이 고장났다는 것은 동일성의 근거가 사라졌다는 것이
다. 즉 신의 말씀이 제 기능을 못하고 있다는 것이다. 그렇게 해체된 삶의
모습을 나사못이 빠진 직조기에다 비유하고 있다.

　　이렇게 동일성, 총체성이 파괴되고 해체되는 곳에서는 문법이 제 기능을
상실한다. 문법이란 곧 사물들의 질서이다. 거꾸로 질서의 파괴란 문법의

파괴를 가져온다. 이 모든 파괴는 신의 죽음 내지 부정에서 연유된다. 십
자가에 화살이 꽂혀진다는 것은 신의 죽음 내지 부정을 의미한다. 신의 죽
음은 모든 것의 의미를 상실케 만든다. 경험의 뜨락에 져버린 잎새들이 앙
상한 그림자로 창가를 드리운다는 것은 의미의 상실을 뜻한다. 모든 사물
의 의미가 사라진다는 것을 새가 문법의 가지를 차고 오른다라는 식으로
드러내었다. 이때 경험하는 시간은 파열되고 폭동처럼 우리를 덮쳐온다.
  이처럼 신이 죽어버렸거나 병들어 있는 상태에서, 신이 관장하던 시간은
비정상적인 것으로 나타난다. '부서지는 시간'(「밀회」) '음침한 시간'(「도둑
」), '톱니, 저 관절에 끼인 시간'(「불2」), '잠든 시간'(「불6」), '얼어붙은 시
간'(「반란」), '여윈 시간'(「음악회」), '시간의 폭동'(「날개」), '쓰러진 시간
들'(「풍금」), '시간은 암초에 부서지다'(「꽃」) 등과 같이 비정상적인 것으
로 나타나는 시간은 미래도 부정한다. 동시에 과거, 전통, 고전도 부정한
다. 미래는 비전으로, 과거는 규범으로 존재하는데 오세영의 초기 시에는
그 모든 것들이 부정된다.

　　　무엇이 떠나든/ 하나의 신뢰할 절망을 원하면서

　　　　　　　　　　　　　　　　　　　　　　　— 「3인의 가족」 부분

　　　돌아오지 않는 미래를 향해/ 떠났다.

　　　　　　　　　　　　　　　　　　　　　　　— 「빗속을 걸으며」 부분

　　　불타는 서울의 술집들을 가리키면서/ 어디로 갈 것인가, 타버린 정
　　　신의 재/ 죽음, 혹은 창조의 불빛

　　　　　　　　　　　　　　　　　　　　　　　　　— 「불」 부분

　　　소멸의 한줄기 부서지는 별,/ 싸늘한 거리에서 고전들이 기웃거리고

　　　　　　　　　　　　　　　　　　　　　　　— 「소등」 부분

> 물결 위에 흩어지는 피. 저/ 말라붙은 고전의 달빛 속을 흐린
> 겨울이 낮게 흘러가고
>
> —「바람이여」 부분

　이처럼 오세영의 초기 시에서는 미래의 비젼도 과거의 규범도 존재하지 않는다. 사실 시적 구원이란 미래의 비젼이나 과거적 규범에 의존할 수밖에 없는데, 그런 것들이 없다는 것은 시적 구원을 포기해야 하는 상황을 초래한다. 이처럼 그의 초기 해체시에는 구원의 시학이 보이지 않는다. 서정시에 있어서 시적 구원이란 바로 모방의 대상을 발견하는 데 달려있다. 그 모방의 대상이 구원의 비젼, 길을 제시해 주고, 흩어진 사물들의 잔해를 모아 하나로 통합해 준다. 이처럼 오세영의 초기 시에는 구원의 길도, 통합의 길도 보이지 않는데, 그것은 바로 신의 죽음을 전제로 하고 있기 때문이다. 형이상학적 존재인 신을 부정하는 데서 그의 디스토피아가 초래되는 것이다. 앞에서도 말했듯이, 서정시는 항상 소망스런 이상적 대상을 설정하고 그것과 하나되고 싶어하는 욕망을 전제로 한다. 그러나 오세영의 초기 시에는 시적 주체가 모방하고 싶어하는 대상이 전혀 나타나지 않는다. 우울한 디스토피아의 세계는 결코 모방의 대상이 되어주지 못할 뿐만 아니라 오히려 시적 주체마저 죽음으로 몰고 간다.

> 내 살 속에서 희미한 불빛들이/ 뛰어가고, 알콜이 출렁이는 바닷가에서
> 이십세기는 불을 지핀다. 물질이 흘린/ 피. 싸늘한,
> 실용(實用)의 새는 날 수 있을까./어두운 내 얼굴을 날아서, 찬 서리 내
> 린 굴뚝과
> 기계들이 죽은 무덤을 넘어서/ 어제의 어제를 넘어서
> 달에 도달할 수 있을 것인가.// 전선에 걸린 달, 인간의 숲 속에서
> 전화가 울고 아흔아홉 마리의 이리가 운다./ 저것 보라면서
> 불타는 서울의 술집들을 가리키면서/ 어디로 갈 것인가, 타버린 정신의 재
> 죽음, 혹은 창조의 불빛
>
> —「불1」 부분

위의 시에서 바다는 알코올로 출렁이고 있다. 달은 전선에 걸려 있다. 한결같이 비정상적이고 병든 자연이다. 이때의 자연은 전통서정시에서처럼 모방의 대상이 되어주지 못한다. 이처럼 자연이 비정상적이고 병든 것으로 나타나는 것은 이십세기 전체가 불을 지피고 있기 때문이다. 그리고 내 육체 속에서도 미친 불빛이 뛰어가고 있다. 모든 물질들이 피를 흘리며 죽어가고 있다. 싸늘한 실용의 새는 과연 날 수 있을까 하고 실용주의와 그것의 산물인 자본주의 문명에 회의를 표시한다. 이 모든 죽음의 세계를 넘어 달에 도달하고자 하나 그 달 역시 죽음의 그늘을 드리우고 있다. 그리고 주체 역시 그러한 꿈을 이미 포기하고 있다. 이처럼 디스토피아로 나타난 그의 초기 시는 철저히 反미메시스적 성격을 띠고 있다.

3. 중기 낭만적 연시(戀詩)의 은유와 미메시스

오세영의 초기 시가 해체시로 되어 있어서 서정적 질서와 그것을 가능케 하는 형이상학적 존재를 부정했다면, 그의 중기 서정시들은 확고한 서정적 질서를 구축하고 있을 뿐만 아니라 그 서정적 질서를 받쳐주는 형이상학적 존재를 확보하고 있다. 이 시기 오세영의 대부분의 서정시들은 낭만풍의 연시로 이루어져 있다. 사랑시는 순수서정시의 정수를 형성하고 있다. 왜냐하면 사랑시야말로 가장 완벽한 서정적 대상을 확보하고 있기 때문이다. 사랑시에 나오는 서정적 대상은 서정적 자아가 합일하고 싶어하고, 동화하고 싶어하고, 닮고 싶어하는 가장 이상적 존재로 나타난다. 순수서정시가 미메시스적 성향을 띠고 있다는 것은 서정적 주체가 그 대상과 합일하고 싶어하는 욕망 때문이다. 이때 서정적 대상은 단순히 일상적이거나 세속적인 것이 아니다. 순수서정시에 있어서 대상은 완벽하고도 완전한 이상적 존재로 당위적 존재로 나타난다. 서정적 주체가 닮고 싶어하는, 자기 고양을 위해서 모델로 삼고 싶어하는 대상이다.

이러한 순수서정시는 은유구조로 나타난다. 은유란 차이를 인정한 가운데서 유사성을 찾는 사유방식이다. 서정적 주체와 대상은 어차피 서로 차이를 지닐 수밖에 없다. 그러나 그런 차이에도 불구하고 서로 유사성을 찾을 수 있고 찾으려 하는 것이 은유이다. 은유적 사고의 대상은 앞에서 말한 대로 완벽하고도 당위적인 존재이다. 이런 당위성이 없으면 주체가 모방할 만한 대상이 못된다.

님은 가시고/ 꿈은 깨었다.

뿌리치며 뿌리치며 사라진 흰옷,/ 빈손에 움켜진 옷고름 한 짝,
맺힌 인연 풀 길 없어/ 보름달 보듬고 밤새 울었다.

열은 내리고/ 땀에 젖었다.

휘적휘적 사라진 님의 발자국,/ 강가에 벗어논 헌 신발 한 짝,
풀린 인연 맺을 길 없어/ 초승달 보듬고 밤새 울었다.

배갯머리 놓여진 약탕기 하나,/ 이승의 봄밤은 열에 끓는데,
님은 가시고/ 꿈은 깨이고.
— 「님은 가시고」 전문

여기서 보이는 '님'은 서정적 주체가 너무나도 닮고 싶어하고, 일체화되고 싶어하는 모방의 대상으로 나타난다. 님은 때로 "강가에 벗어논 헌 신발 한 짝" 때문에 인간적인 존재로서 연인으로 나타나기도 하고 때로 절대적 존재로 나타나기도 한다. 부연하면, 님은 異性的 존재, 곧 에로스의 대상이기도 하고 신과 같은 형이상학적 존재이기도 하다. 오세영의 연시 전편에 나타나는 님, 당신, 너는 바로 이러한 두 가지 의미가 오버랩된 존재이다. 이러한 의미에 있어서 오세영의 연시는 한용운 계보에 닿아 있다 하겠다. 한용운에게서와 마찬가지로 오세영에게서도 '님'과 서정적 주체는 '행복한' 주종관계를 형성하고 있다.

오세영의 위의 연시에서 '님'은 현재 떠나고 없는 존재, 곧 '숨은 신'으로 나타난다. 그 님과의 이별은 곧 낙원상실이고, 님과의 해후는 낙원회복이다. 님과 이별하기 전 님과 함께 하던 행복했던 시절은 언제나 과거이다. 그런데 여기서의 님(신)은 잠시 떠나 있거나 그 모습을 감추었을 뿐이지 죽은 것이 아니다.

숨은 신은 숨은 대로 신으로서의 역할을 다하고 있다. 숨은 신으로서의 '님'은 오세영의 낭만적 연시에서 서정적 질서를 확보해주고 있다. 위의 시는 앞의 초기 시와 달리 하나의 완벽한 구조물로 되어 있다. 이미지와 사물들이 불연속적이거나 파편적이지 않고 총체적으로 연결되어 있다. 즉 사물들 사이의 관계가 우연적이지 않고 필연적이다. 그 필연성의 근거는 바로 '님'이다. 이때 '님'은 모든 사물에다 의미와 가치를 부여해주고 사물들 사이의 총체적 진실을 보장해주고 있다. 이처럼 '님'은 서정적 총체성의 근원으로 기능하는 존재이다.

하나의 완벽한 총체적 구조는 은유 때문에 가능하다. 은유란 서정적 주체가 대상으로서의 세계에다 총체적 질서를 부여하는 행위이다. 이때 서정적 주체는 소위 '동일화', '세계의 자아화'를 수행하는 존재이다. 님과 하나가 되고 싶어하는 서정적 주체는 님의 떠남으로 인해 파탄에 빠져 있다. 님과의 이별은 곧 '무명(無明)'의 세계로 떨어지는 것이기 때문이다. 불교식으로 말해서 님이 떠나고 없는 현실세계는 곧 색과 욕으로 점철된 고통스런 세계이다. 서정적 주체는 이 '무명(無明)'의 세계에서 벗어나고 싶어하는데, 그것은 오로지 님과의 해후에서만 가능하다. 님과의 해후는 곧 낙원회복이다. 이처럼 오세영의 '무명연시(無明戀詩)' 시리즈는 낙원을 상실한 서정적 자아가 다시 그것을 회복하고 싶어하는 강렬한 파토스로 이루어져 있다. 파토스는 시적 자아가 중심이 되어 대상과 하나되고자 하는 열망에서 빚어진다. 즉 파토스는 주체중심주의적 사고, '세계의 자아화'라는 지극히 주관적인 사유방식 때문에 빚어진다. 오세영의 서정시를 파토스로 끌고가는 이 열망은 서정적 질서를 확보하고 싶어하는 시적 주체의 꿈꾸기에서 비롯된다. 오세영의 낭만적 연시가 잘짜여진 구조로 되어 있는 것은 바로 그런 열정 때문이다. 이 열정 때문에 자아는 초승달을 보듬고, 보름달을 보듬고, 밤새 울 수 있고, 봄밤 열로 펄펄 끓을 수 있는 것이다.

은유란 낙원 회복을 겨냥하고 있다고 앞에서 말했다. 낭만적인 은유란 항상 과거 내지 미래로 향하고 있다. 은유란 철저히 비현재적이다.[13] 절대적인 님과 함께 하고 있던 과거를 그리워하는 것이 은유의 한 축이라면, 님이 떠난 절망적 상태에서 언젠가 돌아올 님을 기다리는 것이 은유의 다른 한 축이다. 그리하여 은유는 언제나 방향성을 지니고 있다. 이 방향성 때문에 은유는 하나의 열망이 될 수 있다. 이 은유적 열망을 가능케 하는 것은 바로 모든 사물에다 그 의미와 가치를 보장해 주는 '님'이다. 님은 곧 은유적 사고의 목표이다.

> 금간 항아리여라,/ 청옥(靑玉)빛 하늘은 깨지고,
> 칠보(七寶)의 별들은 부서지고/ 빈방 홀로 새는 등불이어라.
>
> 금간 봄밤이어라,/ 실비 여윈 뺨에 흘러내리고,
> 강바람 마른 하상 휘몰아치고,/ 잔물결에 뒤척이는/ 나룻배 하나.
>
> 어디로 갈까,/ 천지사방(天地四方)에 님의 말소리,/
> 천지만물(天地萬物)에 님의 숨소리,/
> 어디로 갈까,/ 뒤척이는 비단 요에/ 금팔찌 하나,
>
> 금간 보석이어라/ 청옥(靑玉)빛 하늘은 깨어지고/
> 칠보(七寶)의 별들은 부서지고
>
> ― 「봄 밤」 전문

'님'이 떠나고 나면 모든 것은 깨어지고 무너지고 부서진다. 하늘도 별도 모두 파괴된다. 이처럼 시적 자아에게 있어서 '님'은 만물의 존재 근원이자

---

13) 서림, 「시의 힘, 언어의 힘」, ≪문학사상≫, 2001년 11월호, pp. 230~239.

절대적 존재이다. '님'이 떠난 후 서정적 자아가 취할 수 있는 것은 바로 님
과의 재회를 위한 간절한 소망뿐이다. '님'이 돌아와야만 모든 사물이 회복
되고 그 고유의 의미를 되찾을 수 있는 것이다. 이처럼 오세영의 낭만적
연시에서는 서정적 방향성이 '님'에게로, '숨어버린 님'에게로 모아져 있다.
그 님은 결코 죽지 않고 숨어서 말소리와 숨소리로 자신을 드러내 주고 있
다. 천지사방에서 천하만물 속에서.

오세영의 낭만적 연시에 나오는 '님'은 바로 모방의 대상, 닮고 싶어하
고, 베끼고 싶어하는 모델로 나타나는데, 그 님은 항상 자신의 얼굴을 계
시의 형식으로 보여줄 뿐이다.

> 그대는 초록 바다 깊은 심연에/ 은빛 퍼덕이는 물고기 비늘,
> 그대는 사월 실비 머금은/ 복사꽃 망울,/
> 그대는 월인천강(月印千江)에/ 떠가는 돛배,/
> 그대의 어항 속에 잠든 금붕어, / 그대의 쟁반 위에 먹힌 복숭아,/
> 그대의 꿈속에서 떠가는 돛배.
>
> ─「님의 얼굴」 전문

여기에 보이는 모든 사물들은 님의 얼굴이 현시된 모습을 하고 있다. 만
물에 님의 모습이 각각 만물의 본성대로 나타나 있다. 그리고 그 만물들은
'님'을 중심으로 총체성의 질서를 형성하고 있다. 이처럼 오세영의 낭만적
서정시에 나타난 세계는 매우 소망스럽고도 이상적인 상황을 이루고 있다.
이 이상적인 상황이 바로 서정적 질서를 가능케 한다. 이 질서가 언어적으
로 표현될 때 하나의 완벽한 은유구조를 형성한다. 오세영의 낭만적 서정
시들은 이렇게 하나의 단단한 총체성의 세계를 지향하고 있다. 그리고 그
러한 서정적 총체성의 세계를 가능케 하는 것은 오세영이 꿈꾸고 있는 이
데아(Idea)의 세계 때문이다. 바로 '무명(無明)' 현실을 초월해 있는 '서쪽
세계' 때문이다. 이 '서쪽 세계'야말로 오세영의 '무명연시'의 궁극적인 모방
의 대상이 되는 것이다.

> 씻겨질거나,/ 맨살에 남겨 놓은/ 님의 발자국.
> 서으로 떠나버린/ 님의 발자국.
>
> ― 「연분」 부분

원래 서정적 자아는 '님'과 지독하게 한 몸을 이루고 있었던 것으로 나타
난다. 님의 옷에 밴 나의 혈흔은 물로 빨아질 것 같지 않고, 나의 맨살에
남겨 놓은 님의 발자국도 물로 씻겨질 것 같지 않다. 서정적 자아와 더불
어 그만큼 강렬하게 완벽하게 합일을 이루고 있던 대상은 '서쪽 세계'로 가
버렸다. 이제 그 님이 있는 '서쪽 세계'야말로 가장 완벽한 낙토(樂土)로서
모방의 대상으로 나타난다. 그 '서쪽 세계'는 시간을 벗어난 영원한 세계로
그 모습을 보이고 있다. 서정시란 양식은 바로 시간의 파괴적인 압박과 그
것으로 인해 빚어지는 허무로부터 초월적으로 벗어나는, 영원한 세계를 지
향한다. 초기 해체시가 시간의 죽음을 전제로 하고 있다면, 중기 낭만적
서정시는 '영원한 시간'을 지향하고 있다. 이 영원한 시간을 획득할 때 서
정적 구원이 가능해지는 것이다.[14]

> 길은 아무데나 있다./ 아사녀야,/ 물로 가는 길, 불로 가는 길,
> 영원으로 가는 길은 아무데나 있다./ 네가 묻는 길은/ 바람의 길,
> 또 네가 묻는 길은/ 안개의 길,/ 바람을 헤치며, 안개를 헤치며
> 네가 본 것은/ 너의 얼굴이다.
> 수면 위로 떠오른 가랑잎/ 너를 바라보는 내 눈이다.
>
> ― 「영원으로 가는 길」 전문

님에게로, 서쪽 세계로, 영원한 세계로 가는 길은 도처에 있다고 시적
화자는 말하고 있다. 왜냐하면 '님'은 우주 도처 만물 속에 들어있기 때문
이라는 것이다. 만물을 통해 도(道)를 찾고 영원에 이르는 방법은 이제 하

---

14) 최승호, 「「落花」에 나타난 무시간성과 제유적 세계 인식」, 이숭원 외 『시의 아포리아
　　를 넘어서』, 이룸, 2001, pp. 265~267.

나의 초월적인 은유로 끝나지 않고 제유로 연결된다.

4. 후기 자연서정시의 제유와 미메시스

오세영의 초기 해체시는 파편적이고 해체된 사물들의 관계를 기계적으로 반영하는데 그쳤고, 중기 낭만적 연시들은 '님'을 중심으로 총체성을 형성하고 있었다. 또한 초기 해체시가 주체의 죽음을 그 특징으로 하고 있었다면, 중기 낭만적 연시들은 주체중심주의를 그 토대로 하고 있었다. 이것들에 비해 오세영의 후기 자연서정시는 유기적인 구조를 형성하고 있다. 해체적인 구조는 아예 완결된 구조를 부정한다. 사물들 사이의 연속성, 유사성을 부정하기 때문에 꽉 짜여진 틀을 형성하지 못한다. 사물들 사이의 긴밀한 관계를 가능케 하는 중심(주체)이 없기 때문이다. 이러한 중심 부재가 바로 환유구조를 형성한다. 그리고 이러한 환유구조로 구성된 사물들은 전혀 모방의 대상이 되지 못한다. 이에 비해 은유는 총체성을 지향한다. 초월적인 주체를 중심으로 하여 사물들이 긴밀하게 연속성, 유사성을 띠고 얽혀 있다. 은유적인 형태로 결합되어 있는 사물들은 모방의 대상이 된다.

이에 비해 '유기적 구조'는 총체성도 파편성도 거부한다. 사물들 사이 관계가 내적으로 연속성을 보이고 있으면서도 초월적 주체를 인정하지 않기 때문에 민주적인 관계를 보이고 있다. 사물들은 서로 부분적으로 독자성을 유지하면서도 내부적으로 긴밀히 연속되어 있다. 초월적인 중심을 부정하면서도 긴밀히 연속되어 있는 사물들은 각자가 하나의 중심을 형성하고 있다. 이러한 사물들은 총체성의 구조에서처럼 논리적이거나 인과적인 관계를 맺고 있지 않다. 논리가 아니라 직관에 의해 파악되는 이러한 많은 작은 중심들 사이에는 '허(虛, 구멍)가 존재하는데, 이 구멍이 바로 여백이다. 이 여백을 사이에 두고 사물들은 소위 제유적 관계를 형성하고 있다.

제유란 주지하다시피 부분으로 전체를 설명하고, 부분과 부분이, 부분과
전체가 상호 유기적으로 긴밀한 관계를 맺고 있는 삶의 방식이다.15)

> 한 철을 치악에서 보냈더니라./ 눈 덮힌 묏부리를 치어다 보며
> 그리운 이 생각 않고 살았더니라./ 빈 가지에 홀로 앉아
> 하늘 문 엿보는 산까치같이,
>
> 한 철을 구룡에서 보냈더니라./ 대웅전 추녀 끝을 치어다 보며
> 미운 이 생각 않고 살았더니라./흰 구름 서너 짐 머리에 이고
> 바람 길 엿보는 풍경(風磬)같이,
>
> 그렇게 한 철을 보냈더니라./ 이마에 찬 산그늘 품고,/
> 가슴에 찬 산자락 품고 / 산 드릅 속눈 트는 겨울 한 철을/
> 깨어진 기와처럼 살았더니라.
>
> ─ 「속구룡사시편」 전문

　앞에서 말했듯이 사물의 제유적 관계란 민주적 관계이다. 인식 주체가
중심이 되어 세계를 자아화시키는 것이 아니다. 조지훈의 말처럼 자아의
대상화와 대상의 자아화가 동시에 대등한 관계로 이루어진다. 소강절(邵
康節)이 말하는 '이물관물(以物觀物)'의 정신이 실현되는 방식이다. 이물
관물(以物觀物)이란 서정적 주체가 인식되는 사물의 입장이 되어 사물을
파악한다는 사고방식이다.16) 위의 시에는 이물관물의 태도가 잘 드러나
있다. 치악산에 들어와 자연 경물(景物)을 바라보는 서정적 자아는 세계를
일방적으로 자아화시키는 위치에 서는 것을 거부한다. 오히려 서정적 자아
는 사물의 하나로 자신을 낮추고 있다. 그는 자신을 빈 가지에 홀로 앉아
하늘 문을 엿보는 산까치 같다고 표현하고 있다. 그리고 계속해서 자신을

---

15) 최승호, 「제유적 세계인식과 서정적 대응방식」, 최승호 편, 『21세기 문학의 동양시학
　　적 모색』, 새미, 2001, pp. 144~148.
16) 박석, 「宋代 理學家 文學觀 硏究」, 서울대학교 대학원 박사학위논문, 1992, pp.68~
　　74.

흰 구름 서너 짐 머리에 이고 바람 길 엿보는 풍경(風磬) 같다고, 깨어진 기와 같다고 표현한다. 여기서 풍경이나 깨어진 기와는 원래 인공물이지만 작품 속에서 하나의 자연물로 나타난다. 왜냐하면 산사 속의 삶이라는 것 자체가 자연화를 지향하고 있기 때문이다.

  자연화, 인간과 자연이 온전히 하나로 만나고 있는 모습, 소위 이물관물의 완전한 모습은 제3연 '이마에 찬 산그늘 품고,/ 가슴에 찬 산자락 품고'에서 확연히 드러난다. 인식 주체로서의 서정적 자아는 절대로 사물보다 우위에 서 있지 않다. 그렇다고 아래에 위치해 있지도 않다. 완전히 사물의 입장에서 사물을 이해하려 한다. 이것이 바로 제유적 세계 인식방법이다. 그런데 제유는 앞의 환유나 은유와 마찬가지로, 세계인식 방법으로 끝나는 것이 아니라 새로운 세계의 구성 방법이 되기도 한다. 오늘날 수사학이란 단순한 도구학을 넘어서서 세계에 대한 새로운 인식방법이 되고 있다. 뿐만 아니라 그것은 적극적으로 세계구성 방법으로까지 나아가고 있다. 오세영의 후기 자연서정시에 있어서 서정적 주체는 세계를 자아화, 타자화 시키는 근대적인 사고방식을 버리고 인간과 자연이 서로 대등한 입장에서 공존하는 삶의 방식을 택한다. 제유란 동일성을 지향하면서도 그 동일성을 주체 중심적으로 폭력적으로 달성하지 않는다. 그런 의미에서 제유란 민주적인 상호 공존을 지향한다.[17)

> 산이 온종일/ 흰 구름 우러러 사는 것처럼
> 그렇게 소리 없이 살 일이다./ 여울이 온종일/ 산그늘 드리워 사는 것처럼/ 그렇게 무심히 살 일이다./ 꽃이 피면 무엇하리요./ 꽃이 지면 또 무엇 하리요/ 오늘도 산문(山門)에 기대어/ 하염없이/ 먼길을 바래는 사람아./ 산이 온종일/ 흰 구름 우러르듯이/ 그렇게 부질없이 살 일이다./ 물이 온종일/ 산그늘 드리우듯이/ 그렇게/ 속절없이 살 일이다.
>
> — 「산문(山門)에 기대어」 전문

---

17) 최승호, 「박용래론: 근원의식과 제유의 수사학」, 《우리말글》 제 20호, 2000, pp. 415~418.

　제유로 이루어진 동양적 산수시, 자연서정시에 있어서도 시적 대상은 완벽한 이상적인 자연으로 나타난다. 서정적 자아가 다가가 하나로 합일하고 모방하고 닮고 싶어하는 대상은 당위적인 관념화된 자연이다. 인간의 유토피아적인 이데올로기가 투영된 자연이다. 모방의 대상이 된다는 것은 결코 일상적인 것에 멈출 수가 없다. 오히려 세속적이고 일상적이고 찰나적인 것, 분요한 것을 버리고 자연 속에 들어와 자연과 더불어 자연스럽게 사는 것을 지향한다. 이런 자연스런 삶은 근대 자본주의적인 삶의 방식에 대한 하나의 미학적 저항이 된다. 심미적인 저항 방식으로서의 근대 자연서정시에는 서정적 진보, 도덕적 진보를 향한 열망이 담겨 있다고 볼 수 있다.

　이러한 이상적 대상, 관념화된 대상으로서의 자연은 이미 단순한 'nature'가 아니다. 그것은 정신적인 의미를 내포한 형이상학적 자연이 된다.18) 오세영의 후기 산수시에는 이처럼 신격화된 자연이 나온다. 이 자연은 하나의 낙원으로 존재한다. 여기서 낙원으로서의 자연은 서정적 주체에 의해 '발견'되는 것이지 회복되는 것이 아니다. 은유가 과거와 미래로 연결되고 있어서 '회복되는 낙원'을 지향한다면, 제유는 '언제나 발견될 수 있는 낙원'을 지향한다. 제유적 세계인식에 있어서 자연은 항상 낙원으로서 우리 주위를 감싸고 있다. 단지 인식 주체의 마음이 흐려서, 욕심 때문에 자연이 낙원이라는 것을 깨닫지 못하고 있을 뿐이다. 인간이 탁한 마음을 정화시키기만 한다면, 언제든지 낙원으로서의 자연을 발견할 수 있다는 것이다. 제유에 있어서 낙원으로서의 자연은 상실된 적이 없었으니 회복될 성질의 것도 아니다. 신과 같은 자연은 항상 우리 곁에 존재하고 있다는 의식을 전제로 하고 있다.19)

　이러한 완벽한 자연, 신으로서의 자연이 바로 모방의 대상으로 존재한다. 제유적 사고에 있어서 모방은 소위 정경교융과 같은 방식으로 이루어진다. 제유에 있어서 대상은 은유에서보다 위상이 한층 더 높아진다. 동양

---

18) 서림, 「도시적 서정시의 맥락과 현재적 가능성」, ≪시와사상≫, 2002년 봄호.
19) Ibid.

에서 심신수양을 말할 때 자연을 들고 나오는 것 자체가 자연의 높아진 위
상을 드러내는 것이다. 산수시나 산수화의 이념은 세속 가운데서 혼탁하게
살아가는 인간이 산수의 완전함을 보고 닮고 배우고 베껴간다는 것을 전제
로 하고 있다. 인격수양이란 자연을 모방하는 데서 가능하다는 것이다. 따
라서 정경론에서 이루어지는 서정적 합일은 결코 주체 중심적일 수가 없는
것이다.

　초기 해체시에는 낙원이 아예 존재하지 않는다. 낙원을 가능케 하는 신
이 죽어 있거나 병들어 있기 때문이다. 중기의 낭만적 서정시에서 신은 숨
어 있거나 잠시 떠나 있다. 낙원의 회복이란 잠시 떠나있던 신이 다시 도
래하는 것이다. 그에 비해 후기 자연서정시에 있어서는 낙원이 항상 우리
주위에 놓여 있다. 신은 죽지도 떠나지도 않고 언제나 인간 주위에서 인간
을 둘러싸고 있다. 낭만적 서정시에 있어서 낙원은 회복되는 것이지만, 동
양적 자연서정시에 있어서 그것은 발견되는 것이다. 따라서 제유에 있어서
서정적 동일성은 인위적인 것이라기보다 자연적인 것이다. 이물관물은 그
냥 그렇게 자연스럽게 자아와 사물이 사이좋게 공존하는 것을 이상시한다.

　　다람쥐 좇아 바위 넘으면/ 여울물 막아서고,/ 여울물 좇아 계곡 건
너면/ 물푸레 막아서고,/ 물푸레 좇아 숲 오르면/ 언덕에 다소곳이
서 있는 소나무./ 여름 한나절 길기도 하여/ 청솔 그늘 아래 오수는
달다./ 하늘은 못내 심심하여/ 흰 구름을 날리고,/ 흰 구름은 짐짓 솔
바람 흘리고,/ 솔바람은 살풋/ 코끝 간질이는데/ 어이할거나./ 하늘
문 앞에 두고 잠자는/ 그대,/ 못내 심심하여 눈감은/ 그대.

　　　　　　　　　　　　　　　　　　　　　　　　—「낮잠」 전문

　제유에는 '주인'이 따로 없다. 앞의 은유에서 보이던 주종관계가 사라진
다. 모두가 손님으로 생명잔치에 평등하게 초대되었을 뿐이다. 제유에서는
우주를 거대한 생명의 꽃밭, 잔치 밭으로 인식한다. 제유는 한마디로 생명
시학 내지 생태시학을 지향한다. 모든 사물들이 각기 타고난 생명적 본질을

최대한 발휘하며 자신의 생명력을 구가하는 것을 생의 목표로 삼고 있다.

근대 체험 이후 동양의 생명시학은 근대의 부정성을 극복하는 하나의 대안으로 떠오르고 있다. 파시스트적 속도에 끌려 다니거나 휘둘리지 않으려는 태도는 멀리 1930년대 후반 문장파의 자연시에서도 발견된다. 자연시의 이념이 전근대까지는 하나의 지배이데올로기로 작용하였다면, 근대 이후는 산업화 이데올로기의 부정성에 저항하는 이데올로기로 작용하고 있다.[20] 전근대에 있어서 자연시의 이념이 통합을 강조할 때, 그 통합이 새로운 생성을 억압하는 쪽으로 작용했다고 볼 수 있다. 그러나 근대 이후 자연 서정시의 이념은 지나친 해체에 대한 경계, 저지의 수단이 된다. 이제 서정시는 하나의 이념적 수단이다.

앞의 시 「낮잠」은 제목에서부터 매우 반근대적인 뉘앙스를 풍긴다. 느림 또는 게으름의 철학은 근대라는 거대한 폭풍 속[21]에서 자신의 주체성, 동일성을 유지하려는 전략이다. 그래서 청솔 그늘 아래 오수는 달다. 낮잠은 시적 주체가 근대라는 폭풍에 휘둘리지 않고 자신의 생명력을 즐기는 행위이다. 근대 이후 서정시라는 것 자체가 오수에의 꿈인지도 모른다. 이러한 생명의 공간은 한결같이 정적(靜寂)한 상태로 나타난다. 단순한 정적(靜寂)이 아니라 적막(寂寞)에 가깝다. 적막은 불교적인 미감과 연결된다. 적막한 가운데 모든 생명체들이 서로 긴밀하게 조화를 이루며 자신의 생명력을 즐기고 있다. 이러한 이상적인 자연 속에서의 삶을 모델로 하여 모방하고 있는 것이다. 모방은 언제나 당위적인 것이다. 그리고 거기에는 인간의 관념이 깃들어 있는 것이다. 다시 말해서 제유 역시 서정적 진보를 꿈꾸는 하나의 이데올로기이다. 그것은 근대의 부정성을 극복하고 새로운 세계를 구성하려는 하나의 대안으로 떠오르고 있다.[22]

---

20) 최승호, 「이병기, 근대에 대한 서정적 대응 방식」, 『한국적 서정의 본질 탐구』, 다운샘, 1998, pp. 43~53.

21) 발터 벤야민(반성완 역), 『발터 벤야민의 문예이론』, 민음사, 1983, p. 348.

22) 구모룡, 『제유의 시학』, 좋은날, 2000, pp. 39~46.

분분히/ 하얀 설편(雪片) 흩날려서/ 봄 미나리 파란 새순에 앉아
겨울 꽂이다./ 물색 없이 노란 강아지 한 마리가 천방지축/ 눈밭을
헤집고 다닌다.// 흰 나비떼를 좇아/ 팔랑팔랑 장다리 꽃밭을 뛰어다
니는/ 해맑은 소녀의 원피스.

— 「풍경」 전문

위의 작품은 하나의 이상적인 제유적 세계인식을 보여주고 있다. 생명적
인 면에서 개체들은 서로 조화되어 있을 뿐만 아니라 약동을 보이고 있다.
즉 생명력의 면에서 모든 사물들이 상호 확산적인 교감을 보이고 있다. 소
위 유기적 관계를 형성하고 있다. 작품 속 사물들 사이에만 평등하고 민주
적인 관계, 곧 제유적인 관계가 형성된 것이 아니라, 서정적 자아와 대상
전체 사이에도 그런 관계가 형성되어 있다. '풍경'이란 자아중심주의를 벗
어난 이물관물의 상태에서나 가능한 것이다. 동양의 산수시가 일종의 풍경
시(風景詩)로 되어 있다는 것은 시사하는 바가 크다. 풍경시에서 바로 이
물관물이 형성되는 것이다.

이렇게 평등하고 민주적인 관계로, 제유적 관계로 구성되어 있는 사물들
은 각기 자신의 생명력을 즐기면서 상호 확산적으로 교감하고 있다. 이 교
감의 방식이 곧 미가 실현되는 방식인데, 그 교감은 소위 '영원한 찰나',
'영원한 현재'에서 이루어진다. 제유에서의 낙원 발견은 항상 순간적이면서
도 영원한 의미를 지닌다. 그리고 그것은 항상 현재시제로 나타난다. 순간
적으로 직관적으로 파악된 우주의 생명현상이 영원성, 무시간성을 띠며 나
타난다. 이 무시간성, 영원성은 세속적인 시간을 벗어난 곳에 고고하게 존
재하며, 서정적 자아로 하여금 미학적 진보, 도덕적 진보를 이루어가게 유
도한다. 제유적인 서정시가 꿈꾸는 세계는 바로 이러한 영원성의 세계이
다. 이 영원성이 바로 모방의 대상이 되어준다. 그런 의미에서 제유의 시
간은 항상 '현재'에 맞추어져 있다.23) 환유에서는 시간이 파괴되어 있고,
은유에서는 시간이 과거와 미래로 방향이 설정되어 있는 것에 비해, 제유

---

23) 서림, 「시의 힘, 언어의 힘」, 《문학사상》, 2001. 11, pp. 230~239.

에서는 이처럼 시간이 항상 현재로 맞추어져 있다. 왜냐하면 제유적 자연 서정시에서의 낙원은 항상 현재적인 것으로 발견되기 때문이다. 자아가 마음만 잘 고쳐먹으면 그 낙원은 언제든지 발견되기 때문이다.

ːː 상상력과 인식성

송기한

1. 서 론

오세영은 1968년 ≪현대시≫ 동인으로 출발하여 이후 지칠 줄 모르는 시적 편력을 보여준다. 첫시집 1970년 『반란하는 빛』을 필두로 1982년에 제2시집 『가장 어두운 날 저녁에』를, 그 후 제3시집 『무명연시(無明戀詩)』(1986), 제4시집 『불타는 물』(1988), 제5시집 『사랑의 저쪽』(1990), 제6시집 『꽃들은 별을 우러르며 산다』(1991), 제7시집 『어리석은 헤겔』(1994), 제8시집 『눈물에 어리는 하늘 그림자』(1994), 제9시집 『아메리카 시편』(1997), 제10시집 『벼랑의 꿈』(1999), 그리고 최근의 『적멸의 불빛』(2001)을 차례로 발간한다.

이들에 대한 평론이나 연구활동도 활발히 전개되었는데 각 시집에 따른 주제 비평1)과 함께 그의 시의 주된 이미지 혹은 상상력 연구2), 존재론적

---

1) 김재홍, 「사랑과 존재의 형이상」-『무연연시』에 대하여-, ≪현대문학≫, 1985, 10.
   김준오,「명상시와 존재론적 상상력」-『사랑의 저쪽』에 대하여-, ≪현대시학≫, 1990, 11.
   최동호, 「감성과 이성의 둥글고 부드러움」-『어리석은 헤겔』, 고려원, 1994.
   황현산, 「이름붙일 수 없는 것에 대해」,-『눈물에 어리는 하늘 그림자』에 대하여, ≪현대문학≫, 1994, 12.
   장경렬, 「아메리카에서 보는 아메리카」, 『아메리카 시편』, ≪문학동네≫, 1997, 6, 12.
   조남현, 「서평-꽃들은 별을 우러르며 산다」, ≪문예중앙≫, 1992, 겨울.
   김경민, 「서평-어리석은 헤겔」, ≪꿈과 시≫, 1994, 가을.

시각에서의 접근3), 불교 사상의 관점에서의 연구4) 등이 있다.

그의 시의 특징에 대해서는 매우 다양한 명명들이 가능할 것이다. 그의 시에서 끌어낼 수 있는 시적 주제들이 다수이기도 하지만 시적 구성의 방법론에 있어서도 무게있는 성격들 역시 많이 보이기 때문이다. 가령, '서정시의 완미(完美)한 추구', '철학과 미학의 결합', '역설과 모순의 기법에 나타난 지적 방법론', '언어적 형식미의 완성' 등이 그것이다.

실제로 시학 교수인 동시에 시인이라는 존재 조건은 오세영 시에 매우 강하게 작용한다. 그의 시는 감성적이되 결코 이성의 제어로부터 자유롭지 못하다. 그의 시적 언어는 서정적 정서를 농밀하게 풀어내다가도 그것은 곧 지적 인식과 결합되어 잠언과 같은 단정이나 생략과 배제가 전제된 은유, 혹은 역설의 구조 속에 놓이게 마련이다. 또한 시어 하나하나가 함부로 쓰여지는 법 없이 정제되고 엄선되어 그의 대부분의 시가 기본적으로 형식미를 지향하고 있음도 알 수 있다. 요컨대 그의 시 전체가 '잘 빚어진 그릇'과 같은 것이다. 그러나 이 말에서 연상할 수 있는 언어 조탁의 관점에서만 그의 시를 생각한다면 우리는 오류를 범할 것이다. 그는 결코 형식주의자가 아니기 때문이다.

그렇다면 그를 그이게 하는, 그의 고유함은 무엇일까? 아마도 그것은 그의 삶과 사물에 대한 예리한 통찰일 것이다. 그가 행하는 언어 행위 속에는 존재의 본질을 파헤치고자 하는 예지에의 의지가 놓여 있다. 그것이 때로는 잠언의 형태로, 때로는 모순과 역설의 형태로, 혹은 동일성(은유)의

---

2) 임수만, 「물질적 상상력과 역설의 시학」, ≪시와 시학≫, 1996, 가을.
   김재홍, 「무과 불 또는 운명과 자유」, ≪현대시학≫, 1990, 8.
3) 이동하, 「실존적 인식의 심화와 확대」, ≪한국문학≫, 1986, 7.
   박철희, 「깨진 그릇의 자기인식」, ≪문학사상≫, 1991, 11.
   이숭원, 「모순의 인식과 존재의 탐색」, ≪현대시학≫, 1992, 6.
   김성곤, 「'그릇'의 미학과 존재론적 고뇌」, ≪시와 시학≫, 2000, 가을.
4) 이은봉, 「선적 초월, 혹은 상상의 생명 공동체」, ≪시와 사람들≫, 1999, 가을.
   홍용희, 「허심(虛心)의 자유와 평정」, ≪현대시≫, 1999, 9.
   정끝별, 「역설과 모순으로 일궈낸 동양시학」, ≪시와 시학≫, 2000, 가을.

제시로 나타나는 것이다. 그의 통찰의 옳고 그름을 판단하는 것은 독자들 저마다의 몫일 것이나 우리에게 시인의 목소리가 권위있게 들리는 것은 쉽게 부정할 수 없을 것이다. 그것은 그의 사유에 반성과 성찰이, 반추와 회의가 놓여 있기 때문일 것이다. 그가 주로 엮어내는 연작시들은 그가 하나의 사물, 한 가지 현상을 두고도 다양한 관점에서 사고하고 있다는 것을 보여주는 한 예가 될 것이다.

또 한가지 가능한 질문은 각 시집에 따라 보이는 그의 인식의 확장성일 것이다. 그의 각 시집은 제각기 일정한 주제론적 의미망을 짜고 있다. 그 중 몇몇 시집들은 유사한 시적 주제를 중심으로 보다 심화된 인식의 틀로 묶이는 것이 있다. 『가장 어두운 날 저녁에』의 성찰들이 『무명연시(無明戀詩)』, 『불타는 물』을 거쳐 『사랑의 저쪽』에서 '그릇'의 이미지로 빚어지는 것이 가장 두드러진 예가 될 것인데 이는 시인의 존재론적 성찰의 정점에 해당될 것이다. 그 외의 대부분은 독자적인 주제로 놓이는 것이며, 특히 『아메리카 시편』은 미국에 교환교수로 재직중일 때 겪은 체험을 바탕으로 한 것으로 가장 독특한 시편들에 해당된다. 한편 초기 시집 『반란하는 빛』은 〈현대시〉 동인 시기에 모더니즘 기법 하에 쓰여진 것이므로 이후의 시집과 분리시켜 다루는 경향이 강하다. 그러나 『반란하는 빛』에는 이미 시인의 존재론적 성찰의 단초가 마련되어 있으며 그 시편들 속에 담긴 '불'의 상상력은 이후 시집들의 사유구조를 형성하는 데에도 많은 부분 관련되어 있는 점이다.

본고는 오세영의 시세계 전체를 조망하고자 하는 의도로 씌어졌다. 그러나 그의 시적 편력이 보여주고 있는 폭넓은 주제들과 깊이들을 한 궤에 다루는 것은 불가능할 뿐더러 각기 시집들의 특징들을 모두 살펴본다면 단편적인 접근 이상이 되지 않을 것이다. 따라서 시인의 인식론을 형성하는 주된 전략적 이미지들을 끌어내어 그것이 연관성 있는 시집들에서 어떻게 계승, 변용되는지를 살피고자 한다. 그러할 경우 시인에게는 모든 시기에 걸쳐 반복적으로 사유되는 성찰의 주제가 있음을 알 수 있을 것이며 그것을 밟아가는 사유과정은 곧 시인만의 독특한 인식론의 완성으로 귀결될 것임을 확인하게 될 것이다.

2. 한계지움의 형식으로서의 '그릇'

시인의 초기 시편과 제2시집 사이에는 12년이라는 긴 시간적 간격이 놓여있다. 이 기간은 시인에게 20대의 불길을 빠져나와 30대의 과도기를 거쳐 어느덧 불혹의 나이로 접어드는 시기이다. 그동안 그는 대학원에 입학하여 박사학위를 받는 등 제도권 교육을 성실히 이행하였고 한 가정의 어엿한 가장으로서 성숙의 길을 밟아왔을 것이다. 이러한 그의 연혁(沿革)이 의미하는 것은 무엇일까? 초기 시집 『반란하는 빛』에서 우리는 내면의 무한한 충동에 들려있는 시인의 모습을 만날 수 있었다. 당시 시인은 초현실주의의 전형적 기법인 이미지의 충돌과 과격한 상상력의 전개를 통해 모더니스트로서의 면모를 유감없이 보여주었다. 그러던 것이 제2시집 『가장 어두운 날 저녁에』에 이르면 피투성(被投性)으로서의 존재 조건에 대한 인식이 표출되고 시인은 그것을 극복하기 위한 존재의 근거를 마련하고자 고투한다. 여기에서 시인이 설정한 존재의 근거는 일차적으로 가족에 대한 인식으로 나타나는 바, 이는 곧 일정한 '틀'의 형상화를 뜻하는 것이다.

> 내 이름을 찾으려고/ 끝없이 나는 방황하였다./ 알타이에서 잃어버린 신발 하나./ 곰의 발자국을 찾아서,/ 시든 풀을 헤치고,/ 빈 콜라병에 채이면서/ 맨발로 빗속을 걸어다녔다./ 잃어버린 나를 돌려다오,/ (중략)/ 참새가 몇 마디 웃고 있는/ 허생(許生)의 집 뜰에 피는 박꽃이여,/ 한글로 쓴 내 이름을 돌려다오,/ 나는 지금 아무데나 있고,/ 아무데나 없다./ (중략)/ 나는 허생(許生)의 집 문전을 기웃거린다./ 잃어버린 나를 돌려다오,
>
> ― 「방황(彷徨)2」 부분

> 틀에 끼인/ 한 장의 사진 속에 平安이 있다.//
> 아내의 싱싱한 머리카락 사이에/ 여름 햇빛들이 수런대고/ 철없는 어

린 것이 물장난을 치고// (중략)// 틀에 끼인 한 장의 사진,/ 그 속의
平和/ 그 속에 잠든 아내의 얼굴,/흰 파도에 부서지는/ 여름이 보였다.

— 「겨울 일기(日記)」 부분

　제2시집에 대한 첫인상은 서정성이 강화되었다는 점일 것이다. 그러나
거기에는 불안과 안식의 두 가지 상반된 세계가 존재한다. 그리고 그의 불
안과 방황은 '이름지워지지 못한', 규정되지 못한 존재성으로 말미암는다.
그것은 곧 자아의 실종과 같다. 시인은 '아무데나 있고' 혹은 '아무데나 없
는', 즉 있으나마나 한 공허를 경험한다. 젊은날의 충동을 좇아 넓은 존재
의 지평에 이르렀으나('타버린 정신들은 어디 갔는가./ 가령 설원(雪原)에
버려진 장미꽃 하나/ 혹은 알타이에 떨어지는 햇살,/ 바람과 소나기, 그리
고 유월은/ 불탄다.', 「불1」,『반란하는 빛』) 그곳에는 끝없는 무한만이 존
재할 따름이다. 여기에서 시인은 존재의 막연함에 몸을 가누지 못하고 방
황을 거듭하게 되는 것이다. 이때 '이름'은 잃어버린 '나를 찾는' 한 방편이
된다. 그 결과 시인은 '나'의 정체성을 위하여 자연스럽게 '집'을 기웃거리
게 된다.
　'집'은 아내와 아이들이 시인을 기다리는 곳으로서 일상화된 익숙함을 통
해 그를 혼란으로부터 구하는 조건이 된다. 시인은 가족과의 일상을 떠올
릴 때마다 평안과 생기를 느끼는데('아침이 오는 길목에서/ 나누는 인사
(人事),/ 반짝이는 눈빛,/ 어두운 산하(山河)를 건너서/ 바람부는 들녘을
날아서/ 너는/ 태초의 축복으로/ 내 손을 잡는다./ 아아, 그것은 하나의
작은 역사(歷史),/ 인간(人間)은 누구나 자신의 역사(歷史)를 창조(創造)
한다./ 부신 햇빛으로 터지는 은총 함성(喊聲),/ 아침이 오는 길목은/ 지
상(地上)의 은총(恩寵)이 눈 뜨는 시간(時間),/ 사랑하는 아이들을 위하
여/ 어머니는 조찬(朝餐)을 준비하고,/ 장미(薔薇)는 봉오리를 터친다.',
「아침」,『가장 어두운 날 저녁에』) 그들과의 관계맺음이 시인이 인식하는
'던져진 자아'에게 일정한 '틀'을 부여해주기 때문이다. 「편지」에는 피투성

의 자아에게 반복되는 일상이 얼마나 큰 구원인가가 잘 묘사되고 있다.

>누구의 편지일까,/ 발신인(發信人) 없는 편지 한통/ 비에 젖어 버
>려 있다./ 찢어진 하늘에서/ 항서(投書)로 내리는 비./ 언어(言語)는
>축축히 젖어 있다./ 비는 내려도 이 도시(都市)의 녹음은 씻겨만 가
>고/ 신뢰할 그 아무것도/ 벌써 내겐 없는데/ 대담하게 쓴 한통의 편
>지/ 혹은 밀고(密告), 혹은 진실(眞實)./ 그러나 염려치 마라/ 하나의
>진실(眞實)이 비에 씻기고/ 하나의 아픔이 잠자더라도/ 빗장을 걸고,
>전깃불을 끄는 일에/ 우리는 너무나 익숙해 있으니까.
>
>　　　　　　　　　　　　　　　　　　　　　　　　—「편지」전문

　은유로 이루어진 위의 시에서 '발신인 없는 편지'는 '이름이 불려지지 않
은 자아'와 다를 것이 없다. '버려져' 있는 편지는 곧 그러한 자아의 투영[5]
이며, 따라서 시인에게는 신뢰할 대상이 존재하지 않는다. 설령 '버려진 편
지'와 같은 존재의 성격이 '진실'이고 진리일지라도 그는 그가 놓인 상황이
불안하기만 하다. 그러할 때 시인에게 분명한 것은 무엇인가? 그 분명함이
시인을 안심하게 하는 바, 그것은 곧 최소한의 일상이다. '빗장을 걸고, 전
깃불을 끄는 일'처럼 삶을 향한 적극적인 행위는 아니더라도 그 작은 생활
의 익숙함이 그를 구원하는 것이다. 이러한 시적 전개는 무한으로 놓인 드
넓은 존재의 지평이 얼마나 시인에게 무자비하게 느껴졌는가 하는 것을 암
시적으로 보여준다 하겠다. 따라서 이즈음에 '그릇' 이미지가 형성된 것은
우연이 아니다.

>그릇들은/ 저마다의 푼수를 지니고 있다.// (중략)//
>사람은 저마다의 그릇을/ 갖고 있다./ 채워진 그릇과 빈 그릇을,/
>말씀의 그릇과 영혼(靈魂)의 그릇을,/ 사람은 저마다 가지고 있다.//
>진실로/ 가난한 자(者)의 식탁(食卓)에 놓여진/ 그릇이여,/ 고개
>숙인 식솔(食率)들을 보아라/ 상머리 조용하게 타오르는/ 촛불 너머/

---

5) 류철균, 「존재의 초극과 사랑의 지평」, 《시와 시학》, 1992, 여름.

대좌(對坐)한 안식을.//
　창(窓) 밖엔/ 인도차이나의 포성(砲聲),/ 월난민(越難民)들의 허기진
얼굴들이 보이는데,//
　식탁(食卓) 모서리를 차지한/ 귀 빠진 나의 식기(食器),/ 백사기
(白沙器), 찰찰 넘치는/ 어머니 은총(恩寵)을 기린다.

—「만찬(晩餐)」 부분

　시인은 '그릇'을 각각의 개별자에게 주어진 '은총'의 몫이라고 생각한다.
그것이 크든 작든, 훌륭하든 초라하든 그것을 자신의 것으로 가진 사람들
은 '안식'과 만족을 느낀다. '그릇'이 많은 것을 담을 수 있는 것은 아닐지라
도 시인은 그것을 가지고 있음이 평화를 소유한 것과 같다고 본다. 그리하
여 시인은 그릇의 소유를 통해 '영혼'과 '말씀'으로 표상되는 형이상학적 체
험을 할 수 있게 된다. 이웃 나라의 전쟁소식이나 난민들의 비극 정도는
전략적인 시적 장치에 불과할 뿐이다. 이웃의 비극은 그릇을 소유한 자의
안식과 행복을 전경화시켜주는 배경일 뿐이기 때문이다.

　그런데 비극을 본 자에게 안식은 불완전한 것이다. 그것이 언제든 사라
질 수 있다는 자각 때문이다. 또한 이웃의 불행 자체가 자신의 행복을 절
대적인 것이 아니게 한다. 시인의 인식론적 고민은 바로 여기에서 시작된
다. 무한의 공간에 '버려진 자아'가 그토록 바라마지 않던 '한계지음으로서
의 형식', 곧 '그릇'이 모순으로 인식되기 시작한 것이며, 이를 계기로 이후
그의 시편들에는 역설의 어법이 자주 등장한다.

　흙이 되기 위하여/ 흙으로 빚어진 그릇/ 언제인가 접시는/ 깨진다.//
　생애(生涯)의 영광(榮光)을 잔치하는/ 순간에/ 바싹/ 깨지는 그릇./
인간(人間)은 한번 죽는다.//
　물로 반죽되고 불에 그슬려서/ 비로소 살아 있는 흙./ 누구나 인간(人
間)은/ 한번쯤 물에 젖고/ 불에 탄다.//
　하나의 접시가 되리라./ 깨어져서 완성(完成)되는/ 저 절대(絶對)
의 파멸(破滅)이 있다면,//

흙이 되기 위하여/ 흙으로 빚어진/ 모순(矛盾)의 그릇.

                                              ―「모순(矛盾)의 흙」전문

   한 개별자로서 개인에게 속하는 푼수를 지닌 '그릇'을 소유하고자 했던
시인에게 이제 '그릇'은 '인간'이라는 보편자로 인식된다. 타자의 조건은 나
의 존재에 대한 성찰을 유도하였으며, 나와 타자에 대한 사유는 '인간'에
대한 보편적인 인식에로 확장되었던 것이다. 이제 더 이상 내가 소유한 '그
릇'이 영원한 평화로 느껴지지 않는다. 그것은 '죽음'이라는 '절대 파멸'이
유예된 유한한 행복일 따름이다. '결국 인간은 죽기 위하여 살아있는 존재
가 아닌가?'에 대해 생각이 미친 시인은 그릇을 냉철하게 인식하기 시작한
다. 그것은 '흙으로 빚어진 것'으로서, 그러므로 '흙이 되기 위한' 것에 불과
할 뿐이다. 그리고 실제로 언젠가 그것은 '깨진다'. 그것도 운이 나쁘면 '생
애의 영광을 잔치하는 순간'에 그리된다.
   시인이 어느 정도로 냉철한가 하는 것은 행복과 불행이 교차하는 순간에
대한 인식에 이르러서도 아무런 감정적인 언급을 부가하지 않는 것으로 알
수 있다. 그는 인간의 죽음을 '한번쯤 물에 젖고 불에 탄다'라고만 표상한
다. 그리고 그와 같은 이성적 인식 뒤엔 곧 긍정이 따른다. 이제 그는 파멸
을 내포하므로 모순된 것인 인간의 존재 조건을 적극적으로 승인하는데,
이는 오히려 '깨짐'(죽음)을 '완성'이라 보는 데서 드러난다.

3. '깨진 그릇'과 '불'의 만남

   시인의 보편자에 대한 인식은 곧 진리를 향한 겸허한 태도를 의미하는
것이다. 시인은 인간의 유한 조건을 부정하지 않는다. 부정하지 않기 때문
에 냉철할 수 있고, 또 그러하기 때문에 그의 사유는 계속된다. 「그릇」 연
작시를 통해 그의 인식이 확대, 심화될 수 있던 것도 바로 여기에서 연유

하는 것이다. 시인은 다양한 사물들이 지닌 역설적 모순구조를 다각도로 살핌으로써 그의 인식을 다지고 또한 인간과 사물간의 우주론적 연대를 확인해 나간다.

그에게 '그릇'은 일차적으로 존재를 그 '무엇'으로 만드는 형식이 되지만 그것이 영원히 그 상태로 고착되는 것은 원하지 않는다. 말하자면 '그릇'은 존재의 채움을 위해 있되 그것이 곧 깨짐 혹은 비움의 상태로 전이되어야 하는 것이다. 시인이 볼 때 모든 살아 있는 존재란 그러한 순환의 과정을 겪는다. 그러나 비움, 채움, 비움의 순환 과정이 언제나 동일한 상태로 반복되는 것은 아니다. 태초의 혼란으로서의 비움과 채움 후의 비움은 그 내포가 다르다.6) 그런 의미에서 존재에게 '그릇'이라는 형식은 반드시 필요하고 나아가 그것을 부정하는 과정 또한 필요하다. 이러한 과정이야말로 곧 존재를 겸허하게 하고 성숙시키는 계기가 된다. 시인은 그런 과정을 밟지 않는 것으로 '이념'을 꼽고 있다. 시인이 보기에 이념이란 확고불변하다는 믿음 속에 경직되게 고착된 것에 불과하다. 시인이 이념을 불신하는 이유가 여기에 있다.

> 그릇에 담길 때,/ 물은 비로소 물이 된다./ 존재가 된다.//
> 잘잘 끓는/ 한 주발의 물,/ 고독과 분별의 울안에서/ 정밀히 다지는 질서,//
> 그것은 이름이다./ 하나의 아픔이 되기 위하여/ 인간은 스스로를 속박하고/ 지어미는 지아비 앞에서/ 빈 잔에/ 차를 따른다.//
> 엎지르지 마라,/ 엎질러진 물은 불이다./ 이름없는 욕망이다.//
> 욕망을 다스리는 영혼의/ 형식(形式)이여, 그릇이여.

—「들끓는 물-그릇6」 전문

> 그 어떤 이념이/ 이토록 생각을 굳혀 놨을까,/ 그에게서는 사랑을 찾을 수 없다./ 관용도 그리고 미움도……/ 부드러운 흙에 도는 따뜻

---

6) 오세영·김준오 대담, 「진실과 사실 사이」, 『사랑의 저쪽』, 1990, 9, pp.102~104.

한 물이/ 한 송이 꽃을 피우듯/ 부드러운 살에 도는 따뜻한 피가/ 사
랑을 싹틔울텐데/ 어떤 이념이 그토록 싸늘하게/ 그의 육신을 얼려
왔을까.//
　모래와 철근으로 더불어 굳어버린/ 씨멘트,/ 생명을 완강히 거부하
는 저/ 흙의 얼음.

— 「흙의 얼음-그릇26」 전문

　내가 원고지의 빈칸에/ ㄱ, ㄴ, ㄷ, ㄹ, ……/ 글자를 뿌리듯/
신(神)은 밤하늘에/ 별들을 뿌린다./ 빈 공간은 왜 두려운 것일까./
절대의 허무를/ 빛으로 메꾸려는 저, 신(神)의/ 공간,/
그러나 나는 그것을/ 말씀으로 채우려 한다./
내가 원고지의 빈칸에/ ㄱ, ㄴ, ㄷ, ㄹ, ……글자를 뿌릴 때/
지상에 떨어지는 씨앗들은/ 꽃이 되고 풀이 되고 또/
나무가 되지만/ 언제인가 그들 또한/ 빈 공간으로 되돌아간다./
나와 너의 먼 거리에서/ 유성의 불꽃으로 소멸하는/ 언어,/
빛이 있으므로 신(神)의 하늘에도/ 어둠은 있다.

— 「신(神)의 하늘에도 어둠은 있다-그릇39」 전문

　분명 그릇은 무규정의 존재를 일정한 존재의 형상으로 만들어 주는 안정
된 틀이 되어 준다. 그것은 인간의 경우 무분별한 충동 혹은 들끓는 욕망
을 다스려주는 기제이다. 그것이 주어지지 않을 때의 인간이란 방종과 방
황에서 허우적대는 존재일 뿐이다. 이러한 인식은 여러 편의 「그릇」 연작
시를 통해 나타난다. "분노에 떠는 칼도/ 집에 들면 잠든다.//오욕과 굴종
의 하루를/ 밖에 두고 문을 닫는/ 나의 귀가(歸嫁)/ 안식(安息)은 항상/
닫힌 그릇 안에 있다"(「칼-그릇15」)라든가 "소유(所有)를 위해서 인간은/
자신만의 언어를 만든다./ 그릇에 담겨야 비로소 의미가 되는/ 나의 언어
(言語)"(「사물의 귀-그릇 17」) 등이 그러한 인식을 드러낸다.
　그러나 '그릇'에 관하여, 시인이 궁극적으로 구하는 것은 '깨짐', '부서짐',
'무너짐'으로 현상하는 열린 상태이다. 그리고 사실상 '그릇'에 관한 주제의
식은 '소멸'로써 완성되는 것이다. 연작시 「그릇」의 대부분에서 확인하고

있는 인식은 바로 여기에 닿아 있다. "비우기 위하여/ 채우는/ 矛盾의 空間,/ 盞은 결코 외롭지/ 않다./ 비어있는 그것이 충족이므로."(「부딪혀라 술잔-그릇7」)라든가 "이 地上의 확실한 소유는/ 빈 그릇,/ 虛無의 가슴에서 울려나오는 바이올린 솔로,// 속이 비어야 共鳴하는/ 人間의 樂器."(「인간의 樂器-그릇11」), "깨짐으로써 본분을 지키는/ 살아있는 흙,/ 살아있다는 것은/ 스스로 깨진다는 것이다."(「살아 있는 흙-그릇14」), "끝나는 것은 길이 아니다./ 저주할 기하학이여,/ 우리의 길은/ 끝나면서 열리는 길이어야 한다."(「나는 기하학을 저주한다-그릇42」) 등이 이러한 인식을 드러낸다.

모든 살아있는 존재가 그러한 열린 가능성을 지향하는 것에 비해서 무너지지 않는 견고한 이념은 의당 부정적인 영역에 속한다. 그것은 '살아있는 존재'가 아닌 단순한 '사물'에 불과하다. 또한 그것은 흙으로 돌아가기를 거부하는 '시멘트'이므로 또다시 생명의 고리로 순환되지도 않는다. 이념은 '부드러움', '따듯함', '사랑', '생명'과 대립되는 의미를 지닌다. 시인은 시로써 이념을 견제해야 된다고 했거니와[7] 이념이 고착될수록 사회는 경직되고 생기를 잃어간다고 인식한다.

한편 위의 시 「신(神)의 하늘에도 어둠은 있다」에서 밝히고 있는 인간과 신의 유비는 시인의 인식론을 완성시키는 데 있어서 의미있는 대목이 아닐 수 없다. 결국 인간이 죽음의 조건을 긍정할 때 '신의 세계'에 가까이 갈 수 있다는, 즉 자유를 얻을 수 있다는 초월사상이 개재되는 부분이기 때문이다. 존재의 모순 구조를 깨닫고 그것을 실천하는 일은 안정과 소유에 집착하는 범인(凡人)으로서는 행하기 불가능한 것이다. 대부분의 인간은 자신의 현재만을 볼 수 있으며 지금 지니고 있는 형식들, 부나 권력, 명예, 목숨 등을 자신에게 영원히 속하는 것이라 여기기 때문이다.

그러한 인간들에게 '그릇'이 깨어지는 순간은 비극적이고 불행할 수 밖에 없다. 그러나 인간은 모두 존재 안에 비극의 조건을 내포하고 있고 이러한

---

7) 오세영 · 김준오 대담, op. cit., p.109.

조건으로부터 자유로운 사람은 없으므로 시인은 모든 인간이 이를 초극할 수 있기를 소망한다. '깨짐으로써 열려있는 공간'은 '우주로 통하는 길이며 곧 자유'이기 때문이다(「콜라 캔-그릇47」).

  그런데 우리는 종종 '깨지는 그릇'이 '불'의 이미지와 결합되는 것을 보게 된다. '불'은 초기 시의 전략적 이미지로서, 내면의 충동을 환기시켜 무한의 존재 지평으로 자아를 이끌어갔던 힘이다. 시인이 내면의 욕망을 다스리는 형식으로서의 '그릇'을 추구한 것도 우리는 알고 있다. 그렇다면 채움의 과정을 거친 자에게 불은 어떠한 의미망 속에 놓이는 것인가?

> 깨져라 그릇,/ 더 이상 갇히기를 거부할 때/ 우리는 불이 된다./
> 공간을 뛰쳐나온 존재의 환희,/ 가지 끝에서 파열하는 꽃,/
> 설령 담겨진 물이라 하더라도/ 수직으로 거스르는 분수가 될 때/
> 물은 불이 된다./ 거역해라, 존재여,/ 꽃이여,/ 깨지는 그릇이여,

— 「분수-그릇51」 전문

> 지귀(志鬼)가/ 사랑에 못이겨/ 스스로 자신을 불살랐을 때/
> 그의 몸에서도 연기가 피어났을까,/
> 이 지상의/ 가장 확실한 존재는 연기다./
> 그것이 칼이든 방패든 옷이든 무엇이나/ 태우면 연기가 된다./
> 연기가 되어 비로소 자유를 얻은/ 이 지상의 존재,/
> 땅에 뿌리를 박고 있지만/ 하늘과 당당히 맞선 저 굴뚝을 보아라,/
> 그는 나무처럼/ 지상으로 꽃잎을 떨어뜨리지 않는다./
> 검든 희든/ 모락모락 하늘을 향해 토해내는 연기,/
> 무엇이나 깨진 것은 흙으로 가지만/ 불탄 것은 이 지상을 초월한다.

— 「연기-그릇52」 전문

  위의 시편들에서 '깨지는 그릇'과 결합된 '불'은 다분히 메타포의 범주에 놓인 것으로 이해할 수 있다. 엄밀히 말해서 그것은 초기 시의 그것처럼 '내면의 충동'과 같은 힘을 내포하는 것은 아니다. 예컨대 이때의 '불'은 모

종(某種)의 형상(形象)을 표현하는 것으로서 깨진 존재가 우주적 공간으로 번져가는 모습을 가리키는 것이라 할 수 있다. 허공을 향해 파열하는 꽃의 형상이나 물의 모습이 시인에게는 '불'처럼 보였던 것이며, 그 모습의 미적 아름다움에 힘입어 시인은 우리에게 '존재의 틀'을 '거역하라'고, '깨버리라'고 외친다.

「연기」를 보면 이 시점의 '불'의 의미는 보다 명확해진다. 불가(佛家)에서는 죽은 인간을 불에 태운다. 불에 타버린 존재는 우주의 빈 공간 속으로 아무런 걸림없이 스며들어 갈 수 있다. 즉 존재는 우주와 하나가 되는 것이다. 그것이 곧 허무(虛無)에 다름 아니다. 깨짐으로써, 그리고 불로 타오름으로써 허무(虛無)에 이르게 된다는 상상력은 불교적 인식론에 해당되며 동양적 우주관이라 할 수 있다. 불탄 지귀(志鬼)가 연기로 화해 하늘로 오르는 형상을 가리켜 이 '지상을 초월'하는 것이라 본 시인의 상상력은 불교적 관점에서 쉽게 이해할 수 있으며 시인은 이러한 무(無)의 상태를 완전한 자유라고 말한다.

4. 불과 물의 흐름

깨져 흙으로 돌아간 존재, 혹은 불타 하늘로 상승한 존재들은 모두 고정된 자아를 버림으로써 자유를 획득한 존재들이다. 이들의 자유는 구속을 벗어난 유연함으로부터 오는 것이며 무(無)의 공간을 걸림없이 넘나듦으로써 가능한 것이다. 자유의 상태는 땅으로 떨어지거나 하늘로 치솟는 수직적 운동보다는 주변으로 스미는 수평적 운동에서 비롯된다.

이러한 관점에 서면 연기나 수증기와 같이 밀도가 낮은 기체들이 왜 그토록 빈번히 '자유'의 메타포로 쓰이는지, 그리고 자유와 평등의 양면성이 비단 사회학적 개념만은 아니라는 사실을 이해할 수 있게 된다.
우리는 '그릇'에 관한 존재론적 문제의 탐구를 통해 자유를 향한 시인의 인식론적 틀을 살펴볼 수 있었다. 그 과정에서 시인의 인식론적 틀이 모순구조에 의해 지지됨을, 따라서 그러한 인식론이 역설의 어법으로 표출됨 또한 확인할 수 있었다. 이제 남은 문제는 유한의 존재조건을 초극한 자아들에게 자유의 형상(形象)은 어떤 것일까 하는 점이다.

> 바다는/ 평등하므로 바다다./ 큰 물결 잔 물결이 한데 어울려/ 가득히 넘치는 바다./ 바다는 그 어떤 것도/ 높지 않은 까닭에/ 아무도 밟을 수 없다./ 그러나 지상의 길이여,/ 너희는 항상 밟히기를 바라지만/ 그리하여 바다에서 끝나지만/ 벼랑에 부서지는 저 격랑을/ 보아라./ 파도는/ 제 갈 길이 따로 정해져 있지 않는 까닭에/ 스스로 부서질 줄을 안다./ 자신을 버림으로써 세계를 안다./ 그러므로 아무 것이나/ 밟으려 하지 마라./ 길은 아무데나 있고 아무데도 없는 것,/ 밟을 수 없음으로/ 가장 낮은 곳에 위치해 있으면서/ 가장 높은 곳에 있는/ 바다는/ 평등하므로 바다다.
>
> — 「바다」 전문

시 전편이 비유로 되어 있는 위의 시는 수평적 상상력의 전형적인 양상을 띄고 있다. 바다는 그 전체가 고정되지 않은 질료로 이루어져 있어 끊임없이 '흐른다'. 그것은 일정한 형식으로 고착되어 있지 않으므로 '큰 물결 잔 물결이' 언제나 구분없이 섞인다. 나와 타자 사이의 경계란 존재하지 않는 것이다. 파도도 마찬가지로 '제 갈 길을 따로 정하지 않고', '스스로 부서지기'를 반복한다. 그것은 지상의 길이 바다에서 끝이 나 더 이상 흐르거나 부서지거나 섞이거나 하지 않는 것과는 대조적인 양상이다. 즉 자유의 형상(形象)은 '흐르는 물'이다. 시인은 「흐르고 흘러서」에서 "흐르는 물을 보아라./ 사랑으로 흐르고 흐르면/ 그는 드디어 저 절대의/ 자유에 도달하지 않는가."라고 말하고 있다.

시인은 「바다」에서 고정된 틀을 벗어난 자아를 흐르는 물의 이미지로 형상화하고 있거니와 이들의 자유로운 삶은 초월적이므로 그 누구의 지배도 받지 않는다고 한다. 「시」에서도 허무를 초극한 존재가 '흐르는 물'의 이미지로 형상화 되는 것을 살펴볼 수 있다.

　　'청산유수(靑山流水)'/라는 말이 있지만 언어는/ 나는 화살과 같이/
소리를 타고 흘러내리는/ 물이다.//
　　음소와 음소/ 음절과 음절이 함께 어우러져/ 때로 호수를 이루고/
때로 폭포를 이루는/ 한 문장의/ 강물.//
　　소리의 물,/ 언어에도 얼음이 있을까/ 얼릴 수만 있다면/ 언어는
산문이 될 것이다./ 언어에도 수증기가 있을까/ 끓일 수만 있다면/
언어는/ 시가 될 것이다.//
　　지상의 얼음이 아니라/ 저 절대의 허공에서 빛나는/ 의미의/ 무지
개, 시는/ 불타는 물이어야 한다.

— 「시」 전문

　언어 양식 가운데 시인이 가치를 부여하는 것은 물론 '시'이다. 보다 정확
히 말하면 '물'처럼 흐르는 언어, 곧 음악성을 지닌 언어('소리를 타고 흘러
내리는')이다. 그러한 시는 산문처럼 경직된 언어가 아니며 액체 혹은 기체
의 질료적 성격을 띤다. 허공에 스밀 수 있는 것은 시의 언어가 가벼운 음
악성을 띠기 때문이다. 말하자면 '시'라는 장르는 존재론적으로 말해서 언어
적 한계를 초월하여 무(無)의 공간에 다다른 부드러운 질료를 의미한다.

　이러한 시적 언어는 굳이 분류하자면 조각, 회화, 음악 등의 예술 장르
중 음악과 가장 가까울 것이다. 음악은 "평면과 입체가 사라진 저 허무의/
절정에서/ 울려오는 바람 소리, 빗소리"(「허무의 절정에서」)라고 시인이
말한 것처럼 물질로부터 자유로운 관념의 소산이기 때문이다.

요컨대 우리가 구하고자 하는 자유의 형상은 질료로써 말하자면 기체 혹은
흐르는 액체에 해당될 것이다. 연기, 수증기, 물 등이 그것을 지지하는 이
미지이다. 한편 '술'은 휘발성의 알코올이므로 물과 기체의 혼합물이라 할
수 있는 바 그의 시에서 또한 주요 이미지로 다룰 수 있을 것이다.

　사람들이/ 제 입맛을 지키려고/ 냉장고에 음식을 넣어두듯/

신(神)은 태초에/ 이 세상을 그의 형상대로/ 얼렸을 것이다./
나무는 나무로, 꽃은 꽃으로,/ 움직이는 것은 움직이는 것으로……/
각개 물상으로 굳어버린 이 세계는/ 신(神)의 거대한 감옥,/
그러므로 알겠다./ 인간에게 왜 술이 필요한가를,/
불타는 물이 왜 우리를 황홀케 하는가를,/
내가 네가 되기 위하여/ 스스로 존재의 결빙을 녹이는 묘약,/

— 「술 1」 전문

하늘로 비상하는 길은/ 육신을 불태우는 것,/ 영원은 항상 존재의
저편에/ 있다./ 그러므로 지상을 흐르는 물이여/ 흐르고 흘러서/ 영
원에 도달할 수 없거든/ 차라리 한잔의 술이 되거라./

— 「술 2」 전문

'술'은 불과 물과 기체와 액체의 교차점에 놓이는 질료이다. 액체로 흐를
수 없을 때 기체가 되어 허공 속으로 스미고, 인간의 몸 속에 들어가서는
그의 명료한 이성을 흐려놓으며 그를 불로 타오르게 한다. 그러한 의미에
서 '술'은 자유의 형상과 닮아 있다.

따라서 시인은 「술 2」에서처럼 '영원에 도달할 수 없거든 술이 되라'고
말한다. '술'은 불의 에너지와 물의 질료를 동시에 가지고 있는 까닭에 '물
상으로 굳어버린 세계'를 '녹일' 수가 있다. '술'은 곧 자유의 의미를 내포하
고 있는 것이다. 인간이 술을 마시면 타자와의 경계를 쉽게 무너뜨리는 것
처럼 술은 '존재의 결빙을 녹이는 묘약'인 것이다.

5. 결 론

오세영의 시는 크게 감성에 주로 기댄 일반적 의미의 서정시와 지성에
주로 기댄 인식론적인 시로 나눌 수 있을 것이다. 이 둘을 엄격하게 구분
할 수는 없지만 대체로 『무명연시』, 『꽃들은 별을 우러르며 산다』, 『눈물

에 어리는 하늘 그림자』, 『벼랑의 꿈』이 전자의 계열에, 『반란하는 빛』, 『가장 어두운 날 저녁에』, 『불타는 물』, 『사랑의 저쪽』, 『어리석은 헤겔』 이 후자의 계열에 속할 것이다.

본고는 인식론적 계열에 속하는 시집들을 중심으로 시인의 존재에 대한 인식을 살펴보았다. 2장, 3장에서는 실존적 조건에 놓인 존재가 그것을 초극하여 자유에 이르는 과정을, 4장에서는 자유에 이른 존재의 질료적 형상을 다루었다. '그릇'과 '불'과 '물' 등의 전략적 이미지들은 그러한 고찰을 위한 매개가 되었다.

제2시집에서부터 등장하기 시작한 '그릇'의 이미지는 초기에는 존재의 무한 지평에 놓인 자아에게 일정한 틀의 역할을 한다. 그것은 시인을 충동과 방황으로부터 벗어나게 하여 안식과 평화를 누리게 한다. 그러나 안정된 규정 속에서 시인은 불완전함을 느낀다. 그러한 삶이 영원히 지속되지 않으리라는 인식과 함께 인간의 숙명이 지닌 모순구조를 깨닫게 되기 때문이다. 이에 따라 '그릇이 깨짐으로써 흙으로 돌아가는 상태'를 긍정하기 시작하고 그로부터 우주적 존재에 대한 성찰을 심화시킨다.

'깨지는 그릇'은 허공을 향해 열려있는 것으로 궁극적인 허무의 상태를 지향한다. 그러한 존재는 곧 신적인 완성에 도달하는 역설성을 지닌다. 또한 그 모순을 받아들이는 존재는 비로소 자신의 한계를 초극하는 것이므로 완전한 자유를 경험하기도 한다. 공중에서 타는 불이나 연기의 이미지는 유한한 존재가 허무와 하나가 되는 양상을 묘사한다.

시인은 이후 '불타는 물'이나 '흐르는 물'의 이미지를 통해 자유를 얻은 존재가 자신의 삶의 양식을 만들어가는 모습을 보여준다. 그러한 존재는 한정된 '나'의 틀을 고집하지 않고 외부 세계와의 경계를 허문다. 이 때 타자와의 자연스런 소통과 대기와의 교류가 자유를 얻은 존재의 삶의 양식이 된다. 그러한 존재의 질료는 고체와 같이 고착된 것이 아니고 액체나 기체처럼 유동적이다.

╚ 구원의 시학

김유중

1. 들어가는 말 : 논리와 초논리

흔히 시인이 쓴 시론이라면 다소 산만하고 비약이 심한 것이 일반적이다. 자신의 시관을 산문적인 형태의 글로 드러낼 경우에도, 시인들은 시작 과정에서나 요구될 법한 암시와 상징, 그리고 비약적 이해를 필요로 하는 의미의 골들을 곳곳에 파헤쳐놓는 것을 결코 잊지 않는다. 이런 글들을 읽을 때 독자는 때론 설명적으로, 때론 감각적으로 그 내용을 받아들이지 않으면 안된다.

이에 견주어볼 때, 오세영의 시론은 비교적 간결하면서도 체계가 잘 잡혀 있다는 느낌부터 받게된다. 이는 물론 그가 오랜 기간 동안 대학에서 교편을 잡고 강의를 해온 교수라는 점이 작용한 결과이겠으나, 한편으로는 그가 창작 과정과 논리 전개 과정을 어느 정도 구분하여 행하여왔음을 반증하는 것이기도 하다. 한 마디로 그의 시론은 시, 나아가서는 문학이 단지 논리적인 시각만으로는 포착될 수 없는 '초논리'의 산물임을 매우 '논리'적으로 예증하고 있다. 이러한 서술 방식은 정서나 감각이 우선시된 경우라 할지라도 그것에 대해 말하고자 할 시에는 가급적 논리 자체의 틀을 유지하여야 된다는 내적 신념의 표현이기도 하다.

시란, 특히 시작이란, 그가 보기에는 절대 논리로는 다가설 수 없는 세

계이다. 그것은 인간의 삶 가운데 내재하는 '우연'과 '비논리'의 잡다한 계
기들을 폭넓게 수용하는 작업이다.1) 당연하게도 시에서 말하는 진리 개념
은 우리가 일상적으로 이야기하는 논리적인, 혹은 과학적인 진리 개념과는
엄격히 구분된다. 이 차이를 그는 '부분적 진리'와 '총체적 진리'라는 이원
론적 대비를 통해 설명하고 있다. 이같은 설명에 기대면 과학적 진리란 부
분적인 것이며, 부분적이기 때문에 논리적이며 합리적일 수 있는 반면, 시
적 진리란 총체적인 것이기에 비논리적이며, 역설적이며, 초월적인 특성을
지닌다고 생각된다.2)

　우리가 살고 있는 세계는 근원적으로 모순 위에 서 있다. 부분만을 뜯어
볼 때 합리적인 설명이 가능할 수도 있지만, 시야를 전체로 확대했을 때
우리는 그와 같은 근원적인 모순을 인정하지 않을 도리가 없다. 그러나 시
인은 바로 그 모순 속에서, 스스로 단순히 모순에만 머물지 않고 그것들
사이의 조화를 통해 보다 차원 높은 세계로의 승화를 꿈꾸는 자이다. 그런
의미에서, 시에서 표현된 진리란 역설적인 진리인 동시에 총체적인 진리이
며, 그와 같은 시의 신비는 시인의 상상력을 통해 발현된다.3)

　오세영의 시론은 따라서, 과학적 논리와 시적 상상력을 가로지르며4),
부분과 전체를 넘나들며, 논리와 초논리 사이의 조화와 화해를 모색하며
제출된 어떤 것이라 할 수 있다. 그것은 사실상 잠정적이며 불완전하며,
또한 근본적으로 불안한 질서요 체계이다. 그럼에도 불구하고 그의 시론이
안정감을 유지하고 있는 것으로 보이는 까닭은 그의 논리가 다만 논리 자
체의 한정된 울타리에 갇힌 것이 아닌, 보다 큰 신념의 체계를 지향하고
있기 때문일 것이다. 여기서의 신념은 결국 구원으로서의 의미를 짙게 드
리운다.

---

1) 오세영, 「문학과 진리」, 《말의 시선》, 혜진서관, 1989, p. 21.
2) 오세영, 「문학적 진리」, 『서정적 진실』, 민족문화사, 1983, pp. 54-58.
3) Ibid., 「영원과 현실 사이」, p. 73.
4) 여기서 우리는 그의 평론집의 제목 가운데 『상상력과 논리』(민음사, 1991)가 있음을
　주목할 필요가 있다.

2. 시적 구원의 참의미

시작이란 이 모순으로 가득찬 현실 속을 헤매이며 끊임 없이 진리를 갈구하는 작업이라는 뜻에서, 논리를 넘어선 초논리의 세계에 다가서기 위한 작업이라는 뜻에서, 오세영에게 있어 그것은 구도의 과정과 동일시된다. 시의 진리란 모순의 진리이며, 그런 의미에서 그것은 역설적 진리이다. 모순을 모순 자체로 감싸안으며 그는 깨달음에 다가서기 위해 노력한다.

> 내가 생각하는 시, 내가 생각하는 문학 또한 그렇다. 말하자면 그것은 개인과 전체, 영원과 현실, 이념과 생활이 결코 분열되어서는 안되는, 오히려 한가지로 아울려서 개인이 즉 전체이며, 영원이 즉 현실이며, 이념이 즉 생활인 어떤 세계, 그것을 지향하는 정신적 몸부림이다. 이와 같은 모순의 조화가 어떻게 가능한 것일까. 나는 그것을 논리적으로 설명할 수는 없다. 우리의 삶이 왜 부조리하며, 사랑의 본질이 왜 모순으로 되어 있으며, 왜 빛은 어둠을 동반하는지 설명할 수 없는 것처럼…, 그러나 나는 안다. 인생과 자연의 본질이 모순이듯, 그것을 반영한 문학 역시 그 본질은 모순에 있다는 사실을. 그리고 실로 본질이 모순인 까닭에 문학은 같은 이념 지향의 인간 행위, 즉 정치나 도덕이나 철학보다 더 위대한 것이다.[5]

문학이 정치나 도덕과 같은 행위들보다 더 위대한 이유를 그는 그것이 지닌 본질적인 모순에 대한 인식으로부터 찾는다. 인간이 그 본질에 도달하는 길은 따라서 논리나 이해에 있지 않고, 오로지 체험과 깨달음으로서만 가능하다는 것이 그의 주장이다. 모순 속에서 인간은 고뇌하고 좌절하며, 또 그 모순을 통해서 역설적으로 진리에의 깨달음을 얻게 된다. 이와 같은 인식은 그에게 구도 과정에 수반되는 '자기 희생'의 의미를 보다 강화하는 계기로 작용한다. 그러나 이 때의 자기 희생이란 결국 진정한 자유, 즉 '자기 구원'에 다다르는 길[6]일 것이다. 희생을 통한 자기 확립은 구

---

5) 오세영, 「멀고도 먼 길」, op. cit., 1989, p. 79.
6) Ibid., p. 84.

원의 의미와 통하기 때문이다. 중요한 것은 시, 또는 문학에서의 이러한 자기 희생을 통한 구원의 의미는 오세영에게 있어 개인적인 의미로만 국한되지는 않는다는 점이다. 그가 구원이라고 말했을 때, 그것의 진정한 의미는 공동체에 대한 책임 의식을 전제로 하고 있는 것이라 할 수 있다. 이 점은 특히 그가 현대 문명 사회에 있어서 시인이 처한 운명을 논할 때 한층 강조된다.

현대 문명 사회에서 인간은 고도로 발달한 물질 문명의 혜택을 마음껏 누리고 있는 동시에, 유례를 찾기 어려운 정신적 황폐에 시달리고 있다. 이러한 상황을 그는 현대 문명 사회에 있어서의 정신사의 부재로 규정한다. 문명사는 20세기에 들어 근본적인 위기에 직면하게 되었는데, 이를 그는 인간의 비인간화, 또는 물질화 경향에서 유래된 것으로 본다. 19세기를 규정짓는 시대적 이념이 '신의 죽음'이라고 한다면, 20세기의 그것은 '인간의 상실'이다. 영국의 시인 엘리어트가 지적하였듯이 현대인들은 모두 정신적인 '황무지'에 서 있는 것은 아닌가. 그렇다면 이렇게 황폐화된 세계 속에서 시란 대체 무엇이며, 시인이란 대체 무엇을 하는 존재인가.

이 지점에서 그는 시인을 시대의 원죄를 뒤집어 쓰고 자기 희생의 길을 걷는 존재, 즉 '속죄양'적인 존재로 간주한다.

> 현대인이 시인에게 요구하는 것은 그들의 물리적 세계관이 인간 정신에 범한 원죄 - 인간의 상실, 세계의 종말, 문명의 파멸, 재해주의(catastrophism) 등 - 에 대하여 십자가를 지고 속죄양이 되라는 것이다. 그리스도는 인간이 신에게 범한 원죄로 인하여 십자가를 졌으나 20세기의 시인들은 물질이 정신에 범한 원죄로 인하여 십자가를 져야 하는 것이다. 현대인은 자기를 대신하여 정신을 위해 피흘리고 쓰러져갈 시인을 원한다. 때문에 만일 스승이기를 바라거나, 예언자 혹은 올훼이기를 바라는 고전적인 개념으로서 시인이기를 원하는 자가 있다면 그는 일찍 그의 소망에 종지부를 찍지 않으면 안될 것이다.7)

---

7) 오세영, 「문명과 시」, op. cit., 1983, pp. 77~78.

명백하게도 이러한 인식은 문명사의 죽음과 재생이라는 제의적 성격을 강조했던 문학 비평가 프랭크 커모드(Frank Kermod)의 입장을 반영하고 있는 것임을 알 수 있다. 중요한 것은 커모드가 신화적인 세계관에 의지하여 모더니즘의 양식적 특질에 담긴 의미를 다루었던 반면에, 오세영의 경우는 이와 같은 인식을 통해 보다 보편적인 문제, 즉 현대 문명 사회에서의 시와 시인이 마땅히 갖추어야 할 능동적인 역할과 자세에 대해 보다 강조점을 두었다는 사실이다.

이 시대는 시인에게 가혹하다 할 정도의 자기 희생을 강요한다. 그러나 시인은 그것을 회피하기는커녕 기꺼이 감내하며 받아들여야 한다. 그가 말하는 자기 구원이란, 이 경우 이웃의 고통을 외면한 자신만의 단독자적인 구원의 의미와는 거리가 멀다. 그것은 그리스도가 십자가를 졌듯이, 시대의 원죄를 두 어깨 위에 짊어지고 인류 전체의 구원을 위해 자신의 모든 것을 불살라 희생해야 한다는 의미를 내포한다. 그렇다면 시인의 자기 희생이란 자기 구원의 과정이며, 이는 결국 인류 전체의 구원을 소망하는 행위라고 할 수 있을 것이다.

3. 당대 시단 비판

시와 시인에 대한 위와 같은 이해는 오늘날 일반 독자 위에 군림하기를 은근히 소망하는 일부 편향된 시인들의 태도와 비교할 때 얼마나 대조적인가. 가식적인 태도와 현학적인 어구로 독자들을 적당히 기만, 또는 현혹하고자 하는 사이비 시인들의 경우와는 또 얼마나 다른가. 시인이란 모름지기 공동체와 역사를 위해 기꺼이 자신을 버리고 희생할줄 알 때 비로소 참다운 존재로 거듭날 수 있다는 인식은 오세영 시론의 핵심이자 기본 관점이다. 그 속에는 문명사의 타락에 대한 그의 안타까움과 더불어 그것의 부활과 관련한 확고한 신념이 가로놓여 있는 것이다.

시적 구원과 관련된 이와 같은 오세영의 인식은 당대 시단에 대한 점검과 평가에 있어서도 일관된 관점을 유지하며 나타난다. 시란, 특별히 예외적인 경우가 아니라면8), 결코 특정한 이념을 위해 봉사해서는 안된다는 것이 그의 입장이다. 시가 특정한 이념에 종속될 때 시는 하나의 수단으로 전락하게 되며, 뿐만 아니라 나아가서는 인간 위에 군림하게 된다. 구원의 관점에서 본다면 이러한 현상은 명백히 시의 왜곡이며 타락이다. 그러나 그가 활발하게 활동하던 7, 80년대 시기에 걸쳐, 우리 시단의 전개 양상은 그리 바람직한 방향으로 흘러가지 못했던 것으로 이해된다.

시가 특정 이념에 종속되게 될 때 그 양상은 필연적으로 획일화될 운명에 처하게 된다. 시나 문학을 포함한 모든 문화에 있어서 획일화는 치명적인 암적 요소이다. 문화의 다양성은 보장되어야 한다는 것이 오세영의 기본 입장이다. 아무리 그것의 일부 조류가 비도덕적이고 반인간적인 양상을 노정할지라도, 단지 그러한 한가지 사실만으로 다양성 자체를 말살하려는 태도는 온당치 못하다는 것이다. 창조는 자유 속에서 가능하며, 또한 자유는 다양성이 허용될 때 존재하는 것이라 믿는 때문이다.

이런 각도에서 보았을 때, 7, 80년대 우리 시단이 처한 현실은 그가 보기에 극히 미묘한 상황 속에 놓여 있는 것으로 생각되었다. 그것은 획일화나 다양화라는 시각을 벗어나 이중 구조화된 양상을 보이고 있는 것이다. 여기서 그가 말하는 이중 구조화란 구체적으로 ① 민중시와 순수시 ② 신인 시단과 기성 시단 ③ <드러난 시>와 <숨겨진 시> 사이의 이중 구조를 뜻한다.9) 이들은 각기 이 시기의 시단이 이념적으로, 문단적으로, 가치 평가 면에서 양극화되었음을 의미하는 바, 이와 같은 기형적인 양상은 별

---

8) 그러한 경우를 그는 '역사의 어떤 시기가 문학의 본질을 유보시키는 특수한 상황'으로 규정한다.
   Ibid., p. 104.
9) Ibid., 「우리 시의 문제점」, pp. 158~161.
   여기서 말하는 <드러난 시>와 <숨겨진 시>란 그의 설명에 의하면 '문학 관리층에 의해 비호, 선전되어 문학의 공개 시장에서 유통되는 시'(<드러난 시>)와 '순수 독자들에 의해 소리 없이 수용되어 암시장에서 유통되는 시'(<숨겨진 시>)를 뜻한다.

로 바람직스럽지 못하다는 것이 그의 견해이다.

이러한 시단의 이중 구조화 현상과 더불어 그가 7, 80년대 우리 시단의 문제점으로 강도 높게 비판하고 있는 것이 이 시기 시단을 양분하다시피 한 소위 민중시와 해체시의 만연 현상이다. 민중시는 그것이 지닌 지나친 목적 의식으로 인해, 해체시는 목적을 상실한 파괴적 양상으로 인해 각기 시로서의 본분을 잊어 버렸다는 것이 여기서의 비판의 요지이다.10) 그에 따르면 이러한 현상은 크게 보아 시단의 베이토스(세속)화 현상과 연계되어 비판되어야 할 것이다. 우리 시단, 나아가 문화 전체의 바람직한 행보를 위해서는 대중화를 배격하지 않으면서도 어떻게 하면 이와 같은 베이토스화 현상을 막아낼 수 있는가가 연구되어야 한다는 것이 그의 주장이다.11)

이와 함께 그는 우려할만한 현상으로 이 시기 우리 시단에 새로 얼굴을 내민 젊은 시인들의 작시상의 태도를 지적하고 있다. 그는 젊은 시인들이 그들의 개성대로 작품을 쓰는 것이 아니라 문단의 유행 풍조에 편승하여 어떤 고착된 유형을 추구하고 있다고 보고, 그들 사이에 유행하는 대표적인 유형을 〈재담시〉, 〈충격시〉, 〈소재시〉, 〈분장시〉라 명명한다.12) 이들은 완성된 내면 세계를 향한 지향이나 행동에 대한 투철한 자각 내지 열정도 갖추지 못한 상태에서 다만 시류에 손쉽게 영합하여 편승하기 위한 목적에서 제출된 것으로, 이러한 유형에 대한 맹목적인 추종과 답습은 결국 우리 시단 전체를 멍들게 하고말 것이라는 준열한 경고를 내리고 있다.

---

10) Ibid. 「서정의 재인식」, pp. 163~168.
11) Ibid. 「시의 베이토스 현상」, p. 152.
12) Ibid. 「시의 유형화」, pp. 183~185.
  이들에 대한 그의 설명을 간략하게 정리하여 본다면, 우선 ① 〈재담시〉란 평범한 내용을 요설과 속임수와 작위적인 모호성으로 그럴듯하게 꾸며서 시적 분위기를 자아내게 하는 시를 뜻하며, ② 〈충격시〉는 보편적공감의 영역을 벗어나 독자들에게 어떤 충격을 줌으로써 주목을 끌 목적에서 쓰여진 시, ③ 〈소재시〉란 소재 자체가 주는 감동을 문학적 감동으로 착각한 시, ④ 〈분장시〉는 문단 처세에 유리한 혹종의 이념으로 치장하여 시대적 프리미엄에 편승하고자 하는 시를 의미한다.

4. 한국 현대시의 바람직한 흐름을 위한 견해

원론적인 차원에서, 그는 바람직한 시가 갖추어야 할 요건으로 ① 철학성과 ② 형상화 ③ 감동13)의 문제를 지적한다. 이 세가지 요소가 조화롭게 어우러져 하나의 완결된 양상을 선보일 때, 우리는 시를 통해 시적 구원의 가능성도 엿보게 된다는 것이다. 이런 지적은 사실상 그가 시와 문학에 있어서 자율성에 대한 시각을 기본적으로 유지하고 있음을 드러내는 것이어서 이 부분에 대한 적절한 이해가 요구된다.

그렇다면 시대와 역사의 진정한 구원을 위해, 현 시단에 요구되는 구체적인 사항에는 어떤 것들이 있는가. 문학의 자율성에 대한 인식을 바탕으로 한 그의 시각은 이 점에 대해 다음과 같은 세가지 정도의 견해를 피력하고 있는 것으로 보인다. 이와 같은 견해는 물론 한국 현대시의 현황에 대한 불만과 그것의 정상적인 진행을 되찾기 위한 그 나름의 모색의 결과로 이해될 수 있을 것이다.

1) 서정성의 회복

이 점과 관련하여, 그는 일찍이 '내가 쓰고 싶었던 것은 한 편의 감동을 주는 서정시'14)라고 말한 적이 있다. 그에게 있어 본원적인 의미에서의 시란 곧 서정시를 의미하며, 시인이 완결된 서정시를 쓰기 위해서는 한 시대의 독자, 유행적 독자를 의식하고 시작에 임하기 보다는 '미래의 독자'라 할 수 있는 영원한 독자, 보편적 독자를 염두에 두어야 한다고 주장한다. 그는 진정한 문학 작품은 미래 지향적인 것이며, 그러므로 그것에 대한 엄정하고 객관화된 평가는 시인의 사후에나 가능하다고 주장한다.15)

시에 있어서의 서정성의 문제란 사실 쉽게 논단할 수 있는 것은 아니다.

---

13) Ibid., 「문학과 삶」, p. 113.
14) Ibid., 「미래의 독자들에게」, p. 131.
15) Ibid., 「멀고도 먼 길」, p. 97.

　여기서 오세영이 말하는 서정성이란 단지 순수 서정만을 뜻하지 않는다. 이 문제에 다가서기 위해, 그는 먼저 시어와 산문어의 용법 상의 차이에서부터 출발한다. 시의 언어란 시니피앙(signifiant)이 그 자신의 자율성을 지닌 사물로서 기능하는 것이라고 한다면, 이에 반해 산문의 언어는 시니피앙이 시니피에(signifié)를 지시하고 규정하고 의미화한다. 이런 관점에서 보았을 때 시의 언어의 특성을 규정짓는 핵심은 문학적 자율성에 관한 믿음이며, 그것은 곧 시어가 '존재로서의 언어'의 속성을 지니고 있음을 의미하는 것이기도 하다.

　사르트르가 그의 앙가쥬망 문학론에서 시를 제외한 것은 이런 이유 때문이다.16) 그런데, 시가 자율성을 획득하고 있다는 이 말이, 시에 있어서 현실이 전연 배제된다는 의미로 오해되어서는 안된다. 오세영이 보기에 시란 '현실(의 모순)을 극복하려는 의지'17)의 표현이다. 여기서 말하는 극복이란, 달리 말한다면, 시에 있어서 문학과 현실이 모순을 넘어 화해하며 일원화된다는 것을 뜻한다. 현실의 모순, 그 속에 갇힌 존재의 모순은 문학을 통해 극복되며 초월된다는 것이다. 우리의 현재적 삶이 불완전하며 허무하게 느껴지기에, 우리는 역으로 시적인 상상력을 통해 영원한 것, 무한한 것, 생명이 가득찬 것에 대해 동경하기 마련이다. 시인은 현실의 비극적 체험 속에서도 언젠가는 절망의 단계를 넘어 희망의 나라에 도달하리라는 믿음을 결코 포기하지 않음으로 해서 그것을 승화하고 초월할 수 있다는 것이 그의 시각인 것이다.

> 분명 시에 있어서 영원성이란 일상적 세계에 있어서는 모순이 되는
> 구체성과 보편성, 또는 현실과 영원이 일원화하는 데서 존재한다. …

---

16) 오세영은 사르트르가 그의 앙가쥬망(현실 참여)론에서 시를 배제하려 했던 사실에 대해, 이는 그가 시를 무시하려 했던 것이 아니라, 오히려 문학의 순수성이라는 차원에서 시를 옹호하려는 견해의 발로였다고 주장한다. 이 말을 그대로 받아들일 경우 사르트르는 역설적인 차원에서 순수 문학의 신봉자로 볼 수도 있다는 것이다.
오세영, 「사물과 언어」, op. cit., 1983, p. 85.

17) Ibid. 「시에 있어서의 현실」, p. 94.

> (중략) … 시가 우리에게 가치 있는 것은 그것이 직접적이든 간접적
> 이든 우리의 현실과 관련을 맺고 있기 때문이다. 따라서 참다운 의미
> 의 시적 영원성이란 현실이 거기에 살아 있는 구체적 영원성이어야
> 한다.18)

'현실이 거기에 살아 있는 구체적 영원성'이라는 위와 같은 발언 속에 그의 서정시론의 핵심이 담겨 있다고 보아도 좋을 것이다. 이런 관점에서 보았을 때, 80년대 우리 시단은 지나치게 현실 일면만을 강조함으로써, 이와 같은 서정의 본령을 이탈하는 우를 범하고 말았다. 시의 산문화와 과격화, 해체화 현상은 그에 따른 필연적인 결과인 셈이다.

시에 있어서 서정이라는 본령은 다시 회복되어야 하며, 회복되지 않으면 안된다는 것이 그의 주장이다. 이는 결국 현실 속에 갇혀 있으면서도, 영원을 갈망하고 지향하여야 하는 시인의 운명에 대한 확신이자 기원이다. 시는 생활의 방편일 수 없다. 시가 돈벌이의 수단이 되고 처세의 수단이 될 때, 시는 타락한다. 더군다나 정치나 사회 참여를 위해 시가 이용되어서는 안된다. 이 경우 진실로 시를 사랑하는 사람이라면, 그는 시를 버릴 것이다. 오세영은 80년대 중반 이후 우리 시단에 불기 시작하는 서정성의 회복 움직임을, 시의 본령을 회복하기 위한 바람직한 방향성 정립으로 보고 적극 옹호한다. 제도권 바깥에서부터 밀려드는 이러한 바람은 김지하나 고은과 같은 우리 시대의 이름난 참여 시인들에게 있어서조차 「애린」이나 「전원시편」 등과 같은 서정적 풍모를 지닌 작품들을 써내게 하는 동력으로 작용하게 된다. 우리 시대가 바라는 참다운 서정은 순수 서정이라는 종래의 좁은 울타리를 벗어나, 현실을 껴안으며 영원을 겨냥하는 보다 차원 높은 서정으로 인식되어야 한다. 오세영이 바라는 서정성의 핵심이 바로 여기 있는 것이다.

---

18) Ibid., 「영원과 현실 사이」, pp. 70~71.

2) 모더니즘과 그 극복

여타의 많은 논자들과 마찬가지로, 오세영 역시 우리 시단에 모더니즘이 도입됨으로 해서 시작의 방법과 기교 면에서 한국 현대시가 일정한 진전을 이루었다는 점에 대해서는 인정한다. 모더니즘의 도입과 관련하여 그가 특별히 주목한 사항으로는 ① 시적 형식의 무한한 개발과 ② 언어 변용의 극대화, ③ 상상력의 확대 심화19) 등이 있다. 이러한 점들은 모두 현대시의 성립에 필수적인 요소들이며, 그런 관점에서 보았을 때 모더니즘의 도입이 한국 시단에 미친 파장은 결코 작지 않았다고 할 수 있다. 그러나 그는 또한 모든 위대한 작품은 단지 기법이나 예술적 형상화만으로는 이루어질 수 없다는 사실을 명백히 함으로써 모더니즘에 안착하기를 거부한다.

구체적으로 그가 모더니즘의 지양 극복을 주장하는 이유는 크게 다음과 같은 두가지 사항으로 집약된다.20)

첫째, 문화사적 측면에서 볼 때 그것은 서구 산업 사회가 직면한 물질 문 명의 타락과 기독교적 세계관의 몰락에 기원을 두고 있다는 점. 즉 그것은 서구 사회의 문화적 맥락 속에서 도출된 것으로, 전통이나 문화 유산이 그들과는 다른 우리의 현실과는 일정한 거리가 있다는 것이다.

둘째, 모더니즘 자체의 결여 부분에 해당되는 도덕성 및 사상성의 결핍과 관련된 부정적 인식 때문이다. 즉 모더니즘이 강조하는 광적인 형식미의 탐구나 주제 의식의 경시, 인생과 예술의 분리, 언어 기교에의 몰두, 병적인 세계에의 편집광적인 탐닉 등은 구 질서나 구 이념의 파괴와 부정에는 한몫을 차지할 수 있을지 모르나, 그 자체가 목적이 되어서는 안되며, 이런 각도에서 도덕성이나 사상성의 정상적인 회복을 위해서라도 모더니즘의 극복은 필요하다는 것이 그의 판단이다.

그렇다면 그것의 극복은 어떤 각도에서 이루어져야 하는가. 이 점에 대

---

19) 오세영, 「모더니즘과 그 극복」, op. cit., 1989, p. 147.
20) Ibid. pp. 146~147.

해 오세영은 '훌륭한 시는 모더니즘의 방법 위에서 어떤 도덕성, 혹은 철학성을 구축한 시'21)라는 견해를 피력한다. 이러한 인식을 보다 보편적인 차원에서 서술한다면, 이는 결국 '예술성과 철학성의 결합'22)이라는 말로 요약될 수 있을 것이다. 이 과정에서 그는 예술성과 철학성의 결합에 실패한 상당수의 시인들이 현실 비판을 위주로 한 메시지 전달 위주의 시를 쓰고 있음을 지적하며 이를 비판한다. 그가 우리 시사상의 걸출한 모더니스트였던 정지용과 김수영의 후반기 변모 양상에 대해 그 실패의 이유를 제시함과 동시에 비판적 각도에서 서술한 것23) 역시 같은 맥락에서라고 할 수 있다.

시에서 철학성이나 사상성이 문제가 된다고 했을 때, 이를 어디서 구할 것인가 하는 점이 마땅히 떠오르지 않을 수 없을 것이다. 이 점에 대해 오세영은 한국 모더니즘에서 결여된 철학성이란 '살아 있는 영혼, 즉 정신'24)일 것이며, 여기서 '살아 있는'이라는 표현은 우리의 전통과 현실, 우리 민족 고유의 감수성에 근거한다는 의미라고 이야기한다. 그것은 시에 반영된 철학이나 사상이 우리의 것을 반영한 것이거나, 적어도 우리의 것으로 육화된 것이지 않으면 안된다는 말로 이해될 필요가 있다.

결론적으로, 서구적인 모더니즘의 표피성이 지닌 한계를 극복하고 보다 발전된 시의 양상을 제시하기 위해 우리가 할 수 있는 일은 이러한 철학과 사상을 발굴하여 시작에 반영하는 한편, 이를 보다 심화시키는 것이 될 터이다. 이 작업이 정상적으로 본 궤도에 올랐을 때, 오세영이 바라는 현대시의 이상적인 모습이 떠오르리라는 것을 짐작할 수 있다.

---

21) Ibid., p. 148.
22) Ibid., 「시의 철학성」, p. 171.
23) 그는 현실 참여에 눈을 돌리게 되면서 정지용의 경우 시를 포기해야만 했고, 김수영은 문학적으로 실패하게 되었다고 주장한다.
   Ibid., 「시의 철학성」, pp. 172~173.
24) Ibid., 「모더니즘의 행방」, p. 142.

3) 전통적, 동양적 인생관과 사유 세계에의 관심

시에서 철학성과 사상성에 대한 관심은 다음 단계에서 우리 고유의 전통적인, 또는 동양적인 인생관과 사유 세계에 대한 관심으로 자연스럽게 연결된다.

사실 이러한 관심사는 초기 시론에서도 일정 부분 엿보이는 것을 볼 수 있다. 그가 특히 일제 강점기 민요시인들의 시세계를 연구하였다거나[25] 불교나 노장 사상에 대해 개인적으로 관심을 꾸준히 가지고 있었던 점[26]이 이를 증명한다. 그러나 이 시기만 하더라도 이 부분에 대한 경도는 다분히 심정적인 측면에 기운 것이어서, 이론적으로 완벽하게 뒷받침되었다고 보기는 어렵다. 한국 현대시의 올바른 진로 모색을 위한 차원에서, 그가 시론을 통해 이러한 내용을 논리적으로 접근해들어가기 시작한 것은 조금 이후의 일이다.

> 이미 19세기의 여명에서부터 서구의 문명은 그들이 지닌 자체의 모순과 위기 의식을 동양 정신 속에서 구원받으려는 노력을 보여주었다. 20세기 문명을 특징 짓는 비인간화, 그리고 물질적 질서는 어떤 의미에서 동양적 이념이 아니고서는 극복되기 어려울지도 모른다. 때문에 20세기의 위대한 시인들이 그들의 시적 세계를 동양 --- 특히 힌두 사상과 불교에서 구했던 것은 조금도 이상스럽지 않은 것이다.[27]

위 인용문에서 그는 서구의 물질 문명의 타락상을 넘어서는 유일한 길이 동양적 사유 세계의 체득에 있음을 천명한다. 여기서 그가 말한 '구원'의 의미는 특히 강조될 필요가 있다. 그것은 이미 메말라 황폐화되어버린 현실을 되돌려 회복시키기 위해 필요한 정신적 버팀목이며, 우리 전통 사상

---

25) 그의 학위 논문이기도 한 『한국 낭만주의 시 연구』(일지사, 1980)를 보면, 1920년대 우리나라의 대표적인 민요시인들의 시세계가 집중 검토되고 있는 것을 볼 수 있다.
26) 「무명연시」 연작에서 선보인 동양 탐구의 양상은 그 직접적인 증거일 수 있다.
27) 오세영, 「문명과 시」, op. cit., 1983, p. 80.

의 흐름을 단절 없이 이어나가고자 하는 의지의 표현이다.

이와 같은 맥락에서, 그는 70년대 시단에 나타난 우리 고전과 전통, 동양 사상에의 관심을 긍정적으로 평가한다.[28] 이러한 흐름을 발전적으로 이어 나가기 위해, 그는 현대시에 있어 한시 등 동양 고전 전통의 맥을 부활시 켜 이어나가야 할 것을 주장함[29]과 동시에 민요나 잡가, 샤머니즘적 요소 등 재래 우리 민족의 기층 민중적 기반에 대해서도 일정 부분 관심을 유지 할 것을 주장한다.

특히 시작과 관련하여, 그가 초지일관 관심을 가지고 추구한 것은 흔히 불가에서 말하는 '무의 언어', '사물의 언어'에 대한 관심이다. 그가 생각하 기에 그것은 언어를 사용하여 현실 속에서 영원성을 추구하는 시인이 마땅 히 치르어야 할 노력인 것이다.

> 언어가 없는 상태의 언어 --- 불가에서 말하는 무의 언어, 또는 사 물의 언어에 도달하는 길은 어디에 있는 것인가. 시인은, 그가 무의 언어에 도달했을 때 또한 다시 언어를 찾아 돌아오지 않으면 안된다. 그러나 이때 그가 발견한 언어는 이미 과거의 그것이 아니다. 시인은 끊임없이 언어를 파괴하면서 또한 다시 새로운 언어를 창조해내는 것 이다. 언어의 보편성과 추상성에서 벗어나 구체적 영원성을 획득하는 길의 하나는 이렇게 언어를 버리고 무로, 무에서 다시 새로운 언어로 돌아가는 일이다.[30]

언어의 구원과 시대, 역사의 구원은 이 지점에서 따로 분리되어 인식되 지 않는다. 그에게 있어 시인의 언어의 회복을 위해 노력하는 것은 곧 파

---

28) 오세영, 「상황과 극복」, op. cit., 1983, pp. 122~124.
　　여기서 그는 1970년대 우리 시단에 나타난 ① 고전에 대한 자각과 ② 동양 사상의 탐구 ③ 설화 세계에 대한 관심 ④ 난해성의 퇴조 등을 지적하며, 이와 같은 양상의 출현을 매우 긍정적으로 묘사하고 있다.
29) 오세영, 「한시의 현대적 의의」, op. cit., 1989, p. 192.
　　여기서 그는 한시로부터 발상을 얻어 현대적인 시를 쓴 시인들로 이육사, 한용운, 김 안서, 정지용, 김소월, 조지훈 등을 지적하고 있다.
30) 오세영, 「영원과 현실 사이」, op. cit., 1983, p. 71.

편화되고 오염된 현대 문명의 타락으로부터 인간의 정신을 구출하는 일이며, 그것은 곧 시대와 역사의 위기를 구원하는 일과 일치하는 것인 때문이다. 그가 말하는 진정한 이 시대의 시인은 이러한 사명감을 머리에 담고 시작에 임하는 사람을 뜻한다. 불교적인 사유의 세계가 그 실마리를 제공하고 있음을 우리는 위에서 확인하게 되거니와, 오세영 시론과 시작에 있어 불교적인 무나 공의 사상이 차지하는 위상을 점검해보는 것은 의미 있는 일로 생각될 수 있다.

5. 나가는 말 : 문화의 핵심으로서의 시

내가 쓰고 싶은 시는 보다 진솔한 시, 보다 윤기 있는 시, 보다 가슴을 울리는 시, 보다 완성된 시, 보다 철학화된 시, 보다 정통주의를 지향하는 시, 보다 서정적인 시, 그리고 메시지가 전달되는 시이다.[31]

위 구절을 통해 오세영은 자신의 궁극적인 시관을 피력하고 있거니와, 그것을 우리는 서정적 완결성에 대한 기원, 혹은 소망이라 이름붙여도 좋을 것이다. 잎서 지적된 바 있는 철학성과 형상화, 감동의 문제는 여기서 그러한 소망을 추구하는 과정에서 필연적으로 개입되는 매개항으로 생각될 수 있다. 여기서 그는 위의 요건들을 한마디로 '전통의 토대 위에서 철학화된 서정시'[32]라는 말로 축약하고 있는데, 이 때 그가 말하는 전통이란 단지 우리 고유의 것만을 고집하는 개념은 아니다. 오히려 그가 말하는 전통은 기법적인 측면에서, 모더니즘에 의해 표현된 전통으로 정리된다. 그가 지향하는 서정적 완결성의 조건이 바로 이 속에 담겨 있다.

오세영은 말한다. 만일 시 때문에 밥을 굶는 일이 생긴다면 주저말고 시를 버려야 한다고. 그가 말하는 시란, '인생의 행복을 위한 필요 조건이 될

---

31) 오세영, 「미래의 독자들에게」, op. cit., 1989, p. 131.
32) Loc. cit.

수는 있으나 충분 조건은 될 수 없'[33])는 것이다. 이런 그의 시관은 '인생을 위한 예술'이란 명제로 집약된다. 시란 결국 인생을 위한 것이며, 인생을 위할 때 진정으로 가치로운 것이다.

   시가 인생을 위한 것이라는 말은, 달리 표현한다면, 그것이 문화 예술에 속하는 것임을 주장하는 말일 것이다. 그의 시관은 일견 시의 가치를 부차적인 것으로 돌리는 것으로 들릴지도 모른다. 그러나 이와 같은 판단은 사실상 성급한 것일 뿐이다. 왜냐 하면, 이 점과 관련하여 그는 시에, 문화 예술 상의 최상위의 가치를 부여하고 있기 때문이다.

   그런데 인간의 사고는 언어에 의해서 가장 직접적으로 표현되거나 전달될 수 있습니다. 그것은 언어가 사고에 선행한다고 생각하는 사람들의 입장에서든, 또는 사고가 언어에 선행한다고 생각하는 사람의 입장에서든 마찬가지입니다. 이러한 관점에서 언어를 매재로 한 문학은 다른 어떤 예술, 문화 활동보다도 가장 능동적으로 가치 창조에 참여하는 인간의 정신 활동이라 할 수 있습니다. 예술이 문화의 핵심이라면 문학은 예술의 핵심이요 시는 또한 그 문학의 핵심에 자리하고 있다는 것이 제 생각입니다. 결국 시는 인간 정신 활동의 정수, 한 시대의 문화의 꽃이라 할 수 있습니다.[34] (강조 - 인용자)

   시란, 우리가 그것을 위해 인생 자체를 희생할 수는 없지만, 우리 인생이 추구할만한 가장 값진 가치를 지닌 것일 수 있다. 또한 역으로, 우리는 그것을 추구함으로써 현실의 타락과 질곡으로부터 벗어나 인생을 보다 풍부하고 의미 있는 것으로 탈바꿈시킬 수 있다. 시적 구원이란 그러한 가운데 소리 없이 찾아온다. 그리고 여기서 무엇보다도 중요한 것은, 오세영은 그 소리 없는 구원의 도래를 믿는 자 가운데 하나라는 사실이다.

---

33) Ibid., 「인생을 위하여」, 1989, p. 135.
34) Ibid., 「인간 회복과 시」, p. 115.

제2부

사상사적 위상

사상적 변모 과정

김석준

1. 서론

시를 생각하지만 그것이 모두 시가 되는 것은 아니다. 시인 오세영은 언제나 시를 욕망하고 있다. 그러나 그가 시를 욕망한다고 해서 그의 시가 추하다거나 천박한 자본의 상징이라는 의미는 아니다. 그의 시는 아름다움에 대한 욕망이거나, 아니면 아름다운 세계를 지향하는 하나의 욕망의 기표이다. 아니 더 나아가, 그의 욕망의 기호는 진정한 시인이기를 원하는 아름다운 영혼의 몸짓이다.

천부적인 시재를 타고난 것도 아니고, 그렇다고 현실과 절묘하게 타협하면서 문명(文名)을 얻은 시인도 아니다. 그는 그의 고독과 외로움을 자기 내면과의 대화를 통해서 전혀 외롭지 않은 듯이 지성과 감성을 절묘하게 변주하여 자신의 시를 창조해나가고 있다. 시인 오세영의 심연에 자리잡고 있는 것은 고독과 외로움인데, 그의 시적 퍼소나는 고독과 외로움의 깊이만큼 언어 의식과 철학적 사유로 무장하여, 지성적 사유를 절제된 언어를 형상화하고 있다. 시간의 사슬이 그의 삶을 부질없음으로 이끌어가지만, 그는 늘 욕망하고 있다. 그 욕망은 시를 욕망하고 있기에 그 욕망의 깊이가 커지면 커질수록 그의 욕망은 그의 영혼을 잠식하고 있다. 그래서 그의 삶은 늘 허무하고, 절망하면서 그 허무와 절망을 시적 언어로 예인하고 있다. 아니 더 정확하게 말해서 시인 오세영의 시적 언어는 시간의 도정 속에서 그가 포착한 삶의 진실에 관한 정직한 언어의 표상일지도 모른다.

아마 시를 욕망하고 꿈꾸는 것은 가장 아름다운 삶의 몸짓이지만, 시인 오세영의 몸짓은 항상 스스로의 현재 자신의 초상을 키질하기에, 아프고도 아름답고, 기쁘고도 자기 연민에 빠진다. 그는 시를 살고 있다. 그는 시의 삶 속에서 자신의 모든 모습을 정초하고 싶어한다. 그러나 시는 보일 듯 말 듯 보이지 않고, 다가오는 듯 다가오지 않는다. 그는 늘 시의 형상을 전유하기 위해서 뮤즈의 여신과 상상의 공간 속에서 대화를 나누고 있다.

시인에게 시는 도달하고자 하는 지향점이지만, 끝내는 자신의 모습을 감추는 저편 무지개와 같다. 시의 세계가 아름다움과 순간의 변주체임을 너무도 잘 알고 있는 시인은 그의 언어는 늘 감각적이기보다는 지성적이고, 현재의 삶의 확실한 표징을 믿기보다는 미래의 진리가능성을 자신의 시 속에 형상화하고 있다. 그래서 그의 시는 언제나 교훈적인지도 모른다. 무엇인가를 던지고 싶은 욕망. 그것은 그가 믿고 의지하면서 살고 있는 현실의 삶이 현재의 진리성이 그다지 믿을만한 것이 아니라는 사실을 암묵적으로 승인하고 있는지도 모른다. 그래서 그의 시는 치열하지만 무엇인가 결핍된 허전함을 표나게 드러내고, 그 허전함을 메꾸는 도정이 그의 시의 삶이자, 시인의 시적 퍼소나일지도 모른다.

그는 늘 자신의 삶 속에서 빠져나간 삶의 모습을 되짚어 시 속에 하나도 빠짐없이 절묘하게 배치하고 잊혀지거나 사라진 존재의 의미를 삶 쪽으로 끌어들인다. 시란 어쩌면 우리의 의식에서 달아나려고 하는 기묘한 몸짓을 언어로 형용한 것이기에, 시의 진리성은 늘 절대에 가깝다.

2. 시의 현상학적 인식 - 사물의 본질 탐구

세상에 존재하는 모든 것들은 우주적 구조 안에서 각각의 쓰임새를 가지고 자신의 모습을 현상시킨다. 우리가 대상을 인식하는 방법은 사물에 대한 감각적 현실성의 측면에서 출발한다. 그러나 그 감각적 사실은 어떤 판단근거에 의해서 대상이나 사물의 본질에 관한 준거점을 형성하기에 이른다. 다시 말해서 우리가 사물을 인식하는 최초의 근거는 감각이지만, 그 감각이 현상하는 방법론적 근거는 사물의 직관적 인식 배후에 작동하는 어떤 원리이다. 그러므로 우주-내-존재물들은 자신의 현상방법을 자체 내에 가지고 있다. 그러나 대상들은 무한한 가능성의 잠재태를 자체 내에 가지고 있는 까닭에, 모든 사물에 대한 전일적인 인식을 지닐 수 없다.

시인 오세영은 사물의 가능태를 하나의 '그릇'이라는 언어로 인식하고 있다. 그렇지만 그 '그릇'은 중의적인 의미를 내포하고 있다. 그릇 연작시들이 지니는 의미는 하나의 현상적 사실에 대한 시인의 탐색이지만, 그것의 총합은 세계에 관한 본질이거나, 대상의 존재방식에 대한 형이상학적인 탐색이 될 수 있다. 그러한 의미에서 볼 때, 그릇은 질료로서의 도구적 속성만을 표상하는 것이 아니라, 우주의 존재 근거인 기(氣)철학적인 의미를 함의하고 있다. 다시 말해서 그릇은 器의 표상이 아니라, 사물의 생성근거인 기(氣)의 구체적인 표상이 된다.

표면적으로 볼 때, 그릇 연작에 나타난 시적 언어는 시인의 눈과 귀 그리고 촉각에 감지된 감각적 경험의 측면을 시적 상상력의 언어를 가지고 사물의 측면에 다가가 대상의 본질을 직관하고 있다. 개개의 그릇은 시인의 의식에 포착된 감각적 진리 표상을 형상화하지만, 그 그릇의 총합은 세계의 표상이 되고 우주의 표상이 된다. 그러므로 각각의 그릇은 하나의 본질적 국면이다. 그 본질은 현상학적 환원을 통하여 절대 진리로 고양되기에 이른다. 진리란 원리에 다가가 물이 물로써 자연스럽게 현상하는 것이기에, 시인 오세영은 감각에 비추어진 사물을 가감 없이 형용할 뿐이다. 그러므로 그릇 연작 사물 세계의 무한한 연장선상에 위치해 있고, 그것의 총합은 세계의 총합이자, 우주의 총합이 된다.

거시적인 차원에서 볼 때 그릇 연작은 기철학적인 입장에서 우주를 하나의 그릇으로 형용하고 있고, 개별적인 그릇의 차원에서 본다면, 시각을 예각화하여 유.무형의 대상들이 현현하는 방법에 관한 탐색이다. 그것은 사

물의 현상학적 인식에서 비롯한 것으로 대상의 본질을 직관하여 명징한 지
성의 언어에로 향하고 있다.

> 잘못 배달된 봉투 한 장,
> 문간에
> 던져져 있다.
> 누가 보낸 것일까
> 그것은 하나의
> 터부,
> 하나의 주문,
> 밝혀선 안 되는 신의 언질.
> 길 잃은 편지는
> 절망하므로
> 하나의 사물이 된다.
> 갈잎도 길을 잃었을까
> 스산히 지는 낙엽,
> 꽃잎도 길을 잃었을까
> 분분히 지는 낙화.
> 출근 시간
> 잘못 배달된 봉투 하나 주워들고
> 나는 문을 나선다.
> 행방이 불확실한 인간의
> 길.
>
> — 「인간의 길 - 그릇 16」 전문

　인간행위의 의미 - 그릇을 새롭게 만들거나 창조할 수 있는 그릇은 인간
뿐이다. 우주라는 그릇에 안긴 인간이라는 그릇 역시 하나의 기의 흐름으
로 존재할 뿐이다. 그렇지만 인간은 모든 표상 행위의 주체로써 존재하며
대상을 자기화할 수 있는 존재이다. 인간은 언어로써 사유하고 그 사유를
언어로 현상시키는 존재이기에, 인간의 모든 행위는 언어로 환원된다. 문
자 행위는 인간 그 자체이다. 문자행위의 한 양상인 편지가 인간의 삶의

한 단면이자 삶의 길이기에, 시인은 문자의 배후로 잠입하여 삶의 의미가 무엇인지를 반문하고 있다. 인간의 삶은 푸르스트의 길처럼 늘 선택의 도정에 서 있다. 그 무수한 길 위에 인간은 선택을 강요받지만, 그 선택된 길은 명징하게 밝혀진 길이 아니라 행방이 묘연한 어둠의 길이거나 방황의 길이다. 미지의 봉투는 하데스의 명부처럼 인간의 도정이 새겨진 신의 언명이 각인되어 있다고 시인은 생각한다.

자기 원인을 인식할 수 있는 주체로서의 인간은 기표적 행위를 통해서 스스로를 현상하지만, 그것 역시 보다 높은 진리에 의해서 신의 언명에 의해서 드러내어질 수밖에 없다는 것을 시인은 인식하고 있다. 인간에게 있어서 행위는 여타의 유적 존재와는 달리 문화로서 승화된다. 인간이 시간의 도정 속에서 스스로 행한 그 모든 것들은 미지의 세계로 향하고 있고, 그 길은 운명의 길임을 직감하고 있다. 던져진 존재로서의 인간, 선형적 시간을 살아가는 인간에게 문득 삶의 흐름을 깨뜨리며 전달된 미지의 기표인 봉투 한 장(편지)은 '현재 바로 지금 여기'를 살아가는 인간의 의식 속에 본원적인 세계를 반추하게 만든다. 현상의 배후에 작동하는 힘이 무엇인지, 삶의 의미가 어디로 향하는지, 그 미지의 길 위에서 반성하게 만든다.

깨진 그릇은
칼날이 된다.

절제와 균형의 중심에서
빗나간 힘,
부서진 원은 모를 세우고
이성의 차가운 눈을 뜨게 한다.

맹목의 사랑을 노리는
사금파리여,
지금 나는 맨발이다.
베어지기를 기다리는

　　　살이다.
　　　상처 깊숙히서 성숙하는 혼

　　　깨진 그릇은
　　　칼날이 된다.
　　　무서이나 깨진 것은
　　　칼이 된다.

—「그릇-그릇1」전문

　사물의 본성. - 그릇은 기의 산물이다. 철학적인 측면에서 볼 때, 기란 사물의 생,멸을 주관하는 가장 근원적인 힘이다. 기의 흐름이 방해받을 때, 기는 사물로서의 본성이 변질되어 새로운 그릇이 된다. 기는 사물의 천품을 부여하는 원리이지만, 기는 전이적 속성을 지닌 하나의 흐름이기에, 천지만물을 정태적인 구조로 환원시켜버리지 않는다. 그릇은 사물의 존재 양태에 대한 총체적 성격을 대변하고 있다. 기란 자족적이면서 자기 원인적인 동시에 자연스러운 자연의 흐름이기에, 기의 이합운동은 사물의 생성과 소멸의 순차적 원리이다. 시인은 이 시에서 사물이 사물되게하는 원리가 과학적 이성의 원리에 의해서 파괴되는 것을 목도하고 있다. 기의 원리가 절제와 균형이라면, 이성적 사유의 원리가 자연을 파괴하고 사물의 본성을 파괴하고, 더 나아가 인간의 몸과 영혼까지 상처입힘을 직관하고 있다.

　여기서 주목할 점은 한 사물의 존재 양태가 이중적이라는 점이다. 사물의 즉자적 양태는 조화와 절제이지만, 그 사물에 인위적 힘이 가해진 순간 사물의 즉자적 본성은 사라지고, 즉자대자적 사물이 된다. 옹기 그릇이 자연의 상태라면, 깨어진 그릇(칼날)은 인위적 힘이 가해진 새로운 사물이다. 칼날이 상처를 입히고 영혼을 혼란시키지만, 그 칼날이 깨어진 그릇이 하나의 새로운 그릇이 된다. 그래서 시인은 깨어진 그릇의 새로운 가능성을 발견한다. 그것은 바로 '상처 깊숙이서 성숙하는 혼'인데, 인간은 즉자적 상태에 존재하면서 만족하는 존재가 아니라, 새로운 상황에 대처하면서 스스로의 영혼을 성숙시킨다는 것을 의미한다. 세계란 언제나 정태적이지 않다. 그 속에 존재하는 인간 또한 세계의 흐름에 맞추어 사물의 본성의 변화에 맞추어 자신의 삶의 실질을 형성해간다.

옹기그릇이 칼이 될 수 있듯이, 기의 원리는 사물의 생,멸을 권장하면서 새로운 질서를 만들어간다. 사물의 조화가 무너질 때, 사물로써 존재하던 기의 기능적 측면은 소진되고, 새로운 가능성을 탐색하게 된다. 깨어진다 함은 어떤 인위적인 힘이 가해진 상태, 즉 그의 흐름을 방해받아 사물의 본성이 전도되거나 물성 자체가 왜곡됨을 의미하며, 동시에 새로운 생성의 원리를 탐색하는 계기로 작동한다.

> 소리는 정적으로
> 되돌아간다.
>
> 울부짖는 風琴이여,
> 터지는 갈채에 속지 마라,
> 장내는 빈 객석으로
> 되돌아간다.

— 「소리- 그릇 21」 부분

물리적 원리. - 현상의 배후로 들어가 보면, 모든 사물은 에너지로 구성되어 있고, 그 에너지는 끊임없이 다른 에너지로 변질되거나 소멸되기에 이른다. 사물이 에너지의 집적물이듯, 사물들이 발하는 에너지는 엔트로피 법칙에 의해서 소멸의 세계에 이른다. 가장 큰 울림이 침묵으로 되돌아가듯, 한 때는 가장 아름다웠던 향연과 갈채도 그것이 아무런 의미가 아님을 허상임을 화자는 직감하고 있다.

화자는 사물의 물리적 속이 무엇인지 직관하면서, 물이 스스로 그렇게 되어감(자연)의 원리를 터득하고 있다. 소진되거나 파괴된 에너지가 무의 길에 돌입하듯이 인간의 길도 큰 것이 작은 것으로 갈채가 허위로 다가 소로 변질될 수 있음을 재빨리 채득하고 있다. 그 역도 또한 마찬가지다. 그것은 바로 '되돌아가는' 사물의 본성에 대한 기철학적 직관이 시인 내부에 인식되었기 때문이며, 되돌아가는 원리의 인식 자체가 사물의 본성이자 인간의 본성임을 시인은 천명하고 있다.

> 내가 원고지의 빈칸에
> ㄱ, ㄴ, ㄷ,ㄹ,------ 글자를 뿌릴 때
> 지상에 떨어지는 씨앗들은
> 꽃이 되고 풀이 되고 또
> 나무가 되지만
> 언제인가 그들 또한
> 나와 너의 먼 거리에서
> 유성의 불꽃으로 소멸하는
> 언어,
> 빛이 있으므로 신(神)의 하늘에도
> 어둠은 있다.
>
> — 「신의 하늘에도 어둠은 있다-그릇39」 부분

우주라는 그릇. - 신화적 구조에 나타난 빛은 천지창조의 순간의 참여를 의미한다. 빛은 질료로만 존재하는 가능적 세계에 생기를 불어넣는 최초의 계기이자, 천지 운행의 시작이다. 그러므로 빛은 우주가 현상하는 원리의 계시이자, 사물이 탄생하는 인간의 상상력의 최고의 의식적 성과물이다. 어둠 속에서 빛이 우주를 창조하듯이 세계 창조 순간은 신화적 구조를 지니고 있다. 우주의 창조와 시적 창조 순간을 병치시키면서 어둠이라는 원초적 질료에 빛이 생기를 불어넣듯이 원고지라는 원초적 재료 위에 시인은 문자를 각인시키면서 새로운 의미를 만들로 새로운 세계를 창조해간다.

이 시는 오세영 문학의 시론적인 성격을 잘 보여준다. 시적 언어 탐색이 천지 창조의 순간에 발하는 빛과 같다는 것을 시인 오세영은 신화적 상상력 층위에서 시적 창조행위를 피력하고 있다. 무명으로 존재하는 사물 세계에 자음과 모음의 옷을 입혀 사물이 단순한 존재가 아님을 의미로 충일

되어 있음을 시인은 암묵적으로 드러내고 있다. 그리고 시간의 도정 속에서 그 찬란한 빛의 광휘도 소멸의 세계로 돌입함을 인식하고 있다. 그것은 단순히 시적 도정만을 의미하는 것이 아니라, 예술 일반에 관한 언명이기도 하다. 심연의 어둠을 비집고 아직은 의식되지 않았지만, 지각의 장으로 이끌어 정신의 고결한 순간이 자음과 모음의 문자를 뿌리는 순간임을 문학적 창작 행위와 신화적 상상력의 층위와 동일한 선상임을 시인은 절묘하게 노래하고 있다.

3. 도가적 세계관의 시적 형상화

조화란 인륜적 삶을 지탱하는 가장 중요한 인간의 소산이다. 상하 지배 관계가 아니라, 서로가 서로를 위하여 그늘이 되고 빛이 될 수 있는 가장 아름다운 인간의 의식 중의 하나가 조화이다. 나무와 풀과 인간이 하나될 수 있다는 인식은 우주의 법칙에 시인의 의식 자체를 순치시킬 때에만 비로소 가능한 것이다. 시집 『벼랑의 꿈』은 그러한 의식의 연장선상에서 노자의 도덕경적 세계관에 도달한 시인의 무위 사상적 측면을 잘 드러내고 있다.

고요하지만 한치의 오차도 없이 천지만물을 운행시키는 자연의 이법에 안겨 있는 시인 오세영은 욕망의 부질없음과 헛됨을 인식하기에 이른다. 삶이란 그저 자연의 품에 안기어 세상의 모든 것과 서로 얼크러져 자신의 색깔을 지우는 것이라고 인식한다. 자신의 색깔을 타자의 색깔과 병치시킬 때, 세상이 아름답다는 것을, 그는 시간의 역사 속에서 감지하기에 이른다. 진정한 아름다움과 진정한 삶이란 속 빈 강정처럼 자신의 모든 것을 내어줌으로써 진정한 자기가 된다는 것을 직감하고 있다.

희노애락과 같은 오욕칠정의 세계를 키질하면서 그는 투명한 세계를 시 속에 전경화시킨다. 투명한 전경과 후경 속에 배치된 시적 언어 의식은 운명의 소리를 들으면서 비로소 형성된 것인데, 그것은 시인 자신의 의식이 노회(老獪)했기 때문이 아니라, 시의식이 강화된 결과이다. 시란 애초부터 영원과 같은 세계에 대한 그림움의 언어이기에, 시인은 운명의 소리를, 세계 속에 존재하는 모든 사물들의 소리를 가감없이 듣고 느끼고, 그것을 형상화할 뿐이다.

산에서
산과 더불어 산다는 것은
산이 된다는 것이다.
나무가 나무를 지우면
숲이 되고,
숲이 숲을 지우면
산이 되고,
산에서
산과 벗하여 산다는 것은
나를 지우는 일이다.
나를 지운다는 것은 곧
너를 지운다는 것,
밤새
그리움을 살라 먹고 피는
초롱꽃처럼
이슬이 이슬을 지우면
안개가 되고,
안개가 안개를 지우면
푸른 하늘이 되듯
산에서
산과 더불어 산다는 것은
나를 지우는 일이다.

— 「나를 지우고」 전문

지운다는 것은 더불어 산다는 것을 의미한다. 도가적 세계관 자체는 스스로를 표나게 내세우거나 타자와의 관계를 지배적 국면으로 승화시켜 인륜적 질서를 세우는 것을 목적으로 하지 않는다. 다만 자연이 만들어 놓은 순리에 맞추어 순응하는 조화의 체계이다. 스스로를 지움으로써 세상의 모든 것들이 상생할 수 있는 토대를 만든다는 것을 화자는 산이라는 원형의 공간 내부에서 체득하고 있다. 산은 생명의 공간이자 수많은 생명들이 서로 서로 얼크러져 깃들기도 하고 서로가 서로에게 생육시키는 총체적 공간이다. 그리하여 산은 스스로를 드러내지 않으면서 그 속에 존재하는 생명들과 화합하는 절대 공간으로 형상화된다.

　지운다는 것은 무엇이 되는 것이고, 그 무엇은 다시 스스로를 지움으로써 에덴의 동산과 같은 평화의 공간을 생성해낸다. 산이라는 공간 속에서 펼쳐지는 천변만화는 그 자체로 하나의 물리적 현상학적 사실이다. 이슬이 안개가 되고, 안개가 다시 푸른 하늘이 되는 자연 현상을 시간의 순차적 구조 속에서 스스로의 자리를 내어준다. 사물들이 스스로의 모양을 바꿈으로써, 더 정확하게 말해서 스스로를 지움으로써 산이라는 원형적 공간의 합에 도달하게 된다.　산은 정중동의 도학적 공간으로 생명의 형식들이 스스로 되어감을 느끼게 만드는 총체성의 시현체이다. 비워주고 내어준 자리에 새로운 생명이나 사물들이 현현케 하는 산의 형상은 삶의 원리의 공간이자 상생의 공간이 된다.

　　　사미(沙彌)야
　　　그만 책을 덮으렴.
　　　도란도란 멀리서 글 읽는 소리가
　　　들리지 않니?
　　　저것은 나무와 나무들이 이루어낸 한 문장의 시행,
　　　저것은 숲과 숲들이 엮어낸 한 단락의 산문,
　　　저것은 행간을 건너 뛰는 계곡의 침묵,
　　　달빛에 온 산은 글 읽은 소린데
　　　사미야, 부질없이 촛불을 켜서 무엇하랴.
　　　꽃들의 상형문자象形文字를 지나서
　　　나무들의 설형문자楔形文字를 지나서

마침내 절벽 앞에선
바위의 피어리어드.
사미야,
세상을 읽는 저 운명의 바람소리가
들리지 않니?
우주는 한 편의 긴 드라마
사미야,
오늘 밤에는 숲에
달빛 쌓이는 소리를 듣지 않으련?

—「상형문자(象形文字)」전문

스스로를 지움으로써 평화의 공간을 창조할 수 있는 근원은 바로 운명의
소리를 들을 때에만 비로소 가능하다. 우주라는 운명의 공간 내에 존재하
는 모든 것들은 화자의 눈에 의미로 포착된다. 한 문장의 시행으로, 산문
으로, 상형문자나 설형문자 등등으로 인식된 자연의 모든 행위가 하나의
문자로 펼쳐져 있음을 관조한다. 세계 자체가 발하는 소리가 하나의 문자
행위인 동시에 운명의 소리임을 한편의 모노드라마임을 직관하고 있다.

시인은 불입문자의 세계에 돌입해 들어간다. 문자의 총화인 책을 덮음으
로써 화자는 자연의 절대 세계에 돌입해 들어간다. 의미로 불리워지를 바
라는 나무와 풀과 바위의 묵언을 들으면서 그것이 운명의 소리임을 생명의
대서사시가 자연의 묵언 속에 임재해 있음을 감지해낸다. 문자 세계 이전
에 생명들은 끊임없이 자신의 목소리로 이야기하고 있었음을 빛에도 소리
가 있음을 시인은 예리한 촉수로 자연의 소리를 듣는다. 듣는다는 것은 모
든 의식이 타자에게 열려져 있음을 의미한다. 타자에게로 열려진 의식은
의미의 층위를 나에게서 찾는 것이 아니라 스스로의 색조를 지우면서 스스
로를 자연에 동화시키면서 비로소 가능하게 된다.

슬픔도 없다.
기쁨도 없다.

> 양지 바른 툇마루에 홀로 앉아
> 꿈꾸는 듯 조으는 듯 먼 산 바래는
> 홑무명 먹물장삼 메마른 어깨,
>
> 앞뜰의 불두화佛頭花 박엽 지는데
> 뒤뜰의 돌미륵 금이 가는데
>
> 코스모스 꽃 대궁에 단정히 앉아
> 하아얗게 굳어가는 잠자리 하나,
>
> 텅
> 비워낸 육신의
> 날개짓 하나.
>
> —「먹물장삼」전문

텅 비워낸다는 것은 기쁨과 슬픔이 승화되었다는 것을 의미한다. 자연의 투명한 수채화를 관조하면서 욕망의 부질없음을 터득한다. 관조란 자기 성찰인 동시에 천지만물이 발하는 온기를 응시하면서 서로 화육하는 것을 응시하는 것이다. 그러므로 관조적 자아는 세계와 세계 속에 존재하는 모든 것들의 의미를 탐색하고, 그것을 통해서 자신의 자아를 갱신시키는 것이다. 무명옷 입고 툇마루에 앉아 먼 산 바라보며 천변만화를 감상하고 있는 화자는 시간을 읽고 있다. 시간이 만들어 놓은 형상은 계절의 변화이지만, 그 변화 속에서 삶의 흔적들이 퇴색함을 느끼고 있다.

모든 시가 그렇듯 느낌은 느낌으로 끝나는 것이 아니라, 시가 되고 삶이 되고 성찰이 된다. 삶이란 그저 스스로를 비움으로써 완전히 자신을 가질 수 있는 것이기에, 시는 코스모스 꽃 대궁에 앉아 있는 잠자리의 모습에서 자신의 삶을 관조하고 있다. 채우는 삶이 아니라, 비우고 화석화됨으로써 비로소 삶이 도정이 종결됨을 인식하기에 이른다. 부처를 닮은 꽃도 미래의 구원을 바라는 돌미륵도 그것이 하나의 허상임을 시인은 마음의 눈으로 읽고 있다.

　　시집『벼랑의 꿈』의 꿈은 시인의 삶에 있어서 하나의 전환이다. 그가 지향했던 삶의 도정을 총체적으로 반성하면서, 삶이란 욕망의 체계가 아니라, 자연과 그 속에 존재하는 모든 것들이 서로 조응하면서 이루어진 것이고, 그것이 우리가 살아가는 세계의 본질이라고 인식하는 사유의 전환이 이루어진 하나의 성과물이다. 더부는 삶이 아름다움임을, 그것이 진정한 평화임을 자성적인 언어로 아름답게 채색하고 있다.

4. 원형적 사유의 지향 - 불멸 또는 적멸

　　인간이 도달할 수 있는 가장 원초적인 의식은 원형에의 지향이다. 원형은 인간이 알게 모르게 형성된 삶의 축으로 인간의 의식을 지배하고 인간의 심층에 자리잡아 의식으로 유전되는 가장 본원적인 것이다. 시인이 영원을 의식한다는 것은 어쩌면 불멸에의 의지를 표명한 것이지만, 그 이면에서 바라본다면 영원이라는 인간의 몸으로 도달할 수 없는 하나의 가상일지 모른다. 그래서 시인은 영원을 사유하지만, 그것의 층위는 모든 것을 소진한 상태인 적멸에서만 가능하다는 것을 인식하고 있다. 더 나아가 영원의 임재가 영원 자체에 있는 것이 아니라, 순간에 잠재해 있음을, 순간의 불꽃이 영원의 형식임을 시인은 천명하고 있다.

　　적멸의 상태란 바로 인간의 의식 차원만을 의미하는 것은 아니며, 바로 인간 사유의 모든 형성물들이 한 때는 찬란한 빛이었지만, 그것 역시 하나의 사라질 운명의 소산이라는 것을 인식하는 것을 의미한다. 그러므로 시인 오세영이 도달한 의식은 적멸이지만, 그 적멸이 맞닿아 있는 곳은 불멸이거나 영원이다. 한 때 아름다움을 발하던 그 모든 것들이 하나의 허상이었다는 사실을 직감하는 것은 유, 무형의 형식적 정신적 산물들이 영원 앞에서 아무런 의미도 지니지 않는다는 것을 의미한다. 영원 앞에 서있는 인간의 삶이란 어쩌면 순간일지도 모른다. 만약 이러한 통념적인 사실의 영원과 순간을 시인이 노래했다면 그것은 무의미한 허무주의에 빠질 수 있지만, 시인 오세영은 통념의 세계를 넘어서 새로운 영원의 의미를 창조하기에 이른다.

영원이란 현재를 잘 살아가는 것, 그리하여 현재가 영원의 한 단면이자, 진정한 영원의 실현이라는 사실을 직시하고 있다. 『적멸의 불빛』의 자서(自序)에서 시인은 다음과 같이 말한다. '말만이 말이 아니고 이 세상 모든 것이 '말'이다. 그러므로 현명한 사람은 인간의 말만이 아닌 사물의 말도 들을 줄 알아야 한다.' 이 말이 함의하는 것은 그가 영원한 현재를 살고자 하는 하나의 금언이다. 시란 타자의 목소리를 들음으로써 의식이 충일되고 확장됨을, 세상의 모든 말을 듣도 그것을 형상화할 때, 그것이 세계의 본질에 다가감을 인식하고 있다. 세계를 전유하고 싶은 욕망은 세계와 호흡하면서 세계의 의미를, 세계가 발하는 순간의 의미를 영원으로 고양시키고 싶은 석전 자신의 희망이자 바램이다.

> 예술은 길고 인생은 짧다지만
> 아름다움이 제 수명을 다하기란
> 실로 어렵다.
>
> 박물관 진열장
> 고미술품(古美術品) 코너를 가 보아라.
> 어떤 조각은 목이 달았고 어떤 도자기는 몸에
> 금이 갔고 또 어떤 그림은 색채가
> 누우렇게 바래버렸다.
>
> — 「아름다움」 부분

미(美)란 삶의 도정에서 생산된 하나의 불꽃이지만, 그 불꽃조차 하나의 사물이 됨을 그저 그렇게 널부러진 폐품이 됨을 시인은 느끼고 있다. 그래서 시인 '아름다움은/쉽게 깨진다.'라고 노래하고 있다. 깨어지고 바랜 미의 향연의 흔적을 바라보면서 시인이 읽어내는 것은 아름다움의 고혹적인 자태가 아니라, 예술의 운명에 관한 의식이다. 예술이라는 순간의 불빛을 통해서 영혼의 흔적이자 삶의 형상이지만, 그것은 절대적 순간을 살았던 삶의 단면이기에 담담하게 사실을 형상화하고 있다.

한때 영원이라고 불리워지거나 불리워졌던 그 모든 정신적 산물들은 기억의 저편으로 사라져야 마땅한 것이기에, 실존적 삶의 양태에서 벌어지는 그 모든 것들에 대하여 시인은 애련에 들지 않는다. 순간이 영원을 살아낸 흔적이기에, 한 때는 아름다움의 표상이었던 빛 바랜 색채는 새로운 아름다움에게 자리를 내어줄 수밖에 없다. 무(無)의 자리로 되돌아가는 도정이 필연임을 순간의 자리가 영원의 한 자리였음을 시인은 직감하고 있다. 시인은 영원이 순간의 흔적을 부인하지 않지만, 언어예술이 지니는 아름다움에 관한 일반론으로까지 나아가지는 않는다. 조형예술이 가지는 생래적 한계성을 형상화하면서 시적 언어 이면에는 언어예술적 삶의 흔적이 진정한 예술의 본질임을 암묵적으로 승인하고 있지 않나 생각된다.

인생이란
기쁨과 슬픔이 짜아올린 집,
그 안에 삶이 있다.
굳이 피하지 마라. 슬픔을……
묵은 때를 씻기 위하여 걸레에
물기가 필요하듯
정신을 말갛게 닦기 위해선
눈물이 있어야 하는 법,
마른 걸레는 아무런
쓸모가 없다.
오늘은 모처럼 방을 비우고 걸레로
구석구석 닦는다.
내일은
우리들의 축일(祝日) 아닌가.

— 「눈물」 전문

삶이라는 순간의 연속이다. 그 순간은 기쁨으로도 슬픔으로도 나타날 수 있지만, 시인은 인생이라는 집을 양자로 변주해야만 한다고 생각하고 있다. 슬픔은 궁극적인 의미에 있어서 기쁨을 생산하는 자양분이며, 슬픔은 혼탁한 정신을 정화시키는 촉매제이다. 그렇기 때문에 영원을 살아가는 삶의 한 단면인 슬픔의 순간에 시인 결코 애련에 들지 않는다. 다만 그것과 맞서서 묵은 때와 같은 불결한 흔적들을 지워내면 그뿐이다. 그렇기 때문에 '눈물'은 슬픔의 흔적이 아니라, 삶의 통과제의적 국면이다.

삶에 있어서 고통의 순간은 단순한 의미의 고통이 아니라 영혼을 살찌우고 정신을 말갛게 하기 위한 삶의 필요조건임을, 그 고통의 순간과 맞서야만 아름다운 불빛을 낼 수 있다는 사실을, 오늘의 고통이 내일의 환희를 준비하는 기간임을 시인은 너무나도 정확히 알고 있다.

순간 속에 내재한 영원의 흔적은 기쁨의 순간이 아니라 눈물을 흘리는 고통의 순간이다. 고통은 승화되어 시가 되고 예술이 되어 정신의 향연을 가능케 한다. 기쁨과 슬픔으로 짜아올린 집에 안거하면서 정결한 정신세계로 비약한다. 더러운 흔적을 눈물로 지우고 닦아내면서 미래의 향연을 준비한다. 그리고 그러한 미래의 향연은 현재의 고통을 통해서 비로소 가능하게 된다.

> 고독할 때
> 내 육신은 무한에 떠 있는 섬
> 살갗에서 이는
> 밀물과 썰물의 적막한
> 호흡소리를 듣는다.
>
> 영원이 어디 따로 있던가.
> 들이마시고 내쉬는
> 목숨의 찰라에 있던 것을,
> 오늘 나, 먼 수평선을 향해
> 긴 휘파람 소리를
> 내 본다.

— 「영원」 전문

영원을 사유한다는 것은 보다 근원적 사유의 세계를 지향한다는 것과 같다. 인간은 시간의 역사 속에서 생존하지만, 그것이 영원의 편린이라는 것을 시인은 직관하고 있다. 생과 사의 도정이 영원을 사는 길이듯 고독은 영원 앞에 선 인간의 가장 본원적인 삶의 대응방식이다. 삶이 고독으로 향할수록 삶의 호흡은 가빠오지만, 그 호흡의 깊이만큼 삶도 진정성으로 향한다. 고독은 본질과의 대화이다. 그 본질은 인간의 현실적 삶 앞에 현시되지 않지만, 고독의 반성력이 영원의 깊이와 맞닿아 있기에, 지금 바로 여기를 사는다는 것은 그것 자체가 영원을 사는 것으로 인식되기에 이른다.

차고 넘쳐나던 삶이 이울어갈 수밖에 없는 운명의 고리로 인식되어 버린 순간, 바로 그 순간이 영원을 사유하는 순간임을 시인은 직관하고 있다. 그렇기 때문에 영원의 도정이 바로 순간의 도정이며, 순간이 영원으로 고양될 수 있는 이유가 된다. 전부(全部)와 전무(全無)가 서로 다른 양상이 아니라 같은 국면임을, 영원과 적멸이 동일한 선상이 위치해있음을 시인은 깨닫고 있다.

그의 언어가 지성과 감성이 잘 변주되어 감성의 흔적들을 되도록 차단하려고 하지만, 그의 시의 내적 본질은 시인 자신을 고독한 섬으로 인식하고 있다는 점이다. 고독은 오세영 시에 있어서 생득적인 한 국면으로 그의 내면에 자리잡은 영혼의 언어이다. 피할 수 없는 언어인 고독은 하이데거적으로 그저 던져진 세계-내-존재이기 때문이 아니라, 영원의 흔적들을 순간 속에서 포착하기 위한 시인 자신의 기표이다. 그러므로 고독은 오세영 문학의 본질이다. 그것을 표나게 드러냈건 아니건 상관없이 순간 속에 발하는 영원을 읽어내기 위한 선구자적 시인의 의식의 발로가 바로 오세영의 고독이다.

5. 결론을 대신하여 – 시적 욕망과 시적 유토피아를 지향하면서

바람은 떠돌이로 울고
강물은 이별로 울고
사람은 만남으로 운다.

– 「삶」 전문

세상의 모든 것들은 운다. 그러나 그러한 울음은 스스로를 표현하는 하나의 방법이다. 가장 잘 울 때, 그것은 아름다운 예술이 되고, 정신이 된다. 소식(蘇息)의 선명(善鳴)처럼 시는 언어라는 악기를 어떻게 잘 연주하는가에 따라 아름다운 시가 되고 노래가 된다.

시인 오세영의 시적 도정은 각 시기마다, 자신의 삶과 부딪히면서 스스로의 삶을 노래하고 때론 메타적인 세계를 지향하면서, 자신의 미적 양식을 성취해 나아갔다고 말할 수 있다. 시인에게 시라는 악기가 하나의 운명이듯, 그는 자신의 시적 운명을 감내하면서 시의 정령과 대화를 나면서 영혼의 악기를 연주하고 있다.

❖ 전통주의적 시창작과 시간 의식

남기혁

1. 들어가는 말

시인 오세영은 1967년 《현대문학》을 통해 등단한 이후 첫 시집 『반란하는 빛』(현대시학사, 1970)을 비롯하여 최근 『적멸의 불빛』(문학사상사, 2001)에 이르기까지 10여권의 시집을 상재한 바 있다. 35년에 이르는 시작 활동 기간 동안 오세영 시인은 일관되게 시의 미적 자율성에 대한 신념을 지켰다. 미적 자율성에 대한 신념은 편협한 의미의 순수시·순수 문학에 대한 옹호, 혹은 현실에 대한 무관심에서 기인하는 것이 아니다. 오세영 시인은 자신이 살아온 시대와 현실에 대해 냉담한 거리를 유지함으로써 역설적으로 시대와 현실의 부조리함 혹은 그것이 초래한 인간 존재의 부조리함을 드러내고 인간 현실에 대한 사랑을 노래하고자 했다. 그러니까 미적 자율성에 대한 그의 일관된 신념은 시와 예술의 자기 준거성, 즉 정치나 종교 혹은 윤리적 관념으로 환원되지 않는 미적인 것의 절대성을 통해서 도구적 합리성이 지배하는 현실 세계의 폭력성을 우회적으로 드러내기 위한 전략과도 밀접한 관련이 있다.

서정시의 자기준거성에 대한 옹호는 오세영 시인이 일관되게 리리시즘을 견지하고 있는 것에서도 확인된다. 오세영 시인이 시를 창작해온 지난 30여년 동안 우리 시단은 민중시와 모더니즘 혹은 포스트 모더니즘 경향의 시가 주류를 이루었다. 서로 대립되는 것처럼 보이는 두 경향의 현대시는 서정시를 당대의 현실과 직접적으로 대면시키려 했다는 점, 본질적이고 영원한 것 대신에 일시적이고 시대적인 것에 미학적으로 반응했다는 점에서 일맥 상통한다. 또한 양자 모두 서정시의 본질적 특성인 리리시즘을 폄훼하고 부정하였으며, '시적인 것'을 의도적으로 방기하였다. 지난 35년의 한국 역사가 시적인 것을 허락하지 않는 산문의 시대였다는 사실을 감안하더라도 서정시가 시대의 논리에 미메시스적으로 반응하여 시의 본질에서 일탈하였던 점은 반성해야 할 일이다. 이런 맥락에서 오세영 시인이 리리시즘을 통해 시인으로서의 정체성을 확인하고 한국 근대 서정시의 전통을 이어나간 점은 주목할 필요가 있다.

리리시즘이란 전통적(혹은 본래적)인 의미의 서정시가 중시하는 서정적 체험과 그 표출 방식을 이념의 차원에서 고수하려는 특정한 세계관과 심미 의식을 가리킨다. 리리시즘은 문화적으로 안정된 시대는 물론이고 문화적 변동기에도 나타날 수 있다. 오세영 시의 리리시즘이 갖는 문제성은 문화적 변동기, 즉 서정시의 본질을 해체하려는 원심적 경향이 강한 시대를 배경으로 리리시즘이 추구되었다는 점에서 찾을 수 있다. 오세영 시인의 시가 도시적 서정성이나 현대적인 감수성에 침윤되지 않고 동양의 전통적인 서정의 세계를 재발견하고 전통적인 사상과 감수성을 현대적 감각으로 재창조한 점은 동 시대의 다른 시인들에게서 사례를 발견하기 어려운 것이었다. 이러한 전통주의적 리리시즘이 우리의 현대 시단에서는 문화적 보수주의로 낙인 찍혀 시단의 주류에서 밀려나는 운명을 감내해야 했다는 것은 잘 알려진 사실이다. 그럼에도 불구하고 오세영 시인은 시류에 휩쓸리지 않고 방법론적인 자각 위에서 전통주의적 리리시즘을 추구하였다.

물론 그의 시적 출발에 해당되는 첫 시집 『반란하는 빛』은 시집의 제목이 상징하는 바와 같이 시대와 현실에 대한 강한 부정 의식을 담고 있으며, 이러한 의식을 모더니즘적인 감수성과 언어의식 그리고 실험정신으로 드러내고 있다. 오세영 시인은 자신의 이러한 시적 출발을 시인으로서의 언어 훈련 과정으로 말한 바 있다. 첫 시집 이후 그의 시 세계가 섬세한 언어 감각과 조형적 이미지, 반어와 역설의 언어를 지속적으로 심화 발전시켰다는 점을 고려한다면 그의 초기시가 갖는 의의는 부정될 수 없다. 다만 그의 초기시가 전통과 근대, 근대와 탈근대의 경계선에서 흔들리고 있음은 부정할 수 없다. 문제는 오세영 시인이 이러한 흔들림을 극복하고 전통주의로 방향을 선회하면서 자신의 시세계를 심화 발전시키게 된 동인이 무엇인가를 밝히고 그것이 현대시사에서 갖는 의미를 점검하는 일이다.

　오세영 시인의 시와 언어를 대하면 한국 시사에 등장했던 다양한 목소리를 발견하게 된다. 오세영 시인의 직접적인 언급은 없었지만, 그의 시집들 여기저기에는 김소월, 정지용, 서정주, 박목월, 유치환 등 선배 시인들의 목소리가 알게 모르게 스며들어 있다. 그것은 어법과 이미지, 모티브 등의 하위 차원에서는 물론이고 시적 정서와 상상력의 전개 등의 상위 차원에서도 두루 확인된다. 하지만 어느 곳에서도 딱히 선배 시인의 어떤 부분을 어떻게 수용하였는가를 판단하기는 쉽지 않다. 이는 오세영 시인이 낯설고 신기한 것, 예외적이고 주변적인 것을 통해서 시세계를 일구어 나가기보다 전통의 문맥을 존중하고 이를 자신의 문맥 안에서 재창조하는데 관심을 기울였기 때문이다. 따라서 그의 시를 전통주의라는 맥락에서 살펴보는 본고의 작업은 오세영 시인과 선배 시인들과의 차별성, 시사적 맥락 속에서 전통주의적 시창작이 지닌 의의의 차별성 등을 함께 고려하는 가운데 전개될 것이다.

2. 반란하는 빛, 혹은 전통과 근대의 억압에서 벗어나기

　오세영 시인의 시적 출발은 모더니즘적인 세계인식 위에서 이루어졌다. 주지하듯이 모더니즘적 시 창작은 근대의 과학 문명과 도시 문명에서 기원하는 새로운 감수성을 중시한다. 도시의 명멸하는 불빛, 순간적으로 나타났다 사라지는 파편화된 사물의 이미지를 통해서 모더니즘 시인들은 근대의 분열된 현실을 포착하고 이에 대한 비판과 부정의식을 드러내고자 했다.

오세영 시인의 초기시는 이러한 모더니즘적 시 창작의 영향을 받았다. 이는 적어도 1960년대에 이르기까지의 한국 모더니즘 시사(詩史), 그리고 오세영 시인이 활동했던 『현대시』 동인들의 모더니즘적 시 창작과의 관련성 속에서 면밀하게 고구(考究)되어야 할이다. 하지만 이는 본고의 과제와는 다소 동떨어진 일이다. 다만 『반란하는 빛』에서 오세영 시인의 모더니즘적 세계인식이 전통과 근대의 대립과 갈등, 그리고 그로 인한 주체 내부의 분열과 의식의 해체로 모아진다는 점을 지적해두고자 한다. 사실 첫 시집에서 오세영 시인은 전통과 근대 중 어느 한쪽으로의 의식의 지향성을 보여주지는 않고 있다. 이는 전통과 근대가 주체 내부에서 의식의 분열을 초래하고 있는 점에서 확인할 수 있다.

> 불빛을 바라보면서 우리들은/달려나갔다/전라도의 보리밭이 보이고, 황폐한 과거가 /
> 몇 개로 구획되었다./먼 황인종의 마을에서 개가 짖고/
> 칸델라의 불빛이 경험으로 풀려나가고/지나온 십구세기가 토막토막 잘려/
> 자막(字幕)에 걸리고 있다./렌즈를 열고 흰옷의 그가 나온다./전라도 사투리로 판소리를 부르고,/돌아가신 어머니의 이름을 부르고, 끝끝내/심청이를 불렀다./도무지 갈채를 모르는 사람들의 눈에서/불이 꺼지고, 헛간에 켜둔 램프가/의식을 태운다./낡아가는 한 시대의 필름./
> 어리석은 사내에게 몸을 맡긴 계집은/밤새워 지나가는 트럭 소리를 듣고 졸인 눈의/
> 수학(數學)을 보았다, 결국/벗을 것인가 이 흰옷, 정지된 자막에/걸린 채 나는 벌거숭이 몸을 하고/손에 박힌못들을 하나씩 뽑았다./흔들리는 전라도의 논둑길/그 불빛 속을 뛰었다.

— 「불·3」 전문

이 작품에는 "칸델라의 불빛이 경험으로 풀려나가고"라든지 "헛간에 켜둔 램프가/의식을 태운다"와 같이 다분히 관념적인 진술과 불분명한 이미지가 등장한다. 이로 인한 의미의 모호성에도 불구하고 시인이 전통과 근대의 경계에서 흔들리고 있다는 사실을 시적 자아의 내면 심리를 통해서 알 수 있다. '전라도'의 '보리밭'과 '사투리'와 '논둑길', 그리고 '십구세기'와 '판소리'와 '심청이'로 대변되는 과거의 세계 즉 전통의 세계는 황폐하고 낡은 것이다. 따라서 시적 자아의 의식이라는 '정지된 자막(字幕)'에 비추이는 전통은 시적 자아에게는 벗어야할 옷과 같은 것이다. 문제는 과거적 전통에 대한 부정이 결국 자기 자신을 '벌거숭이 몸'으로 만들고 "손에 박힌 못들을 하나씩 뽑"는 자기 희생을 요구한다는 점이다. 이러한 고통들은 시적 자아의 의식 분열을 낳게 되는데, 이 작품에서 시적 자아가 "불빛을 바라보면서 우리들은 달려나갔다"고 말하는 것은 이런 맥락에서 이해할 수 있다.

그러나 시적 자아는 일정한 목표과 정착점을 갖고 있지는 않다. 또한 자신의 기원으로서의 전통을 부정한 시적 자아는 고향으로 되돌아갈 수도 없다. 시적 자아는 전라도 사투리로 판소리를 부르고 돌아가신 어머니의 이름을 부르고 심청이를 부르지만, 그것은 이미 사라진 것에 대한 혹은 자신이 부정한 것에 대한 초혼의 성격을 지닐지언정 현실화될 수 없는 헛된 몸부림에 지나지 않는다. 이러한 좌절과 절망은 삶의 방향성 즉 미래를 향한 목표의 부재와 결부되면서 보다 심화 확대된다. '빛'과 '어둠'의 대립적 심상을 통해 의미가 전개되는 이 작품에서, '어둠'(과거·전통 세계)에 대립되는 '불빛'이 명확하게 미래적 지향성을 보여주지 못한다. 다만 시적 자아는 "경험으로 풀려나가"는 불빛과 의식을 태우는 램프와 "졸린 눈의 수학을" 볼뿐이다.

시적 자아가 바라보는 불빛과 수학은, "달려 나간다"라는 행위가 직선적인 방향성을 가리킨다는 점을 고려한다면, 분명히 미래 혹은 근대를 상징하는 것으로 보인다. 하지만 시적 자아의 달려가는 행위는 확신에 찬 것은 아니다. 뿐만 아니라 시적 자아는 수학으로 표상되는 근대적 질서에 대해 이미 피로감을 느끼고 있다. 근원(기원)으로서의 과거적 전통과 지향점으로서의 미래가 모두 삶의 방향성을 제시해 주지 못하는 상황에서 시적 자아의 달려가는 행위는 자아 분열적이고 자기 해체적인 몸부림으로 이해된다. 이는 궁극적으로 자아-서사의 상실로 이어진다.

「불·3」에서 시적 자아는 결국 근대와 전통의 어느 쪽에서도 가치와 행동의 기준을 마련하지 못한 채 내적 갈등에 시달린다. 과거와 현재(혹은 미래), 전통과 근대의 대립은 「불·5」에서는 '동양의 구슬'과 '셔먼호의 굴뚝'의 대립으로, 「아시아」에서는 '노후한 아시아'와 '합중국의 해병대'의 대립으로, 「저녁 식탁」에서는 "서구인의 한 센텐스 자유와 인민의 빵"과 "동양의 탁월한 식견"의 대립으로 변주된다. 이러한 대립적인 구도는 사실 전통에 대한 부정과 근대에 대한 비판이라는 오세영 시인의 현실 인식에서 기인한 것이다. 그는 무기력하고 황폐화된 과거와 전통에 대해서 절망하면서도 "차고 여윈 문명"(「아시아」중에서)이나 "텅 빈 도시"(「고스톱」중에서)로 표상되는 근대적 질서를 통해서도 정신적 안주를 얻지 못한다. '기계'로 표상되는 근대적 질서는 '죽음'(「불·1」)으로 간주될 뿐이기 때문이다.

이러한 문명 비판 의식이 모더니스트적인 언어 감각과 초현실주의적인 자동 기술의 기법에 결부되면서 시적 자아는 반전통·반근대의 경계 선상에서 헤매게 되는 것이다. 이 헤메임은 제3세계의 모더니스트가 경험할 수밖에 없었던 자기 상실과 해체의 운명이지만, 시적 정신의 성숙과 더불어 극복되지 않으면 안될 그리고 극복될 수밖에 없는 것이기도 하다. 문제는 어떤 각도에서 혹은 어떤 방법을 동원하여 이 문제에 맞설 것인가 하는 점이다. 김춘수는 언어의 무의미성 혹은 유희로서의 시쓰기라는 허무주의를 통해 이 문제에 맞섰고, 김수영은—김춘수의 표현에 의하면— 생활과 시를 합일시키는 낭만주의적인 방법을 통해 혹은 시의 현실 참여('행동')을 통해 이 문제에 맞섰다. 그렇다면 30대 전후의 모더니스트였던 오세영 시인은 어떠했는가? 그 해답이 『가장 어두운 날 저녁에』와 『무명연시』 그리고 『사랑의 저쪽』에 있다.

3. 인간의 근원적 모순에 대한 발견과 전통주의로의 전회(轉回)

전통의 부정과 근대의 비판은 근대의 직선적인 시간 의식의 필연적인 소산이다. 역사란 미래의 완성된 시간을 향해 나아가는 비가역적인 과정으로 이해되며 이러한 시간관은 진보에 대한 낙관적인 믿음으로 이어진다. 그러니까 전통의 부정과 근대의 비판이란 두 명제는 근대의 모순과 한계가 극복되는 보다 나은 미래에 대한 믿음을 전제로 했을 때 성립된다. 『반란하는 빛』(1970)에서 시인은 그러한 미래의 표상을 획득하지 못했기에 헤매고 있는 것이다. 그것은 시인의 개인적인 한계라기보다는 1970년대의 한국적 근대화가 지닌 시대적 한계에 해당되는 것이다.

이러한 시대적 한계는 시적 자아에게는 극단적인 시간 비전의 축소 혹은 소멸을 강요한다. 이는 『반란하는 빛』의 여러 작품에서 확인되지만 1980년대에 쓰여진 많은 작품들, 특히 『가장 어두운 날 저녁에』에 수록된 작품을 통해서도 확인할 수 있다. 가령 "이슬 속으로/ 시간(時間)이 사라져 갔다"(「이슬」 중에서), "그저 아무것도 아닌 미래(未來)"(「목마른 꿈」 중에서), '잃어버린 시간(時間)'과 '백합(百合)의 뜰에 잠든 시간(時間)'(「잃어버린 시간(時間)을 찾아서」중에서), "돌아오지 않는 미래"(「빗속의 걸으며」중에서), "마른 육체(肉體)를 버린 청춘(靑春)은 한번 가서/ 오지 않는다"(「불면(不眠)」중에서), '얼어붙은 시간(時間)의 저쪽'(「겨울 일기(日記)」중에서)를 보라. 시인에게 '미래'란 그저 아무 것도 아닌 것이거나 잃어버린 것이며 혹은 돌아오지 않는 것이다. 현재와는 다른 혹은 현재보다 더 나은 시간으로서의 미래에 대한 기대는 어느 곳에서도 찾을 수 없다. 그에게 있어서 시간의 흐름이 더 이상 삶의 의미를 구성하는데 중요한 역할을 하지 못하고 있는 것이다. 그럼에도 불구하고 1980년대의 시창작에서 시간 비전의 축소가 더 이상 주체의 분열과 해체로 이어지지 않는 것은 무엇일까? 그것은 오세영 시인이 근대적인 시간의식에서 벗어날 수 있는 시간 비전을 획득하기 시작했기 때문이다.

　도둑이 시계(時計)를/훔쳐갔다./유리 속에 갇힌 시간(時間)이/빗방
울이 되어 사라져갔다./내 청각(聽覺) 혹에서만/살아서 꿈틀대던 미
래(未來),/이런 것들에 대하여 이제 /고민하지 않아도 좋다./진실과
허위를,/ 혹은 앞서가는 시대(時代)와/ 나의 시간(時間)을/맞추지 않
아도 된다./차가운 알미늄제(製) 금속(金屬)에 갇힌/未來여,/天國엔
시계가 없다

— 「시간 맞추기」 전문

　시계(時計)란 시간을 계측하는 기계적 장치로서, 자연의 수학화를 통해
자연을 타자화하고 지배하는 근대 문명를 상징한다. 시계에 의한 시간의
계측은 전통적인 시간의 표상을 전복시켜 '양화(量化)된 시간이라는 새로
운 시간 표상을 만들어냈다. 과거와 현재와 미래의 시간 단위들은 질적인
고유성이나 상징성을 상실한 채 등질적이고 공허한, 그래서 의미가 비어
있는 시간 단위의 연속에 의해 직선적으로 연결된, 그리고 비가역적으로
진행되는 시간의 연속으로 간주된다. 이러한 시간은 인간 주체에게 끊임없
이 불안과 공포를 야기한다. 한 번 흘러간 시간은 되돌이킬 수 없는 것이
고, 미래는 늘 과거나 현재와는 다른 모습으로 간주되기 때문이다. 특히
기대와 예측을 통해 미래의 표상을 만들어내고 표상된 미래를 향해 존재를
기획 투사해야 하는 주체의 입장에서 보면, 과거와 현재 그리고 미래 속에
서 자신의 정체성을 발견하고 현실의 변화 방향에 대해 확신하면서 다가오
는 시간을 준비한다는 것은 결코 쉬운 일이 아니다.
　「시간 맞추기」에서 시적 주체는 이러한 불안정한 시간 의식에 시달리고
있다. 도둑이 시계를 훔쳐갔다는 사실은 단순히 사물로서의 시계를 잃었다
는 것을 의미하지 않는다. 그것은 시간에 대한 계측 능력 혹은 자연에 대
한 지배 능력의 상실, 그리고 그로 인한 자아의 불안 의식을 암시한다. 이
어지는 시행에서 "유리 속에 갇힌 시간(時間)이/ 빗방울이 되어 사라져갔
다"라는 표현은 시간의 소멸과 이로 인한 상실 의식을 반영하는 것이다.
하지만 시인은 시계의 상실이 초래한 역설적인 결과와 마주치게 된다. 이

제 더 이상 "청각(聽覺) 속에서만/ 살아서 꿈틀대던/ 꿈, 혹은 미래"라는 허상에 대해 고민하거나 시달리지 않아도 되기 때문이다. 즉 근대의 표상으로서의 시간 기계를 잃어버림으로써 근대적 시간 의식의 압박으로부터 해방될 수 있음을 발견하게 된 것이다.

이제 시인은 자아의 외부에 놓인 객관적인 시간, 즉 "앞서가는 시대(時代)"와 "나의 시간"을 서로 "맞추지 않아도 된다"는 사실을 알게 된다. 객관적인 시간의 압박에서 벗어나 자아의 주관적이고 몽상적인 '시간'을 구가한다는 것은 새로운 생명의 발견에 버금가는 것이다. "차가운 알미늄제 금속(金屬)에 갇힌/ 미래", 즉 기계 문명의 그 차갑고 비인간적인 시간에 더 이상 압박감을 느끼지 않고 정신의 자유와 비상을 준비할 수 있게 된 것이다. 왜 그럴까? 그것은 "천국(天國)엔 시계가 없"기 때문이다. 시인은 지상의 시간, 근대의 시간에 의해 타자화되었던 혹은 잊혀졌던 "천국의 시간"를 재발견하게 된다. 천국의 시간이란 무엇일까? 그것은 시간 계측 기계에 의해 양적으로 측정될 수 있는 시간도 아니고, 그렇다고 시간의 무의미하고 공허한 연속에 의하여 도달하거나 존재의 기획투사에 의해 획득되어질 수 있는 성질의 것도 아니다. 천국의 시간은 일종의 종교적인 비전, 혹은 초월의식과 관련되는 것으로서 자아와 세계에 대한 새로운 인식 전환을 암시해준다.

하지만 오세영 시인이 말하는 천국의 시간이 기독교의 메시아적 시간관과 직접적으로 연결되거나 혹은 그것을 발전적으로 심화시킨 것으로 보이지는 않는다. 그가 말하는 천국의 시간 의식은 오히려 동양의 전통적인 시간 의식, 특히 불교적 시간관으로 회귀하거나 과거적 시간을 통해서 자아의 정체성을 확인하는 시간 의식에 연결되어 있다. 가령 「방황1」에서 시적 자아는 "벽에 늘어진 시간(時間)"을 잊은 채 '꿈길'을 걸으면서 "될 수 있으면 과거(過去)를 향해/ 가장 차가운 눈으로 쏘아"보고, "아름다운 것은 잃어버리기 위해/ 지상(地上)에 남기를 불안해" 하면서 "가도 가도 외로왔"던 '현실(現實)'을 뒤로 하고 참된 자아를 "몇날 며칠을 찾아다녔다"고 고백하고 있다.

　자아의 정체성을 확신하기 위한 이러한 헤매임(彷徨)은 「방황(彷徨)2」라는 시에서는 "내 이름을 찾으려고/ 끝없이 나는 방황하였다"는 고백을 통해서 보다 분명한 의미를 드러낸다. 이 시에서 '잃어버린 나'를 되찾기 위한 시적 자아의 방황은 '젊은 고고학 교수(考古學 敎授)'의 답사(踏査) 행위에 비유되고 있으며, "로마자(字)의 이름"이 아니라 "한글로 쓴 내 이름"을 통해서 온전한 자아-서사를 회복하려는 주체의 의지는 "육신(肉身)을 버린 그 이름을 찾아서/ 아픔을 찾아"서 "허생(許生)의 집 문전(門前)을 기웃거"리는 행위를 통해서 드러난다.

　'허생의 집 문전'이라니? 여기서 '허생'이란 연암의 소설에 등장하는 그 허생을 가리킨다. 오세영 시인은 이 지점에서 한국적, 동양적 고전으로 표상되는 전통의 세계를 통해서 자아의 정체성을 회복하고 서구적·근대적 질서의 압박에서 벗어나 존재의 자유를 구가하고 생명을 회복하는 방법론을 획득하고 있다. 이러한 전통주의적 전회는 『가장 어두운 날 저녁에』라는 시집의 여기저기서 확인된다. 가령 「잃어버린 그림자」라는 시에서 자아 정체성을 회복하는 행위는 잃어버린 그림자를 찾는 행위에 비유되고 있는데, 시적 자아는 잃어버린 그림자를 찾기 위해 '관청(官廳)'과 '학교(學敎)'와 '교회(敎會)'로 표상되는 '서구(西歐)'의 근대 문명을 찾아가지만 그 어느 곳에서도 '그림자'를 찾지 못한다. 그곳에서는 다만 "죽은 이름밖에 없었"기 때문이다. 이제 시적 자아는 "보리이삭 피는 언덕을 넘어, 무덤을 넘어/ 서역(西域)길 삼만리(三萬里)를 떠나게 된다. 미당 선생이 밟아간 그 '서역 삼만리' 길을 "잃어버린 그림자를 찾으려고/ 대낮에 옷을 벗고" 걸어가게 된 것이다.

　이러한 전통주의적 회귀는 「귀향」에서는 할머니의 '텅빈 옛집'으로 되돌아오는 것으로, 「잃어버린 사내」에서는 과거에 살았던 '전주시(全州市) 인후동(仁后洞)'을 되찾아 가는 자신의 모습을 서역을 찾아 나선 '초사(慧超)'에 비유하는 것으로, 「바닷가에서」에서는 "율도국(硉島國)에 가서 살리라"는 외침으로, 「장화 홍련(薔花 紅蓮)」에서는 "가위로 잘린 몇 개의 상투와/벗어진 보선짝,/눈물에 젖은 장화 홍련(薔花 紅蓮)"에 대한 연민으로 표현된다. 물론 과거적인 것에 대한 연민은 과거를 이상화하고 절대화하는 복고주의와는 구별되어야 한다. 오세영 시인은 '흰옷'으로 상징되는 민족적 정체성, 혹은 과거적 전통의 상흔에 고통을 받고 신음하고 있기 때문이다. 그것은 자신의 기원에 대한 비판적 성찰과 관련된 것인데, 이는 과거와 전통의 상흔을 자아 내부의 상처와 동일시하면서 상처를 치유하려는 의지로 이어진다. 시인이 섣부르게 근대의 폭력성, 이성의 광기에 분노하고 절망하기보다 영원한 시간(영원성)의 비전으로 초월해 가는 이유도 여기에 있다. 근대적 이성에 맞서는 행위는 또다른 대결과 투쟁을 파생시키고 이는 끊임없는 상처와 피흘림으로 이어지기 때문에, 시인은 맞대결 자체를 무화시키는 방식 즉 초월의 비전을 통해 근대의 폭력성을 우회적으로 드러내고 상처의 치유에 도달하는 방법론을 마련하게 된다.

이러한 초월의 비전이 주관적인 망상에 그치지 않고 하나의 시적 방법론으로서 의의를 가질 수 있는 이유는 무엇일까? 그것은 오세영 시인이 인간 존재의 근원적 모순에 대한 비판적 인식과 그러한 모순의 극복을 향한 내적 성찰과 인식론적 전회를 준비하고 있기 때문이다. 『무명 연시』와 『사랑의 저쪽』에서 지속적으로 등장하는 허무 의식이라든지 '공(空)' 사상과 같은 "동양적 사유, 특히 불교적 존재론"의 탐색, 그리고 한국의 전통 사상과 제의(祭儀) 및 아사달(阿斯達), (「님의 형상」)과 아사녀(阿斯女), (「영원으로 가는 길」) 설화나 지귀 설화와 같이 삼국유사에 수록된 설화적 모티브의 수용 등이 여기에 해당된다.

가령 「길」에서 시인은 육신이 가는 길을 "길이 아니다"라고 부정하면서 동시에 "길은 어디에나 있다"고 말한다. 그것은 길이 아니지만 길은 어디에나 있다는 발상, 그러나 어디에나 있는 그 길이 장님이 "암흑의 허공에" 부는 피리 소리를 통해서 그리고 "명부염라(冥府閻羅)의 귀"를 울리기 위한 상여소리, 요령 소리, 지어미의 음성을 통해서만 열리는 그러한 전통적인

세계에 시인은 깊이 침윤되어 들어가고 있다. 이제 시인은 '무명(無明)'의
어둠속에서 "억만겁(億萬劫) 전생(前生)의 시간을 풀며/ 꿈꾸는 섬의 어
부"가 되어 "꿈속에서 꿈을 깨고 있"(「꿈꾸는 섬」 중에서)다.

 불교와 도교의 다양한 설화적 모티브와 사유 방식이 잇달아 펼쳐지고 있
는『무명연시』의 세계를 통해 시인이 보여주고자 한 것은 무엇일까? 시인
은 이 시집에서 '무명'으로 표상되는 세계, 즉 불교의 근본의에 도달하지
못하여 번뇌와 미망에 빠져 있는 어두운 세계는 물론 그러한 한계 때문에
신음하는 인간 존재의 유한성에 대해 반성하고 있다. 그리고 그는 다른 한
편으로 궁극적인 진리의 깨달음과 현실의 초월로 나아가기 위한 갈망을 드
러내고 있다. 이러한 깨달음과 초월의 갈망이 반어와 역설의 수사학과 만
나 풍부한 시적 결실을 이루고 있는 것이 소위 '그릇' 연작시, 즉『사랑의
저쪽』(미학사, 1990)에 수록된 시편들이다.『무명연시』(1986)가 전통적,
동양적 인식론을 서정적인 어조와 이미지로 형상화하는 시적 실험에 해당
된다면,『불타는 물』(문학사상사, 1988)을 거쳐 도달한『사랑의 저쪽』
(1990)은 동양적 사유와 인식론을 정제된 시 형식과 날카로운 수사학, 드
라이한 어조 속에 용해시킨 오세영 시인의 득의의 시적 영역에 해당되는
것이다.

 「그릇」 연작시가 수록된『사랑의 저쪽』은 80년대에 지속된 오세영 시인
의 전통주의적 전회가 하나의 방향성을 확고하게 정립하면서, 이를 매듭으
로 하여 「구룡사」 연작 이후 전통적 서정시의 세계가 본격적으로 열리게
되는 분기점이다. 이 시집에서 그릇은 다양한 이미지로 변주된다. 가령
「그릇 · 5」에서는 '꿈도 욕망도 아닌 저/ 절망의 파편'으로, 「그릇 · 6」
에서는 "욕망을 다스리는 영혼의 형식(形式)"으로, 「그릇 · 7」에서는 "비우
기 위하여/채우는/모순(矛盾)의 공간(空間)"으로, 「그릇 · 11」에서는 "속
이 비어야 공명(共鳴)하는 /인간(人間)의 악기(樂器)"로, 「그릇 · 13」에서
는 "내용을 결정하는 그릇"이자 "이념(理念)"으로, 「그릇 · 14」에서는 "깨
짐으로써 본분을 지키는/ 살아 있는 흙"으로, 「그릇 · 39」는 "절대의 허

무를/ 빛으로 메꾸려는 저, 신(神)의/ 공간"으로 말이다.

이렇게 다양한 그릇 이미지의 변주를 통해 오세영 시인은 인간 존재의 유한성을 드러내면서 주체의 부정을 통해 새로운 주체의 현존을 모색하는 동양적 사유의 진경을 연출한다. 그릇의 깨짐이란 자기 동일적 자아라는 근대의 신화에 대한 부정으로 읽을 수 있으며, 자신의 깨짐(부정)과 흙으로의 귀환을 통해 존재의 완성에 도달할 수 있다는 역설은 허무의 구극에 도달함으로써 비로소 허무의 초극이 가능하다는 동양적 사유의 한 전형을 보여 준다. 그것은 인간이 자기 자신을 부정하고 망감함으로써 참 자아에 도달할 수 있으며, 자기 부정과 함께 시작되는 가상(假像)으로서의 세계에 대한 부정을 통해 세계의 참모습과 대면할 수 있다는 발상법과 관련되어 있다. 있음과 없음, 나와 타자, 주체와 객체의 부질없는 분별이 사라지고 서로의 차이와 이질성이 존중되면서 서로 하나로 어울릴 수 있는 역설의 세계. 그것은 시인이 그토록 비판하는 근대적 사유방식, 가령 「그릇·42」 에서 나타나는 기하학의 세계에 대한 저주와 밀접한 관련이 있다.

> 잡목을 베고 지형을 다듬어/평탄하게 뚫은 길,/길은 세계를 이등분 한다.//
> 시비를 가르고/진위를 나누어/境界를 따라 달리는 너는/단순한 이념(理念)./너에게는 풀 한 포기 살 땅이 없구나.//
> 항상 직선만을 동경하는 길은/한 선분을 잇는 두 점을 쉽게/지도상에 찍지만/시작과 끝은/추상의 공간에만 있는 것.//
> 끝나는 것은 길이 아니다./저주할 기하학이여,/우리의 길은/끝나면서 열리는 길이어야 한다.

— 「나는 기하학을 저주한다 - 그릇 42」 전문

이 시에서 길이란 근대 문명의 표상이다. 그것은 "세계를 이등분"하여 "시비를 가르고/ 진위를 나누어/ 경계(境界)를 따라 달리는" 단순하고 부질없는 "이념(理念)"일 뿐이다. 이러한 길은 세계를 "풀 한 포기 살 땅이 없"는 불모(不毛)의 황무지로 만드는 원천이다. 그런데 "직선만을 동경하는 길", 지도 위에서 찍은 두 점을 이어 만든 '선분'은 오로지 "추상의 공간에만 있는 것"이다. 이러한 인식을 통해 시인은 기하학으로 표상되는 근대적 질서 혹은 자연(공간)의 구획을 통해 자연을 타자화하고 지배하려는 근대의 폭력성을 고발한다. 이제 시인은 "끝나는 것은 길이 아니"라 "저주할 기하학"이어야 한다고 주장한다. 그것은 근대에 의해 구획된 길이 아니라 근대에 의해 타자화되고 부정되었던 자연의 길을 회복해야 한다는 인식으로 이어진다. "우리의 길은 / 끝나면서 열리는 길이어야 한다"는 것이다. 처음과 끝의 구분이 없고, 시비와 진위의 분별이 사라지고, 경계가 허물어지는 길. 그것은 동일자와 비동일자의 분별을 통해서 비동일자를 동일자로 환원하는 근대적 이성의 광기에 대한 거부이다. 그 대신 시인은 동일자와 비동일자가 서로 환원 가능한 세계, 공간의 차별이 아니라 공간의 차이만 존재하고 그 차이를 넘어 서로가 환원 가능한 것으로 존재하는 전통적인 세계를 갈망한다. 한편 시작과 끝은 단순히 공간적인 의미만을 지니는 것은 아니다. 그것은 동시에 시간적인 의미에 연결되는 것이다. 시간의 차원에서 시작과 끝의 분별이 사라진다는 의식은 동양적 사유에 내재하고 있는 순환론적 시간 의식에서 가장 잘 확인된다. 오세영 시인은 근대의 직선적인 시간의식에서 벗어나 동양의 전통적인 시간 의식으로 수용하게 된 것이다.

이러한 전통주의적 전회는 시적 주체가 세계를 대하는 새로운 방법론을 제공한다. 그것은 바로 '사랑'이라는 전략이다. '그릇'의 '빈 공간'이 야기하는 권태를 극복하고 "우리가 할 일은 이제/ 사랑뿐이다"(그릇44)라는 것. "재가 되지 않는 사랑" 혹은 황금과 같이 불변하는 것에 대한 사랑(그릇45). 그것은 단순한 육체의 "애욕의 단물을 비움으로써"(그릇47) 도달하게 사랑으로써, 무한한 자유와 영원을 꿈꾸는 행위를 통해 도달할 수 있다. 물론 이러한 사랑은 인간적인 것 혹은 지상적인 것에 대한 냉담한 부정과는 거리가 멀다. 오히려 오세영 시인은 「그릇52」에서와 같이, 지상적인 것에 대한 대립과 투쟁 즉 인간의 자유를 앗아가는 대지의 중력에 대한 저항을 부정하고 그 대신에 대지의 중력을 빌어 자신의 '뿌리' 즉 존재의 근원을 확인하려 한다.

그렇다면 세계를 대하는 새로운 방식으로서의 사랑의 완성은 어떻게 이루어질 수 있는가? 「그릇52」에서 시적 자아는 자아의 육체성에 대한 부정을 사랑의 완성에 도달할 수 있는 방법으로 보고 있다. "스스로 자신의 불" 살라 자신의 몸에서 피어나는 연기, 그 부질없고 허무한 존재야말로 "가장 확실한 존재"이며 가장 확실하게 사랑을 완성하는 방법이고 진정으로 " 이 지상을 초월"하는 방법이 된다. 자신을 부정함으로써 도달하는 사랑은 타자를 부정함으로써 도달하는 사랑과 얼마나 다른가? 그것은 타자를 주체의 의지에 굴복시키는 저 오만한 근대적 자아와 달리, 자아를 비워냄으로써 역설적으로 자아의 충족에 도달하는 동양적 사유의 진경을 보여주는 것이다.

4. 전통주의, 혹은 타자가 되어 시쓰기

『가장 어두운 날 저녁에』·『무명연시』·『사랑의 저쪽』으로 이어지는 1980년대의 오세영의 시쓰기는 초기 모더니스트적인 감수성에서 벗어나 전통주의로 전회하는 과정이었다. 이 시기에 시인은 한편으로는 동시대의 문단을 지배하는 시적 경향성(시류)에 대해 비판적 거리를 유지하면서, 다른 한편으로는 근대의 타자로서 소외되고 억압되었던 동양적 사유와 상상력을 새롭게 복원하는 실험을 거듭하였다. 그의 80년대 시에서 이루어진 '타자(전통)의 복귀'는 1950~60년대에 등장하였던 전통시파, 즉 서정주와 김관식·이동주·박재삼 등 전통적 서정시인들의 시적 상상력과 감수성을 내면적으로 계승한 것으로 평가된다.

하지만 1980년대에 쓰여진 그의 전통주의 시는 1990년대 이후의 시적 작업에서 본격화되고 있는 전통적 서정시 창작을 준비하는 과정이라고 볼

수 있다. 「구룡사시편」 연작시 이후 본격화되는 1990년대의 전통주의 시
는 이전 시기의 전통주의 시에서 보였던 다소 관념적이고 인식론적인 편향
성을 극복하고, 동양적 사유를 자연의 구체적인 현상을 통해 감각화하거나
시적 자아의 구체적 경험 속에 용해시키고 있다. 이런 점에서 「구룡사시
편」 연작시는 한국 전통주의 시의 새로운 차원을 개척한 것으로 평가된다.

> 한 철을 치악(雉岳)에서 보냈더니라
> 눈 덮힌 묏부리를 치어다 보며
> 그리운이 생각 않고 살았더니라.
> 빈 가지에 홀로 앉아
> 하늘 문 엿보는 산까치같이.
>
> — 「속구룡사시편」 부분

   겨울 한철의 치악산. 그곳에서 시인은 문명의 세계와 담을 쌓고 그리고
인간적인 것에 대한 사념에서 벗어나 오로지 "눈 덮힌 묏부리를 치어다 보
며" 마치 "하늘 문 엿보는 산까치 같이" 그저 한 철을 "살았"다. 치악으로 대
표되는 '산'은 1990년대 오세영 시의 전통주의적 이념을 상징하는 대표적
인 공간이다. 그것은 질정할 수 없는 높이로 인간 주체를 압도하는 숭고한
자연도 아니고 그렇다고 근대 문명에 의해 타자화되어 고유의 질적 의미를
상실한 공허한 공간도 아니다. 그의 시에서 산은 그 자체가 세계의 전부
이며 동시에 세계가 상실된 공간이다. 세상과 이어지는 통로는 사라졌지만
그 스스로가 세계가 되어 시적 주체의 경험 공간으로서 기능하는 산에서
시인은 문명과의 단절에서 오는 고독과 절망에 빠지기보다 자아의 무한한
자유와 존재의 초월을 준비한다. 물론 시적 자아가 누리는 자유와 초월은
화려하지도 않고 웅장하지도 않다. 단지 고개를 들어 '묏부리를 치어다 보'
거나 산까치처럼 웅크리고 앉아 "하늘문을 엿보는" 것이 고작이다. 스스로
도사인 척하기보다 도사를 닮으려하고, 스스로가 도(道)임을 주장하기보
다 도를 탐색하는 수도승 같이 겸허하게 자신을 낮추는 것이다.

「구룡사시편」 연작시에서 등장하는 이러한 산의 이미지는 정지용의 「장수산」의 세계와 상당히 흡사하다. 절대 고독과 단절의 공간에서 '겨울밤'으로 상징되는 파시즘의 냉혹한 계절을 이겨내었던 고고한 견인주의. 오로지 조형적 언어미와 고전적 질서 의식에 의해 구축되는 탈현실·탈근대의 견고한 성채가 장수산의 비밀이었다. 이와 유사하게 치악산은 오세영 시인이 1990년대의 시대 현실을 극복할 수 있는, 아니면 적어도 그것에 대해 비판적이고 냉담한 거리를 유지할 수 있게해 준 정신의 준거점이 된다. 근대적 이성에 대한 전면적인 회의, 이념의 붕괴, 탈산업사회의 징후와 물질주의의 폭주 속에서 오세영 시인이 시적 주체의 자기 동일성을 견지하고 인간 현실의 상흔과 모순을 사랑으로 껴안으면서 자연의 그 무궁한 생명 비전을 획득하게 된 사유의 원천이 바로 산이었던 셈이다.

그래서 산은 「산문에 기대에」라는 작품에서 보듯 시인이 본받고자 하는 무욕(無慾)의 삶을 상징하기도 하고, 「세상은」에서는 미움과 사랑·노여움과 슬픔과 같은 인간적 번뇌에 초연한 척하기보다 오히려 그런 것에 몸을 내맡겨 버리는 사랑의 공간으로, 「왜 비켜가지 않는가」에서는 질펀한 생명의 잔치판이 벌어지는 자연으로 표상되기도 하고, 「나를 지우고」에서는 그것과 더불어 살기 위해 '나를 지우는 일"이 필요한 곳으로 표현되기도 한다.

산은 고독과 적멸의 공간이면서 동시에 근대적 이성의 광기를 빗겨간 공간이다. 이 동양적인 공간으로서의 산은 1990년대 오세영의 전통주의적 시 창작이 빚어낸 이상적 공간인 셈이다. 그렇다고 시인은 산을 유토피아적인 이상향으로 묘사하지 않는다. 산은 유기체적 자연의 상징으로서 궁극적인 생명의 표상이지만, 그렇다고 산을 세속적인 번뇌와 갈등이 완전히 무화되고 그래서 그 자체가 종교적인 완전성을 갖는 세계라고 보기는 어렵다. 오세영 시인이 찾은 산 혹은 산문이란 그러한 선적(禪的) 초월의 세계 혹은 종교적 완전성을 향해 나아가는 문턱에 해당되는 것이다. 이러한 불교적 인식론과 동양적 허무 의식이 결합하여 이루어진 작품이 바로 「겨울 노래」이다.

> 산자락 덮고 잔들/ 산이겠느냐./ 산 그늘 지고 산들/ 산이겠느냐./
> 산이 산인들 또 어쩌겠느냐./아침마다 우짖던 산까치도/ 간데 없고/
> 저녁마다 문살 긁던 다람쥐도/ 온데 없다./ 길 끝나 산에 들어섰기로/
> 그들은 또 어디 갔단 말이냐./어제는 온 종일 진눈깨비 뿌리더니/ 오
> 늘은 하루 종일 내리는 폭설(暴雪)./ 빈 하늘 빈 가지엔/홍시(紅柿)
> 하나 떨 뿐인데/ 어제는 온종일 난(蘭)을 치고/ 오늘은 하루 종일 물
> 소릴 들었다./ 산이 산인들 또 / 어쩌겠느냐.
>
> — 「겨울노래」 전문

「겨울 노래」는 여러가지 점에서 「구룡사 시편」의 연작시의 전통주의적
품격을 가장 잘 드러내고 있는 작품이다. 이 작품에서도 산은 고독과 단절
의 공간이며 허무의 공간이다. 동시에 그것은 온갖 생명체를 감싸안는 모
성의 공간이다. 이러한 일반적인 의미망 이외에도 ("산은 산이다")→ "산이
산이겠느냐"(즉 산은 산이 아닐 수도 있다) → "산이 산인들 또 어쩌겠느
냐"라는 불교적 인식론의 발전 과정을 축으로 이 작품의 의미 구조가 형성
되고 있는 점 역시 간과할 수 없다.

산은 산이고 산이 아닌 것은 산이 아니라는 인식. 이러한 동일률은 명석
판명한 이성적 인식의 출발점이다. 그러나 산이 산이 아니라는 인식. 이것
은 이성적 판단에서 벗어나 선적인 깨달음을 통해서 얻을 수 있는 새로운
차원의 인식이다. 이 지점에서 동일자와 비동일자의 분별이 사라진다. 근
대적 이성의 인식론이 근저에서 무너지고 있는 것이다. 그리고 마지막으로
"산이 산인들 또 어쩌겠느냐"라는 즉 산이 산이거나 산이 아니거나 어쩔 수
없다는 인식. 이는 인간의 유한한 감각이나 이성적인 인식 행위라는 관점
에서 보면 단순한 말장난에 불과하다. 이미 시적 자아(나)가 자아(나)의
경계에서 탈주하여 자아가 아닌 것 즉 자연의 일부로 동화된 그러한 세계
에서, 그러니까 시적 자아가 이미 자연이면서 자연의 소리를 들을 수 있는
지점에서 산은 더 이상 산이어도 상관없고 산이 아니어도 상관없다. 이미

산은 나이고 내가 산이기 때문이다.

한편 자아와 세계, 동일자와 비동일자의 상호 융화는 이 작품이 지니고 있는 서정적 체험의 핵심에 해당된다. 여기에는 인간이 자연의 질서에 순응함으로써 스스로 자연의 일부가 되는 동양적 생명 의식이 반영되어 있다. 오세영 시인은 영원한 생명의 표상에 도달하기 위해 자아와 세계, 인간과 자연이 서로의 경계를 허물고 자신을 비워내는 과정이 필요하다고 보았다. 폭설이 내려 인적마저 끊긴 산사에서 홍시(紅柿)하나 매달려 떨고 있는 "빈 하늘 빈 가지"란 자아와 세계가 모두 경계를 허물고 자신을 비워내는 자기부정의 그 빈지대를 가리킨다. 자아와 세계를 동시적으로 부정하는 그 허무의 공간에서 들려오는 "물소리". 그것은 산사의 계곡을 흐르는 물소리가 아니라 자아와 세계의 교감을 통해서 듣게 되는 자연의 소리인 것이다.

이러한 오세영 시의 특징, 즉 인간과 자연의 합일, 자연을 통한 전통적 서정성의 표출, 동양적 사유와 인식의 수용 등은 1990년대의 전통주의적 시 창작에 있어서 정신적 요체를 이룬다. 한국 시사를 되돌이켜 본다면 이러한 시 창작이 전혀 새로운 것은 아니다. 앞에서 이미 언급한 바 있지만 오세영 시인의 시창작은 선배 시인들의 시창작 방법과 시정신에 상당한 빚을 지고 있다. 하지만 어느 시인으로부터 절대적인 영향을 받았다고 판단하기 어려운 것이 사실이다. 가령 김소월의 시에서 엿볼 수 있는 상실과 정한의 정서가 오세영 시인의 많은 시편에서 발견되지만, 김소월의 경우처럼 감정이 직접적인 표출되는 경우는 드물다. 인간 존재에 대한 근원적 성찰이나 선적 초월이 상실과 정한의 정서를 감싸고 돌기 때문이다. 또한 정지용이 재발견한 동양의 고전 정신과 견인주의 역시 오세영 시인의 1990년대 시 창작에서 중요한 위치를 차지하지만 정지용의 시에서 나타나는 그 차가움 대신에 오세영의 시에는 인간 존재의 불완전성에 대한 연민과 사랑이 밑바탕을 이루고 있다.

오세영 시인의 시는 전통주의적 시 창작의 전사를 이루는 1950-60년대

의 전통파 시인들의 전통주의적 시 창작과도 상당히 변별되는 요소를 갖고
있다. 서정주·김관식·이원섭·구자운·이동주·박재삼 등이 일군의 시
인들이 일구어낸 1950-60년대 전통주의적 시창작은 한국 전쟁이 초래한
정신적 위기, 즉 근대적 이성에 대한 신뢰의 상실과 자아 정체성의 분열을
극복하기 위한 시적 대응이었다. 그들은 '청산(靑山)'으로 상징되는 근원적
자연 세계나 신라정신으로 대변되는 동양적·한국적 사유와 제의(祭儀)를
탐색하였으며, 고려 청자와 같은 민족 문화의 유산이나 전통적인 설화와
고전을 시적 모티브로 수용하였다.

　이러한 시적 실천은 근대 사회의 주변으로 밀려나 잊혀지거나 억압되었
던 타자(전통)들을 통해서 시적 자아의 정체성의 회복하기 위한 것이었으
며, 근대적 이성의 광기와 폭력성을 고발하고 경험적 현실의 속박에서 벗
어나 영원성의 세계로 초월해 들어가기 위한 것이었다고 해석된다. 하지만
1950-60년대의 전통주의적 시 창작은 문화적 보수주의의 혐의를 벗기 어
려웠다. 특히 그들의 시간의식이나 역사의식은 몇 가지 결정적인 한계를
지니고 있었다. 그들은 근대적 시간 의식의 압박에서 벗어가기 위해 영원
성의 세계, 즉 무시간적이고 초월적인 세계를 탐색하였다. 그것은 절대적
과거의 시간 속에서 존재의 근원을 발견하고 그 기원을 절대화·이상화하
는 방법을 통해 구체화되었다. 이는 궁극적으로 과거(근원)의 이상화와 신
비화로 이어진다. 역사의 과정 속에서 발견되는 인간의 상처와 시대의 상
흔은 은폐되거나 간과되었고, 그 대신에 이상화된 과거가 인간이 도달해야
할 유토피아로 인식된 것이다. 이러한 탈역사적 유토피아주의는 근대적 이
성이 만들어낸 미래적 유토피아 의식을 시간의 차원에서 전복시킨 것일 뿐
이며 인간의 존재론적 모순과 근대 사회의 부정성을 해결할 수 있는 방법
론으로서의 의의를 지니기 어렵다. 서정주의 '신라정신'을 두고 '역사의 사
사화'라거나 '역사의 예술화'라는 비판이 생겨난 것도 이 때문이다. 실제로
1960년대 후반 이후 서정주의 전통주의적 시 창작은 시대적 유효성을 상
실하게 되었다.

「구룡사시편」 연작시에서 펼쳐지는 오세영 시인의 전통주의적 시 창작
은 과거 전통주의적 시 창작이 보여준 시간 의식의 병폐를 극복하였다. 그
의 연작시 어느 곳에서도 과거와 전통은 이상화되거나 신비화되지 않는다.
또한 그는 과거와 전통을 민족적 고유성이라는 좁은 틀에 가두지 않는다.
오히려 그는 동양의 중세 보편 정신을 대표하는 불교적·도교적 사유 체계
를 빌어 인간의 존재론적 모순을 성찰하였고, 인간이 처한 현실 세계를 사
랑으로 감싸안으면서 자연의 그 절대적인 이념 속에서 영원한 생명의 이념
을 획득하려 했다. 그의 시가 보여주는 영원성과 무시간성의 시간 비전은
경험적 시간의 가치론적 위계화를 부정할 뿐만 아니라, 시간의 축적이나
시간의 퇴행을 통해 유토피아에 도달할 수 있다는 헛된 생각을 부정한다.
　오세영 시인의 시에서 시적 자아가 처해 있는 매 시간은, 그리고 시적
자아가 대면하고 있는 모든 자연물들은 그 자체가 영원성에 이르는 통로이
다. 절대적이고 이념적인 것이 순간적으로 현현할 수 있다는 생각. 그러나
이러한 생각은 메시아적인 상상력과는 거리가 멀다. 주체 외부의 어떤 절
대적인 힘이 시적 자아에게 현전화된다는 생각, 그리고 그것이 존재를 구
원하라는 생각은 오세영 시인의 전통주의적 시창작과는 어울리지 않는다.
오세영 시인은 유한한 존재로서의 자연을 대하면서 그 자연을 대하는 자아
와 자연이 모두 존재를 비워내는 방법을 통해 존재의 영원성에 도달할 수
있다고 본다. 그것을 비워내는 것은 일종의 깨달음이 있을 때 가능하다.
그러니까 오세영 시에서 발견되는 초월이란 외부에서 주어지는 구원이 아
니라 스스로의 깨달음을 통해서 도달하게되는 도의 경지인 셈이다. 그의
시에서 윤리적인 단호함이나 신학적인 결단 대신이 겸허와 사랑의 정신이
중요한 시적 태도로 드러나는 것도 이와 무관하지 않을 것이다.
　한편 오세영의 전통주의적 시 창작에서 발견되는 시간 의식이 현실과의
관련성 속에서도 긴장감을 상실하지 않는 이유는 무엇일까? 고전과 전통
의 무시간적인 질서에 안주하였던 이전의 전통주의 시인들의 시 창작은 현
실도피주의나 아나크로니즘에 빠졌다는 비판을 벗기 어려웠던 것이 사실

이다. 이와 달리 오세영 시인은 경험적 현실에 정면으로 맞서는 적극적이
고 능동적인 태도를 보이고 있다. 그는 전통주의적 시 창작을 심화 발전시
키는 한 쪽에서, 근대적 이성과 현대 문명에 대한 날카롭게 해부하는 작업
을 병행하고 있다. 『어리석은 헤겔』(고려원, 1994)이나 『아메리카 시편』
(문학동네, 1997)의 세계를 보라. 그는 근대적 이성의 대변자라 할 수 있
는 헤겔에 대하여, 현대 문명의 메카라 할 수 있는 아메리카를 향하여 냉
담한 칼날을 들이댄다. 그것은 일시적인 것에 대한 영원한 것의 승리를,
기계적이고 분석적인 것에 대한 유기체적이고 종합적인 것의 우월성을 선
언하는 것이다. 가령 『아메리카 시편』에 실린 다음 두 작품을 보자.

> 물질은 원래 차기 때문에/찬 것으로 되돌아가고자 한다. 그러나/생
> 명은 따듯한 사랑의 존재,/그 따듯함을 지키기 위하여 항상 따듯한
> 물을 먹어왔거니/아, 여기서는 이제부터 나도 기계처럼/냉각수를 먹
> 게 되었구나/(중략)/식수도 찬물을 드는 것은/인간이 물질로 환원되
> 어가는 시대의 한/증거일 것이다.
>
> — 「아이스 워터」 부분

> 지나가는 개에게 돌을던져/다리 하나를 분질러놓듯/인간의 수족을
> 불구로 만들어놓은 그 광기,/우리는 왜 논리로 살아야 하는가/우리는
> 왜 기계처럼 틀에 박혀 살아야 하는가/ 한발 혹은 세 발로 걷는 인간
> 의 사회에서/나는 두 발로 걷고 싶다.
>
> — 「아, 오클라호마」 부분

「아이스 워터」에서 시적 자아는 생명과 사랑을 갈구한다. 그런데 생명과
사랑은 기계나 물질이 아닌 까닭에 찬 것 대신에 따듯한 것을 갈구한다.
시인은 식수로 찬물을 드는 미국의 음식 문화와 관습을 바로 근대의 기계
문명에 비유하고 있다. 그것은 단순히 식(食) 관습의 변화가 아니라 "인간
이 물질로 환원되어 가는 시대" 즉 인간의 자연의 일부로서 생명을 지닌 존
재로 살아가는 것이 아니라 기계(문명)의 한 부속품으로 전락하는 시대에

대한 비판의 메시지를 담고 있다. 한편 「아, 오클라호마」는 1995년 오클라호마 연방정부 청사에 대한 폭탄 테러를 소재로 쓰여진 시이다. 이 시에서 시인은 근대 문명에 내재하고 있는 광기를 고발하고 있다. 그 광기는 인간 주체의 존재론적 안전을 위협하는 것이다. 삶을 영위하는 매 시간과 공간의 도처에 고도의 위험이 내재해 있는 시대. 자신의 의지와 무관하게 혹은 자신이 미처 의식하지 못하는 사이에 자기 외부의 원인에 의해 죽음이 부과될 수 있는 이러한 위험사회(Riskogesellschaft)의 징후는 비판과 성찰의 통로를 상실한 근대적 이성의 필연적인 귀결이다. 시인은 "논리로 살아야" 하고 "기계처럼 틀에 박혀 살아야"하는 위험 사회의 불구(不具)적인 삶("한 발 혹은 세 발로 걷는 인간의 사회")의 방식 대신에 자연이 부과한 삶의 방식, 즉 "두 발로 걷"는 삶의 방식에 대한 갈망을 드러내고 있다.

『아메리카 시편』에서 펼쳐지는 문명 비판과 현대적인 삶의 방식에 대한 고발은 모더니즘이나 포스트모더니즘에서 보이는 문명 비판과는 다른 모습을 보여주고 있다. 모더니즘이나 포스트 모더니즘적인 문명 비판의 시들과 달리 이 시집에 수록된 작품들은 순간적으로 나타났다 사라지는 파편화된 이미지들에 매몰되지 않는다. 오세영 시인은 파편화된 근대 문명을 동양적·전통적 사유에 대비시키는 방법을 통해서 인간의 참다운 생존 조건과 생명의 발현이 어떻게 가능한 지 진지하게 검토하고 있다. 이러한 시적 작업이 가능했던 이유는 같은 시기에 시인이 지속적으로 탐색했던 전통주의의 견고한 방법론이 있었기 때문이다. 오세영 시인은 근대 문명으로 환원되지 않는 영원한 타자(자연·동양·전통·사랑)들 속에서 근대 문명의 대안을 발견하고 이것의 시적 형상화에 시인으로서의 운명을 걸고 있다.

5. 맺음말

전통을 갖고 있지 않은 사회나 시대는 존재하지 않는다. 그러나 어느 시대나 사회이고 간에 전통이 늘 '그곳'에 선험적으로 주어지지는 않는다. 전통은 그것을 전통으로 의식하지 못하거나 낡은 관습이라고 폄훼하는 사회나 시대에는 전통으로서 기능을 할 수 없다. 또한 '무엇이 전통인가'라는 것에 대해서 후대인들은 가치 지향에 따라 서로 다른 답을 내리곤 한다. 전통이란 그것을 전통으로 간주하고 계승해야 할 의무감을 느끼는 자에게만 전통일 뿐이다. 이러한 전통을 획득하기 위한 후대인의 의식적 분투가 사상적으로 혹은 예술적(시적)으로 집약될 때 바로 전통주의가 발생하게 되는 것이다.

어떤 면에서 보면 전통주의란 근대주의가 낳은 또 다른 적자(嫡子)이다. 전통을 용도 폐기하고 과거적인 것을 부정함으로써 성립되는 근대 사회는 자기 내부에서 기인하는 모순을 극복하기 위해 과거적 전통을 필요로 하게 된다. 그러니까 전통의 파괴와 부정에서 기인하는 근대 사회의 역기능을 제거하고 분열된 자의식을 치유하는 과정에서 '전통의 복귀'에 대한 요구가 생겨나게 되는 것이다. 물론 이러한 전통주의가 문화적 보수주의와 결부될 때 기원을 신비화하고 역사를 예술화하는 파시즘의 정치 논리로 악용될 위험성은 무시할 수 없다.

따라서 전통주의의 예술적(시적) 실천은 근대적 이성의 광기를 고발하고 인간을 자연의 생명으로 충만하게 만드는 삶의 조건을 조성하는 데 바쳐져야 한다. 진정한 의미에 있어서 전통주의란 도구적 이성에 지배되지 않은 절대적 타자로의 전통을 통해 근대 사회의 병폐와 위기를 고발하고 탈근대의 시적 비전을 확립하는 것이어야 한다. 그럴 때 전통주의는 과거적 이상에 대한 낭만적 동경이나 나르시스적 퇴행에 빠지지 않을 수 있다.

오세영 시인의 전통주의적 시 창작이 갖는 의의는 전통주의의 진정성을 회복하고 있다는 점에서 찾을 수 있다. 그는 서정시란 그 무엇으로 환원되는 것, 혹은 그 무엇의 도구로 전락하는 것이라는 생각에 혐오감을 느낀다. 서정시의 절대적인 자기준거성에 대한 믿음은 시의 미적 자율성에 대한 믿음과 연결되는데, 오세영 시인은 여기에 도달하기 위해 근대 사회의 타자인 전통을 시쓰기의 정신적 준거로 삼게 된 것이다. 이는 한국 근대시의 전통과 정통에 맞닿아 있는 것이기도 하지만 탈근대의 시대적 화두를 풀어나가는 오세영 시인의 득의의 방법론이기도 하다.

정한(情恨)과 자연

임수만

1. 머리말

자연을 그리워함에도 여러 차원이 있겠지만, "봄밤은 바람들어 뒤척이는데/ 경을 읽다가 문득 쑥국새처럼/ 쑥국새처럼/ 울고 싶은 밤"(「쑥국새」)과 같은 구절에서 보듯이 오세영 시인의 그것은 스스로 그 곳에 찾아가 안겨 참았던 울음을 한밤내 울어야 하는 성질의 것이다. 그의 山 시편들에 보이는 외로움과 고독함은 이와 같은 '설움'에 바탕하고 있으며, 그가 얻는 마음의 평안과 삶의 기쁨 또한 이러한 한바탕 울음 뒤끝의 가라앉고 맑혀진 詩心에서 길어 올린 것에 다름 아닐 것이다. 하지만 그 메커니즘은 단계적인 것보다도 동시적인, '모순형용(oxymorong)'으로밖에는 설명이 불가능한 것이 아닐까? 마치 진달래 꽃잎의 그 형용키 어려운 빛깔이 자아내는 정서와 같이, 그곳에 파묻혀 있을 때의 무한한 행복과 까닭모를 슬픔과 마찬가지로, 그러한 동양적 자연과 정서('한')의 경계 영역에 시인의 시적 뿌리 또한 놓여있을 것으로 필자는 짐작하고 있다.[1]

---

1) 동양적 정서로서의 '한'에 대한 이론적 분석은 천이두의 『한의 구조 연구』(문학과지성사,1993)에서 이루어진 바 있으며, 작품분석과 시인연구에 적용한 예로는 오세영의 『김소월, 그 삶과 문학』(서울대학교 출판부,2000) 등을 참조할 수 있다. 또한 오세영 시인은 「전통이란 무엇인가」(박노준外『현대시의 전통과 창조』,열화당,1998, p.21)라는 글에서 "한국인에 있어서 한의 감정은 개인적 심리를 표현한 정서라기보다는 민족의

요 몇 년 사이 오세영 시인은 방학만 되면 산을 찾는다. 최근의『벼랑의 꿈』(시와시학사, 1999)이나『적멸의 불빛』(문학사상사, 2001) 등의 시집에 실린 작품들은 대부분 그 '산(山)'에서 창작한 것들이다. 그런데 그 곳 산사에서, "시라니 무슨 시! 물소리가 바로 시지. 시 나부랭이 같은 것 다 집어 치우고 마루에 앉아 햇빛 공양이나 좀 받으라. 햇빛이 참 좋다!"라고 노스님은 시인에게 말을 건네고, 시인 또한 "양지 바른 툇마루에 홀로 앉아/ 꿈꾸는 듯 조으는 듯 먼 산 바래는/ 홑무명 먹물 장삼 매마른 어깨"(「먹물장삼」)의 사나이의 모습을 하고 있다. 그렇다면 그가 시간만 나면 산에 갔다 오는 진정한 이유는 언어 너머의 세계, 그 곳을 응시하고 거기에 안겨있다 오는 행복함 자체에 있었던 듯하다. 그렇지만 우리가 그 세계에 참례할 수 있는 것은 아이러니하게도 시인의 바로 그 언어(언어 너머의 세계를 향하는 언어)를 통해서가 아닌가.

2. '생태의 이상을 노래한 자연시'

필자는 오세영 시인의 시세계에서 '자연'이 차지하는 비중이 크다는 것을 간접적이나마 지적한 바 있는데2), 본고에서는 위에서 언급한 '산' 속에서 창작된 최근의 두 권의 시집에 초점을 맞추어 오세영 시인에게 있어서 '자연'이 갖는 의미를 '생태(생명)'적 관점에서 새롭게 조명해 보고자 한다.

하지만 먼저 시학교수이기도 한 오세영 시인 자신의 이론적 입장부터 점검해 보는 것이 순서일 듯하다. 그는 몇 년 전에 한국 현대시에 나타난 자연의 의미를 고찰한 논문을 발표한 바 있다.3) 생태시의 몇 가지 유형을

심리를 나타낸 감정이라고 보아야 한다"고 말한 바 있어 자신의 시세계에도 이러한 측면이 작용하고 있음을 암시하고 있다.

2) 졸고, 「물질적 상상력과 역설의 시학」, 《시와시학》, 1996 가을. 이 글에서 필자는 시인의 물질적 상상력과 역설의 수사학이 '자연'을 시적으로 변용시키는 장치로 기능하고 있음을 드러낸 바 있다.

분류하고 그 내용을 검토하는 글이었는데, 그것이 써진 시기는 우연하게도 본고에서 고찰하고자 하는 두 권의 시집 중 첫 번째인『벼랑의 꿈』이 상재된 때이기도 하다. 세기가 전환되는 시점에서 시인에게 절실했던 테마가 창작과 이론 양 방면에서 이루어진 것이 아닌가 생각한다.

위의 논문에서 시인은, 생태 의식을 일깨우고 생태 환경을 보전 개선하는데 도움을 주는 자연시라면 그것이 비록 생태시를 표방하지 않았더라도, 그리고 생태 문제가 대두하기 이전의 작품이더라도 넓은 의미의 생태시의 영역에 포괄하여 고찰할 수 있다는 견해를 보인다. 직접적으로 '환경오염 문제'가 드러나지는 않지만 소위 '생태학적 상상력'이 작동하고 있는 작품들을 생태문학에 편입시켜 바라보고 있다는 점에서 생태시의 영역을 넓게 보고 있는, 생태시의 분류와 관련해서도 참조해야 할 글이다.

이 글에서 그는 신문학 초창기의 계몽적, 미학적 공간으로서의 자연과 식민지 시대 중기의 관념적 공간으로서의 자연 그리고 해방 전후에 등장한 실재 탐구의 자연과 더불어 80년대 이후의 생태시 논의가 놓인다는 견해를 보여주었고, 구체적으로 생태시에 포괄될 수 있는 자연시의 유형을 네 가지로 분류하였는데 (1) 생태 환경을 고발한 시, (2) 생태의 이상을 노래한 자연시, (3) 자연 예찬의 시, (4) 생명을 노래한 자연시 등이 그것이다. 시인은 스스로의 작품을 (2) 생태의 이상을 노래한 자연시의 예로 들어 설명하기도 했는데, 예로 든 시편을 소개하면 아래와 같다.

> 눈보라치는 겨울에도/ 당신의 젖가슴은 얼마나/ 따뜻했던가./ 바위가 지란(芝蘭)을 품어 기르듯/ 눈밭에 눈 잣 한 그루/ 다람쥐 몇 마리를 안고 있다./ 칼바람 추위로 온 산은 오돌오돌/ 떨고 있는데/ 벗은 나무 하이얗게 굳어 있는데/ 눈잣나무 가슴 헤치고/ 솔방울 몇 개/ 다람쥐 마른 입에 물리고 있다./ 바위가 지란을 감싸기르듯.

—「눈잣나무」 전문

---

3) 오세영,「현대시와 자연 그리고 문화」,『현대 한국문학 100년』, 민음사, 1999

추운 겨울 산 눈밭에 잣나무 한 그루가 서 있고, 그 위에는 다람쥐 몇 마리가 솔방울을 입에 물고 있다. 시인은 이러한 모습을 서정적인 눈으로 바라보며, 그것을 "바위가 지란을 감싸기르듯"4) "잣 한그루/ 다람쥐 몇 마리를 안고 있다."라고 그려낸다. 나무와 다람쥐와 시인이 각각 별개의 존재가 아니라, 잣나무는 다람쥐들을 마치 자식을 감싸 기르듯 '따스한 젖가슴으로' 안고 있고 다람쥐들 또한 그 품에 안겨 마치 갓난애가 어미젖을 빨듯이 솔방울을 물고 있다. 그리고 시인은 이들의 모습을 서정적인 시선으로 바라보며 동시에 자신 또한 그 세계에 편입된다. 아무런 관계가 없을 듯한 세 존재가 안고 안기며 서정적 시선으로 감싸 내는 시인의 상상력으로 인해 '눈보라, 칼바람 추위'와 '온 산이 오돌오돌/ 떨고 있는' 상황을 함께 넘어서고 있다.

이 작품에서 시인이 환기시키고자 한 것은 자연이 지닌 유기적인 조화로움, 바로 그것이다. 자연 속의 각각의 존재들(사물들)이 서로 의존하면서 살아나가는 것, 우주에 존재하는 모든 것이 서로 연결되어 있다는 이러한 깨달음은 '생태학적 상상력' 바로 그것에 다름 아니다. 본고에서 살피고자 하는 두 권의 시집에는 이와 같은 시각에 바탕한 시인의 다양한 상상력이 뚜렷이 드러나 있다.

3. '비움'의 미학

최근에 논의되고 있는 '생태론'은 '자연'에 대한 종전의 관점을 재고해야

---

4) 위에 인용된 「눈잣나무」는 시인 자신이 '생태시'의 한 유형으로 예를 든 작품일 뿐, 본고에서 고찰하려는 두 권의 시집에 실린 작품은 아니다. 하지만 『벼랑의 꿈』에 실린 「바위는 무엇하러」라는 작품에는 바로 이 구절("바위가 지란을 품어 기르듯")이 중점적으로 형상화되어 있어 그 연관성을 생각해 볼 수 있다. 여기에서 바위는 무심(無心)하지만 그 가슴에는 또한 한 포기 난과 이끼가 자라고 있다. '감정처럼 축축히 젖는' 이끼는 굳어진 것을 풀어주는 물의 상상력을 보여주고 있으며, 이는 시인이 경을 읽다가 문득 쑥국새처럼 울고 싶다고 말하고 있는 「쑥국새」와 관련해서도 주목된다. 굳은 의지와 냉철한 이성을 견지하면서도 섬세하고 여린 감성의 세계를 누구보다 깊이 간직한 시인의 시세계를 일관되게 보여주는 작품들이다.

한다는 반성적 성찰을 보여준다. 인간과 자연을 분리되고 대립된 것이 아니라 하나의 체계 속에서 연관짓고 있는 동양적 사유가 주목되고 있는 것도 서구적 근대 이성중심주의에 대한 반성의 맥락에서 이루어지고 있다고 생각한다.

여기에서 '생태'라는 말은 '환경'과는 달리 모든 존재의 상호관련성을 중시하는 개념이며, '생태학적 문제'라는 것 또한 구체적인 환경문제와 관련된 것이기도 하지만, 그와 같은 문제를 일으킨 원인으로서의 문명의 기초와 인간의 욕망, 의식, 무의식 등과 관련되어 있는 것이다. 생태위기가 물질적일 뿐만 아니라 정신적인 문제라고 한다면 그것은 심각한 시대적 문제로 부각될 수밖에 없을 것이며, 이렇듯 현대 인류 문명의 토대를 재검토하고 새로운 문화적 가치와 방향을 모색하라는, 인간과 자연의 관계에 대해 새롭게 성찰하라는 시대의 요구를 '생태주의'는 담아내고 있는 것이다.

오세영 시인의 시 「숲속에서」는 이러한 문제의식, 즉 생태적 관점이 비교적 잘 드러난 작품으로 보인다.

> 어떤 것은 예리한 도끼로 쳤고
> 어떤 것은 잔인하게 톱으로 싹둑
> 베어버렸다.
> 외진 숲 속의 잘린 나무들,
> 아직도 나이테 선명하고 송진향 그윽한데
> 너는 일말의 적의(敵意)도 없이
> 가진 모든 것을
> 아낌 없이 세상에 베풀기만 하였구나.
> 살아서는 꽃과 열매를 주고
> 우리로 하여
> 푸른 그늘 아래 쉬게 하더니
> 어느 악한이 장작패서 불태워버렸을까,
> 어느 무식이 너를 잘라 불상(佛像)을 새겼을까
> 그래도 모자람이 있었던지 너는
> 죽어버린 끌덩에서조차

파아란 이끼를 키우고 또 다소곳이
버섯까지 앉았구나
딱새, 벌, 산꽃, 다람쥐, 풀잎 심지어는
혀를 낼름거리는 꽃뱀까지도
왜 너와 더불어는 평안을 얻는지 이제야
그 이유를 알겠다.
소신공양(燒身供養)이 따로 없느니
네가 바로 부처인 것을
내 오늘 산에 오르며 문득
자연으로 가는 길을 배운다.

—「숲속에서」전문

　시인은 "외진 숲 속의 잘린 나무들"을 보면서, 한편으로는 그를 자르고 불태우는 인간들의 무지한 행동을 질타하고, 다른 한편으로는 그럼에도 "일말의 적의도" 보이지 않을 뿐만 아니라 "죽어버린 끌덩에서조차/ 파아란 이끼를 키우고 또 다소곳이/ 버섯까지 안"고 있고, "딱새, 벌, 산꽃, 다람쥐, 풀잎 심지어는/ 혀를 낼름거리는 꽃뱀까지도" 그와 더불어는 평안을 얻는 모습에서 '소신공양(燒身供養)'을 떠올리고, 그와 같은 덕이야말로 바로 부처일 것이라는 생각을 한다. 자연이 베푸는 무한한 덕은 "가진 모든 것을/ 아낌없이 세상에 베풀기만 하"는 것이라서 숲 속의 모든 생물들의 행복과 평안을 가능케 할 뿐만 아니라, 자신을 해치는 인간들조차도 위무하고 평안을 얻게 하는 것인데, 그러한 덕성(德性)이 바로 "자연으로 가는 길"에서 배운 것이라고 시인은 말한다.

　오로지 도구적 관점에서만 자연을 바라보려는 인간의 무지와 욕망은 자연 환경만이 아니라 그 속에 살고 있는 사람들의 삶 또한 마찬가지로 파괴할 것이다. 서로를 도구적으로 바라보려는 시각에서는 인간적 소외와 실존적 위기가 불가피할 것이기 때문이다. 이러한 위기 속에서 시인은 대상을 바라보는 관점과 삶의 자세를 반성하고, 자연이 보여주고 있는 무한한 관용과 덕성에 다시금 주목해보자고 한다. 모든 존재들(타인들)을 위무하고

평안을 줄 수 있는 것은 바로 무욕(無慾)을 넘어서 소신공양(燒身供養)에
까지 이른 나무의 모랄, 그와 같은 삶의 자세일 것이라는 깨달음이다.

　다른 시편에서 "세상은 하나의 큰 식당일지 모른다"(「충치」에서)라고 시
인은 말하기도 한다. 세상은 달고 기름진 것 천지이지만, 아니 그러하기
에, "단 것을 많이 먹지 말라던/ 유년 시절/ 어머니의 새삼스러운 그 말씀"
은 시인에게 단순히 입안의 '충치'만을 걱정하신 말씀은 아니었을 것으로
회고된다. "더 이상 빨아 먹을 단물도/ 없는 이순에/ 충치를 앓는다"라는
구절에서의 '충치'는 인간의 욕망에 기인한 고통을 보여주는 상징물에 다름
아니다.

　현대사회에서는 실제로 모든 욕구의 충족보다는 스스로마저 '포기할 수
있는 능력'이 보다 높은 차원의 자유일 수도 있다. "기술적 생산성과 효율
성이 지배하는 현대사회에서 요청되는 새로운 행위의 형식은 행위의 한가
운데에서 한번쯤 아무것도 행하지 않는 것"5)이라는 역설적 인식은 반성적
인 것이며 또한 생태학적인 것이기도 하다.

　이와 같은 '비움(소멸)'의 미학은 오세영 시인의 이전 시집들에서도(특
히 '그릇'시편들에서) 자주 나타난 바 있는 것이어서 이것이 시인의 지속적
인 탐구 주제의 하나라는 것을 새삼 깨닫게 한다. 폭포를 보며 시인은 "깨
지지 않고서는/ 마음 또한 깊어질 수 없다"(「폭포」)고 말하고 있고 "깨진
것은 모두 보석이 된다"(「보석」)라고 사라지는 것의 아름다움과 '영원성'을
노래한다. 「집」에서는 빈 공간의 중요성을, 「강물」에서는 "텅 빈 마음이
충만에 이른다"는 전언을 강조한다. '금식, 금연, 금주'에 대한 재치있는 표
현이 엿보이는 「저울」에서는 "진실로 다이어트란/ 살을 빼는 일이 아니라
마음을/ 비우는 일이다"라고 말하여 시인이 지향하는 바 시적 세계를 가리
킨다. 이렇듯 모두들 '채우기'를 욕망하는 문명의 시대에 '비움'의 미학을
모색하는 시인의 모습은, 생태학적인 시각에서 주목될 수밖에 없다.

---

5) 이진우, 『녹색 사유와 에코토피아』, 문예출판사, 1998, pp.253-254.

> 1) 천의무봉/ 너와 나 맨몸이라면/ 어찌 새소리 물소린들 못 듣겠
>   는가./ 오늘도 옷으로 몸을 숨긴 채/ 되지 않는 시를 쓰려/ 추
>   연한 봄비, 댓잎 밟는 소리만/ 듣는다.
>
> —「천의무봉」부분

> 2) 누가 버렸을까,/ 망초꽃 흐드러지게 핀 산길에/ 헤진 신발짝 하
>   나,/ 맑은 이슬이 고여 있다. 호수처럼/ 푸른 하늘을 담고 있
>   다./(...중략...)/ 산길은 홀로 걷는 맨발의 길/ 돌아보면 세상은/
>   어즈러운 구둣발 소리 뿐인데// 버림으로써 산이 된 그와/ 버려
>   져서 비로소 호수가 된 그의 신발.
>
> —「맨발」의 부분

위의 시편들에서 보듯 시인이 지향하는 것은 자연의 소리를 온몸(맨몸)으로 감촉하는 것이다. 그것은, 우주적인 흐름을 온전히 채울 수 있기 위해서는 자신을 비워야 한다는 사실과 관련되기도 한다. 그러한 순간 꽃대궁을 들어올린 '난'과 시인의 대화는 가능해지기도 한다(「침묵」). 또한 2)의 시편에서는 흙과 살의 경계로서의 신발이 사라지면서 촉감적 이미지가 강하게 환기되고 있으며 그로 인해 "버림으로써 산이 된 그"라는 구절이 가능케 된다. 시적 자아는 맨발이 됨으로써 비로소 자연과 한 몸이 된다. "버려져서 비로소 호수가 된 그의 신발"에서도 물론 앞에서 살펴본 바와 같은 '소멸(비움)'의 미학이 작용하고 있다. 오세영 시인에게 '버림'과 '버려짐'의 역설적 가치는 자신을 지우고("산에서/ 산과 더불어 산다는 것은/ 나를 지우는 일이다."「나를 지우고」에서) 언어까지 버리게 한다("산에서 산으로 산다는 것은/ 마지막으로/ 말씀까지 버린다는 것이다."「등신불」에서). 작품 「등신불」6)에서, 잎과 가지가 잘리고 뿌리도 더 이상 대지의 사랑을 퍼올리지 않는, '먼 산 바래는 텅 빈 육신'이 된 '죽어서 더 은은한/ 천리향'은

---

6) 이는 불교 용어이기도 하지만 '생(生)의 구경적(究竟的) 형식'으로서의 소설을 창작하고
   자 했던 김동리의 대표작 가운데도 동명의 작품이 있다. 여기에서도 소신공양('燒身供
   養')은 주된 모티프다.

바로 시인 자신의 모습일 것인데, 텅빈 육신에 말씀까지 버린 시인의 삶의 자세는 격정적이며 치열하게 그려지기도 한다. "바람을 만나선 붉은 웃음 퍼주고/ 비를 만나선 푸른 울음 퍼주고(…중략…)애비를 버려, 애미를 버려,/ 소매끝에 젖은 계집의 서러운 눈빛까지 버려". 비우고 버리려 처절하게 몸부림치는 시인의 모습은 인간적 고뇌의 뿌리 깊음을 환기하는 것이기도 하며, 본질적인 곳에 이르고자 하는 시인의 열망을 느끼게 한다.

4. 동양적 유기체론과 자연시

시집 『벼랑의 꿈』을 해설하는 자리에서 김우창 교수는 "오세영 씨는 오늘의 시인들 가운데에서 가장 전통적인 시를 쓰는 사람의 하나이다"라는 말을 하고 있다. 이러한 지적과 함께 다양한 이유가 제시되고 있지만, 그 중 중요한 것으로 "전통적인 시인들이 그러했듯이 인생의 교사를 자연에서 발견한다"는 점을 들고 있다.

실제로 오세영 시인의 대부분의 시들은 '자연'에서 시적 형상물을 취하고 있으며, 나아가 '자연과 시적 자아의 교응'이라는 시적 구도를 자주 보여주고 있다. "빈 가지에 홀로 앉아/ 하늘 문 엿보는 산까치같이", "바람 길 엿보는 풍경(風磬)같이" 그렇게 한 철을 산에서 보냈다는 「속구룡사시편」의 비유나 "찌르레기 샘물 찍어 하늘 바래듯/ 늦가을 홀로 앉아 차를 마시네"(「기다림」)와 같은 표현에서는 시인 자신의 모습이 자연물에 비유되어 있고, "돌아보면 너는 어디에도 없고/ 아무데도 없는 네가 또 아무데나 있는/ 가을 산 해질녘은/ 울고 싶어라"(「바람의 노래」)에서는 그리운 님과 자연이 중첩되어 시적 효과를 증폭시키고 있다. '겹침'은 숨기고 드러내는 이중적인 역할을 하기에 '아무데도 없는 네가 또 아무데나 있는' 역설에 통하기도 한다.

맑은 날,/ 네 편지를 들면/ 아프도록 눈이 부시고/ 흐린 날, 네 편지를 들면/ 서럽도록 눈이 어둡다./(…중략…)/ 흐린 시야엔 바람이

불고/ 꽃잎은 분분히 흩날리는데/ 무슨 말을 썼을까./ 날리는 꽃잎에
가려/ 끝내/ 읽지 못한 마지막 그/ 한 줄.

—「라일락 그늘에 앉아」 부분

시적 화자가 편지의 마지막 구절을 끝내 읽지 못하고 있는 것은 꽃잎이
흩날리기 때문이며, 흐려진 내 시야(눈물) 때문이기도 하다. 자연적 배경
과 시인의 정서가 놀랍도록 잘 어우러진 작품이며, 서정적 영상(影像)으로
그려진 바로 그러한 시인과 자연의 유기적 관계성에 의해 정서적 파문(波
紋)이 쉽게 가라앉지 않는 것이리라. 한편 시와 시인 그리고 자연물의 교
응은 처절한 '생명'의 몸짓으로 형상화되기도 한다.

시 한줄을 찾아
온 밤을 까칠하게 지샌 날,
새벽녘 되어
코피가 터진다.
오, 어지러워라.
빈 원고지 칸을 방울 방울 메꾸는 그
선연한 핏자국

창밖
밤새 내린 하얀 눈밭에선
뚝뚝
붉은 동백 몇송이가
지고⋯⋯⋯

—「시 한 줄」 전문

이 작품에서 주목되는 것은 우선, '원고지 칸을 방울 방울 메꾸는 선연한
핏자국'과 '하얀 눈밭 위로 뚝뚝 떨어지는 붉은 동백꽃'의 이미지다. 시인은
시 창작 과정의 고뇌를 동백꽃이 지고 있는 것에 빗대어 제시하고 있는 것
인데, 그 선명한 '붉은 색'과 '생명'의 몸짓들이 상호조응을 이루고 있으며,

그러한 1,2연의 전환이 일으키는 잔잔한 울림은 신선한 충격으로 전해져 이 작품의 의미의 진폭을 넓히고 있다. 이 작품 「시 한 줄」과 「나는 누구?」[7] 등의 시편들을 보았을 때 오세영 시인은 시창작의 고뇌를 시로 그려낼 때나 자신이 누구인가하는 존재론적 물음을 물을 때도 줄곧 '자연물'의 형상에 기대고 있음을 볼 수 있다. 여기에서 우리가 주목하게 되는 것은 자연과 시인, 그리고 그의 창작품의 관련성이다.

> 1) 인간의식과 우주의식의 완전일치의 체험'이 시의 구경(究竟)이라고 믿어진다는 말이다. 이런 뜻에서 우주의 생명적 진실을 수정(受精)함으로써 시를 생탄(生誕)시키는 것은 시인의 보편한 지향이라 할 것이다.[8]

> 2) 적어도 우리와 천지 사이엔 떠날래야 떠날 수 없는 유기적 관련이 있다는 것과   이 〈유기적 관련〉에 관한 한 우리들에게는 공통된 운명이 부여되어 있다는 것을 발견하게 되는 것이다.[9]

위의 인용문들에서[10] 시인과 시의 생명은 우주(천지, 자연)와 하나의 맥으로 이어져 있다. 여기에서 작품은 작가의 생명의 본질에 통하는 것이

---

7) 시 「나는 누구?」에서 시인은 시창작의 이유나 목적 등을 자연물로 형상화하고 있기도 하다. 여기에서 시인이 찾는 궁극의 진리는 '까마득한 벼랑에 핀/ 꽃/ 한 그루'로 제시된다. 이 작품에 대해서는 뒷부분에서 다루기로 한다.

8) 조지훈, 『(조지훈전집2) 시의 원리』(나남출판,1996), p26

9) 김동리, 『(김동리전집7) 문학과 인간』(민음사, 1997), p.73

10) 지금까지 동양적 유기체론과 관련하여 자주 인용되는 저서는 방동미, 『중국인의 인생철학』, 유약우, 『중국의 문학이론』, 山田慶兒, 『주자의 자연학』 등이었는데, 유교사상에 치우친 점이 두드러진다. 하지만 유,불,선 모두 자연과 인간의 우주적 생명에 기반한 사유라는 점(중국철학연구회, 『동양의 자연과 종교의 이해』)에서 균형있는 연구가 필요하다는 생각이다. 한편, 한국의 유기체문학과 관련해서는 '문장파(조지훈)'나 '시인부락파(김동리)' 등 소위 문협정통과 문인들이 연구되고 있는 점이 주목된다. 구모룡, 「한국 근대 문학유기론의 담론분석적 연구」(부산대학교 박사논문,1992), 최승호, 『한국 현대시와 동양적 생명사상』(다운샘,1995), 김주현, 「리듬의 형이상학--김동리와 유기(체)론」(최승호편『21세기 문학의 유기론적 대안』,새미,2000) 등을 참조할 수 있다.

고 또한 우주 또는 자연과 '유기적 관련'을 맺고 있는 것이기도 하다. 자연 앞에서 존재의 근원을 묻고 그 해답을 얻고자 하는 오세영 시의 배경에는 이와 같은 동양적 유기적 시론이 놓여 있었던 것이다.

자연은 시인이 그 삶의 윤리를 배우는 대상이기도 하지만, 좀더 적극적으로 시인을 깨우치려는 모습까지도 보인다.

"적막한 외로움 견딜 수 없어/ 살포시 뜰위로 내려와 서면/ 우지끈 이마를 때리는 소리,/ 눈더미에 부러지는 솔가지 소리"(「적멸」의 일부)는 시인의 외로움에 화답하는 자연의 소리일 뿐만 아니라, 인간적 번뇌를 깨치는 소리일 것이며, "일어나거라,/ 내 이마위로/ 툭,/ 떨어지는 상수리 열매"(「꿈꾸는 나비」) 또한 유사한 발상을 보여주는 작품이고, "산은 산으로 말하고/ 나무는 나무로 말하는데/ 소리가 아니면 듣지 못하는/ 귀머거리 하루해는/ 설키만 하다./ 찬 서리 내려/ 산은 불현듯 침묵을 걷고/ 화려하게 천자만홍(千紫萬紅) 터뜨리는데/ 무어라 말씀하셨나./ 어느덧 하얗게 센 반백의/ 귀머거리/ 아직도 귀 어두운 반백의/ 철딱서니."(「단풍 숲속을 가며」)와 같은 작품에서는 자연이 이토록 끊임없이 전하는 말씀, 그 자연의 언어를 반백이 되도록 제대로 듣지 못하는 스스로를 탓하고 있기도 하다.

여기에서 '자연이 전하는 말씀'의 내용도 중요하겠지만 필자는 그러한 관계성 자체에 주목해 본다. '자연과 시인'의 관계가 대상-주체의 관계에서 역전되어 주체-대상의 관계로 변화되는 것은 모든 것을 인간 중심으로 보려는 사고 방식을 뒤집는 것으로 '생태'적 관점을 상기시키기 때문이다.

이와 같은 관점을 보여주는 시편으로 「푸르른 하늘을 위하여」는 주목된다.

사랑아,
너는 항상 행복해서만은 안 된다.
마른 가지 끝에 하늬 바람불어
푸르게 열린 하늘,
그 하늘을 보기 위해선
조금은 슬픈 일도 있어야 한다.

굽이쳐 흐르는 강,
분분한 낙화
먼 산등성에 외로 서 문득 뒤돌아보는
늙은 사슴의 맑은 눈,
달더냐,
수밀도 고운 살 속 눈먼 한마리 벌레처럼
붉은 입술을 하고서 사랑아,
아른 아른 피던 봄 안개는,
여름내 쩡쩡 울던 먹구름 속의 천둥은
이미 지평선 너머 사라졌는데
하늬 바람 불어
푸르게 열리는 그 하늘을 위해선 사랑아
조금은 슬픈 일도 있어야 한다.

—「푸르른 하늘을 위하여」 전문

　자연과 시인의 관계에 초점을 맞추었을 때, 위의 시에서 주목되는 것은 "푸르게 열린 하늘,/ 그 하늘을 보기 위해선/ 조금은 슬픈 일도 있어야 한다."라는 시인의 말과 "푸르게 열리는 그 하늘을 위해선 사랑아/ 조금은 슬픈 일도 있어야 한다."라는 표현이다.　이 두 구절을 자세히 들여다 보면 '열린'과 '열리는'의 대조, '하늘을 보기 위해선'과 '하늘을 위해선'의 대조가 눈에 들어온다. 이러한 표현들에서 보이는 완료형과 진행형, 주체의 전환(인간-하늘) 등등의 어법은 우연적인 것으로 보이지 않는다. 끊임없이 생성되는 우주적 생명력과 유기적 질서의 복원을 시인 또한 기원하는 것으로 보이기 때문이다. 인간에게 슬픈 일이 있는 것은 인간이 푸른 하늘을 보기 위해서이기도 하지만, 하늘을 푸르게 열리게 하기 위해서이며 "푸르게 열리는 그 하늘을 위해"서라는, 이 전언은 인간과 자연의 상호작용과 자연의 신성한 힘의 복권(復權)을 암시하는 표현으로 이해된다.

5. '유기론(有機論)'과 재생(再生)의 구조

오세영 시인의 최근작(最近作)들의 특징 중 하나는 '나는 누구인가', '내 삶은 무엇인가' 등등 실존적 방황의 모습이 자주 보인다는 점이다. 지금 시인은 미끄러지고(「두발의 짐승」), 부딪히고(「내가 내가 아니고…」), 흔들리고 있다(「바람에 흔들리며」). 도시의 보도블록 사이에 핀 풀꽃을 보며 시인은 다음과 같이 쓴다. "이 저녁 환하게 등불을 켰구나"…"네 정녕 나더러/ 어디로 가라는 등불이더냐."(「풀꽃」).

한편 죽음 의식이 뚜렷이 드러난다는 점 또한 최근 시편들의 특징으로 들 수 있다. 만장, 상복, 땅파는 일, 관에 못질하는 소리 등등이 자연사물의 형상과 소리와 몸짓을 통해 표현되어 있는 「가을비 소리」 등이 대표적이다. 하지만,

<blockquote>

나는 누구일까
청노루, 백사슴 다 아는 산 길에서
길을 잃고 망연히 헤매는데
앞에는 문득
깍아 지른 듯 가로 막고 서 있는 절벽.
그 까마득한 벼랑에 핀
꽃
한 그루.

— 「나는 누구?」 부분

</blockquote>

시인의 실존적 육성이 잘 드러나 있는 위의 작품에서 주목되는 것은 "벼랑에 핀/ 꽃/ 한 그루"라는 표현이다. 그것은 또 다른 시 「떡갈잎 흔드는 저 바람이」에서는 "벼랑 끝 서 있는 청솔 한 그루"로 변용되어 나타나기도 한다. 이러한 이미지에 오세영 시인은 어떤 의미를 부여하고 있는 것인가.

이 문제와 관련하여 우리는, 김영석 교수가 분석해 보인 정치(精緻)한 두 논문들에서 몇 가지 힌트를 얻게 된다. 그는 신라 향가 「헌화가」를 분

석하면서, 그 꽃(나무)이 피어있는 장소가 '천 길 벼랑에 사람의 발길이 미칠 수 없는 곳'이고 따라서 그 꽃 또한 강력한 초현실성을 띠고 있다는 것과 그럼에도 불구하고 수로부인이 그 꽃을 간절히 원하고 있다는 데서 그 소원이 강박적인 것임을 지적한다.11)

> 그 꽃은 이미 초속성 혹은 신성성을 띠고 있는 원형상(archetypal image)이다.(....중략...) 심리적 문맥에서 볼 때 꽃은 통합상징의 구조, 즉 얀트라(yantra)로 나타나는 자기(the self)의 원형상임을 알 수 있다. 자기 원형은(...중략...)한 인격을 전체로서 완전하게 실현하도록 작용하는 마음의 핵이며, 가장 생명적인 중심을 가리킬 때 쓰이는 개념이다.

> 그 꽃이 그와 같은 시적 긴장 속에서 고도의 상징성과 초속성을 드러낼 수 있었던 것은 다름아닌 그 꽃의 특수한 존재공간 때문에 가능한 것이다.(....중략....)엘리아데(Eliade)식으로 표현하면 천 길 벼랑에 핀 꽃은 히에로파니의 상징물이다. 꽃이 히에로파니인 이상 그 장소도 성스런 공간으로 변모하면서 이른바 '세계의 축'(axis mundi) 혹은 '우주의 배꼽'이 되는 것이다. 이런 문맥에서 보면 벼랑의 꽃은 다시 '우주의 꽃'으로 확대된다.

'천길 벼랑에 핀 꽃'이 완전한 자기(the self)의 원형상이며 마음과 생명의 중심을 가리키는 초속적인 이미지라는 것과 '벼랑'이라는 장소도 세속적인 것과는 거리가 있는 우주적 축의 하나라는 지적이며, 따라서 '벼랑의 꽃'은 다시 '우주의 꽃'으로 해석될 수 있다는 견해다. 김영석 교수는 나아가 「찬기파랑가」를 분석하고 있는 글에서(「돌과 자기원형」) "돌, 물, 달, 나무, 꽃 등이 모두 생생력과 재생력의 상징들"이라는 것과 "신화시대부터 인류의 무의식적 소망과 사고를 지배하고 있는 가장 강력한 힘은 영생과 재생의 욕망, 곧 죽음의 현상에 대한 완강한 부정"이라는 점을 환기시키고

---

11) 김영석, 「꽃의 원형상징」, 『한국 현대시의 논리』, 삼경문화사, 1999

있다.12)

그렇다면 '(천길) 벼랑(끝)에 핀(서 있는) 꽃(나무) 한 그루'라는 오세영 시인의 표현은 바로 자신의 생명의 근본을 가리키는 것이고 또한 재생에 대한 시인의 꿈을 담고 있다고 이해된다. 죽음에 대한 의식이 표면화되는 것과 동시에 '자연'에 대한 시편들 또한 늘어나고 있는 현상은 이런 '재생'의 논리로 자연스럽게 해명될 수 있는 것이 아닌가 생각한다. 즉, 자아 정체성 확인의 욕구는 유기론이 요청되었던 기제였다는 점과 "유기론은 죽음에 대한 삶의 이론"이며 "생명체의 죽음에 관한 강박관념의 이론화"에 가깝다는 지적 또한 여기에서 참조할 수 있을 듯하다.13) 오세영 시인의 시세계에서 자연(우주)의 생명력과의 교감 즉 유기적 세계는 시인이 자신의 삶에 물음을 던지고 그 해답을 찾아가는 중요한 장(場)이다.

---

12) 김영석, 「돌과 자기원형」, op. cit.,
13) 구모룡, op. cit., 119에서 재인용

제3부

존재론과 인식체계

는 동양적·불교적 가치 세계를 향한 도정

방민호

1.

　시인에 있어 재능이나 개성 따위보다 중요한 것이 있다면 그것은 전통을 의식함이라고 말한 사람 가운데 하나가 엘리어트였다. 그에 따르면 물론 재능이나 개성 따위는 시인이라면 누구나 구비하지 않으면 안될 전제 조건이지만 '참된' 시는 재능이나 개성을 드러내놓고 추구하는 데서 얻어지지 않고, 오히려 그것을 억누름으로써, 아니, 그보다 더 큰 가치를 위해 그것을 희생시키는 데서 나타난다. 그리고 그 가치란 다름 아닌 전통이다.

　미국 센트루이스에서 태어났으나 영국에 귀화한 그는 전통을 논한 그「전통과 개인의 재능」이라는 글의 첫머리를 "우리 영국인은……"이라고 시작하고 있었다. 프랑스인에 비해 영국인들은 재능이나 개성 따위를 무턱대고 옹호하는 경향이 있음을 은근히 비판하면서 동시에 자기 자신을 영국인으로 동일화시키고 있음을 나는 자못 흥미롭게 읽었었다. 그는 이렇게 말하고 있었다. 그런데 이 전통이란 물려받는 것이 아니라 애써 찾아야 하는 것이라고. 즉 전통이란 현재의 시점에서 새롭게 발견되고 재해석되는 과거이므로 그 과거를 통해 현재를 읽듯 과거 역시 현재에 의해 새롭게 위치 조정될 수밖에 없으리라는 것이다. 그리하여 전통이란 고정불변의 성전(聖典)으로 내리물림 받는 것이 아니라 그 시대가 자기를 어떻게 의식하는

가, 그 시인이 그 자신을 어떤 가치 속에 위치 지우는가에 따라 변천, 변모하는 것이 된다.

엘리어트가 시작 활동을 펼치던 시대에 영국의 비평은 현저히 낭만주의적이고 인상비평에 가까웠다. 그러기에 문제는 '나'를 드러냄이 아니라 '나'를 어딘가에 귀속시켜 복무토록 하는 것이라는 엘리어트의 명제가 나타날 수 있었을 것이다. 그러나 이처럼 전통을 의식하는 문학은 지적으로 풍요로울 수 있는 반면 그러함으로 말미암아 부득히 관념적이고 사변적인 시로 기울지 않을까. 그때 시는 철학이나 종교 같은 고차원 세계에 머무르면서 '속된' 지상에는 발을 내리 딛지 않는 고고함을 유지하고 마는 것이 아닐까. 마지막으로 그러한 시는 전통을 의식하는 까닭에 그 '영향에의 불안'에서 자유롭지 못한 시로 종결될 수도 있지 않을까. 그렇다면 그러한 시는 과연 어떻게 자기를 획득할 수 있는 것일까. 특히 오세영처럼 시인으로서 일 세계를 획득해 가는 과정이 부득이 한국 현대시의 전통을 학문적으로 탐구하는 과정에 병행될 수밖에 없는 시인은 어떻게 스스로 한 전통을 구성하는 독자적 실체가 될 수 있는 것일까.

나는 이 글을 그가 60세에 이른 『적멸의 불빛』(문학사상사, 2002) 이후에 쓸 수 있게 된 것을 다행스럽게 생각한다. 왜냐하면 그와 같은 시인에게 있어서 자립이란 오랜 시간을 거쳐 비로소 획득될 수 있는 무엇이기 때문이다. 또한 그런 시인에 있어서는 시작 활동의 '처음'이 아니라 최근이 훨씬 더 큰 중요성을 갖기 때문이다. 그에게 있어 처음에 의미 있어 보이던 특성들은 현재에 가까워지면서 비중이 줄어들거나 사라져버리곤 한다.

오히려 외면되었던 것들이 새로운 면모를 획득하면서 그를 이해함에서 없어서는 안될 요소로 자리잡게 된다. 또 이렇게 되면 그의 시 세계의 전체상(全體象)은 달리 해석됨이 필수적이다. 그의 '현재'가 그의 '과거'를 새롭게 규정하면서 창작활동의 전반적 성격을 이제까지와는 다르게 이해할 것을 요구한다. 엘리어트가 전통을 구성하는 작품들의 역사에 관해서 말한 것과 같은 현상이 이 시인의 역사 속에서도 나타나는 것이다. 따라서 그 시인의 작업이 종결지점에 가까워질수록 그에게 무엇이 지배적인가를 설명하는 일은 그 귀납적 성격만큼 다소 쉬워지겠지만 그 창작적 과정이 길디긴 만큼 그 낱낱을 하나의 실에 꿰어내는 일도 만만치는 않은 일이라고 하겠다.

그러나, 시인의 세계를 이해함은 현재에서 과거로 소급함으로써 가능해지는 반면 그를 설명함은 그렇게 이해된 세계의 자기 전개 과정을 서술하는 것이 될 수 있다. 이는 헤겔의 것이고 맑스의 것이지만 종종 그 같은 '관념적' 서술법이 효과를 발휘할 때가 있다.

2. 『반란하는 빛』(1970), 『가장 어두운 날 저녁에』(1982)

물과 불, 그 원초적 물질로 소급되는 세계란 본질상 텅 비어 있다. 세계가 만약 물, 불, 흙, 공기 등의 4원소로 이루어져 있고 그뿐이라면 그 세상에는 아무런 일도 일어나지 않았을 것이다. 이들이 얽혀 갖가지 형상들을 빚어내고 그 만물 가운데 숨까지 받은 것들이 있어 세상은 오늘날 우리가 보는 것이 되고 인간세(人間世)는 사연, 곡절 많은 곳이 되지 않았던가. 그렇다면 물과 불로 쓴 시는 그 추상성을 극복하지 않는다면 진정한 시가 되기 어렵다. 물과 불의 시는 기화하기 전에 먼저 응고되는 과정을 거쳐야 한다. 그리하여 응고되었던 그것이 중력의 자장을 뚫고 솟아오를 때 비로소 그것은 참된 물질의 시가 될 수 있다. 그러나 그 응고의 과정이야말로 힘겹다. 젊음은 규정을 거부하고 상상력은 솟아오름이 본성이다.

낮고 누추한 곳에서 유복자로 태어난 시인의 기화 욕구는 더 크디크다. 그가 소속해야 할 곳은 어디인가. '나', '내'가 처한 세계를 벗어난 그 어떤 곳이다. 그는 낭만주의적 속성을 타고난다. 그러나 벗어나려 할수록 옭죄는 것이 바로 운명이기 때문일까. 오히려 그가 절감하게 되는 것은 그를 운명 지운, 그가 처한 곳이다. 따라서 지향하는 곳과 처한 곳의 '아득한' 거리감, 그 자의식이 먼저 그의 시를 이룬다. 기화의 욕구는 처음부터 억제되고 '나'는, '나'는 누구인가부터 고민하게 된다. 그러나 그 고민조차 관념적 추상이다. 초기 시편인 「불 3」(현대시학사, 1970. 문학동네판, 1997에서 재인용)을 보자.

불빛을 바라보면서 우리들은
달려나갔다.
전라도의 보리밭이 보이고, 황폐한 과거가
몇 개로 구획되었다.
먼 황인종의 마을에서 개가 짖고
칸델라의 불빛이 경험으로 풀려나가고
지나온 십구세기가 토막토막 잘려
자막(字幕)에 걸리고 있다.
렌즈를 열고 흰옷의 그가 나온다.
전라도 사투리로 판소리를 부르고,
돌아가신 어머니의 이름을 부르고, 끝끝내
심청이를 불렀다.
도무지 갈채를 모르는 사람들의 눈에서
불이 꺼지고, 헛간에 켜둔 램프가
의식을 태운다.
낡아가는 한 시대의 필름.
어리석은 사내에게 몸을 맡긴 계집은
밤새워 지나가는 트럭 소리를 듣고 졸린 눈의
수학(數學)을 보았다, 결국
벗을 것인가 이 흰옷, 정지된 자막에
걸린 채 나는 벌거숭이 몸을 하고
손에 박힌 못들을 하나씩 뽑았다.
흔들리는 전라도의 논둑길
그 불빛 속을 뛰었다.

—「불 3」 전문

　이 시편을 이해하기 위해서는 만경평야 드넓은 벌 저 너머에 점점이 박힌 "불빛"들을 떠올려야 할 것이다. 그러나 그 "불빛"은 처음부터 예사로운 민가의 "불빛"이 아니다. 이 시편은 '과도한' 기화의 욕구에 들린 상징 기법의 시편인지라, 그 내포 용량 큰 시어들을 만날 때마다 독자들은 숨을 멈추고 의미 탐구에 시간을 들이지 않으면 안 된다. 그때마다 리듬은 단절, 분절되고 그것은 아직 발견되지 못한 "불빛"의 의미를 가리키고 있다. 그리하여 그 의미는 시인에게처럼 독자에게도 완전히 해독되지 못한 채로 남겠으나 이 시인이 어떤 고민을 안고 있는가만큼은 추측해 볼 수 있다.

이 시편은 이미 벌판을 떠난 자가 그 벌판의 불빛을 바라보면서 자기의 과거를 영화적으로 반추하는 이야기 요소를 담고 있다. 이때 그가 지나온 과거는 그가 바라보고 있는 "불빛"과는 대립적인 관계 속에 놓여 있다. 과거의 그를 구성하고 있는 것은 무엇인가. 그것은 전라도 보리밭이고 황인종의 마을이며 지나온 19세기이다. 그것은 판소리와 돌아가신 어머니와 심청의 세계이다. 그것들은 자기 "손에 박힌 못들"과 같은 존재이고 그 때문에 그는 "흰옷" 입은 사내의 운명을 타고났다. 자기를 사로잡고 있는 과거로부터 달아나 기화해버리고 싶은 욕구, 그러나 그 지향점조차 "졸린 눈의 / 수학"이라는 말이 의미하듯 이미 진정한 가치와는 거리가 있다. 그를 괴롭히는 질문은 "벗을 것인가 이 흰옷"이라는 시구 속에 결정화(結晶化)되어 있다.   그것은 손에 박힌 못들을 뽑아낼 것인가의 문제와 동일하다. 그는 이 정지된 자막에 걸려 있다 마침내 손에 박힌 못들을, 그것은 아마도 운명의 표징들일텐데, 그것을 뽑아내고 있다. 그리고는 "불빛"을 바라보며 "불빛" 속을 뛰고 있다. 뛰고 있는 이들이 "나"를 포함하여 "우리들"임은 이것이 세대의 운명임을 가리키고 있다. 그렇다면 그 "불빛"은 무엇을 의미하는가. 그러나, 바로 그것이 불분명하다는데 시인의 시적 편력 속에서 이 시편이 지닌 의미가 있다. 그것이 "졸린 눈의 / 수학"의 것이 아니라면 그 무엇이어야 하는가. 이것이 문제이다.

「불 5」 역시 그 연장선상에 있다. 이 시편을 살펴보면 "나"는 서면호의 굴뚝을 향해 총을 겨누고 있다. 그의 발치엔 "춘향뎐"과 (판)"소리"들이 뒹굴고 있다. 또한 그 과거적 삶과 동렬에 놓인 과거적 지식의 세계, "성균

관"에는 도둑이 들었다. 맥이 끊긴 동양의 구슬들이 땅바닥에 쏟아지고 있
다. 이 혼란의 와중에서 "나"는 화약냄새를 맡으며 셔먼호 굴뚝을 향해 총
을 겨누고 있다. 이는 서양 문명 및 그 가치관에 대립함인데, 그렇다면
"나"는 무엇으로 그것을 대신할 것인가. 같은 시기에 발표된 「반란」과 「아
시아」 같은 시편에서도 이는 선명하지 않다. 줄 끊어진 동양의 구슬들을
한데 다시 꿸 그 무엇을 시인은 아직 보여주지 못한다. 그런데 이 줄이란
결국 전통을 의미하지 않을까. 화석화, 형해화된 '조선적' 과거에 머물지
않으면서도 침습된 서양을 비판적으로 조명할 수 있는 새로운 길은 어디에
있는가. 그것을 아직 찾지 못한 시인의 고민은 깊다. 나는 「잃어버린 그림
자」(『가장 어두운 날 저녁에』, 문학사상사, 1982)에서 그것을 발견한다.

> 그림자를 잃었습니다.
> 책을 읽다가 꼬박 10년 역사책(歷史冊)을 읽다가
> 어느날 그림자를 잃었습니다.
> 그림자를 찾으려고 관청(官廳)엘 갔읍니다만
> 죽은 이름밖에 없었읍니다.
> 학교(學校)엘 가도 교회(敎會)엘 가도 그림자는 없었읍니다.
> 마침내 보리이삭 피는 언덕을 넘어, 무덤을 넘어
> 서역(西域) 길 삼만리(三萬里)를 떠났읍니다.
> 녹슨 진달래 꽃잎들이 발에 채여 흩어지고
> 네온의 이슬들이 소리 죽여 울었읍니다.
> 잃어버린 그림자를 찾으려고
> 대낮에 옷을 벗고 걸었읍니다.
> 서구(西歐)로 가는 길은 슬펐읍니다.
>
> ―「잃어버린 그림자」 전문

　　이 시편의 요체는 "서역(西域)길 삼만리(三萬里)"와 "서구(西歐)"의 미묘
한 관계 속에 놓여 있다. 이 시편에서 '나'는 "역사책"을 읽다가 그림자를
잃어버렸다. 찾아도 잃어버린 그림자는 "관청(官廳)"에도 "학교(學校)"에도
"교회(敎會)"에도 없다. 그리하여 '나'는 그것을 찾아 삼만 리 서역 길을 떠

난다. 그런데 왜 그냥 길 떠남이 아니라 서역 길일까? 만약 그것이 동양으로의 길이라면 발에 채여 흩어지고 소리 죽여 울어야 하는 것은 "네온의 이슬들"일망정 "녹슨 진달래 꽃잎"들은 아닐 것이다. 즉 삼만 리 서역 길이라 함은 단순한 동양 회귀의 길과는 거리가 있고, 따라서 그 의미는 길의 구도적 성격을 강조함으로 읽혀야 한다. "서역(西域) 길 삼만리(三萬里)"는 곧 "서구(西歐)로 가는 길"의 깊이와 태도를 말함이다. 그러나 정작 문제는 이 길을 슬프다고 표현함에 있으며 바로 여기서 "서역(西域)"과 "서구(西歐)"라는 시어도 그 미묘한 울림을 얻는다. 요컨대 그는 지극히 동양적인 태도로 근대적, 서구적인 국문학을 추구하고 있음이며, 슬픔은 그 모순의 인식에서 오는 감정인 것이다.

한편으로 그와는 역으로 "서역(西域) 길 삼만리(三萬里)"야말로 '나'의 지향점인데, 그것이 정작 자기의 의지와는 반대로 "서구(西歐)로 가는 길"이 되는 역설 앞에서 시인은 좌절감에 빠져 있다고 해석하는 것이 가능하다. 아니, 이것이야말로 더 나은 해석이 될 것이니, 즉 "서구(西歐)로 가는 길"은 뜻하지 않은 결과로서의 길이다. 이 무렵 그가 추구한 서구적 가치에 대한 비판적 인식에도 불구하고 그의 시편들이나 학자로서 그가 직면해 있던 학문적 상황이 이를 말해준다. 예를 들어 「방황 2」 같은 시편을 보면 거기서 '나'는 "내 이름", "잃어버린 나"를 찾으려 방황하고 있음을 볼 수 있다. '나'는 답사를 떠나 실종된 젊은 "고고학 교수(考古學 敎授)"라는 것이다. 그렇다면 '나'는 왜 '나'를 잃어버렸는가.

> …(전략)…
>
> 전깃불이 켜있는 허생(許生)의 문전(門前)을
> 기웃거려도
> 늘어진 시간(時間) 위에 널어논 흰 옷엔
> 로마자(字)의 이름이 새겨 있었다.
>
> …(후략)…
>
> —「방황 2」 부분

인용이 말해주듯 그의 "실종(失踪)"은 지향의 성격과 그 방법 사이의 모순 때문이다. 이제 허생의 문전에는 호롱불 아닌 전깃불이 켜져 있다. 이름하여 20세기 말, 자기 것을 옛것대로 추구할 수 없는 슬픔 앞에 '나'는 서 있다. 그것은 불가능하며 바람직하지도 않다. 그러나 그 때문에 '나'를 향해 가는 길이 '나' 아닌 것으로 귀착되는 모순, 시간 위에 널어놓은 자기의 흰옷에 로마자 이름이 새겨지는 자가당착을 '나'는 어떻게 해결할 수 있을 것인가. 해결의 장은 보이지 않는다. 그 물음이 아직 시간과 경험을 충분히 통과하지 못한 까닭이다. 아직 그것이 관념의 장에 머물러 있기 때문이다.

3. 『무명연시(無明戀詩)』(1986), 『불타는 물』(1988), 『사랑의 저쪽』(1990), 『눈물에 어리는 하늘 그림자』(1994)

『무명연시』는 앞에서 언급한 모순의 해결을 시도한 시집이다. 이 시집이 몇 년 후 재발간 된 자리에서 시인은 그 시편들이 "초기의 모더니스트적 태도를 버리고 새로운 세계를 탐구하려는 노력에서 씌어진 것들"이라고 썼다. 그리고 이때 그 새로운 세계란 "동양적인 사유, 그 중에서도 불교 존재론을 의미한다". 이같은 의도를 반영하기라도 하듯이 『무명연시』는 앞의 두 시집과는 여러 면에서 상이한 면모를 담고 있다.

무엇보다 한결 노래다운 리듬이 시집 전편에 흐름을 볼 수 있다. 모더니즘을 넓게 보아 근대적인 새로운 양상들에 대한 예민한 반응이라고 한다면, 인공화되고 분절화된 세계에의 그 시적 반응은, 대체로 자연스러운 통사구조 파괴에 따른 리듬의 불안정화를 야기한다고 볼 수 있다. 노래에의 꿈은 좌절되고 산문적 세계에 노출된 시는 긴장되고 위태로운 리듬을 이어간다. 이것은 모더니스트의 시편들에서 경향적으로 관철되는 하나의 원리처럼 보인다. 또 그렇게 보면 현대적인 의미의 서정시는 이 같은 분열과 해체에 대하여, 자기 내부의 유기적 통일성을 유지 또는 달성코자 하는 방법적 반성 위에 이룩되는 어떤 경지이다. 따라서 서정시는, 그 리듬은 모더니스트의 긴장을 버리지 않고 동시에 그 호흡에서 노래의 경지를 보여줄 필요가 있다. 그런데 이 노래의 경지는 과연 모더니스트의 의혹 어린 시선을 견딜 만한가. 이는 매우 어려운 구체적 판단과 평가의 문제를 수반한다. 『무명연시』는 과연 그와 같은 상태에 이르렀는가.

　　　너를 보았다.
　　　문밖에서,
　　　닫혀진 우주 밖에서,
　　　너를 보았다.
　　　가지 끝에서,
　　　어두운 하늘 끝에서
　　　너를 보았다.
　　　보이는 것은 안개, 눈 내리는 저녁 불빛,
　　　불빛 가득 고인 발자국.
　　　자작나무숲에 울던 바람은
　　　시방 내 귀밑머리를 날리고
　　　깨어진 피리 하나,
　　　눈 속에 묻혀 있다.
　　　너를 보았다.
　　　닫혀진 우주 밖에서
　　　너를 보았다.
　　　하나의 별, 한 마리의 새,
　　　너를 바라보는 절망의 눈.

— 「너를 보았다」 전문

『무명연시』에 실린 「너를 보았다」 전문이다. 첫 시집의 「불」 연작에 비한다면 이 시편에 전개되는 리듬은 한결 노래답다. 시어마다 상징적 의미를 담고 힘겹게 운신하던 시 문장이 이 시편에는 없다. '나'와 '너', 그리고 '닫힌 우주'라는 매우 단순한 상징적 구도를 반복, 점층시켜 가는 구도를 가진 까닭에, 이 시편은 굳이 의미를 해독하려는 노력을 기울이지 않고도 '시' 자체에 접근할 수 있는 가능성을 보여준다.

여기서 '나'는 '너'를 보았다고 하였으나 이 시편의 8-9행, "보이는 것은 안개, 눈 내리는 저녁 불빛, / 불빛 가득 고인 발자국"이 암시하듯이 실제로 보이는 것은 '너'가 아니라 '너'에게로의 접근을 가로막고 있는 "닫혀진 우주"의 물상들이다. 그럼에도 '나'는 '너'를 보았다고 말하고 있음에 이 시편의 역설적 의미 구조가 있다. 마지막 두 행에서도 그렇다. 여기서 '나'는 자기가 바라본 것이 "하나의 별, 한 마리의 새, / 너를 바라보는 절망의 눈"이라 하고 있다. 그러나 그것은 그 바로 위에 놓인 "너를 보았다."는 단정과 함께 공존하고 있어 미묘한 역설적 의미를 담고 있다. 즉 '내'가 본 하나의 별, 한 마리 새, 그리고 그 점 같은 별과 새를 통해 깨닫는, 떠난 '너'를 바라보는 '나'의 절망의 눈이 곧 '너'라는 것이며, 따라서 절망을 본 것이 곧 '너'의 존재를 봄이라는 것이다. 따라서 이 시편에서 '너'를 목도한 '나'란, 이별의 슬픔 속에서 현실적인 감각 세계를 초월하여, 심중에 '너'의 존재를 수립하고 있는 존재로서의 '나'이다. 이 시의 주제는 무(無)의 유(有)로의 비약을 통한 이별의 초극인 셈이다.

김재홍은 이 시편을 일러 "비극적 세계관"(「사랑과 존재의 형이상(形而上)」)이 확고하게 자리잡은 시편이라고 하였으나 이는 '너', '나', '닫힌 우주'라는 구도에 치우친 해석이라고 할 수 있다. 이 시편의 의미는 오히려 '너'와 '나'의 단절이라는 비극적 세계 양상을 비약적으로 극복하고자 하는 의지에 있다고 봄이 오히려 타당하지 않을까. 그리고 이 점에서 이 시편은 시인이 모더니스트적인 세계에서 '동양적인' 전통의 세계로 전환했음을 시사하는 것이 된다. 그러나 정작 문제는 이 이별의 초극이 우리에게 그다지 낯설지만은 않다는 데 있다.

일찍이 만해(卍海)가 식민지라는 엄혹한 상황에서 현실의 '님'의 부재를 되돌려 놓으려는 강력한 초극의 시도를 보여주었음을 우리는 알고 있다. 이때 '님'은 정치적인 의미로 환원될 수 없는 강력한 의미 함축성을 지니고 있었을 뿐만 아니라 멀리는 릴케와 하이데거에서 그 울림을 다시 엿보는 듯한 보편성을 간직하고 있었다. 『님의 침묵』 88수는 『무서록(無序錄)』처럼 순서가 없되 읽는 이들을 망망한, 불교적 존재의 변증법 위에 올려놓는다.

그렇다면 그 연속성 위에서 또 다른 이별의 초극을 시도한 『무명연시』는 과연 어떤가. "지금 되돌아보면 미숙한 부분이 많이 있으나 한 시인의 정신적 고뇌가 나름대로 반영되어 있다"는 시인의 자평(自評)에서도 엿볼 수 있듯이 『무명연시』의 '동양성' 또는 '불교적 세계관'이란 아직은 관념적으로 선취된 것이고, 그 까닭에 시인의 삶에서 유래했을 그 특유의 "비극적 세계관"이 본디 절망을 '모르는' 불교적 세계관과 혼재된 양상을 보여준다. 이 점에서 김재홍의 해석은 의미가 있다. 「너를 보았다」는 무(無)의 유(有)를 향한 비약에도 불구하고 無의 자취가 크다. 그 연장선에서 『무명연시』는 『님의 침묵』을 이끌어 가는 애조 띤 여성의 목소리 같은, 일관된 장치를 얻지 못한 상태에 놓여 있다. 시인은 순연한 환(幻), 마음, 관념의 세계를 노닐지 못한다. 그와 대립된 세계가 아직 불분명한 상태로 남아 있는 까닭이다. 환(幻), 마음, 관념에 대립하는 다른 세계가 아직 추상으로 남아 있기 때문이다. 이 세계가 구체화될 때 비로소 시인 역시 강렬한 세계를 얻을 수 있을 것이다.

『눈물에 어리는 하늘 그림자』는 이 같은 문제를 해결하지 못한 가운데 『무명연시』의 방법론을 다시 한 번 실험한 것으로 그 결과는 성공적이었다고 할 수 없다. 「나는 무엇입니까」 「시인」 「그 길을 따라」 등 여러 시편에서 산견(散見)되는 만해 시의 자취는 전통의 창조적 계승이 얼마나 난해한 문제인가를 입증해 준다. 다시 엘리어트에게 돌아가 보면 훌륭한 시는 전통을 의식하는 행위의 결과이겠지만, 그것이 하나의 독자적 실체가 되기 위해서는 자기보다 앞선 시인에 대한 고도의 자의식, 즉 그것과는 다른 세계를 이룩하려는 의지가 필요하다. 더구나 이 세계는 의지만으로 획득할 수 있는 것도 아니다. 무엇이 이를 가능케 할까. 아마도 시인에 의해서 세계가 진정으로 발견될 필요가 있을 것이다. 그것이 환희의 대상이든 환멸의 대상이든 세계의 형상이 시인의 마음에 화인(火印) 같은 흔적을 남길 때만 그 새로운 세계가 시적 전통의 일부로 정립될 것이다.

한편『불타는 물』과『사랑의 저쪽』은『무명연시』(및『눈물에 어리는 하늘 그림자』)와 연결하여 논할 수 있는 시집일 것이다. 시인의 마음 한켠에 관념적으로 선취된 동양적 관념의 세계가 놓여 있다면 다른 한켠에는 아직 일상의 무게를 감당하고 있는 고민의 세계가 있다. 경쟁, 위선, 배반, 비난 같은 비속한 현실이 동양적 전통의 세계로 상승해 가는 시인의 옷자락을 부여잡는다. 일상적 인간 존재의 비속함으로부터 시인은 차마 시선을 돌리지 못한다.

> …(전략)…
>
> 날아도 날아도
> 닿을 수 없는 하늘,
> 너에겐 영혼의 비상이
> 육신의 추락이다.
>
> 모든 직선이
> 시작과 종말을 지닌 것처럼
> 죽음과 삶의 세간(世間)을
> 팽팽히 묶는 줄,
> 줄 위에서 광대는
> 애증의 균형을 잡는다.
>
> 왼발을 허공에 디디며
> 꿈꾸는 초월,
> 그러나 오른발은 여전히
> 욕정에 빠져 있다.
> ……(후략)……
>
> ―「아크로바트」 부분

인용된 시편은『불타는 물』에 실린「아크로바트」의 2-4연이다. 아크로바트란 곡예사를, 더 암시적으로는 표변자나 변절자를 의미하지 않던가.

『불타는 물』 가운데 가장 명상적인 시편으로 보이는 이 시편을 통해서 보는 인간(人間), 인간세(人間世)는 비약을 불허하는, 추락이 예정된 욕망의 세계이다. 같은 시집에 실린 「혜성을 기다리며」를 보면 "그러나 시방 내 시는 / 슬픈 우주, / 길 잃은 혜성을 기다리면서 / 어둠을 지키는 눈."이라는 시행을 볼 수 있다. 이는, 비속한 현실을 초월하여 완미한 영혼의 세계에 이르려는 갈망이 큼에도 시인은 아직 그 길을 수중에 넣지 못했음을 노래한 것으로 읽힐 수 있을 것이다.

한편 『사랑의 저쪽』은 현실의 비속성을 노래한 것으로 국한해서는 안될 의미 깊은 시집이다. 이 시편은 시인의 모더니스트적 경향이 그 시 세계의 성숙과정에서 매우 유효한 기능을 수행하고 있음을 보여준다. 즉 『무명연시』가 동양적 전통 세계를 향한 실험적 비약에 해당한다면, 『사랑의 저쪽』은 모던한 물질적 상상력의 지속적 전개에 해당한다. 방법론적 반성 속에서 그는 한편으로는 방법과 지향이 일치되는 동양적 세계를 실험하는 한편으로 초기의 모더니스트적 태도를 유지하는 일면은 유지한다. 그러나 이 물질적 상상력의 세계 역시 '그릇' 연작이 거듭될수록 비속한 현실에 노출되는 자아를 보여주고 있음에 유의할 필요가 있다. 즉 '그릇' 연작은 존재론적인 만큼 투명한 명상에서 생활에 대한 반응으로 기우는 경향이 있다. 「흙의 얼음—그릇 26」 같은 시편이 이를 보여준다.

> 그 어떤 이념이
> 이토록 생각을 굳혀 놨을까,
> 그에게서는 사랑을 찾을 수 없다.
> 관용도 그리고 미움도…….
> 부드러운 흙에 도는 따뜻한 물이
> 한 송이 꽃을 피우듯
> 부드러운 살에 도는 따뜻한 피가
> 사랑을 싹틔울텐데
> 어떤 이념이 그토록 싸늘하게
> 그의 육신을 얼려놨을까.
> 모래와 철근으로 더불어 굳어버린

> 씨멘트,
> 생명을 완강히 거부하는 저
> 흙의 얼음.
>
> —「흙의 얼음 - 그릇2」 전문

이 시편은 외견상 흙덩이에 엉겨붙은 얼음박이에 대한 존재론적 성찰처럼 보이지만 일종의 작품외적 지시 욕구를 품고 있는 것으로 읽을 수도 있다. 즉 시적 대상을 이루는 흙에 박힌 얼음덩이에서 시인은 일상에 산재한 어떤 인간형 또는 의식형을 보고 있다.

같은 맥락에서, 「액자—그릇 41」을 보면 시인은 "흙이나 물 위에서 / 치는 못을 보았는가, / 못은 굳어버린 이념 위에서만 박힌다."고 노래하고 있는데, 이 역시 경직된 이념의 삶을 살아가고 있는 사람들에 대한 경계의 의도를 담고 있는 것으로 해석할 수 있다. 이 "못"이 박히는 "인간의 방"은 단절의 "칸막이"일 뿐이다. 시인은 이 "칸막이"로서의 "방"에 "우주의 속삭임"을 대립시키고 있다. 시인이 보기에 일상의 사람들은 이 "우주의 속삭임"과는 담을 쌓고 자기만의 방안 벽에 자기만의 "그림"을 걸어두고 살아간다. 이 단절과 고립의 공간, 자기만의 이념 안에 갇힌 삶에서 시인은 바로 '사랑의 저쪽'을 목도한 것이 아닐까.

즉 '그릇'으로 표상되는 물질적 상상력은 바야흐로 구체적 일상 앞에 노출되고 있으며 이 과정은 곧 관념적인 동양적 전통의 추구와 짝을 이룬다. 여기에 『사랑의 저쪽』과 『무명연시』가 서로 대조적이면서 동시에 내적으로 통하는 연유가 있다. 시인의 영혼은 한편으로는 구체적 일상에, 다른 한편으로는 영향에의 불안에 노출되어 있다. 시인은 현실을 더 깊이 통과하여 새로운 추상에 도달하지 않으면 안되며, 이 과정에서 '영향에의 불안'에서 자유로운 세계를 창출해야 하는 이중의 문제를 안고 고민치 않을 수 없는 상황에 놓여 있다. 시적 직관이 현실을 움직일 수 없도록 단단히 파지(把持)하면서 이를 초극하는 동양적 서정의 세계를 획득하는 것, 이것이야말로 시인이 고민했을 문제일 것이다.

4. 『꽃들은 별을 우러르며 산다』(1992), 『어리석은 헤겔』(1994), 『아메리카 시편』(1997)

　『꽃들은 별을 우러르며 산다』, 『어리석은 헤겔』, 『아메리카 시편』 등 1990년대가 진행되는 와중에 간행된 세 시집을 특징짓는 것은 현실감각의 심화, 확대라고 말할 수 있을 것이다. 현실로부터의 참된 '기화'를 위해서는 저자 거리에 몸 길게 드러눕지 않으면 안되리라는 것, 이를 대승적(大乘的) 인식으로만 명명할 필요는 없을 것이다.

　그러나 부단히 변화하는 현실은 "시류에 편승하는 자는 시를 쓸 수 없을 것"이라며 "대세보다는 보편"에의 길을 선택해온 시인(『사랑의 저쪽』 중 「시인의 말」), "푸른 하늘과 별과 이슬 / 그리고 사랑…"(「부끄러움」)을 꿈꿔 온 시인으로 하여금 "오늘 / 이 눈부신 햇빛을 보기가 부끄럽구나 / 네 곁에 서기가 죄스럽구나"라는 시행이 단적으로 보여주듯 시대에의 "부끄러움"을 노래하게 한다. 철쭉, 나팔꽃, 장미에 접하여 4 · 19, 광주항쟁, 6월 항쟁 같은 시대사적 격변을 떠올리게 한다(「철쭉」, 「나팔꽃」, 「장미」). 스웨덴 입양소녀 엘리제의 사연에 귀 기울이면서 남북으로 갈린 나라의 정치적 현실을 생각하게 하고(「10월 어느 날」), 소월(素月)의 시를 강의하다가 통일의 방안을 놓고 철없는 학생에게서 논박을 당하게 한다(「소월을 강의하며」). "가장 순결한 한 음절의 모국어를 기다리며 / 홀로 견디는…" 백지(白紙)처럼, "…순수한 까닭에 그 자체로 이미 충만"한 영혼의 소유자이기를 갈망하였으되(「설날」), 그러나 시인의 영혼은 현실이라는 물결에 침식되고 있다. 『꽃들은 별을 우러르며 산다』는 이를 보여준다. 마치 더욱 순수한 '기화'가 이루어지기 위해서는 더 큰 자조와 환멸이 필요하다는 듯 이 시인은 현실의 문제들을 시로 옮기는 일을 감행하고 있다.

　그렇다면 『어리석은 헤겔』은 여기서 더 나아가 여러 견해로 갈리는 미학적 담론의 장에까지 시적인 작업의 손길을 확장한 시집으로 읽힐 수도 있을 것이다. 이는 시인 자신의 미학을 시로 옮기는 작업이자 동시에 미에 관한 담론 '투쟁'의 작업이다.

…(전략)…

어리석은 헤겔이여
눈이 발전해서 물이 되었는가,
물이 발전해서 수증기가 되었는가,
그러나 수증기는 다시 물이 된다.
태초에 고체와 액체와 기체가 있었을 따름이다.

예술은 발전하지 않는다.
극시는 서정시와 서사시의
발전이 아니다.

가을에 안개 끼고 겨울에
눈 내리듯
서정시는 가을에
서사시는 겨울에 쓰이는 법

조각은 고체의 예술이다,
지상에 굳어 있는 얼음.
회화는 액체의 예술이다,
세계를 반영하는 수면.
음악은 기체의 예술이다.
허공으로 비상하는 수증기.

우둔한 헤겔이여,
감성은 이성에 앞서는 것,
시의 길은 철학의 길과 다르다.
물이 얼음이 되고
용암이 바위가 된다 하지만
물은 결코 바위가 될 수 없는 법,
그러므로 너는
시인을 존경할 줄 알아야 한다.

…(후략)…

—「어리석은 헤겔」 부분

이 시편은 외견상 헤겔 미학에 대한 시인의 감회를 노래한 것으로 읽힌다. 또 『어리석은 헤겔』에서 이와 맥락을 같이하는 시편들을 찾아보기란 그리 어려운 일이 아니다. "그러나 나는 / 조각과 그림과 음악을 합친 / 시를 쓰고 싶다."고 한 「나의 시」, "누군가 만일 신이 되고자 하는 시인이 있다면 / 그는 / 조각과 회화와 음악을 / 온전하게 하나로 묶는 자일 것이다."라고 한 「허무의 절정에서」, "음악이 불타는 조각이라면 / 시는 불타는 산문이다."라고 한 「술·2」 등이 그것이다. 즉 『어리석은 헤겔』은 시인 자신의 미학의 수립을 도모한 시집이며, 이는 변증법적인 진화의 미학에 맞서 순환 속에서 영원, 불변하는 가치를 추구하는 형이상의 미학을 주장한 것으로 요약할 수 있다.

그러나 동시에 이 시집은 시인을 둘러싼 이데올로기적 상황에 대한 담론적 반응으로 읽힐 수 있다. 90년대 초반의 한국사회는 민주주의적 가치가 확산됨과 동시에, 동구권 몰락 같은 좌파 물결의 퇴조에도 불구하고 '철 늦은' 좌파 이념이 상당기간 함께 부상한 특수한 국면을 형성하고 있었다. 그때 이미 이른바 진보파 지식인들의 일각에서는 헤겔적 마르크스주의에 대한 반성이 시도되고 있었음은 당시의 여러 저작들이나 번역물을 통해서 확인할 수 있다. 그러나 일반적인 경우 좌파란 여전히 헤겔적인 사유 전통을 따르는 맑시스트들을 의미했고 그들은 부상과 함께 좌초 위기에 놓인 좌파 이념을 놓고 대안 없는 방황 상태에 빠져 있었다. 「어리석은 헤겔」은 이와 같은 상황을 배경으로 미학적 담론의 형식을 빌어 이념적 가치 문제를 제기한 것으로 읽힐 수도 있다. 이는 이 시집의 「자서(自序)」에서 시인이 사르트르의 논법을 빌어 시를 통한 참여를 부정하고 언어적 존재의 시를 주장한 것과도 맥락을 같이한다. 그러나 결과적으로 『어리석은 헤겔』은 바로 그 이유로 인해 「등불」, 「지상의 별」 같은 존재의 시편들에도 불구하고 현실에 깊이 몸담은 시집, 미학적이든 여타 담론적이든 이념을 시로 옮긴 시집이 되었다.

그렇다면, 『아메리카 시편』의 경우라면 어떨까. 오세영 시인의 오랜 시적 여정에서 중요한 시집을 꼽으라 한다면 나는『아메리카 시편』,『사랑의 저쪽』,『벼랑의 꿈』을 입에 올릴 것이다. 그만큼『아메리카 시편』이 오세영의 시적 전개상 지닌 의미는 다대한 것으로 생각된다. 무엇보다 낯선 이방의 언어, 이질적인 형식이 시인의 새로운 면모를 형성하고 있음을 언급할 필요가 있다. 과연 어떤 언어가 시적 언어를 이룰 수 있으며 어떤 형식이 시적인 형식인가. 서정시는 언어, 형식에 대해 어떤 태도를 취해야 하는가. 이런 문제들에 답을 마련하기란 어렵다. 그러나 이들에 대해 선험적 공리란 있을 수 없다. 이 난해한 문제를 풀 수 있는 길은 실제적인 시적 창조 과정을 밟아보는 것뿐이다. 이 점에서『아메리카 시편』은 오세영 시인의 개인 시사에서 전면적인 개변을 실험하고 또 그에 성공한 훌륭한 시집이다. 이로써 그의 시편들은 토속어의 경계를 벗어나 외래어와 외국어를 자유롭게 이끌어들이면서 이를 통해 한국어의 표현력을 높이는 적극적인 역할을 수행한다. 이로써 그의 시편들은 서정시의 형태적 가능성을 표현주의적 방법에까지 확장하고 있다. 물론 이 같은 시도는 한편으로 위험을 수반한다. 그러나 시적 창조의 과정은 언제나 어려운 선택의 과정이다.

> 한국인이 4자를 싫어하듯
> 13을 싫어하는 그들이지만,
>
> …(중략)…
>
> 한국인들이 9자를 좋아하듯
> 그들 역시 9자를 좋아한다.
> 아이리시 커피 라지 사이즈 1불 99전, 햄버거 더블 2불 99전, 핏자 3불 99전에 토핑 추가 99전, 36숏 코닥 필름 한 통에 6불 99전, 레블론 립스틱 네 개들이 한 세트 19불 90전, 리바이스 청바지 한 벌 39불 90전, Hennesy 꼬냑 X. O. 1765년산 한 병 399불, 소니 캠코더 CCD TR 92년형 699불, 동급 한국 캠코더 299불, 95년형 포드 토러스 6기통 배기량 3000cc 1만 5천 999불……
> 항상 프라이스 태그의 끝자리를 장식하는 9는
> 자본주의의 행운을 상징하는 숫자인가.

…(중략)…

그러므로 9자 한 자를 들고 보아라.
낚싯바늘같이 생긴 9자, 덫의 올가미같이 생긴 9자,
튕겨오를 형세의 트랩 용수철같이 생긴 그 9자.

— 「9자 한 자를 손에 들고」 부분

「9자 한 자를 손에 들고」라는 시편이다. 이 시편에 흘러 넘치는 외국어들을 어떻게 평가해야 할까. 답은 간단하다. 그 말이 거기 있었으므로 그 말을 시로 옮김 그 자체는 죄악이 될 수 없음이다. 물론 여기서도 언어적 선택 원리는 변함 없이 작동되어야 한다. 이 점에서만큼은 김수영의 '혼종(混種) 언어'에는 잘못이 없었다. 그것은 예리한 현실인식의 표현이며 현실을 정신에 응축시키기 위한 불가피한 과정이었다. 「9자 한 자를 손에 들고」에서도 사정은 같다. 시인은 미국 자본주의의 교묘한 지배력을 9자 한 자에 응축시켜 보여주는 탁월한 성취를 이룩하고 있다. 이와 같은 예리한 시편들을 독자들은 『아메리카 시편』 곳곳에서 발견할 수 있다. 그런데 그 미국이란 무엇인가. 시인은 말한다.

… 이들 시가 이야기하고 있는 것은 미국 사회 혹은 미국 문명에 국한된 것만은 아니다. 오히려 그것은 오늘의 우리 사회, 우리의 삶에 관한 내용이다. 그러므로 역설적이지만 나는 우리의 얼굴을 우리나라에서가 아니라 미국에 가서 들여다본 셈이 된다. 아마도 두 가지 이유 때문일 것이다. 하나는 '미국'이라는 이 거대하고 위대한 나라가 오늘날 세계제국에 커다란 그림자를 드리우고 있어서 한국 역시 그 영향으로부터 벗어날 수 없다는 점이고 다른 하나는 한국이 세계의 그 어떤 나라보다도 미국 이상의 '미국'적인 나라가 되어 버렸다는 점이다. 여기에는 미국과 관련된 한국 근대화 과정의 특수성과 단기간에 이룩한 자본주의 산업화라는 문제가 개입되어 있을 것이다.(「자서(自序)」)

즉 미국은 한국의 또 다른 얼굴이다. 한국의 '미국적' 특징이 적나라하게 드러난 미국을 매개로 시인은 한국이라는 근대적 현실에 구체적으로 접근한다. 이로써 『꽃들은 별을 우러르며 산다』와 『어리석은 헤겔』로 이어져 온 현실 인식의 첨예화가 한 극점에 이른다. 『무명연시』와 『눈물에 어리는 하늘 그림자』가 현실의 밑받침 없이 동양적 전통으로의 초월을 이루고자 했고, 그 때문에 이들 두 시집이 동양적 가치의 세계를 관념적으로만 선취한 것이었다면, 이제 『아메리카 시편』을 경유함으로써 시인은 그렇게 구체적으로 파지(把持)된 세계의 지양점으로서 동양적 세계를 새롭게 수립할 가능성을 얻고 있다. 미국문화의 특징을 직선에서 찾고, "인간은 때로 / 멀리 돌아가는 것이 더 / 아름다운 법인데 / 곡선보다 직선을 추구하는 / 아메리카의 길 / 아메리카의 삶"을 비판하고 있는 「직선은 곡선보다 아름답다」도 인상적이지만, 미국 전역에 언제 어디서나 흘러 넘치는 성조기를 통해 그들의 병적인 애국주의를 비판하고 있는 「성조기」나, 보스니아 전쟁 와중에 지구 종말이라는 음산한 주제를 오락거리로 만든 드라마가 한창인 미국의 세태를 비판적으로 응시하고 있는 「트와일라잇 존」 등은 각별히 음미해 볼만한 시편들이다. 이처럼 서구적인 모델에 따른 근대에의 길이 음울하다면 그와는 다른 길이 필요하지 않은가. 현실이 이처럼 파지되었으므로 『아메리카 시편』 다음에 올 세계는 『무명연시』나 『눈물에 어리는 하늘 그림자』와는 다른 양상을 보여줄 것이다.

5. 『벼랑의 꿈』, 『적멸의 불빛』

이제 시인은 『무명연시』가 지향했던 세계로의 재진입을 시도한다. 때마침 시인은 이순(耳順)이 멀지 않은 나이에 이르렀으므로 '생(生)'으로부터의 새로운 이탈을 꿈꾸는 것이 자연스럽다. 이렇게 해서 간행된 『벼랑의 꿈』은 『무명연시』의 고조된 어조가 아닌, 착 가라앉은 음성을 택하고 있다. 화자는 시인 자신을 가리키는 것으로 안정화되었다. 이것은 중요하다.

이제 시인이 "출가라니 / 정녕 어디로 간단 말이냐."(「집만이 집이 아니고」)
라고 할 때 그 말하는 이는 곧 시인 자신이다. 하루 종일 산문(山門)에 기
대어 먼 길을 바라보는 사람이 있다면 그 또한 시인 자신이다(「산문에 기
대어」). 아니, 시인 자신에 가까운 존재이다. 여전히 하나의 '진실한 허구'
로서의 시라는 것에 대한 시인의 믿음은 깊으므로. 그러나 한낱 '포즈'를
취함에서 훌쩍 비상한 시인의 삶은 그 허구를 감당해 내는 단계에 이르렀
다. 그와 함께 이제 그의 '선시(禪詩)'에서 만해(卍海)의 기운은 존재하지
않는 듯 표면에서 자취를 감추어버렸다. 『무명연시』가 의도했던 동양적 세
계로의 회귀는 관념적 선취에 머물렀던 탓에 만해(卍海)로부터 자유로울
수가 없었다. 그러나 『벼랑의 꿈』은 시인 자신의 독자적인 언어로 이룬 동
양적 회귀의 세계이다. 어느 시편으로 이 시집을 대변케 할 수 있을까. "눈
쌓인 비탈에 선 / 자작 한 그루"에 시인 자신의 삶을 투사시켜, "이 벼랑 건
너뛰면 또 다른 벼랑", "가도 가도 길은 끝이 없는데", "너 지금 허공에 몸
기대고" 어디로 가려 하느냐고 자문하고 있는 「겨울길」 같은 가편(佳篇)이
있다. 죽음을 새롭게 보아, "죽은 자라 하지만 / 너희가 공기로 살 듯 / 나
는 흙으로 사는 사람", "확실하구나 / 하늘은 흙 속에도 있느니 / 너희는
닿을 수 없는 허공의 별들을 우러르지만 / 나는 영롱한 보석들과 함께 산
다."라고 표현한 「죽음의 노래」는 다른 시인들에게서 그 표현을 찾을 수
없었던 종류의 것이 아닐까 한다. 그밖에도 「나를 지우고」 「등신불(等身
佛)」 「먹물장삼」 등도 되새김을 요하는 좋은 시편들이다. 그러나 참대나무
의 기풍을 빌어 삶의 자세를 가다듬고 있는 「고죽도(苦竹圖)」 일편이야말
로 이 시집을 대변하고 남음이 있다.

기우뚱
밀리는 선체(船體)
밖은 폭풍이 몰아치는데
희미한 촛불 아래 홀로 앉아
정성들여 먹을 간다.

온 산은 칠흑의 밤바다,
한 차례 강풍이 불면
대숲은 큰 파도로 밀려와 벽을 후려치고
떡갈나무 잔 파도는 흰 이빨을 드러낸 채
으르렁댄다.
이 불안한 초옥(草屋)은
광란의 바다에 표류하는 일개 돛배이거니
내 손수 해도를 작성해
격랑을 헤쳐가야 한다.
기우뚱,
선체는 흔들리지만
선실(船室)의 희미한 촛불 아래서
새하얀 한지(韓紙)에 먹으로 치는
고죽(苦竹)
인생은 고해(苦海)라는데
산이 어찌 항상 산이겠는가,
폭풍이 몰아치는 밤바다의
떠밀리는 외로운 돛배,

흔들리는 붓.

—「고죽도」 전문

이 시에서 '나'는 한밤의 초옥(草屋)에 앉아 고죽(苦竹)을 그리고 있는
것으로 설정되어 있다. 그러나 과연 이 '나'는 실제로 고죽을 그리고 있을
까?, 그렇지 않고 고죽 그리는 비유를 들어 인생도를 노래함일까? 바깥은
온통 칠흑의 세상, 시인은 이를 거친 밤바다에 비유하고 있다. 그리하여
그가 외롭게 앉아 있는 초옥은 밤바다 물결에 휩쓸리고 있는 위태로운 배
의 형상과 같다. 바람이 불 때마다 대나무며 떡갈나무가 파도소리와 함께
초옥을 집어삼킬 듯 압도해 온다. '나'는 이 광란의 바다를 표류하고 있는
돛배의 선수(船手), 어떻게 이 격랑을 헤쳐나가야 하는가. 뱃길 열어줄 별
빛 찾을 길 없어 해도마저 손수 작성하지 않으면 안 되는 고립무원지경.

그러니 참대를 그린다는 것은 인생 고해를 헤쳐나갈 길을 구함이고 그 태도를 구함이다. 그 어려움을 시인은 "흔들리는 붓"이라는 마지막 한 연 한 행으로 응축해 놓고 있다. 이 일편에서 어떤 감정의 가감을 찾을 수 있을까. 사르트르를 잠시 빌어 말한다면 이것은 사물이 되어버린 길 찾음이다.

그렇다면 『적멸의 불빛』은 「고죽도」로 대변되는 구도행(求道行)을 통해 열어 가는 새로운 차원을 보여주는 시집이라고 말할 수 있을 것이다. 이제 시인은 독자적이면서도 자유로운 언어와 리듬으로 삶의 마디마디를 짚어 나간다. 이것은 일상의 비속함에 연루된 듯 했던 『꽃들은 별을 우러르며 산다』나 현실에 대해 일종의 미학적 '투쟁'을 감행했던 『어리석은 헤겔』과도 다르고, 현실을 감각적으로 포착하는 데 성공한 『아메리카 시편』과도 다르다. 『적멸의 불빛』은 삶의 일상을 부드럽게 매만지면서도 그에 철학적인 의미를 부여해 가는 독특한 시집이다. 「목숨」이라는 시편에서 시인은 한낮의 조깅을, "가쁜 숨결들을 모아 / 그날 밤 / 애비 에미가 풀무질하여 / 내게 가득히 넣어준 바람을 시나브로 / 소진하고", "빈 풍선 같은 육신에 다시 채우려 바람을 받아 / 오늘도 헉헉 숨을 몰아 뛰는" 행위로 표현하고 있다. 조깅이라는 일상적 행위를 생명의 시종(始終)에 관한 사유로 연결짓는 독특한 사유법의 산물이다. 또 「착한 소」 같은 시편에서는 잉크가 다한 볼펜이 "착한 소", "잘 갈아 씨 뿌린 밭두렁에 / 거품을 문 채 쓰러진 / 착한 소 한 마리"에 비견된다. 시행의 마지막 구절 쓰기를 끝내자 마치 순명(順命)처럼 볼펜 잉크가 떨어져 버린다. 시인은 이를 잉크가 다한 볼펜이 "기진맥진 원고지의 여백에 / 펄썩 / 쓰러져버린다."라고 의인화한다. 그러면서 그에게 위로의 말을 건넨다. "편히 쉬어라. 피어리드는 내 눈물로 찍겠다."라고. 이 시편의 더 깊은 의미는 이 펜의 운명이 시인의 외롭고도 우직한 인생로를 상징하고 있음이다. 그렇게 삶은 끝날 테지만 그러나 삶은 또 그렇게 살아가야 할 것이다. 삶은 그렇게 무한을 향해 열린 유한, 종막이 예정된 필름이다. 일찍 부모를 여읜 시인에게 고립무원한 삶과 그 유한성에 대한 응시는 생리적이다. 그리하여 「집」과 같은 통찰적 차원의 시편이 나타난다.

> 추운 겨울에
> 2층 주방에서 지층으로 내려가는
> 하수도가 얼어붙었다.
> 순식간에 집은 마비.
> 새집을 지으면서 가장 신경을 썼던 것이
> 상하수도 파이프, 보일러 배관이었는데
> 무엇이 잘못된 것일까
> 생각해 보면
> 집의 중추는 방이나 거실이 아니라
> 위 아래를 관통하는 빈 파이프다.
>
> 파껍질을 벗기는 아내여.
> 자꾸 벗기지 마라.
> 파는 원래 껍질밖에 없다.
> 실은 인간도 나무도
> 파와 같은 것
> 입에서 항문으로 뻥 뚫린 공간 하나
> 지탱해주는 것이 아닌가.
> 하수도의 빈 파이프처럼
> 허공에서 뚫려 허공으로 가는
> 육신의 집.

—「집」 전문

일상을 삶에 대한 불교적 성찰로 비월시키는 맛이 심심한 듯 하면서도 깊다. 육신을 "입에서 항문으로 뻥 뚫린 공간 하나"로 간명하게 풀이해 내는 솜씨가 '기예가'답다. 삶은 무한에서 나왔다가 무한으로 되돌아가는 것, 그것을 "허공에서 뚫려 허공으로 가는 / 육신의 집"이라 풀이한 것이 제 맛이다. 이를 불교적이라 하면 불교적일 것이고 삶에 관한 동양적 통찰이라면 또한 그러할 것이다. 그러나 이는 무엇보다 오세영 시인의 독특한 사유법의 산물이다. 시인이 추구하는 동양적, 불교적 세계란 시인의 생리가 손가락으로 가리킨 곳인 것이다. 『반란하는 빛』에서 발원하여 『사랑의 저쪽』
을 이루고 있는 '그릇' 연작을 통해서 이를 확인할 수 있을 것이다.

    정한수 한 대접과
    쌀밥 한 그릇,
    꿇어앉은 그 앞에서
    촛불은 타고.

    합장(合掌)한 두 손이 움켜쥔 공간(空間),
    기도하는 손도 그릇이다.
    어질고 간절한
    그 언어(言語).

    결국
    앙상한 손으로 돌아간다.
    저 절대(絶對)의 공간(空間)에
    불을 밝히고
    깨진 그릇으로 돌아가는
    육신(肉身).

    적셔주소서.
    채워주소서.
    아직도 나는 목이 마르옵니다.
    마른 가슴
    타내리는 눈물,
    마른 가슴
    적시는 눈물.

—「빈 공간」 전문

　시인이 「빈 공간」에서 노래하고자 한 것은 무엇이었을까. 여기서 '나'는
무엇인가를 애타게 갈구하고 있다. 또는 그렇게 애타게 무엇인가를 갈구하
는 정경을 지켜보고 있다. 그런데 이 기도는 곧 삶의 본연이다. 또는 그렇

게 보는 것이 오세영 시인의 생리이다. 살아있는 이는 삶을 삶답게 만들기 위해 전력을 기울인다. 촛불 밝혀 정한수 한 대접 쌀밥 한 그릇 올려놓고 무릎 꿇고 합장하는 정경, 그것이 삶의 본성이다. 또는 본성이어야 한다.

그런데 시인은 이 기도하는 이를 "결국 / … / 깨진 그릇으로 돌아가는 육신"이라고 표현하고 있다. 무엇인가를 애타게 갈구하며 살아가는 사람들이지만 결국 그들은 흙에서 나와 그릇으로 빚어져 잠시 여기 머물다 흙으로 돌아가는 존재라는 뜻이겠다. 그런데 이 '그릇'은 인간의 육체 의존성, 그 유한성을 물질적 상상력으로 포착해낸 뜻 깊은 상징이기는 하되, 인간 존재의 본원적인 무상성을 표상하는 데까지는 이르지 못하는 것이 아닐까. 이를 한계 지우는 것은 아마도 '그릇'의 물질성 자체일 것이다. 형체와 질량을 가진 '그릇'은 깨지고 부서져도 그 물질적 한계를 벗지 못한다.

그에 반해 앞의 「집」은 육신을 "입에서 항문으로 뺑 뚫린 공간 하나"로, "허공에서 뚫려 허공으로 가는" 것으로, 그 근원적 무상성에 근접해서 보고 있다. 이같은 발상의 전환 또는 진전을 서양적인 상상력과 동양적인 상상력의 차이로, 또는 모더니스트적인 발상법과 불교적인 발상법의 문제로 설명할 수 있다. 그러나 이 변화 속에서도 지속된 것이 있으니, 그것은 인간의 한시성을 응시하고 그것을 시적인 언어로 파지(把持)해내고자 하는 집요한 의지이다. 나는 이것이 오세영 시인의 고유성을 이룬다고 생각한다. 『벼랑의 꿈』을 거쳐 『적멸의 불빛』에 이르는 사이에 시인의 언어는 그 과거와의 비교를 쉽게 허용치 않는 성취를 보여주고 있다. 이는 시적 창조열이, 그 자신의 고독에 대한 자의식이 그만큼 치열했음을 의미함이 아니고 무엇일까. 그로써 시인은 한국 현대시의 전통에 대한 자각이 밑받침된, 그러면서 그 자신 전통의 일부를 이루는 자립적인 세계에 도달할 수 있었던 것이다. 이 점에서 "동양적 사유"니 "불교적 존재론"이니 함은 그런 독자성을 해명하기 위한 방편적 술어일 뿐이지만, 그러면서도 이들은 엄연히 오세영 시인을 설명할 수 있는 가치 개념이다. 방법과 가치의, 동양적·불교적 통일. 시인은 이 문제 앞에서 오랫동안 내적인 투쟁을 벌여왔던 것이다.

ㄹ 존재와 반(反)구성주의

류순태

1. 시작하는 말

어떤 시인의 시를 읽노라면 거기에는 언제나 그 시인의 시를 떠받치고 있는 중심 세계가 드러나기 마련이다. 오세영 시인의 경우에는 '존재'에 대한 진지한 고민과 깨달음이 그의 시적 중심을 이룬다. 그의 초기의 시에서부터 최근의 시에 이르기까지 '존재'는 직·간접적으로 시인의 시 세계를 다양하게 채색하여 왔다. 특히 첫 시집 『반란하는 빛』(1970) 이후로 『가장 어두운 날 저녁에』(1982), 『무명연시』(1986), 『불타는 물』(1988), 그리고 1985년 이후로 발표되었다가 『사랑의 저쪽』(1990)으로 간행되었던 연작시 〈그릇〉에 이르는 일련의 시적 여정을 통해서 시인은 사물과 인간 존재에 대한 깊은 관심을 보여준 바 있다.

사물과 존재에 대한 물음은 비단 이 시인에게서만 볼 수 있는 것은 아니다. 굳이 이름을 들지 않더라도 다른 많은 시인들 또한 시를 통해서 사물과 인간 존재와 관련된 무수한 고민과 몸부림을 보여주었다. 1950년대에 주로 나타났던 실존주의적 경향의 시들과 1960년대 이후에 집중적으로 등장하였던 시들, 특히 대상과 의미에 초점을 맞추었던 일련의 실험적 경향의 시들의 근저에는 존재에 대한 시인들의 고민이 깔려 있다. 오세영 시인의 시가 보여주고 있는 존재론적인 여정 또한 그러한 1960년대 이후의 시적 경향들과 어느 정도 보조를 같이 한다. 그럼에도 불구하고 그의 존재에 대한 시적 여정은 현대시의 지반 위에서 서정적·전통적 정서를 수용하면서 존재에 대한 깊이 있는 통찰을 보여준다는 점에서 독특한 면모를 보여준다.

오세영 시인의 시가 지닌 존재론적인 면모는 그 동안 많은 논자들에 의해서 '실존주의적 경향', '여성적 내면성', '부정의 논리', '불교적 존재론' 등 여러 가지 관점에서 해명되어 왔다.[1] 그 다양한 관점에도 불구하고 기존의 논의들은 전반적으로 오세영 시인의 시가 현실과 영원 사이에 존재하는 모순을 끌어안으면서 사물과 인간 존재의 '영원성'을 추구하고 있다는 점을 공통점으로 내세운다. 그러니까 기존의 연구들은 오세영 시인의 시가 지닌 존재론적인 면모를 주로 인식론적 차원과 존재론적인 차원을 병행하는 가운데 해명하고 있는 것이다. 이러한 기존의 연구들로 인해서 한국 현대시사에서 오세영 시인의 시가 지닌 독특한 개성과 의의가 어느 정도 뚜렷한 윤곽을 지니게 되었음은 물론이다.

하지만 기존의 논의에도 불구하고 오세영 시인의 시에서 드러나는 존재론적 면모가 구체적으로 어떤 미의식을 바탕으로 하고 있으며, 그리하여 시사적으로 어떤 의의를 지니고 있는가는 충분히 해명되지 못하고 있는 실정이다. 따라서, 이 글에서는 오세영 시인의 시에서 드러나는 존재론적인 면모를 미의식의 차원에서 해명하고, 이를 바탕으로 하여 그의 시가 지닌 시사적 의의를 가늠해 보려고 한다.

---

1) 그 대표적인 연구로는 다음과 같은 것들이 있다. 김재홍, 「사랑과 존재의 형이상 - 『무명연시』 작품론」, 《현대문학》, 1985.10. ; 최동호, 「욕망을 다스리는 영혼의 형식」, 《소설문학》, 1986.2. 이동하 ; 「실존적 사상의 세계 - 오세영 시집 『가장 어두운 날 저녁에』」, 《심상》, 1983.7. ; 정효구, 「모순구조의 다양한 의미 - 오세영 시집 『무명연시』」, 《문학정신》, 1986.12. ; 김준오, 「명상시와 존재론적 상상력 - 오세영 시집 『사랑의 저쪽』, 《현대시학》, 1990.11. ; 조창환, 「존재의 모순, 그 영원한 질문 - 오세영 시집 『불타는 물』, 《현대시학》, 1989.3. ; 이승원, 「모순의 인식과 존재의 탐색」, 《현대시학》, 1992.6. ; 류철균, 「존재의 무명과 사랑의 지평」, 오세영, 『무명연시』, 『현대문학』, 1995.

2. 존재, 그 모순의 시화(詩化)

오세영 시인의 시에서 사물과 인간 존재는 모순의 존재이다. 『반란하는 빛』에서 〈그릇〉 연작에 이르는 일련의 시를 통해서 시인은 끊임없이 그 '모순'에 초점을 맞추어서 사물과 인간 존재를 바라다본다. 구체적으로 시인은 그의 시에서 현대인이 느낄 수밖에 없는 허무와 고독과 절망을 드러내기도 하며, 근원적인 차원에서 인간이 지닐 수밖에 없는 허무와 고독과 절망을 드러내기도 한다. 그러니까 그의 시에서는 시대적 차원에서이든지 아니면 근원적 차원에서이든지 간에 허무, 고독, 절망이 사물과 인간 존재가 지닌 모순의 표지로 등장한다. 따라서 인간 존재나 인간의 삶을 시인이 어떻게 대하고 있는가를 분명히 하기 위해서는 우선적으로 시인이 주목하고 있는 허무, 고독, 절망의 실체를 따져보지 않을 수 없다.

> 타버린 정신들은 어디 갔는가./ 가령 설원(雪原)에 버려진 장미꽃 하나,/ 혹은 알타이에 떨어지는 햇살,/ 바람과 소나기, 그리고 유월은 / 불탄다.// 내 살 속에서 희미한 불빛들이/ 뛰어가고, 알콜이 출렁이는 바닷가에서/ 이십세기는 불을 지핀다. 물질이 흘린/ 피, 싸늘한,/ 실용(實用)의 새는 날 수 있을까?/ 어두운 내 얼굴을 날아서, 찬서리 내린 굴뚝과/ 기계들이 죽은 무덤을 넘어서/ 어제의 어제를 넘어서/ 달에 도달할 수 있을 것인가.
>
> — 「불」2) 부분

> 모든 것은 닫히고 나는 서 있고/ 아득한 곳에서 기계가 울고 있다./ 나는 꿈꾼다./ 떨리는 귀에 들려오는 복음을,/ 깨어진 공간 위에 식어내린 햇살을,/ 엷은 꿈들 위에 눈은 내리고/ 나는 소리치면서/ 어리석은 신앙으로 얼고 있다.
>
> — 「반란」3) 부분

---

2) 『반란하는 빛』, 문학동네, 1997, p. 13.
3) 『반란하는 빛』, pp. 25~26.

『반란하는 빛』에서는 주로 현대를 살아가는 현대인의 허무와 고독과 절망이 그려지고 있다. 여기에서의 허무와 고독과 절망은 근원적인 성질의 것이라기보다는 시인이 현대 문명에 대해서 느끼는 허무와 고독과 절망이다. 「불1」에서 시인은 현대가 '장미꽃', '햇살', '바람', '소나기', '유월'과 같은 '정신적인 것들'을 모두 불태워버리는 시대라고 말한다. 즉 현대에서는 이러한 '정신적인 것들'이 더 이상 의미를 지니지 못하고, 오히려 '물질', '실용', '기계' 등과 같은 '비정신적인 것들'이 의미를 지닌 것으로 등장한다.

하지만 시인은 결코 '비정신적인 것들'과 화합할 수 없다. 시인은 그러한 '비정신적인 것들' 앞에서 '물질의 피'를 바라보고 있으며, '실용의 새'가 날 수 없음을 예견하고 있으며, '기계들이 죽은 무덤'을 목격하고 있기 때문이다. 「반란」에서의 "모든 것은 닫히고 나는 서 있고/ 아득한 곳에서 기계가 울고 있다"는 이러한 시인의 절망을 단적으로 드러낸 것이라고 하지 않을 수 없다. 비록 시인이 '떨리는 귀에 들려오는 복음'을 꿈꾸어본다고 하지만, 그러한 꿈은 오히려 시인의 허무와 절망을 한층 더 강화시킬 뿐이다. "나는 소리치면서/ 어리석은 신앙으로 얼고 있다"에서의 '얼고 있다'는 이러한 시인의 절망과 허무 의식을 예리하게 드러낸다.4)

그렇다고 해서 인간 존재의 허무와 고독과 절망이 비단 현대 문명과만 관련되는 것은 아니다. 인간은 언제나 허무, 고독, 그리고 절망에 휩싸여 살아갈 수밖에 없기 때문이다. 많은 사람들과 어울리면서 무엇인가를 기획하고, 앞날에 대한 희망을 가져보려 하지만 인간에게 돌아오는 것은 매번 허무와 고독과 절망뿐이다. 이러한 근원적인 허무와 고독과 절망을 시인은 『가장 어두운 날 저녁에』 이후의 시들에서 시화하려고 애를 쓴다. 구체적으로 시인은 근원적인 허무와 고독과 절망을 안고 있는 인간 존재를 대단히 모순적인 존재로 바라보고, 그 근본적 모순에 대한 형상화를 통해서 삶

---

4) 『반란하는 빛』에서는 현대 문명에 대한 허무와 고독과 절망이 수사에 치중한 언어적 실험을 통해서 드러나고 있다. 이는 오세영 시인이 ≪현대시≫ 동인으로 활동 한 바 있다는 점과 결코 무관하지 않을 것이다.

의 의미들을 새롭게 포착해내려고 한다. 이 점은 시인이 '고독'과 '허무'와 '절망'을 바라보는 태도에서 잘 드러난다.

 실존주의적인 견지에서 보자면 '고독'이란 인간의 숙명과도 같다. '홀로 던져짐'이라는 표현에 내포되어 있듯이 인간은 '고독한 존재'이며, 그를 통해서 다른 사람들과 어울리면서 살아갈 생각을 하게 된다. 그러므로 '고독'이란 어쩌면 인간이 자신의 삶의 의미들을 반추해보는 철학적 명상의 공간이며, 시적 상상력의 무한한 원천이라고 할 수 있다. 오세영 시인의 시에서도 사정은 마찬가지이다. 그의 시에서도 '고독'은 인간 존재의 근원적 조건들 중의 하나로서 시적 상상력의 원천이 된다. 구체적으로 시인은 인간이 근원적으로 지니고 있는 '고독'을 전제로 하여 사물과 인간 존재의 실체에 대한 무한한 상상력을 펼쳐 보이면서 일상적인 삶의 방식과 결코 화합할 수 없는 자신을 자각하기도 한다.

> 밤에/ 홀로 듣는 빗소리.// 비는 깨어 있는 자에게만/ 비가 된다.
> 　잠든 흙 속에서/ 라일락이 깨어나듯/ 한 사내의 두 뺨이 비에 적실 때/ 비로소 눈뜨는 영혼.
>
> 　　　　　　　　　　　　　　　　　　— 「밤비」5) 부분

> 흰 물새를 타고/ 너의 바다로 떠난 어린 딸아,/ 물새가 날지 않는 어느 날/ 너는 알게 되리라./ 젊은 아빠의 번민을,/ 안개 낀 밤의 불면을,/ 밤 10시/ 안정제를 권유하는/ 아내의 피곤한 목소리를 들으며/ 시를 쓴다./ 먼 파도 소리를 듣는다.
>
> 　　　　　　　　　　　　　　　— 「밤 10시 – 딸에게」 부분6)

「밤비」에서 '빗소리'는 대상으로서의 사물이 지닌 실체를 나타낸다. 그리고 "비는 깨어 있는 자에게만/ 비가 된다."에서 드러나듯이 '깨어 있는 자'만이 이러한 사물의 실체를 인식할 수 있다. 그렇다면 시인은 무엇 때문에

---

5) 『반란하는 빛』, p. 82.
6) 『가장 어두운 날 저녁에』, 문학사상사, 1982, p. 33.

'깨어 있는 자'로 존재하는가? 그것은 바로 그가 '고독'하기 때문이다. 그 '고독'을 통해서만 시인은 '눈뜨는 영혼'을 지닐 수 있다. 하지만 '고독의 순간', 즉 '깨어 있는 순간'은 또한 시인이 일상적인 삶과 모순된 관계에 있음을 자각하는 순간이기도 하다. 「밤 10시 - 딸에게」에서 '번민'과 '불면', '시'로 표현되어 있는 '고독' 속에 잠겨 있는 시인이 잠이 든 '어린 딸'의 '꿈'과도, '안정제'를 권유하는 '아내'와도 결코 동화될 수 없음은 바로 그 때문이다. 그리하여 결국 시인에게 있어서 '고독'은 일상적인 삶 속에서 자신이 존재하는 방식이자 그의 시적 상상력의 원천이 된다.

자신의 삶 속에서 인간이 고독한 존재인 것은 그가 자신의 꿈을 통해서 보다 더 완전한 존재로 나아가려고 하기 때문이다. 하지만 그러한 '완전한 존재'에의 열망만큼 인간은 '허무'와 맞설 수밖에 없다. 그리고 그러한 '허무'와의 대면에서 인간은 때로는 절망하기도 하며, 그와는 다르게 새로운 희망을 발견하기도 한다. 오세영 시인의 시에서 '허무'는 완전한 존재로 나아가고자 하는 인간 존재의 모든 일상적인 기획 행위가 수렴되는 일종의 '텅빈 지점'과도 같다. 그 '텅빈 지점'은 시인이 자신의 존재를 완성할 수 있는 지점이자 동시에 시인이 계속해서 시를 쓸 수 있는 의의가 처한 지점이다. 하지만 그 '텅빈 지점'으로서의 '허무'라는 커다란 모순 앞에서 시인을 비롯한 인간은 고뇌할 수밖에 없다.

> 결국은 한 알의/ 모래가 된다.// 파멸(破滅)이, 저 존재(存在)의 중심(中心)에서/깨어진 접시가/ 이루는 완성(完成).// 결국은 한 알의/ 결정(結晶)이 된다// 깨어지고 깨어져서/ 이겨내는 외로움,/ 그는 시방/ 바닷가에 서 있다.// 들려오는 건/ 허무(虛無)의 바람 소리와/ 애증(愛憎)의 기슭에서 부서지는 파도 소리.// 가장 밝은 지상(地上)에서 딩구는/ 결국은 한 알의/ 모래가 된다.// 해조음(海潮音)이 된다.

> — 「모래」[7] 전문

관념(觀念)과 사물(事物)의 틈 사이를/ 메꾸는 잉크는 없을까,/ 빈

---

7) 『가장 어두운 날 저녁에』, p. 20.

가지를 울리는 바람 소리와/ 귓가에서 속삭이는 허무(虛無)의 소리를
/ 지우는 잉크.// 채워도 채워도 남는/ 튜브 속의 공간(空間),/ 사람
은 누구나/ 빈 공간(空間) 위에 산다.

— 「빈 공간(空間) -K 형(兄)에게」[8) 부분

　「모래」에서 시인은 인간 존재의 근원적 조건으로서의 '허무', 구체적으로
는 '죽음'을 '파멸'과 '완성' 사이에 존재하는 모순으로 바라본다. "결국은 한
알의/ 모래가 된다"에서의 '결국'은 바로 그러한 '텅빈 지점'으로서의 '허무'
를 단적으로 드러내는 수식어이다. 즉 '접시'라는 존재가 '결국'에는 '한 알
의 모래'가 되듯이 인간 존재의 삶 또한 '죽음'이라는 필연적인 '파멸'의 과
정을 거칠 수밖에 없다. 그렇다고 해서 인간 존재가 지닌 '허무'가 '죽음'과
만 결부되는 것은 아니다. 그의 시에서 '허무'는 일상 생활과 관련된 인간
의 삶 속에서도 나타난다. 「빈 공간 -K형에게」에서 시인은 자신의 시 쓰
기 행위와 연관지어 '허무'를 바라보는데, 이때 그 '허무'는 '관념'과 '사물'
사이에서 드러나는 '틈'이자 '채워도 채워도' 남는 '튜브 속의 공간'으로 형
상화된다.

　한편, 삶 속에서 마주치게 되는 고독과 허무 앞에서 인간은 절망과 희망
이라는 새로운 모순과 만나게 된다. 오세영 시인의 시에서도 '절망'은 한편
으로는 근원적인 고독으로부터, 다른 한편으로는 '허무'와의 몸부림으로부
터 연유한다. 즉 그의 시에서 '절망'이란 완전한 존재로 나아가고자 하는
인간 존재가 현실에서 겪게 되는 모순의 하나이자 동시에 삶의 의미이기도
하다. 구체적으로 시인은 이러한 '절망'을 통해서 존재론적 차원에서의 자
기 인식을 내면적 감정과 결합시켜 낸다. 그리하여 그의 시에서 '절망'은
'또 다른 희망'이 되고, '희망'은 '또 다른 절망'이 되기도 한다. 결국 그의
시에서 '절망'은 삶의 의미와 존재의 의의를 찾으려는 모든 인간이 거기에
몸부림치지 않으면 안 되는 하나의 전제 조건이 된다.

---

8) 『가장 어두운 날 저녁에』, pp. 24~25.

내 이름을 찾으려고/ 끝없이 방황하였다./ 알타이에서 잃어버린 신
발 하나./ 곰의 발자국을 찾아서,/ 시든 풀을 헤치고,/ 빈 콜라병에
채이면서/ 맨발로 빗속을 걸어다녔다./ 잃어버린 나를 돌려다오, 나는
올해 서른 한 살,/ 답사(踏査)를 떠나, 실종(失踪)된 젊은 고고학 교
수(考古學 敎授)/ 내게 이름을 돌려다오,

— 「방황 2」9) 부분

그림자를 잃었읍니다./ 책을 읽다가 꼬박 10년 역사책(歷史冊)을
읽다가/ 어느 날 그림자를 잃었읍니다./ 그림자를 찾으려고 관청(官
廳)엘 갔읍니다만/ 죽은 이름밖에 없었읍니다./ 학교(學校)엘 가도
교회(敎會)엘 가도 그림자는 없었읍니다.

—「잃어버린 그림자」10) 부분

우리가 원한 것은/ 꿈이 아니라 病이다./ 맥주 거품 위에 부서지는 시
간과/ 좌절이다.// 누군가 나를 절망시켜다오/ 나의 유일한 욕망은 절
망이다./ 휴일, 텅 빈 도시에 정신(精神)들은/ 밀회를 위해 떠나고/ 남
은 것은 다만/ 정치가들이 버린 꽃다발과 엽서와/ 한 구절의 유행가뿐
이다.

—「밀회」11) 부분

이 시들에서 시인이 느끼는 절망은 자기의 정체성을 확립하려고 하는 그
의 끊임없는 시도가 번번이 실패할 수밖에 없다는 스스로의 자각과 관련되
어 있다. 〈방황 2〉에서의 "내 이름을 찾으려고/ 끝없이 방황하였다."와 "내
게 이름을 돌려다오."는 '이름'으로 표상되고 있는 '자아의 정체성'을 시인
이 얼마나 애타게 찾으려고 하는가를 단적으로 보여주는 구절들이다. 하지
만 〈잃어버린 그림자〉의 "그림자를 잃었읍니다"에서 볼 수 있듯이, 시인은
자신의 정체성 찾기가 헛된 시도이거나 실체를 결코 움켜잡을 수 없는 시
도임을 인식하지 않을 수 없다. 그의 정체성 찾기는 '역사책'으로 표상된

---

9) 『가장 어두운 날 저녁에』, p. 64.
10) 위의 책, 1982, p. 69.
11) 『반란하는 빛』, pp. 110~111.

인간의 역사에 의해서도, '관청'으로 표상된 사회적 테두리 내에서도, '학교'로 표상된 지적인 노력을 통해서도, 그리고 '교회'로 표상된 신에 대한 믿음을 통해서도 결코 달성될 수 없는 노릇이다. 따라서 시인에게 남는 것은 '절망'과 '좌절' 뿐이다. 그런 점에서 본다면 〈밀회〉에서의 "우리가 원한 것은/ 꿈이 아니라 병(病)이다."와 "누군가 나를 절망시켜다오"라는 구절은 자아의 정체성을 찾는 것이 불가능한 상황 속에서 시인이 뱉어내는 일종의 탄식이자 가장 확실한 깨달음에 해당된다.

이처럼 오세영의 시에서 사물과 인간 존재는 고독과 허무와 절망으로 가득 찬 '모순의 존재'이다. 물론, 인간 존재가 현실에서의 자신의 삶에 안주한다면 이러한 모순은 결코 드러나지 않을 것이다. 하지만 시인에게 있어서 인간 존재란 현실에 안주하지 않고 보다 더 영원하고 완전한 존재로 나아가려고 하는 열망으로 가득 찬 존재이다. 그러므로 그의 시에서 존재의 모순이란 한편으로는 어떤 존재를 불완전한 것으로 머물게 하려는 일종의 구속이고, 다른 한편으로는 그 존재가 보다 더 완전해지기 위한 하나의 조건이다. 한 마디로 말해서 '존재의 모순'이란 존재가 극복해야 할 대상이기도 하면서 동시에 그 존재가 근거할 수 있는 터전인 것이다.

3. 완전한 자유인과 그 의미

오세영 시인의 시에서 사물이나 인간 존재가 지닌 모순, 구체적으로는 허무, 고독, 절망 등은 쉽게 극복되어질 성질의 것은 아니다. 하지만 그것은 또한 어떻게 해서든지 극복되어져야만 하는 것으로 시인이 시적 상상력을 펼쳐왔던 주된 이유이기도 하다. 그러므로 그의 시적 개성은 그가 어떤 방식으로 존재가 지닌 모순을 극복하려고 하는가에 달려 있다고 해도 과언이 아니다. 오세영 시인의 시에서 인간 존재의 근본적 모순으로서의 허무, 고독, 절망 등에 대한 극복 가능성은 '채움의 원리'에서보다는 주로 '비움의 원리'를 통해서 추구된다. 다시 말해서 그의 시에서 시인은 '비움의 원리'에 의해 인간의 근본적인 모순들을 극복한 '완전한 자유인'이 되려고 애를 쓴다. 시인의 견해에 따르자면,12) '완전한 자유인'이란 "스스로 존재를 허무에 기투할 수 있는 인간"이다. 그리고 시인이 이러한 생각을 갖게 된 것은 그가 "인간의 근원적인 조건으로 주어진 허무, 고독, 절망 이런 것들을 자신의 것으로 받아들일 수 있는 존재야말로 실존적 한계성을 극복할 수 있는 인간"이라고 생각하였기 때문이다. 그러므로 시인에게 있어서 '완전한 자유인'이란 허무, 고독, 절망 등을 불러일으키는 '채움의 원리'보다는 그러한 것들로부터 시인을 자유롭게 하는 '비움의 원리'를 통해서 추구될 수밖에 없다.

그렇다고 해서 시인이 '채움의 원리'와 관련된 현실의 삶, 달리 말해서 인간의 실존을 부정하려고 한다고 말하는 것은 아니다. 일찍이 시인은 "시란 일상적 삶에 있어서 모순의 관계에 놓인 영원과 현실이라는 두 차원을 어떻게 일원화시키느냐 하는 문제를 추구하는 데 본질이 있다 해도 과언이 아니다."13)라고 하면서 '현실과 영원의 일원화'를 강조한 바 있고, "진정한 의미의 시적 영원성이란 존재론적일 뿐만 아니라 현실적, 사회성까지도 포괄하는 구체적인 의미의 영원성이어야 할 것이다."14)라고 하면서 '현실과 영원의 일원화'에서 현실이나 사회가 지닌 의미를 간과하지는 않기 때문이다. 하지만 그의 '현실과 영원의 일원화'에는 일상적인 삶에서 계속되는 욕망을 낳으면서 삶을 불완전한 것으로 만들어버리는 '채움의 원리'보다는 그러한 '채움의 원리'를 넘어설 수 있는 '비움의 원리'에 대한 강조가 은근하게 자리하고 있다. 구체적으로 시인은 이 '비움의 원리'를 통해서 '채움'에 집착하는 현대인의 일상적인 삶의 방식을 비판하고, 나아가서는 사물이나 인간 존재의 소멸과 관련된 '비움'을 통해서만 존재가 완성될 수 있음을 말하려고 한다.

---

12) 오세영 · 김준오 대담, 「진실과 진실 사이」, 『사랑의 저쪽』, 미학사, 1990, p. 105.
13) 오세영, 「현실과 영원 사이」, 『가장 어두운 날 저녁에』, p. 100.
14) 위의 글, pp. 102~103.

깨진 그릇은/ 칼날이 된다.// 절제(節制)와 균형(均衡)의 중심에서/
빗나간 힘,/ 부서진 원은 모를 세우고/ 이성(理性)의 차가운/ 눈을 뜨게
한다.// 맹목(盲目)의 사랑을 노리는/ 사금파리여,/ 지금 나는 맨발이
다./ 배어지기를 기다리는/ 살이다./ 상처 깊숙히서 성숙하는 혼(魂)//
깨진 그릇은/ 칼날이 된다./ 무엇이나 깨진 것은/ 칼이 된다.

—「그릇 – 그릇1」[15) 전문

　　결국/ 빈 그릇만 남았다./ 취한 손님들은 돌아가고,/ 식탁엔 쓰러진
술병과/ 시든 꽃다발 하나,// 결국/ 빈 이름만 남았다./ 정(情)에 지
친 육신(肉身)은 돌아가고/ 제상(祭床)엔 추도문 몇 줄과/ 퇴색한 사
진이 한 장,// 잔치는 풍성하였다./ 찰찰 넘치는 술과/ 애욕(愛慾)을
탐하는 입술과/ 그릇들이 부딪쳐/ 터지는 폭소/ 언제인들 모자람이
있었던가,

—「폭소 – 그릇18」[16) 부분

〈그릇〉 연작시는 시인이 '채움의 원리'와 '비움의 원리'를 어떻게 바라보
고 있으며, 나아가서 '비움의 원리'를 통해서 '채움의 원리'를 어떻게 극복
하려고 하는가를 구체적으로 형상화하고 있어 주목된다. 「그릇 – 그릇1」에
서 '깨진 그릇'은 '절제와 균형의 중심에서 빗나간 것'으로 '칼날'과 동일시
되고 있다. "이성의 차가운/ 눈을 뜨게 한다"에서 드러나듯이, '칼날'은 주
로 '이성'을 표상하면서 '맹목의 사랑'만을 노리는 '광포한 힘'을 지니고 있
다. 그러니까 시인은 '깨진 그릇'과 '칼날'을 통해서 '맹목의 사랑'만을 요구
하는 '이성'의 부정적인 면을 드러내고자 한다. 시인에게 있어서 '이성'은
인간의 이념, 현실, 무명 등과 마찬가지로 '채움의 원리'와 관련된 것으로
영원하고 본질적인 것을 추구하면서 완전한 존재가 되고자 하는 시인의 열
망을 차갑게 식혀버리는 장애물에 불과하다. 「폭소 – 그릇18」에서의 '취한
손님', '쓰러진 술병', '시든 꽃다발', '정에 지친 육신', '퇴색한 사진', '넘치

---

15) 『사랑의 저쪽』, p. 11.
16) 『사랑의 저쪽』, p. 41.

는 술', '애욕을 탐하는 입술', '폭소' 등 또한 모두 '채움의 원리'를 나타내주
는 표상들이다.

그렇다면 인간의 실존적 한계를 극복하려는 노력, 즉 '현실과 영원의 일
원화'를 위한 노력이 '채움의 원리'에서 '비움의 원리'로 나아갈 수 있었던
것은 무엇 때문인가? 『무명연시』에서는 그러한 물음에 대한 대답의 가능
성이 들어 있다. 『무명연시』는 제목 그대로 '빛이 없는 상태'에서의 '사랑
노래'이다. 여기에서 시인은 '빛이 없는 상태'를 전제로 하여 '고(苦), 집
(集), 멸(滅), 도(道)'의 '사제(四諦)'17)와 관련된 불교적 인생관을 펼쳐
보여 준다. 특히 그 제목에서도 드러나듯이 '무명(無明)'을 내세움으로써
'사제(四諦)' 중에서도 '고(苦)'의 원인이 되는 '집(集)'18)에 그 초점을 맞
추고 있다. '사제설(四諦說)'에 따르자면, '무명(無明)'이란 "인생 현상의
진정한 원동력과 인생고통의 가장 궁극적인 근원인 인생의 실상에 대한 맹
목적 무지"19)를 가리킨다. 따라서 만일 우리가 인생의 실상을 정확히 인
식할 수 있다면 일체의 고통은 모두 없어지게 될 것임이 분명하다. 그리하
여 『무명연시』에서 시인은 '사랑의 원리'를 통해서 인간 존재가 '채움의 원

---

17) '사제(四諦)'는 '사성제(四聖諦)' 또는 '사진제(四眞諦)'라 불리우는 것으로 불교 창시
자인 석가모니가 제창한 주요 학설들 중의 하나이다. '고제(苦諦)', '집제(集諦)', '멸
제(滅諦)', '도제(道諦)'라는 '사제(四諦)'는 신성한 '진리'이며, 생사와 열반의 인과에
관한 이론이다. '고제(苦諦)'와 '집제(集諦)'는 인생의 핍박성과 그렇게 되는 속성을
나누어 밝힌 것이고, '멸제(滅諦)'와 '도제(道諦)'는 인생의 해탈 가능성과 수행 가능
성을 설명하고 있다. 이를 구체적으로 살펴보자면, '고(苦)'는 미혹의 결과이고, '집
(集)'은 미혹의 원인이다. 이에 비해서 '멸(滅)'은 깨달음의 결과이고, '도(道)'는 깨달
음의 원인이다. 이에 대해서는 방입천(方立天), 유영희 역, 『불교철학개론』, 민족사,
1989, pp. 88~89 참고.
18) '집(集)'은 미혹의 원인, 즉 '고(苦)'의 원인을 살펴보는 것으로 주로 '무명(無明)', '행
(行)', '식(識)', '명색(名色)', '육처(六處)', '촉(觸)', '수(受)', '애(愛)', '취(取)', '유
(有)', '생(生)', '노사(老死)'로 이루어진 '12인연설'로 전개된다. 불교사에 의하면, 석
가모니는 도를 얻어 부처가 되었을 때 '12인연'을 뒤에서부터 앞으로 역관(逆觀)하고
서, 즉 '노사(老死)'에서부터 계속 역관하여 '무명(無明)'에 이르는 방식으로 중생이
생사유전하게 되는 인과관계를 설명하였다고 한다. '12인연'은 생명 현상의 총괄적인
설명이며, 또한 생명체의 고통의 원인이다. 이에 대해서는 위의 책, pp. 94~95 참고.
19) 위의 책, p. 96.

리'에서 '비움의 원리'로 나아갈 수 있는 가능성을 역설적으로 보여준다.

> 탄다, 탄다, 탄다,/ 눈물이 탄다. 웃음이 탄다./ 꽃 속에 출렁이는
> 색의 바다가/ 탄다.
>
> 「오얏나무 오얏꽃」[20] 부분

> 즈믄 강 달빛은 고요한데,/ 목어(木魚)들의 울음소리 실낱 같은데,/
> 강변에 벗어놓은 신발 한 켤레/ 이승에 사그러진 은촛대 하나.// 핏
> 줄에 엉긴 때 씻으려고,/ 탯줄에 엉긴 때 씻으려고,/ 흐린 등불 아래
> 서/ 알몸으로 님의 품에 뛰어들었다.
>
> —「신발」[21] 부분

「오얏나무 오얏꽃」에서의 '꽃' 속에 출렁이는 '색의 바다'는 탐욕의 세계
에서 벗어났으나 여전히 감각적 현상계로부터 벗어나지 못한 인간 존재의
면모를 감각적으로 형상화한 것이다. 이러한 면모는 「신발」에서는 더욱 더
구체적으로 드러난다. 여기에서의 '강변에 벗어놓은 신발 한 켤레'는 죽어
서라도 그 인연을 달성하려고 하는 인간의 무지와 그러한 무지로부터 벗어
나려는 몸부림을 표상한다. 즉 인간은 '핏줄에 엉긴 때'와 '탯줄에 엉긴 때'
로 표현되고 있는 '인연'에 연연하는 어리석은 존재이면서 동시에 그것을
'씻으려고' 애쓰는, 그리하여 '알몸'으로 이승과는 다른 곳에 존재하는 '님
의 품'에 뛰어드는 이중적인 존재이다. 이런 점에서 보자면, 이 시들을 통
해서 시인은 인간 존재가 자신이 지닌 고독과 허무와 절망이라는 근본적인
조건을 '사랑'이라는 차원에서 극복해내려고 하지만 그것이 결코 쉽지 않은
일임을 구체적·비유적 형상으로 보여주고 있다고 말할 수 있다. 이는 인
간의 어리석음이 이러한 '무명'이외에도 '행(行)', '식(識)', '명색(名色)',
'육처(六處)', '촉(觸)', '수(受)', '애(愛)', ' 취(取)', '유(有)', '생(生)', '노
사(老死)'로 이루어진 '12인연설'의 '集苦'와 관계된다는 점을 생각할 때 더

---

20) 『무명연시』, 현대문학, 1995, p. 31.
21) 『무명연시』, p. 51.

욱 분명해진다.

오세영의 시에서 인간 존재의 근본적인 모순은 궁극적으로는 '비움의 원리'에 의해서만 극복될 수 있는 것이다. 인간 존재가 그 근본적인 모순을 극복하는 것은 매우 어려운 일이다. 그렇기 때문에 인간 존재의 모순을 극복하고 완전한 존재로 나아가고자 하는 시인의 열망은 결코 '사랑의 원리'에 머무를 수 없다. 근본적으로 '사랑의 원리'는 '12인연'과 관련된 것이고, '12인연'은 모두 '내것 만들기', 즉 '소유'와 관련되어 있기 때문이다.[22] 따라서 시인은 '비어 있음 → 채움 → 비움'으로 이어지는 일련의 과정에서 '채움'의 시·공간에 대한 가치 판단과 함께 '비움'에 대한 열망을 강하게 드러내는 역할을 하는, '사랑의 원리' 너머에 존재하는 '비움의 원리'를 통해서 '완전한 자유인'에 이르고자 한다. 그리고 이때 시인은 인간 존재와 그를 둘러싼 현실과 영원의 문제를 주로 '불교적 존재론'의 관점에서 바라본다.[23]

> 능금이/ 그 스스로의 무게로 떨어지는 가을은 황홀하다. 매달리지 않고 왜 미련 없이 떠나가는가. 태양이 그 스스로의 무게로 떨어지는 황혼은 아름답다. 식지 않고 왜 바다 속으로 잠기는가. 지상에 떨어져 꺼지지 않고 잠드는 불꽃이여 우리도 능금처럼 태양처럼 스스로 떠날 수는 없는 것인가. 가장 찬란하게 잠드는 별빛처럼 잊을 수는 없는

---

[22] 불교적 관점에 따르자면, 일상세계의 범부는 "욕망에 의해서 쉴새 없이 내것을 만들어 가는 동적 존재, 세계의 갖가지 내용물을 무한적으로 먹어치우고 소유하려 하면서도 언제나 만족할 줄 모르는 허기진 존재, 헛된 정열의 발산자, 마치 기름판위의 생선처럼 자신의 몸을 뒤트는 갖가지 고통을 쉴새없이 경험하는 욕망의 담지자"라고 할 수 있다. 허우성, 「불교의 욕망론」, 이강수 외, 『욕망론 - 철학과 종교적 해석』, 경서원, 1995, p. 53.

[23] 이러한 면은 다음과 같은 시인의 지적에서도 구체적으로 확인해 볼 수 있다. "원래 수록 시들은 70년대 중반에서부터 80년대 초까지 <무명연시>라는 이름의 연작시로 발표된 것들이다."와 "이 시집의 시들은 필자가 초기의 모더니스트적 태도를 버리고 새로운 세계를 탐구하려는 노력에서 써어진 것들이다. 그 새로운 세계란 동양적인 사유, 그 중에서도 특히 불교 존재론을 의미한다." 이에 대해서는 오세영, 「시인의 말」, 『무명연시』, p. 3.

것인가. 버릴 수는 없는 것인가.

—「후회」24) 전문

「후회」에서 시인은 '능금'과 '태양'을 통해서 '비움의 원리'가 어떤 것인지를 구체적으로 보여준다. 여기에서 시인이 주목하고 있는 것은 능금이 '스스로의 무게로 떨어지는 가을'이고, 태양이 '스스로의 무게로 떨어지는 황혼'이다. 그러니까 시인은 '가을 이전의 능금'과 '황혼 이전의 태양'을 '채움'의 차원에서 바라보고, '가을 능금'과 '황혼의 태양'을 '비움'의 차원에서 바라보는 것이다. 이러한 시인의 생각을 인간 존재에 적용해보자면, 인간 존재의 삶이 '채움'이라면, '죽음'은 그러한 채움이 성숙된 결과로 일어나는 '비움'에 해당된다. 따라서 시인이 열망하는 '완전한 자유인'이란 바로 '스스로의 무게로 떨어지는 가을'이나 '스스로의 무게로 떨어지는 황혼'처럼 자신의 실존적 한계를 자연스럽게 수용하는 존재라고 할 수 있다.

4. 반(反)구성주의의 시적 세계

오세영의 시에서 인간 존재가 '비움의 원리'에 의해서 완전성을 구유하려는 열망은, 달리 말해서 인간 존재가 '완전한 자유인'이 되고자 하는 열망은 그의 시적 세계를 떠받치고 있는 중심 기둥이다. 그런데 그의 시에서 시인이 이러한 열망을 제대로 달성하기 위해서는 무엇보다도 시 장르에서 그러한 가치 또는 의미가 어떻게 언어를 통해서 발현될 수 있을 것인가라는 문제를 해결하지 않으면 안 된다. 그의 시에서 오세영 시인은 이러한 문제를 인간 존재의 완전성은 '깨달음'의 문제이지 결코 '구성'의 문제가 아니라는 점, 그러므로 언어 역시 새로운 의미를 파생시키는 데 그 목적이 있는 것이 아니라 근본적인 의미들을 발현하는데 그 목적이 있다는 점에서 해결하려고 한다. 그가 "결국 시는 필연적으로 그 언어화에서 오는 추상성

---

24) 『가장 어두운 날 저녁에』, p. 26.

과 보편성을 구체성에 일원화시킴에 의해서 참다운 영원성을 획득해야 하는 것이다."[25]라고 하면서 '구체적 보편성(concrete universality)'을 강조하는 것도 그러한 맥락에서 이해될 수 있다.

그렇다면 그가 강조하고 있는 '구체적 보편성(concrete universality)'이란 구체적으로 무엇을 말하는 것인가? 이에 대해서 그는 "언어의 보편성과 추상성에서 벗어나 구체적 영원성을 획득하는 길의 하나는 이렇게 언어를 버리고 무로, 무에서 다시 새로운 언어로 돌아가는 일이다. 실재에 대한 눈뜸, 즉 존재성의 회복이야말로 참다운 의미의 영원성을 개시해 준다."[26]라고 말한 바 있다. 여기에서 알 수 있듯이 시인이 자신의 시에서 '구체적 보편성'을 달성하는 방식은 '언어 → 무, 무 → 새로운 언어'의 과정을 통한 '실재에 대한 눈뜸'과 관련되어 있다. 이 때의 '실재에 대한 눈뜸'이 불교적 존재론에 바탕해 있다는 점은 말할 필요도 없다. 이렇게 보자면, 시인이 내세우고 있는 '구체적 보편성'은 '불교적 존재론'에 바탕하여 '언어'를 새롭게 바라보는 것, 다시 말해서 '구체성'과 '보편성'을 직결시키는 언어의 사용에 다름 아니다.[27]

> 소리는 정숙(靜寂)으로/ 되돌아간다.// 울부짖는 풍금(風琴)이여,/ 터지는 갈채에 속지 마라,/ 장내는 빈 객석으로/ 되돌아간다./ 두들기는 두 손가락이/ 엮는 연주(演奏),/ 사랑과 증오의 화성악(和成樂)./ 만남과 이별의 대립법(對位法).// 격정(激情)에 떠는 악기여,/ 더 이

---

25) 오세영, 「현실과 영원 사이」, p. 101.
26) 위의 글, pp. 102~103.
27) 구체와 보편의 상호 관계의 입장에서 보자면, 오세영의 시에서 볼 수 있는 '완전한 자유인'에 이르는 길은 구체적인 것이 보편적인 것을 담지할 수 있는 가능성이 최대한으로 발휘되고 있는 길이기도 하다. 그렇기 때문에 그 길에서는 구체와 보편 사이를 매개하는 그 어떤 것도 자리할 공간이 없다. 만일 구체적인 것이 현실적인 것이라고 한다면, 비록 그것이 보편적인 것이 지닌 영원한 것과 모순되는 것처럼 보일지라도 현실적인 것은 궁극적으로는 영원한 것으로 나아갈 가능성을 그 안에 담고 있을 수밖에 없다. 그러므로 이러한 구체와 보편의 상호 관계, 즉 현실적인 것과 영원한 것 사이의 상호 관계는 양자를 매개하는 어떤 특별한 맥락을 결코 필요로 하지 않는 성질의 것이다.

상/ 갈채를 꿈꾸지 마라,/ 바람에 우는 갈잎 소리엔/ 아무도 환호를/
보내지 않는다.// 마침내/ 정숙(靜寂)으로 되돌아가는/ 이승의 소리.

—「소리 - 그릇 21」[28] 전문

「소리 - 그릇 21」는 오세영 시인이 내세우고 있는 '구체적 보편성'이 의
미하는 바를 매우 구체적으로 보여주는 시이다. 여기에서 '소리'의 궁극적
운명은 '정적'이다. 즉 '울부짖는 풍금', '터지는 갈채', '장내', '두들기는 두
손가락' 등으로 엮어지는 '연주'는 궁극적으로는 '정적'으로 되돌아갈 수밖
에 없는 운명을 지니고 있다. 왜냐하면 그 '연주'에 의한 '소리'는 '이승의
소리'이고 '채움의 원리'에 의한 소리이기 때문이다. 그 소리는 비록 '사랑
과 증오', '만남과 이별', '격정' 등을 담고 있지만 '바람에 우는 갈잎 소리'로
표상되고 있는 자연적·근원적인 소리가 되어야 하고, 나아가서는 '정적'으
로 되돌아가지 않으면 안 된다. '정적'은 자연적·근원적 소리뿐만 아니라
이승의 소리가 바탕하고 있는 하나의 궁극적인 터전이기 때문이다. 그러니
까 '소리'가 '정적'으로 되돌아갈 수밖에 없다는 모순과 함께 '정적'은 인간
존재가 나아가야 할 궁극적인 지점인 것이다. 그런데 여기에서 한 가지 주
목할 점은 '울부짖는 풍금', '터지는 갈채', '장내' 등 대단히 '구체적인 것들'
이 '정적'이라는 '보편적인 것'과 맺고 있는 관계이다. 양자는 어떤 매개를
결코 요구하지는 않는다. 왜냐하면 그 매개란 '구체적 보편성'을 오히려 가
로막는 것에 지나지 않기 때문이다. 결국 이 시에서 '구체'와 '보편'이 맺고
있는 관계는 특별한 매개없이 이루어지는 순간적 존재 변환과 관련된 것이
라고 하지 않을 수 없다.

이런 관점에서 볼 때, 오세영 시인의 시에서 드러나고 있는 '완전성'과
'언어 의식'이 기반하고 있는 '구체적 보편성'은 전반적으로 '反구성주의적
인 것'이라고 할 수 있다. 일반적으로 '구성'이란 어떤 원리에 입각하여 모
든 요소들을 하나의 전체로 통합함으로써 일종의 시스템을 형성하는 작업

---

28) 『사랑의 저쪽』, pp. 46~47.

을 지칭한다.29) 그렇기 때문에 '구성'을 강조하는 예술에서는 무엇보다도 그 예술의 매체 또는 재료를 통합하는 '원리'가 중요한 역할을 할 수밖에 없으며, 그런 만큼 그 예술적 경향 또한 '추상화'를 지향하는 경향이 강하다. 여기까지 보자면, 오세영의 시에서 강조되고 있는 '구체적 보편성' 또한 '구성'을 바탕으로 하고 있는 것처럼 보인다. 하지만 '구성'에 대한 예술적 강조가 전반적으로 '추상적 형식주의(abstract formalism)'30)와 연관될 경우에는 사정이 달라진다.

'추상적 형식주의'에서는 예술가의 추상적 환상이 세계와의 진정한 대면을 대신하게 된다. 즉 '추상적 형식주의'는 주관에 그 근거를 둔 대리 실재에 의지함으로써 적대적인 세계로부터 벗어나고자 하는 시도에서 생겨난 것이라고 할 수 있다. 이러한 경향이 주관으로 하여금 주위 세계와 의미 있는 관계를 맺지 못하게끔 만드는 어떤 근본적인 위기의 증후와 관련되어 있음은 물론이다. 구체적으로 '추상적 형식주의'에서는 주관주의의 대두와 그에 따른 개인의 고립화에서부터 비롯된 위기에서 세속적인 기원을 갖는 실체를 수단으로 하여 이상적인 인위적 질서를 창조하려고 하는 고립된 인간의 노력이 깃 들어 있다. 시의 경우에서 시인이 자신의 고유한 정신의 본성을 바탕으로 하여 일상 언어를 변형하는 것은 근본적으로 이러한 '추상적 형식주의'와 관계한다고 말할 수 있다.

오세영 시인의 시는 '구성'을 강조하면서 '추상적 형식주의'의 경향을 강하게 드러내는 시들과는 다른 차원에 서 있다. 아니, 그의 시에서 오세영 시인은 이러한 '추상적 형식주의'를 의식적으로 거부한다. 그런 점에서 그의 시들은 '반구성주의' 또는 '반추상주의'의 산물이라고 할 수 있다. 시인이 사물과 인간 존재의 면모를 '구성'의 관점에서 바라보지 않고 순간적인 깨달음의 관점에서 바라보고 있는 것은 그 구체적인 예이다. 그리하여 시

---

29) F. Frascina & C. Harrison (ed.), 최기득 편역, 『현대회화의 원리』, 미진사, 1995, p. 208.
30) '추상'은 '변형'이나 '해체' 그리고 '비인간화'와 같은 말을 우리에게 상기시켜 주고 있는 반면에, 또한 '구축'이라든가 '구성'을 의미하기도 한다. 이에 대해서는 K. Harries, 오병남/최연희 역, 『현대미술 - 그 철학적 의미』, 서광사, 1988, pp. 116~117.

인은 절대적인 세계에 대해 제대로 대처할 수 없는 예술가가 그 대신에 자신의 자아에 나르시스적으로 몰입해 버리는 '추상적 형식주의'의 함정에서 벗어나고자 한다. 아래의 시는 시인이 '구성'을 거부하려고 하는 이유를 단적으로 잘 보여준다.

> 왜 인간은 항상/ 무엇이 되어야 하는가,/ 무엇이 되기 위하여 손에 / 들어야 하는 그릇.// 손에 들린 망치,/ 손에 들린 칼,/ 그리고 또 손에 들린/ 펜……// 오늘의 스테이크는 짜다./ 병이 바뀌어/ 소스인 줄 알고 잘못 친 소금,/ 그러나 술병에 담긴 독약(毒藥)도 있다.// 내용을 결정하는 그릇이여,/ 이념(理念)이여.
>
> —「포도이길 거부하는 한 알의 포도 - 그릇 13」[31] 부분

이 시에서 '그릇'은 '이념'을 표상한다. '이념'은 그 안에 담긴 내용까지 결정해버리는 엄청난 힘의 소유자이다. 시적 화자가 '소스'인 줄 안고 '소금'을 '스테이크'에 뿌린 행위는 그의 착각이나 실수가 빚어낸 결과이다. 하지만 어떤 이념들은 '술병'에 '독약'을 담겨져 있는 경우처럼 그것이 표방하는 것과는 다른 내용을 담고 있는 경우도 있다. 시적 화자는 그의 실수뿐만 아니라 이념 자체의 표리불일치를 '이념'이라는 '그릇'의 과도한 힘이 얼마나 구속적인 것인가를 드러내려고 한다. "왜 인간은 항상/ 무엇이 되어야 하는가,/ 무엇이 되기 위하여 손에/ 들어야 하는 그릇."에서 '무엇이 되어야 하는 인간'은 '이념'을 끌어안고 몸부림치는 인간의 운명을 보여주고, 나아가서는 그 운명의 극복에 대한 강한 열망을 보여준다. 그렇기 때문에 시인은 '이념'과 같은 '구성적인 것'을 거부하지 않을 수 없다.

이처럼 오세영 시인의 시에서 이념이 구성적인 것이라면, 진리는 반구성적인 것이 된다. 시인에게 있어서 진리란 언제나 구성적인 차원을 뛰어넘는 반구성적인 지점에서만 바라볼 수 있는 하나의 인식의 등대이다. 끊임

---

31) 『사랑의 저쪽』, pp. 32~33.

없는 채움에도 불구하고 궁극적으로 빈 것으로 되돌아간다는 역설에 의거하여 시인의 시를 바라보고 있는 견해32) 또한 이러한 점을 지적하려고 한 것으로 해석될 수 있다. 비록 그의 시에서 궁극적인 목표로 작용하고 있는 '완전한 자유인'이 '비어 있음 → 채움 → 비움'의 수순을 통해서 달성된다고 하더라도 그것은 결코 '구성'이나 '추상적 형식주의'와는 거리가 멀다. 비록 그의 '완전한 자유인'의 과정인 '비어 있음→ 채움 → 비움'이 피상적으로는 '구성'과 관련되어 보인다고 하더라도 그것은 결코 그의 시를 '구성주의적'으로 보이게 하지는 않는다. 왜냐하면 '비어 있음 → 채움 → 비움'의 과정에서 시인은 '구성'과 관련된다고 할 수 있는 '비어 있음 → 채움'보다는 반구성적인 '채움 → 비움'의 과정에서 '완전한 자유인'의 면모를 발견하고 있기 때문이다.

4. 맺는 말

지금까지 살펴보았던 것과 같이 존재에 대한 물음과 관련된 오세영 시인의 시는 한 마디로 말해서 '완전성 추구'의 시이자 '반구성주의'의 시라고 할 수 있다. 구체적으로 그의 시는 인간 존재가 어떻게 하면 완전한 자유인이 될 수 있는가를 여러 가지 방식으로 물으면서 그에 대한 답을 시적 상상력을 통해 펼쳐 보여주었다. '완전한 존재', 즉 '완전한 자유인'에 이르는 길은 여러 가지로 생각해 볼 수 있다. 그것은 어떠한 구속으로부터도 벗어나려고 하는 길일 수도 있으며, 스스로의 힘으로 일체와 대면하려고 하는 길일 수도 있다. 이와는 달리 또한 그것은 일체를 포용함으로써 그로부터 새로운 경지를 개척하려고 하는 길일 수도 있다. 오세영의 시가 보여준 길은 바로 그 새로운 경지 개척의 길이다.

---

32) 이에 대해서는 김준오, 「명상시와 존재론적 상상력 - 오세영 시집 『사랑의 저쪽』」, 『현대시학』, 1990.11, pp. 240~241 참조.

　오세영의 시가 개척한 '완전한 자유인'의 길은 스스로 존재를 허무에 기투할 수 있는 인간, 달리 말해서 인간의 근원적인 조건으로 주어진 허무, 고독, 절망 이런 것들을 자신의 것으로 받아들일 수 있는 존재만이 도달할 수 있는 길이다. 그러므로 그의 시에서 드러난 '완전한 자유인'의 길은 실존적 한계성을 극복한 인간이라고 할 수 있는 '깨달음의 인간'만이 도달할 수 있는 길이기도 하다. 구체적으로 그것은 불교적 깨달음을 위한 구도자의 길이다. 그리고 이 경우에 시인은 '채움의 원리'에서 나아가서 '비움의 원리'를 통해 사물과 인간 존재의 모순을 수용해내려고 한다. 인간 존재의 모순을 '비움의 원리', 즉 인간의 모든 근본적인 조건을 수용하는 가운데 자신의 욕망을 끊임없이 떨쳐내고자 하는 원리를 통해서 극복하려고 한다는 점에서 오세영 시인의 시는 대단히 독특한 면을 보여준다. 특히 그의 시는 이러한 독특한 면을 '구체'와 '보편'의 직접적인 연관 아래에서 포착하고 있어 '구체'와 '보편' 사이의 매개에 치중하려고 하는 현대시의 경향과는 다른 특면을 보여준다.

　오세영의 시가 보여주고 있는 구체와 보편의 상호 관계는 어떤 특별한 매개나 맥락을 필요로 하지 않는다. 그 길은 어떠한 구속으로부터도 벗어나려고 하는 의미에서의 '자유인'이 어떤 특정한 맥락으로부터 벗어나려고 몸부림치는 것과도 다른 길이며, 스스로의 힘으로 일체와 대면하려고 하는 '자유인'이 자신의 관점에서 기존의 맥락을 새롭게 변형하려고 하는 길과도 구분된다. 시인이 추구하고 있는 '완전한 자유인'의 길은 맥락에 따라서 그 위상이나 의미가 달라지는 차원과는 다르게 어떤 맥락이라도 뛰어넘는 길이다. 그러니까 그의 시는 전반적으로 맥락에 따른 의미 형성을 거부한다는 점에서 '반구성주의'에 해당된다. 이런 점에서 보자면, 그의 시가 그 출발에 있어서는 1960년대의 시적 경향, 특히 김춘수의 시적 경향과 「현대시 동인」들의 시적 경향과 공통된 길을 걸었음에도 불구하고 이후로 새롭게 자신의 길을 개척할 수 있었던 것은 바로 이러한 시인의 독특한 길 찾기의 결과라고 할 수 있다.

  그의 시는 1960년대 이후로 한국 시사에서 어떤 하나의 흐름을 형성하였던 대상 파괴의 시나 무의미 추구의 시와 관련된 시적 실험과는 다른 면모를 보여주었다. 대상 파괴의 시나 무의미 추구의 시들이 '추상'을 가치로 내세웠음에 비해서 그의 시가 그와는 다른 '진술'에 매달리고 있는 것은 그 좋은 예이다. 만일 오세영 시인이 구체적인 것만에, 또는 보편적인 것만에 우선적으로 눈길을 돌리려고 하였다면 이러한 시적 경향은 결코 나타날 수 없었을 것이다. 그리고 그의 시가 추상이나 이념을 강조하는 것과는 다른 면을 지니고 있을 수 있었던 것은 바로 이 점과 밀접한 관련이 있다. 하지만 그 수많은 의의에도 불구하고 오세영 시인의 이러한 시적 경향 속에는 주어진 맥락을 그대로 승인해버림으로써 매개를 취하지 않는 듯한 한계도 자리하고 있다. 즉 그의 시는 어떤 맥락이라도 보편으로 인식해버림으로써 구체적인 것 또는 현실적인 것이 처해 있는 맥락이 전혀 두드러지지 않는다는 아쉬움을 남겨준다.

▋ 초월의식과 별의 계보학

박현수

1. 초월과 별의 항로

초월(超越)이라는 개념을 해명하기 위해서는 철학적으로 상당히 복잡하고 난해한 지형도를 그려야 하겠지만, 여기에서는 일반적인 의미로 사용하고자 한다. 이때의 초월이란 일정한 영역이나 한계 상황을 넘어서서 현재의 가능적인 영역 이외의 고차원적인 상태를 지향하는 정신상의 한 경향을 의미한다. 이는 수동적인 명사가 아니라 적극적인 의식이나 의지를 반영하고 있는 동사적인 개념으로 사용되어야 할 것이다.

어떤 의미로 사용되든 초월은 내재(內在)와 대립하는 개념임에는 틀림이 없다. 내재가 현상하는 것이 현상시키는 것, 즉 본질 속에 포함됨을 뜻하는 일원론적 입장을 취한다면, 초월은 이원론적 시각에서 이 두 가지를 분리하는 입장에 선다. 이원론적 입장에서 초월의 출발은 '지금 여기'의 문제와 관련되어 있으며 그 목적지는 '지금 여기'를 넘어서 있는 어떤 상황과 연계된다.

초월의 문제는 결국 인간의 실존적인 상황에 대한 한 시인의 반응과 관련된다고 할 수 있다. 따라서 한 시인의 시에 나타나는 초월 의식을 점검하는 것은 그 시인이 지닌 현실에 대한 관점 혹은 세계관, 그 세계 내에 놓인 인간의 존재 의의, 그리고 시 창작 행위의 역할 등에 대한 의식을 읽는 상당히 포괄적인 행위가 된다.

오세영 시인의 실존적 인식과 그에 대한 초월의식은 어느 대담에서 밝힌 바 "제 자신도 인간의 실존적 조건이나 근원적 한계성 그리고 존재의 유한성과 같은 것들을 어떻게 초극할 수 있느냐 하는 데에 몰두하였습니다. (…) 결국 자유의지나 내적 사유를 통해서 이룰 수밖에 없는데 저는 그것을 저의 시에서 '완전한 자유인' 즉 - 존재론적 한계성을 내적인 자유의지에 의해 초월할 수 있는 인간으로 형상화시키려고 했습니다."[1]는 언급에서 어느 정도 드러난다. 비록 「그릇」 연작시와 관련된 언급이지만 이에는 그 시편에만 그치지 않는 시인의 자기 규정이 담겨 있다. 그러나 이런 인식이 시 전체에 어떤 식으로 나타나고 어떻게 변모해갔으며 또 어떤 경로를 밟아갔는지, 그리고 위의 언급이 그런 경로 중 어느 지점에 해당하는가 하는 것은 오세영 시인의 시 전체를 개관하는 데 도움이 될 것이다. 그러나 그것은 시 전체에 대한 자세한 읽기가 이루어지지 않으면 해명되기 힘들다.

오세영 시인의 시에 나타난 초월의식을 다루는 본고에서 별이라는 이미지에 주목하는 것은, 그것이 '지금 여기'의 문제 의식을 담고 있으며 어떤 의식과 의지의 방향을 담지하고 있기 때문이다. 이 유구한 역사를 지닌 이미지는 이미 하나의 아키타이프로 사용되고 있다는 점에서 보편성을 지니기는 하지만, 그것이 모든 작가들에게서 동일하게 발현되지 않는다는 점에서 특수성을 지닌다. 이미 11권의 시집을 상재한 오세영 시인의 많은 시편들 중에서 이 별의 이미지가 보여주는 항로를 추적하는 것은 그래서 시인의 본질에 다가가는 탐색이 될 수 있을 것이다.

일반적으로 별은 '희망, 순수, 지조, 이상, 지고한 가치, 지향해야될 이념'[2] 등의 상징이다. 동방박사를 이끈 별처럼 그 별 아래에는 수많은 인간의 고단하지만 고양된 행렬이 끊이지 않는다. 별이 지닌 이러한 특성을 가

---

1) 오세영 · 김준오, 「진실과 사실 사이」, 『사랑의 저쪽』, 미학사, 1990, pp.100~101.
2) 오세영, 『한국현대시 분석적 읽기』, 고려대출판부, 1998, p.252.

장 시적으로 보여주는 것이 리얼리즘의 이론가 루카치의 언급이라는 것은 그래서 아이러닉한 일이라 할 수 있다. 그러나 별빛이란 것이 지상이 가장 어두울 때 가장 빛나게 보인다는 사실을 기억하면 이만큼 자연스러운 일도 없을 것이다. 루카치(G. Lukács)의 대표적인 저술『소설의 이론』은 다음과 같은 시적인 문장으로 시작된다.

> 별이 빛나는 창공을 보고, 갈 수가 있고 또 가야만 하는 길의 지도를 읽을 수 있었던 시대는 얼마나 행복했던가? 그리고 별빛이 그 길을 훤히 밝혀주던 시대는 얼마나 행복했던가? 이런 시대에 있어서 모든 것은 새로우면서 친숙하며, 또 모험으로 가득 차 있으면서도 결국은 자신의 소유로 되는 것이다. 그리고 세계는 무한히 광대하지만 마치 자기 집에 있는 것처럼 아늑한데, 왜냐하면 영혼 속에서 타오르는 불꽃은 별들이 발하고 있는 빛과 본질적으로 동일하기 때문이다.3)

천상의 별은 어두운 지상에 헝클어져 있는 '갈 수가 있고 또 가야만 하는 길의 지도'가 된다. 그 길은 인간의 현실적 윤리적 지향을 모두 담고 있는 인간 자체의 항로이다. 그 별이 그리는 지도에 인간의 발길이 닿지 않는 미지의 영역이나 알려지지 않은 경로는 없다. 별은 인간의 고양된 의지의 정화로서 캄캄한 어둠을 뚫고 나아가는 시선의 끝에서 흔들림없는 일점 불꽃처럼 피어난다. 그 별빛이 '영혼 속에서 타오르는 불꽃'과 동일한 것은 바로 이런 이유에서이다.

별은 인간의 시선이 천상에 긋는 갈망의 눈짓 끝에 놓이는 구원의 일점이다. 그러나 이 별이 인간의 시선 끝에 섬처럼 고립되어 놓인 적은 없다. 그래서 별은 흙을 디디고 견뎌야 하는 인간의 현실이 비치는 천상의 거울이다. 이 별은 언제나 지상의 대척점에 놓여 있지만 인간의 입김에 흐려지기도 하고 강렬한 의지에 의해 맑아지기도 한다. 이런 특성으로 인하여 한 시인의 시 속에서 별이 거쳐간 항로는 다양한 변주를 거치며 삶을 나아가는 한 시인의 항로를 보여주는 초월의 지도가 되는 것이다.

---

3) 게오르그 루카치,『소설의 이론』, 반성완 역, 심설당, 1985, p.29.

2. '별'의 어휘에 대한 통계적 접근과 시기 구분

본격적인 논의를 시작하기 전에 오세영 시인의 시에 사용된 별이라는 어휘를 통계적으로 살펴보면 다음과 같다('별', '별빛'이란 어휘만을 대상으로 함).

	시집제목(발간연도)	어휘수
1	반란하는 빛(1970)	5
2	가장 어두운 날 저녁에(1982)	19
3	무명연시(1986)	16
4	불타는 물(1988)	26
5	사랑의 저쪽(1990)	6
6	꽃들은 별을 우러르며 산다(1992)	32
7	어리석은 헤겔(1994)	19
8	눈물에 어리는 하늘 그림자(1994)	19
9	아메리카 시편(1997)	7
10	벼랑의 꿈(1999)	5
11	적멸의 불빛(2001)	10

제1시집에서 5개밖에 나타나지 않던 별 혹은 별빛이라는 어휘는 제4시집에 와서 26개, 제6시집에 32개, 그리고 제9시집 이후부터는 10개 안팎으로 나타난다. 이를 바탕으로 오세영 시인의 지금까지의 시를 크게 4기로 나눌 수 있을 것이다. 제1기는 제1, 2시집, 제2기는 3, 4, 5시집, 제3기는 6, 7, 8, 9시집, 제4기는 10, 11시집을 포함하는 시기이다. 제1시집 『반란하는 빛』은 주로 모더니즘 경향의 실험시들을 묶은 것으로 이후의 시적 경향과 전혀 다르고, 또한 시간상으로 제2시집과 10여년의 간격이 있으나 이미지의 성격상 제2시집과 공유된 부분도 많이 있다.4) 제2기는 미학성과 철학성의 조화에 힘쓴 시기로서 불교와 노장의 무(無)의 사유를 시화한 시기이다. 제5시집 『사랑의 저쪽』에 별의 어휘수가 6개로 적게 나타난 것

---

4) 대부분의 논자는 제1집을 하나의 경향으로 따로 처리하고 있으며, 제1시집과 2시집을 같은 경향으로 처리하는 논자는 이광호가 있다. 이광호, 「서정시의 순도와 열도」, 『문학과 비평』, 1989. 여름호, 참조

은 이 시집이 『무명연시』, 『불타는 물』과 같은 시기의 시들 중 「그릇」 연작시만 따로 모아놓았기 때문인 것으로 보인다. 오세영 시인도 제5시집은 경향상으로 제4집의 세계를 심화했으며, 또한 제3시집에서 표방된 동양사상을 가능한 내면화시키려고 노력했다는 점을 지적하여 이들 시집의 연계성에 대해 언급하고 있다.5) 그 다음 제3기는 서정성이 더욱 강화된 시기라 할 수 있는데 그 대표적인 것이 별에 대한 가장 많은 어휘가 나타나는 『꽃들은 별을 우러르며 산다』이다. 이 시기에 『어리석은 헤겔』, 『눈물에 어리는 하늘 그림자』 등의 시집이 함께 묶이는 것은 내용상으로나 시간상으로 어느 정도 설득력이 있지만6), 미국 체류기간 중에 쓰여진 『아메리카 시편』은 이들 시와는 경향이 다소 이질적인 것이 문제가 된다. 시인이 놓인 공간의 차이가 만들어낸 이 시집의 특이성은 그러나 그 지향에 있어서 이들 시집의 서정성에 대한 강조와 맥을 같이 한다고 할 수 있다는 점에서 함께 묶는다. 그리고 제4기는 불교적 사유를 더욱 심화시켜 가는 시기로, 이에는 산중(山中)을 중심공간으로 하여 자연친화적 정감을 중점적으로 다룬 『벼랑의 꿈』과 그것을 다양하게 변주해가는 『적멸의 불빛』이 포괄된다. 이 시기는 별이 상징하는 세계 내에 거의 모든 시가 놓여 있기에 오히려 출현빈도가 낮아진다. 이제 이런 시기 구분을 바탕으로 별의 이미지를 구체적으로 검토하여 그 이미지를 계보학적으로 정리하고자 한다.

3. 소멸의 별빛

모더니즘의 실험적인 시도로 도전적인 시풍을 형성하고 있는 첫 시집은

---

5) 오세영·김준오, *op. cit.*, pp.96~97 참조.

6) 김수이는 이 세 시집이 지닌 공통성을 '감성적 세계 인식과 리리시즘에 천착하는 모습'에서 찾고 있으며 '이 시집들은 모두 낭만성으로 집약되는 오세영 시의 서정적 실체를 충분히 확인하게 해준다'고 쓰고 있다. 김수이, 「본질에의 꿈, 그 파괴와 생성의 내적 드라마-오세영론」, 『환각의 칼날』, 청동거울, 2000, pp.184~185.

어휘의 낯선 연접을 시도하여 상상력의 폭을 확장시켜 갔다. 비록 시인 자신은 이 시집에 하나의 문학 수업 과정 이상의 의미를 부여하고 있지는 않지만, 그 언어적 긴장의 활시위는 여전히 독자의 상상력을 자극할 정도로 팽팽하게 당겨져 있음은 부정할 수 없다. 이 모더니즘 경향의 서들에는 이후 그의 시에 주저음으로 자리잡는 지성과 논리의 감각이 거의 보이지 않는다. 그가 추구하는 상상력의 질서는 이 시집에서 거의 완전하게 무시되고 있다. 그의 시 구절을 빌어 말한다면 '문법의 가지에서 인력을/ 벗으면서 나는 새'(「밤하늘」)7)와 같이 그의 시들은 무중력의 자유를 누리고 있으며, '파열하는 꽃잎 속을, 시간의/ 폭동 속을,/ 아아, 뜨거운 수소이온, 그 부력'(「날개」)을 맘껏 즐기고 있는 것이다. 그런 만큼 독자의 상상력이 개입할 공간이 많다. 그러나 독자와의 질서정연한 소통의 공유지대는 그만큼 적다고 할 수 있는데, 시인은 이 점이 내심 불안하고 불만스러웠던 것으로 보인다. 이 시집이 그 동안 전면에 다루어지지 않은 것은 그 상상력의 논리를 중시하는 이후의 시들이 지속적으로 확고한 위상을 차지하고 있었기 때문이라 할 수 있다.

이 시집의 시 중 별의 이미지가 사용되고 있는 시는 다섯 편에 불과하다. 그 중 몇 개만 살펴본다면 다음과 같다.

> 등나무를 타고 오르던 시간 위의
> 밤에 지던 꽃잎들.
> 거기 부서지던 별빛의 무게
> 반짝이는 저 사랑의 금속성.
>
> —「밤하늘」부분

> 기억의 밑바닥을 여윈 손이 와 닿고,
> 희게 넘치는 부둣가에서
> 체험의 닻은 풀리고

---

7) 같은 시집에서 이 이미지는 '한 마리 새가/ 문법의 가지를 차고 오른다'(「날개」)는 구절로 변형되어 반복적으로 나타난다.

>   시선들이 하얗게 죽어가는 창가에 앉아
>   그는 담배를 핀다.
>   스피노자의 안경을 낀 채
>   소멸의 한줄기 부서지는 별,
>   싸늘한 거리에서 고전(古典)들이 기웃거리고
>   흰 꽃이 가늘게 떤다.
>
>   ― 「소등」 부분

「밤하늘」의 별빛은 밤에 떨어지는 꽃잎들 위에 부서지는 존재로 그려진다. 그것이 '반짝이는 사랑의 금속성'이라는 복잡한 이미지와 등가를 이루긴 하지만 별빛은 온전한 자신의 광채를 유지하고 주위에 광휘를 뿌리는 천상적 존재는 더 이상 아니다. '암초 위에 부서지는' 시간(「꽃」)이나 '부서져내리는 눈발'(「음악회」)처럼 부서지고 파열하는 이미지의 하나일 뿐이다. 구체적인 상황이 뚜렷하게 드러나진 않지만 부둣가를 배경으로 하고 있는 「소등」의 별빛 역시 온전한 것이 아니다. 부둣가에서 회상에 잠겨 흐려지는 '그'의 사색적인 시선은 고적한 철학가 '스피노자의 안경'으로 그려지고 있는데, 그 시야에 들어오는 것은 '소멸의 한줄기 부서지는 별'(이것은 실제의 별보다는 담뱃불에 대한 비유일 수 있다)이다. 첫 시집에 나오는 그의 별들은 하나같이 부서지고 소멸하는 부정적인 존재로 그려진다. 이는 '별빛도 하나씩 떨어져'(「포구의 닻줄」), '별들이 찰랑대는 어두운 가슴'(「투망」), '차가운 별빛이 내리고'(「중계방송」)처럼 나머지 구절에서도 마찬가지라 할 수 있다. 떨어지거나 어둡거나 차가운 별빛일 뿐이다.

일반적으로 별은 이 지상계의 인식에 따라 초월의 의미를 달리 가지는 상징적 존재라 할 수 있다. 이 천상계의 이미지는 당연히 지상계의 반영이므로 이로부터 세계와 현실에 대한 관점을 읽어낼 수 있다. 첫시집의 시들에 나타나는 이 파산(破散)과 소멸의 이미지는 현실에 대한 인식의 일단을 드러낸다. 그 이미지에 따르면 시인에게 있어서 이 세계는 질서정연하고 지속적인 의미를 지니며 완전한 상태로 존재하는 것이 아니라 파편화되어 있고 순간적인 의미만을 지닌 미완의 상태, 즉 '폭력의 어둔 가슴에도 불은

꺼지고 찢어진/ 내의 속에 잠든 세계 … 그 빛나는 허무'(「바람이여,」)의 세계로 존재하고 있다. 이런 세계에 던져진 시인은 그 속에서 새로운 질서를 창출하고자 하는 의욕도 없이 '이마에 넘치는 반란의 머리칼/ 나는 굶주린 표범, 빈 가방을 들고/ 달빛 푸른 기슭을 헤매고 있'(「열차」)을 뿐이다. 이 화자에게는 인간의 존재 의의 자체를 무시하는 도저한 회의주의와 냉소주의만이 유일한 이념으로 발견된다. 그러니 시인들조차 '불면을 지키는 의식마저/ 후욱 불어 끄고// 공화국의 조간 위에 쓰레기로 뒹'(「시인들」)구는 것이다.

두 번째 시집『가장 어두운 날 저녁에』역시 이런 경향의 연장선상에 있다. 비록 이 두 번째 시집이 첫 시집의 자장으로부터 벗어나려는 시도를 많이 보여주고 있지만 그로부터 완전히 자유롭지는 않은 것이다. 언어 선택이나 문장 구성 방식은 첫 시집과 달리 논리지향적이고 철학적인 경향을 분명하게 보이며 무엇보다 소통지향적이다. 첫시집이 상상력의 비약과 모더니즘적인 언어 감각을 십분 발휘하여 의사 소통의 영역 밖에 놓여 있는데 반해 두 번째 시집은 거의 모든 시들이 명쾌한 메시지 전달에 주력하고 있으며, 그 점에 있어서는 분명한 성과를 거두고 있다. 그러나 이미지를 다루는 방식에 있어서는 「질그릇」같은 시에서 드러나듯 첫시집의 모더니즘적 감각을 지니고 있다. 이것이 이후 그의 시가 단순한 서술적, 교훈적 언표로 떨어지는 것을 막아주는 역할을 하는 것으로 보인다. 이 두 번째 시집은 이런 경향으로 인해 모더니즘 경향과 이후 논리적 서정주의의 경향이라는 두 영역의 문턱에 놓이는 시라 할 수 있다. 이 시집은 첫시집 이전과 이후의 시적 경향을 포괄하고 있다고 할 수 있는데 이것은 별(별빛) 이미지에서도 마찬가지이다.

하나의 신뢰할 절망(絕望)을 원하면서
진실(眞實)도 허무(虛無)도 아닌
빛과 어둠의 분별을 원하면서
어두운 이마를 벽에 대고

젊은 실업가(實業家)가 낸 부도수표(不渡手票)와
삼류가수(三流歌手)의 정사(情事)를 읽는다.
밤이 와도 도시(都市)는 잠들지 않고
별빛은 일기장(日記帳)처럼 찢겨져
죽은 흙 위에 떨어진다.

—「삼인의 가족」 부분

첫시집의 언어 감각을 많이 보여주는 이 시에서 시인이 추구하는 것은 빛과 어둠의 분별이지만 그것은 자신의 윤리적 이념적 지향을 분명하게 밝히는 의지의 표명이 아니다. 그 분별은 '진실과 허무도 아닌' 것으로, 우리에게 삶의 방향을 분명하게 제시해주는 초월적인 빛과는 무관하다. 그가 원하는 것은 진실과 허무와 무관하게 미학적으로만 포착되는 '하나의 신뢰할 절망'이다. 이런 세계에서는 '밤이 와도 도시는 잠들지 않고/ 별빛은 일기장처럼 찢겨져/ 죽은 흙 위에 떨어'지고 마는 것이다. 이는 사막과 같은 현실을 건너는 아라비아의 대상(隊商)을 이끌고 가는 별빛이 아니라 지상에 찢겨져 죽은 흙 위에 떨어지는 비극적 존재일 뿐이다. 이는 김수영의 시에 나오는 '먼지 낀 잡초 우에/ 잠자는 구름'(「구름의 파수병」)과 같이 지상에 추락하여 본질을 상실한 천상적 존재이다. 현실에 대한 비극적 인식은 이처럼 깊어 니힐리즘을 건너가기에 너무나 힘들기만 하다. 그러나 그의 별빛은 이 '죽은 흙' 속에 그대로 파묻혀버리지 않고 다시 떠오르기 시작한다는 점에서 제2시집의 가교성(架橋性)을 잘 보여준다.

석유(石油)를 절약키 위해
불을 끄라고 한다.
불이 없는 밤을 지새면서
대낮에 불을 켜든
소크라테스를 생각한다.
마음의 불이 꺼진
한 시대(時代)의 지친 사람들을 위하여
실낱같은 빛을 찾아

> 이 도시(都市)의 어둠을 헤매지만
> 보이는 건 떨어지는 별빛뿐이다.
> 그러나 별빛이여,
> 너희들을 용납할 가슴은 뜨겁다.
> 유성(流星)이 잠든 겨울 밤
> 그래도 어둠은
> 빛을 생성한다.
>
> — 「겨울 밤」 전문

이 시는 명쾌한 문장 구성으로 메시지의 전달을 간결하게 처리하는 이후의 시적 경향을 잘 보여주고 있다. 이 특성은 별빛의 특성과도 연계되어 있다. 여기에서도 화자가 도시의 어둠을 헤매면서 발견하는 것은 '떨어지는 별빛뿐'이지만 이것은 더 이상 「삼인의 가족」의 죽은 흙 위에 떨어지는 별빛이 아니다. 시인은 그런 경향과의 경계를 '그러나'라는 접속사를 통해 분명하게 긋고 있다. 오세영 시인의 시에 접속사가 등장하는 시일수록 상상력의 논리가 강화되고 메시지가 강한 시인 것은 이런 의지의 표명에 대한 집착을 보여주는 것이라 할 수 있다. 한 점 흐트러짐 없이 자신의 언명을 명확하게 하고자 하는 의식은 특히 이 '그러나'라는 접속사에 잘 담겨 있다. 이 접속사를 통해 비극적 전망은 새로운 전기를 맞이한다. 시인은 그 별빛을 '용납할 가슴'을 등장시키며 '그래도 어둠은/ 빛을 생성한다'는 긍정적 인식에 도달한다. 지상의 어둠 자체도 이제 별빛을 생성시키는 존재로 인식되기 시작하는 것이다. 이런 인식의 변화는 이후의 시에 더욱 뚜렷하게 드러난다.

4. 허무의 별빛

제2기에 속하는 『무명연시』, 『불타는 물』, 『사랑의 저쪽』에 실린 시들에 나타나는 별빛은 『가장 어두운 날 저녁에』의 어둠에 대한 인식에 대한 변화를 구체적으로 보여주는 소재로 등장한다. 제1기에 가득차 있는 비극적 현실 인식은 이제 새로운 변화를 보여주는데 그 변화의 핵심에 놓여 있는 것은 동양적 사유이다. 그가 동양적 사유에 관심을 보이는 것은 기독교적 신을 통한 순간적이고 직선적인 초월을 승인하지 않기 때문이다. 지금까지 보여준 비극적 인식은 인식론적 단절을 겪지 않고 그것을 포용한 변화로 나아간다. 그의 초월은 상당히 모순적이고 양시론(兩是論)적 초월이라 할 수 있다.

> 새벽 세시,
> 달빛은 눈썹 위에 쌓이고,
> 은하는 귀밑머리 적시고,
> 별빛은 이마에서 꿈꾸는 시간,
> 세시에 깨어
> 경을 읽는다.
>
> 일(一)은 다(多)이고 다(多)는 일(一)이며, 가르침에 따라서 의미를 알고 의미에 의하여 가르침을 알며, 비존재는 존재이며 존재는 비존재이며, 모습을 갖지 않은 것이 모습이며 모습이 모습을 갖지 않은 것이며, 본성이 아닌 것이 본성이며 본성이 본성이 아니며……
>
> — 「새벽 세 시」 부분

썩은 흙에 떨어지고 일기장처럼 찢겨지던 별빛은 이 시에 와서 '귀밑머리를 적시고' '이마에서 꿈꾸는' 친화적이고도 상승적인 이미지로 나타난다. 별빛이 찬란한 시간에 그가 읽는 경은 '화엄경 보살십주품, 그 말씀/아, 가슴으로 내리는 썰물소리'로 다가와서 시인에게 새로운 안계를 열여준다. '일(一)은 다(多)이고 다(多)는 일(一)이며, (…) 비존재는 존재이며 존재는 비존재'인 모순을 넘어 양자를 포괄하는 새로운 인식이 그 경전 속에 별빛처럼 충만해있다. 첫시집의 허무 의식과 인간의 유한성에 대한 절망을 극복하는 데 이런 경전의 사유는 시인에게 도움이 되는 듯 하다.

그래서 별은 이전의 비극적 전망을 포괄하며 새로운 깨달음을 주는 '님'

의 존재와 연계된다.

> 님의 기침소리는
> 하늘의 별들을 떨어뜨리고
> 지상의 나는 치마폭으로
> 추락한 보석들을 줍는다.

—「별」부분

깨달음의 계시('님의 기침소리')는 하늘의 별을 지상의 보석으로 바꿔놓는다. 추락한 보석은 천상적 존재의 긍정적인 사유를 그대로 담지하고 있는 지상적 존재이다. 추락의 이미지는 제1기의 연속선상에 놓여있지만 지상의 어둠 속에서 빛나는 하강을 강조하는 데 사용되고 있다. 이 시기의 시에서 유한성이라든가 순간성과 같은 지상적인 특성은 부정되지 않는다.

그에게 이 유한성에서 나오는 허무 역시 부정의 대상이 아니라 그것을 초월하기 위해 필요한 요소의 하나이다. 『무명연시』의 이런 사유는 『불타는 물』과 「그릇」 연작을 모은 『사랑의 저쪽』에서 더욱 문학적인 성숙을 거쳐 풍성한 문학적 결실을 가져다준다. '상처 깊숙히서 성숙하는 혼'을 노래하는 「그릇」 연작이나 '모순의 새'를 부르는 「지상의 양식」, '더 이상 영원을 일컫지 마라/ 불변하는 영원이란 없다'고 단언하는 「영원」이란 시가 대표적이라 할 수 있다. 이제 허무는 존재의 한 양식(糧食)이다.

> 내가 원고지의 빈칸에
> ㄱ, ㄴ, ㄷ, ㄹ……
> 글자를 뿌리듯
> 신(神)은 밤하늘에
> 별들을 뿌린다.
> 빈 공간은 왜 두려운 것일까,
> 절대의 허무를
> 빛으로 메꾸려는 저, 신(神)의
> 공간,

> 그러나 나는 그것을
> 말씀으로 채우려 한다.
> 내가 원고지의 빈칸에
> ㄱ, ㄴ, ㄷ, ㄹ…… 글자를 뿌릴 때
> 지상에 떨어지는 씨앗들은
> 꽃이 되고 풀이 되고 또
> 나무가 되지만
> 언제인가 그들 또한
> 빈 공간으로 되돌아간다.
> 나와 너의 먼 거리에서
> 유성(流星)의 불꽃으로 소멸하는
> 언어,
> 빛이 있으므로 신(神)의 하늘에도
> 어둠은 있다.
> ―「신(神)의 하늘에도 어둠은 있다-그릇 39」 전문

   별은 '절대의 허무를/ 빛으로 메꾸'기 위해 신이 밤하늘에 뿌리는 말씀이다. 시인이 뿌리는 'ㄱ, ㄴ, ㄷ, ㄹ'과 같은 말씀처럼 별은 하늘에서 무엇인가를 의미를 담고 있는 자연의 알파벳이다. 그 별이 인간의 유한성을 넘어선 영원성을 지니고 있는지 아닌지는 시인의 관심 대상이 아니다. 시인은 허무를 메꾸기 위한 신의 행위처럼 원고지의 '빈' 칸에 글자를 뿌릴 뿐이다. 시인은 그런 행위를 통해 허무를 극복하고자 하는 것이 아니다. 허무를 메꾸려는 이 시도 자체가 언제인가 '빈공간으로 되돌아간다'는 것을 알고 있기에, 그는 시를 '나와 너의 먼 거리에서/ 유성의 불꽃으로 소멸하는/ 언어'라고 명명한다. 인간의 유한성에서 비롯되는 소멸과 허무는 인간의 존재 기반으로 인정되고 있는 것이다. 자신의 행위가 이미 허무 속에 놓여 있다는 그 한계를 인지한 상태에서 행해지는 시도는 허무를 하나의 양식(糧食)으로 삼아 지탱하는 인간에 대한 시적인 규정이다. 그는 이미 이 '근원적 한계성을 회피하거나 절망과 고독 그 자체에 두려워하기보다는 오히려 그것을 정면으로 받아들여 맞서 싸우는 것'[8]을 이야기한 바 있다. 그가

유한성과 맞싸움은 이를 '정면으로 받아들'이는 것을 전제로 한다. 이것은 그가 영원을 정의할 때 이미 드러나는 것이다. '우리가 바라는 진정한 의미의 영원이란, 현실을 초월해 존재하는 것이 아니라 현실이 거기에 내포된 뜻으로서의 영원성이어야 한다'[9]는 말은 위의 시에 나오는 바 허무를 디디고 허무를 건너려는 인간의 모순적인 상황을 의미하는 것이라 할 수 있다. 별은 빛과 어둠의 공존이며 허무의 승인이라는 점에서 앞 시기의 시에 나오는 이미지와는 전혀 다른 차원에 놓인다 할 수 있다.

5. 대화적 초월

제3기에 두드려진 별의 이미지는 멀고도 가깝다는 역설적인 특성을 강조하는 데 있다. 『꽃들은 별을 우러르며 산다』는 시집에서 그것은 다음과 같이 나타난다.

> 인간은 누구나
> 가슴에 하나씩 별을 안고 산다.
> 흐르는 물이 모여서
> 지상의 꽃들을 환히 불 밝히듯
> 가슴에서 가슴으로 흐르는 전류,
> 지금은 밤이다. 사랑하는 이여,
> 어두운 내 방에 스위치를 넣어 다오.
> 나도 이제는 하나의
> 타오르는 별이 되고 싶다.
>
> ― 「아득한 지상에서」 부분

시인은 '지상에서나 하늘에서나/ 멀리 있는 것은 별이 된다'(「안개꽃」)며, 별이란 멀리 있기 때문에 존재 의의가 있다는 언급을 자주 반복하곤

---

8) 오세영 · 김준오, op. cit., p.101.
9) 오세영, 「현실과 영원 사이」, 『서정적 진실』, 민족문화사, 1983, pp.68~69.

한다. 멀리 있다는 것은 현실의 구체적인 이해관계 속에 놓여 본질이 훼손되지 않음을 의미한다. 그러나 그 멀리 있음은 지상과 무관한 거리가 아님은 위의 시에서 잘 드러난다. 천상에 존재하는 그 별은 지상에 내려와 인간의 가슴에 안겨 있는 존재가 된다. 멀리 있으면서 동시에 인간의 가슴에 들어 있는 이 별에 대한 갈망은 급기야 시인으로 하여금 '나도 이제는 하나의/ 타오르는 별이 되고 싶다'는 소망으로 나타난다. 이것은 다음 시에서도 동일하게 나타난다.

> 지상에서는 시방 바람이 불고, 비가 내리고
> 태풍이 몰아치고……
> 그러나 항상
> 자신의 자리를 지키는 별.
>
> 오늘 밤에도 하늘에서는
> 어김없이 별들이 뜬다.
> 그러나 실은
> 우리들의 가슴에서 반짝이는
> 별,
>
> —「별을 키우는 이들에게」 부분

'바람이 불고, 비가 내리고/ 태풍이 몰아치'는 이 지상을, '항상/ 자신의 자리를 지키는 별'과 대조시킬 때 이 별은 지상적 존재와 무관한 것으로 그려진다. 초월적 가치에 대한 지나친 의미부여로 현실의 구체적 조건들이 무시되는 어떤 상황이 암시되는 듯 하다. 그러나 이런 추측은 '그러나 실은/ 우리들의 가슴에서 반짝이는/ 별'이라는 다음 구절에서 완전하게 좌절된다. '멀리 있어서 오히려 가까운 것이 되는/ 별'이라는 이미지에서 잘 드러나듯이 천상적 가치와 지상적 가치의 관계는 상생의 관계에 놓임으로써 하늘의 별은 지상적 가치를 내재하고 있는 것이 된다. 이 시의 구조는 『눈물에 어리는 하늘그림자』에서 '나는 당신의 별빛을 받는 지상의/ 작은 창문'

(「떠나가신 후」)이라고 천상적 가치를 강조하다가 '나의 시는 나의 시가 아닙니다/ 당신이 바로 나이니까요'라며 그 둘의 동일시로 나아가는 것과 동일한 구조를 지닌다.

지상적 가치를 내재한 별이 가장 아름답게 그려지고 있는 것은 다음 시집인 『어리석은 헤겔』의 「지상의 별」에서이다.

> 어느 마을에서 밝히는
> 등불들일까,
> 어둠 저 건너 반짝거리는
> 무수한 별들.
> 어느 먼 곳의 그리운 눈빛들일까,
> 수은등, 가스등, 네온등……
> 꺼져가는 지상은 밤이 깊은데
> 자정에 홀로 깨어 치어다보는 우주,
> 누가 하늘 문 열고
> 물끄러미 나를 내려다보고 있는가,
> 神의 마을에서는
> 지상의 등불들이
> 별이려니.
>
> ―「지상의 별」 전문

'지상의 등불'은 '신의 마을'의 별과 등가에 놓인다. 지상의 등불은 초라하고 보잘 것 없어 부정되어야 하는 존재가 아니라 신의 마을에서 빛나는 별과 같이 천상의 가치를 동일하게 지니고 있는 존재이다. 제1기의 가학적이고 자기비하적인 별의 이미지가 초월의 의미를 전적으로 부정하고 지상에만 얽매여 있는 데 반해 이 시기의 것은 천상과 지상을 등가에 놓음으로써 초월의 의미를 새롭게 해석하고 있다. 이 시에 따르면 초월은 현실을 넘어선 것이 완전한 상태로 지상에 투사되는 것도 아니고 반대로 지상의 것이 천상으로 승화되는 것도 아니다. 이 모두는 둘 중의 하나의 억압이나 무화(無化)를 전제로 하는 것이다. 이 시는 오히려 지상의 가치가 천상의 가치를 지닌다는 해석의 차원에서 초월의 의미를 다룬다. 둘 중의 어느 것도 부정의 대상이 되지 않고 또한 둘 중의 하나가 우위에 놓이지 않는 대화적 해석이 여기에 깃들여 있다.

지상의 가치가 천상적 가치만큼이나 강조된다고 해서 지상의 모든 것이 긍정의 대상이 될 수는 없을 것이다. 차별성을 지니지 않는 가치는 무의미한 것이기 때문이다. 이 문제와 관련해서 『아메리카 시편』의 한 시가 주목될 필요가 있다.

> 애본강가 애본 마을 애본 모텔에서
> 오늘은
> 시속 70마일의 속도를 멈춘다.
> 어디 가는 길인지요?
> 별들이 너무 아름답군요.
> 텁석부리 40대 초반의 주인은
> 하버드대 영문학 석사,
> 일찌기 문학을 버리고 현실을 버리고 인간마저 버려
> 꽃과 별과 새들과 함께 산다.
> 해는 왜 뜨는지, 별은 왜 반짝이는지,
> 꽃은 왜 피는지는
> 세상이 그의 몫으로 남겨 놓은 숙제,
> 바나로 갓 끓인 찌개에 소줏잔을 함께 나누며
> 애본에서 보는 별은 더 맑아 더
> 슬프다.
>
> —「애본에서」 부분

이 아름답고도 쓸쓸한 시에서 시인은 아메리카로 대표되는 천민적 자본주의에 물들지 않은 어느 공간을 보여준다. 모든 것을 수량화시키고 상품화시키는 자본주의는 여기에 등장하는 '꽃과 별과 새들'을 무가치한 존재로 보고 "Interest'란/ 관심을 끄는 것이 곧 돈이 되는 일이라는 뜻'(「갖가지다」)이기에 돈과 관련이 없는 이들 따위는 관심 밖으로 내팽겨쳐 두었다. 그래서

'해는 왜 뜨는지, 별은 왜 반짝이는지, / 꽃은 왜 피는지는 / 세상이 그의 몫으로 남겨놓은 숙제'가 된다. 자본주의적 삶에 있어서 이런 물음은 아무런 의미를 지니지 않기 때문이다. 지상적 가치만 강조되는 자본주의 사회에서 초월을 이루는 한 축인 천상의 별은 존재 자체가 인정되지 않는다. 아메리카의 천민적 자본주의는 지상적 가치의 극대화를 의미하는데, 지상적 가치가 왜곡될 때 천상적 가치는 대화적 초월에 이르지 못한다. '애본에서 보는 별은 더 맑아 더/ 슬픈' 이유도 거기에 있으며, 『아메리카 시편』에서 별이라는 어휘가 아주 드물게 등장하는 이유도 거기에 있을 것이다.

6. 즉물적 별빛

최근의 시집인 『벼랑의 꿈』과 『적멸의 불빛』에 나타나는 별은 지금까지 다루어온 별의 이념과 가치로부터 다소 자유로워진다. 특히 첫 시집과 같이 단 5회밖에 별이라는 어휘가 등장하지 않는 『벼랑의 꿈』에서는 삶의 좌표로서 초월적 가치를 지닌 별의 이미지는 거의 찾아보기 힘들다. 여기에 등장하는 별은 이 시의 중심공간인 산중(山中)에 어울리는 자연의 일부로서 등장한다. '별빛 어리는 마지막 잎새'(「길 하나」), '밤엔 깜박이는 별빛'(「조각배」)이나 이슬의 비유인 '풀잎에 떨어뜨린 별빛'(「산의 잠」) 등이 그것이다. 이런 표현에 등장하는 별은 이미지의 특성상 상승적 이미지를 지니긴 하지만 화자의 지향이 적극적으로 투사된 것이 아니라는 점에서 앞 시기의 이미지와 다른 차원에 놓인다.

> 마파람, 새파람, 돌개바람, 소소리
> 변하는 세상은
> 덧없고
> 그 덧없음을 숨기려
> 바람은 변치 않는 하나의 이름을 새기지만

이름이란 날리는 갈잎 같은 것,
갈잎이 흙에 내려 썩듯
이름에서 해방되어 비로소 바라보는
세상은
확실하구나.
하늘은 흙 속에도 있느니
너희는 닿을 수 없는 허공의 별들을 우러르지만
나는 영롱한 보석들과 함께 산다.

—「죽음의 노래」 부분

이 시에서 세상의 모든 가치는 죽음의 시선에서 평가되고 있는데 이는 동양적 사유를 가장 자연스럽게 드러낼 수 있는 시선으로 보인다. 모든 집착으로부터 벗어난 가장 자유로운 상태에서 세속적 가치의 '덧없고 그 덧없음'의 실체를 드러낸다. '마파람, 새파람, 돌개바람, 소소리'처럼 변하는 세상에서 의미를 두는 것은 '변치 않는 하나의 이름'이지만 이것 역시 죽음의 관점에 설 때 '날리는 갈잎 같은 것'일 뿐이다. 그런 '이름에서 해방되어 비로소 바라'볼 때 흙속의 보석은 흙 속의 하늘에 빛나는 '닿을 수 없는 허공의 별'과 등가가 된다. 죽음의 시선에서 볼 때 초월적 지향을 나타내는 별이란 '닿을 수 없는 허공의 별'이며 더 이상 추구의 대상일 수 없다. 이제 별은 '변치않는 하나의 이름'에서 비로소 해방되는 것이다. 지상으로 내려와 천상적 가치와 등가가 된 앞 시기의 별은 이제 초월적 의미를 벗어버린다. 이제 지상과 천상의 구별 자체가 무화된 색즉시공(色卽是空)의 차원이 되고 그것은 '적멸의 빛' 속에서 동일한 가치를 지닌 존재가 된다. 이것은 시집 『적멸의 불빛』에 가면 '영원이 어디 따로 있던가/ 들이마시고 내쉬는 / 목숨의 찰나에 있던 것'(「영원」)이라는 깨달음을 예비한 것이라 할 수 있다. 영원과 찰나가 등가에 놓이는 세계에서는 차별적인 가치가 부정된다. 천상의 별 역시 지하의 보석과 동일한 층위에 놓이는 것이다. 초월적 가치와 의도적인 의미로부터 해방된 이런 별은 『적멸의 불빛』에 실린 이미지

위주의 시 속에 잘 나타난다.

> 밤 하늘은
> 별들의 운동장
> 오늘 따라 별들 부산하게 바자닌다.
> 운동회를 벌렸나
> 아득히 들리는 함성,
> 먼 곳에서 아슴프레 빈 우레소리 들리더니
> 빗나간 야구공 하나
> 쨍그랑
> 유리창을 깨고
> 또르르 지구로 떨어져 구른다.
>
> —「유성」 전문

　오세영 시인의 시에 나타난 바처럼, 별은 그 이미지의 특성상 폴드만이 명명한 이미지(image)보다는 표상(emblem)에 사용되기 쉽다.10) 지금까지의 시사에 등장하는 거의 모든 별은 구체적인 지각을 바탕으로 한 것이기보다는 관념과 의도의 결과로 사용된 것도 별이 지닌 이미지의 역사성 때문이라 할 수 있다. 그러나 오세영 시인의 「유성」에 등장하는 이 별은 지금까지와는 달리 이미지가 아니라 표상으로 사용되고 있다. 이 시의 별은 초월적 가치나 의미로부터 자유롭다. 동화적 분위기 속에서 그것은 관념적인 체계로부터 벗어나 '쨍그랑/ 유리창을 깨고/ 또르르 지구로 떨어져 구른다.' 사물 자체의 얼굴을 드러내고 있는 이 즉물적인 별은 그의 이전 시 세계의 어디에도 나타나지 않는다. 잠언적인 성찰이 메시지로 앞서 나

---

10) 여기에서 표상은 'representation'이 아니라 이미지의 하위 개념인 'emblem'의 의미이다. 폴드만은 이미지를 자연적 이미지와 표상으로 나눈다. 전자는 구체적인 지각을 바탕으로 한 것인 데 반해 후자는 관념과 의도의 대리물이 된다. 따라서 알레고리에 사용되는 이미지는 모두 표상으로서의 이미지가 된다. Paul de man, 『The Rhetoric of Romanticism』, Columbia Univ. Press, 1984, pp.163~65. 'emblem'은 표상 또는 상징도로 번역되기도 한다. Gilbert Durand, 『상징적 상상력(象徵的 想像力)』, 진형준 역, 문학과 지성사, 1983, p.14, 24 참조

가던 다른 시들과 달리 이 시는 장면의 묘사가 중심이 되어 있다. 기나긴 여행 끝에 도달한 이 별에는 시인의 즉물적인 인식이 담겨 있으며 메시지로부터 어느 정도 초연해진 화자의 모습이 들어 있다. 물론 「별」이라는 시에서 '누구나 인간은 그 별 하나를 가슴에 안고/ 한 생애를 산다'고 하며 '멀리서 가물가물 빛나는/ 그것이 별이란다'며 앞 시기의 사유를 반복하기도 하지만, 『적멸의 불빛』 전체에서 별은 세 편의 시(「유성」, 「별」, 「풀꽃」)에서만 등장하고 있다는 사실과 또한 대부분의 시어가 「유성」과 「별」이라는 시 속에 들어있다는 사실을 고려할 때 「유성」의 비중은 상당히 높다고 할 수 있다. 이 즉물적인 별은 색즉시공이라는 불교적 용어가 포괄하는 동양적 사유의 결과로 탄생한 것으로 보이는데, 이는 '산은 산, 물은 물(山是山, 水是水)'이 변전을 거쳐 도달한 '산은 산, 물은 물'(山只是山, 水只是水)의 단계에 해당한다.11) 처음의 단계와 마지막의 단계가 표면적으로 동일하지만, 전혀 다른 차원이라 할 수 있다. 이미지즘의 즉물적인 이미지는 바로 첫 단계의 산과 물이라 할 수 있을 것이다. 그리고 이 시기에 이런 즉물적인 이미지가 등장한 것 역시 세계에 대한 인식의 변화를 반영한 것으로 보인다. 이런 이미지는 흔히 시작 초기에 등장하기 쉬운데 40년 가까운 시력이 흐른 뒤에 나온 시집에 실린 것은 그런 변화에 대한 증거라 할 수 있을 것이다.

지금까지 별의 이미지를 추적하여 오세영 시의 전체적인 모습을 개관하여 보았다. 초기 시의 비극적 현실 인식에 바탕을 둔 소멸의 별빛에서 삶의 방향과 가치를 상실한 화자의 고민을 읽을 수 있었는데, 이 때문에 모더니즘적 언어 감각이 더 빛날 수 있었다. 제2기의 허무에 대한 동양적 인식을 바탕으로 하는 별의 이미지는 인간이 지닌 근원적인 한계와 유한성에 대한 승인을 바탕으로 그 안에 놓인 인간의 존재 의의에 대한 규정을 보여

---

11) 성철 스님의 법어로 세상에 널리 알려진 이 말은 '산은 산이요, 물은 물이다'(山是山, 水是水)→'산은 산이 아니요, 물은 물이 아니다'(山不是山, 水不是水)→'산은 산이요, 물은 물이다'(山只是山, 水只是水)의 단계를 거친다. 이 말은 『전심법요(傳心法要)』나 『속경덕전등록』 등에 실려 있는 법어이다.

준다. 제3기의 그것은 대화적 초월의 이미지라 할 수 있는데, 이것이 가장 잘 드러나는 구절은 '멀리 있어서 오히려 가까운 것이 되는/ 별'(「별을 키우는 이들에게」)로, 여기에서 천상적 가치와 지상적 가치가 역설과 상생의 관계에 놓인다. 제4기의 별은 앞 시기의 이미지를 계승하고 있지만, 색즉시공이라는 동양적 사유를 바탕으로 초월적 가치나 지향으로부터 벗어나 즉물적인 상태에 도달한다는 점에서 주목할 만 하다. 40년 가까운 시력(詩歷)을 지닌 오세영 시인의 시를 별 이미지 하나로 살펴보는 것은 나름대로의 한계를 지닌 것임에도 불구하고 전반적인 시적 흐름을 파악하는 데 참고가 될 수는 있다고 본다. 이런 별의 항로를 고려할 때 이후 별 이미지의 변화가 주목되고 또한 기대된다.

ㄹ 비극적 세계관과 고독

김옥성

1. 서론

오세영 시는 한국 현대시가 정치, 사회적인 급류에 휩쓸려 소용돌이 치던 시대에 휘말리지 않고 침착하게 철학적 사색의 깊이를 천착해 나간 것[1]으로 높게 평가받고 있다. 그리하여 오세영 시에 관한 많은 연구가 존재론적 자세를 취하고 있다. 오세영 시에서 나타난 존재론의 핵심은 역설과 모순으로서 세계의 본질이다[2]. 오세영 시인은 낱낱의 사물과 생명체에서 과학과 이성으로는 납득할 수 없는 시적인 본질을 꿰뚫고, 하나의 일관된 상상력의 영토를 일구어놓고 있는 것이다. 상상력의 영토는 보편적인 문법으로 해독할 수 없는 한 시인의 유일한 것일 터이다. 그러나 그 개별적인 상상력은 어떠한 보편적인 사유의 토대에 발을 딛고 있기 마련이다. 오세영 시에서 토대가 되는 세계관은 비극적 세계관[3]으로 알려져 있지만,

---

1) 이동하, 「실존적 사상의 세계 - 『가장 어두운 날 저녁에』」, 《심상》, 1983. 7, p. 69.
2) 조창환, 「존재의 모순, 그 영원한 질문 - 오세영 시집 『불타는 물』」, 《현대시학》, 1989. 3.
   최동호, 「욕망을 다스리는 영혼 - 오세영 시선집 『모순의 흙』에 대하여」, 《소설문학》, 1986. 2.
3) 김재홍, 「사랑과 존재의 형이상 - 『무명연시』작품론」 《현대문학》, 1985. 10.
   이동하, 「실존적 인식의 심화와 확대 - 오세영론」, 《한국문학》, 1986. 7.

아직 이론적인 개념정의가 이루어지지 않고 있으므로, 본격적인 논의에 앞서 그것에 대한 개념 규정이 요구된다.

서구이론에서 비극적 세계관의 기본구조는 경험적 현실의 정황과의 불화, 그리고 신성과의 단절로 형성된다.4) 문학장르로서 '비극'을 세계관의 차원에서 철학적으로 탐구한 야스퍼스에 의하면 '비극적 세계관'은 인격적 신이 설정된 기독교 문화권에만 존재하고 인격적인 신이 부재한 동양에는 비극과 비극적 세계관이 부재한다. 그러한 논의의 이면에는 제국주의적 시각이 놓여 있음을 부인하기 어렵다. 야스퍼스의 논의에서 비극적 세계관의 주체인 비극적 자아는 고귀한 인물5)이며 서구문화권에서만 존재하는 반면, 동양문화권에서는 희극적인 인물이 일반적이며 동양에는 비극은 존재하지 않고 우수만이 존재한다고 보기 때문이다6). 이러한 논의의 이면에는 서구인만이 인격적인 신과의 단절감을 한 축으로 하는 비극적 세계관을 가질 수 있다는 폭력적인 인식이 놓여 있는 것이다.

마르크스주의 이론가인 골드만은 계급이론에 토대를 둔 문학사회학적 측면에서 세계관은 계급의 산물로 보고 있다7). 골드만은 '비극적 세계관'을 법복귀족계층의 세계관으로서 얀세니즘에 토대를 둔 특정계급의 세계관으로 규정하고 있다. 야스퍼스의 논의에서 '비극적 세계관'은 동양문화권에는 부재하는 것이며, 골드만의 논의에서는 귀족계층의 얀센니스트에게만 찾을 수 있는 것이다. 본고는 이러한 제국주의적 시각과 계급론의 시각에서 벗어나 '세계관'을 하나의 신념체계로 보며 동서와 계급을 초월하는 개념으로 본다. 세계관은 특정한 종교전통이나 사상체계, 이데올로기에 대한 신념을 토대로 형성되는 것이다8). 그리하여 '비극적 세계관'은 동서나

정효구, 「모순구조의 다양한 의미 - 오세영 시집 『무명연시』」, 《문학정신》, 1986. 12.
4) K. Jaspers, 『비극론』, 신일철 역, 신조문화사, 1967.
  L. Goldmann, 정과리외 역, 『숨은 신-비극적 세계관의 변증법』, 연구사, 1986.
5) K. Jaspers, *op. cit.*, p. 121.
6) *Ibid.*, p. 35.
7) L. Goldmann, op. cit., pp. 33 - 35.

계층을 넘어서서 개인적 신념의 차원으로 이해될 수 있는 것이다.

본고는 불교적 상상력에 기반한 비극적 세계관에 주목한다. 이미 많은 연구자들이 지적하였듯이 오세영 시는 불교사상과 밀접한 관련을 맺고 있기 때문이다9). 어떠한 사유가 사상이 불교적인 것인가를 판별하여 주는 근원적인 세계관으로서 불가에서는 제시하는 사법인은 제행무상(諸行無常), 제법무아(諸法無我), 일체개고(一切皆苦), 열반적정(涅槃寂靜)이다.10) 제행무상과 제법무아는 연기에서 풀려나오는 현상적인 것으로 이루어진 세계에 대한 불가의 입장으로 인연연기의 법칙에 의하여 세계의 모든 존재는 상주불변(常住不變)하지 않고 변화하며 그리하여 본래적인 자아(atman)라는 것은 존재하지 않다는 것이다. 이러한 무상과 무아의 사상은 현상적인 세계의 삶은 고통일 뿐이라는 일체개고로 이어지며 지상의 모든 고통과 번뇌를 끊어야 평안한 상태에 도달할 수 있다는 진리가 열반적정이다. 여기에서 현상적인 삶을 고통으로 보는 일체개고는 경험적 현실과 자아의 불화관계를 단적으로 보여주며, 열반적정은 유신론적 종교에서 인격적인 신을 대체하는 신성한 것 혹은 진리는 세속적인 것을 모두 버릴 때에 달성되는 것이므로 경험적 현실에서의 삶은 신성한 것과 단절되었다는 것을 의미하고 있다. 여타의 종교에서와 마찬가지로 불교에서도 신성한 것에 도달하는 길을 제시하고 있지만 한편으로는 비극적 세계관의 구조를 내함하고 있는 것이다.

비극적 세계관은 서구종교/ 동양종교, 유신론적종교/무신론적종교에 국한되지 않는 보편적인 개념이며, 거기에는 '비극적인 비약'11) 혹은 '비극적인 것으로부터의 초극(초월)'12)이 내포되어 있다. 세계를 비극적으로 인

---

8) N. Smart, *Worldviews : crosscultural explorations of human beliefs*, New York : Scribners, 1983, pp. 4 - 6.

9) 고형진, 「정통시의 변주와 완전한 사랑의 노래」, 《문학과 의식》, 1998. 봄호
김재홍, op. cit..
이숭원, 「모순의 인식과 존재의 탐색」, 《현대시학》, 1992. 6.

10) 송현주, 「불교의 역사」, 한국종교연구회 편, 『세계종교사 입문』, pp. 138 - 139.

11) K. Jaspers, op. cit., p. 122.

12) Ibid., pp. 90 - 91, 124.

식하는 '비극적 세계관'은 비극적인 비약 혹은 초월 가능성이 전제되었기 때문에 세계가 비극적으로 인식되는 것이다. 초월은 경험적 현실 너머의 세계를 향한 외재적인 초월 방식과 경험적 현실 내에서 달성되는 내재적인 초월방식이 있다. 유신론적 종교에서는 외재적 초월, 즉 경험적 현실 너머의 세계에 대한 예견과 희망을 통해 비극적인 비약을 도모한다면, 불교적 사유에서는 경험적 현실 내에서의 신성한 것에 접근가능성에 대한 예견과 기대를 통해 내재적인 초월을 도모한다. 이런 초월의 두 가지 형식은 경험적 현실에서 돌파구를 마련하는 동일한 방식의 다른 측면이라 할 수 있다. 이 글은 이러한 개념들을 토대로 하여 오세영 시의 세계관과 거기에서 비롯되는 고독의 의미와 양상을 구명하고자 한다.

2. 비극적 세계관과 실존적 고독

여기에서는 불교적 상상력과 결부된 비극적 세계관과 거기에 함축된 실존적 고독을 구명하고자 한다. 그것은 무엇보다도 세속적인 삶을 '무명'으로 바라보는 데에서 선명한 모습을 드러낸다. 『무명연시』에 수록된 〈무명〉에서 무명은 먹고 먹히는 먹이 사슬에 얽혀 맹목적으로 살아가는 삶과, 인간이 수탉이 되고 벌레가 되고 솔개가 되는 윤회의 수레 바퀴에 갇혀 있는 삶이다. 이 작품은 불가의 연기설과 윤회설을 함축적으로 보여준다. 불가에서는 세계를 인연이 얽히고 설키어 형성되는 되는 것으로 본다. 무명이란 인연연기가 직조되어 펼쳐지는 가상적인 삶에 사로잡혀 진리와 단절된 생을 살아가는 것이다. 그것은 상주불변하는 것은 없으며 '나'라고 주장할만한 실체도 존재하지 않는다는 것을 망각한 채 현상적인 삶에 매몰되어 현상적 자아를 실체로 받아들이며 사는 것이다.

「등산」(『가장 어두운 날 저녁에』)에서는 맹목적으로 산을 오르는 인간의 모습을 통해 무명의 세계에 함몰되어 있는 인간의 모습을 보여준다. 함부로 올려다 볼수도 없고 내려다 볼 수 없는 한계상황 속에서 오직 석벽을 타고 오르는 것 자체가 목적이 되어 버린 등산은, 진리가 아닌 살아가는 것 자체가 목적이 되어 버린 중생의 삶을 무명의 벌레에 비유하고 있다. 산을 오르는 것이 목적이 되어버린 등산가처럼 사는 것 자체가 목적이 되어 버린 인간을 시인은 '벌레'로 보는 것이다. 그것은 시인이 인간이 동물과 다른 점을 지상에서의 삶, 대지의 궁핍한 정황을 전부로 바라보지 아니하고 초월적 세계의 진리를 전제한다는 점에서 찾고 있기 때문이다.

「짐승」(『벼랑의 꿈』)은 제목과는 달리 '짐승'이 아니라 무명고를 앓는 인간의 상태로서 '본능이 서러워 나뒹구는 육신'을 이야기 하고 있다. 지상에서 주어진 조건에 의문을 제기하지 아니하고 지상을 고향으로 수락하는 삶을 살아가는 여타의 생물과 달리 인간은 경험적 현실을 근원적인 곳으로 인정하지 않고 지상적인 굴레로부터 초월하고자 한다. 그것은 지상적인 조건을 낯설게 인식할 수 있기 때문이다13). 오세영 시에서 인간은 지상의 비루한 삶에 발을 딛고 있으면서도 결코 그 세계를 진리로 수락하지 아니하고 초월적인 세계를 향해 비상을 도모하는 존재이다. 현실에 발을 딛고 있지만 현실에 등을 돌리고, 초월적인 진리를 추구하지만 그것은 도달될 수 없는 위치에 놓여 있는 상황에 처한 존재가 비극적인 자아이다.

> 너희들의 비상은/ 추락을 위해 있는 것이다.
> 새여,/ 알에서 깨어나/ 막, 은빛 날개를 퍼덕일 때/ 너희는 하늘만
> 을 진실이라 믿지만,
> 하늘만이 자유라고 믿지만/ 자유가 얼마나 큰 절망인가는
> 비상을 해 보지 않고서는 모른다.
> 진흙 밭에 딩구는/ 낱알 몇톨,/ 너희가 꿈꾸는 양식은/ 이 지상에
> 만 있을 뿐이다.
> 새여,/ 모순의 새여,
>
> — 「지상의 양식」 전문

새의 본질은 나는 데에 있다. 새의 비상은 초월적 세계에 대한 도전을

---

13) 이수정·박찬국, 『하이데거, 그 생애와 사상』, 서울대학교 출판부, 1999, p. 42.

함축한다. 날개를 갖는다는 것은 지상적인 존재의 구속과 규제력에서 벗어나 무한한 자유를 누릴 수 있다는 것을 의미한다. 날개를 갖는 새의 생태학은 천국권으로 근접하는, 그리하여 초월적인 무한의 영역에 도달하는 신화—생태학적 상상력에 맞닿아있다[14]. 초월과 무한으로 근접하는 새의 신화—생태학적 토포스는 이 시에서 무너진다. 무한 자유의 세계로 도약하지만 결국은 좌절할 수 밖에 없다는 자각이 새를 모순의 새로 만들어 버린다. 그 자각은 육체성에 대한 인식에서 비롯된다. 즉, 지상에서 양식을 구할 수 밖에 없는 존재는 육체의 생존을 위해서 지상을 배반할 수 없다는 것이다.

오세영 시에서 육체를 지닌 존재는 생존을 위해서 어떻게든 지상을 벗어날 수 없지만, 하늘에 '진리'와 '자유'라는 절대가치를 상정하고 있기 때문에 지상적인 삶을 진리로 온전히 수락할 수도 없다. '자유'가 '절망'이라는 것은, 지상적인 삶과 대립되는 '자유'가 절대가치로 상정된 자아에게 생존을 위한 지상적인 삶과의 타협은 '절망'이라는 것을 의미한다. 그러한 깨달음은 초월과 자유로의 접근은 육체의 죽음을 통해서만 이루어진다는 비극적인 사유를 생성한다.

그런 세계관은 그릇연작에서 보다 분명하고 집중적으로 천착된다. '그릇'은 우주이고 세계이고 인간이고 사물이고 공간이고 시간이다. 시인은 존재의 본질적인 형식을 그릇으로 본다. 그릇은 시인이 세계를 바라보는 패러다임이다. 「모순의 흙」(『모순의 흙』)에서 시인은 그릇을 통해 인간의 구원론을 이야기하고 있다. 인간은 언젠가는 깨어져야만하는 접시와 같이 무상한 존재이다. 불가에서는 무상한 존재로서의 인간의 숙명을 고통으로 바라보고 있으며, 나아가 욕망하는 존재로서의 인간이 겪어야만하는 무수히 많은 고통을 백팔번뇌라고 말한다[15].
담는 것을 본질로 하는 접시는 바로 욕망하는 그릇이며, 시인은 그것을 통

---

14) M. Eliade, 『종교형태론』, 이은봉 역, 형설출판사, 1992, pp.135~136.
15) J. B. Noss, 『세계종교사』, 윤이흠 역, 현음사, 1992, pp.670~673.
   W. S. Rahula, 『붓다의 가르침』, 진철승 역, 대원정사, 1996, pp.50~52.

해 욕망으로 인한 고통과 거기에서 벗어날 수 있게 하여주는 구원론을 이야기하고 있다. 그릇의 본질을 담는 데에 있으므로 그것의 완성은 영원한 물질로 충만하게 채워졌을 때에 달성된다. 그러나 욕망하는 그릇 자체가 영원하지 않고, 지상에는 영원한 물질이 없으므로, 무상한 존재에게 완성은 결코 이루어지지 않는다. 거기에서 무수히 많은 번뇌가 생성된다. 시인은 그러한 욕망하는 그릇의 고통에서 벗어나는 방법으로 깨어져서 완성이 되는 길을 제시하고 있다. 즉, 본래적인 자아의 상태로서 무아(anatman)를 깨닫고, 무상한 세계에서의 욕망의 사슬을 끊어내어 적극적으로 허무에 기투함으로써 완성에 도달되는 열반적정의 상태가 「모순의 흙」이 제시하는 구원론이다. 파멸과 완성을 맞바꾸어야 한다는 점에서 이러한 구원론에는 비극적 감정이 담겨 있다.

> 줄 타는 광대의 절망을 아는가.//
> 날아도 날아도/ 닿을 수 없는 하늘./ 너에겐 영혼의 비상이/ 육신의 추락이다.//
> 모든 직선이/ 시작과 종말을 지닌 것처럼/ 죽음과 삶의 世間을/
> 팽팽히 묶는 줄./ 줄 위에서 광대는 애증의 균형을 잡는다.//
> 왼발을 허공에 디디며/ 꿈꾸는 초월./
> 그러나 오른발은 여전히/ 욕정에 빠져 있다.//
> 속지 마라./ 모든 줄은 얽히기를 노린다./ 얽힌 원은 덫이다.//
> 갈채에 속아/ 두 발을 허공에 딛는 광대여./ 너의 하늘은/
> 지상에만 있을 뿐이다.//
>
> — 「아크로바트」 전문

「아크로바트」(『불타는 물』)와 「연기 - 그릇 52」(『사랑의 저쪽』)는 이런 불가적인 구원론에 깃들어있는 존재론적 역설을 통해 비극적 감정을 드러낸다. 「연기 - 그릇52」는 육체의 파멸을 통해 영혼이 자유와 지상적 조건으로부터의 초월을 얻게 된다는 구원론을 피력하고 있다. 「아크로바트」에서 시적 자아는 줄타는 광대의 모습으로 파멸과 초월이 엇갈리는 순간의 비극적인 모습을 표현하고 있다. 한 쪽발을 줄 위에 딛고 있는 모습은 생존을 위해 현실과 타협해야만하는 상황을 담고 있으며, 허공에 발을 뻗는 모습은 진리와 단절된 경험적 현실의 궁핍한 정황을 거부하고 초월적인 세계를 지향하는 자아의 의지를 표현하고 있다. 현실과 초월의 중간에서 어정쩡하게 걸쳐있는 광대는 두발을 모두 땅에 딛는 순간 타락한 현실을 온전히 수락하여 진리와 철저하게 단절되며, 경험적 현실에 딛고 있는 오른발마저 떼고 두발을 허공에 딛어 육체가 죽는 순간 영혼은 초월적 세계로 비상하게 되는 것이다.

오세영 시에 나타난 비극적 세계관은 육체의 파멸로 표상되는 무아의 상태를 진리로 하며(諸法無我) 세계를 인연과 연기에 의해 생성되는 무상한 것으로 파악하며(諸行無常), 무상과 욕망에서 비롯되는 고통(一切皆苦)의 소멸을 통해 무여열반(無餘涅槃)에 해당하는 열반적정(涅槃寂靜)의 상태를 초월로 수용하고 있다는 점에서 불교 사상에 토대를 두고 있다. 그것은 지상에서의 삶을 인연과 연기로 이루어진 고통으로 인식하고, 초월과 자유를 동경하여 지상적인 삶의 구속과 규제력을 거부하지만, 초월과 자유는 육체의 파멸을 통해서 달성된다는 사유를 생성한다.

이러한 시편들에서 시적 자아는 지상적인 인간 조건의 구속과 규제력을 거부하여 지상적인 삶에 등을 돌리면서도, 육체적 삶을 위해 온전히 초월적인 진리의 세계로 나아지 못한다. 무한과 자유를 보장하여 주는 초월은 육체의 파멸을 통해 본래적 자아로서 무아의 상태에 이르는 것이기 때문이다. 오세영 시에서 시적 자아는 지상적인 삶의 세계와 초월적인 세계의 중간에서 어느 곳에도 온전히 귀속되지 못하는 고독한 자아인 것이다. 비극적 세계관에서 생성되는 그러한 고독은 지상에서 삶을 영위하면서도 지상을 진정한 고향으로 수용하지 못하는 인간의 실존적인 정황에서 비롯되는 실존적인 고독이라 할 수 있다.

3. 구도과정으로서 사랑과 종교적 고독

오세영 시에 나타난 비극적 세계관에는 실존적 고독이 함축되어 있으며, 그것은 심층적인 면에서 종교적 상상력의 세계로 이어져 비극적인 비약의 혹은 초월의 공간을 제시하게 된다. 종교적 상상력의 본질은 신성과 인간, 성과 속의 이항 대립을 기반으로 한다16). 이 이원적 구조는 시간과 공간의 이원화로 표상된다. 인간은 속의 시간과 공간에 살면서 동시에 성스러운 시간과 공간에 살고자 한다. 공간적인 차원에서 성에 대한 추구는 '낙원에의 향수'17)로 나타나며 시간의 차원에서 '영원에의 향수'18)로 나타난다. 양자는 본질적으로 신성(divinity)에의 향수로 동일한 차원이다.

종교적 상상력의 기본구조는 아득한 때에 세계는 신성(신, 궁극적 실재, 본래적 자아, 무아)과 인간이 하나로 융합되어 있었으나, 지금 여기의 현실은 신성과 단절되어('벗어나') 있다는 것이다. 때문에 인간은 신성과 함께 한 기억을 지니고 있으며 그 최초의 상태에 대한 향수를 지니고 있다. 향수에는 회귀의 의지가 배어 있다. 그것은 신성에서 '벗어난' 상태를 극복하고 신성으로 '돌아가고자' 하는 의지이다.

종교적 보편성의 차원에서 보자면 불가에서 최고의 진리로 삼는 무아(無我)나 공(空), 해탈(解脫)은 신성에 해당된다. 만해 시에서 그것은 '님'으로 인격화된다. 마찬가지로 오세영 시에서 신성에 해당하는 진리는 '님'이나 '당신' 등으로 인격화된다. 시인은 '내게 있어 사랑은 시의 화두이다. 그것은 영원에 대한 그리움의 문제이기 때문이다.'라고 언급하고 있다. 시인이 말하는 사랑의 대상, 즉 그리움의 대상인 '영원'은 종교적 상상력의 차원에서 보자면 신성의 시간적 현현이기 때문에 '님'이나 '당신'을 신성으로 보는 것이 타당할 것이다.

앞장에서 살펴본 비극적 세계관에서 생성되는 실존적인 고독은 사랑을

---

16) M. Eliade, 이동하 역, 『성과 속 - 종교의 본질』, 학민사, 1992.
17) M. Eliade, 『종교형태론』, pp. 416~419.
18) Ibid., p. 442.

매개로 신성한 세계로 돌아가리라는 예견과 기대에 충만한 종교적인 고독
으로 전환된다. 즉 오세영 시에서 사랑은 종교적인 구도 과정의 은유이다.

> 님은 가시고 /꿈은 깨었다.//
> 뿌리치며 뿌리치며 사라진 흰옷,/ 빈손에 움켜쥔 옷고름 한 짝,/맺
> 힌 인연 풀 길이 없어/ 보름달 보듬고 밤새 울었다.//
> 열은 내리고/ 땀에 젖었다.//
> 휘적귀적 사라진 님의 발자국,/강가에 벗어논 헌 신발 한 짝,/풀린
> 인연 맺을 길 없어/ 초승달 보듬고 밤새 울었다.//
> 베갯머리 놓여진 약탕기 하나,/ 이승의 봄밤은 열에 끓는데,/ 님은
> 가시고/ 꿈은 깨이고,
>
> — 「님은 가시고」 전문

 오세영 시에서 '님'은 언제나 부재하는 님이다. 그것은 경험되지 않는 선
험적 대상이다. 이 시에서 '님'은 꿈결에 보았던 님이다. 님에 대한 감각은
꿈, 즉 비현실로 지각되는 것이다. 님은 단순히 부재하는 대상이 아니라
자아와 단절되어 불연속적인 세계에 놓인다. '강'과 '달'의 이미지는 그러한
불연속적인 단절감을 생성하는 이미지이다.
 이 작품에서 '강'을 경계로 이승과 저승이 구획되고 있으며, 시적 화자는
이승에 속하고 님은 저승에 속하는 존재이다. 오세영 시에서 신발은 세속
적인 것을 의미하는 일종의 개인 상징인데[19], 여기에서 신발은 경험의 영
역에 속하지 않는 저승적인 것의 존재를 세속에서 감지할 수 있게 하여준
다. 신발은 님이 존재하는 저승적인 세계로는 진입할 수 없는 것이면서
이승에서 저승적인 존재를 동경할 수 있게 하여주는 것이다.
 화자가 끌어안고 뒹구는 달은 신화적 상상력에 의해 활성화된 것으로 볼
수 있다. 시간과 연관하여 달의 주기적인 죽음과 재생은 영원성을 상징한
다. 달이 제시하는 영원한 시간성은 양가적이다. 무시간적 영원성의 긍정

---

19) 「원죄」, 「신발」, 「신발 한 짝」등의 시편에서 신발은 중요한 개인적 상징으로 등장한다.

적인 측면20)과 끝없이 반복되는 죽음과 재생의 폐쇄회로라는 부정적인 측면21)이다. 후자는 전자의 원형적 상징이 인도적 사유에 의해서 상당히 변형되어 나타난 것이다. 그것은 '탄생 - 죽음 - 재탄생'의 끔찍한 순환과 고통인 윤회의 상징으로 나타난다. 그것은 종교적 상상력에서 '알'22)의 이미지로 표현된다. 알을 깨는 행위는 윤회의 끝없는 순환에서 탈출해 무시간적인 태초의 순간을 회복하는 것이다. 알에 갇힌 상태는 불교적인 용어로는 무명이고23), 유신론적인 차원에서는 신에게서 '벗어남', 죄의 상징이다. 이 작품에서 화자가 달을 끌어안고 앓는 행위는 바로 지상적인 존재의 구속성과 유한성을 암시하면서 동시에 님의 존재방식인 긍정적인 영원에 대한 동경을 함축한다고 볼 수 있을 것이다.

진리와 단절된 지상의 답답한 굴레에 얽여 있으면서 진리의 세계를 동경하는 화자의 존재론적인 정황이 달을 끌어안고 앓는 행위로 표출된 것이다. 화자가 갇힌 폐쇄적인 세계는 바로 무명의 정황이다. 화자가 앓는 병은 진리의 빛을 보지 못하고 폐쇄적인 세계의 어둠에 갇혀 헤매이는 무명고이다.

님으로 발언되는 진리와 단절된 시적 화자의 정황, '달'로 형상화되는 신화적인 알과 같은 답답한 상태는 방안이나 감옥과 같은 폐쇄적인 공간이나 문과 같은 경계적인 이미지로 구현된다.

> 화로에 불을 지핀다./ 빈방 섣달 하순 어두운 밤,/ 기다려도 그대는
> 오지를 않고/ 뒷문 밖에는 눈 오는 소리./ 뒷문 밖에는 갈잎소리./
> 눈이 되어 오랴./ 바람 되어 오랴./ 얼어붙은 이승의 차가운 육신./
> 귀멀고 눈멀어서 밤은 길다./ 빈방 섣달 하순 어두운 밤,/
> 그대의 찬손 녹여주려고/ 빈 가슴에 지피는 외로운/ 불.

— 「기다림」, 전문

---

20) M. Eliade, 『종교형태론』, pp. 172~207.
21) M. Eliade, 이재실 역, 『이미지와 상징』, 까치, 1998, p. 86.
22) Ibid., pp. 90~92.
23) Ibid., p. 91.

「기다림」(『눈물에 어리는 하늘 그림자』)에서 시적 자아가 처한 폐쇄적 공간의 폐쇄성을 강조하기 위해 설정된 공간이 '빈방'이다. 방안이라는 밀폐된 공간의 폐쇄성을 더욱 배가시키는 상황이 '어두운 밤'이다. '어두운 밤'은 신의 죽음이나 진리가 떠나버린 시대상황에 대한 널리 알려진 비유이다[24]. 그러므로 어두운 밤에 에워싸인 빈방은 진리와 철저하게 단절된 세속적인 공간이다. '얼어붙은 이승'은 진리가 부재하는 경험적 현실의 가혹한 정황을 더욱 강조하여 준다. 신성한 것으로서 진리와 단절된 공간은 「감옥」(『눈물에 어리는 하늘 그림자』)에서는 '감옥'으로 변주되기도 한다. 경험적 현실은 '감옥'과 같이 시적 자아를 옥죄이는 공간으로 인식되고 있는 것이다.

시적 자아와 님과의 거리감이 「기다림」에서는 방안이라는 공간으로 설정되었다면, 「문밖에서」에서는 '문밖'이라는 공간으로 설정된다. 「기다림」에서는 시적 자아가 내부에 있고 님이 외부에 있다면, 「문밖에서」에서는 시적 자아가 외부에 있고 님이 내부에 있다.

당신은/ 어디에 숨어 계십니까./ 당신이 계신 곳을 찾으려고/
나는/ 꽃의 문 앞에서 서성거렸습니다./ 당신은 아름답기 때문입니다.//
--꽃의 문을 열자 향기가 있었습니다. 향기의 문을 열자 바람이 있었습니다. 바람의 문을 열자 하늘이 있었습니다. 하늘의 문을 열자 빛이 있었습니다. 빛의 문을 열자 무지개가 있었습니다. 무지개의 문을 열자 비가 내렸습니다. 비의 문을 열자 나무가 있었습니다. 나무의 문을 열자 다시 꽃이 있었습니다.//
당신은 어디에 숨어 계십니까./ 나는 항상 당신의/ 문밖에 서 있습

---

24) 기독교 문화권에서 '세계의 밤의 시대'는 '과거의 신은 사라지고 새로운 신은 아직 도래 하지 않은' 신의 부재시대로서 신과의 깨어진 관계를 의미한다. 부버는 이를 신의 일식(eclips of god)이라고 표현하고 있다(M. Buber, *Eclips of God, New York* : Harper & Row, 1952.) 하이데거에 따르면 시인은 '세계의 밤의 시대'에 신의 흔적을 찾아 방황하며 신의 소리를 붙잡아 세계에 전하는자이다. M. Heidegger, 소광희 역, 「가난한 시대의 시인」, 『시와 철학-횔더린과 릴케의 시세계』, 박영사, 1972, p. 211.

  니다.//
    모든 아름다운 것들은 언제나 문밖에/ 서 있습니다.

                              —「문밖에서」 전문

  「문밖에서」(『눈물에 어리는 하늘 그림자』)에서 시적 자아는 「기다림」에
서와 같이 소극적으로 님을 기다리는 데에서 멈추지 아니하고 적극적으로
님을 찾아 나선다. 시적 자아가 처한 공간은 '문밖'이고 님이 있는 공간은
문 안쪽이다. 종교적 상상력의 층위에서 문은 본질적으로 양가성을 갖는
다. 금기이면서 동시에 통로25)의 의미를 지닌다. 그것은 경계의 속성이
다. 경계는 단지 테메노스(聖域)26) 안에 크라토파니(Kratophany)나 히
에로파니(Hierophany)가 끊임없이 현전하는 것을 의미하는 것만이 아니
다. 그것은 신성으로 접근하는 자가 겪어야하는 시련과 고통, 험난한 과정
을 즉, 구도의 어려움을 의미한다. 그런 과정은 흔히 경계의 통과를 의미
하는 통과제의적 상상력으로 나타나며 그것은 아주 긴 여행으로 표상된
다27). 「문밖에서」는 적극적으로 님을 찾아 떠난 여행, '꽃→ 향기→ 바람
→ 하늘→ 빛→ 무지개→ 비→ 나무→ 꽃'으로 이어지는 여행은 바로 이 경
계 안으로의 긴 여행이다. 그러나 오세영 시에서 이러한 여행은 시련과 고
통을 담아내는 것이 아니라, 세상의 모든 아름다운 것들을 통해 님의 존재
를 간접적으로 체험할 수 있게 하여준다. 역으로 님, 즉 신성을 향한 여행
이 비루한 지상에서 아름다운 것들을 확인할수 있게 하여주어, 비극적인
세계를 정당화하고 견딜 수 있는 것으로 전환시켜주는 것이다.
  「참다운 거짓」(『눈물에 어리는 하늘 그림자』)은 사랑의 대상으로서 '당
신'이 속한 공간이 불교적 진리의 세계임을 보여준다. '텅 빈 마음이 보석'

---

25) 이승훈, 『문학상징사전』, 고려원, 1995, p. 448.
26) K. Hubner, 이규영 역, 『신화의 진실』, 민음사, 1991, p. 208.
     테메노스(Temenos)는 신성이 거주하는 성스러운 공간이다.
27) S. Vierne, 이재실 역, 『통과제의와 문학』, 문학동네, 1996, pp. 28~64.

인 '나라'는 무아(無我)와 공(空)의 세계인 것이다. 그러므로 표층적인 차원에서 사랑의 대상으로서의 '님'이나 '당신'은 곧 불교적 진리이며 심층적으로는 보편적인 종교적 차원의 신성이라고 할 수 있을 것이다.

시인이 고통으로 가득찬 현실을 끌어안으며 진리를 구하려는 노력의 산물이 자기구원의 방법론으로서 사랑이다. 사랑은 비극적인 세계의 실존적인 고독을 긍정하고, 신성에 대한 믿음과 확신을 통해 신성과 단절된 지상의 답답한 삶을 긍정할 수 있게 하여준다. 그런 사랑에는 종교적인 고독이 깊숙이 자리잡고 있다. 그것은 '님'과의 단절감과 '님'에 대한 동경에서 비롯된다.

오세영 시에서 '님'은 살펴본 바와 같이 언제나 부재하지만 간접적으로 존재를 드러내며, 시적 자아는 선험적 직관으로 '님'의 존재를 감지한다. 선험적으로 존재하는 '님'은 종교적 상상력의 차원에서 본래적으로 자아와 함께 존재했던 신성이라 할 수 있으며, 비극적 세계관의 연장선 상에서는 비극적인 비약 혹은 초월에 대한 예견과 기대를 가능하게 해주는 신성한 것이다. 신성에서 벗어나 있는 '지금 여기'의 자아는 신성으로서의 '님'에 대한 동경을 통하여 본래적 상태로서의 '영원'과 '무한'을 그리워하고 있는 것이다. 이러한 '님'과의 단절감과 그에 대한 동경에서 생성되는 고독은 종교적 차원의 고독인 것이다.

4. 고독의 미학적 승화와 자아완성

오세영 시에서 실존적인 고독은 비극적인 세계관에서 생성되며, 거기에서 비롯되는 고통스러운 고독은 사랑을 매개로 종교적인 고독으로 변주된다. 그러한 고독은 실존적인 존재 조건이나 종교적인 사유의 과정에서 생성되는 수동적인 고독이라 할 수 있다.

오세영 시에서 고독의 수동성은 두 방향에서 극복되고 적극적으로 추구된다. 하나는 미학적인 차원의 고독이고 다른 하나는 자아완성으로서의 고독이다. 미학적인 차원에서 고독은 우선 시인이 산문에서 스스로 밝혀놓은 바와 같이 창작의 조건이 된다. 창작 조건으로서의 고독은 세계로부터 스스로를 격리시킴으로써 미적 거리를 확보할 수 있게 하여준다.

> 고독을 두려워하는 자는 시를 쓸 수 없을 것이다. 진정한 자기와 만날 수 있는 것은 오직 고독밖에 없는 까닭이다. 나는 항상 홀로 있으려 노력해 왔다. 그러나 내게 고독은 아직도 두렵기만 한 존재이다.[28]

시인은 '고독'이 창작의 조건이 됨을 분명하게 밝히고 있다. 세계로부터 스스로를 격리시키고 세계와의 모든 관계를 청산하여 확보할 수 있는 홀로 있는 본래적인 자아의 상태는 일상적인 관계에 의하여 은폐된 존재의 시적 본질의 심미성을 간취할 수 있게 하여준다. 세계로부터 물러나 시적인 사유와 상상을 가능하게 하여주는 이러한 고독은 파킨스가 말하는 '시인의 고독'[29]이다. 그것은 '시적 과정(poetic process)에 연료를 제공하는' 고독으로 사물과 세계의 일상적인 관계와 현상에 괄호를 치고 일상성에 의해 은폐된 미학적인 진실을 드러내어 시인만이 경험할 수 있는, 일상적 세계에 대한 타자로서 '유일한 비전'인 시적 세계를 경작할 수 있게 하여준다.

> 사는 길이 높고 가파르거든/ 바닷가/ 하얗게 부서지는 파도를 보아라.
> 아래로 아래로 흐르는 물이/ 하나 되어 가득히 차오르는 수평선.
> 스스로 자신을 낮추는 자가 얻는 평안이/ 거기 있다.//
> 사는 길이 어둡고 막막하거든/ 바닷가/ 아득히 지는 일몰을 보아라.
> 어둠 속에서 어둠 속으로 고이는 빛이/ 마침내 밝히는 여명./
> 스스로 자신을 포기하는 자가 얻는 충족이/ 거기 있다.//
> 사는 길이 슬프고 외롭거든/ 바닷가,/ 가물가물 멀리 떠 있는 섬을

---

28) 오세영, 「단상」, 『사랑의 저쪽』, 미학사, 1990, p.4.

29) T. Parkinson, 'Loneliness of the Poet', ed. J. Hartog, J. R. Audy & Y. A. Cohen, *The Anatomy of Loneliness*, New York : International Universities Press, 1981, pp. 467 ~485.

> 보아라./ 홀로 견디는 것은 순결한 것,/ 멀리 있는 것은 아름다운 것,/
> 스스로 자신을 감내하는 자의 의지가/ 거기 있다.
>
> ― 「바닷가에서」 전문

「바닷가에서」(『꽃들은 별을 우러르며 산다』)에서 시적 자아는 '높고 가파르고', '어둡고 막막한' 세속의 고달픈 현실에서 단절된 '바닷가'에서 '평안'과 '충족'을 발견한다. 사는 길이 '높고 가파른' 것은 시적 자아가 경험적 현실에서의 삶을 상대적으로 타락 혹은 추락한 상태로 여기고 있기 때문이다. 경험적 자아의 삶은 어떻게든 그 추락한 상태의 나락으로 자아를 끌어올리는 고투의 현장이다. 시적 자아는 그런 경험적 현실의 힘겨운 정황과는 단절된, 그리하여 '멀리'있는 '파도'를 바라보는 순간 경험적 자아를 뒤돌아보게 된다. 그 순간 중력이 끌어당기는 비루한 현실을 거부하는 삶이 아니라 중력에 끌려 '아래로 아래로 흐르는 물'처럼 순응하는 삶이 평안으로 이끌어 갈 것이라는 깨달음이 찾아온다. 물처럼 순응하는 삶은 경험적 현실에서 멀리 있는 심미적인 세계의 심미성을 긍정하는 방식으로 이루어지는 것이다.

이 시에서 경험적 현실로부터 멀리 떨어져 있는 '바닷가'는 세속적인 삶의 현장인 '사는 길'과 대립되는 시적인 세계이다. 세 연은 이러한 두 개의 대립적인 세계를 제시하고 나아가 시적인 세계의 형이상학으로서의 '멀리 있음'과 그러한 세계에 대한 인식을 가능하게 해주는 상태로서의 고독을 등가적인 반복으로 표현하고 있다.

세속적인 세계인 '사는 길'은 '높고 가파르며', '어둡고 막막하고', '슬프고 외롭'다. 이와 대립되는 심미적인 세계인 '바닷가'에는 '평안'과 '충족'과 '아름다움'이 있다. 그것은 '사는 길'에는 평안이나 충족, 아름다움이 없음을 말해준다. 비극적 세계관에 기반한 시적 자아는 경험적 현실을 결코 긍정할 수 없기에 현실에 등을 돌려야 하지만 그렇다고 전적으로 '바닷가'의 세계에 융해되는 것도 아니다. 시적 자아가 놓인 위상은 경험적 현실과 아름·

다움으로 충만한 세계의 틈새이다.

그 틈새 공간은 시적 자아가 현실과 타협하지 아니하면서도 현실에 발을 딛고 심미적인 세계를 꿈꿀 수 있는 여지를 제공하여 준다. 시적 자아는 경험적 현실의 궁핍한 정황에 등을 돌림으로써 세계로부터 스스로를 격리시켜 적극적으로 고독에 자신을 기투하지만, 그렇다고 심미적인 세계에 자아를 함몰시키지도 않으면서 시적인 것은 존재를 드러내는 것이다.

널리 알려진 「원시」(『꽃들은 별을 우러르며 산다』)는 경험적 현실로부터 확보되는 미적 거리가 심미적인 세계를 생성할 수 있게 하여 준다는 것을 분명하게 보여주고 있다. 경험적 현실에 뒤섞여 있는 대상은 얽히고 설킨 관계망에 의해서 심미적 본질이 은폐되고 마는 것이다. 멀리 있는 것이 '손에 닿을 수 없는 까닭'에 아름다운 것은, 손은 소유하는 본능에 의한 일상적인 관계를 추구하기 때문이다. 손에 닿을 수 없는 멀리 있는 대상은 소유를 목적으로하는 손이 아니라 관조를 목적으로하는 눈에 의하여 심미적으로 인식될 수 있는 것이다. 그리하여 아름다운 것은 멀리서 '바라보는'는 대상이다. 멀리있는 대상에서 일상성이 제거된 심미적 본질을 간취할 수 있는 것은 경험적 현실로부터 스스로를 고립시키는 심미적으로 고독한 자아의 '맑고 푸른 눈'('외로운 것들은 항상 맑고 푸른 눈을 지니고 있나니'(「외로움」,『눈물에 어리는 하늘 그림자』))이다.

시적 자아가 적극적으로 추구하는 고독의 하나는 세계로부터 물러나 미적인 거리를 확보하여 일상성에 의하여 은폐된 대상의 심미적 본질을 직관하려는 의도의 소산이며, 다른 하나는 자아의 완성과정으로서의 고독이다. 후자는 '무언가 잃어 간다는 것은 하나씩 성숙해 간다'(「10월」,『꽃들은 별을 우러르며 산다』)는 사유이다. 즉 현상적 자아의 현상적 요소들을 하나씩 제거함으로써 본래적 자아에 도달할 수 있다는 것이다.

산에서/ 산과 더불어 산다는 것은/ 산이 된다는 것이다./
나무가 나무를 지우면/ 숲이 되고,/ 숲이 숲을 지우면/ 산이되고,/
산에서/ 산과 벗하여 산다는 것은 나를 지우는 일이다./

나를 지운다는 것은 곧/ 너를 지운다는 것,/ 밤새/
그리움을 살라 먹고 피는/ 초롱꽃처럼/ 이슬이 이슬을 지우면/
안개가 되고,/ 안개가 안개를 지우면/ 푸른 하늘이 되듯/
산에서/ 산과 더불어 산다는 것은/ 나를 지우는 일이다.

― 「나를 지우고」 전문

무념무상이다./ 애욕도 집착도 버려/ 벽을 마주하고 결가부좌한/
노 스님/ 그의 화두는 중생화석(衆生化石).//
절벽을 바라보고 선정에 든/ 바위 하나/
그의 화두는 석화중생(石化衆生).//
어느 절에선가 석공은 오늘도/ 돌을 깨/ 불상 하나 찾고 있다.

― 「바위」 전문

불교적 세계관에 토대를 둔 오세영 시에서 생로병사로 함축되는 지상의 모든 것은 생멸변화(生滅變化)하여 지상적인 혹은 세속적인 것은 무상하다. 불교 사상에서 세상 모든 것은 인연의 덩쿨에 얽히어 가상되는 것으로 지상에는 '나'라고 할만한 실체가 없다. 지상적인 인연과 윤회의 고통스러운 사슬에서 풀려나는 상태가 불교적 상상력과 세계관이 추구하는 이상적인 경지이다. 거기에 도달하는 자는 누구나 신 혹은 신성이 되는 것이다. 그 신성은 끝없이 반복되는 윤회의 고통스러운 영원에서 벗어난 무시간적이고 무공간적인 영원이다. 불교적 상상력에서 인간과 세계는 모두 가슴속에 신적인 것의 가능태를 품고 있다.

「나를 지우고」(『벼랑의 꿈』)에서 '산'은 나무와 숲의 분별이 제거되고, 다시 말해 현상적 존재의 현상성이 제거되고 분별심이 사라진 상태, 불이(不二)로서의 세계를 표상하고 있다. 여기에서 나를 지운다는 것은 경험적 현실에서 맺고 있는 무수한 인연의 사슬을 끊고 현상적 존재의 현상성을 지우고 본래적인 상태로서 불이의 상태를 추구하는 것이다. 그것은 부모, 형제, 친구 등과 같은 모든 현상적 관계를 지우는 것이므로 세계로부터 스스로를 격리하여 적극적으로 고독을 추구하는 것이 된다. 시적 자아는 그 러한 분별된 관계를 지움으로써 분별심이 사라진 불이의 상태로서 자아완 성의 상태를 추구하는 것이다.

「바위」(《현대시학》, 2001년 2월호)에서 시인은 인연과 윤회의 수레바퀴 에 걸려 넘어지지 않는 바위의 초월적인 존재형식에서 불교적인 신과 신성의 표정을 발견해내고 있다. 적극적으로 고독을 선택하여 생로병사의 고통과 인 연의 번뇌를 등진 노 스님의 모습은 이미 바위이고 면벽한 바위의 형상은 노 스님의 모습이다. 노 스님과 바위는 세계를 변형하고 변성하는 철학적인 돌 (philosophical stone) 혹은 근원적인 물질(prima materia)[30]이다. 그 것은 깨달은 자의 이미지이다. 깨달은 자의 유일한 사명은 깨닫게 하는 것 이기에 노 스님의 화두는 중생을 신적인 돌로 만드는 것이다. '중생화석'은 선(禪)적인 언어의 유희 속에서 가치가 전복되어 '석화중생'으로 환언된다. 신적인 것은 이미 신적이지 않고 세속적인 것과 더불어 있기 때문에 2연에 서는 중생이 돌이 되고 돌이 중생이 되는 것이다.

3연은 그것을 자기 완성으로 전환시키고 있다. 구도자의 모습을 석공에 비유하고 있는 것이다. 현상적인 관계를 제거하며 불완전한 자아를 깨고 다듬고 갈아 신이미지(imago Dei)를 조각해나가는 것이 자기완성의 과정 이다. 그것은 돌을 깨어 불상 하나를 찾는 것이다. 구도자의 삶이 신이미 지인 '불상'을 조각하며 자아를 성숙시키는 구도의 장소, '절'이다.

「바위」에서 노 스님과 석공의 모습은 세계로부터 물러나 적극적으로 고 독에 기투하여 현상적인 자아의 현상적 요소들을 제거하며 본래적 자아의 상태를 추구하는 시적 자아의 자기 완성에의 기도가 함축되어 있다. 이러 한 자기 완성과정으로서의 고독에의 적극적 참여는 자아의 파멸로 달성되 는 완성을 간취한 비극적 자아의 수동적인 고독이나 신성과 단절된 상황을

---

30) C. G. Jung, *Psychology and Alchemy* - The Collective Works of C. G. Jung, volume 12, pp. 317 - 344. 철학적인 돌(philosophical stone)이라고도 하는 근원적인 물질은 온전한 자아(Self)의 이미지이다. 근원적인 물질을 얻고자 하는 연금술적 상상력은 자 기완성의 과정인 개성화 과정(individuation process)의 상징으로 파악된다.

사랑으로 끌어안는 종교적인 차원의 고독과는 달리 육체를 가진 상태에서 자기완성에 이를 수 있다는 점에서 유여열반(有餘涅槃)의 경지와 같은 것이다.

5. 결론

오세영 시에서 불교사상에 토대를 둔 비극적 세계관은 세속과 신성 어느 곳에도 온전히 귀속되지 못하는 비극적인 자아인식과 실존적인 고독을 생산한다. 그것은 심층적인 면에서 종교적 상상력으로 연결되어 비극적인 비약을 가능하게 하여주는 초월적인 세계, '님'과 '님'이 거주하는 신성한 공간을 설정한다. 그 공간에 대한 동경의 메타포가 사랑이며 거기에서 만해의 시에서와 같은 종교적인 고독이 풀려나온다. 그런 수동적인 고독은 두 방향에서 극복되고 적극적으로 추구된다. 하나는 미학적인 차원에서 세계로부터 스스로를 격리시킴으로써 미적거리를 확보할 수 있게 하여주는 미학적인 고독이고, 다른 하나는 경험적 자아의 현상성을 제거함으로써 불이로서의 세계상에 동화되는 자아완성으로서의 고독이다.

제4부

상상력의 구조

❇ 사랑의 존재론

곽명숙

1. 들어가며

현대 예술에 관한 한 이제는 아무것도 자명한 것이 없다는 사실이 자명해졌다고 말한 아도르노는 이러한 현대 예술의 상황 속에서 예술가들은 오히려 거의 무의미하게 된 명목적인 질서를 다시 추구하게 되었다고 한 바 있다.[1] 형식의 새로움에 대한 강박관념을 갖게 된 현대 예술가들의 숙명을 두고 한 이 말이, 그러나 시류에 표류부동하며 주체성을 상실한 예술에 대한 변명이 될 수는 없을 것이다. 그러한 점에서 오세영 시인은 현대 미학의 공허성과 비인간성을 일찌기 간파하고 그 한계를 초극하고자 대결한 시인이라 할 수 있다. 1970년에 나온 그의 첫 시집 『반란하는 빛』 이래로 그는 모더니즘적인 언어미학적 실험성과 결별하고 전통적인 서정시 세계를 일관되게 추구해왔다. 동시에 그의 시세계는 실존적인 형이상학의 높이를 견지하고 있기에 존재론적 사유와 묘사를 결합한 "사변적 서정시"[2]라고 일컬어지고 있다. 특히 동양적 사유에 기반한 정신세계와, '그릇' 연작을 통해 인간의 실존적 한계를 벗어나고자 하는 그만의 독특한 자유의 역

---

1) T. W. 아도르노, 『미학이론』, 홍승용 역, 문학과 지성사, 1984, p. 11.
2) 김영철, 「존재의 시학과 인식의 시학」, 『꽃들은 별을 우러르며 산다 해설』, 시와시학사, 1992, p. 108.

설을 펼쳤던 것은 많은 평자들의 주목을 받아온 바이다. 그러한 사변적 관념성이 생경한 관념에 그치지 않고 시로 승화할 수 있었던 것은 "시의 전통적 형식미를 유지하며 서정적 원본성을 놓치지 않으려는 절도와 규제의 방법론"3)을 지니고 있었던 것으로 평가받는다. 또 한편으로 그의 시에 등장하는 강건한 관념에 시적 균형을 줄 수 있었던 서정성의 근본 자리에는 '사랑'이 자리잡고 있다. "자유와 초월을 꿈꾸는 그의 의식은 사랑의 정신과 밀접히 관련된다"4)고 해도 좋을 만큼 그의 시 배면에서 사랑의 정신은 헤겔의 관념론보다 높은 형이상학적 준거(「어리석은 헤겔」)가 되며, 시인의 예술적 지향점과 일치하고 있다.

본고에서는 오세영의 시 세계에 나타나는 사랑에 대한 인식과 사랑의 정신이 초기시에서부터 어떠한 변모과정을 거치는가를 탐색하고, 그 사랑의 정신이 오세영 시인 특유의 존재론적인 인식을 담고 있는 물질적인 이미지화의 양상, 그리고 예술적 영원성이라는 미학과 상통하고 있음을 살펴보고자 한다.

2. 초기시에 나타난 현대적 사랑의 금속성

오세영의 첫 시집에는 시인의 언어미학을 비유적으로 드러낸 구절이 눈에 띤다. "문법의 가지를 차고 오른…/…빛을 털고 일어서는 한 마리의 새"(「날개」, 『반란하는 빛』, 현대시학사, 1970)와 같은 부분에서 문법의 구속을 벗어나 날개짓하는 생동하는 말을 찾고자 하는 시인의 태도를 엿볼

---

3) 이숭원, 「적멸과 개결, 혹은 은유의 구도」, 『적멸의 불빛』 해설, 문학사상사, 2001, p. 94.

4) 이숭원, 「존재와 사랑」, ≪시와 사상≫, 1995, 여름, p. 81. 그 밖의 논자들에 의해서도 오세영의 시세계에 등장하는 사랑의 테마는 주목을 받은 바 있다. 류철균, 「존재의 초극과 사랑의 지평」, ≪시와 시학≫, 1992. 여름. 특히 김재홍은 오세영의 『무명연시』를 두고 시집 전체의 구도와 사랑의 인식론을 면밀히 분석한 바 있다. 김재홍, 「사랑과 존재의 형이상」, ≪현대문학≫, 1985. 10.

수 있다. 그러나 첫 시집의 현대적인 상상력과 언어적 실험을 통해 언어의
문법을 벗어나고자 하는 모더니즘에서는 도시적인 사물들과 외피적인 인
간관계가 냉정하고 비판적인 시선으로 그려진다. 사랑도 외부적인 것으로,
정열과 따스함이 아닌 차가움으로 포착된다.

> 날개 위에서 거울에 비친 한 여인의
> 드러낸 살결 위로 흘러내리던 하늘
>
> — 「꽃」 부분(밑줄-인용자)

> 등나무를 타고 오르던 시간 위의
> 밤에 지던 꽃잎들.
> 거기 부서지던 별빛의 무게
> 반짝이는 저 사랑의 금속성.
> (중략)
> 창백한 날들이 얼굴을 묻으며
> 머리칼을 쓰다듬던 거울 앞에서
> 검은 드레스를 끌고 가는
> 여인의 뒷모습, 창가에 속삭이는
> 저 고요의 뒷모습.
>
> — 「밤하늘」 부분(밑줄-인용자)

　　위의 두 시에는 여인이 '거울' 앞에 서 있다. 타인의 얼굴을 드러내는 거
울을 통해 시적 화자는 타인을 의식함과 동시에 자기 자신의 의식도 보여
준다. "자기 의식(conscience de soi)의 밑바닥에는 성찰이 아닌 타인과
의 관계가 있기 때문이다."5) 얼굴은 타자가 직접 나의 시선 아래에 모습을
드러내는 것이다. 즉 "내 안에 있는 타자의 관념을 뛰어넘어 타자가 나타
나는 방식"6)인 것이다. 그러한 얼굴이 하나의 이미지를 형성하며 내 나름

---

5) A. 핑켈크로트, 『사랑의 지혜』, 권유현 역, 동문선, 1998, p. 22. 이 명제는 타자를 자
　아로 환원하거나 동화하고자 하는 서양의 자아중심 철학에 비판을 가한 레비나스의
　철학에 기초한 것이다. 레비나스는 '타자성의 철학' 또는 '평화의 철학'을 하나의 대안
　으로 제안한다.

대로 품는 관념을 해체하거나 그것을 뛰어넘어 새로운 관계를 줄 수 있다. 그러나 위의 두 번째 시에 나오는 것처럼 '얼굴을 묻으며' '뒷모습'을 보여주는 것은 간접적으로 드러내는 것이고, 자아와 타자의 관계는 직접적인 친밀성이 사라진 무관심성의 관계이다. 열도를 차단하는 금속으로 된 거울은 열기나 활력이 사라는 '창백한 날' '검은 드레스'와 함께 '사랑의 금속성을' 두드러지게 만든다. 금속은 단단한 광물질의 느낌이라는 점에서 비침투성의 이미지이다. '사랑의 금속성'은 현대 사회의 비인간화된 존재들 간의 메마른 관계에 나타나는 차가운 단절성을 의미한다고 볼 수 있다. 그러므로 시인의 내부에서는 "밀물처럼 뜨거운 목숨을 밀어"(「밤하늘」) 올리더라도 외부의 타자는 차가운 타자성 그 자체로 머물러 있다. 더구나 이 시에 나타나는 여성적인 것은 스스로를 감추는 수줍음을 보이는데, 이러한 감춤은 타자성 자체[7]를 보여준다.

> 비켜라, 비켜 매달리는 처자를
> 떼어놓고, 나는
> 새벽 한시를 건넜다.
> 목적이 죽고, 싸늘한 외침이 죽고, 참다운
> 사랑은 방법에서 이해된다.
>
> —「자동차」 부분

　소통되지 않고 이해되지 않는 타자성만이 드러나는 상황에서 시인은 현대사회의 절망을 본다. 참다운 사랑이 방법에서 이해된다는 것은 부정적인 현재에 대한 시인의 비판이다. '매달리는 처자'라는 가장 가까울 수 있는 타자를 냉정히 떼어놓는 시인 자신의 모습도 모더니스트적인 인식의 거울 속에 일그러져 부정적으로 그려지는 것이다. 그러나 내밀한 시인의 욕망은 천부적인 서정시인의 자질을 감추지 못하여 사물들의 내부에서 영원한

---

6) Ibid., p. 25.
7) E. 레비나스, 『시간과 타자』, 강영안 역, 문예출판사, 1996, p. 106.

자연과 사랑의 의미를 찾고 물음하기 시작한다.

> 정신을 나는 구름이 보이고,
> 깊은 살 속을 강이 흐른다.
> 어두운 강, 흔들리는 의미의 외연에서
> 은비늘 번득임은 사랑인가,
>
> ——「중계방송」 부분

　시인은 자연 그대로의 사물인 구름과 강을 인간의 정신과 육체에서 보았다. 그리고 사물의 의미를 포착하기에는 불완전한 언어의 외연에서 작게 반짝거리는 사랑을 발견한다. 그 반짝거림은 금속성의 번뜩임이 아닌 살아 있는 생명이 지닌 '은비늘 번득임'이다. 사랑에 대한 인식이 현대사회의 굳고 차가운 외재적인 타자성을 벗어나 생명과 만나는 장면이라 할 것이다.

3. 사랑의 모순성과 생명의 불

　오세영 시인의 시에는 종종 역설적인 잠언들이 번득인다. "영원히 죽는 것은 이미 / 죽음이 아니다."(「보석」)라거나 "깨어져서 완성(完成)되는 / 저 절대(絶對)의 파멸(破滅)"(「모순의 흙」)이라는 말투는 오랜 관조와 사색의 결정체를 순간적인 깨달음으로 응축하는 방식이다. 그리고 이러한 역설은 인간의 존재 자체가 배태하고 있는 모순을 드러낸다. 그의 사랑에 대한 인식도 이러한 모순성을 함축하고 있음을 볼 수 있다. 이러한 모순성의 함축은 물과 불과 같은 이미지를 통해 비유적으로 형상화되어 간다.
우선 시집 『가장 어두운 날 저녁에』(문학사상사, 1982)에서 사랑은 서서히 그리움과 아픔을 껴안으며 외로움을 감내하는 사랑으로 성숙한다.

> 눈물은
> 뜨거운 가슴 속에서만

사랑이 된다.

— 「밤비」 부분

젊은 날을 쓸쓸히 돌이키는 눈이여
안스러 마라
생애(生涯)의 가장 어두운 날 저녁
사랑은 성숙하는 것.

— 「12月」 부분

사랑은 언제나 있고
사랑은 언제나 없다.
내가 믿는 것은 하나의 아픔,
하나의 허무(虛無), 하나의 그리움,
그리고 빛 속의 어두운 그림자,
사랑한다고 말할 때
사랑은 외로워진다.

— 「사랑한다고 말할 때」 부분

눈물과 회한이 '뜨거운 가슴' 속에서 '생애의 가장 어두운 날 저녁'에 사랑으로 성숙하는 것이다. 그리고 언어로 사랑의 존재를 지속시킬 수 없으며 확신시킬 수도 없기에 사랑은 언제나 있으면서 없고, 하나의 허무로 '빛 속의 그림자'로 존재하는 것으로 시인은 인식하고 있다. 타자와의 관계는 무조건 하나의 융합만을 추구하는 것은 아니다. 타인과의 관계는 오히려 타자의 부재이다. 그러나 순수한 없음의 부재가 아니라 시간으로서의 부재이다. 사랑은 현재 자신의 존재를 타인과 관계시키지만, 미래의 사실에 대해 기다림만을 주고 무엇도 확실히 주지 않기 때문이다.[8] 그런 의미에서 미래 사실에 대한 기다림만이 남는 외로움은 타인을, 다시 말해 사랑을 미래의 시간 속에서 부재로 느낀다. 현재 안에서는 미래의 등가물을 발견할 수 없으며 미래를 확신할 수 있는 가능성이 결여되어 있다는 사실에서 '하

---

8) Ibid., p. 111.

나의 허무'라고 볼 수 있는 것이다.

오세영 시인의 사랑의 인식은 시집 『불타는 물』(문학사상사, 1988), 『사랑의 저쪽』(미학사, 1990) 등에서 이미지화의 변모를 보이며 등장한다. 초기 시에 나타나는 사랑의 금속성 이미지는 성숙이라는 내적 생명과정을 거치면서 물활론적인 이미지로 그려진다. 그의 시에 자주 등장하는 흙, 물, 불이라는 근원적 물질요소는 사랑의 역동성을 그려내는 이미지로도 쓰이는데, 이 근원 물질의 상호변환과 융합이라는 역동적 상상력을 가능케 하는 것 또한 사랑이다.

> 목숨이란
> 불 담긴 그릇.
> 욕망의 심지를 낮춰야
> 삭지 않고
> 영혼(靈魂)은
> 불꽃 위에서만 꿈꾼다.
> 불질러 다오.
> 내 가슴은 식었구나.
>
> — 「그릇 3-암노루의 눈빛같이」 부분

그릇이라는 이미지는 오세영 시인의 개성적인 관념적 비유어로서, 김영철은 그 의미를 한계내 존재로서의 인간 조건이라고 보고, 그 변형태인 깨진 그릇은 나약하고 불완전한 인간 속성을, 흙으로 돌아간 그릇은 존재 초월을 이룬 완전한 자유인을 각각 표상한다고 보았다.9) 가령 "저 절대(絶對)의 공간(空間)에 / 불을 밝히고 / 깨진 그릇으로 돌아가는 / 육신(肉身)"(「그릇 8-빈공간」)에서 볼 수 있는 것처럼 육체적으로 필멸의 존재를 보여주는 것이 깨진 그릇이라면 위의 시에서처럼 '그릇'은 목숨을 담고 있는 인간의 존재 조건을 뜻하는 것이라 할 수 있다. 그러나 그 그릇에는 욕망의 심지가

---

9) 김영철, op. cit., p. 106.

있고 그 욕망에는 절제가 필요하다. 그러나 육신이라는 그릇을 보존하기 위해서는 욕망의 절제가 필요하지만, 영혼은 '불꽃 위에서만 꿈'꾸기 때문에 열도가 필요한 것이다. 그릇이라는 비유 속에 시인은 논리적이고 사변적인 이성을 전개하면서 다른 한편으로, 내면의 영혼을 위한 불꽃을 욕망하는 것이다. 이 욕망의 불꽃은 이성의 절제를 받아 차갑게 타오르는 불이다. 그렇기 때문에 불이 만일 차가워져 고체화한다면, 그 불의 아름다움은 꽃이 될 것이라고 시인은 상상한다. '얼릴 수만 있다면 /불은 아마도 꽃이 될 것이다.'(「그릇 38」)라고 하듯이, 불의 상상력이 물(水)로 정화되고 순치되면서 물의 상상력이 우세해진다는 것은 불과 물이 함축하고 있는 뜨거움과 차가움 외에 강함과 부드러움, 남성성과 여성성의 모순을 융합하는 것으로 나아가는 것을 보여준다. 모순의 융합을 통해 갈등하고 대립적인 방식이 아닌 상대방을 보호하고 감싸는 사랑의 방식이 되는 것이다.

불은 가슴으로 사랑하지만
얼음은 눈빛으로 사랑한다.
어찌할꺼나
슬프도록 화려한 이 봄날에
나는 열병(熱病)에 걸렸어라.
추위에 떨면서 닳아오르는
내 투명한 이성(理性),
꽃은 결코 꺾어서는 안되는 까닭에
눈빛으로 사랑해야 한다.
밤새 열병(熱病)으로 맑아진
내 시선 앞에
싸늘하게 타오르는 한 떨기 튜립.

— 「그릇 38-사랑의 방식」 부분

사랑의 열병에 걸리더라도 시인의 투명한 이성은 사랑의 방식을 절제의 시선으로 이행하게 한다. 즉 정화되고 절제된 눈빛으로 사랑할 때, 정념의 불은 얼어붙은 물처럼 변하여 싸늘하면서도 변함없이 타오를 수 있게 변모하는 것이다. '바라봄'의 시선은 소유가 아니기에 대상을 훼손하지도 않으며 대상의 존재를 더 높일 수 있다. 그릇 연작을 통해 '깨진 것'의 유한성을 말한 시인은 사랑을 두고도 "불탄 것은 이 지상을 초월한다./ 그러므로 사랑이여, / 네 뜨거운 열정에 / 스스로 몸을 불사를지언정 / 우리 결코 / 깨지지는 말자"(「그릇 52」)라고 노래한다. 바라봄은 불을 꺼뜨리는 것이 아니라 불을 영원히 지속케 할 수 있는 것이다. 그러므로 위의 시에서 불의 물로의 변형은 결코 물로 불을 끄거나 압도하는 것이 아니라, 불의 영속성을 지속시킬 수 있는 견제 장치같은 것이다. 그러므로 불완전하고 유한한 '깨짐'보다는 불타올라 지상을 초월하는 것이 사랑의 참모습이되, 그것은 꺾어서 소유하거나 깨어져 사라지는 것이 아니라 천상의 불로 타오를 수 있도록 '눈빛으로 사랑해야' 하는 것이다. 이 바라보기의 사랑 방식은 오세영 시인의 다른 연가에서 '멀리 두기'라는 더 적극적인 미적 거리두기를 통해 아름다움과 초월성을 획득하는 데에로 나아간다.

4. 미적 거리두기와 초월적 자유

『꽃들은 별을 우러르며 산다』(시와시학사, 1992)에 등장하는 "담백한 일상적 어법으로 사랑과 그리움의 감정을 펼쳐내고"[10) 있는 연가(戀歌)에서는 더 진솔하게 그리움이 모든 존재의 근거임을 노래하는 데로 나아간다. 그리움과 사랑에서 오는 고독과 고통은 자기 자신이 누구인지를 존재론적으로 인식하게 하는 사건이기 때문이다. 그리고 이 그리워 하게 되는 주체의 존재 조건은 그리움을 받게 되는 대상에 의해서 부여된다. 이 역설적인 존재론을 시인은 대상에 대한 미적 거리두기를 통해 긍정하며, 그것은 아름다움이라는 미적 인식으로 승화된다.

---

10) 이승원, 「존재와 사랑」, op. cit., p. 83.

>   세상의 모든 것은
>   그리움에 산다.
>   닿을 수 없는 거리에
>   별 하나 두고,
>   이룰 수 없는 거리에
>   흰 구름 하나 두고
>
> —「먼 그대」 부분

>   멀리 있는 것은
>   아름답다.
>   무지개나 별이나 벼랑에 피는 꽃이나
>   멀리 있는 것은
>   손에 닿을 수 없는 까닭에
>   아름답다.
>
> —「원시(遠視)」 부분

　　인용된 시에서 시인은 "세상의 모든 것은 / 그리움에 산다"고 단언한다. 그리고 그리움이 멀리 있는 존재에서 비롯되는 것이고, 그 때문에 '손에 닿을 수 없'어서 멀리 있는 것은 아름답다고 말한다. 그리워하며 홀로 있는 것에는 순결함과 '자신을 감내하는 자의 의지'(「바닷가에서」)가 있기 때문이다. 이 아름다움을 유지하고 감싸주는 적당한 거리가 없으면 눈이 멀거나 어두워져 관능이나 슬픔에 빠질 수 있다. 시인은 아름다움이나 사랑에 집착하거나 몰두하여 이성의 힘을 무너뜨리는 것을 경계하는 것이다. 그러므로 오세영 시인의 미적 거리는 이성과 감성의 균형잡힌 공간에 존재하며 그것이 영원성에 이를 수 있는 방도이기 때문에 그에게는 하나의 미학이 되는 것이다.

>   불이 물 속에서도 타오를 수
>   있다는 것은
>   연꽃을 보면 안다.
>   물로 타오르는 불은 차가운 불,

불은 순간으로 살지만
물은 영원을 산다.
사랑의 길이 어두워
누군가 육신을 태워 불 밝히려는 자 있거든
한 송이 연꽃을 보여 주어라.
닳아 오르는 육신과 육신이 저지르는
불이 아니라,
싸늘한 눈빛과 눈빛이 밝히는
불,

―「연꽃」 부분

사랑은 불과 같지만 그것은 순간에 그치는 것이며, 이 순간성에서 영원성을 구원해내기 위해서는 절제된 '싸늘한 눈빛과 눈빛이 밝히는 / 불'로 승화해야 하는 것이다. 그러나 이성의 절제만으로 영원에 이르는 것은 아니다. 위의 시가 사랑의 정념에 대한 이성적 절제를 말하고 있다면, 오세영 시인의 서정성의 근원이 되는 자리에 한편으로 감성적인 사랑을 놓는 것을 잊지 않는다.

하늘은 신(神)의 슬픈 눈동자,
왜 그는 이따금씩 울어서
그의 망막을
푸르게 닦아야 하는지를,
오늘도
눈이 흐린 나는
확실한 사랑을 얻기 위하여
이제
하나의 슬픔을 가져야겠다.

―「슬픔」 부분

위 시에서는 비가 내려 하늘이 맑게 개는 모습을 보고 신이 눈동자의 망막을 닦는 것이라고 보는 은유적 발상에 기대어 시인 자신도 확실한 사랑을 얻기 위해서는 슬픔이 필요하다고 말한다. 즉 슬픔의 물기를 간직하고 있는 사랑의 서정성은 신의 하늘에도 명징하고 투명한 인식을 위해서 존재해야 함을 말하고 있는 것이다. 여기에서 신의 하늘은 시인의 창조 세계에 상응한다.

이러한 사랑의 서정성에 대한 내적 욕구는 이후 2년만에 나온 시집 『눈물에 어리는 하늘 그림자』(현대문학, 1994)에서 '님'을 향한 연가로 보다 고조되어 나타난다. 이 시집의 연가에서는 여성적 화자의 직접화법적인 어조와 호흡을 통해 사랑하는 대상이 무한히 큰 타자로 구현된다. 여기에서 타자에 대해 갈구하는 욕망은 '형이상학적 욕망'이라고 할 수 있다. 이 욕망은 결핍된 것을 채우려는 동기에서 우러나는 욕구와는 구별되어야 한다. 오세영 시에서 님, 즉 타자를 그리워하는 것은 결여나 부재의 대상을 그리워하거나 원하는 것과는 성질이 다르다. 그와 달리 타자에 대한 욕망은 잃어버린 것에 대한 그리움이 아니라 아직 오지 않은 것, '우리가 태어나지 않은 땅에 대한 욕망'이며, '눈에 보이지 않는 자'에 대한 욕망이다.[11] 그리고 이 '님'은 자연친화적 대상으로 변화하여, 인격적 대상으로서의 '님'이 자연물로 서정화되어 나타난다.

> 님이여,
> 당신의 음성은 우뢰인가요.
> 그렇다면 나의 감옥을 허물어주세요.
> 내 말의 문법을 풀어주세요.
> 나의 감옥은 말이랍니다.
>
> ― 「당신의 말씀」 부분

---

11) E. Levinas, *Totalité et Infini*, pp. 3~4. E. 레비나스, op. cit., p. 139. 재인용. 레비나스는 타자에 대한 욕망을 '형이상학적 욕망'이라고 부르는데, 이것은 결핍에 대한 욕구에서 출발하는 정신분석학적 욕망 개념과 상이한 것이다. 레비나스에게 있어서 욕망은 타인에 대한 관심과 책임 속에 구체화되며, 그는 타자와 주체와의 관계를 하나의 융합됨을 추구하는 것으로 보는 관점에 저항한다. 그는 타자와의 관계는 초월적 사건 가운데에서 인격적 삶을 형성하는 지평으로 보기 때문이다.

> 푸르른 봄날 당신이
> 강언덕에 안장 피리를 불면
> 나는 아지랑이 되어
> 이 세상의 꽃봉오리들을 터뜨리고,
> 쓸쓸한 가을날 당신이
> 산언덕에 앉아서 피리를 불면
> 나는 갈바람이 되어
> 이 지상의 나뭇잎들을 떨어뜨리고,
> 나는 꿈꾸는 허공,
> 텅 빈 구멍,
> 당신의 피리인지 모릅니다.
> 아니 당신의
> 피리랍니다.
>
> ― 「당신의 피리」 부분

불교의 연기론을 떠올리게 하며 자연물로 현현하는 절대타자인 '님'은 한용운의 '님'이 지니고 있는 의미의 다양성처럼, 오세영의 시에서도 다양한 의미망을 가질 수 있다. 그러나 무엇보다도 위 시에서 '님'은 사랑하는 사람으로서, 그 사랑의 힘을 원천으로 하여 시인을 시인으로, 예술가로 만드는 존재이다. 즉 마치 뮤즈와 같이 예술의 영감을 불어주는 초인격적인 존재가 되는 것이다. 그러므로 초기 모더니즘적인 시에서 실험적인 폭력성으로 언어의 문법을 탈피하고 싶어한 시인은 이제 뮤즈와 같은 '님'의 음성을 통해 말의 감옥에서 나오기를 간구하는 모습으로 바뀌었다. 문법의 속박을 벗고 언어의 자유를 누리고자 하는 시인은, 언어 자체를 잊어 버리고 '바람'이 되고 '텅 빈 구멍'이 되어 당신의 음성을 울리는 '피리'가 된다. "음악으로서의 피리소리는 시를 넘어선 시, 시의 영원한 형식"[12]이며, 당신의 피리가 된다는 것은 자아를 무화하고자 하는 것이다. 자아를 당신이라는 타자가 존재할 공간으로 삼는 것, 즉 '빈 그릇'으로 만드는 절대 자유의 경

---

12) 황현산, 「이름붙일 수 없는 것에 대하여」, 『눈물에 어리는 하늘 그림자』해설, 현대문학, 1994, p. 124.

지인 것이다.

> 나는 지금
> 바보,
> 속이 텅 빈 그릇,
> 스스로 자신을 태워 적막하게
> 공간을 밝히는
> 불,
>
> 당신 나라에선 기실
> 텅 빈 마음이 보석이라는 것을,
> 당신을 맞이하기 위해선
> 미움도 사랑도
> 버려야 한다는 것을,
>
> —「참다운 거짓」 부분

　자신을 텅 빈 그릇으로 비운다는 것은 미움과 사랑의 이분법적인 대립을 초극한다는 것이며, 그럴 때 자신을 태워 빛을 주는 불이 될 수 있다는 것이다. 그렇다고 사랑을 버리는 것은 아니다. "사랑으로 흐르고 흐르면 / 그는 드디어 저 절대의 / 자유에 도달하지 않는가."(「흐르고 흘러서」, 『어리석은 헤겔』, 고려원, 1994)라고 하는 데에서 볼 수 있듯이 그는 증오와의 대립성까지 초월한 사랑을 말하는 것이다.

　이러한 대립을 초극한 사랑의 정신은 『무명연시』(현대문학, 1995)에서 불교적인 연기설을 토대로 운명과 자유의 문제로 나타난다. 전통적인 한의 가락이나 샤머니즘이 기저에 깔려 있기도 한 이 시집은 오세영 시인이 한국적인 전통적 서정성을 사랑의 형이상학과 결부시키려는 구성적 시도를 가지고 있다. 사계절과 이별·사랑의 경로가 상응하는 순환적인 구조를 가지고 있음에서 그러한 점을 볼 수 있다. 이 운명과 자유의 주제와 얽힌 통찰은 불교적인 초월성의 몸짓과 언어구사에서 절정에 이르고 있다.

> 부처를 찾아서, 아버지를 찾아서
> 꽃을 찾아서,
> 이승의 소금밭을 헤매고 있다.
> 부처를 만나면 부처를 죽이고,
> 아버지를 만나면 아버지를 죽이고,
> 꽃을 죽이고, 꽃인 아내를 죽이고.
>
> ─「소금밭」 부분

> 네 춤추는 곳은 허무의 공간,
> 네 사랑하는 곳은 박명의 공간,
> 구천(九泉)에 내리는 밧줄에 매여
> 거미 한 마리 인연을 풀고 있다.
> 땅도 아닌 곳에, 하늘도 아닌 곳에,
> 네가 가는 곳은 박명의 공간,
> 낮도 밤도 아닌 무명의 공간.
>
> ─「새도 아닌 것이 벌레도 아닌 것이」 부분

　거미가 거미줄을 내리듯이 얽힌 이승의 인연이 이름에 매인 구속적인 존재라면 그 틀을 벗어나야 절대적인 자유를 얻는다. 부처를 찾아 진리를, 아버지를 찾아 권위를, 꽃을 찾아 아름다움을 좇아 가는 것은 미명에 빠지는 것이다. 그 구분들을 없애고 대립적인 선들을 초극하는 것이 부처를 죽이고, 아버지를 죽이고, 꽃을 죽여, 망집의 마음 속에서 집착을 끊어내는 해탈의 길인 것이다. 사랑의 대립성을 거리두기를 통해 아름다움으로 승화시켰던 시인은 구속과 구분을 끊어내고 무명의 공간을 펼침으로써 초월성에 가까워지고 있음을 볼 수 있다.

5. 사랑의 영원성과 보석의 연금술

　『무명연시』이후 『벼랑의 꿈』(시와시학, 1999)과 『적멸의 불꽃』(문학사상, 2001)에 이르는 오세영의 시에서는 '공(空)' 사상에 상응하는 비욕망적 사유[13]가 주류를 이룬다고 할 수 있다. 절대 자유에 이르는 초월성은 세속사에 연연해 하지 않는 모습으로 등장한다. 그러나 사랑의 정신이 세속의 일로 치부되어 사라질 수는 없다. 오히려 사랑은 어느 곳에나 편재하는 모습으로 등장한다. 『무명연시』에서 여성적 화자의 상상력으로 절대화되었던 '님'이 서정적으로 순화된 가락에 실려 나타나는데, 이 님은 인격적인 존재이기도 하고 자연물적인 존재이기도 하고 환각처럼 비물질적이기도 하다.

> 어디에나 너는 있다.
> 산 여울 맑은 물에 어리는
> 서늘한 너의 눈매.
> 눈은 젖어 있구나.
> 솔 숲 바람에 어리는
> 청아한 너의 음성,
> 너는 속삭이고 있구나.
> 더 이상 연연해 하지 않기로 했다.
> 이별이란 흐르는 강물인 것을,
> 이별이란 흐르는 바람인 것을,
>
> — 「이별이란」 전문

> 약수암 바위 밑에 약수가 있어
> 그리운 이 모습이 어려 있다네.
> 한 바가지 가득 떠 달빛 비추면
>
> 꿈길에서 헤어진 님 거기 계시네.
>
> — 「샘물의 노래」 부분

---

13) 송기한, 「空 혹은 無의 세계」, 《시와 시학》, 1994. 겨울, p. 168. 이 글에서는 무욕(無欲), 허심(虛心) 등 공(空)과 무(無)로 수렴되는 사유를 비욕망적 사유로 일컬으며, 오세영의 시에 나타나는 이 사유들이 불교적 세계관에 흔히 볼 수 있지만, 꼭 불교적인 관념이라고만은 할 수 없다고 하고 있다. 오세영 시인의 시가 전일적으로 불교적 세계관을 노정하고 있는 것이 아니라는 점에서 이러한 지칭은 적절하다고 할 것이다.

너를 보았다.
샌프란시스코에서, 산 호세에서
무심히 인파 속으로 사라지는
너를 보았다.
서울의 공항에서,

— 「태평양엔 비 내리고」 부분

　이별 후 헤어진 님의 모습은 산어울의 맑은 물에, 솔 숲 바람에, 약수 물 뜬 바가지의 달빛에, 각지의 인파 속에서 등장한다. 흐르는 자연의 이치처럼 이별을 받아들이고 연연하거나 집착하지 않지만, 님의 모습은 어느 곳에나 존재한다. 스쳐 지나가는 우연적이고 일시적인 사물 속에서 타자인 '님'의 모습을 발견하는 것은 지상의 물질들로부터 자유로운 시인의 눈이기에 가능한 일이다. 그러나 예술이 꿈꾸는 영원함이나 초월은 선가(禪家)의 초월과는 다를 수밖에 없다. 그렇기 때문에 시인은 산문에 올라 선승이 되는 것이 아니라 산문에 기대어 서성이는 시인으로 남아 있는 것이다.

미움도 사랑도 버려야만 산문(山門)에
든다 하건만
노여움도 슬픔도 버려야만 하늘문
든다 하건만
먼 산 계곡에선 오늘도 눈 녹는 소리,
사랑보다 더 깊은 사랑은 이미
사랑이 아니더란 말인가,

— 「세상은」

　희노애락의 감정과 집착을 버려야 '산문에 든다'고 하지만 시적 화자는 사랑의 감정마저 버리지는 못한다. 그에게는 '사랑보다 더 깊은 사랑'이 있으며, 전자의 사랑이 세속의 정념과 열정만을 가진 사랑이라면 후자의 더 깊은 사랑은 자아와 타자의 경계를 이미 허물고 자아를 비워져 본 자의 것이다. 오세영 시인의 '사랑'의 정신은 '님'의 피리가 되고, 텅 빈 그릇이 되어, '타인을 받아들임(l'hospitalité)' 또는 '타인을 대신한 삶(la substi-tution)'14)을 포괄하는 성격을 지니고 있다. 이러한 타인을 받아들임을 시인이 우주적인 포용성으로 확장시키는 것은 산이라는 공간에서이다.

> 산에서
> 산과 벗하여 산다는 것은
> 나를 지우는 일이다.
> 나를 지운다는 것은 곧
> 너를 지운다는 것,
>
> ― 「나를 지우고」 부분

산이라는 보통명사는 자연을 표상하기도 하지만, 또한 나무나 동물들이 깃들 수 있는 곳이라는 점에서 자신의 주체성을 내세우지 않고 비워져 있는 공간성을 띠기도 한다. 시적 화자는 그러한 산과 벗하면서 '나를 지움'을 배우고, 더 나아가 사랑은 범자연적인 화해와 포용이라는 것을 배우고 있는 것이다. 이러한 사랑에 대한 인식은 자연주의적인 서정적 합일의 정신이라고 할 수 있다. "도토리 잎새 하나 떨어져 / 상수리 마른 갈잎 다소곳이 / 감싸 안는다. / 사랑은 인간만이 하는 것은 아닌 법"(「뜨락」)을 깨닫는 공간도 산이라는 포용적인 자연 공간이다. 인간의 사랑법과 자연 사물의 사랑법이 다르지 않다는 인식 속에서 인간과 자연간의 대립의 구분선도 사라지고, 서구적 사유의 특징인 주관과 객관의 이분법이나 인간과 자연의 대립적 사고를 초극하는 것이다. 이것은 자아를 지우고 비우는 일이자 타인을 받아들이는 새로운 주체성이라고 할 것이다.

그러나 오세영 시인의 시작활동이 아직 끝나지 않은 것처럼 사랑의 초월성은 아직도 유동적인 열도를 간직하고 있다. 『적멸의 불꽃』(문학사상, 2001)에서 소멸과 비움의 미학을 노래하면서 시인은 미적인 초월성이 관념적이고 비현세적인 것이 아니라, 사랑의 고통까지 끌어안는 것임을 보여

---

14) E. 레비나스, op. cit., p. 7.

주고 있다.

> 보석이란 가장 소중한 마음을 이르는 것이려니
> 우리 어린 날
> 네게 바친 이 순수한 영혼의 징표보다
> 더 아름답고 고귀한 것이 이 세상 또
> 어디에 있으랴.
>
> …중략…
>
> 깨지는 것은
> 완전한 자유에 이른 까닭에
> 보석이 된다.
> 그 봄날의 풀꽃 반지도
> 그 강변의 모래성도
> 지금은 모두 강물에 씻겨갔지만
> 우리들의 강 언덕엔
> 눈 부신 보석 하나
> 푸른 하늘을 지키고 있다.
> 영원처럼……

— 「보석」 전문

> 고통 속에 신음하고 나딩굴던
> 육신이 이제 지상을 벗어나
> 완전한 자유를 찾았구나.
> 날개도 부질 없는 것,
> 스스로 가벼워져 기화(氣化)되지 않고선
> 그 누구도 천상에
> 도달할 수 없다.
> 네 이마에 맺히는 이슬
> 심장의 뜨거운 열
> 인간도 피를 데워서 끓이는
> 가마솥이 아닐까.

> 불로서 물을 끓이듯
> 심장을 달구는 불꽃은 사랑의 기쁨이 아니라
> 그 고통일지도 모른다.
>
> — 「사랑의 고통」 부분

　첫 번째 인용한 시 「보석」에 등장하는 '보석' 이미지는 오세영 시의 초기부터 지속적으로 등장하는 광물질 이미지 중의 하나이다. 그러나 차가운 금속성과 달리 '보석'은 빛과 불과 돌의 혼합적이며 순일한 결정체로서 영혼의 상징에 가깝다. 가장 뜨거운 불로 가장 강한 돌을 달구어 만드는 보석은 그렇기 때문에 영혼의 열도와 견고함을 동시에 함축한다. 앞에서도 살펴보았듯이 '깨진다'는 것은 인간의 유한한 존재 조건에 의한 불완전함이다. 그러나 미숙하고 어린 시절, 사랑하는 사람에게 바쳤던 순수한 영혼과 소중한 마음은 비록 깨어질지라도 눈부신 보석으로 빛난다. 그리고 그 보석의 빛은 영원과 통한다. 보석으로의 정제과정은 이러한 영혼과 사랑의 연금술을 뜻하며, 그것은 두 번째 인용된 시에서 연금술을 위한 가마솥으로 인간을 비유하는 데에서 볼 수 있다. '그릇'으로 비유되던 인간은 이제 연금술적인 가마솥이 되고, 완전한 자유를 위해서는 연금술 과정이 필요하다. 영혼이 육신의 고통을 벗어나 자유롭게 기화(氣化)되기 위한 열도, 그 불꽃이 사랑의 고통이다. 오세영 시인의 오랜 시적 편력 과정에서 사랑이 쉽게 초월할 듯하면서도 그 순수한 본원성을 잃지 않는 것은, 그가 영혼의 열도를 고양시킬 수 있는 사랑의 고통을 망각하지 않기 때문이라고 할 것이다. 이성과 감정의 균형 속에 줄타기를 하는 이 서정적인 명상가는 서정적인 본향에 사랑의 보석을 간직하고 있는 것이다.

6. 글을 마치며

　오세영 시인은 1960년대 중반 창작활동을 시작했지만, 그를 1960년대

시인이라고만 말하는 것은 무의미해 보이기까지 한다. 그의 주요 시집들은 1980년대부터 그칠 줄 모르는 샘처럼 분출하고 있으며, 아직도 그 샘이 고갈될 듯이 보이지 않기 때문이다. 이성과 감성의 견고한 결합으로 구축된 성채와도 같은 오세영 시인의 시 세계는 아직도 신의 하늘을 향해 쌓아 올라가고 있기에 그 견고한 성채를 들여다 보기에도 벅찬 것이 사실이다. 세상의 조류와 유행에 흔들리지 않고 자신만의 시 세계를 견결히 지킨 그의 시 세계를 좀더 다양한 각도에서 보기 위해 이 글에서는 10여 편에 이르는 그의 많은 시집들을 관류하는 사랑에 대한 인식을 살펴보았다. 시집의 분량이 방대하다보니 시집과 시집 사이, 시집 내에서 다른 시들과의 연관성을 치밀히 논구할 만한 여유가 없었다. 그러나 오세영 시인의 시세계에 나타나는 사랑의 정신은 무엇보다도 그의 서정시로서의 본향을 가장 잘 드러내는 자리라고 할 것이다. 오세영의 시는 형이상학적인 욕망과 우주적 포용으로 확대된 사랑의 존재론을 펼쳐나가면서도, 사색적 명상 속에 사랑의 고통을 감싸 안음으로써 서정성을 지켜 나간 점에서 서정시의 형이상학을 고양시킨 것이라 평가할 수 있다.

구도자적 공간의식

이수정

1. 서론

오세영 시가 초기부터 탐구하고 있는 갇힘과 깨어짐 이미지는 불행한 유년으로 은유되는 비극적 과거세계와 고통스러운 현실, 그리고 그것으로부터 벗어나고자하는 의지에서 비롯된다. 비극적 세계인식과 탈주의 의지는 처녀시집『반란하는 빛』(1970) 이후 12년만에 간행된 두 번째 시집『가장 어두운 날 저녁에』(1982)에서부터 불교적 상상력이라는 필터를 통해 철학적으로 인식되고 깊이있게 현상된다. 이후 거의 2년 간격으로 시집을 출간하며 정진이라할만한 시작활동을 보여주는데, 시인은 유폐적 상상력으로서의 갇힘의 이미지로 무명(無明)이라는 불교적 사유의 깊이를 가늠하며, 그것으로부터 벗어나려는 깨어짐의 이미지를 출가(出家) 모티프에 포개놓는다. 근작 시집『벼랑의 꿈』(1999)과『적멸의 불빛』(2001)에서 불교적 상상력과 결합된 공간 상상력을 보여주는 구도자적 공간의식은 완성도 높은 작품으로 형상화되고 있다. 시인은 진리와 성스러운 절대공간에 이르는 '길'을 구하는 주인공이 되어 현실에서 길을 찾고, 출가승처럼 산문에 들기도 하며, 하늘문을 두드리기도 한다. 길과 문, 집, 산과 하늘 등의 공간적 이미지들은 구도자적 시선에 포착되어 구도자적 공간의식에 의해 새로운 공간체계로 형상화되는 것이다. 그러므로 이 글에서는 공간적 이미지 분석을 통하여 시인의 공간의식을 추적하는 것을 목적으로 한다.

2. 유폐와 탈주의 상상력

오세영은 초기시에서 비극적 세계 인식에 기반한 불안을 '불'이미지를 통해 예민한 감각으로 보여준다. 그에게 과거는 '박제된 유년(「불2」)'이나 '몇 개로 구획된 황폐한 과거'로서의 '전라도의 보리밭(「불3」)' 풍경, '끊어진 줄에서 쏟아진 동양의 구슬들(「불5」)'같은 단절이나 불모성으로 감각된다.

> 타버린 정신들은 어디 갔는가.
> 가령 설원(雪原)에 버려진 장미꽃 하나,
> 혹은 알타이에 떨어지는 햇살,
> 바람과 소나기, 그리고 유월은
> 불탄다.
>
> 내 살 속에서 희미한 불빛들이
> 뛰어가고, 알콜이 출렁이는 바닷가에서
> 이십세기는 불을 지핀다. 물질이 흘린
> 피. 싸늘한,
> 실용(實用)의 새는 날 수 있을까,
> 어두운 내 얼굴을 날아서, 찬서리 내린 굴뚝과
> 기계들이 죽은 무덤을 넘어서
> 어제의 어제를 넘어서
> 달에 도달할 수 있을 것인가.
>
> 전선에 걸린 달, 인간의 숲속에서
> 전화가 울고 아흔아홉 마리의 이리가 운다.
> 저것 보라면서
> 불타는 서울의 술집들을 가리키면서
> 어디로 갈 것인가, 타버린 정신의 재
> 죽음, 혹은 창조의 불빛.

— 「불1」 전문

오세영 초기시가 보여주는 것은 어둠의 세계이며 이런 어둠에서 벗어나고자 하는 시인은 불빛에 집착한다. 초기시가 보여주는 비극적이고 어두운 세계는 때로는 다분히 암울한 문명비판이기도 하며 개인사적인 기억이기도 하고 그 자신이 서있는 단절된 역사의 현장이기도 하다. 이 시의 화자의 시선에 포착된 세계는 죽음과 불모성, 어둠과 불안을 통해 인식되지만 화자는 자신의 살 속에서 뛰어가는 희미한 불빛을 놓치지 않는다. 최동호는 오세영 시가 꿈꾸는 것은 과거로부터의 무한한 탈출이며 화자의 내면세계를 비추는 의식의 불빛이란 과거의 세계로부터 탈출하려는 깨어있는 의식을 충전시키는 것이라고 지적하였다.15) 시인을 둘러싼 과거와 현실은 이렇듯 유폐감을 주며 그는 탈출을 갈구한다.

　이런 어둠의 세계는 『가장 어두운 날 저녁에』라는 그의 두 번째 시집의 제목에서도 나타나는데 이 시집에 수록된 작품에서 시인은 자신의 비극적 세계관과 그것이 주는 유폐감을 철학적으로 사유하게 된다.

　　　　자일을 타고 오른다.
　　　　흔들리는 생애(生涯)의 중량(重量)
　　　　확고(確固)한
　　　　가장 철저한 믿음도
　　　　한 때는 흔들린다.

　　　　석벽(石壁)을 더듬는다.
　　　　빛을 찾아서 조금씩 움직인다.
　　　　결코 쉬지 않는
　　　　무명(無名)의 벌레처럼 무명(無名)을
　　　　더듬는다.
　　　　함부로 올려다 보지 않는다.
　　　　함부로 내려다 보지도 않는다.
　　　　벼랑에 뜨는 별이나,
　　　　피는 꽃이나,
　　　　이슬이나

---

15) 최동호, 「욕망을 다스리는 영혼의 형식」, ≪소설문학≫, 1986. 2.

세상의 모든 것은 내것이 아니다.
다만 가까이 할 수 있을 뿐이다.

조심스럽게 석벽(石壁)을 더듬으며
가까이 접근(接近)한다.
행복(幸福)이라든가 불행(不幸)같은 것은
생각치 않는다.

발 붙일 곳을 찾고 풀포기에 매달리면서
다만,
가까이,
가까이 갈 뿐이다.

―「등산」 전문

이 시에서 화자는 자일에 매달려 석벽(石壁0을 오르고 있다. 화자는 자신의 상황을 수직적 이항대립과 수평적 이항대립의 경계에서 줄을 타고 있다. 즉 자일을 타고 오르는 수직적 상승을 위해 매달려 있으면서 자신의 밑에서 끌어당기는 생애(生涯)의 중량(重量)을 느끼는 것이다. 또한 수직적 상승을 위해서는 수평적인 안정이 필요한데 화자는 흔들리는 생애의 중량을 느낀다고 한다. 화자는 확고한 신념도 한 때 흔들렸음을, 그리고 그것이 자신의 전 생애가 뒤흔들릴만한 것이었음을 인정하고 있다. 수평적 흔들림은 곧 수직적 안정마저 깨드릴 수 있는 것으로 이 시의 수직적 상상력과 수평적 상상력은 서로 맞물려 있다. 화자는 이런 위태로운 상황에서 빛을 찾아 조금씩 움직인다고 하는데 이는 절벽에 매달려 있는 자신의 상황을 어둠으로 보고 있음을 의미한다. 그는 자신이 처한 상황과 자신의 행동을 무명(無明)을 더듬는 벌레와 동일시한다. 그리고 그는 함부로 올려다보거나 내려다보지 않는다고 하는데 지나온 곳과 가야 할 곳이라는 수직적 공간성은 과거와 미래라는 시간성을 갖게된다. 그는 과거와 미래를 보거나 혹은 자신에게서 떨어져 있는 아름다운 것들-'벼랑에 뜨는 별이나/피는 꽃이나/이슬'-을 욕망하는 대신 미끄러지지 않기 위해서 당장 다음에 발붙일 곳을 찾으며 풀포기에 매달리는 어둠 속의 작은 벌레처럼 조금씩 움직이는 것이다. 수직적 혹은 수평적 이항대립의 경계에서 시인이 보여주는 위태로운 줄타기는 이후 '새도 아닌 것이 벌레도 아닌 것이/날지도 못한 것이 기지도 못한 것이/붙들지도 않은 채 매달려 있다./네 춤추는 곳은 허무의 공간/네 사랑하는 곳은 박명의 공간/구천에 내리는 밧줄에 매여/거미 한 마리 인연을 풀고 있다.'(「네가 가는 곳은」)는 인식이나 '죽음과 삶의 세간(世間)을/팽팽히 묶는 줄,/줄 위에서 광대는/애증의 균형을 잡는다.'(「아크로바트」)등으로 나타나기도 한다.

「등산」에서 읽을 수 있듯이 이제 시인의 세계관과 공간의식은 불교적 상상력을 통해서 철학적 깊이를 가늠하는 길로 들어선다. 그는 자신을 가두고 있는 유폐적 상황을 무명의 상태로 보는데 『무명연시』(1986)에서 인연과 사랑 이별로 인한 고통이 무명의 원인으로서 노래된다.16) 사랑과 이별 그리고 인연의 타래에 뒤엉켜 무명에 갇힌 시인의 유폐적 상상력은 '그쪽은 길이 아니다/…/피리를 불어라/장님이여, 정에 눈먼 지아비여,' (「길」)에서 처럼 장님의 이미지17)로 나타나거나 '네 수틀에/나의 하늘이 갇히고/너는 일만 발의 색실로/바늘을 뜨고 있다'(「수틀」) 또는 '그의 사랑도 갇히고/그의 미움도 갇히고/…/전신으로 부르는 육성'(「에밀레」)에서처럼 '갇힘'의 이미지로 나타나기도 한다.

> 깎지 않고서는 결코
> 돋우어 낼 수 없다.
> 부르르 떠는 칼날 앞에서
> 서 있는 목각인형,
> 너는 지금 목으로 칼을 받지만
> 너에겐 죽음이 곧 완성이다.
> 부서져 내리는 목편들 속에서

---

16) 김재홍, 「사랑과 존재의 형이상(形而上)」, 《현대문학》, 1985. 10.
17) 유폐적 상상력과 장님 이미지 그리고 길 이미지에 대해서는 졸고 「박목월 시의 공간의식 연구-집의 상상력을 중심으로」참조(서울대학교 석사학위논문, 2002.).

> 황홀하게 드러내는 육체,
> 그러나 증오로 타는 눈빛 속에서만
> 의식은 선명하게 깨어난다.
> 어둠 속에 갇힌 존재여
> 칼을 받아라,
> 태초에 카오스에 비친 빛은
> 칼이었을지 모른다.
>
> ─「칼」 전문

갇힘에서 벗어나고자 하는 것은 깨어짐의 이미지에 대한 집착으로 나아간다.18) 위의 시에서 시인은 칼날이라는 빛에 의한 나무의 '깨어짐-죽음'이 그 안에 갇혀있는 목각인형이라는 존재의 '해방-완성'이라는 철학적 사유를 보여준다. 부서지고 깨지는 죽음을 통해서 황홀한 육신을 얻을 수 있다는 인식, 즉 죽음과 탄생이 뫼비우스의 띠처럼 연결되어 있다는 인식은 갇힘과 깨어짐의 공간의식이 불교적 상상력과 조우하면서 얻어낸 깊이이다.

이렇듯 시인의 유폐적 상상력과 탈주의 상상력은 불교적 상상력의 깊이를 오래 탐구하게 되는데 그 과정을 거치면서 그는 '그릇'을 얻게 된다. 일상적이고 소박해 보이는 '그릇'이라는 상징은 한 권의 시집(「사랑의 저쪽」)으로 따로 묶어야 했을 만큼 수없이 변주되는데 그것이 지닌 철학적 사유의 깊이로 말미암아 그 때마다 새로운 의미를 생산하는 낯설음과 높은 선적감각을 보여준다. 김준오가 지적한 바 있듯이 온갖 식기, 병, 신발, 악기, 원고지, 씨멘트, 인체, 길, 운동장, 봉투, 호수, 창고, 캔깡통, 선물상자, 대지, 우주, 역사적 공간 등 모든 것을 그릇으로 본 것은 시인의 독특한 상상력이다.19) 그릇은 흙으로 빚어진 것이며 무언가를 담기 위한 것이

---

18) 정효구는 오세영의 시가 '깨뜨리고' '떠나가라'는 속삭임에 강박적으로 귀기울이고 있음을 지적하였으며(정효구, 「모순구조의 다양한 의미」, ≪문학정신≫, 86. 12.), 조창환은 깨어짐의 이미지를 '갇혀있는 정신이고 증오의 양상이며 속박의 상황'에서 열려진 자아로 나아가 다른 사물과 몸을 섞고 조화를 이루려는 태도라고 보았다(조창환, 「존재의 모순, 그 영원한 질문」, ≪현대시학≫, 89. 3.).

19) 김준오, 「명상시와 존재론적 상상력」, ≪현대시학≫, 1990. 10.

지만 깨져야만 비로소 흙으로 돌아간다. 시인은 '깨져서 완성(完成)되는/ 저 절대(絕對)의 파멸(破滅)(「모순(矛盾)의 흙」)을 노래하는 것이다. 그릇 연작들은 선적 명상과 불교적 상상력에 그 뿌리가 닿아있는데 이는 후기시의 집과 출가 모티프로 이어진다. 유폐적 공간상상력으로서의 그릇은 시인의 집의 상상력에 다름아닌 것이며, 이숭원에 의해 '능동적 소멸'[20]로 명명된 바 있는 깨어짐에의 추구는 꾸준히 탐구되다가 근작시집들에 와서 출가(出家)모티프로 나아가게 된다.

3. 길의 존재론적 의미와 성속의 변증법

비극적 세계관에서 비롯한 유폐감은 사랑과 이별 그리고 인연의 고통이 주는 구속감으로 이어진다. 이런 구속적 공간의식은 무엇을 담고자 하는 욕망으로서의 '그릇' 상징에서 극명하게 드러나는데 유폐감에서 벗어나고자 하는 시인의 의지는 부수고 깨뜨리는 상상력으로 초점화된다. 그의 시가 불교적 상상력에의 탐구를 거치면서 욕망과 고통에 '갇힌' 상상력은 무명(無明)에의 깊이를 가지게 되며, 그것에서 벗어나려는 의지는 무명의 타개를 위한 수행의 의미를 가지게 된다. 무명에 갇힌 존재가 무명을 깨뜨리려는 것은 곧 출가(出家)의 의미인 것이다.

> 마당귀에서
> 사립문 너머로 보면
> 너는 하늘대는 댕기로 사라지고,
> 섬돌 위에서
> 사립문 너머로 보면
> 너는 나풀대는 옷고름으로 사라지고,
> 마루에서

---

20) 이숭원, 「모순의 인식과 존재의 탐색」, 《현대시학》, 92. 6.

사립문 너머로 보면
너는 펄렁이는 치맛자락으로 사라지고,

온 종일 실성한
먼 산
바래기.

앞산엔 목수국(木水菊) 활짝 피는데,
뒷산엔 찔레꽃 곱게 피는데,

사립문 밖에서
밭둑 너머로 보면
너는 아지랑이로 사라지고,
동구밖에서
언덕너머로 보면
너는 물 안개로 사라지고,
고갯 마루에서
하늘 너머로 보면
너는 흰 구름으로 사라지고,

— 「이별 후」 전문

   출가란 집으로 상징되는 속의 공간을 벗어나 성스러운 공간을 찾아 길을
떠나는 행위21)이다. 오세영 시에서 시인의 출가를 유도하는 것은 '너'로 지
칭되는 무엇이다. 「이별 후」에서 화자는 사립문 밖으로 보일 듯 사라지는
'너'를 보기 위해 '마당→섬돌→마루'로 오르고 다시 '사립문 밖→동구밖→고
갯 마루'로 나아간다. 즉 '너'는 화자의 하(下)→상(上)의 수직적 이동과 내
(內)→외(外)의 수평적 이동을 야기하는 존재인 것이다. 이렇게 출가하여
성스러운 공간을 찾아가는 과정은 길 이미지로 나타나며 시인이 만나는

---

21) 종교적 인간에게 공간은 규질적인 것이 아니다. 그는 공간 내부의 단절과 균열을 경
   험한다(M. Eliade, 이동하 역, 「거룩한 공간과 세계의 성화」, 『성과 속』, 학민사,
   2001, pp. 21~22.).

문22) 역시 길의 하위 이미지이다. 그에게 문은 ‘하늘 문(「속구룡사시편」)’
이거나 ‘산문(山門)(「겨울길」)’이거나 ‘문살(「겨울노래」)’, ‘사립문(「이별
후」)’, ‘창문(「낮잠」)’등으로 나타난다. 이 모든 문들은 시인에게 닫는 문이
아닌 ‘여는 문’으로 인식된다. 문이 여는 문으로 인식될 때 그것은 이미 문
이 아니라 길이 된다. 다시말해 그는 집이라는 내(內) 공간에서 ‘문살을 긁
는 다람쥐’나 ‘창문을 두드리는 빗소리’ 등에 이끌려 밖으로 나오게 된다.
그리고 다시 보일 듯 사라져버리는 ‘너’를 보기위해 사립문 밖→동구밖→고
갯 마루로 나아간다. 그리고 그는 길 끝난 곳에서 산문(山門)에 들어선다.
그리고 산속에서 하늘 문을 바라보는 것이다. 길은 수많은 문들로 이루어
져 있고 구도자는 그 문들을 통과하여 나아간다. 출가자로서의 시인은 세
상의 모든 것을 문으로 바라보며 사소한 것들에서 길을 구하여 좇는다.

> 산정(山頂) 가는 길,
> 다람쥐 좇다 어느새
> 길을 잃었다.
> 자작나무 저더러 길이라 하고
> 굴참나무 저더러 길이라는데
> 보이는 건 흐드러지게 핀 철쭉꽃.
> 길은
> 어디에도 없다.
> 어디에도 없는 그 길을
> 흐르는 흰 구름,
> 흐르는 솔바람 좇아
> 다람쥐는
> 간 것일까, 온 것일까,
> 풀섶에 누워

---

22) 두 개의 공간을 갈라 놓는 문은 한계점이요 경계선이며 두 개의 세계를 갈라 놓고
대립시키는 구분선이다. 동시에 그것은 이들 세계가 교섭을 갖고 세속적인 것에서
거룩한 것에로의 전이 가능성을 얻게 되는 역설적인 장소이기도 하다. 문은 공간에
있어서의 연속성의 단절을 구체적으로 보여주며 하나의 공간에서 다른 공간으로 넘
어가는 이행의 상징이자 동시에 매개자가 된다(*Ibid*, pp. 23~24.)

먼 하늘을 우러르면
제비꽃 저더러 길이라 하고
망초꽃 저더러 길이라는데
아무데도 없는 그 길을
내려가기 위해서 오르는
길,
정상(頂上) 가는 길.

— 「자작나무 저더러 길이라는데」 전문

    출가하여 산문에 든 화자는 산정(山頂)이라는 초월성과 신성성의 공간을 찾아가는 길에 접어들어 있다. 그 길을 찾아가는 화자는 길을 잃었다고 한다. 이것은 통과제의적 과정에서 상징적 죽음을 의미한다. 왜냐하면 그 다음 순간 자작나무와 굴참나무가 스스로 길임을 자칭하는 환상을 경험하기 때문이다. 성스러운 진리를 찾아가는 확실한 길이라고 믿고 들어선 길에서 길을 잃자 역동성의 관점에서 길과 대립적 의미항인 나무들이 자신이 바로 길이라고 말을 걸어온다. 이런 혼돈의 한 가운데서 화자는 진리를 찾아가는 길은 어디에도 존재하고 아무데도 없는 길이라는 깨달음을 얻게 된다. 이것은 길의 존재론적 해명으로 나아가는데 길은 정상(頂上)으로 표상되는 진리의 세계로 나아가는 과정이 아니라 그 길자체가 목적이라는 발견이 그것이다. '내려가기 위해서 오르는/길'이라는 시구에서 읽을 수 있는 것은 정상이 목적이 아니라, 정상에 오르면 반드시 다시 내려와야만 한다는 점에서 길 자체가 목적이라는 반전된 인식이다. 성스러운 공간으로 상징되는 절대진리는 부재하는 것이며 그것을 찾아가는 길 자체가 구도(求道)였음을 깨닫고 나자 이제 성스런 공간과 세속 공간의 이분법이라는 자기장(磁氣場)은 힘을 잃게 된다.

출가(出家)라니
정녕 어디로 간단 말이냐.
머리 깎아 바랑메고

산으로 간단 말이냐.
장삼 걸쳐 법장(法杖) 짚고
바다로 간단 말이냐.
바람 따라 향기 좇아 이른 계곡엔
도화(桃花)는 시나브로 꽃잎 지는데
하염없이 개울 물은 흘러가는데
강물 따라 소리 좇아 이른 바다엔
파도는 실없이 부서지는데
출가라니
누굴 따라 어디로 간단 말이냐.
집만이 집이 아니고
집밖에 있는 것이 또 집인데
비로봉 만물상 곰바위 밑에
앉은뱅이 민들레나 되란 말이냐,
지리산 세석대 널바위 밑에
가지 꺾인 소나무나 되란 말이냐,
출가라니
집 밖이 또 집인데
정녕 어디로 가란 말이냐,

— 「집만 집이 아니고」 전문

위 시에서 화자는 출가(出家)라는 말이 이제 무의미해졌음을 의문문의 형식으로 강하게 드러내고 있다. 절대진리의 성스런 공간을 찾아 산으로 가거나 혹은 바다로 간들 그곳 역시 생로병사에 비견될 수 있는 자연의 순환이 이루어지고 있는 곳일 뿐이라는 것이다. '너'로 지칭되는 혹은 '다람쥐'로 지칭되는 매개물에 의해 집을 나섰던 시인은 이 시에서는 '누굴 따라 어딜 간단 말이냐'고 반문한다. '집만 집이 아니고 집밖에 있는 것도 집'이라는 것은 곧 우주 전체가 집이라는 인식을 반영하는 것인데 이는 그가 구도의 여행에서 얻어낸 공간에 대한 새로운 시선이다. 이전 작품들에서 집은 구속적이고 고통으로 가득찬 벗어나야 할 공간이었으나 이제 집은 외부 공간이나 성스러운 공간과 단절된 공간이 아니기 때문이다. 그는 속세와 절연된 성스러운 공간은 부재하며 자신이 있는 곳에서 진리(道)를 구해야 함을 깨닫는다. 이제 그의 세계는 성과 속이 자유롭게 서로 대화(dialogue)하는 공간이며 다시말해 성과 속의 변증법적(dialectic)[23]인 공간이다.

4. 공간으로부터의 자유

성과 속의 변증법적 사유는 특정공간에서 느끼는 유폐감이나 그곳으로부터 나아가 다른 어떤 공간으로 가려하는 집착으로부터 자유로워진 절대자유의 공간의식을 보여준다. 이제 시인의 배회하는 발걸음이 멈추는 곳 그곳이 공간으로부터의 자유의 지점이다

쓸어 무엇하리요.
사미(沙彌)야,
비를 거두어라.
뜰은 원래 그들의 침실,
먼 여행에서 돌아와 피곤하게 잠든
숨소리가 들리지 않느냐.
이제껏 허공에 매달려 살다가
드디어 찾은 대지의 안식,
팔랑,
도토리 잎새 하나 떨어져
상수리 마른 갈잎 다소곳이
감싸 안는다.
사랑은 인간만이 하는 것은 아닌 법,
그 위로 후두둑

23) 엘리아데의 신화론은 성과 속의 변증법에 기반하고 있다. 성과 속의 이분법은 그 변증법적인 과정의 어느 한 단계만을 놓고 본 것이며 그 둘은 서로 맞물려 순환되는 것이다.(M. Eliade, 이은봉 역, 「히에로파니의 변증법」, 『종교형태론』, 한길사, 1997, pp. 66~69.).

> 가을 햇살이 내린다.
> 낙엽이나, 들풀에 맺힌 이슬이나, 이리 저리 구르는 돌맹이나
> 심지어는 깨진 사금파리까지도
> 사물이 자리한 이 지상의 모든 곳은
> 가장 편안한 존재의 침실,
> 사미(沙彌)야,
> 그만 비를 거두어라.
> 우주의 피곤한 숨소리가 들리지 않느냐.
>
> — 「뜨락」 전문

이 시에서 화자는 세계를 '뜨락'으로 인식한다. '쓸어'낸다는 것은 구별을 짓는 일이다. 화자는 뜨락에 떨어진 낙엽을 쓸어내려는 사미(沙彌)에게 '그만두라'고 하는데 시인의 퍼소나인 사미에게 이야기를 건네는 형식으로 그는 자기자신을 타이르고 있는 것이다. 화자에게 낙엽은 '허공에 매달려' 살았던 자신의 모습 즉 무명 속에서 위태로운 줄타기를 하던 자신의 모습이며 이제는 '먼 여행에서 돌아와 피곤하게 잠든' 모습으로 비친다. 그가 벗어나고자 했던 공간은 이제 안식의 공간이며 자신을 감싸 안아주는 공간이 된 것이다. 그는 '뜨락'이라는 공간에 놓인 낙엽, 들풀, 이슬, 돌맹이, 깨진 사금파리 모두가 가장 편안한 자신의 침실에서 쉬고있는 것이라고 느낀다. 이는 구도의 과정으로서 먼 여행에서 돌아온 화자가 '산은 산이요 물은 물이다.'라는 선적 깨달음 속에 편안히 세계와 사물을 바라볼 수 있게 되었음을 의미한다24). 그의 뜨락은 성속의 변증법적 사유에서 비롯한 그러한 선적 깨달음의 공간이며 우주 그 자체이다. 시인이 느끼는 공간으로부터의 자유와 안식은 '하늘은 흙 속에도 있느니/너희는 닿을 수 없는 허공의 별들을 우러르지만/나는 영롱한 보석들과 함께 산다(「죽음의 노래」)'에서도 나타난다. 이는 『꽃들은 별을 우러르며 산다』(1992)라는 시집의 제목에서도 알 수 있듯이 중기시편들에서 시인이 아름다운 것은 닿을 수

---

24) 모든 히에로파니는 그것이 현현하는 장소를 변형시킨다. 지금까지 세속적 지역이었던 것이 성스러운 지역으로 승격하는 것이다(*Ibid.*, pp. 470~473.).

없는 이룰 수 없는 거리에 있기 때문이라고(「먼 그대」)노래했던 것을 생각하면 큰 인식의 변화이다. 이제 그의 우주에 성과 속은 서로에게서 발견되기 때문이다. 또한 중기시편들에서 사랑과 이별 그리고 인연이 주는 고통에서 벗어나고자 했던 시인은 이제 그런 감정을 부정하지 않는다.

> 인생이란
> 기쁨과 슬픔이 짜아올린 집,
> 그 안에 삶이 있다.
> 굳이 피하지 마라. 슬픔을……
> 묵은 때를 씻기 위하여 걸레에
> 물기가 필요하듯
> 정신을 말갛게 닦기 위해선
> 눈물이 있어야 하는 법,
> 마른 걸레는 아무런
> 쓸모가 없다.
> 오늘은 모처럼 방을 비우고 걸레로
> 구석구석 닦는다.
> 내일은
> 우리들의 축일(祝日) 아닌가.
>
> —「눈물」 전문

그는 '인생이란/기쁨과 슬픔이 짜아올린 집'이며 '그 안에 삶'이 있다고 나직이 얘기한다. 중기시에서 인연고와 사랑고, 이별고 같은 고통을 주는 속된 감정이며 그 울타리 안에서 벗어나야 할 것으로 인식되었던 기쁨과 슬픔이 이젠 화자의 인생 아니 화자 그 자신을 이루는 모든 것으로 인식된다. 성속의 변증법적 공간의식은 우주 안에서 절대 자유와 안식을 느끼게 하며 그 자신이 우주와 동화되어 어디에 있건 자유와 안식의 공간을 누리게 된 것이다. 화자는 우주도 집이며 그 자신도 기쁨과 슬픔으로 짜아올린 하나의 집이라고 인식한다. 달아나거나 부수는 것으로 떨치려 했던 슬픔을 이제 '굳이 피하지 마라'고 하는 것은 슬픔을 더 이상 구속적 공간이 아니라 '눈물'이라는 부드럽고 따스한 액체로 인식하기 때문이다. 이제 슬픔은 집으로 표상된 자신의 정신을 말갛게 닦는데 꼭 필요한 것이라는 새롭고 긍정적인 의미항이 된다. 물에 적신 걸레로 방을 닦아내는 아주 일상적인 행위를 화자는 정신과 마음과 삶을 닦는 구도의 행위로 바꾸어 놓으며 내일은 축일(祝日)이라고 선언한다. 화자는 슬픔으로 일상적 삶을 닦아내는 연금술적인 상상력으로 그것을 축제로 만들고 있다.

5. 결론

이 글은 오세영의 시에서 강렬하게 지속되는 갇힘과 깨어짐의 이미지에 주목하여 유폐와 탈주의 공간 상상력이 불교적 상상력과 조우하면서 보여주는 공간의식의 변화를 추적하였다. 초기시의 불모성과 단절의 공간이 보여주는 유폐적 상상력은 중기시에서 구속력 있는 공간으로서의 그릇상징으로 나아가며, 그것은 불교적 상상력에의 탐구를 통해 무명으로 인식된다. 이것은 탈주의 상상력으로서의 깨어짐의 이미지가 무명을 타개하고자 하는 출가 모티프로 나아가게 하는 원동력이 된다. 불교적 상상력과 공간 상상력의 결합은 철학적 깊이에 대한 탐구의 길을 열었으며, 성과 속의 변증법적 공간의식을 가능케 함으로써 시인에게 공간으로부터의 절대자유와 안식이라는 얻게 하였다.

⅔ 불의 상상력

양소영

1. 서론

오세영은 1968년 『현대문학』에 「잠깨는 추상」, 「새벽」 등으로 추천되어 문단에 나온 뒤 10여권의 시집을 발간하며 활발한 시작활동을 전개한 시인겸 시학자이며 비평가이다. 그의 첫 시집인 『반란하는 빛』은 감각적이고 지적인 수사와 기교가 동원된 모던한 스타일을 지향한다. 그러나 두 번째 시집인 『가장 어두운 날 저녁에』부터는 모던한 스타일을 떨쳐버리고, 정통적이고 보수주의적인 시 세계로 나아가기 시작한다.[1] 그는 80년대와 90년대에 유행한 민중시와 해체시 사이에서 '독자적인 시세계'를 확립시킨 보기 드문 시인이다.[2] 그는 전통주의와 보수주의의 시적 논리를 추구하면서 자신의 시 세계를 더욱 심화시켜 나간다. 그리고 점차 그의 작품은 인간 본질에 대한 존재론적 성찰을 심도있게 수행해 나간다. 오세영 시에 대한 기존의 연구사를 살펴보면 존재론적 시각으로 접근한 연구[3], 오세영의

---

1) 고형진, 「전통시의 변주와 완전한 사랑노래」, 《문학과 의식》, 1998, p. 63.
2) 내면의식의 비유적 형상화는 차츰 생명에 관한 서정적 탐구로 변모하게 된다. 초기시에서의 불안정한 언어 문제도 이 시기에 이르러서는 그가 새롭게 모색하던 생철학적 주제탐구와 어울려 형상적 견고성을 획득하기 시작한 것으로 이해된다. 김재홍, 「사랑과 존재의 형이상학」, 《현대문학》, 1985, p. 418.
3) 최동호, 「욕망을 다스리는 영혼-오세영 시선집 『모순의 흙』에 대하여」, 《소설문학》,

전반적 시 세계를 규정한 연구4), 오세영 시에 나타난 불교적 사상에 대한 연구5) 등으로 나눌 수 있다. 이와 같이 그 동안에는 오세영 시에 나타난 존재론적 역설과 모순에 대한 연구가 많았다. 반면에 초기시, 특히 첫 시집은 그의 시 세계 전반을 다루기 위해서 부분적으로 언급만 될 뿐 자세한 연구가 되어 있지 않다.

『반란하는 빛』은 추상적인 사유와 모호한 언어 구사가 약점으로 지적될 수 있겠지만 그 가운데서도 진지한 열정을 가지고 '자기만의 길'을 탐색하는 시인의 모습이 역력히 드러난다.6) 그 열정과 탐색의 노정을 한마디로 집약해서 표현하는 이미지가 '불'이다. 본고는 『반란하는 빛』에 나타난 지배적인 이미지인 '불'을 분석하는 데에 초점을 맞추려고 한다. 이러한 분석을 통해 『반란하는 빛』이 지향하고 있는 바가 무엇이며 '불'이 시 속에서 어떤 방식으로 구체화되고 있는지 살펴보겠다.

2. '불'의 이미지

1) 죽음 곧 창조의 불빛

『반란하는 빛』에서 가장 많이 드러나 있는 것이 '불' 이미지이다. '불-장미-출혈'으로 이어지는 '불'의 이미지는 그의 시에서 헤아릴 수 없이 많이 발견된다.

1986. 2.

조창환, 「존재의 모순, 그 영원한 질문-오세영 시집 『불타는 물』」, 《현대시학》, 1989. 3.

김준오, 「명상시와 존재론적 상상력-오세영 시집 『사랑의 저쪽』」, 《현대시학》, 1990, 11.

박철희, 「깨진 '그릇'의 자기인식-오세영론」, 《문학사상》, 1991. 11.

4) 이동하, 「실존적 인식의 심화와 확대-오세영론」, 《한국문학》, 1986. 7. 고형진, op. cit.

5) 김재홍, op. cit.

이숭원, 「모순의 인식과 존재의 탐색」, 《현대시학》, 1985. 10.

6) 이동하, op. cit. p. 399.

내 살속에서 희미한 불빛들이
뛰어가고, 알콜이 출렁이는 바닷가에서
이십세기는 불을 지핀다. 물질이 흘린
피 싸늘한
실용(實用)의 새는 날 수 있을까
어두운 내 얼굴을 날아서, 찬서리 내린 굴뚝과
기계들이 죽은 무덤을 넘어서
어제의 어제를 넘어서
달에 도달할 수 있을 것인가

전선에 걸린 달, 인간의 숲 속에서
전화가 울고 아흔 아홉 마리의 이리가 운다.
저것 보라면서
불타는 서울의 술집들을 가리키면서
어디로 갈 것인가, 타버린 정신의 재
죽음 혹은 창조의 불빛

—「불1」 부분

　시인의 젊은 날의 고뇌가 "내 살 속에서 희미한 불빛들이/ 뛰어나가"며 "불을 지피"는 모습에 나타난다. 시인은 "어두운 얼굴"을 하고 "기계들의 죽은 무덤을 넘"으면서 "아흔 아홉마리 이리처럼"울며, 시적 자아의 허무한 세계에 대한 "싸늘한 시선"을 보낸다. 그리고 시적 자아는 물질주의를 상징하는 "실용의 새"를 보면서 "달"이라는 이상적인 삶에 도달할 수 있느냐고 말한다. 시적 자아는 자신의 허무한 의식과 창조의 갈림길에 서서 자아를 본다. 이런 자아와 세계의 간극에서 파열하는 시인의 낭만적 자아는 뜨거운 "불"이 되어 내면을 불사르고 "타버린 정신의 재"를 남긴다. 하지만 이 "불"은 재로 남지만 또한 "죽음과 창조의 불빛"을 남기기도 한다. '불'은 인간의 운명을 확대하여 세계의 생명에 연결시키며, 불이 야기하는 파멸은 하나의 변화이며, 환생이다. 삶의 본능과 죽음의 본능을 결합시키는 참된 콤플렉스를 '엠페도클레스 콤플렉스'라 말한다. 엠페도클레스 콤플렉스는 불에 대한 사랑과 존경이며, 이로써 불에 뛰어 들어 파멸하고자 하는 욕망이다. 그 파멸은 종말로 그치는 것이 아니라 재생, 새로운 삶의 부활로 나아간다.7) 오세영의 '불'에는 세계 속으로의 자아의 확산을 꾀하는 욕망과 파멸, 생성의 '엠페도클레스 콤플렉스'가 투영되어 있다. 즉, 시인의 허무와 고독의 불은 파멸과 생성의 경계에서 피어오른다. 그래서 죽음은 곧 창조의 불빛인 것이다. 죽음과 동시에 창조의 길이 열려진 시인은 침몰하지 않고 "어디로 갈 것인가"를 물으면서 시적 방황을 시작하게 된다. 또한 『반란하는 빛』을 관통하는 질서가 있다면 '헤매임'이다.

> 이웃들의 넓고 좁은 어깨를 비끼면서
> 달려드는 눈보라도 헤치면서
> 떠나가고 있었다. 이 겨울
> 저 욕망의 어둔 이마들
>
> 불이 꺼진 역두에 눈이 내리고 사랑이 조용히
> 눈을 들고 있을 때
>
> 이마에 넘치는 반란의 머리칼
> 나는 굶주림 표범, 빈 가방을 들고
> 달빛 푸른 기슭을 헤매고 있다.

---

7) 난로 속에 갇힌 불은 아마도 인간에게 있어서는 몽상의 최초의 주제이며 휴식의 상징이며, 휴식에의 초대였을 것이다. 하지만 난롯가에서의 몽상은 철학적인 축을 가지고 있다. 불은 그것을 관상하는 인간에게 있어서는 신속한 생성의 한 예이며 또 완벽한 생성의 한 예이다. 흐르는 물만큼 단조롭지도 않고 추상적이지도 않고, 숲속에서 매일 우리가 보는 새의 새끼보다 잘 자라며 변해가는 불은 시간을 변화시키고 끓어오르는 욕망의 전 생명을 그 종말로 그 피안으로 이끌어가고자 하는 욕망의 암시인 것이다. 공상이 진실로 매혹적이고 극적으로 되는 것은 바로 그 순간이다. 불은 인간의 운명을 확대한다. 그것은 조그만 것을 큰 것으로, 난로를 화산으로, 하나의 장작의 생명을 하나의 세계의 생명에 연결시킨다. 지극히 특수하면서도 일반적인 몽상은 불에 대한 사랑과 존경을, 삶의 본능과 죽음에 대한 본능을 서로 연결하는 하나의 콤플렉스를 이끌어낸다. 그것이 바로 '엠페도클레스 콤플렉스'이다. 가스통 바슐라르, 『불의 정신분석』, 민희식 역, 삼성출판사, 1993. pp. 46~47.

　　떠나가라 흐느끼는 폭풍 싱싱한 입맞춤은 두고

―「열차」 부분

　그는 "이웃들의 넓고 좁은 어깨를 비끼면서/ 달려드는 눈보라도 헤치면서/ 떠나가고 있었"고 "굶주린 표범"마냥 "달빛 푸른 기슭을 해매고 있"는 것이다. 이와 같이 시적 자아는 그가 현재 방황하고 있다는 것, 그의 현실은 그에게 우호적이지 못하다는 것, 결핍된 현실로 나타난다는 것을 말하고 있다. "떠나가라"고 외치는 그는 이러한 현실로부터 떠나고 싶다는 강렬한 열망을 품고 있다. 이러한 열망은 또한 현실적 제약으로 인하여 다분히 의식의 분열을 일으키고 있다.

2) 사랑의 열정, 생명의 리듬-장미

　불이 가지는 상상력 가운데 가장 보편화된 것은 그것이 생명, 생의 의지를 나타낸다는 것이다. 그것은 뜨거운 심장이며, 끓어 오르는 피이며, 사랑의 열정이다.[8] 오세영 시에서는 상상력이라는 영감의 불은 장미로 표상된다.

　　　마른 번개가 치는 공장의
　　　뒤뜰에 장미가 피어있다.
　　　바람의 흔들리는 한줌의 불

　　　석유에 젖은 손으로 성냥을
　　　긋는다. 축축이 젖은 정신이
　　　비탈을 내려가고, 땅에 떨어진 불씨를
　　　한 마리 새가 입에 물고
　　　전주(電柱)에 앉는다.

　　　신의 마을에 전기가 들어오고
　　　인부가 서너 명 땀을 흘리며

---

8) 오세영, 『한국 현대시 분석적 읽기』, 고려대 출판부, 1998. p. 15.

장미를 가꾼다. 석유가 나올 것인가

정유공장 뒤뜰에서 가을은
타오르는 인간의 불을 끈다.
불꺼지는 나다.

—「불4」 전문

장미는 "바람에 흔들리는 한줌의 불"이다. 꽃의 진정한 동력은 그의 내부에 숨겨진 불이다. 꽃은 역동적 상승운동을 통해 태양의 불을 내면화[9]시키는 것이다. 이렇게 해서 오세영 시의 꽃은 불의 꽃, 불꽃이 된다. 불꽃은 논리적이고 지적인 근대적 자아, 차갑고 무감각한 기계문명 속에 죽지 않고 흐르는 열정의 표현이며 생명의 리듬같은 것[10]이다. "정유공장 뒤뜰에서 가을은/ 타오르는 인간의 불을 끈다." 인간을, 아니 시적 자아를 생명적 존재로 가능케 하는 것이 불이다. 죽음의 연소와 같은 불은 동시에 창조의 불빛을 남긴다. 이러한 이유를 시인은 불꽃을 탐닉한 것인지도 모른다.

3) 불길한 공포의 징표-출혈

그의 시에서 불의 이미지는 불길한 고통의 징표이기도 하다. 이러한 의미에서 그는 불을 피의 점액성으로 표현한다.

너의 왼손에 번득이는 살의
땀에 젖은 길이 다하고 서투른 진리가 보일 때
범인은 침입한다.

불면의 저 새파랗게 죽어가는 힘
열린 시각의 두 문을 지나 피를 쏟는

---

9) 가스통 바슐라르, 『촛불의 미학』, 이가림 역, 문예출판사, 2000. p. 83.
10) 허혜정, 「소마의 그릇」, 『반란하는 빛』, 문학동네, 1997. p.134.

사건을 바라보면서 너는 그러나
가장 올바르게 죄를 훔친다.

— 「도둑」 부분

적막한 얼굴들이 뛰어나온다.
낯선 단어들이 소스라친다.

문을 닫으면 거기 현재는 없다.
싸늘하게 식은 안경, 저 노여운 대면(對面)

시선들은 떨어져 뒹굴고
관련(關聯)의 한가닥 전류가 꽂힌다.

꽂힌다. 정(情)의 떨리는 초침
꽂힌다. 심상(心像)을 나는 빛
어두운 바람들은 사그라지고
불빛은 조용히 침잠한다.

길은 섬세하게 흔들리고 사물들은
헝클어지고 인식의
차거운 가리킴, 너다.
적막한 얼굴 위에 흐르는 피

— 「산책」 부분

'욕망은 억압의 산물이고 범죄적인 영역'11)에 있다고 할 때, 「도둑」이란

---

11) 프로이트가 정의한 본능 욕구에는 "성적인 것과 공격적인 것이 있다. 오늘날에는 공격
욕이란 몸이나 말로써 남을 눌러 버리고 싶은 욕구나 동력을 말한다. 성적욕구를 리비
도라 부르고 공격, 파괴 욕구를 데스트루도라 부른다. 인간의 마음은 이드, 자아, 초자
아로 구성된다. 이드는 인간이 지닌 원초적 본능 욕구들의 정신적인 측면이라 정의할
수 있다. 이드가 지닌 본능욕구와 정서에는 첫째 의존하고자 하는 소망, 둘째 공격적
인 그리고 싸우거나 겁나면 도망가는 성향 그리고 성적인 것이다. 자아란 우리가 의식
적으로 조정할 수 있는 마음의 부분이며, 우리가 사는 현실과의 관계를 수립하는 마음
의 부분이다. 초자아란 쉽게 말해서 양심과 같은 것"을 말한다. 이 셋 중에서 이드는
무의식의 영역이며, 이드가 강하면 욕망은 범죄적인 영역에 있을 수 있다. 프로이트,

시는 "열린 시각의 두 문을 지나 피를 쏟는 사건"과 "죄를 훔친다"는 것은 무의식의 상처와도 같은 의미를 지닌다. '불면의 저 새파랗게 죽어가는 힘'처럼 그의 의식은 분열된다. 「산책」에서 보면 "싸늘하게 식은 안경, 저 노여운 대면"으로 "시선들은 떨어져 뒹굴고 관련의 한가닥 전류가 꽂힌다." "인식이 가리키"는 "사물들은 헝클어지고 있다." 불은 언제나 세계, 자아, 의식의 각질을 부수면서 시인으로 하여금 무의식의 원형적 세계에 접근 가능하게 하는 매개가 된다.12) 즉, "적막한 얼굴 위로 흐르는 피"는 시인의 우울과 환각인 것이다.

> 나는 내려간다.
> 화랑의 층계를 돌아
> 스물 아홉 육(肉)의 밑바닥에
> 선박들이 침몰하고
>
> 전주(全州)에서 본 여자가 메스를 들고
> 차갑게 웃고 있다.
> 염려 없다면서
> 빼앗는 내 눈의 불
>
> 박제된 유년의 깊은 밑바닥에
> 알콜에 적신 내가 누워 있다.
>
> ― 「불2」 부분

"회랑의 층계를 돌아 / 스물 아홉의 육의 밑바닥에/ 선박들이/ 침몰하"는 곳에, 그의 의식의 분열이 드러난다. "전주에서 본 여자가 메스를 들고 / 차갑게 웃고 있다." 그 마취의 불길 속에 그의 존재가, "메스" 질을 당하는 '피 흐르는 육체'로 변화한다는 것이다. 불은 선과 악을 동시에 단호하게 받아들일 수 있는 원소이다. 불은 순수성의 상징이기도 하지만, 불순성

『정신분석 강의(하)』, 임홍빈 외 역, 열린 책들, 1997. p. 409.
12) 가스통 바슐라르, 『불의 정신분석』, p. 47.

의 상징이기도 하다.13) 무의식의 흐름은 '피'라는 원초적 고통의 방식으로 유전되고 있는 것이다. 이것은 탐미적이고 '악'의 이미저리이기도 하다. 흐르는 피는 공포, 범죄의 불길함을 동시에 유발하기 때문이다.

3 . 새의 의미

불 이미지에 대한 추구는 불이 가지는 질료적 성격으로 인하여 그의 시 속에서 상승적 이미지를 질서화하고 있다는 특색으로 나타나기도 한다.

> 내가 쏘아올린 화살은 어느 때
> 새를 맞춘다.
>
> …중략…
>
> 문을 밀치면 거기 놓인 십자가에
> 문득 와서 꽂히는 화살, 온 밤을 피가 흐르고
> 경험의 뜨락에 져버린 잎새들이
> 앙상한 그림자로 창가에 드리울 때
> 한 마리 새가
> 문법의 가지를 차고 오른다.
> 난다. 파열하는 꽃잎 속을, 시간의
> 폭동 속을
> 아아, 뜨거운 수소 이온, 그 부력
>
> 날카로운 바람을 몰고, 한 소절의 아침을 건너
> 햇살이 파도치는 바다에서
> 인력을 끊고 솟아오른 한 개의 램프
>
> 드디어 타버린 육체의 아픔 위에
> 부리로 대낮을 깨면

---

13) 가스통 바슐라르, 곽광수 역, 『공간의 시학』, 민음사, 1989. pp. 122~123.

내가 쏘아올린 화살은 어느 때
내 가슴에 와 꽂힌다. 아아.
빛을 털고 일어서는 한 마리의 새

— 「날개」 부분

문법의 가지에서 인력을
벗으면서 나는 새
낙엽을 딛고 어휘를 따 모으던
원정은, 황혼을 어깨에 진 채
은하 건너 멀리 떠났다.

— 「밤하늘」 부분

　「날개」와 「밤하늘」은 '불'이 가지는 상승적 가치를 구현하고 있다. "문법
이 가지를 차 오르는" '새'의 이미지는 불이 가지는 질료적 성격을 보여준
다. 불은 중력의 법칙을 거부하는 상승지향성을 공기와 공유한다. 그와 동
시에 불에 관한 원소적 상상력에는 하강지향성도 내포되어 있다. 불은 불
꽃의 이중성, 즉 상승과 하강의 양방향의 변증법적 운동을 통해 가치와 반
가치의 투쟁을 벌이는 요소이다.14) 즉, 불은 기존의 인식를 불태워버리는
속성과 그와 동시에 새로운 인식을 창조하는 속성을 아울러 지니고 있다.
"문법"과 "인력"이라는 고정된 인식으로부터 "벗으면서 나는 새"는 동시에
새로운 인식을 위한 비상이다. 여기에서 불의 질료적 가치는 역동적 상상
력에 의해 새의 이미지로 전이되었다. 이 때문에 '불'은 인정이 결핍된 곳
에서 살아가는 시적 자아의 불안한 내면심리를 나타낸다면, 그는 비상하는
'불' 즉, '새'를 통하여 바로 현실적인 구속이나 속박에서 벗어나 자유로운

---

14) 길어진 불꽃은 공기와 대지에 의해 양쪽으로 잡아 당겨지는 듯이 상상된다. 그래서
　 불꽃은 상승과 탈진의 복합적 이미지를 지닌다. 올라가는 불에는 두 개의 불꽃이 있
　 는데 하나는 똑바로 위를 향해 올라가고 다른 하나는 심지에 붙박혀 멈추어져 있다.
　 이 때 후자는 전자의 반가치가 된다. 가볍게 상승하며 빛을 발하는 불꽃과 불순물로
　 인해 무겁게 남아 있는 불꽃이 가치들의 결투 혹은 대결의 가치부여작용을 벌인다.
　 불은 아래로 머무르고 있는 조잡한 것들을 태워버림으로써 선의 가치를 얻으려 애쓴
　 다. 가스통 바슐라르, 『촛불의 미학』, pp. 49~53.

정신을 추구하고 있다고 볼 수 있다. "빛을 털고 일어서는 한 마리의 새"는 자유로운 정신을 추구하는 긍정적 자아의 구체적인 표현인 것이다. 그래서 오세영의 이후의 시 세계는 모던한 시집의 색깔을 버리고, 존재론적 진실을 추구하는 길로 들어섰는지도 모른다.

4. 결론

『반란하는 빛』에서 가장 많이 드러나 있는 이미지가 '불의 이미지'이다. 이런 불의 이미지는 장미, 출혈 등으로 이어진다. 오세영의 죽음과 창조의 불빛은 세계 속으로 자아의 확산을 꾀하는 욕망과 파멸, 생성의 엠페도클레스 콤플렉스가 투영되어 있다. 그리고 불은 장미로 표상된다. 꽃의 진정한 동력은 그의 내부에 숨겨진 불이다. 꽃은 역동적 상승운동을 통해 태양의 불을 내면화시킨다. 그래서 그의 시에서 꽃은 불꽃이 된다. 불꽃은 열정의 표현이고, 생명의 리듬이다. 또한 그의 시에서 불은 불길한 공포의 징표이기도 하다. 그는 이것을 피의 점액성으로 표현한다. 이런 의미에서 피의 이미지는 시인의 우울과 환각인 것이다.

불의 이미지에 대한 추구는 불이 가지는 질료적 성격으로 인하여 그의 시 속에서 상승적 이미지를 질서화하고 있다는 특색으로 드러난다. 불의 상승지향성은 새의 이미지로 구현된다. 그는 새를 통하여 현실적인 구속이나 속박에서 벗어나 자유로운 정신을 추구하는 긍정적 자아를 표현한다. 그래서 『반란하는 빛』 이후 오세영의 시 세계는 모던한 색깔을 버리고 존재론적 진실을 추구하는 길로 들어섰는지 모른다.

⁝ 흙의 상상력

이새봄

1. 서론

흙은 우리 가까이에 있으며 가장 친근하게 여겨지는 것 중의 하나이다. 이러한 흙과 흙으로 만든 그릇, 그릇과 흙의 변형체인 돌, 모래, 칼 등에 관한 오세영 시인의 관심은 초기부터 지금에 이르기까지 꾸준히 이어져 왔다. 여기서는 처음의 다섯 시집에 나타난 흙의 다양한 이미지를 고찰해 보고자 한다. 『반란하는 빛』(현대시학사, 1970), 『가장 어두운 날 저녁에』(문학사상사, 1982), 『무명연시』(전예원, 1986), 『불타는 물』(문학사상사, 1988), 『사랑의 저쪽』(미학사, 1990)이 그것이다.

오세영 시인[1]에 대한 연구는 다각적으로 행해졌으나 여기에서는 '그릇'의 이미지에 초점을 둔 연구만을 한정해 검토해 보기로 한다. 연작시 「그릇」을 인간의 삶의 보편적이고 근원적 의미를 형상화하는 매개항으로 파악한 연구[2], 존재론적 시각에서 현실에 바탕을 두고 영원성을 지향한 것으로 본 연구[3], 능동적 소멸에 의미를 두고 초월을 지향하는 방법의 모색

---

1) 오세영 시인은 1965~1968년에 박목월에 의해 《현대문학》에서 등단한 후, 1970년의 처녀작 『반란하는 빛』에서부터 올해 『적멸의 불빛』에 이르기까지 모두 11권의 시집을 펴냈다.

2) 김준오, 「명상시와 존재론적 상상력」, 《현대시학》, 1990. 11.

3) 김성곤, 「'그릇'의 미학과 존재론적 고뇌」, 《시와 시학》, 2000. 가을호

으로 파악한 연구4), 서정주 시의 적극적 허무주의를 이으며 유연하고 열
린 형이상학, 동양적 사유를 담고있다고 본 연구5)가 있다. 그리고 인간
존재와 삶의 한계성을 인식하고 거기에서 벗어나 내면에 시선을 두고 있다
는 연구6), 파멸과 완성의 변증법으로 시의 의미를 파악한 연구7), 그릇은
존재의 가장 밑그림이자 세계 구성의 원리라고 본 연구8) 등이 있다. 이러
한 연구는 「그릇」 연작시를 이루는 핵심 중 하나인 일상에서 느끼는 인간
으로서의 존재론적 한계와 그 극복, 초월에 대해 말하고 있으며 시의 의미
에 보다 가깝게 갈 수 있도록 훌륭한 길잡이를 해주는 것으로 판단된다.
그러나 그릇에 초점을 두고 시를 봄으로써 '그릇'을 이루고 있는 근원인 흙
과 그 구성 원리에 소홀한 감이 있다. 여기에서는 위에서 말한 시집에서
나타난 흙의 이미지를 다음과 같이 나누어 살펴보고자 한다. '흙'의 완성체
인 '그릇'을 가운데에 두고, 그릇을 만들기 위한 흙과 그릇이 깨진 파편, 파
편이 부서져 된 흙, 흙마저도 벗어난 '흙'이 그것이다.

2. 흙의 모순적 의미

요즘의 도시에서는 아스팔트와 콘크리트 때문에 흙을 보기가 힘들지만
누구나 흙에 대해서 알고 있으며 공기처럼 너무 가까이 있어서 그 존재를
잘 깨닫지 못한다. 이런 흙의 의미를 좀더 엄밀히 살펴 보면, 다음과 같다.
①지구의 외각을 이루는 토석의 총칭 ②암석이 부스러져 된 분말 ③동물이
죽어서 썩어짐을 이르는 말이 그것이다. 또한 흙의 유의어인 대지나 땅에
대한 정의를 살펴보면, '바다를 제외한 뭍, 영토, 토지, 지방, 논·밭'이라고

허혜정, 「소마의 그릇」, 『반란하는 빛』, 문학동네, 1997.
4) 이숭원, 「모순의 인식과 존재의 탐색」, ≪현대시학≫, 1992. 2.
5) 신범순, 「'그릇'의 열린 공간」, ≪시와 시학≫, 1992. 여름호
6) 박철희, 「깨진 '그릇'의 자기인식」, ≪문학사상≫, 1991. 1.
7) 최동호, 「욕망을 다스리는 영혼의 형식-'모순의 흙'에 대하여」, ≪소설문학≫. 1986. 2.
8) 김수이, 「한 고독한 낭만주의자의 세계상」, ≪시와 사람≫, 1998. 봄호

나와있다. 정리해 보면, 흙은 집합체로서의 의미와 그 집합을 이루는 입자, 그리고 생물학적으로 사람을 포함한 동물이 죽은 후 분해된 상태란 의미를 지니고 있으며, 대지나 땅은 대개 흙의 집합체로서의 의미나 경제적 사회적 토대를 지니는 의미를 갖고 있음을 알 수 있다. 본고에서 살펴볼 흙의 의미 역시 위의 연장선상에 있다.

주지하다시피 그리스의 기원전 6세기 즈음의 밀레토스 학파와 이오니아 학파는 세계와 자연을 설명하려한 자연학자들을 말한다. 탈레스는 원래의 원소는 물이며, 공기나 불, 흙은 물에서 나온 것이라 생각했다. 이와 달리 아르케(arche)라는 용어를 철학에 도입하기도 한 아낙시만드로스는 존재 물로서 한계를 갖는 자연학적 원소들은 무한과 공통, 단일 등의 원리로부터 나와야 하며, 영원한 운동의 결과에서 나온 대립물이 독립된 네 원소, 즉 물과 불, 공기와 흙이라고 생각했다. 그에게 있어 제 1원소는 무한하고 무한정한 물질, 즉 아페이론(apeiron)이다. 무한한 것은 원리(시초)를 받아들이지 않으며, 만약 그렇지 않다면 그것은 이미 무한이 아니라 그 자체에 의해 다시 한정될 것이므로 생성하지 않게 된다.9) 아페이론에서 4원소가 생성된 것이다. 이 아페이론을 일종의 도나 법(dharma)과 비슷한 것이라고 생각할 수는 없을까. 본고에서는 오세영의 시에 나오는 흙이 여러 변형을 거치는 것이 아페이론이라는 무한에서 비롯된 것이며 일정한 방향성이 있다고 본다. 무한하고 무한정한 물질 속에서 나온 네 원소 중 하나인 흙은 무한에서 나와 무한으로 돌아간다. 즉, 흙에서 창조가 이루어지며, 죽은 후 흙으로 되돌아가는 것이다.

대표작이기도 한 다음의 시에는 흙은 무엇을 창조하기 위한 원료로서의 흙과 죽은(破滅) 후에 되돌아가는 근원으로서의 흙이 모두 등장한다.

> 흙이 되기 위하여
> 흙으로 빚어진 그릇,

---

9) 장-폴 뒤몽, 『그리스 철학』, 이광래 역, 한길사, 1999, pp. 23~25. 참조

언제인가 접시는
깨진다.

생애의 영광을 잔치하는
순간에
바싹
깨지는 그릇,
인간은 한번
죽는다.

물로 반죽하고 불에 그을려서
비로소 살아 있는 흙,
누구나 인간은
한번쯤 물에 젖고
불에 탄다.

하나의 접시가 되리라.
깨어져서 완성되는
저 절대의 파멸이 있다면,

흙이 되기 위하여
흙으로 빚어진 모순의 그릇.

— 「모순의 흙」 전문10)

　시선집 『모순의 흙』의 제목이기도 한 이 시는 인간에 비유되는 그릇이
흙으로부터 만들어져 생명을 갖게 되는 장면과, 흙으로 애써 만든 완성된
그릇이 깨지면서 비로소 "완성되는" 장면으로 이루어져 있다. 제목에서부
터 '모순'이라는 말이 있듯이 이 시를 이루고 있는 커다란 기둥은 모순, 아
니 역설(paradox)이다. 이것이 모순이 아니라 역설인 까닭은 처음의 '흙'
과 나중의 '흙'이 다른 성격을 지니고 있기 때문이다. 그릇을 만들 원료로

---

10) 오세영, 『반란하는 빛』, 문학동네, 1997, p. 85.

써의 흙, 그릇이 깨지고 '흙'이 되기 위한 흙은 분명 다르다. 이것은 원료와 목적이라는 차이를 지니고 있을 뿐만 아니라 우주와 연결되지 않은 개체와 우주와 하나가 된 '우주적 자아'라는 커다란 차이점을 갖고 있다. '우주적 자아'는 위에서 아낙시만드로스가 말한 아페이론에 부합된 자아라고도 할 수 있고, 브라만(brahman, 우주의 근본 원리)의 축소판인 아트만(atman, 생명의 근원, 자아)이라고도 할 수 있겠다.

인간을 흙, 또는 밀가루, 옥수수 가루 등으로 반죽해서 만든다는 이야기는 여러 신화에서 발견된다. 크리스트교에서는 창조주의 형상대로 흙을 빚어 인간을 만들고 코에 숨을 불어넣어 생명을 주며, 서아프리카의 요루바 신화에서는 올로룬이라는 최고신이 오리샤 늘라에게 시켜 흙으로 인간을 만들게 하고 비밀리에 생명을 준다. 인더스 지방의 한 신화에서는 옥수수 반죽으로 인간을 만들고 마다가스카르에 전승되는 신화에서는 창조주의 딸인 어머니 땅이 흙으로 인형을 만들어 놀자 창조주가 거기에 생명을 넣어 인간을 만든다.11) 여기서의 밀가루나 옥수수 가루는 재료로서의 흙의 변형으로 생각할 수 있을 것이다. 이 흙을 반죽하여 그릇을 만든다. 바슐라르는 4원소의 물질적 상상력의 입장에서 물과 흙의 중간적 형태의 몽상, 매개적 몽상에 대해 다음과 같이 이야기한다. 물이 흙을 부드럽게 하고 흙이 물에 끈끈함을 주는 것으로 파악되는 물과 흙이란 상상적 원소의 협동작업은 모순으로 넘친다. 원초의 반죽은 저항하는 동시에 양보하는 완전한 반죽으로 우리 자신의 육체가 자기를 나타내기 위한 수단이다.12) 다시 말하면, 반죽을 통해 그릇을 만드는 것은 육체를 만드는 것, 육체란 형상을 빚음으로써 흩어져 있던 내면을 모아 내재된 형상을 드러내는 고유의 한 인격이 형성하는 것, 즉 인간을 창조하는 것이라고도 할 수 있다.

하지만 인간을 창조하는 것이 곧 완성은 아니다. 그것은 완성을 위한 토대를 닦는 것이거나 일차적 완성에 지나지 않는다. '생애의 영광을 잔치하

---

11) J. F.비얼레인, 『세계의 유사 신화』, 현준만 역, 세종서적, 1996, pp. 63~82. 참조
12) 바슐라르, 『大地와 意志의 夢想』, 민희식 역, 삼성출판사, 1982, p. 255.

는 순간에 바싹 깨지는 그릇'은 생애의 가장 극적인 순간, 정사의 황홀함을 느끼는 순간이거나 진리를 깨닫는 순간 혹은 그에 버금가는 절정에서 자신이 지닌 육체를 감당하지 못하고, 혹은 초월해서 바싹 깨지는 것이 아닐까. 누구나 죽음에서 벗어날 수 없다는 '절대의 파멸'을 기꺼이 맞이하고 오히려 그것을 기대하는 것은 그것이 끝이 아님을 알고 있기 때문일 것이다. 그것은 더 큰 새로운 시작이며 또 다른 완성이다. 생성의 근원인 흙으로 돌아간다는 점에서 '영원한 존재로의 귀환'13)이라고 할 수 있으며 '우주적 자아'로의 변모 내지는 전이라고 말할 수 있다고 생각한다. 흙으로 빚어진 접시가 깨져 흙으로 돌아가는 것은 죽음이 아니라 접시라는 사물의 유한성을 벗어나 영원한 존재로 돌아가는 것이며, 다른 접시로 재창조될 수 있는 무한한 가능의 세계로 진입하는 것이기 때문이다.

> 결국은 한 알의
> 모래가 된다.
>
> 파멸(破滅)이, 저 존재(存在)의 중심(中心)에서
> 깨어진 접시가
> 이루는 완성(完成).
>
> 결국은 한 알의
> 결정(結晶)이 된다.
>
> 깨어지고 깨어져서
> 이겨내는 외로움,
> 그는 시방
> 바닷가에 서 있다.
>
> 들려오는 건
> 허무(虛無)의 바람 소리와

---

13) 이승원, op. cit., p. 234.

애증(愛憎)의 기슭에서 부서지는 파도 소리.
가장 밝은 지상(地上)에서 뒹구는
결국은 한 알의
모래가 된다.

해조음(海潮音)이 된다.
— 「모래」 전문14)

이 시는 「모순의 흙」연장선상에 있는 시이다. 깨어져 '칼날'이 된 그릇의 구성성분(構成成分)인 흙은 '결국은 한 알의 모래'가 되는 것이다. 파멸과 '깨어진 접시'가 곧 완성이라는 역설은 이 시에서도 나타나는데, 이러한 역설적 논법은 어디서 온 것일까. 진정한 자기회복·자기구원을 위하여 오히려 소외와 죽음과 파멸을 노래하지 않으면 안되었던 것은 아닐까. '인간존재의 근원적 상황인 모순의 극복'15)을 위해 역설적 논법은 필요하다. 깨어지고 깨어져서 이겨내는 외로움처럼, 접시가 깨어져 모래가 되는 것처럼 인간이란 존재는 결국 한 알의 모래알이 된다는 것이다.16) 근원 '흙', 모래로 돌아가는 일은 그 무엇에도 구애됨이 없이 자유로워지는 일이며, '외로움'을 견딘 이후 비로소 닿게 되는 경지이다. 원래 그것이 무엇이었든지 간에 그것은 '결국은 한 알의 모래가' 되고 더 나아가 모래가 넓게 펼쳐진 바닷가 옆 모래사장에서 들리는 '해조음'이 된다. 완전히 자연에 스며들어 자연의 일부가 되는 것이며, 다시 말하면, 장자가 말한 물화(物化)의 경지에 이르는 것이라고 할 수 있다. 앞에서 말한 '우주적 자아'라고 이름지을 수도 있겠다. 그럼 이렇게 소외되고 개별적인 자아가 브라만, 아페이론과 합일된 '우주적 자아'로 거듭나기 위해서 필요한 것은 무엇일까. 시인은 깨어있는 이성과 증오와 파멸이 필요하다고 노래한다.

---

14) 오세영, 『가장 어두운 날 저녁에』, 문학사상사, 1982, p. 20.
15) 박철희, op. cit., pp. 120~121.
16) 최동호, op. cit., p. 342.

3. '그릇'과 깨짐

그릇은 (진)흙이 완성된 것이며, 흙으로 빚어 만들어진 인간을 상징한 것이라고 할 수 있다. 빈그릇은 그 안에 공기가 담긴 것이며 그것으로 그릇의 용도로서의 그릇의 사명을 다한다. 이를테면 그것이 그릇의 상식적인 존재 이유이다. 다른 말로 하면, 그릇은 무엇인가를 담기 위해 만들어진 것이다.

> 1) 그릇에 담길 때,
>   물은 비로소 물이 된다.
>   존재가 된다.
>
> — 「들끓는 물 - 그릇 6」 부분[17]

> 2) 이 밤에도
>   외로워서 술을 드는
>   인간(人間)이여,
>   부딪쳐라 술잔(盞)
>   잔(盞)은 빈 것으로
>   돌아가야만 한다.
>
> — 「부딪쳐라 술잔 - 그릇 7」 부분[18]

1)과 2)는 그릇에 물이 담기는 것과 술이 비워지는 것에 관한 시이다. 1)에서는 그릇에 물이 담김으로써 물이 '비로소 물'이 되는 것에 대해 노래하고, 2)에서는 술이 비워짐으로써 본분을 다하는 것에 관해 이야기한다. 물이 하나의 존재가 되는 동시에 그릇 역시 존재가 된다. 서로가 존재하여 '물'은 '그릇'에게 '그릇'은 '물'에게 존재의 이유가 됨으로써 서로를 존재케 하는 셈이다. 이 시는 "욕망을 다스리는 영혼의 / 형식(形式)이여, 그릇이여."로 마무리되는데, '물'은 '욕망'이고 '영혼의 형식'은 '그릇'에 각각 대응

---

17) 오세영, 『사랑의 저쪽』, 미학사, 1990, p. 18.
18) Ibid., pp. 20~21.

한다고 보여진다. 다시 '욕망'은 인간의 내면과 본질로 확대될 수 있고 '그릇'은 육체인 동시에 '이름'이고 명함이며 직위의 다른 이름이라고 생각할 수 있다. 즉, '물'이, 그것도 '들끓는 물'이 그릇에 얌전히 담겨있음으로써 '이름'이 되고 '존재'가 된다는 것은 인간 본연의 존재가 됨을 말하는 것이 아니라 오히려 그런 부분을 억제하고 사회적 존재로서의 인간이 되는 것을 말하는 것이다. '사회적인 의무와 대중적 제의와는 정반대로 향하는 다른 길'19)을 가고자 하는 욕망을 억누르고 사회적 질서에 부합하는 삶을 사는 것이다. 대개의 사람들은 그런 삶에 회의를 느끼고 '외로움'을 느끼더라도 자신과 비슷한 감정을 느끼는 -혹은 그렇지 않더라도- 다른 사람들과 '술잔(盞)'을 부딪치면서 함께 묻어 살아가는 삶을 택한다.

　그러나 어떤 사람들은, 또는 어떤 때에는 그러한 삶을 거부하고 내면을 탐색하며 사회적 의무와 자신으로부터도 자유로운 삶을 살고자 하는 욕망을 억지로 누르는 것을 거부한다. 이것은 '우주적 자아'로의 욕망이다. 앞에서 언급했듯이 '우주적 자아'로 거듭나기 위해서는 날카롭고 깨어있는 이성이 필요하다. 이성과 짝을 이루고 등장하는 감정인 증오는 잠든 이성을 깨워 작용케 하는 계기며 열쇠이다.

바닷가
수많은 자갈들 중에서
불쑥 내게 던져지는 돌,
돌은
팔매질로 날아올 때 비로소
돌이 된다.

싸늘히 식은 하나의 의미
불타기 위해
한 남자의 두 손이 여자의 바다를
적시듯

---

19) 조셉 켐벨, 『천의 얼굴을 가진 영웅』, 이윤기 역, 민음사, 1999, p. 81.

> 가슴에 깊이 와서 박히는 돌,
> 돌은 눈먼 사랑을 깨우는
> 증오를 배울 때, 비로소
> 돌이 된다.
> 돌이여, 내 가슴을.

—「돌」 전문[20]

돌은 늘 돌이겠지만, 나에게 "팔매질로 날아올 때 비로소 돌이" 될 수 있다. 그 때서야 비로소 나는 '돌'을 느낀다. 이 표현은 앞에서 살펴본 「들끓는 물」의 "물은 비로소 물이 된다."와 비슷하며, 김춘수 시인의 「꽃」에 나오는 한 구절 "그는 나에게로 와서 / 꽃이 되었다."와 유사하다. '물'과 '꽃'과 '돌'은 익명의 무의미한 존재에서 하나의 유의미한 존재가 된다는 데에서 비슷한 의미를 지닌다. 그러나 '돌'은 '물'과 '꽃'과 그 의미하는 바가 조금 다른데, 후자가 존재의 이유나 사랑의 시작 정도 되는 의미를 지닌다면, 돌은 그것을 깨는 속성을 지녔기 때문이다. 후자가 둘 사이의 관계 맺기를 통해, 서로에게 근거를 두고 존재가 의미를 지니는 것이라면, 돌은 오히려 그것을 깨고 홀로 서는 계기가 되는 것이며 보다 인간의 본연에 가깝게 가도록 하는 의미를 지닌다. 다시 말하자면, 이 때의 돌은 "눈먼 사랑을" 깨우고 "증오를" 불러일으키는 것이며, 나의 "가슴 깊숙이 와서" 박혀 상처가 되는 돌이다. 무뎌진 가슴에 툭 던져서 증오의 감정을 느끼게 함으로써 시인의 가슴에 결정(結晶)처럼 응어리져 균열을 일으키게 하는 것이다. 인식의 각성을 요구하는 '흙'의 변형체라고 할 수 있다. 다음 시에서의 칼날과 칼은 이 시에서의 돌과 대응한다. 논의를 분명히 하기 위해 시를 좀더 살펴보기로 하자.

> 1) 절제(節制)와 균형(均衡)의 중심에서
>   빗나간 힘,

---

20) 오세영, 『반란하는 빛』, 문학동네, 1997, p. 87.

    부서진 원은 모를 세우고
    이성(理性)의 차가운
    눈을 뜨게 한다.
    맹목(盲目)의 사랑을 노리는
    사금파리여,
    지금 나는 맨발이다.
    베어지기를 기다리는
    살이다.
    상처 깊숙이서 성숙하는 혼(魂)

    깨진 그릇은
    칼날이 된다.
    무엇이나 깨진 것은
    칼이 된다.

— 「그릇1」 부분21)

2) 세상은 달아오른
   용광로,
   사랑으로 눈멀고
   증오로 눈뜨는
   무쇠,
   원수의 손으로 만들어진
   칼,

   망치로 쳤다.
   칼날을 세우기 위하여
   잠든 증오를 깨우기 위하여

— 「칼」 부분22)

    사랑은 분명 아름다운 것이지만, 어떻게 보면 증오 없는 사랑은 조금은 심심하고 무미하며 때로는 맹목적이다. '베어지기를 기다리는 살'과 '맨발'

---

21) 오세영, 『사랑의 저쪽』, 미학사, 1990, p. 11.
22) 오세영, 『무명연시』, 전예원, 1986, p. 45.

은 세상이나 타인이 주는 상처를 방패막 없이, 아무런 대비책이나 준비 없이 온전히 받아들이는 '날 것 그대로'의 존재이다. 절제와 균형을 팽팽하고 긴장된 힘으로 유지하고 있는 '그릇'이 깨지면서 그 긴장된 힘의 날카로운 면이 드러난다. 그것을 여기서는 '차가운 이성'과 연결시키고 있다. 결국, '그릇'은 조화롭고 질서 잡힌 '원'의 세계이지만, 매우 불안하고 긴장된 형태로 그것을 유지하고 있을 뿐인 것이다. 그것은 언제나 깨어질 위험에 처해 있고, 깨어졌을 때 비로소 그 긴장된 힘의 본질적인 면이 자신을 드러낸다.23) 증오는 사랑과 대립하는 것이며, 사랑은 맹목적이고 눈멀어 있는 것이고 증오는 깨어있으며, 눈떠 있는 것이다. 시인은 사랑으로 무뎌진 마음을 망치로 친다. 무딘 무쇠를 망치로 쳐서 칼날을 퍼렇게 세운 칼을 만들듯이 '이성의 차가운 눈'을 뜨게 하기 위해서 '달아오른 용광로' 안에서 망치질을 한다. 자신의 존재를 잊게 만들 정도로 강한 힘을 가진 사랑에 이끌려 다니기보다는 차라리 '잠든 증오'를 깨우길 바란다. 의식이 깨어 있는 생활은 대항자를 필요로 하며, 대항자를 의식하는 심리는 곧 증오이다. 칼과 칼날은 우리의 삶을 지배하는 고정관념을 깨뜨리고 잠든 의식을 일깨우는 '이성(理性)의 차가운 눈', '상처 깊숙히서 성숙하는 혼(魂)'이다.24)

깨짐으로써 본분을 지키는
살아 있는 흙
살아 있다는 것은
스스로 깨진다는 것이다.

— 「살아 있는 흙」 부분

'살아 있다는 것은 스스로 깨진다'는 것은 분명 커다란 삶의 역설이다. 좌절이나 절망은 아무나 하는 것이 아니다. 하고자 하는 바가 있고 거기에 무섭게 매진해 본 사람만이 좌절하고 절망할 수 있는 자격이 있다. 시도

---

23) 신범순, op. cit., p. 117.
24) 박철희, op. cit., p. 121 참조.

없이 실패는 없으며, 따라서 실패가 무서워서 시도하지 않는 사람은, 이별이 두려워서 사랑하지 않는 사람은 깨어지지 않는다. 깨질 수 있다는 것은 그릇이 만들어졌기 때문에 가능한 것이다. 살아보지 않고 죽음을 말할 수 없으며, 삶에 충실하지 않고는 죽을 수 없다. 그 삶은 이미 죽은 삶이기 때문이다. 그래서 시인은 그릇을 빚는다. 보다 잘 깨지기 위해서.

4. '흙'의 우주적 확장

지금까지 시인은 '존재하려는 의지와 존재의 숙명적인 유한성'25)에 갇혀 있었고, 그러한 생각은 '나'라는 존재에서 비롯된 것이다. 그러나 이제 시인은 과감히 '나'를 버린다. 세계의 한 구성원소인 '흙'마저도 포기함으로써 보다 자유롭게 보다 완전하게 '우주적 자아'로 거듭나게 되는 것이다.

> 누가 우리에게 화분을 준 것같이
> 이제 우리들의 그릇을 부셔다오.
> 장미 한송이 뿌리째 뽑혀와
> 창틀에 놓여 있다.
>
> ― 「우리들의 그릇」 부분26)

장미로 상징되는 우리에게 화분-흙이 담긴-을 준 것은 우리의 몸에 맡는 대지를 준 것이며, 우리에게 삶의 토대를 제공하는 것이다. 우리는 삶의 토대, 직업이나 이름이나 가족 등이 없이는 살아나갈 수 없다. 대지에 굳건히 뿌리를 내리고 살아야하는 것이다. 그러나 때로 생명의 기반일 수도 있는 그런 토대가 답답하다. 우리는 떠나고 싶고, 자유롭고 싶고, 하나의 의미 안에 갇히기를 바라지 않는다. 그래서 장미는 '뿌리째 뽑혀와 창틀에

---

25) 류철균, 「존재의 초극과 사랑의 지평」, 『시와 시학』, 1992. 여름, pp. 135~136.
26) 오세영, 『가장 어두운 날 저녁에』, 문학사상사, 1982, p. 66.

놓'이는 신세가 되더라도 그릇을 깨뜨려주기를 희망한다. 기표와 기의로
따진다면, 기의가 기표를 넘친다고 할 수 있겠다.

> 한줌의 흙이 되기보다는
> 한 방울 물이 되기를
> 감긴 눈에 뿌려지는
> 한줌의 흙.
> 흙은 마침내 꿈에서 깬다.
> 흙은 마침내 옷을 벗는다.
> 한줌 흙으로 삭는 육신.
> 한 방울 물이 되기를
> 흙으로 흘러드는 물이 아니라
> 하늘에서 하늘로 흐르는
> 물.

「하늘로 흐르는 물」 전문27)

이 시에서 시인은 죽어서 흙이 되기보다 물이 되기를 바란다. 여기서의
흙은 사람들이 보통 죽어서 흙으로 돌아간다고 말할 때의 흙이다. 시인은
그 흙이 지상에 단단히 박혀 있어 자유롭지 못하다고 생각한다. 그래서 '하
늘로 흐르는 물'이 되고자 한다. 물은 위에서 아래로 흐른다. 그러나 아래
에서 위로 흐르는 물도 있다. 땅에 뿌리를 내리고 사는 꽃, 나무 등이 그렇
다. 땅 속에 흐르는 물을 빨아들여 모세혈관처럼 얇은 관다발을 통해 줄기
로 잎으로 꽃으로 끌어올린다. 생명이다. 또한 남성의 에로스적 힘 역시
위로 솟구치는 생명이다. 바다나 호수에서 하늘로 올라가는 수증기 역시
'하늘로 흐르는 물'이다. 죽음의 순간에서 인간은 생물학적으로 '한줌 흙으
로 삭는 육신'이 되겠지만 오히려 시인은 그 순간에 이렇게 강한 생명을 노
래한다. 물론 이 때의 생명은 육체적 부활이나 육체적 생명의 유지를 말하
는 것이 아닐 것이다. 흔히 영원히 깊은 잠에 든다고 말하는 죽음의 순간

---

27) 오세영, 『무명연시』, 전예원, 1986, p. 59.

에 '흙은 마침내 꿈에서' 깨어난다는 것은 육체를 비롯하여 삶과 생활에서의 갖가지 의무와 한계인 옷을 벗고 보다 큰 자유로 향한다는 것, 진정한 '우주적 자아'로 거듭나는 것을 의미하는 것은 아닐까.

5. 결론

　사람은 흔히 흙에서 태어나 흙으로 돌아간다고 한다. 오세영 시인의 시세계도 이러한 인식 안에 있다. 그러나 그는 그러한 세계 안에만 머물지 않고 자신의 독자적인 세계를 형성하고 있다. 흙의 이미지를 통해 존재의 근원을 탐구하고 나아가 흙을 버림으로써 완성되는 '흙'의 초극까지 담겨있는 것이다. 본고에서는 이러한 오세영 시인의 시세계 중 일 면을 살펴보았는데, 그는 흙과 흙으로 만든 그릇, 모래, 칼 등 흙의 변형체를 시적 대상으로 끌어와 생성과 소멸이라는 만물의 역사 속에서 소멸이 곧 생성일 수 있음을 노래하고 있다. 또한 그 소멸적 완성을 통해 '우주적 자아'로 거듭나고 진정한 자유를 누리고 싶은 희망을 이야기하고 있음을 알 수 있었다. 다시 말하면, 창조의 원료가 되는 흙에서 그릇을 빚고, 그릇으로서 존재하다가 그 근원인 흙으로 돌아간다는 우주의 법칙에 부응한다. 그릇의 깨진 파편(날카로운 이성)을 통해 자신의 한계와 가능성을 인식하고 그로부터 '우주적 자아'로 거듭나고 마침내 흙으로부터도 자유롭게 되는 것이다.

제5부

수사학적 원리

서정과 은유적 상상력

금동철

1. 서 론

오세영 시인의 시를 접하다 보면 시의 언어가 가지는 의미의 무게를 보다 명확하게 알 수 있게 된다. 서정시에 사용된 하나의 단어나 이미지는 그것 자체가 지칭하는 바 지시대상의 세계에 물리적으로 얽매여 있는 것이 아니라, 그 너머에 보다 깊은 의미의 차원을 항상 거느리고 있음을 그의 시를 읽는 독자들은 쉽게 알아차릴 수 있는 것이다. 이 말은 그의 시에 사용된 언어들이 단순한 기교의 차원에 머무는 것이 아니라, 언어 기호 너머에 깊이 드리워져 있는 의미의 세계를 거느리고 있음을 말해준다. 이러한 특징은 오세영 시인의 시적 언어가 은유적 상상력에 근거하고 있음을 단적으로 말해주는 요소이기도 하다.

언어 기호가 그것의 물질적 차원에 얽매이지 않고 그 너머에 존재하는 의미의 세계와 결합할 수 있을 때 시는 보다 본질적인 세계와 맞닿을 수 있다. 현대의 포스트모더니즘이나 해체시와 같은 실험시들이 빠져드는 차가운 물질성의 세계는 인간 정신을 물질성 속으로 고착시켜 얼어붙게 만들 뿐만 아니라 언어 기호를 의미와는 분리시켜 버리고 단지 기호들의 놀이로 시를 타락시키는 것을 볼 수 있다. 그러나 시인의 정신이 물질성 혹은 육체성을 벗어나서 정신의 영역과 맞닿을 수 있을 때 시는 좀더 깊은 서정성의 근원에 이를 수 있을 것이며, 이 때 시의 언어 또한 그 자체의 물질성을 벗어나서 기호 너머에 존재하는 의미의 세계를 탐색할 수 있게 될 것이다. 언어 기호와 본질적이고 근원적인 의미 사이의 연결고리를 인정하고 찾는 이와 같은 자세는 은유적 상상력의 중요한 요소이며 서정시의 가장 중요한 특징이라고 하겠다.

서정시는 본질적으로 이러한 은유적 상상력을 기반으로 형성된 것이 분명하지만, 이러한 은유적 상상력을 오늘날 다시 거론해야 하는 이유는 많은 현대시들이 이러한 은유적 상상력을 파괴해왔기 때문이다. 시를 해체한다는 것은 쉽게 말해서 전통적인 서정시를 해체한다는 것이며, 보다 정확하게 말하면 서정시를 형성하는 가장 근원적인 요소인 서정성을 해체하는 것이라고 할 수 있다. 그런데 이 서정성을 형성하는 요소가 바로 자아와 세계 사이의 거리를 없애는 동일성의 사유[1] 즉 은유적 상상력이므로, 서정시의 해체는 이러한 은유적 상상력의 해체로 이해할 수 있게 된다.

오세영 시인의 시에서 끊임없이 나타나는 본질의 세계에 대한 갈망, 근원을 찾아 나가는 자아의 의식은 이러한 은유적 상상력과 긴밀하게 관련되어 있다. 예를 들면 그의 시에 나타나는 사랑의 이야기들도 단순한 하나의 이미지만으로 작용하는 것이 아니라, 인간 존재 자체의 보다 근원적인 문제들과 관련되어 있음을 볼 수 있다. 하나의 이미지가 단순한 물질적 차원을 넘어서 의미의 세계 속에 깊은 끈을 드리우고 있을 때, 거기에는 언어 기호와 의미 사이의 동일성을 인정하는 은유적 상상력이 강하게 개입되어 있는 것이다.

오세영의 시에 나타나는 은유적 상상력은 이러한 이미지나 기호의 사용법에서뿐만 아니라 자아와 세계 사이의 관계에 대한 시인의 의식 속에서도 확인할 수 있다. 그의 시에는 자아와 세계 사이의 동일성을 달성하고자 하는 강한 욕망이 나타난다. 서정시는 근원에 대한 갈망, 다시 말해 자아와 세계가 일체가 되는 미적 체험에 대한 본질적 갈망을 지니고 있는데,[2] 이

---

1) 김준오, 『시론』, 삼지원, 1997, p. 34.

것 또한 은유적 상상력의 중요한 한 특징이라고 할 수 있다. 원관념과 보조관념 사이의 유사성 혹은 동일성에 바탕을 두고 있는 수사학이 은유이다. 이를 기호의 입장에서 본다면 기표의 기의 사이의 동일성을 말하는 것이며, 좀더 확장한다면 자아와 세계 사이의 동일성을 말하는 것이라고 하겠다3). 여기에 오세영 시인의 은유적 상상력이 지닌 의미를 파악할 수 있는 단서가 나타난다. 본고에서는 그의 시에 나타나는 은유적 상상력의 특징을 살펴보고, 그것이 지닌 의의를 점검해 보고자 한다.

2. 본질적 언어의 회복

은유적 상상력과 관련하여 오세영 시에서 주목해야 할 것 중의 하나는 그의 시에 나타난 언어관이다. 서정시에서 언어는 시인과 독자를 연결하는 의사소통의 수단일 뿐만 아니라 존재의 본질을 더듬는 매우 중요한 도구가 되기 때문이다. 문제는 이러한 언어의 타락에서부터 출발한다. 근대적인 주체와 이성은 자아와 세계 사이의 동일성에 대한 부정으로부터 출발한다. 이성의 빛에 의한 탈신비화의 전략을 내세운 근대성의 이념4)은 대상으로서의 세계를 물질화함으로써 자아와 대상을 엄밀하게 구분하는 것을 중요한 목표로 삼았던 것이다. 그 결과 자아와 대상 사이를 이어주던 끈은 사라지고, 세계는 이제 주체에 의한 인식의 대상으로만 남게 된 것이다.

모든 것이 물질화된 근대성의 영역 속에서 언어 또한 물질화되는 것은 당연하다. 언어는 자아와 세계를 연결하는 신비적인 힘을 상실하고 오직 의사전달의 수단으로서만 존재하게 되는 것이다. 이러한 상황에서 서정적 동일성은 존재하기 힘들게 된다. 자아와 세계가 철저하게 분리되면서, 이제 자아는 세계를 이성적으로 분석할 수는 있을지언정 자아에게 스스로 말

---

2) Ibid, p. 35.

3) 졸저, 『한국 현대시의 수사학』, 국학자료원, 2001, pp. 213-217.

4) M. 호르크하이머 / Th. W. 아도르노, 김유동 외역, 『계몽의 변증법』, 문예출판사, p. 23.

을 걸어오는 세계를 느낄 수는 없게 된 것이다. 언어 또한 자아와 세계 사이의 연결고리 역할을 할 수 없게 된 것은 당연하다.

이러한 시대는 쉴러가 말하는 소박한 시인은 사라지고, 오직 자아와 세계의 합일을 꿈꾸는 감상적 시인만 존재하게 되는 시대이다[5]. 소박한 시인은 자연으로 존재하는 시인, 다시 말해서 자아와 세계 사이의 분리를 경험하지 않고 자신의 존재 자체가 자연이며 자신의 노래가 그대로 자연의 노래가 되는 시인을 말한다. 이에 비해 감상적 시인은 자연과의 합일이 불가능한 현대 문명 속의 시인이며, 서정시가 본질적으로 요구하는 자아와 세계의 합일이라는 이상을 인위적으로 추구하는 시인이다. 그러므로 이러한 감상적 시인이 사용하는 시의 언어에는 타락하지 않은 시대에 대한 강한 향수를 지닐 수밖에 없다.

오세영의 시에 나타나는 언어 의식에는 이러한 타락한 시대의 언어에 대한 강한 비판이 깔려 있으며, 그만큼 타락하지 않은 언어, 타락하기 이전의 언어에 대한 강한 열망 또한 내포하고 있다. 시의 언어가 근대적 이성에 의해 지배되기 시작할 때 그것은 생명력을 상실하고 딱딱하게 굳어가기 시작한다. 근대적 인간은 자아와 세계를 연결하던 본래적 언어의 신비한 힘을 제거하고 거기에 여러 가지 조작을 가하면서 의사소통의 수단으로 만들어버린 것이다.

> '안 돼'라는 말 끝에
> '너를 위해서'라고 덧붙인다.
> 사실은 나를 위해서인데
> 진실을 호도하는 말의 양념,
> 인간은 언어에도 양념을 친다.
> 잘게 썬 육편을 초장에 찍어 먹듯
> 자른 두부와 무와 토막낸 생선에
> 양념을 쳐서 끓인

---

5) 김준오, op. cit., p. 39.

> 한 그릇의 매운탕,
> 양념은 원래
> 칼로 요리한 음식에만 치는 것인데
> 말에 양념을 치는 것은
> 인간의 언어엔 칼을 댄 까닭이다.
> ㅇ, ㅏ, ㄴ, ㄷ, ㅗ, ㅐ로 분철된
> 그 말, '안 돼'.
> 신의 언어에도 칼질이 있을까.
> '멍멍' 혹은 '으르렁'
> '철썩철썩' 혹은 '쏴쏴'
> 짐승의 먹이에 양념이 없듯
> 그의 언어엔 칼질도 없다.

— 「언어」 전문

시인은 여기서 '신의 언어'와 '인간의 언어' 사이의 선명한 대립을 통해 서정시의 언어가 지향하는 바를 분명히 드러낸다. 양념을 쳐서 맛을 내야 제대로 존재하게 되는 인간의 언어는 언어의 본질적인 모습에서 너무나 멀리 떨어져버린 언어라는 것이다. '칼을 댄' 언어란 인간들 자신의 목적에 의해 조작하고 가감해버린 무미건조한 언어이기에 양념을 쳐야만 사용할 수 있는 언어인 것이다.

그렇다면 시인이 지향하는 신의 언어는 어떠한가. 시인은 신의 언어에는 칼질이 없으며 양념을 치지 않아도 되는 언어라고 말한다. 이처럼 비유적으로 설명된 칼질을 하지 않고 양념을 치지 않은 언어는 도대체 어떤 언어인가. 그것을 시인은 '멍멍'이나 '쏴쏴', '철썩철썩', '으르릉' 등과 같은 단어들을 예로 들어 설명한다. 이러한 음성상징들은 가능한 한 물리적인 세계의 모습을 직접적으로 담고자 하는 언어이다. 그만큼 언어 기호와 세계 사이의 관계가 직접적이고 가까우며, 그래서 기호와 대상 사이의 결합이 견고한 것이라고 할 수 있다. 하나의 차가운 물질적 기호로 남아서 조작적인 의미만을 환기하는 기능적인 기호와는 상당히 다른 측면을 여기서 볼 수 있다.

신의 언어가 기호와 대상 사이의 직접적 결합을 지향하는 언어라면, 이 언어는 타락하기 이전의 언어, 신이 세상을 창조하면서 사용하던 본질적인 언어에 대한 지칭임을 알 수 있게 된다. 그 언어에는 그러므로 어떠한 '칼질'이나 '양념'도 필요 없다. 단지 존재하는 그 자체만으로도 충분히 아름답고 의미가 충만하여, 자아와 세계 사이의 간극을 메워 줄 수 있는 언어인 것이다. 이러한 신의 언어에 대한 동경은 현실적으로 시인이 사용하는 근대적 언어에 대한 비판으로 나타날 수밖에 없다.

장미가 그의 색깔이 감옥이듯,
백합이 그의 향기가 감옥이듯,
말은
나의 감옥입니다.

소리로 쌓아올린 벽,
그 분절된 의미의 방 안에서
내다보는
창,

세상은 하나의 큰 감옥일지
모릅니다
돌은 침묵 속에 갇히고,
새는 노래 속에 갇히고,
…………

아, 그러나 나는
보았습니다. 어느 여름날
이 세상 감옥을 부수는 천둥 벼락을,
장마 끝 먹구름 환히 걷힌
푸른 하늘을,

님이여,
당신의 음성은 우레인가요.

그렇다면 나의 감옥을 허물어주세요.
내 말의 문법을 풀어주세요.
나의 감옥은 말이랍니다.

—「당신의 말씀」 전문

언어를 사용하여 시를 쓰는 시인이 오히려 언어가 자신의 감옥이라고 하는 이면에는 그 언어가 지닌 특성이 자리잡고 있다. 시인을 고립시키는 말의 감옥은 이 시에서 '소리로 쌓아올린 벽', 혹은 '분절된 의미의 방'이다. 여기서 주목되어야 할 것이 바로 '벽' 혹은 '분절된 의미'라는 단어이다. 벽은 이쪽과 저쪽을 구분하는 분리의 의미를 지닌 이미지로, 자아와 세계 사이의 분리를 보여주는 것이라고 할 수 있다. 이는 근대적 주체에 의해 대상이 물질화되면서 나타나는 자아와 세계 사이의 분리, 단절의 의식을 말하고 있음을 쉽게 짐작할 수 있다. 그리고 '분절된 의미의 방'이라는 말은 근대적인 언어학적 사고방식을 염두에 두어야 이해할 수 있는 표현이다. 의미의 분절 혹은 음소의 분절과 같은 개념은 언어학의 발달과 함께 만들어진 개념이기 때문이다.

그렇다면 여기서 시인이 말하는 '말의 감옥'이라는 구절의 의미는 쉽게 찾아진다. 그것은 곧 근대성에 의해 타락해버린 언어 속에 갇혀 있을 수밖에 없는 시인의 심각한 소외의식인 것이다. 이러한 세계 속에서 사물들은 절대로 시인에게 말을 걸지 않는다. 돌이 침묵 속에 갇히는 것이나 새가 노래 속에 갇히는 것은 돌이나 새 자체의 고립 상태를 말하는 것이 아니라, 돌의 소리나 새의 노래를 더 이상 들을 수 없는 시인의 상태를 말하는 것이다.

돌의 소리나 새의 노래는 앞서 살편 바 신이 창조한 본질적인 언어의 다른 이름이라고 할 것이다. 이러한 언어를 알아듣기 위해서는 자아와 세계 사이에 존재하는 언어의 벽, '분절된 의미의 방'을 부수는 과정이 필요하다. 이 벽을 부수는 과정은 타락한 근대적 언어로부터 신의 언어로의 이행이며, 서정적 언어의 회복이라고 할 수 있는 것이다. 시인은 이것을 '천둥

벼락'과 같이 몰아치는 '당신의 음성'으로 이미지화하고 있다. '나의 감옥', '내 말의 문법'을 허물고 신의 언어를 회복하고자 하는 시인의 의지를 확인할 수 있는 것이다.

시인의 이러한 언어관을 보여주는 시편들은 상당히 많다. 초기시에서는 주로 근대적 언어가 지닌 감옥으로서의 언어, 화석화된 언어의 모습을 비판적으로 보여주는 구절들이 많은데, 이는 앞서 살핀 신의 언어에 대한 지향이 주로 중·후기 이후의 시에 나타나는 것과 비교되는 부분이기도 하다.

일찍이 그의 창조에서
영원(永遠)을 빼놓았던 신(神)은
보았다.
산이 바다가 되고
바다가 사막이 되는 것을,

질투한 신은 이 세계를
물로 지우고자 했지만
어찌하랴,
물이 돌이 되고, 돌이 꽃이 되고, 꽃이 바람이 되고
바람이 구름이 되고, 구름이 다시 물이 되는 것을.

그리하여 실망한 신은 이제
감옥을 만들기로 하였다.
영원이 자유에 있다는 것을
알았으므로.

하늘과 바람과 꽃과 짐승을
변치 않게 가두어둘
화석(化石).

사랑이 미움이 되는 것을 막기 위하여
부질없이 만들어논 인간의
사전(辭典),

> 언어란 존재의 화석(化石)일 따름이다.
>
> — 「사전 – 그릇 33」 전문

이 시에서 초기와 중기시를 흐르는 중요한 주제 중의 하나인 '자유'와 만나기도 하지만, 여기에서 주목해야 할 것 중의 하나가 '언어'에 대한 관념이다. 시인은 이 언어를 '존재의 화석'이라고 표현한다. 시인은 여기서 생명력 혹은 영원성의 가장 중요한 표지로 변화 혹은 움직임을 들고 있다. 그렇다면 이러한 변화 혹은 움직임을 포기하고 굳어버린 '존재의 화석'으로서의 언어는 무엇인가. 그것은 세계와의 살아있는 관계를 상실하고 인간의 이성 속에 갇혀서 차가운 물질로 굳어버린 근대적 언어임이 분명하다. 여기에서 생명력을 상실한 언어에 대한 시인의 비판을 볼 수 있다.

언어에 대한 이와 같은 시인의 관점 속에는 서정적 언어의 본질에 대한 중요한 인식이 내포되어 있다. 서정시가 본질적으로 자아와 세계 사이의 동일성을 전제로 하는 장르라면 서정시의 언어는 이와 같은 자아와 세계의 동일성을 담보해 주는 언어가 되어야 할 것인데, 근대적인 언어관으로는 도저히 이와 같은 상태에 도달할 수 없다. 시인은 이러한 근대적 언어의 감옥으로부터 탈출하여 '신의 언어'에 이르려고 하는 것이다. 자신의 시에 이러한 신의 언어를 담아낼 수 있을 때 그것은 서정시가 될 것이다. 여기에서 신의 언어 혹은 서정시의 언어가 세계와 만나는 방식이 문제가 된다. 그 언어는 근대적인 의사소통 수단으로서의 기호 체계를 넘어서, 단순한 지시대상 이상의 의미의 덩어리 혹은 존재의 본질을 담아낼 수 있는 기호가 되어야 한다. 여기에 오세영 시인의 시에 나타나는 이미지의 독특한 사용법이 가로놓인다.

3. 이미지의 은유적 기능

오세영의 시에 사용되는 이미지는 이미지가 그 자체로만 제시되는 모더니즘시와는 상당히 다른 면모를 보인다. 모더니즘적인 실험시에서 사용되는 이미지들이 차가운 물질적인 관점에서 이미지를 사용하는 것이라면, 그의 시에 사용되는 이미지는 거의 대부분 그 이면에 엄청난 의미의 덩어리들을 거느리고 따뜻한 생명력을 지닌 존재로 나타나는 것이다. 어쩌면 이것은 서정시의 본질적인 속성일 수도 있지만, 오세영 시에서는 이러한 특성이 보다 강하게 표출되고 있는 것은 분명하다. 존재론적 천착이라는 철학적 사유가 관념의 유희에 빠지거나 철학의 시녀로 전락하지 않고 오히려 혼의 시로 작용할 수 있게 만들어주는 사변적 서정시6)로 그의 시를 평가하는 이유도 바로 이와 같은 데 있는 것이다.

이미지의 이러한 사용은 은유적 상상력의 매우 중요한 표지의 하나이다. 은유적 상상력에서 기호는 그 자체로만 사용되는 것이 아니라, 그 너머의 풍부한 의미의 세계를 항상 지시하고 담지할 수 있다는 관점에서 사용된다. 여기에 포스트모던적인 기호관을 넘어서는 서정시만의 독특한 기호관이 존재한다. 이러한 모습을 오세영의 이미지 사용법에서 쉽게 확인할 수 있다.

> 흙이 되기 위하여
> 흙으로 빚어진 그릇
> 언제인가 접시는
> 깨진다.
>
> 생애(生涯)의 영광(榮光)을 잔치하는
> 순간에
> 바싹
> 깨지는 그릇,
> 인간(人間)은 한번
> 죽는다.
> 물로 반죽되고 불에 그슬려서

---

6) 김영철, 「존재의 시학과 인식의 시학」, 『꽃들은 별을 우러르며 산다』 해설, 시와시학사, 1992, p. 108.

> 비로소 살아 있는 흙,
> 누구나 인간(人間)은
> 한번쯤 물에 젖고
> 불에 탄다.
>
> 하나의 접시가 되리라.
> 깨어져서 완성(完成)되는
> 저 절대(絶對)의 파멸(破滅)이 있다면,
>
> 흙이 되기 위하여 흙으로 빚어진
> 모순(矛盾)의 그릇.
>
>   ―「모순(矛盾)의 흙」 전문

　이 시에서 확인할 수 있는 바는 흙 혹은 그릇이라는 물질적인 이미지는 그 자체에 대한 묘사나 서술만으로 끝나는 것이 아니라 그 너머에 의미의 덩어리 혹은 존재의 본질에 대한 깊은 사색이 담겨 있다7). 접시는 흙이 되기 위해 흙으로 빚어진 '모순의 그릇'이라고 시인은 말한다. 물로 반죽되고 불에 그슬려서 완성된 그릇은 다시 깨어짐으로 절대의 경지, 완성의 경지에 이른다. 물론 여기에서 근원으로 돌아가고자 하는 시인의 의식을 읽을 수도 있지만, 우선 여기서 주목해야 할 것은 이미지의 사용법이다. 이미지들은 단순한 묘사나 서술로 그치는 것이 아니라 끊임없이 인간의 존재론적 본질과 연결되어 있는 것이다.

　2연에서부터 시인은 의도적으로 그릇의 이미지와 시인이 발견한 인간 존재의 본질을 함께 병치함으로써 이러한 목적을 달성한다. 2연에서는 최고조의 순간에 깨어지는 그릇을 통해 인간의 죽음을 명상하게 하고, 3연에서는 흙에서 그릇으로 완성되는 과정을 인간 생애의 완성 과정과 연결시키는 것이다. 다시 흙으로 되돌아감으로써 존재의 본질로 돌아간다는 상징적 의미를 지닌 이 시에서 이미지는 이제 1차적인 지시대상을 넘어 인간의 존

---

7) 이숭원, 「모순의 인식과 존재의 탐색」, ≪현대시학≫, 1992. 6. p. 238.

재론적 본질과 결합하게 되는 것이다. 은유적 상상력이 개입되지 않는다면 이러한 이미지의 사용 방법은 불가능할 것이다. 은유적 상상력을 통해 이미지 혹은 기호가 철학적이고 관념적인 사유를 지니게 되는 것이다.

이미지의 이러한 용법은 시인의 의도적인 시작법의 하나이다. 시인은 대담에서 "무언가 메시지가 담겨 있는 시, 현실에 대한 분열된 자의식을 뛰어넘어 그것을 통합시키는 시, 병적인 세계를 단순히 반영하기보다는 이를 건강한 것으로 회복시키는 시"를 쓰고 싶다고 진술하고, 그것의 해결책으로 미학적 차원과 철학적 차원이 조화될 수 있는 세계를 추구하게 되었다고 말하고 있다[8]. 여기에서 발견할 수 있는 바 미학적 차원과 철학적 차원의 조화라고 하는 말이 지닌 의미가 바로 여기서 말하는 은유적 상상력에 의한 이미지의 사용과 무관하지 않을 것이다. 이미지의 물질적 용법을 넘어서 풍성한 의미의 세계, 관념의 세계를 지칭할 수 있게 만드는 것만이 미학적 차원과 철학적 차원을 조화시킬 수 있을 것이기 때문이다.

이러한 이미지 사용의 특징을 매우 잘 보여주는 것 중의 하나가 『무명연시』의 세계일 것이다. 이 시집은 사랑이라는 고전적인 주제를 사용하면서도 단순한 사랑노래 이상의 의미를 담아내는 데 성공한 시집이다. 김재홍은 님이 떠나고 난 후의 기다림과 깨달음 그리고 님이 돌아올 것이라는 믿음에 기반한 기다림이라는 기승전결의 순환구조를 통해 사랑의 원리를 탐구해 간 것처럼 보이는 이 시집이 심층적인 면에서는 존재에 관한 근원적 질문을 제기하고 있으며 인생이 지닌 여러 모순들을 극복하고자 하는 암투를 보여준다고 평가하고 있다[9]. 이것은 이 시집에 나타나는 떠난 님에 대한 애절한 그리움이 단순한 사랑의 감정 묘사에만 그치는 것이 아니라 그 이면에 인간 존재에 대한 본질적 사색을 지닌 것임을 알려 주는 대목이다.

영원한 그리움을 새기고 싶거든

---

8) 오세영, 『사랑의 저쪽』, 대담, p. 96.
9) 김재홍, 「사랑과 존재의 형이상」, ≪현대문학≫, 1985. 10. p. 411.

아사달(阿斯達)이여,
너는 끌로 네 이마를
부숴야 한다.
겨울 하늘 한 마리 새를 날리듯
맺힌 옷고름 풀려거든,
네가 새기려는 것은
사방정토(西方淨土)에서 빛나는 달,
갈가마귀 울음으로 우는 바람,
그리고, 겨울로 겨울로 가라앉는 흙,
깨짐으로 오히려 이룬 세계를
존재하는 것들의 그리움을,
아사달(阿斯達)이여,
이제 너는 끌로 네 이마를
부숴야 한다
너는 끌로 네 형상을 깨야 한다.

—「님의 형상」 전문

『무명연시』의 76번에 해당하는 이 시에서 존재론적인 의미의 세계를 지향하는 이미지를 쉽게 확인할 수 있다. 장인으로서의 아사달이 도달하고자 하는 세계는 사랑하는 여인의 형상을 새기는 것으로 끝나는 것이 아니라 오히려 '서방정토에 빛나는 달'로 발전된다. 그러므로 이러한 존재의 근원에 이르기 위해서는 아사달이 '네 이마' 혹은 '네 형상'을 깨야 하는 것이다. 여기서 말하는 '이마'나 '형상'은 사물이나 물질의 세계라고 할 수 있을 것이다. 시인은 이러한 물질적인 세계를 넘어서야 아사달이 표현하고자 하는 본질적인 세계로 진입할 수 있을 것이라고 말한다. 여기에는 표면적 자아 혹은 물질적인 기표의 세계를 넘어서서 본질적인 자아 혹은 존재론적인 의미의 세계에 이르고자 하는 시인의 의지가 담겨 있다.

오세영 시의 이미지들이 이처럼 물질적인 차원에서만 사용된 것이 아니라 그 이면의 관념적이고 철학적인 사유와 존재론적 본질을 담아내기 위해 사용된 것이라면, 여기에는 이러한 세계에 대한 시인 자신의 강한 지향 의지가 내포되어 있을 수밖에 없다. 이러한 지향은 대상과 합일하고자 하는 서정적 자아의 본질적 욕망이라고 할 수 있는 것이다. 서정시는 자아와 세계 사이의 동일성과 합일을 가능하게 만드는 은유적 상상력을 통해 이러한 욕망을 충족시킨다.

4. 합일에의 지향과 은유적 상상력

서정시인이 대상과의 동일성에 대한 욕망을 보이는 것은 서정시 자체의 본질적 속성 중의 하나이다. 이것은 탈신비화된 세계의 힘을 극복하고 사물들에 생명력을 부여하여 그 생명들과 함께 호흡하면서 살아가고자 하는 의식과 동일한 것이다. 이를 위해 서정시인은 자연 사물을 물질적인 대상으로 보는 것이 아니라 하나의 살아 있는 존재, 그래서 자아와 함께 의사소통할 수 있는 존재로 본다. 시인은 이를 통해 자아와 세계 사이의 합일에 이를 수 있는 것이다. 이러한 합일에의 지향은 근원에의 향수라고 할 수 있다. 서정적 근원을 상실해버린 현대문명 속에서의 서정시는 본질적으로 이러한 근원에의 동경10)을 지닐 수밖에 없는 것이다. 그러므로 서정적 동일성의 회복은 사물들의 생명력과 신비적인 힘의 회복으로 연결될 뿐만 아니라, 은유적 언어 다시 말해 신의 언어를 복원할 수 있게 하는 것이다.

오세영의 시에 나타나는 본질적 언어에의 지향 또한 이러한 근원에의 지향과 매우 긴밀하게 관련되어 있다. 본질적 언어, 원래의 언어, 신의 언어를 회복하고자 하는 시인의 의지는 이러한 언어에 의해 환기될 수 있는 서정적 근원에 대한 동경을 내포하고 있다. 이러한 의지를 시인은 대상에 대한 강렬한 욕망으로 나타낸다. 그의 시에 자주 나타나는 육체와 정신 혹은 지상과 영원 사이의 이원적 대립은 이러한 욕망을 설명하는 중요한 단서가 된다. 지상적이고 물질적 존재로서의 자아는 영원하고 정신적인 존재인 '당신'이나 '별'에 대한 강한 지향을 소유하고 있는 것이다.

---

10) 에른스트 피셔, 김성기 역, 『예술이란 무엇인가』, 돌베개, 1984, p. 176.

꽃들은 별을 우러르며 산다.
이별의 뒤안길에서
촉촉히 옷섶을 적시는 이슬,
강물은
흰 구름을 우러르며 산다.
만날 수 없는 갈림길에서
온몸으로 우는 울음.
바다는
하늘을 우러르며 산다.
솟구치는 목숨을 끌어안고
밤새 뒹구는 육신,
세상의 모든 것은
그리움에 산다.
닿을 수 없는 거리에
별 하나 두고,
이룰 수 없는 거리에
흰 구름 하나 두고,

—「먼 그대」 전문

　지상의 사물들인 꽃이나 강물, 바다 등 '세상의 모든 것'들은 모두 별이나 흰 구름 혹은 하늘과 같은 천상의 것들을 우러르며 산다는 시인의 말 속에는 여러 가지 의미들이 함축되어 있다. 꽃이나 강물 혹은 바다와 같은 지상의 사물들을 지배하는 정서는 이별이나 간절한 그리움이다. 여기서 형상화되는 사물들은 본질적으로 존재론적 한계를 지닐 수밖에 없는 인간 일반[11])에 대한 상징이라고 할 것이다. '닿을 수 없는 거리'는 그러므로 이러한 인간 존재의 존재론적 한계를 표현하고 있는 이미지라고 할 것이다.

　그렇다면 이러한 존재론적 한계를 지닌 인간이 완성으로 나갈 수 있는 길은 어디에 있는가. 그 해답을 시인은 은유적 상상력 속에서 발견한다. 이 시에서 자아는 지상적 사물들을 단순히 존재론적 한계 속에 갇히도록

---

11) 오세영 시인은 이를 인간이 갖는 실존적 한계성이라고 말하고 있다. (시집 『사랑의 저쪽』 대담, p. 101 참조)

내버려두는 것이 아니라, 천상적 사물인 별이나 흰구름 혹은 하늘에 대한 강한 지향을 지니도록 만들어 놓는다. 천상적 사물들은 지상적 사물들에게는 닿을 수 없는 거리에 있는 것들이기는 하지만, 이 지향 자체에 의해 지상적 존재는 자신의 존재 의미를 다시 한 번 확인할 수 있게 된다. 여기에 정신성 혹은 영원성이 지닌 의미와 이에 대한 시인의 강한 의지가 형상화된다.

　지상적 존재인 자아가 지닌 이와 같은 욕망은 시인을 자아와 세계의 동일성에 의해 열리는 서정성에 이를 수 있게 한다. 그러므로 대상에 대한 이와 같은 지향은 서정적 유토피아에 대한 은밀한 욕망이라고 할 수 있는 것이다. 자아와 세계가 분리되지 않고 서로 의사소통하면서 함께 생명력을 나누는 세계, 그래서 자아는 항상 대상과 이야기할 수 있고 대상이 열어주는 세계의 비밀을 언제나 간파할 수 있는 세계가 서정적 유토피아의 세계라면, 오세영 시인은 이러한 세계에 대한 강한 욕망을 지니고 있는 것이다. 이러한 동일화에의 지향은 특히 시집『눈물에 어리는 하늘 그림자』이후에 더욱 강하게 나타나고 있다.

> 차라리
> 멀리 있음과 같지 않음이여,
>
> 벼랑에 피는 꽃보다는
> 강 건너 등불이,
> 강 건너 등불보다는 바다 건너 무지개가,
> 바다 건너 무지개보다는
> 저 하늘의 별이 더 아름답나니
>
> 나는 벼랑 끝에서 우는 한 마리 암사슴이 되기보다는
> 창가에 앉아 별을 우러르는 일개
> 시인이 되리라.
>
> 사랑하는 이여, 그러므로

다시 만날 수 없거든 차라리
멀리 떠나갈지니

가까이 있으면서도 먼 것이
멀리 있으면서도 가까운 것보다 더
먼 까닭이니라.
그대
멀리 있음과 같지 않은
가까움이여.

—「멀리서」 전문

　대상에 대한 동일성에의 욕망을 지닌 시인이 여기에서는 오히려 거리둠을 더욱 아름답다고 표현하고 있는데, 이것은 상당히 중요한 의미를 지닌다. 벼랑의 꽃보다 강 건너 등불이 더욱 아름답고, 강 건너 등불보다 바다 건너 무지개가, 바다 건너 무지개보다는 하늘의 별이 더욱 아름답다고 말하는 것에서 역설적 거리 두기의 미학을 읽을 수 있기 때문이다. 여기에는 자아와 대상 사이의 거리를 통해 오히려 대상을 더욱 잘 인식하고 그 아름다움을 느낄 수 있다는 생각이 깔려 있다. 물리적인 거리라는 것이 오히려 심리적 일체감을 가져오는 역설적 자리에 시인은 서 있는 것이다. 이러한 미적 거리는 아름다움의 생성에 필요한 대상과 주관과의 적절한 거리12)라고 할 수 있는 것이며, 이를 통해 시인은 존재 인식의 문을 열고 자기 성숙의 길로 나아가는 것이다.

　물리적 거리감을 통한 동일화에의 전략 즉 멀리 떨어짐으로써 대상을 자아의 내면에 더욱 가깝게 두고자 하는 욕망은 은유적 동일화 전략으로서의 거리 두기라고 할 수 있을 것이다. 이러한 거리 두기의 전략은 오세영 시의 중요한 한 방법에 해당한다. 사랑에 대한 노래는 그의 시의 상당 부분을 차지한다. 그런데 시인은 이미 이루어진 대상 혹은 현재진행형으로서의 사랑이 아니라, 아직 만나지 못했거나 떠나버린 님에 대한 '기다림'의 형태

---

12) 김영철, op. cit., p. 110.

를 지닌 사랑을 주로 그리고 있다. 이러한 '기다림'은 자아와 대상 사이의 거리를 인정하는 것이지만, 그만큼 합일하고자 하는 욕망을 강하게 내포하고 있기에 동일성의 세계에 대한 역설적 표지라고 할 수 있는 것이다. 그만큼 오세영의 시에는 이러한 동일화의 욕망이 거리 두기의 미학으로 형상화되는 것이다.

이와 같은 동일화의 욕망에 대한 역설적 표현으로서의 거리 두기의 미학은 그의 초기시에 나타나는 모순과 역설이라는 시적 방법론과도 긴밀히 연결된다. 모순 혹은 역설이 논리적으로 함께 공존할 수 없는 것들을 강제적으로 결합함으로써 시적 진리에 도달하는 방법이라면, 거리 두기의 미학 또한 이러한 역설적 표현의 또다른 모습일 것이기 때문이다.

그런데 자아와 세계 사이의 이러한 거리가 사라지고 완전한 합일의 경지에 이르게 된다면 시인은 서정적 유토피아에 이르게 될 것이다. 서정적 동일성의 확보에 의해 달성되는 이러한 유토피아 속에서도 물리적인 거리감이 여전히 존재하는 경우도 있지만, 시인은 육체와 정신 혹은 지상적인 것과 영원한 것과의 교감을 통해 물질적인 거리감을 뛰어넘는 것이다.

> 진정으로 나를 사랑한다면
> 네 자신을 사랑하라던 당신의 그 말뜻을
> 나는 그때 미처 몰랐습니다.
> 당신의 종인 나를
> 내가 어찌 당신보다 더 사랑할 수 있겠습니까.
> 꽃피는 봄날 길을 걷다가
> 나는 문득
> 성큼성큼 앞서가는 한 사람을 부지런히
> 좇았습니다.
> 그의 뒷모습이 분명
> 당신 같았기 때문입니다.
> 그러나 그는 내 스승이었습니다.
> 비 내리는 어느 여름날 나는
> 뒤따르는 한 사람을 돌아보았습니다.

그의 말소리가 분명 당신의 음성 같았기 때문입니다.
그러나 그는
내 제자였습니다.
눈 내리는 어느 겨울날
눈길에 미끄러지면서 나는 얼른 곁에 있는 한 사람을
또 붙들었습니다.
어쩐지 그가 당신처럼 믿음직스러워 보였기 때문입니다.
그러나 그 역시 당신이 아니라
내 아내였습니다.
당신은 내 앞에도 뒤에도
그리고 곁에도 있지 않았습니다.
내 눈동자에 들지 않은 빛이
빛이 아니듯
나의 밖에 있는 당신이 어디 당신이겠습니까,
당신이 이미 내 안에 들어 있음을 나는
이제야 비로소 알았습니다.

— 「내 안의 당신」 전문

시인이 그렇게 찾는 '당신'이 자아를 앞서 가는 존재도 아니고 자아를 뒤따르는 존재도 아니며 자아의 옆에서 함께 동행하는 존재도 아니라는 말 속에는 '당신'이 물질적인 이 세계 속에 구속되어 있는 존재가 아니라는 말일 것이다. 물질적인 차원을 넘어서 존재하는 '당신'은 그러므로 절대적인 존재 혹은 진리라고 할 수 있게 된다. 이러한 '당신'이 이 세상에서 타자로 존재하는 스승이나 제자 아내와는 달리 이미 자아의 내면에 들어와 있다는 것은 자아와 '당신'이 완전한 일체화를 이루어내었다는 말이다. 이는 또한 시인이 인간 존재의 실존적인 한계를 초월하여 진리의 문을 열었음을 말해 주는 것이면서, 자아와 대상이 완전한 일체를 이룬 세계, 다시 말해 서정적 유토피아의 세계로 진입하고 있음을 보여주는 것이다.

이 시가 보여주는 서정적 유토피아의 세계는 은유적 상상력의 매우 중요한 한 요소임은 분명하다. 시인은 이를 통해 자아와 세계 사이의 동일성을

달성하게 되기 때문이다. 이러한 동일성의 세계에 이르렀을 때 시인의 의
식 속에서 육체와 정신 혹은 지상과 영원은 하나의 세계로 합일하게 된다.

> 산자락 덮고 잔들
> 산이겠느냐.
> 산그늘 지고 산들
> 산이겠느냐.
> 산이 산인들 또 어쩌겠느냐.
>
> … 중략 …
>
> 어제는 온종일 난을 치고
> 오늘은 하루 종일 물소릴 들었다.
> 산이 산인들 또
> 어쩌겠느냐
>
> —「겨울 노래」 부분

이 구절들 속에서 산자락을 덮고 자거나 산그늘을 지고 산다면 지니게
될 소유의식이 오히려 허상임을 보여주는 적극적 허무의식 혹은 공사상
(空思想)13)을 읽을 수도 있다. 이 시가 실린 시집『벼랑의 꿈』에 오면 초
기시에서 그 편린을 내보이던 동양적이고 불가적인 사유가 더욱 선명하게
나타나기 때문이다. 그런데 이 시에서 주목해 보아야 할 것 중의 하나는
'산'이라는 단어가 지니고 있는 의미망이다.

"산자락 덮고 잔들 / 산이겠느냐"라는 구절을 자세히 보면 여기서 두 번
사용된 '산'이라는 단어의 함축적 의미가 각각 다름을 알 수 있다. '산자락'
이나 '산그늘'은 덮고 자거나 지고 살 수 있는 것 즉 물질적이고 현실적인
차원에 존재하는 사물로서의 산이라고 할 것이다. 그래서 사람들은 이것을
소유의 대상으로 여길 수도 있게 된다. 그런 만큼 이것은 시에서 물질적
이미지로서의 역할을 한다. 이에 비해 2행과 4행에 나타나는 "산이겠느냐"

---

13) 송기한, 「공(空) 혹은 무(無)의 세계」, ≪시와 시학≫, 1994. 겨울, p. 169.

라는 물음에 나타나는 '산'은 그 의미가 상당히 다른 영역에 속하는 것임이 분명하다. 시인은 여기서 앞 행에 제시된 '산'이라는 동일한 단어를 다시 한 번 사용하여 그것이 산일 수 있겠느냐고 반문하고 있다. 이것은 앞 행의 '산'과 이 '산'이 다른 영역에 속한 것임을 말해주는 것임을 말해주는 것이다. 그렇다면 이 '산'은 물질적이고 소유 가능한 차원에서 생각되는 앞 행의 '산'과는 명백히 대비되는 다른 영역인 정신적이고 절대적인 차원의 것이라고 할 수 있게 되는 것이다.

시인은 이러한 물질적이고 현실적인 차원의 '산'과 정신적이고 절대적인 차원의 '산' 사이를 은유적 상상력으로 동일시하게 된다. 그것이 바로 "산이 산인들 또 어쩌겠느냐"라는 진술이 담고 있는 시인의 지향이고 메시지이다. 앞의 네 행에서 물질적 차원의 '산'과 정신적 차원의 '산'을 구분하다가 이 행에서 시인은 이 둘이 시인의 의식 속에서는 결코 분리될 수 없는 것임을 분명히 선언하는 것이다. 물질적인 세계와 정신적인 세계의 일체화는 사물과 정신의 동일성에 대한 인식이면서 기표와 기의 사이의 동일성을 인정하는 은유적 상상력의 한 양상이다. "어제는 온종일 난을 치고 / 오늘은 하루 종일 물소릴 들었다"고 말할 수 있는 세계는 자아와 세계가 구분되지 않는 세계, 다시 말해 서정적 동일성의 경지에 이른 세계이다.

오세영의 초기시에는 자아와 세계 사이의 거리가 어느 정도 존재하고 있었다. '님'을 이야기할 때도 주로 떠난 님을 이미지화하고 있는 것이 그 예이다. 그러면서도 시인은 언제나 그 님과 하나가 되고자 하는 동일화에의 욕망을 강하게 지니고 있어서, 최근의 시에서 거리 두기의 미학을 통해 대상으로서의 '님'을 역설적으로 자아의 내면 속으로 끌고 들어온 것이다. 이것은 그의 시를 받치고 있는 사유구조가, 자아와 세계 사이의 거리에 대한 인식이 분열과 분리로 나아가 자아마저 파괴하는 지경에 이르는 포스트모던적인 것이 아니라, 이러한 거리를 오히려 역설적이고 미학적 거리로 만들어 자아와 세계 사이의 동일성을 형성하는 독특한 것임을 알 수 있게 한다. 이러한 세계 인식 태도는 자아와 세계 사이의 회감 혹은 융화14)라는 서정시의 본질적인 속성과 관련된 것이다.

5. 맺음말

오세영 시인의 시에 나타나는 은유적 상상력은 본질적 언어에 대한 지향의지와 함께 이미지의 은유적 사용을 통해 합일의 경지에 이르고자 하는 강한 열망을 지닌 것임을 이 논의를 통해 확인할 수 있었다. 무엇보다 그의 시에 나타나는 본질적 언어에 대한 지향은 매우 선명하다. 이 본질적인 언어는, 기호와 의미 사이의 분열에 의해 자아마저 해체해버리는 현대적이고 해체적인 사유구조에 의해 지배되는 것이 아니라, 세계를 통합하고 자아와 세계를 동일성 속에서 파악하고자 하는 서정적인 상상력에 의해 지배는 것이다. '신의 언어'로 대변되는 이와 같은 본질적인 언어는 현대인이 지닌 소외와 같은 다양한 문제를 초극할 수 있는 가능성을 지니고 있다. 오세영 시에 나타나는 이러한 본질적 언어에 대한 지향은 그의 시에 나타나는 다양한 이미지들이 은유적 상상력에 의해 물질적 차원 너머에 드리워진 다양한 의미의 세계, 본질의 세계와 맞닿을 수 있도록 만드는 근원적인 힘으로 작용한다. 자아와 세계 사이에 형성되는 동일성이 기표와 기의 혹은 기호와 의미 사이의 동일성으로 작용하기 때문이다. 이러한 그의 시는 최근 시에서 자아와 세계 사이의 완전한 동일성 확보로 발전한다. 초기시에서는 '님에 대한 그리움'과 같은 동일성에 대한 강한 지향으로 표출되던 것이 이제는 자아와 세계 사이의 거리를 없애고 일체화되는 자리에까지 나아가게 되는 것이다.

여기에 오세영 시인의 시세계가 지닌 진정한 의미가 자리잡는다. 그의 시에 나타나는 자아와 세계와의 관계가 한국 현대 서정시의 중요한 한 전범이 되는 이유를 여기에서 발견할 수 있기 때문이다.

---

14) E. 슈타이거, 오현일 외역, 『시학의 근본개념』 삼중당, 1978, p. 96.

❖ '역설의 시'와 '시인의 역설'

조미영

1. 머릿말

오세영 시인의 시세계는 초기시에서부터 현재에 이르기까지 다양한 양상(모더니즘시, 존재탐구의 시, 연시, 자연시 등)을 보여주고 있기에 무엇보다 그 다양함의 근원적 연관성에 대한 연구가 필요하리라 생각된다. 본고에서는 오세영 시인의 첫시집에서부터 『벼랑의 꿈』(1999)에 이르는 시적 도정(道程)을 따라가며 그 시정신의 구조를 '역설'이라는 측면을 통해 재구성하고자 한다.

오세영의 첫시집 『반란하는 빛』(1970)은 사랑이 결핍된 시대와 그 곳을 살아가는 존재의 불안을 감각적인 이미지를 통해 드러내고 있다. 여기에서 현실은 '발없는 말들이 눈길을 걷는'(「불6」) 기괴한 공간이며 '언 성(性)을 불면서, 라이터를 켜들고 층계를 뛰어내리는'에서 볼 수 있듯이 위태로운 공간으로 묘사된다. '눈의 불'(영혼, 근원, 욕망의 환유)을 빼앗긴 시적 화자는 죄의식과 신의 부재 속에서 잃어버린 불을 갈구한다.

> 이십세기는 불을 지핀다. 물질이 흘린
> 피. 싸늘한,
> 실용(實用)의 새는 날 수 있을까,
> 어두운 내 얼굴을 날아서, 찬서리 내린 굴뚝과

> 기계들이 죽은 무덤을 넘어서
> 어제의 어제를 넘어서
> 달에 도달할 수 있을 것인가.
>
> 전선에 걸린 달, 인간의 숲속에서
> 전화가 울고 아흔아홉 마리의 이리가 운다.
> 저것 보라면서
> 불타는 서울의 술집들을 가리키면서
> 어디로 갈 것인가, 타버린 정신의 재
> 죽음, 혹은 창조의 불빛.

— 「불1」 부분

　물질주의, 과학과 기계주의라는 이름의 '실용의 새'는 인간의 목표이자 이상(理想)인 '달'에 도달할 수 없다고 시적 화자는 말한다. 삶을 투시하는 지성의 상징으로 등장하는 '달'은 전선에 걸려 있고, 인간의 숲은 아흔아홉 마리의 이리가 우는 불길한 공간으로 형상화된다. 죽음과 위험을 감지하는 정신인 도시의 개, '이리'는 물질의 안락한 삶에 굴종하지 않는, 거칠고 자유로운 정신을 상징한다. 그것은 '99'라는 불길하고 결핍된 숫자와 결합하여 죽음과 위험을 울음으로 경고한다. 시인은 죽음과 창조의 갈림길에 서 있는 자신의 세기와 운명을 바라본다.

　이 시의 말미에 마지막 희망처럼 등장하는 '창조의 불빛'이라는 싯구는 '태양이 이글거리는 여름 바다'와 같이 어둠 속에서도 분출하는 시적 열정과 관능을 상징한다. 시인은 피, 아시아, 불길한 자아라는 어둡고 음습한 지대에서 육체의 소멸 뒤에 '빛을 털고 일어서는 한 마리의 새'의 이미지를 갈구한다. 이러한 빛 혹은 불의 이미지는 정신의 본질적 표지로서의 분별력, 지성의 명철함을 의미하기도 하지만, 인간의 역동적인 상상력을 자극하면서 이성적 설명력에 대한 도전을 암시하기도 한다. 그것은 모든 것을 태워버리려는 파괴적 충동과 더불어서, 위로 타오르는 상승의 개념과 연결되어 있기에 새로운 삶의 잠재적 가능성과 재생력을 가리킨다.[1]

오세영 시인의 초기 시세계에서, 시적 자아는 근본적으로 염려하는 주체로 그는 끊임없이 권태와 불면을 경험한다. 어두운 밤에 다가오는 침묵의 공간은 자아를 불안하게 한다. 단순히 '있다'는 사실은 불면을 통해 시적 화자에게 경험된다. 오세영의 시에 수없이 나타나는 불면의 밤은 삶의 부조리와 무의미에 직면하는 고통의 시간이다. 이러한 경험은 존재 자체에 대한 무력감의 경험이고 주도권의 상실을 의미한다.2) 그러나 오세영은 이러한 경험에 삶의 본질이 있다고 생각치 않으며, 이러한 부조리로부터 어떻게 빠져나올 것인가를 질문한다.("어디로 갈 것인가, 타버린 정신의 재/ 죽음, 혹은 창조의 불빛.") 어떻게 하면 삶의 의미 있는 영역으로 건너갈 것인가. 이성이라는 '벼랑의 끝'에 서있는 자아의 불안한 현존을 어떻게 극복할 것인가.

오세영은 이후 긴 침묵 끝에 『가장 어두운 날 저녁에』(1982)를 상재한다. 첫시집에서 보여준 무의식의 불길하고 혼돈된 세계는 '그릇'이라는 한결 안정된 형태를 갖게 된다. 첫시집이 무의식의 칙칙하고 음습한 혼돈의 공간, 어머니의 자궁, 여성성의 영역에 침몰된 자아가 불(남성성)과 새라는 이미지를 통해 상승하려는 욕망을 보여준 것이라면, '그릇'은 초기의 어두운 무의식의 공간에서 벗어나 양성성의 세계를 열어 보인다.3) 물과 불의 조화, 통제와 균형에 의해 사물을 담는 하나의 형식으로 태어나게 된 그릇은 죽음을 운명처럼 안고 살아가는 인간을 상징할 뿐만 아니라, 시인 자신에게 있어서는 존재론적 성찰을 위한 주요한 화두가 된다. 이후 오세

---

1) *Philip Wheelwright, Metaphor and Reality*(1962), 『은유와 실재』(김태옥 역), 문학과지성사, 1982. pp. 120~121.
2) 강영안, 「레비나스 : 타자성의 철학」, 철학과 현실, 1995. 여름호 pp.149~150 레비나스에 따르면 부조리의 경험은 목마름이나 배고픔과 같은 결핍이 아니라 과잉의 감정이 수반된다고 한다. 단지 '있다'는 사실은 나를 무력하게 하며 감각적 쾌락을 탈출구로 삼아 보지만 결국 탈출의 실패는 수치감을 자아낸다.
3) 허혜정은 '그릇'을 혼돈의 공간, 어머니의 자궁, 여성성, 창조의 공간으로 보고 있으나 오히려 그것은 초기의 여성성의 공간에서 벗어난 시적 자아의 상태를 보여주는 상징으로 해석해야 할 것이다. 이로 인해 시인은 중심을 갖게 된 것이다.

영 시인의 시작(詩作)은 초기시의 '반란하는 빛', 시인의 내부에서 불타는 예술혼과 낭만적 열정이 끊임없이 성찰적 자아에 의해 다스려지고 승화되는 과정이라고 할 수 있다.

2. 존재론적 초월의 역설 – 소멸(消滅)의 미학

'불(빛)'은 명석한 이성적 시선을 암시하기도 하지만 죽음과 재생의 역동적 상상력을 함유하고 있다고 앞서 살펴보았는데, 이것은 오세영 시인의 초기 시세계의 출발점이 모순과 갈 등의 공간에 있었음을 가리키는 것에 다름 아닐 것이다. 이후 '그릇' 시편에서 균형과 조화가 모색되고 있음을 지적했지만, 그 과정이 순탄치만은 않음을 다음의 작품은 보여주고 있다.

> 줄 타는 광대의 절망을 아는가,
>
> 날아도 날아도
> 닿을 수 없는 하늘,
> 너에겐 영혼의 비상이
> 육신의 추락이다. (……)
>
> 왼발을 허공에 디디며
> 꿈꾸는 초월,
> 그러나 오른발은 여전히
> 욕정에 빠져 있다.
>
> — 「아크로바트」 부분

이 시의 화자는 '왼발은 허공에' 두고 초월을 꿈꾸지만 '오른발은 욕정에' 내딛고 있는 인간의 비극적인 상황을 줄을 타는 광대의 몸짓에서 끌어낸다. 이처럼 삶과 죽음, 정신적인 것과 물질적인 것의 근본적인 부조화, 경험에 있어서 불일치가 공존하고 있음을 인정하는 태도를 아이러니라고 한다. 슐레겔은 아이러니란 "현실이 본질적으로 역설적인 것이며, 상반되는 감정을 지닌 태도만이 그 모순적인 전체를 이해할 수 있다는 사실을 인식하는 것"이라고 말한다.4) 아이러니의 형이상학적 원리는 우리 본성 내부의 모순에 그리고 우주와 신의 내부의 모순에도 존재하는 것으로 아이러닉한 태도는 사물에는 이성의 견지에서 바로잡을 수 없는 부조리가 있음을 뜻하는 것이다.

〈불〉과 〈그릇〉은 모두 그 자체에 모순된 의미를 담고 있다. 그것들은 긍정적인 의미에서는 창조적이며 효용적이지만 그것이 극단적 상황에 처했을때는 파괴적인 것이 되고만다. 구속되지 않고 어딘가를 지향하는 낭만적 정신은 인간의 한계성과 세계의 비극성을 인식하는 반성적 자아에 의해 통제되고 다스려지기도 하지만 시인은 이념화된 인간이기를 거부하고 자유롭고 고독한 낭만적 정신을 옹호한다. 시적 주체는 '분수'에서 파열하는 꽃의 이미지를 읽으며 존재의 환희를 노래한다. 사랑에 대한 열망은 시인으로 하여금 자기 소멸을 갈망케 한다.

> * 누군가 나를 절망시켜다오/ 나의 유일한 욕망은 절망이다. -「밀회」
> * 생애의 영광을 잔치하는/ 순간에/ 바싹/ 깨지는 그릇/ 인간은 한
>   번 죽는다.// 깨어져서 완성되는/ 저 절대의 파멸이 있다면, 흙이
>   되기 위하여/ 흙으로 빚어진/ 모순의 그릇 -「모순의 흙」
> * 영원히 죽는 것은 이미/ 죽음이 아니다. -「보석」
> * 진실로 사랑이란/ 비움으로써 가득 차는/ 공간. -「찻잔」

'생애의 영광을 잔치하는/ 순간에/ 바싹/ 깨지는 그릇'에서와 같이 〈그릇〉 연작시가 지향하는 것은 역설적이게도 사랑의 극단에 놓여진 자기 소멸의 미학이다. '깨어져서 완성되는/ 절대의 파멸'에서 보이듯 여기에서 죽음은 충만한 것의 기호이며 가득 차서 그 뒤의 넘침을 의미한다. 낭만주의에 있어서 죽음은 동경의 대상이며 그것은 자연, 어머니에로의 회귀이자 인간

---

4) D.C.Muecke(문상득 역), Irony, 『아이러니』, 서울대출판부, 1980. p. 37.

본원에의 동경이다. 이때 죽음은 생성중인 자연의 질서를 의미하며 그로테스크하거나 염세적인 죽음과는 다르다. 그들에게 죽음이란 세계의 연속성 속에서 분리되어 개별적으로 존재하는 자아, 즉 의식 속에만 존재하는 자아의 죽음을 말한다. 이 죽음은 자연과 세계와의 단절 속에 개별적으로 존재하는 자아를 벗어나 세계와 융합된 절대 자아의 품으로 들어간다는 의미에서의 죽음이다. 그것은 개별자아의 입장에서 보면 죽음이지만 절대자아의 입장에서 보면 세계와 일체화된 주관의 상태로의 복귀를 의미한다. 죽음은 세계와의 연속성 속에 존재하려는 사랑의 다른 이름이다. 그것은 자기 자신도 알지 못하는 사이 자기 앞에 열린 어떤 다른 초월적인 세계를 열어준다. 이로 인해 존재는 삶의 유한성과 구속에서 벗어난다. 죽음에의 욕망은 일종의 충만한 상태(완성)에 대한 욕구이며 그것은 불멸에의 욕망에 다름아니다. 이것이 낭만적 열정을 미적, 윤리적으로 승화시키는 오세영 시인 특유의 역설적 논리이다.

> 아, 이제 바람 따라 헤매지 않고
> 비로소 안식을 얻었나니
> 흙은 항상 영원하기 때문이니라. (……)
> 갈잎이 흙에 내려 썩듯
> 이름에서 해방되어 비로소 바라보는
> 세상은
> 확실하구나.
> 하늘은 흙 속에도 있느니
> 너희는 닿을 수 없는 허공의 별들을 우러르지만
> 나는 영롱한 보석들과 함께 산다.
>
> — 「죽음의 노래」 부분

'하늘은 흙 속에도 있'다는 시인의 통찰은 역설적 시선에 의해 가능한 것이었고, 그로 인해 시적 자아는 비로소 지상에서 확실하고 영원한 안식을 얻게 된다. '갈잎이 흙에 내려 썩듯/ 이름에서 해방되어 비로소 바라보는'

에서 보듯이, 죽음은 영원히 생성 중인 자연의 질서를 나타내는 징표이며 人爲로부터의 해방이지, 종말이 아니다. 베갱은 낭만주의에서의 죽음이 단순한 소멸의 쾌감을 넘어선 지상의 삶을 정당화시키고 이를 변모시키는 형이상학적 단계라고 지적한다.5) 그들은 해체의 쾌락, 죽어가는 것의 위대함을 노래한다. 현실을 자의적으로 창조하는 낭만적 자아는 종교적 명상을 통해 죽음이라는 또다른 세계(무덤 너머의 삶)와 소통하려 한다. 시인은 ‘목에 칼을 받고 있는 목각인형’(「칼」)의 이미지를 통해 죽음이 곧 완성인 인간 운명이 처한 아이러니를 묘사한다. 이러한 삶과 죽음에 대한 존재론적 성찰은 존재의 욕망과 불안을 가라앉히고 혼돈된 무의식의 세계와 거리를 갖게 한다.

시인은 아이러니와 패러독스라는 시적 방법을 개척하여 삶과 죽음의 의미를 파헤치려 한다. 아이러니와 패러독스는 사유를 다른 식으로 전환시켜 보는 지적인 유희의 일종이자 인간의 실존적 한계를 극복하고자 하는 초월의 정신에서 비롯된다. ‘사유의 열정’으로서의 역설은 의식과 무의식의 사이에서 혹은 의식의 등 뒤(무의식)에서 발생한다. 세계에 대한 비극적 인식이 시인으로 하여금 역설을 낳게 하였으며, ‘언어는 역설의 열정과 더불어 그것의 가장 높은 잠재력에 도달한다’.6)

3. 향유(享有)하는 주체와 타자의 역설

감정의 가장 강렬한 형태인 사랑이라는 불은 반란과 일탈의 성질을 지니고 있지만 그것은 근원적인 물에 의해 조절되고 치유된다. 파편화된 육체와 언어는 시인의 혼돈된 내부의 불을 발산하는 방식으로 인해 생긴 것이었다. 그러한 상처입은 육체를 감싸고 불을 잠재우는 것은 흰 빛의 이미지

---

5) 알베르 베갱, 『낭만적 영혼과 꿈』, 이상해 역, 문학동네, 2001. p.66.
6) 질 들뢰즈, 이정우 역, 『의미의 논리』, 한길사, 1999. p.161.

로 나타나는 아내, 아이들과 같은 일상의 평화로운 물줄기들이다. 그것은
동양화의 흰 여백이 보여주고 있는 것처럼, 오세영 시인에게 있어서 역설
적 존재성을 갖고 있다. 근원적 무의식으로서의 여성성, 원죄의식, 어두운
유년에로의 기억과 같은 어두운 무의식에서 화자를 구하는 것은 아내와 딸
이라는 현실의 여성이다.

> 틀에 끼인/ 한 장의 사진 속에 평안이 있다.//
> 아내의 싱싱한 머리카락 사이에/ 여름 햇빛들이 수런대고,/
> 철없는 어린 것이 물장난을 하고,//
> 액자 옆에는 시들어버린 꽃,/ 또는 고개를 숙인 인형,/
> 고개를 숙이고 바라보는 해안엔/ 어부가 호올로 그물을 깁는다
>
> ―「겨울일기」 부분

　사진 속의 '아내의 싱싱한 머리카락'과 '어린 아이의 물장난', 수런대는
여름 햇빛과 같은 가정의 평안한 이미지들은 '얼어붙은', '틀에 끼인', '시들
어버린', '고개숙인'과 같은 시어들에 의해 더 이상 확장되지 않고 있다. 그
것들은 '홀로 그물을 깁는' 어부(시인)의 고독한 이미지와 겹쳐진다. 그러
나 이러한 불확장으로 인해 평화로움의 의미가 손상되지는 않는다. 이러한
평화로운 환영은 여성의 얼굴의 평화 속에서 형성된다. 타자는 가정의 친
밀성에서 처음으로 드러난다. 타자와의 관계를 위한 출발점으로서의 가정
안에서 만나는 타자로서의 여성은 나에게 언어가 없이도 이해되고, 은밀히
표현하는 친숙함을 특징으로 하는 타자이다.[7]

> 흰 물새를 타고/ 너의 바다로 떠난 어린 딸아/
> 물새가 날지 않는 어느날,/ 너는 알게 되리라./
> 젊은 아빠의 번민을/ 안개낀 밤의 불면을,/
> 밤10시/ 안정제를 권유하는/ 아내의 피곤한 목소리를 들으며/

---

7) 신옥희, 「여성학적 시각에서 본 레비나스」, 철학과 현실, 1996. 여름호 p. 244.

시를 쓴다./ 먼 파도 소리를 듣는다.

―「밤 10시」 부분

　아빠의 시집을 읽다 잠든 아이는 언젠가는 젊은 아빠의 번민과 불면의 이유를 알게 될 타자이다. 이처럼 아이는 〈타자가 된 나〉로, 아버지가 된 나는 이로써 '나에게로의 영원한 회귀'로부터 해방된다. 어린이와의 관계, 생산성인 타자와의 관계는 절대적인 미래, 무한한 시간과의 관계를 확립한다. 부성을 통해서 시인은 필연적인 죽음의 결정성을 가로질러 타자 안에서 자신을 연장한다. 이처럼 염려하는 주체가 항유하는 주체로 변화하는 것은 삶의 불모성에서 삶의 생산성의 영역에로 전환하는 것이라고 레비나스는 말한다. 이러한 생산성을 통해서 시간은 죽음과 폭력에 맞서는 무한성의 차원을 얻을 수 있으며 인간은 자기의 유한성으로부터 구원받는다.

　이 시집 이후 오세영 시인이 개척해 나간 것은 연시(戀詩)의 영역이다. 그것은 여성적인 것이 환기하는 평화로움에 대한 계속적인 추구이자 동경이라고 할 것이다. 사랑은 나라는 개체에서 벗어나 타자와 융화되려는 욕망이다. 사랑은 언어와 더불어 시인이 타자와 관계할 수 있는 방식이다. 사랑, 즉 에로스는 여성적인 것의 출현과 더불어 시작된다. 타자에 대한 욕망을 레비나스는 형이상학적 욕망이라고 부른다. 그것은 "우리가 태어나지 않은 땅에 대한 욕망"이요, "눈에 보이지 않는 자"에 대한 욕망이다. 레비나스가 말하는 타자는 내가 완전히 파악할 수 없는 무한성이다. 형이상학적 갈망은 만족될 수 없는 타자를 갈망한다. 그리고 채워질 수 없는 이 갈망은 그의 대상인 타자의 멀리 있음, 타자성, 외재성을 이해한다.[8]

　　* 당신의 가심이 바로 내안에 드심인 것을 이제 알았기 때문입니다.
　　　―「떠나가신 후」, 부분
　　* 그러나 지금 나는/당신의 아무것도 되지 않으려 합니다/완전한
　　　자유가 완전한 소유임을 아는 까닭에 ―「완전한 소유」, 부분

---

8) Ibid., p. 240.

타자는 끝내 시인의 부름에 화답하지 않는 귀머거리이거나 꿈속에서만 모습을 드러내는 존재이기에 시적 화자의 안타까움의 감정과 사랑의 밀도는 강렬하다. 이처럼 시적 화자가 이별의 상황에 놓인 것은 타자의 외재성을 자아 안으로 동화하거나 통합하는 것이 아니라 타자의 절대적인 타자성을 수용하기 때문임을 위 싯구에서 확인할 수 있다. '완전한 자유가 완전한 소유'라는 인식은 타자의 외재성을 인정하는 태도에서 비롯된다.

이성(理性)은 모든 것을 자신의 보편성 안에서 포괄하면서 그 자체로 고독 안에 머물러 있다. 그것은 우리로 하여금 외부 세계를 지배할 수 있게 해주지만 거기에서 우리의 짝(un pair)을 발견할 수 있도록 해주지는 못한다. '여성적인 것'이 레비나스에게 특히 중요한 것은 그것이 인식불가능한 것이자 빛(이성)을 벗어난 존재 방식을 가지고 있기 때문이다. 이러한 여성적인 것은 스스로 자신을 감추는 방식으로 존재한다는 것[9])을 다음 시들은 잘 보여준다.

> * 당신의 진정한 모습은 아마/ 모습이 없는 모습일지도 모릅니다.
>   ―「방문」 부분
> * 이런 날에 나는/ 당신의 얼굴을 떠올릴 수 없습니다. /세상이 온통/추상으로 풀어지기 때문입니다. ―「귀머거리」 부분
> * 아무데나 있으면서 아무데도 없는/ 당신은 정녕 누구십니까,
>   ―「시인」 부분
> * 그러나 가도가도 망망한 바다뿐/당신은 어디에도 없었습니다
>   ―「그 길을 따라」 부분

'모습이 없는 모습'으로 존재하는 당신에 대한 추구. 이렇게 본다면, 오세영에게 시쓰기는 주체, 즉 근대적 남성 주체에 대항하는 몸짓으로 이해되며, 그의 시는 양성성의 공존이라는 특성을 보유한다. 그는 내안의 타자인 여성성을 끊임없이 환기하여 이성(理性)을 견제하고자 한다. 나의 독립

---

9) *Emmanuel Levinas, Le Temps et L'autre,* 『시간과 타자』, 강영안 역, 문예출판사, 1996. p. 106.

된 주체성은 끊임없이 여성적인 타자의 얼굴에서 환영, 친밀함, 평화를 느
낀다. 다음 시에는 타자를 향한 시인의 초월적 열망이 잘 나타나있다.

> 꽃피는 봄날 길을 걷다가/나는 문득/ 성큼성큼 앞서가는 한사람을
> 부지런히 좇았습니다./그의 뒷모습이 분명/당신 같았기 때문입니다./
> 그러나 그는/ 내 스승이었습니다/ 비 내리는 어느 여름날 나는/ 뒤따
> 르는 한 사람을 돌아보았습니다.
> 　그의 말소리가 분명 당신의 음성 같았기 때문입니다./ 그러나 그는/
> 　내 제자였습니다/ 눈 내리는 어느 겨울날/ 눈길에 미끄러지면서 나
> 는 얼른 곁에 있는 한 사람을/ 또 붙들었습니다./어쩐지 그가 당신처럼
> 믿음직스러워 보였기 때문입니다./ 그러나 그 역시 당신이 아니라/
> 　내 아내였습니다.
>
> 　　　　　　　　　　　　　　　　　　　—「내안의 당신」 부분

　　스승, 제자, 아내에게서 자신이 그토록 열망하는 대상의 체취를 찾는 시
적 주체는 ‘당신’이 나의 밖에 있지 않고 이미 ‘내 안에 들어 있음’을 깨닫는
다. 실상 시적 화자가 찾고자 하는 ‘당신’은 ‘영원히 메꾸어질 수 없는 그리
움의 감정’에 다름 아니기도 하다. 오세영 시인에게 있어서 자기 자신에로
의 침잠이 타인에게로 나아가는 길이기도 하다는 역설이 가능한 것은 그와
같은 시인의 정한(情恨) 때문일 것이다.

　　‘갈잎 흩날리는 내 언어의 숲 속에서 한 그루의 흔들리는 나목(裸木)으
로 너를 보았다’(「수면에 어리는」)와 같은 구절에서 알 수 있듯이 시인이
타자와 대면할 수 있는 공간은 언어화되어 있다.

> 관념과 사물의 틈 사이를 / 메우는 잉크는 없을까. /
> 빈 가지를 울리는 바람 소리와/
> 귓가에서 속삭이는 허무의 소리를/ 지우는 잉크
>
> 　　　　　　　　　　　　　　　　　　　—「빈공간」 부분

　　시인은 ‘귓가에서 속삭이는 허무의 소리’를 지우기 위해 ‘관념과 사

물'의 틈을 매우는 노력을 자처한다. 언어를 다루는 자로서의 시인의
임무에서 오세영 시인은 자주 노동이라는 개념을 이끌어내기도 한다.

> 농부는 능금나무 아래서/ 꿈을 꾸고 있었다./
> 녹슨 태양은 마른 비듬처럼/ 햇빛을/ 떨어뜨리고/
> 목마른 바람이 불고 있었다
> ....
> 꺾인 장미도, 여름을 피해 떠나간 정부(情婦)의 머리칼도,/
> 행복이나/ 그리고 죽음도/ 그저 아무것도 아닌 미래를 위해 농부는/
> 능금나무 아래서/ 목마른 꿈을 꾸고 있다
>
> — 「목마른 꿈」 부분

　위 시는 언어를 다듬는 시인의 노력을 사과나무를 가꾸는 농부의 노동으
로 표현하고 있다. 농부에게 사과라는 결실이 과거의 고통을 무화시키는
의미있는 것이듯 시는 시인에게 노동의 결실인 것이다. 이러한 노동(시인
은 이것을 '목마른 꿈을 꾸고 있다'라고 표현한다)을 통해 세계의 익명성은
해제되고 사물은 의미를 갖게 된다. 노동을 통해 사물들과 관계하는 것은
분명 인간에게 새로운 차원을 열어주는 것이다. 노동은 불확실한 미래를
지배하며, 미래의 불확실한 빈곤을 극복하며, 미래를 자신에게 보존한다.
물질은 근본적으로 불분명하며, 이해할 수 없는 것으로 존재하지만 노동은
물질을 동일화할 수 있는 세계로 가져온다.10)

> 사랑의 부재는
> 언어의 부재에서 왔다
> 말, 말을 잊지 않기 위하여
>
> — 「죽은 자와 함께 산다」 부분

　현실적인 이득이 없더라도, 시인에게 있어 언어를 다루는 일이 무엇보다
중요한 이유는, 사랑의 부재가 언어의 부재에서 온 것으로 인식되기 때문

---

10) 김연숙, 『타자윤리학』, 인간사랑, 2001. pp. 87~88.

이다. 그 언어는 타인에의 사랑과 마찬가지로 잡힐 듯한 그러나 잡히지 않는 존재이다. 그러나 시인은 ‘썰물이 갯벌을 드러내듯’(「하늘의 시」) 시가 존재의 비극과 세계의 비의를 드러내리라는 믿음을 갖는다.

> 당신은 왜 자꾸만 자신을/ 숨기시려 하십니까,/
> 그러나 나는 압니다. 당신의 내밀하신 방문을,/
> 어제 함쑥 오므렸던 춘란(春蘭) 꽃봉오리가/
> 이 아침/ 활짝 꽃잎을 터뜨리고 있을 때,/
> 한나절/ 밭일에서 돌아와 방문을 열자/
> 아랫목에 묻어둔 술독에서/
> 불현 듯 향그러운 술냄새가 배어나오고 있을 때/
> 낮잠에서 깨어나자 그사이 방바닥에 쌓인 송화가루가/
> 무심히 봄바람에/ 날리고 있을 때, /……/
> 이 적요한 공간의 붕괴와/ 그 새로운/ 형성.
>
> —「방문」 부분

「방문」은 자연에서 발견한 희열과 행복에서 느끼는 존재의 개안, 시적 엑스터시를 ‘적요한 공간의 붕괴와 형성’이라고 표현한다. 낮잠에서 깨어난 이가 느끼는 혼곤한 의식, 열망과 근심마저 떠난 의식 속에서 시인은 타자의 존재를 느낀다. 나아가 시인이 사랑하는 대상의 존재를 인식하는 것은 자주 밤이라는 시간과 잠(꿈)을 통해서이다.

> 너를 꿈꾼 밤
> 문득 인기척 소리에 잠이
> 깨었다
>
> —「너를 꿈꾼 밤」 부분

> 오늘도 나는 비척대며
> 산을 오르다 지쳐 잠이 들었다.
> 바다는 보이지 않고,
> 끝끝내 꿈속의 너는 잡히지 않고
>
> —「꿈꾸는 나비」 부분

  잠은 지상의 인연을 끊게 되는 순간의 예시이며 육체에서 근원적인 것에로의 귀환, 어머니에로의 귀환을 의미하며 상징적 죽음을 내포하는 생리적 현상이다. 꿈은 존재의 영속성, 재생의 근원을 구성하며 디오니소스적 열광과 시적 영감을 부여한다. 오세영 시인에게 있어서 꿈은 세계와 타인과의 만남을 위한 매개적 공간으로 기능한다.

4. '자연'과의 역설적 합일과 距離 - '산사(山寺)'의 공간

  낭만주의는 일종의 주관주의일 것이다. 주관주의의 길을 멀리 나아가면 외부세계를 재발견하기에 이른다.11) 그것은 자기 내부로 하강하는 것이며 자기의 껍질을 벗는 것이다. 이 지점에서 오세영의 시는 다시금 소멸의 미학, 하강의 시학에로 향한다. 山寺라는 공간은 고독과 죽음이 결합된 이미지를 갖는다. 그것은 적대적인 현실에서 벗어나 자기의 세계에 칩거하는 것을 의미하기도 한다. 오세영의 시에서 산과 나무, 신비스런 숲, 촛불의 이미지는 고독한 성찰적 자아의 내면을 담아내며, 그의 시에 자주 나타나는 흐름의 이미지는 물, 눈물, 구름, 바람 등으로 변화되면서 시간에 지배받는 존재의 무상과 허무를 반영한다.

  하지만 역설적이게도 더 이상 축소될 수 없는 내면의 공간에까지 침잠하는 행위에 의해서 자아의 분열은 치유되고 비로소 주체적 생명력은 응축된 힘을 얻는다. 나아가 시인의 눈에 포착된 풍경들(산, 하늘, 물, 나무)은 정신으로 하여금 가시적인 것 너머로 벗어날 것을 요구한다. 그것은 타인에 대한 그리움마저도 무화시키고 초월하려는 의식으로 나아간다. 사랑의 대상은 시인에게 초월을 위해 버려야 할 존재이다. 그것은 다음 시에서 드러나듯 굳이 소유하지 않아도 자연 속에 존재함을 깨달음에서 기인한다.

---

11) 알베르 베갱, op. cit.

약수암 바위 밑에 약수가 있어
그리운 이 모습이 어려 있다네.
한 바가지 가득 떠 달빛 비추면
꿈길에서 헤어진 님 거기 계시네.

　　　　　　　　　　　　　　　　—「샘물의 노래」부분

『벼랑의 꿈』(1999)에서, 사랑하는 이와 이별을 한 시적 화자는 산 속에 칩거하면서 애써 자연의 적멸을 배우며 마음의 평정을 찾으려하는 모습을 보여준다. 여기서 적멸이란 사물들의 모든 가시적 형식은 물론 그 흔적마저 철저히 소멸되어 버리는 과정을 의미한다. 이러한 소멸의 순간에 또하나의 절대가 현현한다. 이러한 절대는 시인의 서정적 관조가 드러내는 사물들의 속살이다. 사물의 표면에서 벗어나 그것의 근원에로 들어가려는 시인의 노력에 의해 사물들은 그 현상적 양태를 버리고 내밀성을 드러낸다. 시의 공간 속에서 그것들은 서로 섞인다.

어젯밤 하늘이 몰래 내려와
산과 잠자고 가더니
이 아침
고사리 새순 도르르 말려
그것이 한 개 우주로구나.
풀잎에 떨어뜨린 별들을 보고
내 알았지.
쫑긋 귀기울여 천둥소리 듣고
배시시 눈 떠 흰 구름 보고……

그러므로 누구에게 물어보랴.
한 방울의 이슬 속에서 푸른 하늘을 보거니.

　　　　　　　　　　　　　　　　—「산의 잠」전문

시적 화자는 하늘과 산이 결합하여 밤사이 새순을 틔운 고사리에서 ‘우주’를 보고 ‘한 방울의 이슬 속에서 푸른 하늘’을 본다. 작은 이슬에서 우주를 보는 시인의 시선은 우주 속의 모든 생명이 유기적인 관계에 있음을 암시한다. 이처럼 소멸하는 사물들을 변형시키는 작업은 그것들을 오롯이 응시하는 행위에서 시작되며 그것은 곧 세계 속의 나 자신을 구원하는 행위가 된다. 풍경들에 집착하는 낭만적 자아는 모든 것이 우주 속의 일부임을 느끼고 개별적 존재를 포기함으로써 자신을 버리고 무한 속으로 들어간다. 시인이 지금, 여기, 눈에 보이는 현상에 시선을 줄 때 그의 시는 산문화되고 비판적인 것이 된다.12) 그가 낮, 의식의 영역에 설 때 이곳은 섬뜩한 차가움과 권태로움으로 견딜 수 없는 곳이 된다. 그러나 감정은 시인에게 눈을 풍경에로 돌리게 한다. 가시적인 영역에서 벗어났을 때 시인은 풍경과 그 속에 담긴 사랑을 노래한다. 시적 화자는 풍경 내부에서 비로소 모든 것이 우주 속의 일부임을 긍정하며 개별적 존재를 벗어나 자아를 버린다. 자연이 주는 무한한 이미지의 숲은 분리된 존재를 회복케하고 전체로 돌아가게 한다.

하지만 시인의 초월에의 의지는 궁극적인 해방이기보다는 시가 지닌 순간의 해방이며 시인 개인의 의식의 순간적 열림이기에 존재론적 비극성은 더욱 강화된다. 시인은 산이라는 내밀한 공간에 들어서면서 어떤 변화를 겪는가. 시인의 상상력의 공간이 숲과 산, 나무로 옮아갔다고 하더라도 그의 동경과 고독은 여전히 내면 깊숙이 놓여 있다. 이처럼 매혹적인 대상(별, 꽃, 소녀)으로부터 끊임없이 들려오는 이들의 목소리로 시인의 산은 들끓는다. '산이 어찌 항상 산이겠는가', '산에서 대체 무슨 일이 일어나고 있는가'라는 시적화자의 물음은 '사미(沙彌)야, 우리는 산에 든 한 조각 배였더란 말이냐?'라는 탄식으로 이어진다. '산과 숲'을 '물과 바다'로 변하게 하는 것은 '바람' 때문이다.(「대양(大洋)」)

산문(山門)에 들어 사랑을 떨쳐버리려는 자아(「세상은」)에게 적멸의 산은 '폭풍우 몰아치는 밤바다로 변한다(「단풍 숲속을 가며」). 세속적 애증에서 벗

---

12) 『아메리카 시편』(1997, 문학동네)은 이 시대에 만연한 광기와 권태를 위트와 재치 속에 드러내고 있는 시집이다.

어나고자 하는 시인의 의식적인 노력과 사랑하는 님을 결코 잊을 수 없다는 무의식적 미련은 시적 화자의 내면 속에서 여전히 갈등한다. 꿈은 이 산의 공간에서도 시적 화자를 타자와 매개하는 역할을 한다. 산이라는 절대적 자아, 순수 자아의 자족적 공간 속에서도 시인은 사랑과 그것의 상실을 노래한다. 바위의 고독, 비정함에서도 이끼와 난을 발견하는 그의 시선은 '그의 무심은 대체 무엇이 되려 하는가'(「바위는 무엇하러」)하고 되묻는다.

  시인은 자연 속에서 인간 존재의 모순을 치유받고, 자아와 세계(타인)와의 합일 가능성을 모색하기도 하지만, 무엇으로도 메울 수 없는 존재론적 그리움의 감정을 또한 어쩌지 못한다. 타인과의 거리를 극복하고 세속적 애증을 초월한 자연과 합일하고자 하는 것이 시인이 추구하는 삶의 양식이면서도, 그에 대한 동경을 시적 영감(靈感)으로 삼고 있다는 점에서 오세영 시인은 '역설'('진흙 속의 연꽃'이라는 불교적 역설)을 살고 있다고 말할 수 있겠다.

사랑, 유동하는 욕망의 형식

서진영

1. 서론

1) 연구사 검토

오세영(吳世榮, 1942-)은 1965년 ≪현대문학≫에 「새벽」으로 첫 추천을 받아 작품활동을 시작한 이후 지금까지 10권의 시집과 3권의 선시집[1]을 발표하였다. 시 이론가이며 비평가로서도 뚜렷한 성과를 거두고 있으면서 동시에 35년이 넘는 오랜 세월의 꾸준한 창작 활동을 통해 시인은 뚜렷하면서도 확고한 자신의 시세계를 구축해 왔다.

시인의 오랜 기간의 다양한 시세계를 김영철은 미학의 길에서 철학의 길

---

[1] 1. 『반란하는 빛』, 현대시학사, 1970.
  2. 『가장 어두운 날 저녁에』, 문학사상사, 1982.
  3. 『무명연시(無明戀詩)』, 전예원, 1986.
  4. 『불타는 물』, 문학사상사, 1988.
  5. 『사랑의 저쪽』, 미학사, 1990.
  6. 『꽃들은 별을 우러르며 산다』, 시와 시학사, 1992.
  7. 『어리석은 헤겔』 고려원, 1994.
  8. 『눈물에 어리는 하늘 그림자』, 현대문학, 1994.
  9. 『아메리카 시편』, 문학동네, 1997.
 10. 『벼랑의 꿈』, 시와 시학사, 1999.
   <선시집> : 『모순의 흙』(고려원, 1985),『신의 하늘에도 어둠은 있다』, 미래사, 1991.
        『너, 없음으로』, 좋은날, 1997.

로 향한 먼 도정(道程)[2]으로 요약한 바 있다. '언어를 어떻게 미학적으로 창출해 내고 또한 어떻게 소외된 현대인의 내면의식을 밖으로 드러내 형상화할 것인가'하는 문제에 관심을 두고 썼다는 시인 스스로의 언급[3] 처럼 첫 시집『반란하는 빛』(1970)에서는 강렬한 이미지를 드러내는 모더니즘적 경향의 시들이 주조를 이룬다. 환상적인 내면의식의 탐구, 돌발적인 이미지의 병치, 감각적이고 지적인 수사와 기교로 요약되는 초기 시세계에 대하여는 주로 '불이미지'에 관련한 이미지 연구가 대표적이다.[4] 그러나 『가장 어두운 날 저녁에』(1982)를 거쳐, 『무명연시』(1986)에 이르면서 시인은 불교와 도교에 기초한 동양적 사유에 탐닉하게 된다. 즉 그는 불교적 상상력에 기댄 역설의 논리, 도교에 토대를 둔 무(無), 공(空)의 사상을 빌어 인간과 삶, 세계와 우주의 근원과 본질에 대한 존재론적 문제에 천착한다.

'시라는 것이 단순한 의식의 반영이나 미학적 형상성에서 머물러서는 안 된다는 자각'과 '병적인 세계를 단순히 반영하기보다는 이를 건강한 것으로 회복시키는 시'를 쓰려고 했다는 시인의 말(제 5시집『사랑의 저쪽』에 실린 김준오와의 대담 중에서)처럼 생(生)의 근본에 대한 실존적 사유가 그의 시세계의 내면 공간을 지배한다.

최동호는 선시집『모순의 흙』을 분석하는 자리에서 이러한 시인의 시적 변모과정을 '존재의 형식을 드러내는 변증법적 전개방식'으로 요약한다. 그는『반란하는 빛』이 시인의 숨가쁜 열정을 드러내지만 그 열정이 강한 이성으로 통어되는 과정에서 어쩔 수 없는 관념적인 토로의 형식에 머무르고 말았다고 한다. 그러나 제 2시집에서부터는 첫시집의 열정의 세계가 그 나름의 해결방식을 취하는데 그것은 시에 있어서 영원성을 추구하는 시인이

---

2) 김영철, 「존재의 시학과 인식의 시학」, 『꽃들은 별을 우러르며 산다』 해설, 시와 시학사, 1991, p. 105

3) 「진실과 사실 사이」(오세영 시인과 김준오와의 대담), 『사랑의 저쪽』, 미학사, 1990.

4) 김승희, 「위험한 불이 싸늘한 불이 되기까지」, ≪문학사상≫, 1983. 6.
   김재홍, 「물, 불, 또는 운명과 자유」, ≪현대시학≫, 1990. 8.

존재의 모순을 통하여 사물의 구체성을 드러내는 방식이다. 그것은 깨달음을 얻지 못한 인간의 번뇌를 상징하는 무명의 세계에서 빛을 찾아 더듬은 시인의 모습("암벽을 더듬는다./ 빛을 찾아서 조금씩 움직인다./ 결코 쉬지 않는/ 무명(無明)의 벌레처럼 무명(無明)을/ 더듬는다."「등산(登山)」부분)으로 형상화된다고 한다.5)

많은 논자들이 공통적으로 지적하고 있는 것은 시인의 시세계가 근본적으로 인간은 유한하고 불완전한 존재이며 삶의 본질은 결핍과 고통이라고 하는 비극적 세계인식에 바탕을 두고 있다는 점이다. 이동하는 이러한 인식이 오세영 시인의 시적 철학의 깊이를 유도하는 것이라고 보면서 불완전한 인간과 삶을 인식하되, 이를 거부하거나 도피하는 것이 아니라 오히려 존재론적인 한계성에서 오는 허무와 고독을 자신의 삶의 조건으로 겸허히 받아들임으로써 비로소 그 구속과 한계를 극복할 수 있다고 한다.6) 이숭원 역시 소멸이라든가 죽음, 허무 등을 인간의 존재론적 조건으로 인정함으로써 오히려 삶의 유한성을 넘어서고자 한 시정신에 주목하고 이러한 시작 태도를 자기소멸의 황홀한 정경("깨어져서 완성(完成)되는 저 절대(絶對)의 파멸(破滅)")을 노래한 시와 관련하여 '능동적 소멸'로 명명한다.7)

사물의 존재 그 뒤편에 숨겨져 있는 본래적 진리를 찾는 작업, 혹은 존재의 허망함과 그 허망함에 가치를 부여하는 사유 방식은 그 시적 형상화 과정에서 필연적으로 역설의 기법과 연결될 것이다. 조창환은 부서짐으로써 비로소 완성되는 존재의 모순구조에 주목하고 그 언어적 표출방식은 역설의 기법에 있음을 지적한다.8) 김준오 역시 인간존재의 모순을 인식하는 데서 오는 역설과 형이상학적 공(空)의 세계관을 지적하고 이는 시인의 이념적 경직성에 대한 거부와 사물에 집착하지 않는 자유로운 시정신으로서

---

5) 최동호, 「욕망을 다스리는 영혼-오세영 시선집 『모순의 흙』에 대하여, ≪소설문학≫, 1986. 2

6) 이동하, 「실존적 인식의 심화와 확대-오세영론」, ≪한국문학≫ 1986. 7.

7) 이숭원, 「모순의 인식과 존재의 탐색」, ≪현대시학≫, 1992. 6.

8) 조창환, 「존재의 모순, 그 영원한 질문-오세영시집 『불타는 물』」, ≪현대시학≫, 1989. 3.

의 〈열림〉의 시정신으로 자연스럽게 연결된다고 보았다.9) 모순구조에 주
목하는 또 다른 논의로는 정효구의 논의가 있다. 시인이 바라보는 무명의 세
계와 시인 자신은 한결같이 모순과 갈등의 구조를 근간으로 하고 있으며 이
는 맺힌 인연과 풀린 인연, 삶과 죽음, 눈물과 웃음, 증오와 사랑, 물과 불,
어둠과 빛, 만남과 이별 등의 수많은 대립쌍으로 형상화된다. 그러나 그것은
시인에게 마치 유리창의 양면같이 서로 관련된 파악되는 까닭에 시인은 이러
한 대극적 두 실체들을 언제나 균형있게 바라본다는 것이다. 그의 시가 비극
적인 세계관과 허무주의적인 삶의 인식에 바탕하고 있으면서도 생에 대한 긴
장된 힘을 우리에게 제공해 주고 있는 까닭은 여기에 있다고 한다.10)

위에서 살펴 본대로 오세영 시인의 시세계에 대한 논자들의 견해는 대개
비슷하게 수렴되고 있음을 알 수 있다. 즉 '불교사상에 뿌리를 둔 인간 삶
에 대한 실존적 사유체계' 혹은 '역설을 통한 존재론적 탐구' 등으로 오세영
시의 시정신이 요약될 수 있겠다. 시인에 대해 '한용운이 도달한 유현한 형
이상의 세계를 현대적으로 재현한 전형적인 경우'라는 평가는 이러한 맥락
에 위치한다.11)

---

9) 김준오, 「명상시와 존재론적 상상력-오세영 시집 『사랑의 저쪽』」, ≪현대시학≫,
   1990. 11.
10) 정효구, 「모순구조의 다양한 의미-오세영 시집 『무명연시』」, ≪문학정신≫, 1986.
   120.
11) 위와는 조금 다른 방향에서 논의를 진행한 경우로 고형진의 논의가 있다. 그는 조그
   맣고 하찮은 일상의 사물들에서 의미심장한 의미를 읽어내는 눈을 오세영 시인의 가
   장 두드러진 특징으로 파악한다. 시인의 이러한 시선은 「아메리카 시편」 연작에서는
   미국사회의 일상의 자잘한 사건, 사물들에서 인간 삶의 근원적 가치를 읽고, 오늘의
   시대를 규정짓는 거대한 산업 자본주의 사회에 대한 예리한 비판을 가한다. 또한 이
   러한 세밀한 시선은 세번째 시집인 『무명연시』에서부터 지속적으로 보여지는 불교적
   사유체계가 생경하고 관념적인 사상의 진술로 표출되어 있는 것이 아니라 아주 조그
   맣고 구체적인 사물에 대한 특유의 통찰로 육화되어 드러나는 데서도 나타난다고 한
   다.(고형진, 「정통시의 변주와 완전한 사랑노래」, ≪문학과 의식≫, 1998. 봄.)

2) 문제제기 및 방법론

오세영 시인의 시적 여정에 대해서는 시인 스스로가 누구보다도 상세하게 해석한 바 있는데(제 5시집 『사랑의 저쪽』에 실린 김준오와의 대담 중에서) 그러한 시인의 언급과 맞물리면서 위의 논의들은 오세영 시인에 대한 거의 확정적인 해석으로 자리잡고 있는 듯하다.

그러나 이 글에서는 기존의 논의가 수렴되었던 방향과는 조금 다른 각도에서 시인의 시세계를 바라보고자 한다. 오랜 시작 기간 동안 생산된 방대한 분량의 시세계 내에서 이 글을 통해 추출해내고자 하는 부분은 시인에게 있어서 가장 본질적인, 혹은 가장 두드러지는 것에 관한 것이 아닐 수도 있겠다. 그러나 한 가지로만 수렴되고 정리될 수 없는 다양한 의미체계 내의 한 부분을 밝히는 작업이 될 수 있을 것이다.

시인은 완전한 삶이란 무엇일까 자문하면서 적어도 시가 그에 가까워지려는 노력의 소산인 것만큼은 분명하다고 한다. 또한 그것은 "사랑 같은 것의 토대 위에서 이루어지는 어떤 정신적 가치"이며 "참으로 나의 시의 샘물은 목숨의 긍휼함에 있"다고 말한다.(『꽃들은 별을 우러르며 산다』서문 중에서) 시인이 사랑의 감정을 소중히 여기고 있음은 굳이 위의 언급에 기대지 않더라도 시세계를 통해 분명하게 알 수 있다. 주지하듯이 님과의 사랑과 이별의 테마는 서정시의 전형적인 구조이지만 오세영 시인의 경우 연시(戀詩)의 한 계보를 담당하고 있다고 해도 과언이 아닐 만큼 숱한 그리움과 사랑의 감정을 그의 시에 쏟아놓고 있는 것이다.

오세영 시를 샘솟게 하는 원천인 '목숨의 긍휼함'과 '사랑'의 의미는 여러 가지로 해석될 수 있을 것이다. 실존적 사유체계 내에서 설명할 수도 있을 것이고 만해시를 '정치적 형이상학적 진리의 움직임이며 진리는 곧 사랑의 움직임'12)이라고 규정할 때처럼 불교적 사유체계 하에서 구도자의 모습과 연결시켜 논의할 수도 있을 것이다. 이러한 맥락에서 보면 오세영 시에 나

---

12) 김우창, 「궁핍한 시대의 시인」, 『궁핍한 시대의 시인』, 민음사, 1977, P. 131

타나는 사랑은 '은유적으로 표현된 구법정신'13)이 될 것이다. 그러나 만해의 경우가 그렇듯이, '님'의 의미를 실체적으로 규명하고자 할 때 시 전체를 철학의 알레고리로 보고 하나의 의미로 환원시켜버리는 문제를 낳는다. '그것이 무엇을 의미하는가'에 답하려는 비평은 텍스트를 지배약호나 '궁극적인 의미'에 의해 씌어진 알레고리로 변형시키는 과정을 필요로 하며, 방법론의 기반이 되는 전제를 항구적인 것으로 만들기 때문이다.14)

김재홍의 경우도 무명고(無明苦)의 문제, 즉 비극적 세계관으로부터 자유로울 수 없는 인간의 운명 이라는 실존적 사유체계 내에서 사랑을 파악하고 있는데 이 때 사랑은 '갇힘'의 이미지로 나타나는 운명적 구속성에 머무르게 된다.15) 류철균 역시 '존재의 피투성(被投性)과 비극성에 대한 인식' 하에서 존재의 어둠을 초극하는 방법으로서 生에 대한 동경과 사랑을 제시한다. 자기 초극을 꿈꾸는 시인이 존재의 유한성을 넘어서는 방법으로서 '합일을 향한 운동'으로 사랑을 보고 있는 것이다.16)

그러나 본고에서는 '사랑의 담론'17) 속에서 나타나는 주체의 내적인 욕망의 역학에 주목하고자 한다. 크리스테바는 언술행위 속에 나타나는 사랑의 체험 속에서 사랑을 이야기하는 화자, 곧 사랑하는 주체의 욕망이 작동하고 있음에 주목한다. 사랑하는 주체의 욕망은 사랑의 대상을 통해 존재의 결여를 채워 완전성에 도달하고자 하기 때문이다.

그러나 본래적으로 사랑의 대상은 주체 밖에 있는 구체적으로 실재하는

---

13) 송희복, 「사랑이라는 이름의 중간자」, 『너, 없음으로』해설, 좋은날, 1997.

14) Fredric Jameson, "On Interpretation", *Political Unconscious*, Methuen & Co.Ltd, 1981, p. 58(곽명숙, 「『님의 침묵』에 나타난 '사랑의 담론'」, 《관악어문연구》 23, 1998. 12, p. 242에서 재인용)

15) 김재홍, 「사랑과 존재의 형이상(形而上)」, 《현대문학》, 1985. 10

16) 류철균, 「존재의 무명과 사랑의 지평」, 『무명연시』해설, 현대문학, 1995.

17) 여기에서 '사랑의 담론discours d'amour'이란 용어는 사랑의 체험을 다루는 언어활동의 표현을 지칭하는 의미로 사용한다. 개인의 말을 통해 주체가 참여하는 언어활동이며, 타자에게 영향을 주려는 화자의 욕망에 의해 화자와 청취자를 그 구조 속에 통합하는 언술행위를 지칭한다.(J. kristeva, 김영 역, 『사랑의 역사』, 민음사, 1995, p. 24 참조)

타자가 아니라 주체 자신의 이미지를 투영한 이상화된 존재이며, 이러한 의미에서 비대상이고, 주체의 은유이다. 따라서 사랑의 대상과 끊임없이 동화를 지향하는 사랑의 구조 속에서 중요한 것은 사랑하는 주체의 갈망의 움직임, 그 율동적 의미이다. 이 때 사랑하는 님의 존재는 이별이라는 극적 상황에서 더욱 활발하게 주체의 욕망을 불러 일으키며, 부재함으로써 더욱 강력하게 존재하게 된다.

 사랑의 대상으로서 실체 없는 비대상은 은유로서 존재한다. 이 때 은유는 단지 개념상으로 전달되는 지시대상을 가리킬 뿐만 아니라 언술 행위의 독특한 역학까지도 내포하고 있는 그러한 것이다. 즉 사랑하는 주체의 갈망의 움직임, 비대상의 인력(引力, attractiondms)이 곧 은유이며 이는 주체를 '형성하는' 은유이다.18)

2. 사랑과 은유의 존재론

1) 은유로 감각되는 부재하는 님

이 글에서는 먼저 오세영 시의 사랑의 담론 속에서 님의 존재 상태에 주목하고자 한다. '사랑하는 이', 혹은 '당신', '님' 등으로 불리우는 사랑의 대상은 항상 사랑의 주체인 시적 화자에게서 멀리 있는 존재, 닿을 수 없는 존재이다. 님을 지향하는 시적 화자는 항상 한 발 늦게 사라지는 님의 뒷모습을 아쉬움과 그리움으로만 붙잡을 뿐이다. 멀리 떨어져 있는 님, 잡을 수 없는 님은 시적 화자가 어쩌면 만난 적조차 없는 님일런지도 모른다. 님은 항상 은유로만 지각되고 현현되는 존재이며 한번도 구체적인 모습을

---

18) Ibid., pp. 53~64 참조
　　라캉의 욕망의 대상 'objet a'가 끊임없는 결핍 혹은 부재의 대등물로서 이룰 수 없는 욕망의 환유구조 속에 주체를 절망적으로 위치지운다면, 크리스테바는 비대상을 향한 주체의 동일화 욕망 속에서 주체를 '형성하는' 능동적 힘을 본다.

드러낸 적 없는 모호한 존재로 나타나기 때문이다.

> 너를 꿈꾼 밤/ 문득 인기척 소리에/ 잠이 깨었다./
> 문턱에 기대고 엿들을 땐/ 거기 아무도 없었는데
> 베개 고쳐 누우면/ 지척에서 들리는 발자국 소리/ 나뭇가지 스치는
> 소매깃 소리.
> 아아, 네가 왔구나./ 산 넘고 물 건너/ 누런 해 지지 않는 서역 땅
> 에서
> 나즉히 신발을 끌고 와/ 다정하게 부르는/ 너의 목소리,
> 오냐, 오냐./ 안쓰런 마음은 만릿길인데/ 황망히 문을 열고 뛰쳐 나
> 가면
> 밖엔 하염없이 내리는 가랑비 소리./ 후두둑, 댓잎 끝에 방울지는/
> 봄 비 소리
>
> ──「너의 목소리」 전문

> 들리는 건 분명 네 목소리인데/ 돌아보면 너는 어디에도 없고
> 아무데도 없는 네가 또 아무데나 있는/ 가을 산 해질녘은/ 울고 싶
> 어라.
> 내 귀에 짚이는 건 네 목소리인데/ 돌아보면 세상은 갈바람 소리.
> 갈바람에 흩날리는/ 나뭇잎 소리.
>
> ──「바람의 노래」 부분

  첫번째 시에서 시적 화자는 자나 깨나 님(너)을 그리워하는 존재이다. 잠들면 꿈에서조차 님을 잊지 못하고 '너를 꿈꾼'다. 잠에서 깨어나면 문턱에 기대어 행여나하는 마음에 설레임으로 기다려 보지만 거기엔 아무도 없다. 그토록 그리워하는 '너'는 실제 현실에서는 부재한다. 그럼에도 불구하고 이 시에서 특징적인 것은 시적 화자는 '너'를 만난다는 사실이다. 시적 화자는 '소리'를 통해서 사랑하는 님을 지각한다. 시적 화자에게 님은 '지척에서 들리는 발자국 소리'와 '나뭇가지 스치는 소매깃 소리'로 분명하게 감각되고 있는 것이다. 게다가 그 님은 다정하게 부르기까지 한다. 이처럼 님은 시적 화자에게 소리로만 존재한다. 발자국 소리와 소매깃 소리, 그리

고 부르는 목소리는 시적 화자에게 님의 한 부분이 아니라 그 자체가 님의 전부이다. 소리들은 곧 사랑하는 '너'인 것이다. 소리라는 것이 본래 실체를 붙잡을 수 없는 곧 사라지고 마는 운명을 지닌 것이라면 '너'역시 시적 화자에게는 그렇게 사라지고 마는 존재이다. 황망히 뛰쳐나가 보지만 사랑하는 '너'를 붙잡을 수 없었던 시적 화자는 그럼에도 불구하고 미련을 거두지 못한다. 후두둑 소리를 내며 떨어지는 가랑비 소리, 봄 비 소리가 사라진 너의 소리를 대신하여 시적 화자에게 들려 오고 있는 것이다. '후두둑'하는 빗소리는 시적 화자의 아쉬움과 절망의 감정을 더 큰 울림으로 공명시켜 주는 소리이면서 동시에 소리로 존재하는 님의 빈 자리를 채우는 소리이다.

사랑의 감정을 진술하는 화자가 소리와 같은 감각에 민감하다는 사실은 놀라운 일이 아니다. 크리스테바가 사랑을 은유적 대상과의 동일화 과정이라 했을 때, 동일화 과정은 사랑하는 주체가 구성한 은유적 대상의 청각 영상 속에 주체를 존재하게 하기 때문이다.19)

위의 두번째 시에서도 마찬가지인데 시적 화자는 분명 그리워하는 '네 목소리'를 듣지만 '돌아보면 너는 어디에도 없'다. 시적 화자에 귀에 들리는 것은 분명 '네 목소리'이지만 돌아 보면 그 대신 존재하는 것은 '갈바람 소리'와 '갈바람에 흩날리는 나뭇잎 소리'이다. 사랑하는 대상을 '갈바람 소리'와 '나뭇잎 소리'로 감각하는 시적 화자는 이 때 님은 아무데도 없지만 또 아무데나 있다고 고백하게 된다. 소리로 감각되는 님은 사랑하는 주체의 욕망의 현현이며 이 과정에서 은유의 역학이란 '말하는 주체가 언술 행위 속에 절대타자를 존속시키는 관계를 기반으로 한다.'20)

사랑하는 대상의 실체없는 모호성, 사랑하는 대상과의 끊임없는 거리를 인식하면서도 그것과의 동화를 지향하는 사랑의 논리는 그것이 주체에게

---

19) J. Kristeva, op. cit., p. 64
   위 책의 역자는 문맥상으로 환각적 영상이라든가 소리를 더 직접적으로 환기시켜 줄 수 있는 용어로 '청각영상'이라는 용어를 사용한다.
20) Ibid., p. 419. 이 때 절대타자란 이상화된 존재로서의 비대상을 의미한다.

있어 존재의 의미가 되기 때문이다.

2) '멀리있음'의 의미

> 꽃들은 별을 우러르며 산다./ 이별의 뒤안길에서/ 촉촉히 옷섶을
> 적시는 이슬,
> 강물은/ 흰 구름을 우러르며 산다./ 만날 수 없는 갈림길에서/ 온
> 몸으로 우는 울음.
> 바다는/ 하늘을 우러르며 산다./ 솟구치는 목숨을 끌어 안고/ 밤새
> 뒹구는 육신,
> 세상의 모든 것은/ 그리움에 산다./ 닿을 수 없는 거리에/ 별 하나
> 두고,
> 이룰 수 없는 거리에/ 흰 구름 하나 두고,
>
> — 「먼 그대」 전문

꽃에게 있어서 별은, 혹은 강물에게 흰 구름, 혹은 바다에게 하늘은 영
원히 닿을 수 없는 거리를 두고 존재한다. 이별의 뒤안길에서, 혹은 만날
수 없는 갈림길에서 밤새 뒹굴면서 온몸으로 울음울고 말게 될 운명은 이
미 꽃이 별을, 강물이 흰 구름을, 바다가 하늘을 우러를 때 예견된 것이다.
그러나 그때의 울음소리는 영혼의 깊이에서 울리는 소리("그것은 울음소
리, 사물을 깨우고/영혼의 깊이에서 풀무질하는 소리", 「그것은」부분) 로
서 존재의미와 관련되는 것이기에 닿을 수 없는 거리, 이룰 수 없는 거리
에 별 하나를 두고 세상의 모든 것은 그리움에 사는 것이다.

> 멀리 있는 것은/ 아름답다./ 무지개나 별이나 벼랑에 피는 꽃이나
> 멀리 있는 것은/ 손에 닿을 수 없는 까닭에/ 아름답다.
> 사랑하는 사람아,/ 이별을 서러워하지 마라,/
> 내 나이의 이별이란/ 헤어지는 일이 아니라 단지/ 멀어지는 일일
> 뿐이다.
>
> — 「원시」 부분

차라리/ 멀리 있음과 같지 않음이여,//
벼랑에 피는 꽃보다는/강 건너 등불이,/ 강 건너 등불보다는 바다
건너 무지개가/
바다 건너 무지개보다는/저 하늘의 별이 더 아름답나니

— 「멀리서」 부분

바닷가 모래알처럼/ 헤아릴 수 없이 많은 하늘의 별이라지만
지상의 모래는 왜/ 별이 될 수 없는가.
높이 떠 있어서가 아니라/ 반짝반짝 빛나서가 아니라
별은/ 멀리 있어서 별이다.

— 「외롭게」 부분

위의 시들에서 멀리 있는 것은 곧 아름다운 것이다. 시인은 멀리있는 것
은 손에 닿을 수 없는 까닭에 아름답다고 한다. 사랑의 대상도 마찬가지이
다. 멀리 있기 때문에 사랑하는 것이다.

당신은 왜 자꾸만 자신을/ 숨기시려 하십니까,/ 그러나 나는 압니
다. 당신의/ 내밀하신 방문을,
어제 함쑥 오므렸던 춘란(春蘭) 꽃봉오리가/ 이 아침/ 활짝 꽃잎을
터뜨리고 있을 때,/한나절/
밭일에서 돌아와 방문을 열자/ 아랫목에 묻어둔 술독에서/ 불현듯
향그러운 술냄새가 배어나오고 있을 때
낮잠에서 깨어나자/ 그사이 방바닥에 쌓인 송화(松花)가루가/ 무심
히 봄바람에/ 날리고 있을 때,

…중략…

이 적요한 공간의 붕괴와/ 그 새로운/ 형성,

— 「방문」 부분

이 시에서 시적 화자는 사소한 일상의 사물들에서 사랑하는 님이 자신을
찾아 왔었음을 감각한다. 그것을 감각한다고 말할 수 있는 것은 시적 화자

가 님의 존재를 지각하는 것은 춘란 꽃봉오리가 꽃잎을 터뜨리는 것, 술독에서 향그러운 술 냄새가 배어나오는 것, 송화가루가 바람에 날리는 것과 같은 유연하고 율동적인 감각을 통해서이기 때문이다. 이는 역시 은유로 존재할 수 밖에 없는 실체없는 님의 존재방식이다. 그런데 주목할 점은 더 이상 시적 화자에게 님, 그 자체가 중요한 것이 아니라는 사실이다.(왜냐하면 님은 어차피 멀리 있어 아름다운 대상이고 부재함으로써 주체에게 의미를 같는 존재이기 때문에) 오히려 주목할 점을 님을 느낀 순간의 주체이다. 주체는 닿을 수 없는 대상에 대한 갈망의 움직임 속에서 주체를 새롭게 형성한다.

앞서 닿을 수 없는 것과의 거리에서 터져나오는 울음소리가 사물을 깨우고 영혼의 깊이에서 풀무질하는 소리임은 살핀 바 있다. 감각을 통해서건 어쨌건 님을 만난 후에 주체는 그 때까지 주체가 몸담고 있던 적요한 공간이 조용히 붕괴하고 새로운 것이 형성되는 모습을 본다. 그 새로운 형성은 주체를 새롭게 하는 것이기도 하다. 여기에 사랑의 주체를 새로운 것으로 형성시키는 힘, 여기에 사랑의 진정한 의미가 있다.

3. 주체의 욕망, 그 부드러운 움직임

앞서 살펴 본대로 닿을 수 없는 곳에 있기에 존재 의미가 있는 사랑의 대상이라면 구체적으로 현존하는 것은 은유로 존재하는 대상에 대한 주체의 욕망, 그 유동적인 움직임뿐이다.

> 마당귀에서/ 사립문 너머로 보면/ 너는 하늘대는 댕기로 사라지고,
> 섬돌 위에서/ 사립문 너머로 보면/ 너는 나풀대는 옷고름으로 사라
> 지고,
> 마루에서/ 사립문 너머로 보면/ 너는 펄렁이는 치맛자락으로 사라
> 지고,//
> 온종일 실성한/ 먼 산/ 바래기.//
> 앞산엔 목수국 활짝 피는데,/ 뒷산엔 찔레꽃 곱게 피는데,//

사립문 밖에서 밭둑 너머로 보면/ 너는 아지랑이로 사라지고,
동구 밖에서/ 언덕 너머로 보면/ 너는 물안개로 사라지고,
고갯마루에서/ 하늘 너머로 보면/ 너는 흰구름으로 사라지고,

—「이별 후」전문

'온종일 실성한 먼 산 바래기'라는 구절로 짐작할 수 있듯이 위의 인용시에서 나타난 '너' 역시 사랑의 대상이다. 그러나 이 시에서 역시 사랑의 대상인 '너'는 사라지는 존재이다. '사라지고'라는 용언이 거의 모든 문장에 반복적으로 사용되면서 시의 운율적인 측면에 있어서도 유연한 율동감이 확보되고 있는 것도 인상적이지만, 여기에서 주목할 점은 사라지는 '너'가 환기하는 이미지이다. 우선 시의 전반부에서 '하늘대는 댕기', '나풀대는 옷고름', '펄렁이는 치맛자락'이 '사라지는 너'의 은유로 사용되고 있는데, '하늘대는', '나풀대는', '펄렁이는'이라는 수식어는 모두 곡선으로 유연하게 흘러가는 느슨한 움직임을 나타낸다.

주체의 욕망의 구조가 고정되고 경계지어진 것이 아니라 유동적인 것임은 주지한 바 있다. 주체의 욕망의 구조로서의 사랑의 담론에서 부드럽게 흔들리는 느슨한 움직임의 용례가 두드러지는 것은 우연이 아니다.

저녁에/ 팔 베고 누워/ 흐르는 계곡에 귀 기울이면/
거기 카츄샤의 슬픈/ 사랑의 이야기 소리가 들린다./
꽃잎으로, 꽃잎으로 흐르다가/ 드디어 물이 된 그 사람.//
자정에/ 목침을 베고 누워/ 솔잎 스치는 바람 소리에 귀기울이면
어린 월명이/ 누이와 이별하는 소리가 들린다.
갈잎으로, 갈잎으로 날리다가 어느덧/ 바람이 된 그 사람.//
(중략)
새벽에/ 무릎을 곧추 세우고 앉아/ 댓잎의 이슬 맺는 소리에 귀기
울이면
출가하는 싯달다의/ 뺨에서 떨어지는 눈물방울 소리가 들린다.
안개로, 안개로 흐르다가/ 이제 하늘이 된 그 사람.

—「그 사람」부분

> 강물은 흘러 흘러 어디 가는가,/ 바람인가, 하늘인가, 꽃구름인가,
> 하늘은 높아 높아 그리움 되고/ 바다는 깊어 깊어 슬픔 되는데
> 흰 구름 저 멀리 무지개를 하나 걸어 놓고/ 강물은 울어 울어 어디
> 예는가,
> 빛 고운 슬픔 살포시 안아/ 조약돌로 가라앉는 그리움이여,
> 들녘을 헤매던 하늬바람도/ 해어름 모란으로 지고 있는데
> 강물은 흘러 흘러 어디 가는가.
> — 「강물은 또 그렇게」 부분

위의 첫번째 인용된 시에서는 사랑하는 그 사람을 떠올리는 고독한 시적 화자의 모습이 보인다. 그런데 이 시에서 두드러지는 것은 먼저 부드럽고 유연한 움직임을 환기하는 시어들이 많이 사용되고 있으며 그것은 바로 사랑하는 그 사람의 은유가 된다는 점이다.

'꽃잎으로, 꽃잎으로 흐르다가 드디어 물이 된 그 사람'이라는 표현이나 '갈잎으로, 갈잎으로 날리다가 어느덧 바람이 된 그 사람', '안개로 안개로 흐르다가 이제 하늘이 된 그 사람'은 모두 사랑하는 대상에 대한 공통된 이미지를 드러낸다. 그것은 곧 느슨하고 자유로운 운동감이다.

'흐르는 계곡에 귀기울이면'이나 '솔잎 스치는 바람 소리에 귀기울이면'과 같은 표현들 역시 마찬가지로 유연한 흔들림의 이미지이면서 동시에 청각적인 것을 환기한다.

두번째 시의 경우, 강물이 흘러 흘러 가고자 하는 곳이 바람이든, 하늘이든, 꽃구름이든 끝내 강물은 거기에 닿을 수 없음으로 인해 그리움과 슬픔을 간직할 수 밖에는 없다. 애초에 닿을 수 없는 거리에 있다는 것 때문에 가고자 했는지도 모른다. 따라서 사랑의 주체는 그 욕망에 의해 끊임없이 움직인다. 강물 자체가 흐르는 존재이지만 위 시에서는 강물의 본질적인 속성에 의해서만이 아니라 시의 율격적 측면에서도 부드러운 율동감을 환기한다. 즉 '흘러 흘러', '높아 높아', '깊어 깊어', '울어 울어' 같은 표현 역시 강물처럼 흔들리는 움직임을 떠올리게 한다.

사랑의 구조에서 발견되는 이러한 이미지들은 주체의 욕망이 작동하는

사랑의 담론에서 그 욕망이 자리하는 곳이 무의식의 근원에 자리잡은 여성적 세계, 혹은 원초적 세계와 관련된다는 것을 미루어 짐작하게 한다. 크리스테바에 의하면 '공감각적이거나 변형의 움직임이 탁월한 은유는 시각적인 지각보다 우선하는, 원초적 세계에 대한 강한 은유'[21]라고 한다.

시적 몽상에서 흔들리는 것은 모두 물이라고 말한 바슐라르 역시 아주 조용한, 거의 움직이지 않는 것 같은 흔들림은 어머니와 같은 여성적인 것, 무의식적인 것과 관계한다고 말한다.[22]

흔들리는 것들은 모성적 상징 가운데 가장 크고 변하지 않는 것의 하나인 바다처럼 부드러운 인상을 주며 그것은 또한 주의력을 느슨하게 하는 그러한 것으로서, 유연하게 움직이는 것들이 주는 물의 부드러운 이미지는 무한한 자궁의 다산적(多産的)인 부드러움을 환기하면서 여성적 무의식의 세계와 관련된다.[23] '사랑과 공감의 감정이 은유로 나타나면 나타날수록 근원적 감정 속에서 힘을 길어 올리러 갈 필요가 점점 더 많아질 것이다. 어떤 이미지를 사랑한다는 것은 그렇게 하는 줄도 모르는 채 '무한한' 세계를 향한 새로운 은유를 찾아내는 일인 것이다.'[24]

4. 유동하는 욕망과 여성적 무의식

의식이 하나씩 꺼져가는 달빛 푸른/ 포구의 닻줄에 매여
잠이 흔들리는 언덕으로 몰려드는 저 밀물의,/ 푸른 이마, 별빛도 하나씩 떨어져/ 황혼처럼 넘쳐나고,
잠든 신의 머리칼을 바람이 달려들어/ 하얗게 씻어내릴 때/ 녹음은 숲속에서 꿈틀거렸다.
보라, 풀밭에 기어가는 몇 줄의/ 시간. 발등을 물고 쫓아오는 뱀을,//

21) J. Kristeva, op. cit., p. 509.
22) G. 바슐라르, 『물과 꿈』, 1980, 문예출판사, p. 167, pp. 187~188 참조
23) Ibid., pp. 170~172, 187~189 참조
24) Ibid., p. 166

> 내가 맨발을 엷은 꿈에 딛고/ 안개와 불빛 속에 옷을 벗고 있을 때/
> 말하라, 사랑이 은유를 타고 왔던가.
>
> ―「포구의 닻줄」 부분

위의 시는 앞서 살펴 본 것처럼 사랑하는 주체가 사랑의 대상과 맺는 관계양상이라는 범주로 이야기될 수 있는 사랑의 담론이 아니다. 지금까지 주목했던 점이 사랑의 대상은 사랑하는 주체에게 어떤 의미로 존재하는가의 문제와, 그와 관련하여 드러나는 주체의 욕망의 움직임이었다면 그것은 사랑의 대상이 은유적 이미지로 존재하는 비대상이라 할지라도 어찌됐든 사랑의 주체와 대상 간의 관계 양상이라 할 수 있을 것이다.

그러나 위의 인용시는 주체와 대상 간의 관계로서의 사랑의 양태를 보여주는 것이 아니라 주체의 존재성과 관련하여 사랑, 그 자체로서의 본질, 혹은 형식을 보여주고 있다는 점에서 흥미롭다. 그것은 특히 사랑이 여성적 무의식의 세계와 맞닿아 있다는 점에서 그러하다.

먼저 이 시에 등장하는 많은 용언들은 꿈틀거리는 움직임, 그 흔들리는 율동감을 환기시킨다는 점에 주목할 수 있다. '흔들리는', '넘쳐나고'에서 환기되는 물의 유동적인 움직임도 그렇거니와 '꿈틀거리는' 녹음과 '풀밭에 기어가는 몇 줄의 시간'이란 얼마나 문제적인 비유인가. 풀밭을 기어가거나 꿈틀거린다는 표현은 그 뒤이어 시간의 은유로 이끌려온 뱀에 의해서 그 율동감을 생생하게 감각적으로 획득하고 있다.

시에서 감각되는 이 꿈틀거림, 느슨한 흔들림은 시적 화자의 주의력을 느슨하게 하면서 여성적인 것이 지배하는 저 깊은 무의식의 세계로 시적 화자를 이끌고 간다. '의식이 하나씩 꺼져가는', 혹은 '잠이 흔들리는'으로 나타나는 풀어지는 의식은 시적 화자를 이성과 논리의 세계에서 몽상과 무의식의 세계로 인도하는 것이다. 이 시에서 나타나는 하강의 이미지('꺼져가는', '떨어져', '씻어내릴 때' 등) 역시 이에 결부된다.

이 곳에서 시적 화자는 '맨발을 엷은 꿈에 딛고' 옷을 벗는다. 맨 몸을 가리기 위한 옷이나 신발 따위는 이성과 논리가 지배하는 곳을 위한 것이지

원초적 무의식의 세계에서는 필요하지 않은 까닭이다. 이처럼 안개와 불빛
이 희뿌연, 부드럽게 흔들리는 꿈의 세계25)에 시적 화자가 맨 몸으로 섰
을 때 그는 은유를 타고 오는 사랑을 만난다.

> 너였더냐?/ 젓가락 장단에 맞추는/ 동백 아가씨.
> 목 쉰 그 음성은 흐느끼는데/ 뚝 뚝……/ 꽃잎은 술잔에 떨어지는데
> 너 거기 있었더냐?/ 넋 없이 노래 좇아 따라나서면/동백숲 울리는/
> 밤바람 소리.
>
> …중략…
>
> 너 거기 있었더냐?/ 홀린 듯 인적 좇아 따라나서면/ 갈대 숲 울리
> 는/ 또 밤바람 소리.
> 오늘 밤에는 서풍이 분다./ 보름달 보듬고 돌고 도는
> 누이의 열두 폭 남치마 자락이 아니라/ 어둠을 휘젓는 무녀의 쾌자
> 자락,
> 서풍에 기대어/ 이 밤/ 잃어버린 네 목소리를 듣는다./ 너 지금 어
> 디 있더냐.
>
> ── 「서풍에 기대어, 10:48」 부분

부재하는 대상을 그리워하는 시적 화자의 마음은 위의 시에서 '너였더

---

25) 물처럼 부드럽게 흔들리는 이 원초적 무의식의 세계에서 '달빛 푸른 포구'라는 구절
이 등장하는 것은 너무도 자연스럽다. 달-물-여성의 은유적 상징성은 하나의 원형을
이루는 은유적 대응관계 중 하나이다.
달은 저절로 성장하고 쇠잔해가면서 변화를 거듭하는 천상의 모습의 상징으로서 물
과 습기와 식물의 성장을 지배하며 온갖 생명의 성장을 맡아본다. 습윤(濕潤)과 성장
의 심리-생리세계에 군림하기 때문에 모든 지하수와 하천, 그리고 해양, 샘이 달의
지배하에 있다.(에리히 노이만,『여성의 심층』, 서봉연 역, 삼성문화문고, p. 94)
만물생성을 떠받들고 있다는 것, 유동적이라는 점에서 물과 달은 종종 동일시된다.
양자는 모든 형태가 주기적으로 출현하고 소멸하는 것을 지배하며 만물생성에 순환
적 구조를 부여하기 때문이다. 선사시대부터 이미 물-달-여성이라는 패턴은 인간과
우주 사이의 풍요의 순환회로를 형성하는 것으로 여겨졌다.(M. 엘리아데,『종교형태
론』, 이은봉 역, 형설출판사, 1982, pp. 208~209)

냐', '너 거기 있었더냐'의 계속되는 반복에서 절절하게 표현된다. 오세영 시인의 시세계에서 항상 닿을 수 없는 거리에 존재했던 사랑의 대상이 사랑하는 주체에게 지각되는 방식은 언제나 소리를 통해서였음은 주지하는 대로이다. 여기에서도 시적 화자는 자기를 둘러싼 사물들의 소리 속에서 너를 인식하고자 한다. 님은 부재하지만 사랑의 주체는 '네 목소리를 듣는다.' 그것은 젓가락 장단에 맞춰 부르는 목 쉰 노래 가락 속에서, 동백숲 울리는 밤바람 소리에서, 그리고 갈대숲 사이로 부는 바람소리가 님의 목소리가 되기 때문이고 이 때 님은 은유로 '존재한다'. 사랑의 주체는 은유로서 동일화의 욕망을 충족시킨다. 위 시에서 환기되는 감각적 이미지는 님의 은유로서의 청각적 이미지만이 아니다. '뚝 뚝....'이라는 표현은 그 뒤에 이어지는 행과 연결되면 꽃잎이 술잔에 떨어지는 모양을 나타낸 의태어로 기능하지만 그 앞의 행과 의미관련 시키면 '흐느끼는데'와 맞물리면서 눈물이 떨어지는 모양과 소리를 동시에 감각적으로 환기하는 것이다. 어둠 속에서 울리는 흐느낌 소리, 밤바람 소리는 시적 화자를 고독한 내면의 세계로 끌어들인다. 이성과 논리가 지배하는 밝은 세상과는 달리 어둠은 시적 화자를 몽상하게 만든다. 이 속에서 '돌고 도는 누이의 열 두 폭 남치마 자락'이나 '어둠을 휘젓는 무녀의 쾌자 자락'은 모두 여성적 무의식의 세계에서 유동하는 주체의 욕망을 형상화하는 것이다.

5. 결론

오랜 세월 동안 꾸준하게 창작 활동을 펼쳐 온 오세영 시인의 방대한 시세계를 단순 명쾌하게 정리한다는 것은 애초에 불가능한 일이다. 사실 시인의 작품량과 그 문학적 성취에 비해서 그간의 연구성과는 턱없이 모자라는 것이었는데 아마도 시 이론을 전문적으로 다루는 저명한 학자로서의 시인의 또 다른 자리가 연구자들에게 부담으로 작용하였기 때문이 아닌가 한다. 그간의 논의 역시 시인 스스로의 언급과 맞물려 거의 고정적이고 획일적인 평가가 이루어지고 있음도 사실이다. 이 글에서는 의견 수렴에 문제 제기하고 다른 각도에서 시를 읽어보고자 하였다.

사랑에 관한 수많은 시들 역시 일목요연하게 정리하기엔 너무 다양한 양상으로 방대하게 전개되고 있었는데 그 중 특징적인 것으로 부재하는 님과 은유구조, 청각과 율동감의 두드러짐을 우선적으로 뽑아 보았다. 흔히 시인의 시세계를 형이상학적이고 철학적인 논리의 세계로 설명하지만 그와는 대조적으로 원초적이고 관능적인 감각, 여성적 무의식에 의해 지배되는 많은 시들을 만날 수 있었다. 이 글에서는 사랑의 담론을 대상으로 하고자 했기에 이러한 세계들을 본격적으로 언급할 수 없었지만 이는 후일의 연구 과제로 남긴다.

제6부

시집론과 작품론

경계에서 글쓰기

─『아메리카 시편』의 미국 문화 비판

박진임

1. 여행자와 시인 사이

'아메리카'라는 단어는 미 합중국(United States of America)이라는 국가를 기의(signified)로 삼는 기표(signifier)이다. 그러나 이 단어는 한국을 포함한 제 3세계 국가들에서는 보다 광범한 기의의 장을 갖는다. 그것은 단순히 한 국가를 지칭하는 것을 넘어서, 전 지구적 차원의 정치, 경제, 사회, 문화 권력을 의미한다. 많은 문학적, 역사적 기록물들이 이를 증거한다. 1950년대 이후의 한국 문학 작품에 등장하는 미국은 종종 방종과 혼동될 만큼의 자유, 타락의 뉘앙스를 지닌 물질주의, 고유한 공동체의 미풍 양속을 해치는 개인주의등의 상징임을 볼 수 있다. 또한 1960년대와 70년대의 월남전 시절을 겪으면서, 미국은 한국인들에게 이념적으로는 민주 자유 우방, 경제적으로는 원조국으로 인식되었다. 그리하여, 80년대 광주 민주화 투쟁과정을 통하여 그 신화가 깨어질 때까지 미국은 한국의 결핍(lack)을 결핍으로 갖지 않은 타자(the Other)로 존재해 왔다.

여기서 사용하는 타자라는 용어는 라깡의 정신분석학에서 차용한 용어이다. 즉, 어린아이가 생후 6-18개월에 이르는 시기에 거울에 비친 자신의 모습을 발견하게 되는데, 이 거울상단계(mirror Stage)를 거치면서 비로소 어슴프레 하게나마 자아에 대한 인식이 가능해 진다는 것이다. 미국은 한국의 타자로서 그 역할을 담당해 왔다고 볼 수 있다.

세계화, 또는 전지구화 (globalization)가 진행되고 있는 작금에 이르러서는 제3세계에의 미국의 영향력은 더욱 강해지고 있다 할 것이다. 문화이론가 프레데릭 제임슨이 우려하는 바와 마찬가지로, 지역의 고유 문화(local culture)는 붕괴의 위협아래 놓여 있고, 한 번 붕괴된 지역 문화는 복구하기가 거의 불가능하다 할 것이다. 제임슨이 예로 든 것은 인디아의 한 소년이 미국의 텔레비전 프로그램을 주로 시청하다보니, 걸음걸이조차 미국 소년처럼 바뀌더라는 것이다. 그 밖에도 미국의 달러가 가지는 위력, 그리고 이를 수반하는 자국 통화의 가치 하락이라거나, 단순한 의사 소통의 수단(lingua franca)이기를 넘어, 돈과 권력의 수단으로 변질되어 가는 영어의 위력등을 고려해 본다면, 실로 지구상에 있어서의 미국의 세력은 어마어마하다 할 것이다.

1995년 10월부터 1996년 12월까지 씌어진, 오세영 시인의 시집, 『아메리카 시편』에 수록된 시들을 읽는 것은 전지구화의 중심에 놓인 미국의 문화를 면면히 검토하는 작업이 된다. 이미 미국이 전지구화의 중심에 놓여 있다고 전제했으므로, 미국 문화를 주류 문화로, 그 밖의 문화를 지역 문화로 불러도 무관할 것이다. 오세영 시인은 주변부에서 중심으로 이동하여 타자의 눈으로 주류 문화를 본다.

최근의 문화 이론의 핵심에는 '보기(seeing)'의 문제가 있다. '본다는 것'은 '나'와 '너', '주체'와 '객체' 사이의 존재론적인 경계 설정을 가능하게 한다. 인종에 있어서의 백인과 유색인, 사회의 기득권 세력과 그 타자, 그리고 성(gender)에 있어서 주체의 지위를 가진 남성과 그 타자로서의 여성, 이들을 가르는 데에 '누가 누구를 보는가'하는 문제가 놓여 있다.[1] 시 전편을 통하여 일관된 것은 시인이 '여행자' 수준의 '보기'를 철저하게 거부한다는 것이다. '자신이 갖지 못한 것, 즉 결핍(lack, manque)을 타자에게

---

[1] '보기'의 문제로 서양인의 동양 전유(appropriation)를 문제 삼은 논문으로 레이 챠우의 "Seeing Modern China: Towards an Ethnic Spectatorship)"이 있다. 졸고, "타자로서의 동양: 레이 챠우의 '인종의 눈으로 영화 보기'" ≪타자비평, 2호≫ 참조

서 찾으려는 것'이 바로 여행자 수준의 접근이다. 여행자는 깊이 사유하거나 비판하지 않는다. 여행자는 '다름, 차이(difference)'를 추구한다. 그리고 그 차이의 미학을 통하여 '같음, 동일화'의 무료를 넘어서고자 한다. 따라서, 여행자의 타문화 이해는 출발에서부터 타자에의 매료이고, 충분한 차이를 경험할 때 여행 목적의 충족에 이르게 된다. 그리고 이러한 여행자 수준의 접근은 필연적으로 인종주의적(ethnocentric)일 수 밖에 없다. 즉, 과도한 '타자에의 매료'는 '주체'와 '타자' 사이의 경계를 더욱 공고히 하고 영구화시키는 결과를 낳는 것이다. '타자에의 매료'는 '자아 성찰이 결핍된(un-self-reflexive)' 것으로서, '스테레오 타입에 따라 이미 규정되어 버린 문화의 코드를 따르는 (culturally coded)'것이다.

이와 같은 '타자에의 매료'를 바탕으로, 스테레오 타입에 따라, 서구의 결핍을 동양에서 찾으려고 한 한 시도로 문학 이론가 레이 챠우는 영화 '마지막 황제'를 비판한다. 중국을 배경으로 한 영화 '마지막 황제'를 제작한 이탈리아인 감독, 베르톨루치는 자신이 중국 여행에서 받은 인상을 다음과 같이 요약했다. "중국인들은 순수를 지니고 있었다. 상업주의에 오염되기 이전의(before) 사람들이 거기 있었다." 여기서, 한 서구인이 타자와 타문화로서의 중국을 '이전의' 어떤 것으로 규명하는 데 유의할 필요가 있다.

오세영 시인의 미국 문화 접근은 처음부터 이러한 여행자 수준의 그것과는 대척점에서 출발한다. 오히려 이국 문화를 비판함으로써 결구에는 자국 문화를 또한 비판하기를 시인은 시도한다. 시집의 「자서」에 시인은 이를 밝혀 놓고 있다.

그러나 이들 시가 이야기하고 있는 것은 미국 사회 혹은 미국 문명에 국한된 것만은 아니다. 오히려 그것은 오늘의 우리 사회, 우리의 삶에 관한 내용이다. 그러므로 역설적이지만 나는 우리의 얼굴을 우리나라에서가 아니라 미국에 가서 들여다 본 셈이 된다.

—「자서」 부분

이러한 여행자 수준의 접근은 그 역명제에도 함께 적용된다. 즉, 과도한 타문화에의 매료와 경도만이 아니라 타문화의 비하나 자국 문화의 우월성을 강조하는 것도 또한 스테레오 타입에 기반한 것으로서, 결국에는 인종주의적 편견을 강화시키는 구실을 하게 된다. 시인은 이러한 자세 또한 분명히 하고 있다. "그러므로 나는 이들 시가 미국을 비판하면서 한국적인 것을 옹호한다거나 우리 고유의 삶의 방식과 전통의 우월성을 강조하려는 의도로 쓰여진 것이 아님을 미리 밝혀 두고 싶다."「자서」 따라서, 시인이 미국 문화를 보면서 관심을 갖는 것은, 철저하게 그 '표면적인 것(superficiality)'뒤에 숨은 것이나 그것을 뛰어 넘은 그 무엇이다. 즉, 보이지 않는 것을 보고, 들리지 않는 것을 듣고, 감추어진 것을 드러내고, 드러난 것을 다시 해석하고, 쉬 느낄 수 없는 것을 느끼는 것이 시인이며, 그 결정체가 '아메리카 시편'이라 할 수 있다.

자신의 시학을 오세영 시인은 다음과 같이 요약한다.

> 시인은 얻은 것보다 잃어버린 것에 관심을 갖는 사람이다. 만일 그렇지 않다면 시는 항상 과학의 찬가에 불과할 것이기 때문이다... 성경에도 아흔 아홉 마리의 양보다는 잃어버린 한 마리의 양이 더 소중하다고 하지 않았는가. 과학자는 한 마리의 양보다는 아흔 아홉 마리의 양을 더 가치 있게 여긴다. 그러나 시인은 그 잃어버린 한 마리의 양을 고귀하게 생각한다. 그래서 시인인 것이다.
>
> —「자서」 부분

위 인용에서 보이는 시인의 태도는 '과학'이라는 단어가 대변하는 상식과 보편의 거부이며, 유익과 효율에의 저항이다. 미국이라는 나라는 서구 특유의 합리성, 능률, 그리고 실질의 대명사로 우리에게 알려져 있다. 일반 여행자라면 쉬이 미국의 이러한 점들을 찬양할 따름일 것이다. 그러나 『아메리카 시편』의 시인은 이러한 일반 여행자의 대척점에 서 있다. 시인의 관심이 늘 표면보다는 이면에 있기 때문이다.

2. 거리(distance)와 발견(discovery)

러시아 형식주의자들에 의하면, 문학은 영원한 '낯설게 하기(unfamiliarization)'의 과정이다. 마치도 장난감 레고 블록을 이리저리 조립하면서 똑같은 질료(material)로 계속 새로운 것들을 만들어 가듯, 문학가는 이미 존재하는 문학적인 요소들을 새롭게 해체, 배치, 조합함으로써 새로운 형식의 문학 작품을 창출하여 독자에게 신선함을 선사하는 것이다.

마찬가지로 여행은 기존의 익숙한 것들을 새롭게 보이도록 하는 효과를 갖는 행위이다. 즉, 여행은 여행자로 하여금 친숙한 것들로부터의 거리 두기(distance)를 통하여 새로운 발견(discovery)에 이르도록 하는 것이다.

한국과 미국 사이의 거리, 또는 한국으로부터의 거리 두기는 시집『아메리카 시편』에 드러나는 여러 가지 발견들의 바탕이 된다. 시인은 친숙한 한국 문화로부터 멀어짐으로써 미국 문화의 낯설음을 발견하는 것은 물론, 한국 문화 또한 재발견하게 되는 것이다. 너무나 일상적이어서 그 의미를 생각할 겨를도 없었던 것들이 거리 두기를 통하여 새롭게 시인에게 다가오는 것이다. 예를 들어「햄버거를 먹으며」는 미국 햄버거를 마주 한 채, 한국 음식 문화를 생각하는 시이다.

> 김치와 두부와 멸치와 장조림과...
> 한 상 가득 차려 놓고
> 이것저것 골라 자신이 만들어 먹는 음식,
> 그러나 나는 지금
> 햄과 치즈와 토막난 토마토와 빵과 방부제가 일률적으로 배합된
> 아메리카의 사료를 먹고 있다.
> —「햄버거를 먹으며」 부분

이 시에서 상 위에 차려진 다양한 음식은 인간에게 선택을 허용하는 진정하고 고유한 의미의 음식인 반면, 햄버거는 완성된 공산품처럼 인간에게 주어질 뿐이다. 따라서 시인은 햄버거를 '사료'라고 독설적으로 이름 짓는

다. 여기에서 시인이 강조하고 있는 것은 앞서 언급한 바와 같이 한 문화의 찬양이나 다른 문화의 폄하가 아니다. 즉 한국 음식이 더 음식다운 것이고 미국 음식은 그렇지 않다는 단순 비교가 아니다. 시인이 비판하고자 하는 것은 시의 뒷부분에 나오듯, 인간의 '먹는 것'을 '먹이는 것'으로 바꾸어 버리는 음식의 독재와 인간 길들이기 그 자체이다. 음식을 거부당한 채, 사료에 불과한 것을 음식에 대신해야 하는 인간의 자유 상실이다. 시를 직접 더 인용해 보자.

> 맨손으로 한 입 덥썩 물어야 하는 저
> 음식의 독재,
> 자본의 길들이기.
> 자유는 아득한 기억의 입맛으로만
> 남아 있을 뿐이다.
>
> — 「햄버거를 먹으며」 부분

이 자유 상실은 비단 미국에서만이 아니라 한국에서도 일어나는 것이다. 따라서, 이와 같은 미국식 햄버거 음식 문화의 비판은 곧 미국화된 채 고유한 문화를 잃어 가고 획일화 되어가는 한국 문화의 비판이기도 한 것이다. 미국에 가서 오히려 한국을 발견하는, 거리가 가져다 준 발견에 대한 시인 스스로의 인식이 「자서」에서 발견된다.

> 그러나 이들 시가 이야기하고 있는 것은 미국 사회 혹은 미국 문명에 국한된 것만은 아니다. 오히려 그것은 오늘의 우리 사회, 우리의 삶에 관한 내용이다. 그러므로 역설적이지만 나는 우리의 얼굴을 우리나라에서가 아니라 미국에 가서 들여다 본 셈이 된다.
>
> — 「자서」 부분

위에서 보이듯 『아메리카 시편』의 미국 비판은 우선 미국 비판이면서 동시에 한국 비판이기도 하다. 발견이 없는 '풍경그리기' 식의 여행시를 발견하기는 어렵지 않다. 그러나 『아메리카 시편』이라는 여행시는 여행시 이상의 것이다. 그것은 거기에 인생의 근원적 고독과 인간 소외, 그리고 한계에 다다른 서구의 합리성 비판이라는 철학이 배어 있기 때문이다. 그리고 그 철학적 사유는 다시 한번, '다르게' 볼 줄 아는 시인의 발견에 바탕한 것이고, 그 발견은 여행을 전제로 한 것이다.

3. 고독과 인간소외

깔끔하게 구획되고 정리된 풍경, 질서 정연하고 예의 바른 사람들, '예스'와 '노우'의 확연한 구분.... 미국의 첫인상은 주로 이와 같이 정리될 수 있을 것이다. 시인이 이러한 미국의 표피를 벗기고 발견한 것들 중 가장 눈에 띄는 것은 인간의 고독과 소외인 듯하다. 철학자 하이데거의 말처럼 인간이 그저 던져진 존재라면, 시인이 그 던져진 자의 고독에 가장 민감한 존재임은 부연할 필요조차 없다. 말도 문화도 사뭇 다른 곳에 던져진 시인은 자신의 고독과 타자들의 고독에 특별한 주의를 기울인다. 『아메리카 시편』 전편을 통하여 눈에 띄게 자주 발견되는 것은 고독의 이미지들이다. 로빈슨 크루소, 마약, 절망, 쓸쓸한 매... 등의 시어들이 이러한 고독의 이미지를 전하는 시어들이다. 그러나 고독을 대하는 시인의 태도는 관조적이다. 고독을 과장하거나 체험이 공감하는 이상의 메타포들을 끌어 들여 과잉된 낭만성을 조장하는 것은 19세기 영국 낭만파 시인들에게 흔히 나타난다. 오세영 시에서 이와 같은 접근은 아주 드물다. 이러한 감정의 과잉 분출의 절제는 단지 『아메리카 시편』에서만이 아니라 오세영 시인의 초기 시에서부터 드러나고 있다. 시인은 고독에 끌려 다니기보다는 고독이 습격할 때조차 그 고독과 정면 대결하는 태도를 보인다. 시 「왜 시가 망했는지 알겠다」를 보자.

> 혼자서 가는 길이 외롭지 않다면
> 시적이지만
> 혼자서 가는 길이 외롭다면 그건
> 리얼리즘이다.
>   …
>
> 혼자서 가는 길이 결국 외롭다면
> 그건 리얼리즘,
> 소설보다 신문 기사보다 더 지독한
> 리얼리즘.
>
> —「왜 시가 망했는지 알겠다」 부분

이 시에서 '시적이라는 것'은 '리얼리즘'의 대립항이다. 리얼리즘을 '당연한 것, 현실을 있는 그대로 그린 것'이라고 본다면 '시적인 것'은 '현실과는 동떨어진 것, 현실을 초월한 것'으로 볼 수 있다. 따라서 고독은 인간 존재가 당연히 감당해야 하고 짊어지고 나아가야 할 그 무엇이지 피하거나 엄살을 떨며 힘겨워해야 할 것이 아니다. 이 시를 읽으면서 프랑스의 여성 철학자, 시몬느 드 보봐르의 말, "인생이 나를 이용하기 전에 내가 먼저 인생을 이용한다"는 말을 연상하는 것은 따라서 우연이 아니다. 고통도 고독도 인간 존재가 피해 갈 수 없다면 이에 정면 대결하고 현실로서 받아들일 수밖에 없다는 시인의 견해는 보봐르의 견해와 동류항에 속하는 것이라 할 수 있다.

그러나 시인이 '고독이 리얼리즘'이라고 외치는 것은 이웃의 고독에 대해 냉정한 태도를 보이고자 하는 것이 아니다. 오히려 누구보다도 애정 어리고 동정 깃든 마음으로 이웃의 고독을 지켜보고 있음을 시는 말해 준다. 시인이 관찰하고 묘사하는 이웃들의 모습을 보자.

> 혼자 사는 것이 쓸쓸해
> 옛 모습대로 간직한 방에서 아들의 사진첩을 들고 쓰다 듬으며
> 세월을 보내는 산드라 할머니,

혼자 사는 것이 무서워
앵무새 한 마리, 고양이 한 마리, 그리고 귀뚜라기 한 쌍을
데불고 밤낮 몸부림치는 주니퍼 아주머니,
혼자 사는 것이 삭막해
주차장 한 켠에 목공소를 차려 놓고 틈만 나면 대패질, 톱질로
세월을 켜는 머피 아저씨...
— 「왜 시가 망했는지 알겠다.」 부분

이와 같이 이웃에 대한 애정 어린 관심을 보임으로 하여, 고독을 긍정하자는 전언은 결국 이웃의 고독을 함께 나누는 방법으로 쓰이는 것이 된다. 나아가 미국 사회가 인간의 고독을 극대화하는 사회라는 것을 시인은 미국의 인사말에서부터 찾는다. 문자 그대로 해석하자면 도움을 주겠다는 관심의 표명일 수도 있는 인사말, 「메이 아이 헬프 유?(May I Help You?)」를 두고 시인은 다음과 같이 노래한다.

무엇을 도와드릴까요? 라는 뜻이
아니다.
메이 아이 헬프 유?
그것은
무엇하러 왔느냐는 질문,
용무가 없으면 나가라는 명령이다.

             ...

용무가 없으면 각자 관계를 끊고 살자는
아메리카의
메이 아이 헬프 유?
— 「메이 아이 헬프 유?」 부분

결국 친밀함과 친절은 그저 드러난 외양이며 매너일 뿐, 미국 사회는 따뜻한 인간애를 결하고 있음을 시인은 인사말에서 발견하는 것이다. 이와 같은 기표와 기의의 불일치는 말의 적확한 지칭 대상의 결여로 연결된다.

겉으로 드러난 친절과 호의, 그 내부에는 극도의 경계와 의심, 그리고 이
기심까지 도사리고 있는 것을 시인은 간파한다. 그리하여 다정한 듯 한 미
국식 어법이 사실은 'OK 목장의 결투'식이라고 이름짓는다. 시, 「프렌드」
를 보자.

> 가능한
> 상대의 기분을 거스를 필요가 없다.
> 어차피 우리는 남남으로 사니까,
>
>   …
>
> 원자탄을 가지고 있어
> 싸우지 않고 살아가는 미국인과 소련인의 관계처럼
> 아메리카에서는 항상
> 상대애게 호감을 표하고 또 그것을 확인해야 한다.
> 총이 있으므로
> 매번 양보하고 매번 조심해야 하는
> 그 젠틀맨쉽.
>
>   …
>
> 내게 호감을 가진 자는 모두 'Friend'로 불러야 하는 그
> 〈O.K. 목장의 결투〉 식 아메리칸 어법.

— 「프렌드」 부분

위 시에서 시인이 읽는 것은 표면적인 친절과 호의가 실제로는 차단된
인간관계의 반영이라는 점이다. 그렇다면 소외와 고독이 지배하는 미국 사
회, 더 나아가서는 모든 현대 문명 사회에서 인간의 말이 가지는 의미는
무엇일까? 시인은 현대 사회에 있어서의 말의 역할을 고유한 의사소통 기
능에서 찾지 않는다. 대신 말은 이제 인간의 존재를 확인하는 것으로 그
역할이 바뀌었다고 본다. 존재함으로 인하여 말하고, 말함으로 인하여 존
재한다는 것을 확인하는 것이라고 보는 것이다. 이러한 말과 존재의 구조

에 '의사 소통'이나 '타자와의 관계 또는 이해'는 끼어 들 틈이 없다. 말이 없음은 곧 존재의 불안이 된다. 그러나 말이 많은 것 또한 필연적으로 존재의 불안전성을 넘어서려는 안타까운 시도로 시인에게 이해된다. 이를테면 중얼중얼 의미도 없는 말을 계속 늘어놓는 것으로 음악의 한 장르를 이루는 랩송에서 시인은 소외된 개인들의 몸부림을 발견하는 것이다. 그리하여 랩송은 급기야 '말의 설사'라는 결론에 이른다. 시「랩송의 철학」전문을 보자.

말을 잊지 않기 위하여
말을 한다.
말을 하기 위하여 말을 한다.
홀로 있으므로 말을 한다.
로빈슨 크루소도 그랬을 것이다.
아이 엠 소리,
엑스 큐즈 미.
땡큐,
이건 말의 진실한 상대가 없는 말,
그래도
각자 열심히 지껄이는 것은
살아 있음을 증거하기 위한 것일까,
들어줄 사람이 없어 흐름이 막힌 말은
체해 설사를 일으킨다.
말의 설사, 흑인들이, 아니
소외된 아메리카 민중들이 부르는 랩,
로빈슨 크루소의 노래.

오늘의 아메리카는
수 많은 섬들이 떠 있는 바다다.

—「랩송의 철학」전문

자신의 말을 들어 줄 대상을 갖지 못한 개인들, 그 중에서도 특히 사회

로부터 소외된 흑인들이 막힌 말을 설사처럼 쏟아 내는 것이 랩송이라고
파악한다. 로빈슨 크루소도 혼자 말을 했을 터인데, 현대 사회의 개인의
말은 크루소의 경우에서처럼 존재 확인의 기능에 더 충실하다고 본다. 그
렇다면 현대인들은 각자 하나의 로빈슨 크루소, 또는 크루소가 난파당해
기거했던 한 개의 섬과도 같은 것이다.

고독은 시인이 응시하는 타자들만의 문제는 아니다. 시인이 자신의 고독
이 아닌 타자의 고독을 지켜보기에만 관심이 있다면, 위에 언급한 여행자
시의 구도에서 멀지 않을 것이다. 그러나 시인은 자신의 고독 또한 함께
노래한다. 어쩌면 시인이 느끼는 고독이 시인과 미국의 타자들 사이의 공
통 분모를 이루는 것일지도 모른다. 시인이 자신의 고독을 노래하는 데에
있어서는 동양 또는 한국적인 정서를 빌어오는 것이 흥미롭다. 한국적인
모티프를 차용함으로써 타국에서 느끼는 고독이 더 선명하게 부각되는 느
낌이다. 또 이러한 두 문화의 적절한 혼용은 시편들이 이질적인 것들의 결
합을 통한 포스트모더니즘 시의 특징을 갖게 한다.

미시시피 강변의 한니발을 방문하여 느낀 정조를 시로 나타낸 '한니발'은
전체적인 느낌이 려말 선초의 한시를 읽는 듯하다. 즉 이국 땅에서의 전쟁
에 병사로 나가, 두고 온 가족을 걱정하는 전통적인 정서가 거기에 있다.
가장 모던하다고 할 수 있는 미국에서, 전통 한시의 정조를 빌어 고독을
노래하는 것에 이 시의 의미가 있다. 달리 말하자면, '지금 여기'라는 현대
한국의 시공에서 한시의 정서를 전개하였다면 진부해 보일 수도 있을 터인
데, 공간이 미국으로 전환됨으로 하여 묘미를 갖게 되는 것이다.

...

먼 이역의 하늘에서는 병과소리 그치지 않고
가까이 따에서는 가무소리 흥청대느니
창생의 낳고 죽음이 또한
이같지 않으리.

고국의 병든 아내에게서는
일편 소식이 없는데
나 오늘 한니발에서
홀로 저녁 노을을 비껴 나는 한 마리
쓸쓸한 매가 되고 싶구나.

—「한니발에서」 부분

위 시와 더불어 주목을 요하는 시는 「브루클린 가는 길」이다. 「브루클린 가는 길」은 명백하게 이상 시, '13인의 아해'의 패러디이다. 성공적인 패러디의 예를 이 시에서 발견할 수 있다. 짜임새, 즉 틀은 이상의 시를 그대로 빌어 왔지만, 미국 사회에서의 한 이방인의 존재가 그 틀 속에서 효과적으로 드러나고 있는 것이다. 시 전문을 보자.

제1의 백인이 걸어가오.
제2의 백인이 걸어가오.
제3의 백인이 걸어가오.
....
....
제 13인의 백인이 걸어가오.

길은 화려한 데파트먼트 앞 네거리가 적당하오.

제1의 백인이 가슴에 총을 숨겼다 해도 좋소.
제2의 백인이 가슴에 총을 숨겼다 해도 좋소.
제3의 백인이 가슴에 총을 숨겼다 해도 좋소.
....
....
제 13인의 백인이 가슴에 총을 숨겼다 해도 좋소.

총은 21구경 리벌버 6연발 피스톨이오.

제1의 흑인이 걸어가오.

제2의 흑인이 걸어가오.

……………

그들은 그렇게 무서우니까 웃는 사람과 무서워서 웃는
사람들 뿐이오.

'하이'하고 제1의 황인이 걸어가오.

— 「브루클린 가는 길」 부분

'모두 무서워 하는 사람과 무서운 사람들 뿐이오'라는 시구는 '제 1의 백
인이 가슴에 총을 숨겼다 해도 좋소.' 로 시작해서 '제 13인의 흑인이 가슴
에 총을 숨겼다 해도 좋소'에 까지 이르는 정황 설정으로 인하여 원작에서
보다 더 설득력을 얻는다. 또한 '제1의 백인이 걸어 가오' 라는 시구가 '제1
의 백인이 가슴에 총을 숨겼다 해도 좋소' 와 '제 1의 흑인이 걸어가오'라는
시구들에 의한 변주를 거침으로 해서, '제 1의 백인이 '하이'하고 웃소'라는
시구가 연결되는 것을 한결 자연스럽게 만든다. 일견 무의미해 보일 수도
있는 언술들이 지루하리만치 반복된 다음에 마지막 시구에서 시인 자신이
등장하게 된다. 그리하여 그 마지막 시구는 혼자인 황인, 시인 자신의 고
독한 이방인적 존재를 강조하게 되는 것이다.

4. 이항대립의 구조를 넘어서

시인이 미국에서 발견하는 또 하나의 중요한 점은 미국 사회, 더 나아가
서는 서구 사회의 질서를 이루는 데 기여하는 '이항대립의 구조'라 할 것이
다. 이 '이항대립의 구조'는 미국 사회와 문화의 비판에 있어서 가장 핵심
적인 것이라 할 수 있다. 직선과 곡선, 예스와 노우, 경계와 안팎… 등의
다양한 메타포를 동원하여 시인은 미국 문화의 본질을 분석한다. 직선과

곡선을 대비하여 미국 문화의 본질을 찾는 시, 「직선은 곡선보다 아름답다」를 보자. 이 시는 동양의 도교나 불교에서 보이는 순환의 논리를 숭상하는 시인의 철학이 드러나 있는 시이다.

직선은 곡선보다 더
아름다운가,
긍정의 표시로 0표 대신 X표를 요구하는
아메리카식 체크.
당신은 전에도 미합중국에 입국한 적이 있습니까,
사회보장번호 등록 신청서에
'예스'대신 치는 X표.
돌아가면 가는 길도 오는 길인데
지구는 둥근 원인데
한사코 직선을 고집하는
그들의 길
직선으로 배열된 바둑판 거리,
직선으로 쭉 뻗은 프리웨이,
직선으로 금을 그은 국경선,
직선으로 조합된 성조기,
인간은 때로
멀리 돌아가는 것이 더
아름다운 법인데
곡선보다 직선을 추구하는 아메리카의 길
아메리카의 삶.

— 「직선은 곡선보다 아름답다」 전문

'길'은 '삶'의 상징으로 쓰이기에 가장 알맞은 말이다. 그 길의 모양은 따라서 삶의 방식을 잘 드러내주게 된다. 직선으로 쭉 뻗은 미국의 프리웨이를 미국의 상징으로 받아들이는 이는 비단 오세영 시인만이 아니다. 미국 여성 작가, 바비 앤 메이슨(Bobbie Ann Mason)의 소설, 『월남에서(In

Country)』에는 월남전 참전 군인이 미국에 돌아와 자신이 월남이라는 낮선 공간에서 느꼈던 좌절을 토로하는 부분이 있다. 그 좌절의 가장 큰 부분은 미국처럼 잘 구획되어 있지 않고 마구 헝클어진 채 종잡을 수 없이 보이는 월남의 길들이었던 것으로 되어 있다. 즉 미국의 반듯한 고속도로와는 달리 월남의 길들이란 이어지고 끊어지기를 거듭하며 수 갈래로 나뉘어 지고 다시 연결되는 것이었다. '호치민로'가 그 전형적인 것이다. 시작과 끝이 분명하고 출구와 입구가 확실하며 이정표가 뚜렷하게 세워진 미국의 프리웨이는 미국의 이성 중심 사고의 한 전형을 보여준다. 상대적으로 짧은 역사를 가진 미국, 계획되어 만들어진 프리웨이만큼 이들의 삶을 잘 보여주는 것이 또 있을 수 있을까.

이 길의 문제가 단지 편리와 불편만을 드러내는 것은 아니다. 서로 다른 철학이 그 뒤에 있기 때문에 문제되는 것이다. 즉 오세영 시인이 천명하듯, '돌아가면 가는 길도 오는 길이다' 또는 '인간은 때로 멀리 돌아가는 것이 더 아름다운 법이다'라는 사고는 상당 부분, '유약은 강하다'는 식의 도교적인 사유에 기반한 것이다. 도교적인 것, 좀 더 포괄적으로 말하자면 동양적 정서의 미덕을 따르자면 쭉쭉 벋은 미국의 프리웨이는 편리하고 합리적이기는 하지만 분명 더 아름답다고는 하기 힘들다. 시인은 '직선은 곡선보다 더 아름답다'고 반어적으로 말함으로써 '돌아가는 것'의 아름다움을 망각한, 아니 그런 아름다움을 이해하지조차 못하는 이성 중심의 미국 문화를 비판한다.

데카르트에게 와서 그 절정에 이르는 서구 철학의 기본은 감성에 대한 이성의 우위, 육체에 대한 정신의 지배, 여성보다 남성의 존중등으로 드러난다. 그리고 빛과 어두움이 양분되어 이해되듯, 전자들은 '음'의 위치에 후자들은 '양'의 위치에 놓여져 왔다. 이러한 이항 대립을 넘어서고자 하는 새로운 철학적 시도들이 왕성해지고 있는 이즈음, 시인의 시들은 이미 같은 징후들을 보여 주고 있다. 데리다의 사유를 도입할 필요 없이 시인은 서구의 지성이 확연히 분리해 놓은 것들이 실은 상호의존적임을 보여 준다. 시 「본느 빌에서」에서 노래한대로, '물이 없는 소금은 소금이 아니다.

어둠이 없는 빛이 빛이 아니듯.' 빛은 어둠이 있음으로 하여 비로소 빛일 수 있듯이 소금은 물이 있음으로 해서 비로소 소금일 수 있다는 것이다.

직선이 이성 중심의 서구 사유를 잘 보여주는 것이듯이, 미국 문화의 한 중요한 단면인 검열과 체크에 시인은 또한 주목한다. 푸코가 말했듯이 정보의 수집과 보관은 인간과 사회의 관리의 필수항이다. 정보 관리를 위하여 설문지를 개인에게 주고 개인으로 하여금 체크하게 한다. 이 체크만큼 비인간적이고 이항대립적인 것도 찾기 힘들다. 체크에는 예스와 노우, 두 가지만 있을 뿐, 중간항이나 애매성이 개입할 여지가 없는 것이다. 개인은 둘 중의 하나만을 선택할 것을 강요받을 뿐이다. 시 「체크」를 보자.

> 공란에 체크하란다.
> 당신은 전에 일 년 이상 미국에 체류한 적이 있습니까,
> 예, 아니오.
> ....
> 당신은 과거 마약을 먹어본 적이 있습니까,
> 예, 아니오.
> ...
> 아, 가도 가도 끝이 없는
> 체크 무늬 아메리카의 미로.
> 교수 임용 재계약을 원하면 서류의 공란에
> 체크하란다.
> 당신은 지난 일 년 동안
> 마약을 먹어본 적이 있습니까,
> 예, 아니오.
>
> ─「체크」 부분

'예'와 '아니오,' '예스'와 '노우,' '이다'와 '아니다' 의 이항 대립은 마치도 0과1이라는 두 기호로만 모든 대상(object)을 파악하는 컴퓨터의 구조와 같다. 그 컴퓨터 같은 사회 속에서 인간 또한 '예,"아니오'라는 두 기호의 배열과 조합으로만 이해될 뿐이다. 인간의 자유라거나 의지 등은 이 구조

를 이루는 속성에 들지 않는다.

　시인은 이러한 이항대립의 구조속으로 녹아들어가기를 거부하는 존재이다. 위에서 인용한 자서에서 밝히듯, '시인은 얻은 것보다 잃은 것에 더 관심을 갖는 사람'이기 때문이다. '예스'와 '노우'라는 이분법에 바탕한 이성 중심적 사유는 결국 '주체'와 '타자' 사이의 벽을 더 견고하게 한다. 그리하여 '주체'의 '주체성'을 공고히 하는 과정에서 '타자'의 존재를 무화시키는 결과를 낳는다. 유럽인들이 미국 대륙에 정착하여 자신들의 주체성을 확립해 가는 과정에서 타자화된 미국 원주민들의 존재에 시인이 관심을 두는 것은 당연하다. 위에 언급한 대로 표면의 정돈됨과 아름다움은 그 이면을 들여다보면 더 이상 아름다움일 수가 없는 것처럼, 잘 정리된 미국의 잔디를 보면서 시인은 일종의 공포를 느낀다. 잔디의 아름다움을 유지하는 데에는 메뚜기나 개미등이 방해일 뿐이라 살충제를 뿌린다는 것을 아는 까닭이다. 마찬가지로 미국 원주민은 서구인들의 정착을 위하여 '인디언 보호지역'으로 격리되어 있다는 것에 시인은 주목한다. '보기에 아름다운' 미국의 잔디를 위하여 '상가와 택지와 오피스 빌딩 사이에 조성한 자연 녹지 보존 지역'이 필요하듯이 '보기에 아름다운' 유럽인의 미국 생활을 위하여 '파파고 인디언 보호지역'이 필요함을 노래한 것이다.

> 경계를 나누어
> 이쪽을 공원지역이라 한다.
> 코파 야생동물 보존지역 곁에 있는
> 파파고 인디언 보호지역.

— 「페스티사이드」 부분

　페스티사이드가 '아름다운 잔디'를 위한 살충제 살포이듯이 인디언 보호지역이란 결국 다른 인종에게 살포하는 '페스티사이드'임을 고발하고 있는 시이다. 여기서 주목할 것은 '경계'라는 단어이다. '주체'와 '타자' 사이, '예스'와 '노우' 사이, 백인과 흑인 사이, 지역과 지역 사이… 이 모두의 이항 대립에는 선행 조건으로 경계 설정이 요구된다. 앞서 언급한 소외와 고독의 문제 또한 결국은 '나'와 '타자' 사이의 경계 문제로 환원된다. '경계'와 '사유(私有)'가 지배하는 미국 문화는 시인을 절망시킨다. 시 「앰트랙을 타고」를 보자.

> 그 전망 좋은 언덕에 올라
> 푸르른 가을 하늘을 한 번 바래고도 싶다만
> 철조망에 걸린 팻말은
> 'No Trespassing'
> 'Private Property,'
> 예소 중국의 왕조는 자신의 강토를 지키기 위하여 장성을
> 쌓았다지만
> 오늘의 미국인들은
> 재산을 지키기 위하여
> 끝없이 철조망을 치는구나.
> 소유가 확실한 그들의
> 사유(私有).
>
> — 「앰트랙을 타고」 부분

이 밖에도 여러 편의 시에서 경계(boundary)의 발견은 엿보이고 이를 보는 시인의 비판적인 태도가 드러난다. 그러나 시인은 '텔레그라프'라는 시에서 보이듯, 이성의 횡포에 저항하는 미국의 '반문화'를 찬양하기도 하고 아름다운 경치를 서정적으로 노래하기도 한다. 물론 시 「지구는 아름답다」에서 보이듯 아름다움을 단지 아름다움으로만 보는 것이 아니고 철학적 관조를 지향한다.

> 모든 독을 지닌 것은 아름다운 것,
> 모든 침묵하는 것은 신비로운 것,
> 산성비에 오염된 호수에서는
> 아무것도 살지 못한다.
> 결핵을 앓는 소녀가 아름다워지듯
> 아마존에서, 킬리만자로에서

폐를 앓는 지구는 더 아름답다.
박명한 미인처럼 아름답다.

— 「지구는 아름답다」 부분

   사유로부터 자유로와 진 시인이 보통의 여행자처럼 비판없는 서정을 드러내는 시로 「노여움 가시면 슬픔이 있듯」을 들 수 있다.

알브쿼크 지나면
산타페 있다.
사막의 외딴 섬
서러운 항구
매운 모래 바람에 쫓기운 사람들이
어깨와 어깨를 보듬고 사는 곳,

.....

노여움 가시면 슬픔이 있듯
알브쿼크 지나면
산타페 있다.

— 「노여움 가시면 슬픔이 있듯」 부분

   이 시에는 인간의 정서가 자연스러이 변해 가는 것처럼 여행의 진행에 따라 자연스러이 바뀌어가는 풍경을 바라보는 시인의 너그러운 마음이 노래되어 있다. 어쩌면 여행이나 여행시가 가지는 의미도 결국은 '경계를 넘어서 보기'에 있는 것은 아닐까. '내게 익숙한 것들을 넘어서, 타자들의 영역에서, 경계에서 들여다보기'가 『아메리카 시편』의 축일 것이다. 다시 한 번 「브루클린 가는 길」을 보자. 백인도 흑인도 아닌 한 황인 여행자가 미국을 걸어가는 모습을.

제1의 백인이 걸어가오.
...
제1의 흑인이 걸어가오.

...
제1의 백인이 '하이'하고 웃소.

...
제1의 흑인이 '하이'하고 웃소.

...
'하이'하고 제1의 황인이 걸어가오.

❖ 삶을 담은 정물화
―「그릇」 작품분석

권정우

그릇

깨진 그릇은
칼날이 된다.

절제와 균형의 중심에서
빗나간 힘.
부서진 원은 모를 세우고
이성(理性)의 차가운
눈을 뜨게 한다.

맹목(盲目)의 사랑을 노리는
사금파리여.
지금 나는 맨발이다.
베어지기를 기다리는
살이다.
상처 깊숙이서 성숙하는 혼

깨진 그릇은
칼날이 된다.
무엇이나 깨진 것은
칼이 된다.

―「그릇」 전문

1. 그 릇

신이 자연을 창조하는 행위를 모방해서 인간들은 그릇을 만든다. 그릇이 원을 닮은 것은 인간들이 완전함을 추구했기 때문이다. 원은 시작도 끝도 없다. 과거에서 현재를 거쳐 미래로 흐르는 인간의 시간이 직선이라면 영원한 신의 시간은 원이다. 가장 단순하면서 세계를 담아내고, 점들이 서로 간의 균형을 이루어 원이 되므로 원은 절제와 균형, 완전함을 상징한다.

그릇의 중요한 특징은 비어있다는 것이다. 빈 것은 없는 것이다. 없는 것은 부족함이고 부족함은 쓸모나 이익과는 상반되는 것으로 인식된다. 그런데 그릇에 무언가를 담을 수 있는 것은 비어있기 때문이다. 그릇의 쓸모는 비어있다는 속성에서 나온다. 그릇은 우리에게 빈 것도 쓸모가 있다는 역설을 일깨워준다.

> 진흙으로 그릇을 빚는데,
> 비어있기 때문에
> 그릇은 쓸모가 있습니다.
>
> — 노자 『도덕경』 중에서

노자는 없는 것, 부족한 것이 그릇의 쓸모임을 잘 알고 있었다. 그는 그릇을 통해서 우리에게 '있음'만을 중요시하는 사고 방식이 잘못되었음을 깨닫게 한다. 도덕경의 다른 구절들도 그렇지만 특히 이 구절은 시적이다. 그래서 그릇을 노래하려고 하는 시인들은 노자의 이 구절과 맞닥뜨릴 수밖에 없다. 그릇을 노래한다는 것은 노자가 노래한 그릇과 대결하는 것이다. 우리가 오세영 시인의 「그릇」을 볼 때도 이 시가 노자의 그릇을 넘어섰는지를 주목해서 보아야하는 이유가 여기에 있다.

2. 깨진 그릇은 칼이 되고

그릇은 깨질 운명을 타고났다. 이런 운명은 그릇의 특성인 완전함으로부터 나온다. 그릇의 완전함이란 자연의 완전함을 모방한 것이다. 자연은 순환함으로써 완전할 수 있다. 자연의 순환은 원을 닮았다. 그렇지만 자연의 원은 고정된 원은 아니다. 자연은 시간이 흐름에 따라서 변화해가고 반복되므로 항상 새로운 원이다. 반면에 그릇의 완전함이란 자연의 순환을 뜻하는 원을 모방한 것이므로 정지된 것이고 더 이상 발전할 수 없다. 신이 만든 자연은 깨지지 않는다. 예를 들어 바위도 깨질 수는 있지만 깨진 바위는 대지로 돌아가고 오랜 시간이 지나면 다시 바위로 태어난다. 자연에서 난 것은 모두 자연으로 돌아갔다가 되돌아온다. 바위가 깨지는 것은 바위로 다시 태어나기 위한 과정일 뿐이다.

그릇은 흙으로 만든다. 그릇도 자연에서 왔으므로 그릇이 깨지면 다시 자연으로 돌아간다. 그렇지만 그릇은 인간의 손에 의해 만들어졌기 때문에 인간의 손을 거치지 않으면 다시 태어나지 못한다. 그릇은 한번 깨지면 다시는 그릇이 되지 못하므로 깨질 운명을 타고났다. 그래서 그릇의 완전함은 불완전한 완전함이다.

사랑도 그릇과 마찬가지로 불완전한 완전함을 가졌다. 사랑은 우연히 찾아온다. 사람들은 자신이 사랑에 빠진 이유를 알지 못하며 한번 사랑에 빠지면 이성적으로 자신을 통제하지 못한다. 그리스 신화에서 신이건 사람이건 에로스의 화살에 맞으면 사랑에 빠지는 것은 사랑이 맹목임을 상징한 것이다.

사랑이 어디에서 왔는지는 알 수 없지만 사랑에 빠지면 어디로 가게 되는지는 분명하다. 사랑에 빠지면 사람들은 인간의 본성을 되찾아 이타적이 되고 세속적 욕망을 초월한다. 사랑은 어른을 어린아이로 되돌아 갈 수 있게 만드는 거의 유일한 방법이다.

어린아이는 그릇과 같다. 아이는 순수함과 끝없는 상상력, 풍부한 감수성, 선하다고 이름 붙이기 이전의 선한 마음을 가지고 있다. 아이는 인간의 본성을 그대로 지니고 있다. 아이가 어른이 되는 것은 인간의 본성을 잃어 가는 것이므로 그릇이 깨지는 것과 같다. 순수함이나 상상력과 같은 인간의 본성은 이성적이지 못하고 어른답지 못한 것이어서, 쓸모없이 여겨지거나 주변적인 능력으로 간주된다. 그것들이 떠난 자리에는 이성이 자리를 잡는다.

깨진 그릇은 이성과 닮았다. 깨진 그릇의 날카로움과 이성의 차가움은 이미지가 비슷하다. 이렇게 비슷한 이미지를 지니게 된 이유가 있을 것이다. 그릇이 깨지면 원도 함께 깨진다. 날카로운 모를 세우는 사금파리는 선이다. 사금파리는 불완전함이고 그것은 이성의 불완전함과 닮았다. 이성은 직선적 사유다. 논리적 사유는 처음과 중간과 끝이 분명하고 이들의 순서를 중요시한다. 결과로부터 원인을 찾고 원인에서 결과를 예측하는 인과적 사유도 시간적 선후를 전제로 하는 직선적 사유다.

이성을 초월한 영역에서 사랑이 이루어지므로 사랑은 이성의 불완전함을 넘어서는 완전함을 지닌다. 사랑이 사람들을 행복하게 만드는 것은 그것의 완전함 때문이다. 물론, 사랑의 완전함은 불완전한 완전함이다. 사랑은 그릇처럼 깨질 운명을 타고났다는 점에서 불완전하다. 사랑에 이성이 개입할 때가 있다면 그것은 사랑이 깨질 때뿐이다. 세속적 욕망이 지배하는 어른들의 세계에서 순수함이 언제까지 지속될 수 있을지, 그리고 사랑의 감정을 새롭게 느끼고 사랑하는 사람과의 관계를 계속 발전시키는 것이 언제까지 지속될지 아무도 알 수 없다는 점에서 사랑은 깨질 운명을 타고났다.

깨진 그릇이 아무와도 관계 맺지 않는다면 그것은 단지 깨진 그릇일 뿐이다. 그런데 그것은 나와 관계를 맺음으로써 다른 무엇이 된다. 깨진 그릇은 나에게 상처를 입힌다. 사랑에 빠진 사람들은 누구나 이성으로 인해서 상처를 입는다는 의미다. 그래서 깨진 그릇은 칼날이 된다. 칼날은 사람들에게 고통을 주고 상처를 남긴다. 시간이 지나면 고통은 잊혀지지만 상처는 남아서 고통의 순간을 잊을 수 없게 만든다.

그런데 내가 입은 상처는 육체적 손상이고 육체가 기억하는 고통이다. 반면에 나의 정신은 상처를 입음으로써 성장한다. 깨진 그릇이 나에게 상처를 입히고 말뿐이라면 그것은 칼날이지만 내가 상처를 입고 정신적으로 성장하기 때문에 칼날이라고 하는 것은 적당치 않다.

나에게 상처를 입히기도 하고 나의 혼을 성숙케하기도 하는 깨진 그릇을 무어라고 이름지을 수 있을까? 서정적 자아는 그것을 칼이라 부른다. 서정적 자아가 주목한 것은 칼의 양면성이다. 칼에 찔려서 생명이 위독한 사람이 병원에 실려 가면 그를 살려내는 것도 칼이다.

사람들의 입장에서 보면 깨진 그릇으로 인해서 상처를 입는 것이지만 그릇의 입장에서 보면 그릇이 깨진 것 자체가 상처다. 그릇도 상처를 입음으로써 칼로 새롭게 태어나므로 그 역시 '상처 깊숙이서 성숙하는 혼'이라 부를 수 있다. 그릇이 깨짐으로써 나와 그릇이 모두 새로운 무언가가 될 수 있었으므로 깨지는 것은 잃는 것처럼 보이지만 실제로는 얻는 것이다. 깨진 그릇만큼 쓸모없어 보이는 것도 없을 것이다. 그런데 그릇이 깨지면 다른 쓸모가 생긴다. 이것은 깨진 그릇의 쓸모로서, 잃음을 통해서 더 소중한 무언가를 얻을 수 있다는 사실을 보여준다.

3. '없음'으로 제시하는 '있음'

이 시의 제목은 '그릇'인데 서정적 자아는 깨진 그릇에 대해서만 이야기한다. 그렇다면 이 시의 제목은 '깨진 그릇'이어야 했을까? 그렇지 않다. 그릇을 그릇으로 노래하는 것은 있음으로 있음을 제시하는 것이다. 깨진 그릇으로 그릇을 노래하는 것이야말로 없음으로 있음을 보여주는 것이고 오히려 그릇에 대해서 많은 것을 담아낼 수 있다.

어른들의 세계에서 이성은 완전한 것처럼 여겨진다. 그런데 서정적 자아는 쓸모없는 듯이 보이는 깨진 그릇을 이성과 같다고 말한다. 그렇다면 이성이 쓸모 없는 것이 되는가 아니면 깨진 그릇이 대단한 것이 되는가? 전자가 될 가능성은 희박하다. 깨진 그릇이 이성을 닮았다는 것은 은유적 표현으로서 은유만으로 이성이 지배하는 현실을 뒤엎을 수는 없기 때문이다. 서정적 자아는 깨진 그릇이 이성과 같다는 것을 입증해 보인 것이다.

깨진 그릇이 이성이라면 그릇은 인간의 본성이다. 서정적 자아는 깨진 그릇만을 노래할 뿐 정작 그릇에 대해서는 한마디도 하지 않지만 우리는 그릇의 상징과 그릇의 실체를 떠올리고 그릇을 그리워한다. 그릇을 가장 명확히 보여줄 수 있는 것은 그릇이 아니라 깨진 그릇인 것이다. 이렇듯 시인은 없음으로 있음을 보여준다.

없음으로 있음을 보여주는 방법은 잃음이 곧 얻음이라는 역설과는 다르다. 전자는 없음, 즉 그릇이 아닌 깨진 그릇으로 그릇을 말하는 방법이며 후자는 그릇이 깨짐으로써 얻게되는 새로운 유용함을 말한다. 없음으로 있음을 보여주는 방법은 잃음이 곧 얻음이라는 다소 흔한 역설과 달리 새롭다는 점에서 가치가 있다.

깨진 그릇을 노래하는 것은 정물화를 그리는 것과 같다. 화가가 깨진 그릇을 그린다면 깨진 그릇의 겉모습만을 정확하게 묘사해내는 것에서 그치기 쉽다. 그래서 정물화는 화가들이 습작기에 그리는 그림으로 간주된다.

그런데 세잔느와 같은 작가는 만년(晩年)까지 정물화를 그리는데 몰두했다. 그는 당대까지의 정물화가 사물의 실재 모습을 그려내지 못했다고 생각하고 인간의 편견이나 고정관념에 의해서 왜곡된 사물의 실재 모습을 복원하는 데 주력했다.

오세영 시인의 「그릇」은 보통의 정물화와 다르다. 그는 깨진 그릇이라는 정물을 그렸지만 그의 그림에는 세잔느가 그린 정물화와 마찬가지로 그릇의 본질이 담겨져 있다. 그리고 이보다 중요한 것은 여기서 한 걸음 더 나아가 인간의 삶을 담아냈다는 것이다. 인간을 그려서 인생을 노래하는 대신 정물을 통해서 인생을 노래하는 것. 이 또한 없음으로 있음을 노래하는 방법이다.

비판적 상상력과 시적 진실의 전복성

—『아메리카 시편』

김의수

1. 〈아메리카〉시편(詩篇) - 시집에 관하여

1960년대 후반에 등단1)한 오세영은 첫시집『반란하는 빛』(1970)이후 2001년까지 모두 11권의 시집2)을 통해 약665편의 시3)를 발표하였다. 그의 시적 편력은, 초기의 이미지 조형과 존재 탐구, 동양적 정신 세계, 문명과 현실 비판, 자연과의 합일, 적멸(寂滅)을 향한 묵언적 정진 등 다양하면서도 일관된 양상으로 전개되어 왔다.4) 한마디로 그의 시적 여정은 미학(美學)의 길에서 철학(哲學)의 길로 향해 온 먼 도정이라 할 수 있으며5) 이는 자신의 시집들 서문에서도 누차 강조되고 있다. 그 중 제9시집 『아메리카 시편』(문학동네, 1997)은 내용상의 독특함은 물론 세계관 및

---

1) 1965년 4월 박목월에 의해 ≪현대문학≫에 초회 추천되어 1968년 1월 추천 완료됨.

2) 제2시집을 제외하면, 등단 후부터 첫 시집을 내기까지, 그리고 이후 거의 2년~3년마다 후속 시집을 상재하는 꾸준함을 보임. 그의 근면성과 적극성에 관해서는 조남현, 「정서의 보편성과 상상력의 독자성」, 『모순의 흙』, 고려원, 1985, p. 174 참조.

3) 한 시집당 평균 수록 편수가 보통 60여 편 내외의 균일한 모습을 보이고 있어 흥미로우며, 총700편의 시 가운데 중복 수록된 초기시35편을 제외함. 제5시집『사랑의 저쪽』(미학사, 1990)에서는 「그릇」 연작시 총 70편 중 53편만 시집에 선별 수록됨.

4) 이숭원, 「적멸과 개결(介潔), 혹은 은유의 구도」, 『적멸의 불빛』, 문학사상사, 2001, p. 94.

5) 김영철, 「존재의 시학과 인식의 시학」, 『꽃들은 별을 우러르며 산다』, 시와 시학사, 1992, p. 105.

방법론의 측면에서 새로운 가능성으로 다가온다는 점에서 보다 세밀한 눈길을 요한다.6)

보통 '관찰자'와 '대상'의 거리가 지나치게 가깝거나 멀 때에는 제대로의 관찰과 판단이 불가능하다. 전자를 두고 우리가 우리 스스로를 돌아보는 경우라고 한다면, 후자는 우리가 타자를 바라보는 입장일 수 있을 것이다. 그러나 '우리'를 떠나 '그들'의 한복판으로 들어간 시인의 예민한 촉수는 미국인이라면 결코 쉽게 의식할 수 없는 자국 문화의 은폐된 특성을 정확히 감지한다. 장경렬의 지적처럼, 낯섦과 호기심의 원심력과 구심력이 서로 긴장을 이루는 가운데 이 시편들은 그 빛을 더욱 발하고 있다.7)

1995년 미국 버클리 대학 동(東)아시아어과(語科)에서 한국의 현대문학을 강의하기 위해 머물 때 씌여진 이 시들은, 후에 ≪현대시학≫(1995.10 -1996.12)에 연재되었다가, 1997년 6월 다시 1권의 시집으로 발간되었는데, 잡지 연재분8)과 시집 수록분9) 사이에는 편집 체재상 약간의 순서 차이만 있을 뿐 시의 내용이나 표현은 대동소이하다. 따라서 연재를 통해서는 그의 시편(詩片)들이 부분적 단위를 이루며 독자에게 던지는 〈아메리카〉의 시편(詩便), 즉 현장 깊은 곳에서 전해오는 특파원의 보도나 편지글과 같은 생생함이 느껴진다고 할 수 있고, 이 시들이 묶이고 엮이어(=詩編)

---

6) 현실적 토대 위에서의 시쓰기, 즉 서정성의 유지 외에도 사회성과 현실성이 크게 제고되기 시작하는 이러한 시적 변화는 제4시집 『불타는 물』(1988)에서부터 엿보이며, 제6시집 『꽃들은 별을 우러르며 산다』(1992)에 이르러 본격적으로 부각되기 시작하여 제7시집 『어리석은 헤겔』(1994년5월)로 이어지는데, 특히 같은 해에 출판된 서정적인 제8시집 『눈물에 어리는 하늘 그림자』(1994년12월)와는 별도로 다른 한 권의 시집으로 굳이 출간한 의도를 미루어 짐작해 볼 수 있을 듯하다. 실제로 이 제7시집과 제9시집인 『아메리카 시편』(1997)의 시들은 시의 구조 및 방법론적 유사성이 많다. 또한 『아메리카 시편』에서는 시의 내용 전개상 다소 길이가 길어졌으며, 60편 중 48편의 시에 101개의 주석이 달려 있어 이채로운데, 이것 역시 시사적 이해도를 제고하기 위한 중요한 장치에 해당한다.
7) 장경렬, 「아메리카에서 보는 아메리카」, 『아메리카 시편』, 문학동네, 1997, pp.130-1.
8) 1회당 5편씩 총 12회에 걸쳐 60편 연재.
9) 제1, 2, 3부에 각 20편씩 총 60편이 수록되어 있는데 이 글에서는 시기적으로 나중에 시집으로 출간된 텍스트를 기준으로 하여 인용 및 논의하고자 함.

한 권의 완결된 서책으로서의 독립성(=詩篇)으로 다가올 땐 미국이라는 대륙의 파노라마적 축도를 전체적으로 조감하는 시야가 확보되는 셈이다.

아메리카 기행으로 인해 오세영 시인의 체험 영역은 크게 확대되었다. 그의 시의 소재는 우리에게 익숙했던 것들로부터 한껏 멀리 나아가 새로운 경험의 대상들을 끌어들이고 있다. 형식도 훨씬 자유로워졌다. 이 시집은 오세영의 시력(詩歷)에 하나의 중요한 분기점을 이룰 것이다.(- 이수익, 시인)

작품의 놀라운 현대성과 오세영 시인의 기지가 만나서 펼쳐 보여주는 아메리카의 내면 풍경이 실감으로 다가온다. 미국의 일상적인 풍경들을 시인의 위트와 재치 속에 되살려서 재발견을 경험케 하는 시들, 미국인들이 일상사에서 아주 자주 아주 자연스럽게 쓰고 있는 낱말 하나가 시인의 예민한 청력에 걸려 그 낱말 원래의 뜻 하나 하나가 새삼스럽게 밝은 조명을 받는 시 등에서는 단순한 말장난을 넘어서는 통찰이 빛난다.(-김영무, 서울대 영문과 교수)

발문(跋文) 격으로 시집의 겉면 뒷표지에 쓰여 있는 이들의 평가는 조금도 과장이 아니다. 시인의 미국 체험을 특유의 서정적 필치와 날카로운 시각으로 시화한 이 시편은, 햄버거와 코카콜라로 상징되는 미국의 자본주의를 뛰어넘어 새로운 사대주의(事大主義)의 질곡(桎梏)에서 무감각해져 가는 우리 한국에의 일갈(一喝)일 뿐만 아니라 우리 시대의 물질 문명 전반에 대한 통렬한 일침(一針), 즉 詩로써 깨우치는 정신의 각성(=詩鞭)에 해당한다.

2. <아메리카>시편(詩片) - 개별 시 텍스트에 관하여

1) 삶과 시에 대한 철학적 진지성

앞에서 시집의 제목인 『아메리카 시편』의 시편('詩篇')을 '시편(詩片)'이나 '시편(詩便)' 혹은 '시편(詩編)'이라는 시의 편장(篇章) 상의 비교개념으

로 변용하여 편의상 몇 가지의 (작위적) 층위를 제시한 바 있다. 이제 구체
적인 텍스트들을 선택하여 '편(片)'자의 의미(조각, 꽃잎)대로 좀 더 세밀히
살펴보고자 한다. 우선 많은 비평가들이 지적한 오세영 시의 철학성, 즉
명상적 사색적 태도와 관련하여 다음의 경우를 보자. 마치 차디찬 햄버거
(냉소)와 따뜻한 햄버거(사랑)로 비유될 수도 있음직한 두 비판적 이성의
시선이 자못 대조적이다.

> 사료와 음식의 차이는/ 무엇일까./ 먹이는 것과 먹는 것 혹은/
> 만들어져 있는 것과 자신이 만드는 것./ 사람은/ 제 입맛에 맞춰/
> 음식을 만들어 먹지만
> 가축은/ 싫든 좋든 이미 배합된 재료의 음식만을/ 먹어야 한다./
> (중략)/ 한 상 가득 차려놓고 이것저것 골라 자신이 만들어 먹는
> 음식,/ 그러나 나는 지금/ 햄과 치즈와 토막난 토마토와 빵과 방부제
> 가 일률적으로 배합된/ 아메리카의 사료를 먹고 있다.
> 재료를 넣고 뺄 수도/젓가락을 댈 수도/마음대로 선택할 수도 없이
> 맨손으로 한 입 덥썩 물어야 하는 저/음식의 독재,/자본의 길들이기.
> 자유는 아득한 기억의 입맛으로만/남아 있을 뿐이다.
>
> — 오세영, 「햄버거를 먹으며」 부분

> 옛날에 나는 금이나 꿈에 대하여 명상했다/
> 아주 단단하거나 투명한 무엇들에 대하여
> 그러나 나는 이제 물렁물렁한 것들에 대하여도 명상하련다//
> 오늘 내가 해보일 명상은 햄버거를 만드는 일이다
> 아무나 손쉽게, 많은 재료를 들이지 않고 간단히 만들 수 있는 명상
> 그러면서도 맛이 좋고 영양이 듬뿍 든 명상
> 어쩌자고 우리가 〈햄버거를 만들어 먹는 족속〉 가운데서/
> 빠질 수가 있는가?/ (중략)/이렇게 해서 명상이 끝난다.//
> 이 얼마나 유익한 명상인가?/ 까다롭고 주의사항이 많은 명상 끝에/
> 맛이 좋고 영양 많은 미국식 간식이 만들어졌다.
>
> — 장정일, 「햄버거에 대한 명상」(민음사, 1987) 부분

장정일 시의 부제('가정요리서로 쓸 수 있게 만들어진 시')에서도 잘 알 수 있듯 '햄버거'라는 같은 소재를 두고 보여주는 두 시인의 태도는 사뭇 다르다. 비록 일부만 제시했지만 80여 행에 원고지 12장을 넘을 정도로 아주 길고 요설적인 장정일의 시가 짐짓 사이비 종교의 교주인 양 허세를 부리면서 매우 코믹하고 저급한 어조로 혹세무민(惑世誣民)의 기만적 설파를 남발하고 있는 것에 비해, 오세영의 시는 하찮은 햄버거 하나를 응시하는 눈길 속에서도 단어의 정확한 개념과 삶의 진실을 투시하는 진지성 그리고 단호한 명증성을 드러낸다. 이런 특성은 그의 상상력이 단순한 자유 연상이나 순간적 계시에 의해 개진되는 낭만적 차원이 아니라, 논리적 사유와 철학적 통찰의 정신적 차원에 닿아 있음을 의미한다. 이 엄숙과 진지의 자세는 그가 시종일관 추구해온 시적 태도이자 삶의 자세로서 시집『꽃들은 별을 우러르며 산다』(1992)의 자서(自序)(〈여백의 말〉)에서 스스로 밝히고 있는 바이기도 하다. 물론 이것이, 바야흐로 이순(耳順)을 앞둔 중견의 연배와 아직 청장년의 시공을 벗어나지 못한 신진의 단순한 나이 차이에서 빚어진 것만은 아닐 것이다.10) 이는 차라리 세계관 내지 문학관(＝詩觀)의 상이함에서 비롯되는 것으로서, "나는 '무의미'한 시들을 혐오한다. 오히려 건강하고 철학적이고 감동적인 시들을 쓰고자 노력해왔다."고 말하면서 '문제 시인'이 되기보다는 '좋은 시인'이 되기를 바라왔던 오세영 시인으로서는 어쩌면 당연한 것일는지도 모른다.11) 그가 김준오와의 대담에서 밝힌 다음의 인용은 지금까지의 그를 규정하는 하나의 좋은 예가 아닐 수 없다.

   시류(時流)가 대세(大勢)와 합류할 때 사람들은 쉽게 자기 성찰력

---

10) 물론 오세영 시인도 때에 따라서는 다소 가벼운 몸짓으로 패러디(parody)기법을 사용하기도 한다. 그러나 이 시집 속 60편의 시 중에서 이상(李箱)의 시 「오감도」의 구절과 시적 전개를 차용한 「브루클린 가는 길」 단 1편 외에는 대부분 정통적인 시작 기법을 고수하고 있다.
11) 오세영, 시집 『반란하는 빛』(문학동네, 1997. 10 재판)의 자서(自序).

을 잃고 그것을 보편(普遍)으로 오인하는 우를 범한다. 그러나 대세
는-더군다나 시류는 보편이 아니다. (중략) 나는 나의 시가 호사나
호기로 전락하는 것을 경계해 왔으며 시에서 대중적 관심을 끌려는 센
세이셔널리즘과 저널리즘을 혐오해 왔다. 나는 보다 보편적인 것, 보
다 본질적인 것, 보다 중심적인 것을 탐구하고자 하였다. 그러한 의미
에서 나는 고전주의자이거나 보수주의자일지도 모른다. (중략) 문학
의 정치참여는 당연하다. 그러나 나는 시가 이념이나 이데올로기의 위
에 있다고 믿는다.12)

2) 지적 상상력과 논리성

하나의 진술13)이 독자의 이미 굳은 마음과 정신을 파고들도록 하기 위
해 그는 먼저 단어의 내포(connotation)와 외연(denotation)을 재검토
함으로써 새로운 개념 규정을 통한 논리 기반의 정지 작업에 착수한다. 예
컨대 'reasonable'의 미국적 의미와 한국적 차이에 대한 시「오아시스 모텔
에서 하룻밤을」이나, 'friend, Hi, May I Help You?, check, 직선과 곡
선'의 다양한 의미를 심층적으로 간파해내는 「프렌드」,「메이 아이 헬프
유?」,「체크」,「직선은 곡선보다 아름답다」 등의 텍스트들이 그것이다. 특
히 여기서의 직선이나 곡선은 단순히 선의 종류나 각도를 지칭하기만 하는
것이 아니라 좀 더 깊은 차원에서의 대조적인 두 정신 세계를 표상하는 기
표로서, '똑바로 밀어내고 길을 내는 정신'(=서양)과 '피할 것을 피해가며
길을 놓는 정신'(=동양)의 대비를 보다 선명하게 제시하는 일종의 객관적
상관물(objective correlatives)에 해당한다. '인간은 때로/멀리 돌아가
는 것이 더/아름다운 법인데' 아메리카의 길(=아메리카의 삶)은 한사코
'곡선보다는 직선을 추구'하는 비인간적 속성을 가지고 있다고 지적하면서
그들의 직선적 실용주의(pragmatism)를 비판하고 있는 것이다.

---

12) 오세영,「시인의 말 - 단상」,『사랑의 저쪽』, 미학사, 1990.
13) 문학에서의 진술이란 의사진술(pseudo-statement)로서 사실(fact)보다는 진실(truth)에
    초점함

　또한 그의 상상력은 단순한 단어나 개념의 차원을 넘어 논리정연한 발전적 심화구조를 지향한다. 단편적 아이디어나 기발한 착상(conceit)이 빚는 가벼움보다는 오래 천착한 깊은 통찰의 결과를 최적의 이미지로 포착하여 담아내고 있는 것이다. 다음 시에서 그는 '햄버거와 코카콜라와/핫도그에 의해서 비육된' 아메리카의 인종을 통해, '미래의 인간'이 지니게 될 모습을 매우 설득력있게 그려내 보인다.

　　　　뚱보의 나라,
　　　　예전엔 미래의 인간이
　　　　몸통은 작고 머리통만 덜렁 커지리라 상상했는데
　　　　아니다. 21세기의 새로운 인종은
　　　　달걀 몸통에 좁쌀 머리통의 체형,
　　　　그 무거운 체중의 유지에 따르는 식품을 팔아먹고
　　　　그 불편한 보행을 담보로 탑승 수단을 팔아먹고
　　　　그 비활동성 취미로 하여 비디오를 팔아먹고
　　　　그 무딘 지능을 대신해 컴퓨터를 팔아먹고
　　　　그 쇠잔해진 건강을 미끼 삼아 의약품을 팔아먹고
　　　　목하,
　　　　아메리카는 새로운 인종을 개량중이다.

　　　　　　　　　　　　　　　　　　　—「뚱보의 나라」 부분

　그런가 하면 시「유나봄버」의 첫머리('무엇을 널리 알리는 것은/그것이 눈에 띄지 않기 때문이다./눈에 띄지 않은 것은/스스로 변별성이 없기 때문이다./스스로의 변별성이 없는 것은/각자 서로 다름이 없기 때문이다.')는 논리적 추론과정의 좋은 예를 보여준다. 꼬리를 물고 이어지는 논리의 연쇄를 좇다보면 독자는 어느새 은폐된 세계의 음모 저 밑바닥을 속속들이 들여다보고 있는 시인의 시선과 같은 높이에서 만나 감동과 함께 동감(sympathy)의 경지를 체험하게 된다. 그러므로 다음에서 보듯, 독자는 이내 우리의 음식인 '죽'과 저들의 '샐러드'가 근본적으로 어떻게 다른 구조

적 산물이며, 그 기표 속에 감추어진 기의를 왜 전복시켜야만 하는지 깨닫
게 된다.

> Sound language든 visual language든
> 보디 랭귀지든 말이란 말은 온 나라에서
> 펄펄 죽 끓듯이 끓지만
> 끝내 그것은 죽이 되지 못한다.
> 물은 물대로 증발한 채
> 파는 파대로, 당근은 당근대로, 게살은 게살대로
> 뜨거운 양철 냄비에
> 고스란히 남는 날 소재,
> 누가 아메리카를 멜팅 폿이라고 했던가.
> 미국은 시디신 샐러드 디쉬.
>
> ― 「샐러드를 먹으며」 부분

이렇게 사물이나 현상 혹은 사실의 표면과 진실의 이면은 단순한 양가성
을 지니는 것에 그치는 것이 아니라 때로는 이율배반적 양면성을 지닌다.
이 모순의 구조를 전복시켜 폭로하는 힘은 다름 아닌 시인의 예리한 통찰
력에서 비롯된 지적 상상력과 그 형상화 과정에서 도출된다. '하이'하고 서
로 주고받는 인사와 '상대에게 호감을 표하고 또 그것을 확인해야'만 하는
오히려 비인간적인 인간 관계, 그리고 '매번 양보'하는 '젠틀맨쉽'을 두고
보통은 서구 사회의 성숙한 인권 의식과 상호 존중이라는 미덕으로 파악한
다. 하지만 「프렌드」라는 시에서 시인은 그들이 '매번 조심해야 하는' 이유
를 새롭게 진단한다. 비록 시집에서는 1, 2부로 나뉘어 실려 있지만 똑같
이 8회에 연재된 「메이 아이 헬프 유?」에서도 이러한 '표면적 친절'이 속으
로 숨기고 있는 '살벌'한 삶의 단면은 여지없이 까발려지는 것이다.

3) 방법론적 특성 및 서정성과의 조화

오세영은 자신의 한 시론서 서문에서 시의 본분은 '설득'에 있는 것이 아니
라 '감동'에 있다고 언급한 바 있다.14) 그리고 실제로 대부분의 그의 시에서

이를 실천해 왔다. 하지만 약 10여 년 뒤의 시집『무명연시』(1986)의 서문('시인의 말')에서 다소 변화된 견해를 표명한다. 즉, 한 시인의 시가 어떤 차원에 이르면 결국 철학의 문제가 시의 위대성을 결정짓는 관건이 되는데, 그 철학은 추상적 관념으로 전달되는 것이 아니라 구체적 사물로 존재하는 것이어야 하고, '예컨대 연꽃으로 제시된 부처의 가르침이며, 장미꽃으로 표현된 코기토'(cogito)라는 것이다. 이는 생경한 구호의 차원은 물론 형식 미달의 편내용주의를 동시에 지양해야 한다는 시적 인식으로 정리될 수 있다.

본래 여행이라는 과정을 담아내기에는 수필의 형식이나 구체적 세부 묘사가 가능한 소설의 장르가, 그리고 논리적 변설과 은폐된 진실의 폭로에 있어서는 논설문이나 신문 기사와 같은 실용문의 양식이 적당하다. 그런 점에서 시라는 장르는 당연히 불리 내지 부적합하다고 할 수 있다. 그런데 이 시집은 이 모든 문학적 장치의 한계를 뛰어넘어 기행시의 새로운 차원을 가시화하고 있다는 점에서 특히 주목할 만하다. 단순한 이국적 풍물의 잡다한 소개나 자기중심적 잣대에 의한 비판 혹은 무조건적 환호가 아니라, 섬세한 관찰력과 지적인 상상력으로 자칫 주관적인 사적 체험에 그치기 쉬운 이국 문화와의 거리(distance)를 객관적인 보편의 사유로 바꾸어 이를 다시 도저히 거부할 수 없는 동화(同化)의 경지로까지 빚어내는 형상적 능력을 여실히 보여주기 때문이다.

우선 오세영의 시적 묘사는 상당히 정밀하다. '비틀베틀 넘어지고', '뱅뱅 돌다 처박고', '폴짝폴짝 뛰다가 쓰러져 뒹구는', '허리를 갑죽갑죽, 다리를 발발, 엉덩이를 까불까불', '두 팔을 짐쩍짐쩍, 온몸을 후들후들 떠는'(「힙합」) 등의 구절은 마치 M-TV의 뮤직 비디오를 보고 있는 것 같은 핍진감을 자아낸다. 뿐만 아니라 '구천(九泉), 구만리장천(九萬里長天), 구운몽(九雲夢), 구십춘광(九十春光), 구곡간장(九曲肝腸), 구중궁궐(九重宮闕), 구품정토(九品淨土)', '아이리쉬 커피 라지 사이즈 1불 99전, 햄버거 더블 2불 99전, 핏자 3불 99전에 토핑 추가 99전, 36 숏 코닥 필름 한 통에 6불 99

---

14) 오세영, 「불이 된 언어」, 『서정적 진실』, 민족문화사, 1983.

전, 레블롱 립스틱 네 개 들이 한 세트 19불 90전, 리바이스 청바지 한 벌 39
불 90전, Hennesy 꼬냑 X. O. 1765년산 한 병 399불, 소니 캠코더 CCD
TR 92년형 699불, 동급 한국 삼성 캠코더 299불, 95년형 포드 토러스 6기
통 배기량 3000CC 1만 5천 999불…'(「9자 한자를 손에 들고」)에서 보
듯, 아라비아 숫자 '9'자 하나에서도 다양한 상상의 전개를 펼쳐 보이는 꼼
꼼함과 통찰의 혜안을 과시한다. 이것들은 단순히 미국의 생활 구석구석을
생생히 제시하는 일개 정보의 차원에 그치는 것이 아니라, '낚싯바늘같이
생긴 9자, 덫의 올가미 같이 생긴 9자, 튕겨오를 형세의 트랩 용수철 같이
생긴 그 9자'로 발전하면서 자본주의의 기만적 상술과 유혹의 속성을 드러
내는 기능적 장치로 작용한다.15) 참으로 재미있는 발상이자 감탄할만한
아이디어가 아닐 수 없다. '재미'를 넘어 '의미'를 전달하는 고도의 비유와
장치들이 그의 시 도처에 마련되어 있음을 알 수 있는 것이다.

> 싸이파이 채널,/ 트와일라잇 존,/
> 독서에 미쳐 근시가 되어버린 한 사내가/ 도수 높은 안경을 낀 채/
> 폐허를 방황한다./ 핵폭탄이 터진 대지는/ 무섭도록 적막하다./
> 그가 잠깐 상사의 눈을 피해/ 지하의 금고 속에서 독서를 즐기던 사이/
> 갑자기 소멸해버린 세계./
> 살아 있는 것이라곤,/ 사랑하는 것이라곤/아무 것도 남은 것이 없다./
> 그래도 신의 마지막 긍휼이었을까,/
> 폐허 속을 헤매던 그가 잿더미 속에서 발견한/수만 권의/

---

15) 최근의 과격하고 급진적인 해체적 시론들 가운데에는 <대상의 상실>이나 <의미의
영점화>를 넘어 <예술 자체의 영점화>, 즉 소재를 가공하고 변형시키는 창조행위가
아니라 현실의 습득물로서 소재를 줍듯 수집하고 소재가 곧 작품이라는 식의 마구잡
이식 가위질로 텍스트를 구성, 생산하는 경우도 있다. 이를 하우저식으로 말하자면
'현실의 습득물' 내지 '현실의 표절'이 될 것이다.(류근조, 「1980년대 한국시의 도시
적 감수성 연구」, ≪한국시학연구≫ 제3호, 한국시학회, 2000년 11. pp. 93~94.)
그러나 오세영 시인은 현실을 그냥 가위질하여 우연적으로 제시하는 것이 아니라, 오
랜 되새김질을 통해 충분히 체화된 뒤의 시상 포착과 시적 형상화 작업을 수행하고
있다는 점에서 대상에 대한 파악의 정밀성과 함께 이해의 깊이가 무섭도록 도저하다
고 할 수 있다.

전에 갖고 싶었던 희귀본 장서,/
그는 폭파된 도서관의 서고 앞에서/ 잠시나마 위안을 얻는다./
그러나 아,/ 무심도 하여라./ 책을 줍기 위하여 엎드리는 순간/
'바싹' 땅에 떨어져 깨지는/ 그의 안경.//
오늘은 렌즈알 하나 갈 줄 모르는 내가/
도수 높은 안경을 낀 채/ C.N.N. 뉴스를 본다.
화면엔/ 보스니아 헤르체고비나의 상공에/ 작열하는 미사일의 불꽃들.

— 「트와일라잇 존」 전문

　시인의 초고(草稿)를 확인한 결과, 끝부분의 '작렬'이 시집에서는 '작열'로 잘못 교정16), 출판되어 아쉬운 이 시는, 괴기담이나 과학 공상물(science fiction)만을 주로 방영하는 미국의 싸이파이 채널(Sci-Fi channel)의 드라마〈트와일라잇 존(Twilight Zone)〉의 내용으로 시작된다. 지구 종말의 주제가 픽션이 아닌 실제의 전쟁 뉴스와 병치되며 픽션 속의 한 사내인 '그'와 '나'의 혼돈스러운 혼융상태가 교묘히 겹쳐지는 (overlap) 기법을 사용함으로써 세기말의 위기의식을 효과적으로 형상화하고 있다. 사실과 진실의 구분이 불가능한 이러한 혼동은 '실재에서 오는 것이든 허상에서 오는 것이든/다른 것은 아무 것도 없다./있는 것은 다만 감각의 몽타주'라는 다른 시「시뮬레이션」이나, 나와 현실 그리고 꿈 속의 정체성이 혼돈스러움을 묘사한 「애쉴랜드에서」같은 시에서도 다시 한번 강조된다. 이는 약육강식(弱肉强食)의 정글 법칙이 지배하는 동물적 세계로 오늘의 대도시적 삶을 비유한 시「아이스크림」의 '나는 외로운 들개','뉴욕은 광막한 아열대성 정글,/가로에 우글거리는 악어떼를 피해서/광장의 교활한 하이에나 무리를 피해서/빌딩에 웅크리고 있는 사자 가족을 피해서/한 마리 들쥐를 좇고 좇다가/오히려 먹힐 뻔했던 오늘 하루'와 같은 차원을 훨씬 넘어서는 수준이라 하지 않을 수 없다.17)

---

16) 작렬[炸裂]【명】폭발물이 터져서 쫙 퍼짐.
　　작열[灼熱]【명】열을 받아서 뜨거워짐, 몹시 더움.

그런데 이렇듯 섬세한 시인의 눈길이 노려보는 것은 단지 아메리카라는 하나의 문화 혹은 문명의 치부만이 아니다. 시인의 시선은 그 속에서 소외되고 버림받는 주변부의 아직은 따스한 가슴들을 응시한다.

> 정원이나 공원이나 묘지나/ 미국의 잔디는 보기에 아름답다.
> 경계를 나누어/ 상가와 택지와 오피스 빌딩 사이에 조성한/
> 자연 녹지 보존지역,
> 스프링 쿨러가 공급하는 수분을/ 조석으로 빨아먹고/
> 정원사가 제공하는 비료를/ 밤낮으로 받아먹고
> 무성한 푸르름을 자랑하지만/ 너희는 모른다.
> 너희가 왜 거기 있어야 하는가를,/ 너희에겐 왜 침묵이 필요한가를,
> 메뚜기도 개미도 진드기도 더 이상/더불어 살 수 없는/
> 간헐적인 살충제 살포./ 무덤보다도 더 고요한 그 정적./
> 경계를 나누어/ 이 쪽을 공원지역이라 한다.
> 코파 야생동물 보존지역 곁에 있는/ 파파고 인디언 보호지역.

— 「페스티사이드」 전문

'아메리카 인디언에게'라는 부제의 이 시는 정기적으로 행하는 살충제 (pesticide) 살포의 가공할 의미를 통해 미국식 실용주의와 인간 중심적 편의주의를 고발한다. 코파 야생동물 보존지역(Kofa National Wildlife Refuge) 한 곁에 결코 백인들과는 한데 어울려 '더불어 살 수 없는' 인디언들이 일개 야생동물과 동격에 놓이며 규제받는 억압적 상황을 적절한 알레고리(allegory)[18]로 담아내고 있다. 파파고 인디언 보호지역(Papago

---

17) 물론 그의 모든 시가 다 성공적이라고 단언하려는 것은 아니다. 한 예로, 「아이스 워터」에서 미국인들이 식수로 얼음 냉수(ice water)를 애용하는 것을 두고, 따뜻한 생명과 차가운 기계의 대비적 속성을 떠올린 시인의 상상력은 실로 대단하다고 할 수 있다. 하지만 '식수로 찬물을 드는 것은/인간이 물질로 환원되어 가는 시대의 한증거일 것이다.'라는 시의 끝부분은 너무 직설적이어서 다소 아쉬움을 남긴다.

18) 알레고리란 사전적으로 (1)풍유, 비유, 우언법 (2)우의소설, 비유담 (3)우의화(畵); 상징 (emblem) 등의 의미. 원래는 그리스어 allegoria(allo-:다른 + agora:이야기하기=다른

Indian Reservation)의 참뜻이 '보호'가 아닌 '격리'('경계를 나누어')에 있음인 까닭이다.

> 브리티시 콜롬비아/ 부차트 가든의 잘 자란 진초록 잔디,
> 사람들은 그 위에서 일광욕을 즐기고/ 웃통을 벗은 채 낮잠에 들고/
> 독서를 하지만/ 그들은 초록의 공포를 모른다./
> 정해준 자리에서 한 치라도 위를 넘보면/ 여지없이 잘리는 머리,
> 허락된 생활에서 벗어나 한치라도 손을 뻗치면/
> 여지없이 잘리는 또 팔과 다리,/ (중략)
> 아메리카의 어디를 가나/잔디는 푸르고 아름답지만 사람들은/
> 초록의 공포를 모른다. / 선을 긋고/
> 구역을 나누어/ 끊임없이 잘리고 깎이는/
> 아메리카의 잔디,/ 아메리카의 평등.
>
> — 「초록의 공포」 부분

이처럼 시인은 역지사지(易地思之)의 발상으로 상황을 전복시켜 독자로 하여금 그 저변에 깔린 서구 문명사회의 이기적 인간중심주의의 음모를 깨닫게 한다. 특히 이러한 일련의 과정은 시인의 세심한 관찰과 깊이 있는 통찰을 거친 뒤, 재차 지적 상상력을 통한 적절한 비유로 바뀌어 제시되기 때문에, 독자의 입장에서는 혹시라도 비판이라는 부정적 독서 과정이 빚을지도 모르는 거부감의 그림자를 상당 부분 걷어낼 수 있게 되는 긍정적 효과로 나타난다. 시인의 전반적인 의도가 '비판을 위한 비판'이 아닌, 자꾸만 물신화되어 가는 현대의 정신적 위기를 시적 서정의 힘으로 극복하려는 데 있음을 발견할 수 있는 것이다.

> 별들이 너무 아름답군요./ 텁석부리 40대 초반의 주인은/
> 하버드대 영문학 석사,
> 일찍이 문학을 버리고 현실을 버리고 인간마저 버려/

일을 빌어 이야기함)에서 온 말이며, 이 글에서는 다소 폭넓은 개념으로 확대하여 사용하고자 함.

꽃과 별과 새들과 함께 산다./
해는 왜 뜨는지, 별은 왜 반짝이는지,/
꽃은 왜 피는지는/ 세상이 그의 몫으로 남겨 놓은 숙제,
버너로 갓 끓인 찌개에 소주잔을 함께 나누며/
애본에서 보는 별은 더 맑아 더/ 슬프다.

—「애본에서」부분

애본(Avon)은 몬타나주(州)에 있는 작은 마을로서 영국 셰익스피어의 고향에도 동명의 강이 흐르고 있음을 시인은 주석으로 밝히고 있다. 미국이라고 해서 반드시 모든 것이 비판과 부정의 대상으로 파악되는 것이 아니라, 영국이건 미국이건 또는 한국이건, 결국 바람직한 인간의 삶은 자연과 더불어 신의 섭리에 귀 기울이고 서로의 정과 체온을 나눌 때만이 가능한 것이라는 믿음을 시인은 간직하고 있는 것이다. 시집의 자서(自序)에서도 시인은 '문학의 기능'에 대해 새삼 생각하게 됨을 고백하고 있다. 그것은 바로 인간으로의 복귀 내지 회복이다. 과학의 힘으로 인간을 고된 노동과 불편으로부터 해방시키기는 하였지만, 그로 인해 인간이 상실한 것이 무엇인지를 되묻고자, 그는 다음과 같이 주장한다. 그는 말한다. "설령 그 잃어버린 것의 총화가 얻은 것의 몇십분지 일에 지나지 않는다 하더라도 시인은 얻은 것보다 잃어버린 것에 관심을 갖는 사람이다. 만일 그렇지 않다면 시는 항상 과학의 찬가에 불과할 것이기 때문이다. (중략) 과학자는 한 마리의 양보다 아흔아홉 마리의 양을 더 가치있게 여긴다. 그러나 시인은 그 잃어버린 한 마리의 양을 고귀하게 생각한다. 그래서 시인인 것이다."

3. 〈아메리카〉시편(詩編)-시집 전체의 의미에 관하여

글의 앞부분에서, 이 시편을 단계적으로 살펴보기 위해 다소 작위적인 개념이지만 편의상 몇 가지의 한자적(漢字的) 의미를 동원한 바 있다. 그에 따라 이제 시집 전체를 아우르는 수준에서 논의할 차례다. 일률적으로

5편씩 연재했던 단발성을 단순한 '덧셈'의 차원으로 친다면, 하나 하나의 개별 시편(詩片)들을 엮고 묶어서(=詩編) 한 권의 시집(=詩篇)으로 이루어내는 행위의 의미는 보다 조직적인 '곱셈'의 법칙에 비유할 수 있기 때문이다.

하지만 이 시집의 경우, 주제 의식이나 방법론상의 제1부와 2부의 변별적 차이는 그리 분명하지 않다. 시인 스스로가 의도한 제3부의 서정성 문제19)도 약간의 난맥상을 보인다. 또 각 부의 시들이 일정하게 20편씩 묶이다보니 다소 인위적으로 구분된 감이 없지 않아 그 자체로 크게 의미를 지니는 분석 단위가 되기는 어렵다는 판단에서, 각 부를 따로 살펴기보다 시집 전체를 통해 시인이 주장하는 메시지를 추출하는 것이 더 유효하리라 생각한다.

1) 삶과 밀착된 소재들을 통한 설득력

일반적으로 '여행'이란 낯선 환경 속에서의 계속적인 삶의 영위라고 할 수 있다. 여행자 자신은 바뀌지 않지만 여행의 도정에 따라 삶의 기본적 조건이 바뀐다는 점이 일차적으로 문제가 되는 상황인 셈이다. 그렇다면 그 삶의 기본적 조건을 의(衣)/식(食)/주(住)로 나누어 생각해 볼 수 있을 것인데, 이들은 지역의 풍토나 기후, 자원 등의 제반 여건에 의해 좌우되는 것이기에 나름대로의 특수성으로 드러난다. 먼저 이 시집 속 60편의 시 가운데서 직 간접적으로 드러나는 의(衣)/식(食)/주(住)와의 관련성을 기준으로 따져보자.

전체적으로는 의복20)보다 음식21)이나 주거22)의 문제에 관한 시편들

---

19) 시인은 필자에게 개인적인 자리에서 시집 제3부를 특별히 미국 문화의 비판 쪽보다는 서정적인 계열의 일군으로 편성하고자 했다고 말한 바 있다. 특별히 시집의 목차에서 소분류의 부제(部題)를 취하지 않은 사정도 이로 미루어 짐작할 수 있을 듯하다.

20) 제1부 - 「성조기」
    제2부 - 「갖가지다」

21) 제1부 - 「햄버거를 먹으며」, 「샐러드를 먹으며」, 「아이스 워터」, 「왜 콜라를 마시는 것일

이 특히 많으며 제1, 2, 3부에 고루 걸쳐 분포한다. 아마도 주거의 범위를 단순히 주택으로만 한정하지 않고 가로(街路)와 사회의 구조적 시설물 일반으로 확대해서 보았기 때문일 것이다. 더욱이 제1부에서 음식에 관련된 시들이 주로 등장하는 것은, 우리가 서구의 양복을 일상화한 지가 이미 오래 되어 더 이상 낯설지 않게 된 데 반해 여타의 음식문화나 특히 주거문화는 좀 더 긴 침투의 시간을 요하므로 여행지에서 우선적으로 부딪치는 시의 소재로서 선호된다는 일반론적 이유로 이해할 수 있으리라고 본다. 의복이나 음식이 개인적 취향에 민감한 분야인 반면, 보다 집단성을 가지는 주거의 문제는 두고 두고 문제를 삼게 되는 탓도 한 이유일 것이라 생각된다.

	제1부	제2부	제3부	계
의	1	1	0	2
식	6~8	1	1	8~10
주	3~4	4~5	1~4	8~13

(단위:편)

또 하나 지적하지 않을 수 없는 것은 이들 의식주에 관련된 시들의 시적 완성도와 작품적 가치가 특히 높아서, 독자들이 이해하고 수용하는 데 전혀 무리가 없을 정도로 상당한 설득력을 가진다는 사실이다. 애초부터 생소한 이국적 풍물보다 우리에게 좀더 친숙한 소재들을 대상으로 설정한 경우 전달이 더 잘 되는 것은 당연한 이치라 하겠다. 이미 밝힌 바이지만 오세영 자신이, 시의 본분은 '설득'에 있는 것이 아니라 '감동'에 있다고 했다

　　　　까?」, 「에너랙시아」, 「아이스크림」(「종이컵의 사랑」, 「마리화나」)
　　제2부 - 「뚱보의 나라」
　　제3부 - 「나파의 와인은 쓰다고 하더라」
22) 제1부 - 「성조기」, 「직선은 곡선보다 아름답다」, 「체크〉(〈메일 박스〉)
　　제2부 - 「80번 프리웨이」, 「앰트랙을 타고」, 「굽이굽이 계곡을 돌면」, 「페스티사이드」,
　　　　（「오아시스모텔에서 하룻밤을」)
　　제3부 - 「초록의 공포」(「노여움 가시면 슬픔이 있듯」, 「허스트 캐슬」, 「지구는 아름답다」)

든가23), 시에 있어서의 제 아무리 위대한 철학적 개진도 추상적 관념의 상태가 아니라 구체적 사물로 존재하고 전달되어야 한다며 이를 '연꽃으로 제시된 부처의 가르침' 혹은 '장미꽃으로 표현된 코기토'(cogito)라고 표현했던 것은, 그러므로, 상투적 시론 차원의 빈 말이 아니다.

2) 문명의 기저와 물신주의 비판

한국문학사에 있어 모더니즘의 미학은 도시공간 속에서의 도시체험을 동기로 하여 배태되었다. 근대문명의 상징으로서 그 편의와 현시적 풍요를 갖추고 있는 '도시'는, 당시 상대적으로 낙후 의식을 앓고 있던 식민지 지식인들에게 특히 각별한 비유적 의미를 가지고 다가왔다.24) 비록 역사 사회적 차원이 대폭 사상되고 희석된, 일종의 소도구 내지 서구동경을 부추기는 하나의 상표 혹은 기호적 측면이 강하기는 하였지만, 이때의 모더니즘은, 아폴로적 삶의 원리(이성)와 디오니소스적 삶의 원리(감성)의 긴장 속에서 펼쳐지는 도시에 대한 동경과 반성에서 비롯되어, 종국에는 도시적 감수성의 병리적 현상으로까지 진단되기에 이른다. 도시적 삶의 환경이 인간의 생태사회적(bio-social) 한계를 훨씬 넘어선 데 대한 시인들의 부정적 인식25)이 문학을 통한 시적 대응으로 전개되었던 것이다. 다음과 같은 언급을 통해서도 이후 한국 현대문학에 있어서의 모더니즘적 배경과 흐름의 양상은 쉽게 파악된다.

우리의 시인들이 도시적인 삶의 일단을 작품 속에 도입하기 시작한 지 40여 년 후 우리 사회는 시골 사회에서 도시 사회로의 전환 과정의

---

23) 오세영, 「불이 된 언어」, 『서정적 진실』, 민족문화사, 1983.
24) 유종호, 「난폭 시대의 시」, 『고슴도치의 마을』(최승호 시집), 문학과 지성, 1986, p.109.
25) 류근조, 「1980년대 한국시의 도시적 감수성 연구」, ≪한국시학연구≫ 제3호, 한국시학회(2000년 11월), pp. 86~87.

한복판에 서 있게 되었다. 이미 국민의 과반수는 도시의 주민이 되어 있으며 문명의 편의는 옛 근대주의자들이 몽상했던 수준과 규모를 훨씬 넘어서고 있다. 이와 함께 도시와 도시적인 삶은 약속과 기대이기를 그치고 하나의 위협으로 변모한 것도 사실이다. 반드시 빈민굴이 아니더라도 도시적인 삶은 종교가 펼쳐보이는 지옥의 세속적 현대판이 되어간다는 추세를 보여주고 있다.26)

풍요와 속도, 합리와 과학의 미명 하에 서서히 어두운 그림자가 드리워졌고 인간 자신은 물론 물질에 의한 소외와 군중 속의 고립은 인간을 점점 고독 속으로 밀어 넣었다. 이와 관련하여 시인이 파악하고 있는 '도시'라는 개념을 살핀다면, 필자가 이미 그 유사성을 시사했던 그의 이전의 시「불타는 얼음」(『어리석은 헤겔』,고려원, 1994)을 참고할 필요가 있다. 그는 '시멘트와 유리의 이념'으로 직립한 '도시의 빌딩'을 부정의 대상으로 파악, 이를 매우 성공적인 이미지로 담아낸 바 있는데, 이들 마천루(摩天樓)의 본고장인 아메리카에서 시인은 더욱 본격적으로 문명의 기저에 잠재해 인간의 삶을 잠식하는 보이지 않는 어떤 힘을 감지하게 되고 이에 맞선다.

이와 관련하여, 식사 주체의 손끝에서 최종적으로 선택·완성되는 우리의 밥상 문화와는 달리, 주방장의 손에서 대량으로 만들어져 가감없이 그대로 먹어야만 하는 햄버거는 미국식 획일주의의 표상이다. 신속하고 간편한 편의성으로 바쁜 현대인에게 마치 구세주인양 다가온 햄버거는 오히려 영양의 불균형과 비만, 광우병 파동 같은 전지구적 재앙을 낳았으며, 집집마다 개별적으로 만들어 먹으므로 가가호호(家家戶戶) 지역적 특성이 반영되던 다양한 맛의 우리 식혜나 수정과가 아니라 그 제조의 비법조차 기밀로 감춰진 채 공장에서 대량으로 제조되어 전세계의 미국식 제국주의화27)를 촉진하는 콜라는, '코카'아니면 '펩시'를 선택해야 한다는 자본주의적 힘의 논리로 파악될

---

26) 유종호, *op. cit.*, p. 109.
27) 유아가 항상 우윳병을 차고 다니듯/콜라병을 차고 다니는 호모 코카콜라/ (중략) / 콜라는/아메리카 성인들의 모유일까/어머니의 젖을 먹지 않고 자란 사람들의/ (중략)/ 콜라는 코카와 펩시밖에 없다. (「왜 콜라를 마시는 것일까?」, 부분)

따름이다. 가장 민주적이라는 아메리카 문명의 기저가 기실은 독재28)의 길 들이기에 다름 아니라는 무서운 현실적 음모를 발견하는 순간이다.

> 이름도 알 수 없고/ 얼굴도 알 수 없고/
> 목소리조차 들은 적 없는 C는(혹은 B나 M이라도 좋다.)/
> 어디서 사는 것일까,/ 보채는 아이의 입에 떡 하나 덥썩 물려주고/
> (중략)/ 시끄러운 놈,/ 입에 드럭 물려 잠재워 놓고
> 불평하는 놈,/T.V.채널 몇 개 줘 밤낮으로 랩이나 부르게 하고
> 심심한 놈,/미사일 들려 전쟁게임 즐기게 하고
> 똑똑한 놈,/로즈 볼 리그에 정신 홀랑 나가게 하고
> 자기에게 관심만 보이지 않는다면/자기를 알려고만 하지 않는다면
> 우리의 여생을 보장해주겠다는/소문만의 그,
> 그는 지금 어디서 무엇을 하고 있는 것일까,
> 신문에 이름도 나지 않고,/인터넷에 입력된 번호도 없고,
> 더더구나 T.V.에 나와서 누구처럼/주먹을 흔들지도 않고……

> ― 「이름도 알 수 없고」 부분

앞의 두 시와 더불어 제1회 연재로 함께 발표된 이 시에서도 시인은 의문체의 나직한 음성으로 자문한다. 원래 경제학의 용어였던 자본주의의 '보이지 않는 손'29)이 마침내 미국을, 그리고 나아가서는 전세계 인간의 삶을 어떤 식으로 지배하고자 하는지, 인간이 구축하고 마련해 놓은 온갖 제도와 장치, 법과 질서가 사실은 누구를 위한 것인지, 그리하여 우리가 그 것을 집기 위해 은연중 내려놓았다가 잠시 잊고 있는 것이 무엇인지, 더 잊었다가는 아주 잃어버리고 말 그 무엇이 어디 있는지? 이는 마치, 미대륙을 횡단하는 미국의 심장도로(I-80 Free Way)에서 '왜 80번은 자동차만

---

28) 음식의 독재,/자본의 길들이기,/자유는 아득한 기억의 입맛으로만/ 남아 있을 뿐이다.
    (「햄버거를 먹으며」,부분)
29) 'invisible hand'는 아담 스미스(Adam Smith)의 경제학에서 말하는 '보이지 않는 손'의 확장적 개념임.

이 다녀야 하는가,/왜 80번은 차선이 구분되어야만 하는가,/왜 80번은 뉴욕으로 가야만 하는가,/아니 왜 80번은/80으로 불려야 하는가.'(「80번 프리웨이」)라며 아주 근본적인 회의에 봉착하는 시인의 질타와 무관하지 않다. 아름다운 '아메리카의 잔디"(「초록의 공포」)를 바라보며 '정해준 자리에서 한 치라도 위를 넘보면/여지없이 잘리는' '초록의 공포'를 읽었듯이, '아메리카의 평등'에 한바탕 도전장을 던지는 시인의 기개는 단지 비판을 위한 비판만이 아닌 것이다.

그 평등하다는 미국에서조차 살인자 심슨(O.J.Simpson)을 '아직 살려두고 있는' 까닭이 관련된 제반 '산업'과 '소시민의 권태를 말끔히 쓸어준 저' 사이비 영웅주의의 결과이자 결국 '돈이 있으면 목숨만은 살려주는/아메리카의 자비'에 있음을 날카롭게 지적하면서, 사랑마저도 돈으로 사고 파는 매춘의 나라(「러브 콜」)에서 결국 우리가 믿을 것은 돈밖에 없으며 황금만능주의30)야말로 헛된 아메리칸 드림임을 깨달은 시인은 우리를 대신하여 절망한다.31) 그러나 물신(物神)은 결코 우리의 종교가 아니다.

3) 인간 소외와 포스트모더니즘 고발

지금까지 보았듯이 시집에서 확인할 수 있는 것은 우리가 쌓아올린 문명사(文明史)가 오히려 인간성을 붕괴시키는데 대한 좌절과 분노를32) 느끼는 시인의 외침이다. 그러나 말(=외침)은 더 이상 소통의 도구도 존재의

---

30) 일찍이 우리는 황금을 찾아서 여기 오지 않았던가./ 황금을 찾아서 서부로 서부로/ (중략)/ 시들 수 없는 아메리카의 꿈./ 가자, 보물섬으로/ 한 장의 지폐로 지도를 삼아 (「라스베가스로」 부분)

31) 아무 것도/ 믿을 것이 없다./ 실재하는 것은 돈./ 돈이 인간을 움직이고 사회를 움직이고 돈은 자본, 자본은 물질, 물질은 감각/ 감각 밖에 없다./ 믿지 못할 가정을 버리고 사회를 버리고/ 저 감각의 아이스크림./ 정신의 시뮬레이션./ 마리화나를 피우자.(「마리화나」 부분)

32) 조남현, 「정서의 보편성과 상상력의 독자성」, 『모순의 흙』(오세영 제1선집), 고려원, 1985, p.175.

그릇도 아니다. 서로 고립되고 스스로 소외시켰으므로 외로운 '오늘의 아메리카는/수많은 섬들이 떠 있는 바다'이며 '말을 잊지 않기 위하여' '홀로 있으므로 말을' 하는 도시 속의 '로빈슨 크루소'일 뿐인 것이다.33) 저마다의 고독 속에서 생존 경쟁을 위한 사투(「아이스크림」, 「수」)를 벌이다 다시 벌레처럼 기어 들어와 '무인 포스트/메일 박스"(「메일 박스」)로나 겨우 세상과 소통하는 모순의 구조 속에서, 이제는 인간마저도 도구성에 충실해야 하는 오늘의 현실에 시인은 다음과 같이 탄식한다.

> 식기는 단지/음식을 담는 용기만은 아니다.
> 한 지어미의 정성이/고운 두 손에 받쳐 식탁에 오르는 접시,
> 그러므로 원만한 접시는 원만한 사랑 바로/그것이다./(중략)
> 그러나 이제 식기는/단지 식기일 뿐이다./(중략)/
> 한 번 쓰고 간편히 버리는 일회용/종이컵 혹은 스치로폴 접시,
> 세상의 남편들은 지어밀 대하기를/
> 깨질 그릇처럼 대하라는 말씀도/ 그러므로 이제/수정되어야 한다./
> (중략)/ 부부는 결코 깨지는 것이 아니라/
> 필요 없으면 주저 없이 버려야 하는 까닭에……/ 지어밀 대하기를
> 버려질 종이컵처럼/
> 해야 하는 아메리카의 남편.
>
> — 「종이컵의 사랑」 부분

숫자(「브루클린 가는 길」) 혹은 이니셜(「이름도 알 수 없고」)로 표시되는 익명성의 공간에서 이제 도시는 더 이상 인간의 우월함을 상징하는 기념비가 아니다. 누군가의 말처럼 현대인이란 다만 원자탄을 만들 줄 아는 원시인일 뿐 그 이상도 그 이하도 아니기 때문이다. 근대의 모태가 되었던 도시의 이러한 내적 붕괴는 철학과 도덕 등 제반 가치관의 근본적 혼란을

---

33) 이건 말의 진실한 상대가 없는 말,/그래도/각자 열심히 지껄이는 것은/
　　살아 있음을 증거하기 위한 것일까,/들어 줄 사람이 없어 흐름이 막힌 말은/
　　체해/설사를 일으킨다./말의 설사,(중략)/오늘의 아메리카는/
　　수많은 섬들이 떠 있는 바다다.(「랩송의 철학」,부분)

야기했다. 인간적인 것을 잃다 못해 기계를 닮아가고(「힙합」) 인간이 부서져가듯, 시와 언어도 '통제를 벗어난' '부서진 음소들의 파편과 쓰레기들을/포스트 모던의 상표로 포장한/아메리카 또 하나의 상품'(「포스트 모던 포엠」)에 지나지 않는다. 그렇지만 시인은 '언어에 가해지는' '폭력'과 '광기의 몸부림'을 단호히 거부한다. 서구의 이성중심주의(logocentrisme)가 부정된 자리에 포스트모더니즘의 향기없는 무화과가 열린 것이라면, 시인은 이런 식의 자기부정적 근시안이 근본적인 치유책이나 대안이 될 수 없음을 잘 알기 때문이다. 그보다는 실용성, 도구성, 목적성, 기능성에 얽매이지 않는, 고유한 인간 가치의 회복과 서정의 정신을 통한 삶에 대한 진지성과 진정성을 추구하고자 전력한다.

4. 〈아메리카〉시편(詩鞭)-시집의 의의

마지막으로 간과해서는 안 될 중요한 덕목 몇 가지를 더 짚어보자. 그것은 우선 이러한 아메리카의 물질과 문명에 대한 총체적 비판이 시인 자신의 고전 혹은 보수주의자로서의 고루함에서 빚어진 단순 회귀주의가 결코 아니라는 점이다. 「힙합」,「성조기」 등의 시에서 다소 편파적이기도 했던 시인의 가치관은 따라서 그저 미국을 하나의 타산지석(他山之石)으로 삼으려는 소규모의 문화비판을 상회한다. '아메리카를 좋아하는 딸아,(중략) 너는 아메리칸이 아니다.'(「랭군을 넘어서」)라는 시인의 경고는 미국이나 한국만이 아니라 잘못 미국을 닮아가고 자칫 제국주의적 자본주의의 논리와 병적 포스트모더니즘의 문화에 침윤되어 가는 전인류에 대한 경종의 메시지인 셈이다. 시(詩)로써, 저물어가는 정신을 일깨울(=詩鞭) 수 있다면 그야말로 의미 전달의 도구적 산문성을 넘어선 시적 언어의 존재의의라 할 수 있을 것이다. 그런 의미에서 연재를 시작하며 시인이 독자에게 던졌던 다음의 물음은, 하나의 시의 깊이와 높이가 어디까지 이를 수 있는가 하는 극치와 한계에 대한 아주 좋은 예라 할 수 있다.

> 나는 이 시들이 문명 비판시로 불려지기를 굳이 바라지 않는다. 그러나 우리 시대는 얼마나 엄청난 음모 속에 휘말려들고 있으며 우리의 삶은 또한 얼마나 거대한 미지의 실체에 의하여 사육당하고 있는 것일까. 나는 그것을 미국이라는 구체적인 사회에서 본 것이다. 그러므로 이 시의 '아메리카'는 좁은 의미의 미국만이 아니라 넓게는 우리 시대의 문명을 가리키는 단어이기도 하다. 이제 미국은 미국만의 미국이 아니다. 우리에게 있어서 미국은 진정 무엇인가. 무엇이어야 하는가.[34)]

이는 또한 시인 개인적으로도 그간의 서정 일변도의 시세계를 잠시 벗어나 새로운 소재와 철학적 기행시라는 새로운 실험을 성공적으로 수행한 기념비적 작업이 되기에 충분하다. 단순한 풍물이나 풍광을 예찬하거나 호기적 새로움에 빠져 자칫 수박 겉핥기식이나 아전인수(我田引水)격 이해의 한계를 노정했던 허다한 여행시들의 선례를 극복함으로써, 있으나마나 한 개인적 기념시편이 아니라 한국 현대시문학사에 하나의 새로운 이정표로 자리매김하게 되는 큰 족적을 확인하게 되는 것이다. 아울러 문학에 있어서의 편내용주의와 형식주의의 정치 사회적 무관심이 동시에 지양되는 새로운 지평의 확보이며 포스트모더니즘의 자기 파괴적 실험성에 대해서도 한 줄기 반성의 계기를 제공했다는 점에서 시단의 중견으로서 균형잡힌 한 중심을 튼실히 담당하고 있음을 잘 보여준다 하겠다. 그러므로 그의 아래와 같은 제안은 여전히 유효하다.

> 저는 항상 문학이 이념의 위에 위치하고 있어야 한다고 생각합니다. 왜냐하면 만일 문학이 이념에 종속
> 된다면 그 이념이 저지르는 과오나 죄과를 감시할 수 없기 때문이죠. 우리는 이념의 소산인 정치를 믿을 수 없습니다. 그러나 문학은 이념의 위에 있으므로 정치를 감시할 수 있습니다. 역설적으로 이것

---

34) 오세영, 「(연재를 시작하며) - 버클리 통신」, ≪현대시학≫, 1995. 10.

이야말로 문학의 정치적 기능이라 할 수 있는 것이죠.35)

그의 시들이 펼치는 넓이와 깊이 있는 천착의 작업이 세월의 더께를 넘어 나날이 젊어지기를 기대하는 바이다. 시인은 나이를 먹어도, 시는 늙거나 낡아지는 것이 아니기 때문이다.

---

35) 김준오/오세영, ((대담))「진실과 사실 사이」,『사랑의 저쪽』, 미학사, 1990, p. 109.

초기시의 모더니티 연구
—『반란하는 빛』

김윤정

1. 들어가며

오세영의 초기시집 『반란하는 빛』(1970)은 그 이후 발간된 제 2시집 『가장 어두운 날 저녁에』(1986) 등과는 표나게 다른 성격을 보이고 있다. 이 두 시집 사이에 놓이는 시간 간격은 시인의 성숙과 정립의 단계가 될 만큼 시적 단절이 크다고 하겠는데, 이는 두 번째 시집 이후가 '존재론적 탐구를 통하여 사물과 삶의 본질을 투시하려는 태도'[1]가 안정적으로 나타나고 있기 때문이다. 최근(1997) 상재된 같은 제명의 서문에서 시인 스스로도 밝히고 있듯이 『반란하는 빛』은 "모더니스트로서의 상상력과 언어감각"으로 빚어진 시편들로 구성되어 있다. 이에 대해 시인은 문학 수업 중 과정으로서의 의미 이상을 부여하지 않는다고 하였으나[2] 기실 초기의 그의 시집은 60년대 모더니즘의 흐름을 이끌어갔던 〈현대시〉동인의 자장 안에 수렴되는 것으로서 문학사적 의미를 강하게 지닌다.

〈현대시〉동인들은 1962년부터 1971년에 걸쳐 26집 발간이라는 왕성한 창작력을 보인 그룹이다. 이들이 하나의 에콜로서의 성격을 분명히 한 것은 6집의 정진규가 쓴 후기 "동인지로서의 현대시"를 통해서이다. 그리고

---

1) 이숭원, 「모순의 인식과 존재의 탐색」, ≪현대시학≫(1992,6), p. 233.
2) 오세영, 『반란하는 빛』 자서(自序), 문학동네, 1997.

그 후로 민웅식, 허만하, 황운천, 정진규, 김영태, 박의상, 이해녕, 김규태, 김종해, 마종하, 오탁번, 오세영, 이건청 등이 동인으로 참여하였다.3) 이 중 오세영은 25,6집을 기해 동인으로 활동한다.

주지하다시피 1960년대 우리 문학은 4.19와 그의 실패라는 정치현실적 사건에 의해 규정된 바 크다. 소위 문학의 '참여문제'가 비평적 쟁점으로 부각되었던 바4), 이에 대해 자신의 입장을 정하는 것에서부터 문학의 흐름이 형성되었다고 해도 과언이 아니다. 당시의 '순수, 참여논쟁'5)은 그 결과에 해당된다. '순수'와 '참여'란 서로 범주를 달리하는 용어로서 문학의 경향을 이 두 용어로 규정할 경우 무리한 도식성을 피할 수 없을 것이지만 당시 지식인들 사이에서 이 논쟁은 화두가 될 정도로 강한 규정력을 띄고 있었다. 따라서 50년대 모더니즘을 계승한 60년대 모더니스트들은 어디에 속하는가 하는 것 또한 주요한 문제가 되었다. 특히 신동엽, 이성부, 조태일 등 〈신춘시〉 동인들이 김수영과 함께 현실에 대한 비판적 인식을 강하게 드러내고, 반면 〈현대시〉 동인들이 개인 내면의 심화된 탐구와 언어실험에 주력하게 됨에 따라 문단에서의 순수와 참여 구도는 확고한 지지를 받는 듯하였다.

그러나 본래 모더니즘이 현대 문명에 대한 부정의식으로부터 출발하여 이성적 담론에 대한 파괴성을 내포한다는 견지에서 볼 때6) 60년대의 모

---

3) 이창용, 「<현대시> 동인 연구」, 한양대 석사, 1999.
   이외에 <현대시> 동인들에 대한 연구로는 이창용, 「1960년대 현대시 동인의 활동과 시세계」, 《현대시학》, 1999,6., 고형진, 「현대시의 중심잡기와 방법적 갱신」, 《현대시학》, 1996,6., 허혜정, 「60년대 현대시 동인들의 시운동과 시사적 위치」(위의 책), 문흥술, 「해방후 50년 시동인지의 역사」, 《시와 시학》, 1995, 여름., 최동호, 「한국현대시사」, 『한국현대문학 50년』, 민음사, 1995. 등이 있다.
4) 권영민, 『한국현대문학사』, 민음사, 1993, pp. 176~177.
5) 이와 관련되는 대표적인 글들로는 이어령, 「작가의 현실 참여」, 《문학평론》, 1959, 1., 김우종, 「도피와 도착」, 《현대문학》, 1961. 1., 이형기, 「문학의 기능에 대한 반성」, 《현대문학》, 1964. 2., 홍사중, 「작가와 현실」, 《한양》, 1964. 4., 김수영, 「지식인의 사회참여」, 『사상계』, 1968. 1., 김수영, 「실험적인 문학과 정치적인 자유」, 《조선일보》, 1968. 2. 27. 등이 있다.
6) 우리는 이러한 예를 이상을 비롯한 다다, 초현실주의자들에게서 확인해볼 수 있다. 오

더니스트들을 '순수'의 관점으로 고정시키는 것은 큰 오류를 범할 가능성이
있다. 그럼에도 불구하고 이러한 도식을 잣대로 삼았다는 것은 당시 문단
의 발전 정도 혹은 사회의 경직성을 보여주는 지표가 될 것이며 그것이 상
대적인 평가였다는 의미 이상으로 해석하기 힘들다.7)

　　요컨대 오세영의 시를 논할 때 참여 정신과는 대척점에 놓인 순수시인
혹은 고루한 보수주의자라는 시각으로 보는 것은 범주를 잘못 설정한 것이
며 오히려 그를 인간의 본원적 존재의 문제를 일관성 있게 탐구한 시인으
로 고찰할 때 비로소 그의 초기시 또한 그 의미를 온전히 드러낼 것이다.
초기시에서 천착하고 있는 시인의 무의식과 내면 심리는 인간 존재의 확장
된 양상을 드러내는 것이거니와 오세영은 이를 정제되지 않은 충동과 에너
지로써 표출하고 있다. 그런데 초기시의 이러한 양상은 이후 시집들에서
보인 오세영의 존재론으로 귀결되는 것에 다름 아니다. 그의 초기시의 주
된 요소가 '불의 이미지'라는 것은 이러한 사실을 뒷받침하는 것인데 '불'은
곧 파괴와 부정의 충동을 대변하는 동시에 오세영의 이후 시편들에서 추구
되거나 다스려야 하는 어떤 것으로서 자리매김되기 때문이다.

세영 교수는 이들을 아방가르드라 하여 모더니즘과 분류한 바 있는데 이는 한국적
문단 현실을 고려한 것이라 할 수 있다. 예컨대 정지용, 김광균이 보인 모더니즘이
현실에 대한 비판의식에서 비롯된 것이라고는 보기 힘들기 때문이다. 반면 부정성
에 기반한 언어에 대한 자각이 표나게 드러나는 것은 이상을 비롯한 삼사문학, 조
향, 나아가 오세영, 이승훈과 같은 60년대 초현실주의자들의 경우를 꼽을 수 있다.
이러한 관점에서 볼 때 <현대시> 동인들을 총괄하여 논하기는 힘들다. 이들은 모더
니스트임을 자임했지만 각각의 시인들에 따라 그 기법과 부정의 정신들은 차이를
지니기 때문이다.
한국 근대 모더니즘 문학의 분류와 특징에 관하여는 오세영, 『20세기 한국시 연구』,
1989, 새문사, pp.119~162 참고.
7) 이와 관련하여 문흥술은 <현대시>를 '비이성적 반담론'의 성격으로 규정하면서 이들
은 '도구화된 이성에 의해 억압된 무의식의 드러냄'으로써 한국 현대시의 영역을 확
장, 심화시켰다고 평가하고 있으며(문흥술, 「해방 후 50년 시 동인지의 역사」, ≪시와
시학≫, 1995, 여름, pp175~176), 허혜정 역시 이들의 언어적 자각에 기초한 내면 탐
구가 당대의 사회적 현실에 대한 미적인 비판을 수행하는 것으로서 이들은 '현대와 탈
현대의 교량적인 시운동'을 이루어내었다고 평가하고 있다(허혜정, 「60년대 <현대시>
동인들의 시운동과 시사적 위치」, ≪현대시학≫, 1996, 6, pp.108~111).

본고는 오세영의 초기시편들의 특징을 고찰하는 데에 초점을 두고 있는 바, 여기에서 드러나는 기법과 이미지들을 통해 그의 내면과 현실 반영성, 나아가 부정의식의 문제들을 살펴볼 것이다. 이러한 영역의 고찰은 일차적으로 그의 시를 시대와의 관련 하에서 보고자 하는 의도로 이루어지는 것이며 아울러 이후에 전개된 시인의 존재론과의 연결지점을 모색하기 위한 것이기도 하다.

2. '불'과 무의식적 충동

무의식적 담론이 이성에 대한 부정 정신에 의해 등장하는 것이라는 사실은 모더니즘의 정신과 궤를 같이 하는 것이다. 30년대 이상의 모더니즘이 제국주의와 합리적 제도에 대한 도전 정신을 구현한 것이라면 50년대 조향을 비롯한 〈후반기〉 동인들의 활동의 바탕에는 전쟁이 놓여있다. 마찬가지로 60년대 〈현대시〉 동인들의 시대적 환경은 곧 전쟁과 독재, 그리고 한국의 전개도상에 있던 산업화일 것이다. 전쟁은 이성의 모순된 구조를 극명하게 증명하는 것이며 한국의 비정상적인 산업화는 개인들의 내면상의 분열을 유도하게 된다. 이러한 배경 하에서 무의식을 중심으로 한 담론이 큰 흐름으로 형성되었다는 것은 한국 사회의 자생력과 응전력을 드러내는 것이라는 점에서 큰 의의가 있다. 따라서 〈현대시〉 동인들의 무의식의 충동적 에네르기는 이러한 사회적 현상을 잘 드러내 주는 것이며, 이들이 취한 역설이나 아니러니 기법은 사회의 모순 구조에 대응되는 동시에 그것을 비판하는 것이라 할 수 있다. 또한 이들이 생산한 초현실주의적 혹은 감성적 이미지들은 한국 현대시를 한 단계 상승시켰다는 평가를 받을 수 있다.

　　타버린 정신들은 어디 갔는가./ 가령 설원(雪原)에 버려진 장미꽃
　하나,
　　혹은 알타이에 떨어지는 햇살,/ 바람과 소나기, 그리고 유월은 불

탄다.//
　내 살 속에서 희미한 불빛들이/ 뛰어가고, 알콜이 출렁이는 바닷가
에서
　이십세기는 불을 지핀다. 물질이 흘린/ 피, 싸늘한,/ 실용의 새는
날 수 있을까,
　어두운 내 얼굴을 날아서, 찬서리 내린 굴뚝과/ 기계들이 죽은 무
덤을 넘어서
　어제의 어제를 넘어서/ 달에 도달할 수 있을 것인가

— 「불1」　부분

　나는 내려간다./ 회랑의 층계를 돌아/ 스물아홉의 육(肉)의 밑바닥
에/
　선박들이 침몰하고.//
　전주(全州)에서 본 여자가 메스를 들고/ 차갑게 웃고 있다./ 염려
없다면서, 없다면서/
　빼앗는 내 눈의 불.//
　박제된 유년의 깊은 밑바닥에/ 알콜에 적신 내가 누워 있다.

— 「불2」　부분

　불빛을 바라보면서 우리들은/ 달려나갔다./ (중략)/ 지나온 십구세
기가 토막토막 잘려/
　자막(字幕)에 걸리고 있다./ 렌즈를 열고 흰옷의 그가 나온다./(중
략)/ 도무지 갈채를 모르는 사람들의 눈에서/ 불이 꺼지고, 헛간에
켜둔 램프가/ 의식을 태운다/(중략) 결국/ 벗을 것인가 이 흰옷, 정
지된 자막에/ 걸린 채 나는 벌거숭이 몸을 하고/ 손에 박힌 못들을
하나씩 뽑았다./ 흔들리는 전라도의 논둑길/ 그 불빛 속을 뛰었다.

— 「불3」　전문

　오세영의 초기 시편들에는 의식의 흐름, 비상관적 사물의 결합에 따른
낯선 이미지들의 충돌, 그리고 내면 심층의 탐구 등 전형적인 초현실주의
기법이 사용되고 있다. 그러나 그의 시에서 중요한 것은 그가 '불'의 이미

지를 전략적으로 사용하고 있다는 점에 있다. 그의 시에서 '불'은 부정적인 세력, 가령 '십구세기'의 과학정신이나 도구적 이성('실용의 새'), 물질문명에 의해 도전을 받는 것이며 시인은 이를 필사적으로 지키고자 하는 것으로 묘사되고 있다. '내 살 속에서', '육(肉)의 밑바닥에', 지금은 '박제'가 되었지만 '유년의 밑바닥에서' 시인은 내면의 심층으로 하강하여 꺼져가는 불빛을 끌어올리고자 한다.

시인은 「불」 연작 시편들에서 반복적으로 내면의 충동적 힘을 옹호하는데 이것은 현대 이성적 문명에 대한 반항의 의미를 띤다는 점에서 일정한 방향성을 지니는 것이다. 이 충동의 힘은 크리스테바가 말한 '코라'가 지닌 부정의 힘과 같은 것이므로 논리적 언어 작용 및 합리적 제도를 붕괴시키는 것을 지향한다.8) 즉 이 부분에는 이성에 의해 억압되고 가려진 무의식의 존재를 복원하여 그것을 기반으로 한 새로운 질서를 만들고자 하는 시인의 의지가 반영되고 있는 것이다.

이 때의 새로운 질서란 무엇일까? 30년대 이상이 분열증적인 힘을 바탕으로 계속적인 부정의 부정을 시도한 것에서 그쳤다면9), 그리고 50년대 조향이 무의식의 영역을 기법에 의해 안착시킴에 따라 매너리즘에 빠졌다면, 60년대의 오세영은 개인 존재의 문제를 심도있게 다룸으로써 새로운 우주적 세계관을 펼쳐보이게 된다. 이를 살펴보기 위해서는 시인에게 '불'이 내면의 충동적 힘을 대변하는 이미지라는 데에 그치는 것이 아니고 외부 세계와 시인을 연결시켜 주는 매개이기도 하다('불빛을 바라보면서 우리는 달려나갔다')는 점에 주목할 필요가 있다. 내면의 것이면서 외부로부터 환기되는 충동의 힘이란 '불을 찾아' 가는 모습에서 살펴볼 수 있는데 외부의 이 기제는 그를 소멸과 폐쇄적 존재로 떨어뜨리지 않는 요인이 된

---

8) 크리스테바가 플라톤과 프로이트에 기대어 규정하는 코라(chora)의 세계는 조화로운 질서나 어떠한 구속도 없이 자유로운 충동만이 있는 곳이다. 무정형, 무한의 에네르기적 존재이므로 이 힘으로 말미암아 주체는 정립과 반정립을 계속해 나간다. J.Kristeva, *Revolution in Poetic Language*, Columbia Univ. Press, 1984, pp.25~49.

9) 졸고, 「이상시에 나타난 탈근대적 사유」, 서울대 석사, 1999.

다. 내면의 충동에만 사로잡혀 있을 때의 자아는 쉽게 정신분열증의 상태로 떨어질 수 있거니와 반면에 '불을 찾아'가는 시인은 드넓은 존재의 평원('설원', '알타이')에 이르게 된다.

드넓은 평원이란 곧 유치환이 존재의 발견과 초극을 위해 찾아나선 실존적 조건에 다름 아니다. 오세영의 이후 시편들이 존재론으로 귀결되는 이유를 우리는 여기에서도 확인해 볼 수 있는 바, 그곳은 불의 정신이 살아 있는 지평이자 물질문명을 벗어난 궁극의 우주적 공간이기도 하기 때문이다. 이는 곧 시인의 내면과 외부가 상상적인 결합을 이루어내는 공간이다. 「불」 연작시편들에 나타나 있는 탈출의 동기들10)은 곧 다른 한편으로 시인의 내면으로의 밀폐됨을 경계하는 몸짓이다. 시인은 내면의 힘을 의지 삼아 현실을 부정하려 하지만 동시에 내면의 충동 그 자체에 매몰되는 것 역시 거부한다.

> 겨울에는 아궁이에 불을/ 지폈다. 얼어붙은 성(性)을 호호 불며/ 잠든 시간의 뿌리를 태웠다.//
> 까만 눈이 내리는 저탄장(貯炭場)에서 열차가/ 빠져나가고, 발 없는 말들이/ 눈길을 걷는다. 도시의 창틈으로/ 경험들이 웃고 있다.//
> 치유될 것인가, 이 아픔/ 저 독(毒)의 입맞춤, 외로운 사내는/ 밤새 골목길을 돌아다녔다./ 눈이 내리고,//
> 정신의 깊이까지 찔리는 바늘./ 언 성(性)을 호호 불면서, 라이터를 켜들고/ 층계를 하나씩 뛰어내린다./ 의사(醫師), 저 이성의 손톱.//
> 빈 도시에 열차가 들어오고, 나는/ 대합실을 빠져나왔다.

— 「불6」 전문

> 문을 밀치면 거기 놓인 십자가에/ 문득 와서 꽂히는 화살, 온 밤을 피가 흐르고/ 경험의 뜨락에 져버린 잎새들이/ 앙상한 그림자로 창가를 드리울 때,/ 한 마리 새가/ 문법의 가지를 차고 오른다./ 난다. 파

---

10) 김경복은 오세영 초기시에 가장 강렬히 나타나고 있는 것이 '탈출욕구'라고 보고 있다. 김경복, 「빛의 추구와 존재 확인」, ≪시와 사상≫, 1995, 여름, pp.68~69.

열하는 꽃잎 속을, 시간의/ 폭동 속을,/ 아아,
  뜨거운 수소이온, 그 부력.//
  날카로운 바람을 몰고, 한 소절의 아침을 건너/ 햇살이 파도치는
바다에서/ 인력을 끊고 솟아오른 한 개의 램프/ 드디어 타버린 육체
의 아픔 위에/ 부리로 대낮을 깨면/ 내가 쏘아올린 화살은 어느 때/
내 가슴에 와 꽂힌다. 아아,/ 빛을 털고 일어서는 한 마리의 새.

— 「날개」 부분

「불6」의 첫째연이 '불을 지핀다'는 의미항을 지닌다면, 둘째연부터 마지
막 연까지의 의미항은 모두 '벗어남', '찾아 헤매임'과 관련된다. '열차가 빠
져나가고', '발 없는 말들이 눈길을 걷는'가 하면, '외로운 사내는 밤새 골목
길을 돌아다'니거나 '나는 대합실을 빠져나온다'. 속도감 있는 이미지들의
낯선 전개가 초현실주의의 실험적 기법에 닿아 있음은 물론이다. 그러나
'불'의 이미지가 '탈출'이미지와 결합됨은 시인의 특수한 면모이자 득의의
영역이 아닐 수 없다. 시인은 충동 그 자체를 탐닉하는 것이 아니라 '불의
힘'을 바탕으로 하여 또다른 의미화된 세계를 찾아나서는 것을 의미하기
때문이다.

이런 관련 양상은 「날개」에서 '화살'과 '새'로 변용되어 반복되고 있다.
'십자가 꽂힌 화살'과 '문법의 가지를 차고 오르는 새', 그리고 '내가 쏘아올
린 화살'이 곧 '내 가슴에 꽂혀', 그것은 '빛을 털고 일어서는 한 마리 새'가
된다고 한 이미지의 전개는 무의식적 충동이 논리적 이성의 세계를 부정하
는 데서 그치지 않고 보다 확장된 외부공간을 향해 열려있고자 함을 의미
하고 있는 것이다.

시인이 그 후 어떠한 존재론을, 어떠한 우주적 상상력을 전개시키는가
하는 것은 지면을 달리한 논구를 필요로 한다. 그러나 분명한 것은 오세영
을 비롯한 60년대 모더니스트들의 시운동이 비로소 한국의 산업화라는 실
질적인 기반에 근거하고 있다는 사실에서 구할 수 있다. 그것은 곧 60년대
의 모더니즘이 산업화가 양산한 파편화된 개인주의를 심도있게 탐색하는

것, 언어에의 자각을 통해 문학의 현대성을 실현하는 것, 나아가 자본주의 문명에 대항할 수 있는 새로운 세계관을 제시하는 것을 그 실천 지침으로 삼게 되었음을 가리킨다. 이러한 관점에서 볼 때 오세영의 초기시편들은 한국의 모더니즘을 실질적으로 정착시키는 데 기여한 바 크다고 하겠다.

3. 내면의 갈등 구조

김준오에 따르면 60년대의 시적 흐름은 크게 〈신춘시〉 동인들의 사회참여 계열, 〈현대시〉 동인의 내면탐구 및 언어실험시, 서정주, 박목월, 박재삼 등의 전통시로 대별된다.11) 이중 사회참여 계열의 시들이 합리적 이성의 담론으로 사회의 제반 모순을 비판해 나간 것에 비해, 모더니즘 계열의 시들이 합리성을 회의하고 개인 내면의 문제를 언어라는 도구를 이용해 심도있게 탐색해 들어갔음은 주지의 사실이다. 따라서 전자의 시들이 평면적이고 논리적인 언어로 농촌 문제나 계급 갈등의 문제들을 주제화시켰다면 후자의 시들은 개인내면에 굴절되어 비치는 현실의 모순 양상, 욕망과 좌절의 패턴들을 주제화 시키게 된다.12) 이러한 주제들을 다루기 위한 언어가 왜곡되고 실험적이리라는 것은, 따라서 강한 입체성을 띨 것이라는 점은 쉽게 유추할 수 있다. 당시 참여와 순수라는 논쟁으로 그 골이 깊어졌을 두 계열 간의 대립은 그러나 사실상 초기 자본주의 사회라는 공통된 뿌리를 기반으로 하는 두 얼굴에 지나지 않는다.

---

11) 김준오, 「순수, 참여와 다극화 시대」, 『한국현대문학사』, 현대문학사, 1989, p.312.

12) 〈현대시〉 동인들은 〈현대시〉 제16집(1968)의 후기에서 '내면에 대한 모색을 일차적 과제'로 삼겠다고 천명한 바 있다. "상황이란 논리적으로 정의될 수 없는 용어다. 내면에 대한 모색을 일차적 과제로 삼은 〈현대시〉는 이제 이 땅의 시단에 감각과 의미의 확정적 가능성을 보여줌으로써 또 하나의 양식을 확립하고자 한다. 시의 영역이 가르침보다는 보여줌에 있다는 방법론을 재인식하면서, 〈현대시〉는 신비스런 내면의 충동과 완전히 의식적인 기술의 수련, 의미와 방법의 결합, 관찰과 교정의 활동을 계속할 것이다."

오세영의 초기 시편들에서 '불'의 이미지가 현실을 부정하고 새로운 세계를 지향하는 힘의 근거가 되었다면 그는 이를 바탕으로 개인의 내면에 각인된 산업사회의 흔적들, 모순된 현실과 그로 말미암은 개인 내면의 욕구와 무의식을 집요하게 탐색해나가기 시작한다. 그것은 결국 삶의 조건으로 놓인 현실과의 겹침과 그것을 부정하는 힘들 사이의 구조로 드러난다.

> 우리들에게 주어진 몇 가지/ 사실들이 있다./ 계집에 성실하고 돈을 벌어들이고,/ 눈에 보이지 않는 아름다움에 탐닉한다.//
> 내 몸에 섞이는 이 계집의 피를 위하여/ 굶주린 어린 것을 위하여//
> 불면을 지키는 의식마저/ 후욱 불어 끄고,//
> 공화국의 조간 위에 쓰레기로 뒹군다./ 광장을 더럽히는 이 정신들이 버린 휴지들./ 성명서와 깡통과 흩어진 수사법들 글쎄,/ 신문팔이가 자유를 팔면서 달려간다 이놈, 이 더러운 놈.//
> 사실을 바라보는 눈이 어찌하여 이다지도/ 떳떳지 못한가, 물질과 나를 바라보는/ 눈이여,/ 보이지 않는 곳에서 보이는 이 외로움/ 혹은 정신들에 대하여 말하라,//
> 살이 찌고 분별없이 지껄이고,/ 상업에 몰두하는 사나이들,/ 아주 헐값이라고 투덜대면서/ 팔려간 이 시대에 침을 뱉는다.//
> 내 시선이 닿지 않는 곳에서/ 믿음은 친구를 부를 수 있을 것인가./ 허나 기다리고 배신하듯, 시대는 결국 계집을 버릴 것이다./ 어리석은 사랑도 잠들 것이다.//
>
> — 「시인들」 전문

근대화 도상에 있는 시대에서 시인들은 어떤 존재인가? 우리의 30년대 모더니스트들이 제국주의에 의한 피상적인 근대화에 촉발되어 관념의 모더니즘을 주창했다면[13] 60년대 모더니스트들은 전 세대에 비하면 매우 확실한 근거를 안고 출발했다고 볼 수 있을 것이다. 이들의 시편들이 당시

---

13) 이를 두고 오세영 교수는 30년대 모더니즘의 한계로 지적하고 있다. 30년대 모더니즘은 소수의 지적 엘리트들 사이에서만 실험되었을 뿐 범문단적 호응을 받거나 대중적 확산에 이르지 못하였는데 이는 근대의 모더니즘이 당대 한국인의 삶을 반영하는 데 실패하였음을 의미하는 것이다. 오세영, op. cit., p.162.

대중적인 반향과 인기를 누릴 수 있었던 것도 바로 이 점과 관련된다. 말하자면 시인들이란 그들의 의식과 감각에 시대의 변화를 민감하게 각인시키는 당대의 수용체로서 동시대인이 느끼는 것을 보다 먼저 느끼고 통찰하는 자들인 것이다.

　따라서 시인은 지금 여기의 자본주의가 유포하는 자유와 안정의 이데올로기에 대해 회의하게 된다. 가족의 행복과 부와 아름다움에의 추구 등 부정할 수 없이 주어진 사실들이 있지만, 그리고 공화국 판(版) 성명서와 수사(修辭)와 기관지('신문')가 자유를 선전하고 있지만 그것을 수용하는 시인의 내면과 의식은 '떳떳지 못하다.' '의식의 소강 상태'를 시인은 보다 예민하게 느끼고 있는 것이다. 시인은 자본주의의 물질문명과 그 속에서 살아가는 자신에 대해 무엇인가의 결핍을 느낀다. 시인의 눈은 '보이지 않는 곳에서' 정신의 공허와 결여를 인식하는 것이다. 결국 시인은 물질의 세계에 깊이 침윤되어 정신이 마비된 자들의 비대한 몸집과 분별없음을 혐오하면서 시대의 안정과 자유 이데올로기가 허구적이라며 불신을 표명한다. 「시인들」과 같이 일상성의 범주 속에서 자본주의의 생태에 대한 부정과 시인의 고뇌를 형상화한 시들로 「고스톱」, 「자동차」, 「중계방송」, 「극장에서」, 「저녁 식탁」 등이 있다.

> 　떨어지고 있다./ 한마디의 외침과 찢어진 날개,/ 퍼덕이는 우리들의 시간이 떨어지고,/ 동란중에 경험한 폭탄이 떨어진다.//
> 　울부짖는 꽃잎 사이로/ 끌려간 말들이 무참히 죽는다./ 꽃잎들이 우수수 진다.//
> 　정신을 나는 구름이 보이고,/ 깊은 살 속을 강이 흐른다./ 어두운 강, 흔들리는 의미의 외연에서/ 은비늘 번득임은 사랑인가.//
> 　밤마다 과거가 묻힌 들녘엔/ 차가운 별빛이 내리고, 여윈 암캐가/ '아'라고 외친다./ 돌이킬 수 없는 도시에서의 투병.//
> 　불구의 날개. 보편 위에 퍼덕이는/ 인식의 날개, 날개,/ 떨어지고 있는 것은 꽃잎인가.
>
> 　　　　　　　　　　　　　　　　　— 「중계방송」 전문

위의 시에는 산업화된 도시적 삶에 대한 깊은 상처와 회의가 강하게 형상화되고 있다. 현대의 일상 속에서 시인은 절망한다. 시인의 정신을 상징하는 '날개', '꽃잎', '말들'이 물질문명의 '차가움'에 의해 파괴되어 '인식은 불구의 상태를 면하지 못한다'고 하는 시인의 자각이 제시되고 있다. '도시'는 거대한 병동과도 같으며 그 속에서 살아가는 시인의 내면 풍경은 황폐함 그 자체로 묘사되고 있는 것이다.

이 시의 전면화된 부정적 분위기 가운데 다소의 긍정적 요인을 찾는다면 '흔들리는 강'의 이미지일 것이다. 이것은 꽃잎의 '떨어짐', 날개의 '찢어짐', 폭탄 '투하', 말들의 '죽음'과 같은 추락의 이미지에 대응되는 수평적 역동의 이미지에 해당된다. '강'은 시인의 어두운 내면('깊은 살 속')을 '흘러', 빛('은비늘')으로 '번득인다'. 그리고 시인은 이를 곧 '사랑'이라 명명한다. 이러한 긍정적 요인은 '울부짖음', '퍼덕임'과 같은 정신적 몸부림의 이미지들에 의해 보완되면서 희망의 가능성을 제시하고 있다.

한편 오세영의 초기 시에서 '날개'가 '불'의 충동과 결합된 탈출의 의미를 지니고 있음은 앞 장에서 살펴보았거니와 자본주의화가 심화될수록, 시인이 일상성 속에 깊이 연루될수록 그 탈주의 힘은 약화될 것이라는 데에 문제의 초점이 놓인다. 현대화된 일상이란 살아있는 자아에게는 탈각시킬 수 없는 삶의 조건이기 때문이다. 자본주의는 더욱 가속화되어 진행될 것이고 그것의 모순을 극복하는 일은 그리 간단한 일이 아니다. 시인이 새롭게 '말'에 주목하는 이유가 여기에 있다.

> 땀에 젖은 물질이 보이고 진실이 만져진다./ 비겁한 자유가 숲을 이루는 기나긴/ 이십세기의 밤,/ 떨리는 손과 붙들린 말들
>
> — 「극장에서」 부분

> 문을 열고 떨리는 손으로 촛불을 켜면/ 은쟁반에 흐르는 포도주와 피./ 한 그릇의 불빛과 김치는 글쎄/ 우리에게 힘을 줄 수 있을까//
> 적막한 언어의 얼굴 위에서 눈동자는 빛난다.
>
> — 「저녁 식탁」 부분

위의 시편들에서처럼 초기 시에서 중요한 요소 중 하나는 '말', '언어'이다. 시 「극장에서」에서 묘사되고 있는 '말'은 앞의 시 「중계방송」에서 형상하고 있는 '말들'처럼 부정적 힘들에 의해 훼손되어 있지만 「저녁 식탁」에서의 '언어'는 그 계제를 넘어서고 있다. 그것은 '적막하'면서도 '빛나는' 것이며 '힘을 줄 수 있는' 것으로 상정되고 있기 때문이다.

기실 언어에 대한 자의식은 모든 모더니스트들의 공통된 지향에 속한다. 이미지를 추구하고 언어 실험을 행하는 것은 문학의 자율성과 현대성을 이룩하는 방법론이기도 하다. 그리고 언어라는 도구는 이성적 질서에 대한 부정의 매개도 된다. 오세영의 경우 역시 문학의 현대성을 위한 '언어'에의 천착은 이미 그의 초기 시 전편에 걸쳐 이루어진 바이다. 그러므로 시편 속에 형상화된 '언어'에 대한 지향은 단순한 모더니즘의 범주를 넘어서고 있음을 감지할 수 있다14). 우리는 그의 제2시집 이후의 시편들을 고찰하면서 그의 '언어'에의 의지가 지닌 보다 심화된 의미망을 살펴볼 수 있을 것이다.

> 뜨거운 바람이여, 지금은 차고/ 강한 시간을 붙들고/쓰러진 오월과 열애의 숲 사이를 뒹구는/ 체온이 되어//
> 노여운 봄날 위에 풀리는 속박, 그리고, 오오,/ 길고 먼 인식의 눈 내리는 길목에서 내/ 황망히 채찍을 들 때,/ 몇 개의 모반과 꿈틀대는 파도.//
> 물결 위에 흩어지는 피. 저/ 말라붙은 고전(古典)의 달빛 속을 흐린/ 겨울이 낮게 흘러가고//
> 난폭한 의미에 시든 문체를, 나의 시는/ 쓸쓸히 저어가고 있다. 출렁이는 등불 속 그/ 침몰을, ……보라 신의 어깨 너머로/ 빛나는 노을.//
> 폭력의 어둔 가슴에도 불은 꺼지고 찢어진/ 내의 속에 잠든 세계를, 그 빛나는 허무를/ 나는 거칠게 뛰어들었다./ 언어가 부서지는 해안엔 달빛만이 출렁이고,//

---

14) 범박하게 말해서 그것은 곧 시인의 존재론에 소급되는 의미를 지니면서 시인의 독자성의 근거가 될 것이다.

나는 사나운 폭풍, 기침하면서/ 고전(古典)의 여윈 거리를 헤매고
있다.//

— 「바람이여」 전문

위의 시는 오세영의 초기 시를 총괄하면서 이후에 전개될 시인의 지향과
도 맞물리는 세계를 보여주고 있다. '불'의 '뜨거운 바람'에의 변용은 시인
의 열정이 보다 강한 운동성을 띨 것임을 내포하고 있다. 지금 그는 '사나
운 폭풍'과 같은 삶의 조건을 경험하지만 그러나 더 이상 내면의 충동과 부
정적 현실 속에서 방황하거나 혼란스러워하지 않을 것이다. 대신 '인식'의
길은 '멀고도 험하다'는 사실을 전제할 것이며 그 긴 노정에서 겪을 쓸쓸함
과 황망함을 받아들일 것이다. 그 길은 곧 '난폭한 의미에 시든 문체'를 끌
어안고 가는 길인데, 이후 그 길을 가는 그의 삶이란 '빛나는 허무', '신에
의 지향'라는 의미를 부여받을 것이다.

요컨대 이 시를 통해 시인은 그의 내면에 놓인 힘을 밝히면서 그것을 근
거로 한 그의 존재론적 지향 및 시적 방법론을 암시하고 있는 것이다.

4. 결 론

오세영의 초기 시는 실험적 이미지를 통한 내면 세계의 탐구를 지향하고
있다. 이러한 그의 시의 특징은 60년대 〈현대시〉 동인들의 시적 세계에 수
렴되는 것으로서 문학사적 의미를 띤다. 이들은 모두 30년대, 50년대를
이어온 모더니즘 시의 영역에서 고찰할 수 있는 바, 특히 60년대의 모더니
즘은 한국 사회의 본격적인 근대화를 배경으로 형성된 것이므로 지난 세대
의 모더니즘과는 현실적인 차이를 보이고 있다.

오세영의 초기 시편들은 모더니즘의 시적 방법론을 전형적으로 구현하
고 있을 뿐만 아니라 60년대 모더니즘의 현실적 조건을 충분히 활용, 반영
하고 있다는 점에서 보다 진전된 모더니즘 문학의 실체를 보여주고 있다.

나아가 그가 설정한 전략적 이미지들, 가령 '불'이라든가 '떠남', '언어' 등의 요소들은 이후 전개될 보다 넓은 차원에서의 시의 지평을 열어두는 계기가 된다. 그것은 모더니즘의 영역을 넘어선 오세영 시인만의 독자적 시세계가 될 것이다.

낡은 집에서 비치는 빛
—『적멸의 불빛』

최라영

1. 벼랑에 뜨는 별

오세영 시인의 시집에는 위기에 선 자가 꾸는 꿈을 의미하는 메타포가 빈번히 나타나곤 한다. '벼랑의 꿈', '적멸의 빛'이란 그의 최근 시집 제목은 이를 단적으로 보여준다. '벼랑', '적멸'에서 알 수 있듯이 절망 끝에 선 자가 딛고 선 불안하고 유동적인 땅의 움직임이 느껴진다. 이러한 한계상황에 선 자의 의식이란 대체 어디에서부터 기인하는 것일까.

> 나룻배 한 척
> 빈 강변 모래밭에 매여 있다.
> 철없는 어린 것이 잠들어 있다.
> 보리수 그늘 아랜 꽃잎 두어 닢
> 물결에 실려 흔들려 가고
> 깊은 잠 흘러흘러
> 강물은 몇천 리,
> 귀 먼 사공은 돌아간 지 오래인데
> 여어이 여어이
> 강건너 피안(彼岸)에선 부르는 소리
> 여어이 여어이
> 갈대밭 피안(彼岸)에선 갈바람 소리.
>
> — 「강물은 몇천리」 전문

나룻배 한 척 속에 잠들어 있는 존재가 '철없는 어린 것'으로 나타나고 있다. '철없는 어린 것'이란 시인이 자신의 의식을 투영한 대상이다. 사공은 강물 저 멀리 돌아간 지 오래인데 피안에서 부르는 소리만 들린다. 그런데 사공의 귀는 멀었다. 이 작품은 시인의 유년시절 모습을 전형적으로 드러내고 있다. 유복자로 태어나 귀 먼 어머니를 둔 어린 소년이었던 시인의 모습이 겹쳐지고 있는 것이다('나는 무녀독남의 유복자로 태어나 홀어머니 밑에서 자랐다. 22세의 꽃다운 나이에 홀로되신 어머니는 일생을 수절하시다가 51세의 젊은 나이로 세상을 뜨셨는데 당신을 보내고 난 이후 결혼하여 가정을 꾸리기까지 실로 인생의 반남아 되는 기간을 나는 외톨배기 내 스스로의 삶을 살았다'[1]). 갈대밭 갈바람 소리만 무성한 가운데 강가에서 들려오는 소리를 시적 자아는 듣고 있다. 시인의 어린 시절, 이야기 상대가 없어서 대나무 숲에서 혼자 이야기하였다는 그의 말이 새삼 떠오른다. 아버지와 어머니의 작고, 그리고 어린 시절의 쓸쓸했던 외로움은 언제나 그의 시편 어느 언저리에서 이렇듯 죽음의 모티브로서 반복 강박증처럼 드러나기도 한다('누군가 아득히 부르는 소리'-무덤의 노래, '강변에 잿가루 한줌'-「꽃씨를 날리듯」, '들것에 실려간 지어미는 말이 없다'-「이승의 옷」) 감수성이 형성되는 유년 시절에 이미 죽음을 커다랗게 경험했던 시인의 내적 고통과 고독은 그로 하여금 시를 쓰게끔 한 원동력이었을 것이다. 또한 이 어린 소년을 이토록 큰 시인으로 자라게 한 원천이었을지도 모른다. 어릴 적부터 내성적이어서 친구들과 잘 어울리지 못하는 감수성이 예민한 소년, 그에게는 숲과 나무가 그의 유일한 친구였다. 그런 그가 자연을 중심으로 한 전원적 상상력을 키워나가게 된 것은 어쩌면 자연스런 귀결일 것이다. 또한 시인의 외가 쪽이 한학자 집안이었고 그가 외가에서 줄곧 자란 성장과정을 생각할 때 모더니즘 시보다는 전통적 시의 성향이 그가 지닌 삶의 색깔에 좀더 합치될 수 있었을 듯하다. 그의 초기시가 반짝이는 이미지군에 비하여 전체적으로 그의 특성을 시로써 유기화시키지

---

1) 오세영, 「운명 그리고 외로움」, ≪시와 시학≫, 2000, 가을.

못한 듯한 느낌이 드는 것도 이러한 것과 관련이 있을 듯하다.

> 자일을 타고 오른다.
> 흔들리는 생애(生涯)의 중량(重量),
> 확고(確固)한
> 가장 철저한 믿음도
> 한 때는 흔들린다.
>
> 암벽(岩壁)을 더듬는다.
> 빛을 찾아서 조금씩 움직인다.
> 결코 쉬지 않는
> 무명(無名)의 벌레처럼 무명(無名)을
> 더듬는다.
>
> 함부로 올려다보지 않는다.
> 함부로 내려다보지 않는다.
> 벼랑에 뜨는 별이나,
> 피는 꽃이나,
> 이슬이나,
> 세상의 모든 것은 내 것이 아니다.
> 다만 가까이 할 수 있을 뿐이다.

—「등산(登山)」 전문

인간의 인생을 자일을 타고 오르는 등산에 비유한 것은 얼마나 적절한 비유인가. 특히나 시골의 가난한 내성적 소년이 서울이라는 도시에서 인간 관계를 맺으면서 자기의 이상을 실현해 가야 하는 과정에서 말이다. '항상 홀로 있으니 사람들은 가끔 나를 오해하곤 했다. 무리에 끼이지 않으면 무언가 잘못되어 보이고, 무언가 불온해 보이고, 무언가 하찮게 보이고, 무언가 구박해도 될 것 같아 보이고, 그를 구박해야만 무리에 대한 충성심을 인정 받을 것 같아 보이는 것이 속된 한국인의 심리가 아닌가. 소위 '왕따'의 윤리가 아닌가.'2) 현실의 순간들이 자일에 흔들리는 생애의 중량을 느끼게 한다면 그것은 얼마나 불안하고 외로운 심정이 될까. 세상의 어떤 것을 전부라고 믿고 따르다가 그것이 얼마나 유동적이고 불안정한 것인가를 깨닫는다는 것은 고통이기도 하다. 이것은 어쩌면 모든 인간이 성장 과정 속에서 겪게 되는 시련의 일부일 것이다. 그는 그러한 자신의 모습, 인간의 모습을 '무명(無名)의 벌레'에 비유한다. 속세의 욕망에 사로잡히면서 살 수밖에 없는 굴레 속 인간의 모습이 바로 '무명의 벌레'인 것이다. 시적 자아는 세상의 모든 것이 내 것이 아님을 터득하고 있다. 그러나 '무명의 벌레'는 그 시련 속에서도 '벼랑에 뜨는 별'을 끊임없이 꿈꾸고 있다.

> 암흑의 저 건너에서
> 반짝반짝 가냘프게 빛나는 존재를
> 별이라 이르거니
> 누구나 인간은 그 별 하나를 가슴에 안고
> 한 생애를 산다.
> 별을 보고 어둠 속에서 길을 찾고
> 별을 향해 걸어간다.
>
> —「별」부분

인간은 누구나 별 하나를 가슴에 안고 어둠 속에서 길을 걸어가고 있는 존재인지 모른다.시인의 별은 자기를 과장하지도 축소하지도 않고 자기를 진실하게 바라볼 때 소박한 삶 속에서 묻혀지지만 가냘프게 배어져 나오는 빛을 지녔다. 그는 가로등빛이 아닌 달빛과 별빛과 같이 자연스러우면서도 은은한 빛을 사랑한다. 시인은 너무 반짝이는 빛이 인위적인 별이었음을 서술한다. 그는 완전하게 구현된 듯한 현상의 세계에는 참된 무엇이 결여되었음을 말하고 싶어한다. 여기서 자연주의자이자 소박한 삶을 추구하는 시인의 모습이 드러난다. 양주보다는 토속주를, 값진 보석보다는 풍물과 삶이 배인 목각인형을 좋아하는 시인, 그의 거실에 진열된 세계 각국의 소

---

2) op. cit.,

박한 기념품들과 그들에 대한 애착을 보라.

그렇다면 시인이 안고 있는 별이 과연 희미하고 가냘프기만 한 것일까. 그 별은 세속적 먼지에 의해 가려지고 잘 보이지는 않지만 진짜를 알아보는 이의 눈에서는 언제나 영롱하게 빛난다. 사랑, 진실, 온정 등의 순수한 감정처럼 세속적 질서와 현상 속에서 왜곡되고 은폐되지만 어느 찰나에 결국 드러나는 진실로 순수한 그 무엇일 것이다. 기존의 온전한 질서세계에서는 포착되지 않는 자연스럽고 자유스러운 존재를 시인은 지향하고 있다.

2. 사금파리 반짝거리다

그것을 불러 보석이라 이름한다.
햇빛에
눈부신 그 반짝그림,
강변 모래 언덕에
사금파리 하나 반쯤 묻혀 있다.
보석이란 가장 소중한 마음을 이르는 것이려니
우리 어린 날
네게 바친 이 순수한 영혼의 징표보다
더 아름답고 고귀한 것이 이 세상 또
어디에 있으랴.
깨진 것은 모두 보석이 된다.

— 「보석」 부분

그의 시에서는 사금파리, 무, 야생화, 깨진 그릇 등이 빈번히 나타난다. 이들의 공통적 특성은 소외되고 버려진 존재들이라는 점이다. 기존의 질서와 체계에서 철저히 소외되고 버려진 것들이다. 그러한 존재들에 대한 시인의 애착은 무엇을 말할까. 그의 눈에는 이러한 사금파리의 반짝거림이 예사롭지 않다. 무수한 날들과 날들이 빼곡히 질서정연하게 꽉 들어차서

비로소 온전한 그릇이 되는 질서정연함의 세계에서만 그는 존재하지 못한
다. 그러한 기존의 질서체계에서는 제 자리를 잃어버리고 이탈되고 오히려
균열을 만드는 것 그것은 기존의 세계 질서에 대한 하나의 반항이며 진정
한 세계를 구현하기 위한 그만의 소박한 몸부림의 방식이다. '그릇'의 시인
오세영은 그릇을 빚는 것이 아니라 그릇의 온전하고 꽉찬 날들의 결합을
깨뜨리고 반란을 꾀한다. 기존체계의 빈틈없는 당연함의 이치를 깨뜨려서
새로운 세계에 대한 비전을 보이게 하는 것이다('절제(節制)와 균형(均衡)
의 중심에서/ 빗나간 힘/ 부서진 원은 모를 세우고/ 이성(異性)의 차가운/
눈을 뜨게 한다' -「그릇」). 현대문명의 보이지 않는 체계들의 수많은 결합
으로서 기계적으로 살아가면서 현대인이 간과해 버리지만 그 이면에 숨어
있는 진정하고 순수한 가치에 대한 열망을 보이는 것이다.

　질서정연한 날들의 결합에서 이탈된 사금파리를 눈부신 보석으로 보는
것은 시인의식이 강하게 투영되어 있는 까닭이다. 겨울철이면 백담사로 들
어가 쓸쓸하고 추운 산사 생활을 칩거하는 그가 세속적 삶에서 벗어난 자
유로움을 맛보았다면 그런 그의 자유로우면서 삶에 대한 예리한 깨달음의
경지를 드러내는 메타포로서 사금파리는 적절한 비유일 것이다. 그 깨어진
조각들은 더 이상 깨어지는 것을 두려워하지 않는다. 더 이상 깨어질 것이
없다는 것, 그것은 무엇에도 구애받지 않는 자유로움일 수도 무엇에도 속
할 수 없는 이탈자로서의 모습을 띠고 있다.

　그의 기존의 세속적 질서와 불의에 저항하는 모습은 무의 형상으로 나타
나기도 한다.

꽁꽁 얼어붙은 겨울 밭, 무우 하나
땅에 묻힌 채
강그라지고 있다.
돌아보면 텅 빈 들판, 강추위는 몰아치는데
분노에 일그러져 시퍼렇게 하늘을
노려보는 그 눈,

뽑혀 생명을 보전하다가
일개 먹이로 전락하기 보다는
차라리
뿌리를 대지의 중심에 내리고
스스로 죽는 길을 선택했구나

— 「신념」 부분

텅빈 들판 강추위가 몰아치는데 무 하나가 시퍼렇게 하늘을 노려보고 있는 만화와 같은 장면을 상상해 본다면 웃음이 나올지도 모른다. 무 하나가 하늘을 시퍼렇게 눈흘긴다고 한들 변하는 것 하나도 없다. 그것은 한마디로 계란으로 바위치기다. 우리는 서정주의 「화사」에서 푸른하늘을 물어뜯으려는 화사의 몸부림을 알고 있다. 자신을 악으로 규정지어버린 절대적인 선의 상징이자 지배체계인 '푸른 하늘'에 대한 도전, 그것은 태어났을 때부터 악으로 규정된 천형적(天刑的) 존재의 몸부림을 보여 주었다. 위 시에서 외딴 곳에 떨어져 푸른하늘을 쏘아보고 있는 '무'는 어떤 의미를 지니는가. 서정주의 '화사'가 천형으로서 악의 존재를 부여받은 자의 몸부림을 보여주었다면 오세영의 '무'나 '사금파리'는 '스스로' 저만치 중심에서 떨어져 나간 자의 기존 체계질서인 '푸른 하늘'에 대한 도전을 보여준다. '화사'의 몸부림이 원죄의식과 한을 기저로 한 것이라면 '무'와 '사금파리'의 눈흘김은 반항의식과 기성질서에 대한 비판의식을 드러내고 있다. 『적멸의 불빛』 시집에서는 아름다운 꽃이나 과일이 언급되지 않는다. 오히려 외딴 곳에 핀 자유로운 들꽃 그리고 사람들의 손에서 자유로울 수 있는 못생긴 과일이 그의 시에서 큰 의미를 차지한다. 시인의 존재의식이 '무 하나'로 나타나는 것이다. 무 하나가 분노에 일그러져 시퍼렇게 하늘을 노려본다고 한들 바뀌는 것은 없다. 이것은 아무도 해치지 않으면서 자신의 의지를 표명하는 방식 즉 시인의 내성적 성향을 드러내는 것이기도 하다.

그러나 인격체로서 무의 내적 측면을 바라볼 때는 특별한 의미를 지닌다. 우리는 진정으로 이웃에게 배풀 때의 조그만 나의 성의가 얼마나 스스로에게 내적인 기쁨과 안정감을 주었는지 경험해 보았을 것이다. 생명을 보전하기 위해 바둥대다가 결국 먹이로 전락하는 삶 그것은 외적으로 아무리 화려하고 반듯해 보이더라도 내적으로는 얼마나 덧없는 것인가. 꽉찬 날들의 결합으로 이루어진 구속틀에서 벗어나 대지의 향기를 느끼며 진정한 자유를 얻은 삶, 그것이야말로 비인 들녘에서 외롭게 살다 죽은 무의 존재론적 가치일 것이다.

3. 고요한 명상과 몸 씻기

> 물이 차가운 어름이 되듯
> 증오가 굳으면 싸늘한
> 침묵이 된다.
>
> —「적의(敵意)」부분

오세영 시인에게서 증오와 분노 등의 격한 감정들은 흔히 사금파리, 칼날, 어름 등의 딱딱하고 단단한 질감을 지닌 것들로 나타난다. 그러한 물리적 형태들의 행동화된 표현이 바로 싸늘한 침묵이다. 그것은 그의 시 속에서 표현된 '어름'이나 '사금파리' 그리고 '시퍼런 무' 등의 이미지가 그러하듯이 외적인 면에서 소극적이고 내성적인 시인의 행동 성향을 드러낸다. 세상에 단련된 '어름'으로 표상된 그의 '침묵'은 어떠한 때 녹을 수 있을까. 그는 그러한 '침묵'을 '침묵'으로써 녹이고 있다. 그것의 구체적 형식은 '명상'으로 나타난다. 그는 끊임없이 자신을 바라보고 생각하고 느끼는 것이다.

> 고독할 때
> 내 육신은 무한에 떠 있는 섬
> 살갖에서 이는
> 밀물과 썰물의 적막한

호흡소리를 듣는다.

—「영원」 부분

　자신의 호흡소리가 밀물과 썰물의 적막한 호흡소리로 들린다면 내 육신이 무한에 떠있는 섬과 같은 상태라면 그것은 아마도 매우 고요한 명상 속에서 느낄 수 있을 것이다. 시인이 자신의 의식을 얼마나 정밀하게 집중시키고 자신 속에서 자연과 우주의 숨결을 느끼는지를 보라. '별 하나를 가슴에 안'고서 살아 왔듯이 시인은 자연의 숨결을 가슴에 안고서 산다. 그에게 인간과 자연의 합일의 순간은 고요한 시간 속에서 이루어진다. 그는 시를 쓰기 위해서 불을 끄고서 명상의 시간을 오래 가진다고 한다. 그리고 이런 저런 생각을 하면서 시상을 떠올린다고 한다. 「영원」에서는 그러한 고요한 숨결을 느낄 수 있다. '밀물과 썰물의 숨결 소리'는 철저한 고독의 순간 속에서 들리는 초침의 째각 소리처럼 들려온다. 이렇듯 세속적 시간을 벗어나 자신의 모습을 가만히 바라볼 때 느낄 수 있는 정밀(靜謐)하고 순결한 순간을 시인은 사랑한다.

　인간이 세속의 옷을 입지 않았던 원시적 벌거숭이였을 때 인간은 자연의 조화로운 일부였을 것이다. 현대의 인간은 아마도 도심에서 찌든 때를 목욕탕 속에서 씻어내는 순간에, 어머니의 뱃속에 있었던 태고적 평화로움의 순간을 기억해 낼 지 모른다. 시인은 그 고요한 순간 속에서 자신을 바라보고 또 반성한다. 그래서인지 그의 시에서는 목욕을 모티브로 한 시편들이 꽤 눈에 띤다. 자아 성찰의 상징적인 행위가 바로 씻어내는 행위이다. 『적멸의 불빛』시집에는 유난히 목욕, 세수, 때 등의 씻어내는 행위와 관련한 표현이 많다.

여린 꽃과 착한 새와 눈이 맑은 짐승들에겐
때가 끼지 않는 법.
강물이란 영원으로 가는 길이라는데
누가 그 길을 더럽힐 것인가.

> 무심히 바람에 져
> 흩날리는 꽃잎에
> 소스라쳐 강물에서 뛰쳐 나오는
> 봄날 하오의
> 이 때 묻은 육신.
>
> — 「어디로 가는 것일까」 부분

어떤 시인이 자신의 벌거벗은 늙고 붉은 몸을 바라보면서 꽃잎을 생각하고 영원을 생각할 수 있을까. 이것이 시인 오세영이 지니고 있는 가치이다. 그것은 자신에 대한 직시와 강한 자기 긍정의 정신을 기저로 한다. 시인은 목욕을 하다가 이 흔들리는 물살들이 어디로 가는 것일까 하고 생각한다. 세속의 때와 먼지를 지워내면서 착한 새와 눈이 맑은 짐승들의 순수함을 생각한다. 이를 통하여 시인의 목욕탕 속에서는 인간적 향기가 느껴진다. 그것은 늙고 무거운 몸을 가진 인간의 모습이라기보다는 소박한 생의 진실을 추구하고자 하는 자의 지향 혹은 참됨과 영원을 지향하는 자의 지향에서 우러나온 향기이다. 그와 이야기를 나누어 본 사람이라면 알리라. 그에게는 세속적 지위와 명예 그리고 부 따위는 관심의 대상이 아니다. 그가 마음 속에서 진정으로 바라는 것은 평범하면서도 진실이 담긴 소박한 삶의 모습이다. 우리는 일상생활을 살아가면서 외면적이고 세속적인 것에 얼마나 많은 가치를 부여하고 그것을 부러워하고 또 성취하려 하는가. 그러나 사람의 일생이 몇십 년밖에 지속되지 못하고 결국은 흙으로 돌아갈 운명임을 생각해 본다면 진실하게 맺는 인간관계 내지는 사람들에 대한 그리움이 얼마나 소중할 것인지 문득 깨닫곤 할 것이다. 그러나 실제 현실 속에서는 위 시에서처럼 강물에서 목욕을 하다가 흩날리는 꽃잎에 놀라 뛰어 나오는 때묻은 육신을 발견하곤 하는 것이다. 즉 순수성에 대한 인간의 본원적인 지향은 어느새 세속 속에서 묻혀 버리고 망각되곤 한다. 그래서 더욱 시인은 소박한 삶에서 볼 수 있는 제재들에서 진정한 삶의 이치를 발견하곤 한다.

> 이제 내 다시 열탕에 들어
> 육신의 때를 씻고자 함은
> 다만
> 뼈 하나 정갈하게 헹구어
> 그대에게 바치기 위함인 것을
>
> —「분별」부분

60에 들어선 노인이 목욕을 하면서 하는 생각, 육신의 때를 씻으며 생각하는 것이 '뼈 하나 정갈하게 헹구어 그대에게 바치기 위함'이란 것은 무엇을 의미하는가. 그것은 죽음을 준비하는 신성한 자세와 관련을 지닌다. 그리고 우리가 원하든 원하지 않든 세상을 살아가면서 묻히고 사는 세속적인 때의 흔적을 끊임없이 씻어내고자 하는 소망이 담긴 것이다. 그것은 우리의 감성과 정신에 끼인 때를 상징적으로 씻어내는 행위이다.

4. 낡은 집에서 비치는 빛

자신의 몸과 정신을 바라보고 성찰하는 데에『적멸의 불빛』의 많은 페이지가 할애되는 것처럼 시인은 자신의 늙은 육신을 바라보면서 자연의 이치와 삶과 죽음에 관하여 곰곰이 생각한다.

> 세상은 항상 따뜻하지만은 않는 것,
> 겨울 되어
> 낡아 삐걱대는 집처럼 나 이제 흔들리며
> 바람부는 벌판에서 홀로
> 울 수밖에 없구나.
>
> —「바람에 흔들리며」부분

그는 자신의 뼈마디 쑤심에서 미움과 탐욕으로 인한 자신의 지난 삶을 반성한다. 그에게는 최근 자신의 육체가 큰 관심사인 듯하다. 육체에 대한 관심은 곧 자신을 적나라하게 바라보는 것이며 자신의 육체를 씻어내는 일에서 세속적 먼지를 씻어내는 것이다. 그는 술을 마시고 전신주에 부딪친 아픔 속에서 어떤 깨달음을 얻기도 한다('비틀거리며 밤 길을 걷다가 망연히/전신주를 들이 받았다./순간 확/술이 깨며/뇌리에 번쩍 비치는 섬광,/아, 내가 내가 아니고 네가 네가/아니었구나.'-「내가 내가 아니고……」). 혹은 세수를 하다가 물에 비친 자신의 모습을 통하여 과거의 추억을 생각하고 허무에 잠기기도 한다('한 움큼의 세숫물 마저/손가락 사이로 흘러내려 텅/비어버린 손바닥,/문득/이가 시리다.'-「젖은 눈」). 나는 예전에 굉장히 심한 복통에 시달렸을 때 나의 현재의 교만함과 잘못에 대하여 절실하게 반성한 적이 있었다. 유추적으로 생각할 때 60을 맞이한 노경에 접어든 육체의 쇠락함이 시인에게 삶과 죽음과 같은 문제에 대한 절실성을 깨닫게 했는지도 모른다. 인간이 이렇게 인생의 황혼에 가까워짐을 문득 느끼게 될 때 어떤 심경을 지니게 될까. 우리는 구두쇠 스쿠루지의 이야기를 알고 있다. 스쿠루지는 크리스마스의 악몽을 통하여 선인으로 변신한다. 그런데 인간이라면 노경에 접어든 자신의 모습을 바라보면서 그런 동화속 인물과 같은 의식의 전환을 갖게 되지 않을까 하는 생각이 든다. 그럴 것이다. 낡아 삐걱대는 집과 같은 자신의 육신을 문득 의식하게 되는 순간이 온다면 얼마나 쓸쓸하고 외로울 것인가. 인간의 육신과 영혼은 흔히 별개라고 하지만 영혼은 마치 빛처럼 육신을 통해 그 나름의 빛깔을 투사시키고 보여주는 듯하다.

영혼의 빛은 낡은 집과 같은 육신 속에서 희미하지만 더욱 은은한 빛을 발할 것이다('집이 영롱한 빛을 안는 것처럼/순결한 영혼을 안는……'-「인간」) 집이 영롱한 빛을 안는 것처럼 순결한 영혼을 안고자 하는 것, 그것이 바로 시인이 지향했던 별빛의 모습이자 궁극적 지향점이다.『적멸의 불빛』에서 시인이 낡은 집과 관련한 모티브로 시편을 많이 쓰는 것도 이러한 맥락에서 이해할 수 있다. 그것은 집 곧 껍질 곧 육체에 관한 관심을 반증하는 것이기도 하다.

그는 육체를 빈 파이프에 견주어 인간 육신의 허망함을 서술하기도 한다('실은 인간도 나무도/파와 같은 것/입에서 항문으로 뻥 뚫린 공간 하나/지탱해 주는 것이 아닌가./하수도의 빈 파이프처럼/허공에서 뚫려 허공으로 가는/육신의 집' -「집」). 그리고 그는 숨의 내쉼을 통하여 밀물과 썰물의 움직임을 상상하고 먼 수평선을 향해 내는 휘파람 소리에서 영원을 생각한다. 그는 인간이 쉬는 숨이 머지 않아 바람이 되고 그것이 바람의 휘파람 소리와 다르지 않을, 자연의 소리가 될 것이라고 생각하고 있다('영원이 어디 따로 있던가./들이마시고 내쉬는/목숨의 찰라에 있던 것을/오늘 나, 먼 수평선을 향해/긴 휘파람 소리를/내 본다.' -「영원」). 그의 세속적 욕망과 부정적 가치에 대한 '사금파리'의 반짝거림과 '어름'의 침묵도 이러한 조용한 휘파람 속에서 묻혀지고 정화되는 것이다. 인간이 결국 자연으로 돌아가 영원으로 될 것임을 믿고서 육체의 씻음으로 표상된 정신의 정화 속에서 순결한 영혼을 얻고자 소망한다. 그의 숨결은 결국 자연의 바람과 합류된다.

바람 불자
만산홍엽(滿山紅葉), 만장(輓章)으로 펄럭인다.

—「가을비 소리」 부분

청강(聽江) 오세영(吳世榮) 연보

1942년 5월 2일 해주(海州) 오씨(吳氏) 병성(炳成)을 아버지로, 울산(蔚山)
김씨 (金氏) 경남(璟男)을 어머니로하여 전남(全南) 영광(靈光)군
묘량면 삼효리 석전 68번지에서 무녀독남(無女獨男) 유복자로
출생했으나 백일이 지난 뒤부터 외가에서 성장함. 외가(外家)의
중시조를 배향한 장성(長城) 황룡면 신호리 소래)의 필암서원(筆
嚴書院) 근처에서 유년시절을 보냄. 이후 광주(光州 1951-52), 전
주(全州 1953--60) 등지에서 청소년기 를 보냄. 선비적 동경은 외
가의 법도에서, 예술적 동경은 고독했던 환경에서 길러진 것이라
고 생각함.

1960년 전주 신흥(新興)고등학교 졸업. 가난으로 진학을 포기하고 방랑.

1961년 서울대학교 문리과 대학 국문학과 입학. 모교 은사들의 성금으로 등록

1965년 서울대학교 문리과 대학 국문학과 졸업. 전주 기전(紀全)여자고등
학교 국어교사로 부임. 4월 박목월(朴木月)선생에 의해서 ≪현대
문학≫지의 초회 추천을 받음 추천작은 「새벽」.

1967년 기전여자고등학교 사임. 서울 보성(保聖)여자고등학교 교사 부임.

1968년 1월 ≪현대문학≫지에 추천이 완료됨. 추천작은 「잠깨는 추상(抽象)」
외 1편. 3월 서울대학교 대학원 석사과정 국문과 입학.

1970년 심장판막증으로 오랫 동안 고생하시던 모친 사망. 처녀시집 『반
        란하는 빛』(현대시학사) 출간.
1971년 서울대학교 대학원 국문학과 석사과정 졸업. 문학 석사. 서울대
        학교 문리과대학 조교. 가을, 임보, 김춘석, 이건청, 신대철, 조정
        권, 이시영 등과 동인지 ≪육시(六時)≫를 간행하였으나 2회 발
        간 뒤 본인과 이건청의 ≪현대시(現代詩)≫ 동인 참여로 해체됨.
        12월 전주(全州) 이씨(李氏) 봉주(鳳柱)와 결혼.
1972년 그 전부터 우의를 나누고 있었으나 동인지 ≪현대시(現代詩)≫
        25집부터 정식으로 현대시 동인에 참여함. 서울대 조교를 사직하
        고 인하(仁荷)대학교와 단국(檀國)대학교 등에서 시간강사로 전전.
1973년 첫 딸 하린(夏潾) 출생. 6월부터 8개월간 방위병으로 군 복무.
1974년 충남(忠南)대학교 문리과 대학 전임강사 부임. 서울대학교 대학원
        국문학과 박사과정 입학.
1975년 둘째 딸 지혜(智惠) 출생.
1980년 서울대학교에서 문학박사 학위 취득. 아들 홍석(烘錫) 출생. 학술
        저서『한국낭만주의시 연구』(일지사) 상재.
1981년 충남대학교 문과대학 부교수를 사임하고 단국대학교 문리과대학
        부교수로 취임. 대전시 오류동에서 서울시 관악구 봉천4동 1561-1
        로 이사.
1982년 제 2 시집『가장 어두운 날 저녁에』(문학사상사) 출간. 아시아시
        인회의 창립총회 참여(자유중국 타이페이에서).
1983년 시집『가장 어두운 날 저녁에』로 제 15회 시인협회상을 수상. 시
        론집『서정적 진실』(민족문화사) 상재. 평론집『현대시와 실천비
        평』(이우(二友)출판사) 상재.
1984년 『현대시와 실천비평』으로 제 4회 녹원(綠園)문학상 평론부분 수상.
1985년 단국대학교 문리과대학 부교수를 사직하고 서울대학교 인문대학
        국문학과 조교수로 부임. 첫번째 선시집『모순의 흙』(고려원(高麗
        苑)) 상재.
1986년 제 3시집『무명연시(無明戀詩)』(전예원(典藝苑) 상재).

1987년 ≪문학사상(文學思想)≫사 제정 제 1회 소월시문학상 수상. 미국
       아이오아(Iowa) 대학의 국제 창작프로그램(International Writing
       Program)에 참여.

1988년 제 4시집 『불타는 물』(문학사상사) 상재. 평론집 『한국현대시의
       행방』(종로서적) 상재. 학술서 『문학연구방법론』(이우(二友)출판
       사) 상재. 시론집 『말의 시선』(혜진서관) 상재.

1989년 학술서 『20세기 한국시 연구』(새문사) 상재. 수필집 『사랑에 지
       친 사람아 미움에 지친 사람아』(자유문학사) 간행. 서울시 서초구
       방배동 541-196으로 이사.

1990년 제5시집 『사랑의 저쪽』(미학사(美學社)) 상재.

1991년 제 6시집 『꽃들은 별을 우러르며 산다』(시와 시학사) 상재. 두
       번째 선시집 『신(神)의 하늘에도 어둠은 있다』(미래사) 상재. 평
       론집 『상상력과 논리』(민음사(民音社)) 상재.

1992년 제 4회 정지용문학상 수상. 제2회 편운문학상 평론부분 수상.

1993년 『문학연구방법론』을 시와 시학사에서 증보 복간. 국어국문학회
       이사.

1994년 제 7시집 『어리석은 헤겔』(고려원(高麗苑)) 상재. 제 8시집 『눈물
       에 어리는 하늘 그림자』(현대문학사(現代文學社)) 상재. 『꽃들은
       별을 우러르며 산다』(花たちは星を仰きなから生きる)가 일본의
       여류 시인 鍋倉ますみ여사의 번역으로 도오쿄오 자양사(紫陽社)
       에서 출간됨. 뉴욕 주립대학교 스토니 부룩 캠퍼스 한국학 센터
       간행의 한국학 연구 총서 문학편 『한국문학 강의』 저술에 참여.
       서울대학교 인문대학 정교수 승진.

1995년 전예원에서 출간했으나 출판사의 도산으로 사장되었던 제 3시집
       『무명연시』를 현대문학사(現代文學社)에서 복간함. 일년간 미국
       캘리포니아 주립대학교 버클리 캠퍼스(U. C. Berkeley) 동아시아
       어과에서 한국 현대문학을 강의.

1996년 평론집 『변혁기의 한국 현대시』(새미) 상재. 학술서 『한국근대문
       학론과 근대시』(민음사) 상재. 동아일보사 일민재단(一民財團) 제

정 제 2회 일민펠로우쉽 수상, 익년 1월 두달 간 중동 및 아프리카 여행.

1997년 제 2 선시집『너 없음으로』(좋은 날) 상재. 제 9시집『아메리카시편』(문학동네) 상재. 처녀시집『반란하는 빛』도 같은 출판사에서 복간함. 원래 종렬로 조판했던 시집을 횡렬로 조판하자니 작품량이 부족해서 제 2 시집의 일부 작품을 추가함. 국제 한국문학회 (International Korean Literature Association)의 주관으로 콜럼비아대학에서 출간한 한국문학 총서 중『현대시』(*Korean Modern Poems*)편의 편집에 하버드대학의 대빈 맥켄(David McCann)교수와 함께 관여함. 옥타비오 파즈(Octavio Paz)의 추천으로 그의 출판사인 멕시코의 귀향(Vuelta)사에서 스페인어 번역시집『신의 하늘에도 어둠은 있다』(*EL CIELO DE DIOS TANVIEN TIENE TINIEBLA*)가 간행됨 (번역자 과달라 하라(Guadalahara)대학 중남미문학과교수 정권태). ≪귀향≫(Vuelta)지에 작품이 소개됨. 한국시학회 부회장. 방배동의 구옥을 허물고 새집을 신축함. 한국현대문학회 부회장

1998년 9월 1일『한국현대시 분석적 읽기』(고대출판부) 간행. 2월

1999년 3월『먼 그대』라는 제목의 시선집이 독일어로 번역출간됨 (Oh, Sae-Young. *Das ferne Du*. Göttingen: Peperkorn, 1999) 번역은 W.S.Roske Cho. 4월 제 10시집『벼랑의 꿈』출간, 6월 4일 제 7회 공초(空超) 문학상 수상. 6월 26 일 한국시학회 제2대 회장 취임.

2000년 5월 산문집『꽃잎우표』(해냄 출판사)발간, 8월 제3회 만해상 문학 부분 수상 7월『유치환』(건국대학교출판부),『김소월, 그 삶과 문학』(서울대학교 출판부)출간, 독일에서 시집 간행. 12월 시집『무명연시』와『사랑의 저쪽』이 독일에서 번역 출간(Oh, Sae-young. *Lebesgedichte eines Unwissenden*. Göttingen: Peperkorn, 2000, Oh, Sae-young. *Gedichte jenseits der Liebe*. Göttingen: Peperkorn, 2000) 역자는 W. S. Roske Cho.

2001년 12월 시집『적멸의 불빛』(문학사상사), 비평서『20세기한국시의 표정』(새문사) 간행.

2002년 5월 고인이 되신 어머니에게 제 2회 '백산(白山) 장한 어머니'상 추서. 네 번째 선시집 『잠들지 못하는 건 사랑이다』(책만드는 집, 2002), 시론집 『진실과 언어』(시와 시학사, 2002)

시집

『반란(反亂)하는 빛』(현대시학, 1970).
『가장 어두운 날 저녁에』(문학사상사, 1982).
『무명연시(無明戀詩)』(전예원(典藝苑), 1986).
『불타는 물』(문학사상사, 1988).
『사랑의 저쪽』(미학사(美學社), 1990).
『꽃들은 별을 우러르며 산다』(시와 시학사, 1991).
『어리석은 헤겔』(고려원(高麗苑), 1994).
『눈물에 어리는 하늘 그림자』(현대문학사, 1994).
『아메리카시편』(문학동네, 1997).
『벼랑의 꿈』(시와 시학사, 1999).
『적멸(寂滅)의 불빛』(문학사상사, 2001).

선시집

『모순의 흙』(고려원, 1985).
『신의 하늘에도 어둠은 있다』(미래사, 1991).
『너 없음으로』(좋은 날, 1997).
『잠들지 못하는 건 사랑이다』(책만드는 집, 2002).

번역서

『花たちは星を仰きなから生きる(꽃들은 별을 우러르며 산다)』, 鍋倉ま
すみ 譯(東京: 紫陽社, 1994).

EL CIELO DE DIOS TANVIEN TIENE TINIEBLA(신의 하늘에도 어둠은
있다), trans. Joung kwotae(Mexico city: Vuelta, 1997.).

Das ferne Du(먼 그대)), trans. W.S. Roske Cho(Göttingen: Peperkorn 1999.)

Liebesgedichte eines Unwissenden(무명연시), trans W. S. Roske Cho (Göttingen
: Peperkorn, 2000.

Gedichte jenseits der Liebe(사랑의 저쪽), W. S. Roske Cho(Göttingen:
Peperkorn, 2000.).

수필집

『사랑에 지친 사람아 미움에 지친 사람아』(자유문학사,1986).
『꽃잎우표』(해냄, 2000).

학술서

『한국낭만주의시 연구』(일지사, 1980).
『서정적 진실』(민족문화사, 1983).
『현대시와 실천비평』(이우(二友), 1983).
『한국현대시의 행방』(종로서적, 1988).
『문학연구방법론』(이우(二友)출판사, 1988).
『말의 시선』(혜진서관, 1988).
『20세기 한국시 연구』(새문사, 1989).
『상상력과 논리』(민음사(民音社), 1991).

『문학연구방법론』(시와 시학사, 1991).

『변혁기의 한국 현대시』(새미, 1996).

『한국근대문학론과 근대시』(민음사, 1996).

『한국현대시 분석적 읽기』(고대출판부, 1998).

『유치환』(건국대학교출판부, 1998).

『김소월, 그 삶과 문학』(서울 대학교 출판부, 1998).

『20세기한국시의 표정』(새미, 2001).

『진실과 언어』(시와 시학사, 2002).

오세영론

긴 글

1. 김재홍「사랑과 존재의 형이상」-『무명연시』에 대하여, ≪현대문학≫, 1985. 10.
2. 조남현「정서의 보편성과 상상력의 독자성」, 『모순의 흙』, 고려원, 1985.
3. 최동호「욕망을 다스리는 영혼의 형식」-『모순의 흙』에 대하여, ≪소설문학≫, 1986. 2.
4. 김인환「한 시인의 외면과 내면」, ≪현대문학≫, 1986. 6.
5. 이동하「실존적 인식의 심화와 확대」, ≪한국문학≫, 1986. 7.
6. 남진우「우리 시의 전통과 정통을 찾는 작업」, ≪현대시학≫, 1989. 6.
7. 박호영「일상성의 철학적 탐구」, ≪한국현대시연구≫, 민음사, 1989. 10.
8. 김재홍「물과 불 또는 운명과 자유」, ≪현대시학≫, 1990. 8.
9. 김준오「명상시와 존재론적 상상력」, 『사랑의 저쪽』서평, ≪현대시학≫, 1990. 11.
10. 신범순「시인의 글쓰기에 대한 아련한 도취 그리고 그의「그릇」이라는 기표」, 『신의 하늘에도 어둠은 있다』해설, 미래사, 1991.
11. 박철희「깨진 그릇의 자기 인식」, ≪문학사상≫, 1991. 11.

12. 김영철「존재의 시학과 인식의 시학」,『꽃들은 별을 우러르며 산다』
　　해설, 시와 시학사, 1992.

13. 이태동「미(美)와 존재의 의미」, ≪현대시≫, 1992. 2.

14. 이숭원「모순의 인식과 존재의 탐색」, ≪현대시학≫, 1992. 6.

15. 신범순「「그릇」의 열린 공간」, ≪시와 시학≫, 1992. 여름.

16. 류철균「존재의 초극과 사랑의 지평」, ≪시와 시학≫, 1992. 여름.

17. 최동호「감성과 이성의 둥글고 부드러움」,『어리석은 헤겔』해설, 고려
　　원, 1994.

18. 송희복「시가 있어야 할 자리」-「겨울 노래」 분석, ≪시와 시학≫,
　　1994. 겨울.

19. 송기한「공 혹은 무의 세계」-「겨울 노래」 분석, ≪시와 시학≫,
　　1994. 겨울.

20. 황현산「이름 붙일 수 없는 것에 대해」-『눈물에 어리는 하늘 그림
　　자』에 대하여, ≪현대문학≫, 1994. 12.

21. 이숭원「존재와 사랑」, ≪시와 사상≫, 1995. 여름.

22. 김경복「빛의 추구와 존재확인」, ≪시와 사상≫, 1995. 여름.

23. 장경기「불타는 물, 말씀의 날 선 검, 빈 그릇 그리고 신의 마을」, ≪현
　　대시≫, 1996, 4.

24. 임수만「물질적 상상력과 역설의 시학」, ≪시와 시학≫, 1996. 가을.

25. 김영무「「아메리카 시편」을 읽기 위한 준비작업」, ≪현대시학≫,
　　1997. 1.

26. 장경렬「아메리카에서 보는 아메리카」,『아메리카시편』해설, 문학동네
　　1997. 6.

27. 허혜정「소마의 그릇」,『반란하는 빛』해설, 문학동네, 1997. 10.

28. 송희복「사랑이라는 이름의 중간자」,『너, 없음으로』해설, 좋은날, 1997.
　　10.

29. 최동호「불굴의 의지와 열정 그리고 백지의 어둠」, ≪문학과 의식≫,
　　1998, 봄.

30. 고형진「정통시의 변주와 완전한 사랑의 노래」, ≪문학과 의식≫, 1998. 봄.

31. 김수이 「한 고독한 낭만주의자의 세계상」, ≪시와 사람≫, 1998. 봄.

32. 김우창 「시를 찾아서」, 『벼랑의 꿈』해설, 시와 시학사, 1999.

33. 신범순 「자연이라는 상징의 숲 속으로 나아간 길」, ≪현대시학≫, 1999. 7.

34. 이은봉 「선적 초월, 혹은 상상의 생명 공동체」, ≪시와 사람들≫, 1999. 가을.

35. 홍용희 「허심(虛心)의 자유와 평정」, ≪현대시≫, 1999. 9.

36. 김성곤 「"그릇"의 미학과 존재론적 고뇌」, ≪시와 시학≫, 2000. 가을.

37. 정끝별 「역설과 모순으로 일궈낸 동양시학」, ≪시와 시학≫, 2000. 가을.

38. 윤호병 「자연 중심의 사상: 삼라만상의 말과 말 사이에서」, ≪현대시학≫, 2001. 8.

39. 정효구 「음식을 먹었나요? 사료를 먹었나요」, ≪현대시학≫, 2001. 12.

40. 이숭원 「적멸과 개결(介潔), 혹은 은유의 구도」, 『적멸의 불빛』해설, 문학사상사, 2001.

41. 이은정 「깨진 그릇으로 빚은 '잘 빚어진 항아리'」, ≪현대시≫, 2002. 5.

42. 권혁웅 「'그릇'의 사원소(四元素) 론」, ≪현대시≫, 2002. 5.

43. 김강태 「허무, 존재, 사랑의 변증법적 시론」, ≪현대시≫, 2002. 5.

44. 강은교 「문밖에 서 있는 시인」, 『잠들지 못하는 건 사랑이다』해설, 책 만드는 집, 2002.

짧은 글

1. 홍정선 「시의 의미에 대한 새로운 모색」, 「모순의 흙」 분석, 『현대시 평설』, 문학세계사, 1983.

2. 김승희 「위험한 불이 싸늘한 불이 되기까지」, 『가장 어두운 날 저녁에』서평, ≪문학사상≫, 1983. 3.

3. 이동하 「실존적 사상의 세계」, ≪심상≫, 1983. 7.

4. 양헌석 「순수와 자유에의 지향」, ≪소설문학≫, 1983. 10.

5. 정효구 「모순구조의 다양한 의미」, 『무명연시』서평, ≪문학정신≫,

1986. 12.

6. 이기철 「두 중견의 새 시집」, ≪현대시사상≫, 1989. 3.

7. 조창환 「존재의 모순, 그 영원한 질문」, 『불타는 물』서평, ≪현대시학
≫, 1989. 3.

8. 이광호 「서정시의 순도와 열도」, ≪문학과 비평≫, 1989. 여름.

9. 김재홍 「약사의 삶, 시인의 삶」, -「밤 10시」분석.

10. 유시욱 「회의와 자아 실현의 궤적, 빈 그릇과 깨진 그릇의 의미」, 『사
랑의 저쪽』 서평, ≪현대시사상≫, 1990. 겨울.

11. 김준오: 대담, 「진실과 사실 사이」, 『사랑의 저쪽』, 미학사, 1990.

12. 고형진 「존재의 총체성을 회복하기 위한 시 쓰기」, 『사랑의 저쪽』 서
평, ≪현대시 세계≫, 1991. 봄.

13. 김경희 「이달에 만난 시인」, ≪꿈과 시≫, 1991. 7.

14. 박목연 「카오스에서 코스모스까지」, ≪문학사상≫, 1991. 10.

15. 이인순 「비밀지도 그리기」, ≪현대시학≫, 1992. 4.

16. 이건청 「강한 정신의 서정주의자」, ≪시와 시학≫, 1992. 여름.

17. 송기한 「삶의 두가지 존재 방식」, ≪시와 시학≫, 1992. 겨울.

18. 조남현 「서평, 꽃들은 별을 우러르며 산다.」, ≪문예중앙≫, 1992. 겨울.

19. 김영태 「포즈를 거부하는 초벌 그릇」, ≪현대시학≫, 1993. 5.

20. 서지월 「지상시 창작 강좌」, ≪제일 서적≫, 1993. 10. 11.

21. 김경민 「서평 『어리석은 헤겔』」, ≪꿈과 시≫, 1994. 겨울.

22. 강웅식 「현대시와 자연체험」- 시집 『눈물에 어리는 하늘 그림자』 서
평, ≪시와 시학≫, 1995. 봄.

23. 이건청 「공허함과 단순성」, ≪현대시학≫, 1997. 7.

24. 신달자 「인간과 신이 함께 하는 통합의 절정」, ≪현대시학≫, 2000. 3.

25. 김승희 「무아(無我)의 바람 속을 달리는 보헤미안」, ≪시와 시학≫,
2000. 가을.

26. 이승하: 대담, 「서정성과 철학성을 아우르는 시를」, 『한국시문학의 위
기를 극복하기 위하여』, 중앙대 출판부, 2001.

27. 한강희 「침묵의 순도」-『적멸의 불빛』 서평, ≪시와 사람≫, 2002. 봄.

28. 이승하 「새로운 언어감각과 시적 탐험」, 『백년 후에 읽고 싶은 백편
    의 시』, 시와 시학사, 2002.
29. 이승하 「섹스할 때 내는 소리」, 『백년 후에 읽고 싶은 백편의 시』, 시
    와 시학사, 2002.
30. 이승하 「불의 역동성을 노래한 시」, 『백년 후에 읽고 싶은 백편의 시』,
    시와 시학사, 2002.
31. 이건청 「단호함과 부드러움」, ≪현대시≫, 2002. 5.
32. 유안진 「셀프 서비스로 첫 인사한 친구! 오세영 시인 보시압」, ≪현
    대시≫, 2002. 5.
33. 임영조 「그의 사전에는 '박장대소'라는 어휘가 없다」, ≪현대시≫, 2002. 5.
34. 고형진 「논리적인 낭만주의자」, ≪현대시≫, 2002. 5.
35. 이숭원 「소년처럼 수줍고 돌쇠처럼 우직한」, ≪현대시≫, 2002. 5.
36. 허혜정 :대담, 「먼 항구에 배를 대듯이」, ≪현대시≫, 2002. 5.

聽江 오세영 선생님의 화갑을 맞이하여 평소 선생님의 문도를 흠모하던 제자들이 함께 모였다. 근 삼십년 가까이 학문의 외길을 걸어오신 선생님의 화갑은, 비단 제자뿐만 아니라 한국의 문학도들에게도 참으로 감회롭고 영광스런 자리가 아닐 수 없다. 이를 계기로, 선생님의 문학을 경외해온 제자들의 손으로, 선생님의 시세계를 연구한 화갑기념집을 마련했다. 그동안 선생님의 문하를 거쳐간 제자들은 서울대학교를 비롯하여 다른 대학에도 많이 있다. 그러나 여러 가지 이유에서 이번 문집은, 현재 재직중인 학교의 선생님 방을 거쳐나간 문도들이 엮어내었다.

선생님은 국내에서 열 한권의 시집과 네 권의 시선집을 펴냈다. 해외에서도 다섯권이 번역되어 대단한 반향을 불러 일으킨 바 있다. 선생님의 시가 국내에서 뿐만 아니라 세계에서도 인정받아 당당하게 세계문학사의 한 지점을 점유할 가능성을 열어 보여 준 것이다. 선생님은 1968년 『현대문학』지에 추천이 완료되어 시인으로서의 험난하고 긴 길을 걸어오는 동안 무수한 격절과 비약의 순간을 보여주곤 했다. 700여의 주옥같은 시편들이 그 기록이다.

선생님의 시는 어떤 하나의 시각으로 단정지을 수 없는 넓이와 깊이를 지니고 있다. 그간 수많은 연구자들이 다양한 관점에서 선생님의 시세계를 발굴하고 상상력의 논리에 체계를 세워준 것이 그 증거이다. 그렇게 축적된 연구를 바탕으로 이 책은 선생님이 35년 동안 일구어 놓은 시적 상상력의 영토와 문학사적 위상을 총괄적으로 재검토하고 있다. 이 책을 계기로,

그간 단편적으로 논의되어온 선생님의 시적 통찰력과 거기에서 생성되는 시적 세계가 보다 깊고 넓게 파헤쳐 보여지기를 기대한다.

　선생님은 시인으로서의 사명과 함께 대학에서 현대시를 연구하며 가르치는 학자의 역할도 훌륭하게 수행했다. 16권의 독보적인 연구서는 선생님의 학자로서의 성과를 입증하고 있다. 학자로서의 선생님은 어떠한 권위나 고정관념에도 복종하지 않고 기왕의 논의에 과감하게 제동을 걸고 철저하게 객관적인 입장에서 자신의 학문적인 입장을 전개했다. 학문의 영역에서 선생님은 언제나 자유롭고 창조적인 정신과 과학적인 사고를 강조했다. 우리는 선생님 곁에서 시인의 시적 감수성과 학자의 냉철한 과학정신을 보고 배웠다.

　선생님의 시에 대한 열정은 이 이후에도 몇 번의 도약과 비약의 연대기가 펼쳐질 것이다. 젊은 날의 그것보다 더 깊고 넓은 사유의 영토를 개척하면서 말이다. 선생님은 제자들과 독자들 앞에 여전히 열정으로 가득 찬 모습으로 서있을 것이기 때문이다. 우리는 시인으로서 그리고 학자로서 선생님의 치열한 생의 한 굴곡에서 감정과 이성이 겸비된 자유인의 과거를 반추하며 미래를 예견해 본다. 한 인간의 생애가 얼마나 다채롭고 풍요로울 수 있는가. 우리는 감탄하게 될 것이다.

　이 책을 엮어내는 데 애쓴 필자 여러분들에게 감사드린다. 아울러 어려운 여건 속에서도 궂은 일을 도맡아준 후배 여러분들과 기꺼이 이 책의 출판을 허락해 준, 양서 발간에 앞장 서 온 국학자료원에 깊은 감사를 드린다.

2002년 5월

제자를 대표하여 송기한 적음

| 필자소개 |

곽명숙	서울대 강사	「〈님의 침묵〉에 나타난 '사랑'의 담론」, 「김수영의 시와 현대성의 탈식미니적 경험」
권정우	서울대 강사	「정지용 시 연구」, 「정지용 동시 연구」, 『우리 시를 읽는 즐거움』
금동철	인하대 강사	「박목월 시에 나타난 근원의식」, 「정지용 시론의 수사학적 연구」, 『구원의 시학』, 『한국 현대시의 수사학』
김석준	홍익대 강사	「서정주 초기시 연구」, 「이상 시의 텍스트 확정과 텍스트성」
김유중	항공대 교수	「김기림의 주지주의 시론 연구」, 『한국 모더니즘문학의 세계관과 역사의식』 등.
김옥성	서울대 박사과정 동양공전 강사	「고독과 사랑과 초월을 위한 시론」, 「김현승 시에 나타난 전이적 상상력 연구」
김윤정	서울대 강사	「이상 시의 탈근대적 사유 연구」, 「김광균 시 연구」
김의수	서울대 강사	「윤동주 시의 해체론적 연구」
남기혁	서울대 강사	「1950년대 한국 모더니즘시의 표상연구」, 「1960년대 김춘수 시의 창작방법 연구」, 『한국 전후시의 모더니티 연구』
박진임	평택대 교수	「이상 시의 페미니즘적 연구」, *The Vietnam war which is not one* : a study of Vietnam war narrative by Korean writers and American writers.

박현수	재능대 교수	「육사 시에 끼친 주자학적 영향」, 「이상 시의 수사학적 연구」 등.
방민호	국민대 교수	『채만식과 조선적 근대문학의 구상』, 『비평의 도그마를 넘어서』 등.
서진영	충북대 강사	「김춘수 시에 나타난 나르시시즘 연구」
송기한	대전대 교수	『한국 전후시의 시간의식』, 『문학 비평의 욕망과 절제』 등.
양소영	서울대 석사과정	
이새봄	서울대 석사과정	
이수정	서울대 박사과정	「박목월 시의 공간의식 연구」
임수만	동양공전 · 서울대 강사	「김춘수 시의 기호학적 연구」, 「김수영 문학의 양가성」
조미영	서울대 강사	「송욱 시 연구」
최라영	부산대 강사	「서정주 초기시텍스트의 의미화 과정 연구」
최승호	대구대 교수	『한국 현대시와 동양적 생명사상』, 『한국적 서정의 본질탐구』 등.

오세영의 시 깊이와 넓이

인쇄일 초판 1쇄　2002년 05월 20일
　　　　　2쇄　2015년 05월 10일
발행일 초판 1쇄　2002년 05월 24일
　　　　　2쇄　2015년 05월 12일

지은이 화갑논총간행위원회
발행인 정 찬 용
발행처 **국학자료원**
등록일 1987.12.21, 제17-270호

서울시 강동구 성내동 447-11 현영빌딩 2층
Tel : 442-4623~4 Fax : 442-4625
www. kookhak.co.kr
E- mail : kookhak2001@hanmail.net
ISBN 978-89-8206-688-7 ＊93810
가 격 23,000원

＊저자와의 협의 하에 인지는 생략합니다.